Veröffentlicht von
DREAMSPINNER PRESS

5032 Capital Circle SW, Suite 2, PMB# 279, Tallahassee, FL 32305-7886 USA
www.dreamspinnerpress.com

Hitzkopf
Urheberrecht der deutschen Ausgabe © 2012 Dreamspinner Press.
Originaltitel: Hot Head
Urheberrecht © 2011 Damon Suede
Original Erstausgabe. Juni 2011
Übersetzt von Christina Zimmermann.

Umschlagillustration
© 2011 Anne Cain
annecain.art@gmail.com
Umschlaggestaltung
© 2011 Mara McKennen
Die Illustrationen auf dem Einband bzw. Titelseite werden nur für darstellerische Zwecke genutzt. Jede abgebildete Person ist ein Model.

Deutsche ISBN. 978-1-64108-481-9
Deutsche eBook Ausgabe. 978-1-61372-814-7
Deutsche Erstausgabe. September 2012
Deutsche Buchausgabe. Oktober 2022
v 1.0

Gedruckt in den Vereinigten Staaten von Amerika.

DAMON SUEDE

HITZKOPF

Für alle Helden vom 11. September 2001.
Sie halfen, als alles kaputt war,
und hörten nicht auf zu hoffen.

Wir werden Euch nicht vergessen.

1

V OR G RIFFS geistigem Auge lief bereits der ganze Kampf ab, noch bevor der erste Treffer landete.

„Schwuchtel!" Ein Schrei vom anderen Ende der Party.

Er hasste dieses verfluchte Wort.

Hier? Nicht sehr wahrscheinlich.

Griff griff nach seinem Guinness und rückte näher zu seinen Leuten. Hier stand er nun, in seinem Kilt, im Stone Bone. Alles nur, weil Dante und die anderen Jungs von der Feuerwache ihn mitgeschleppt hatten. Er hatte nicht gehen wollen.

Gewöhnlich war er sonntags einer der Türsteher des Bones, allerdings war heute der 11. September – und er musste nicht arbeiten. Es war eine besondere Nacht für eine Menge Bars in Brooklyn. Seit die Zwillingstürme gefallen waren, konnten Feuerwehrleute jedes Jahr in dieser Nacht in den Kneipen der Nachbarschaft aufs Haus trinken. Keine Frage, dass die gesamte Gang der Engine 333/ Ladder 181 angerückt war, um die Frauenwelt abzuchecken.

Griffs bester Freund saß an der Bar, hielt sich sein Bier als Mikro vor den Mund und sang zur Jukebox. Das Neonlicht der Regale mit den Flaschen ließ sein schiefes Lächeln dabei besonders weiß erstrahlen. Dante hatte genau die Kombination von kantigem Kinn und weichem Bariton, den Frauen so liebten. Zur Zeit schmachtete er ein Duett mit Dean Martin:

„,The world… still is the same… you'll never change it…'"

Es war Dantes Art sicherzustellen, dass sich keiner seiner Freunde heute Nacht einsam fühlen würde – er gab den italienischen Traummann, als wäre es Ladies Night. Nun ja, war es ja auch irgendwie.

„,As sure… as the stars… shine abooove.'"

Dank seines alten Herrn zur Musik des Rat Pack aufgewachsen warf Dante langsam Angel und Haken für seine Kumpel durch das Partygewässer – der ultimative Tussi-Köder.

„,You're *no*-body till some-body looooves…'"

Griff warf einen Blick zu ihm hinüber und tatsächlich schob sich eine Gruppe ausgelassener Betthäschen in Richtung seines besten Freundes – hip- hop, und immer schön hinten anstellen.

„,You're nooo-body till some-body cares…'"

Etwas, das sich wie ein Handgemenge und ein weiterer wütender Aufschrei anhörte, erschallte aus dem hinteren Teil, nahe der Toiletten. „Verfluchte Schwuchtel!"

Kein Gespaße. Dieses Mal drehte sich Griff um, um über die Köpfe zu sehen.

Ein paar andere Jungs von der Feuerwache hatten bei Dante mit eingestimmt. Sie hatten nichts von dem sich ankündigenden Ärger mitbekommen, aber wenn die Sache außer Kontrolle geriet, würde das die Bar teuer zu stehen kommen. Griff wollte keinen Ärger. Den Türsteher machte er eigentlich nur nebenbei, für ein wenig Bares, wenn er gerade nicht im Dienst war, aber das Bone war eine fantastische kleine Kneipe – ein Stück altmodisches Brooklyn in einer Nachbarschaft, die vor lauter Franchise-Ketten vor die Hunde ging.

Mit seinen fast zwei Metern war Griff eineinhalb Köpfe größer als, nun … so ziemlich jeder andere. Aufgrund seiner Größe war er sein ganzes Leben lang vorsichtig gewesen, hielt sich immer etwas zurück. Seine Größe war allerdings durchaus eine praktische Sache für einen Feuerwehrmann, der Leben zu retten hatte, oder einen Türsteher, der seinen Boss davor bewahrte, ein Vermögen in Reparaturen oder Strafgebühren investieren zu müssen.

Er stellte sein Bier ab. Diese „Schwuchtel"-Rufe kamen von den Flipper-Automaten im hinteren Bereich. Griff brauchte bestenfalls zehn Sekunden, um die Quelle des Aufruhrs in der schwitzenden, aufgebrachten Meute auszumachen.

Da.

Ein abgerissen aussehender Puerto-Ricaner mit einer albern wirkenden Irokesen-Frisur hatte sein Mädchen hinter sich geschoben und starrte auf einen älteren, glatzköpfigen Typen. Griff blinzelte und versuchte, die Szene über die Köpfe der Sonntagabend-Gäste hinweg einzuschätzen. Die hübsche junge Frau war offensichtlich sehr stolz auf ihr wütendes Date.

Och nö, du Arschgeige. Nicht heute Nacht.

Griff stellte sein Bier auf der Bar ab und warf einen Blick hinüber zur Tür. Die Sicherheitsleute vorne waren damit beschäftigt die Ausweise betrunkener Teenager zu checken. Keine Chance, dass sie es den ganzen Weg nach hinten schaffen würden, um die Sache zu stoppen, bevor sie richtig losging. Der Barkeeper war am anderen Ende des Tresens damit beschäftigt, Bier zu zapfen, und die angetrunkene Menge rund um die Auseinandersetzung hatte am 11. September Besseres zu tun, als sich darum zu scheren.

Das Stone Bone war vollgestopft mit feiernden städtischen Angestellten: Rettungskräfte, Cops und Feuerwehrmänner. Wohl oder Übel, der Jahrestag der Angriffe auf das World Trade Center brachte die Jungs vom FDNY und ihre Fans in Massen zusammen. Heute Nacht allerdings war es bereits zehn Jahre her, dass die Türme gefallen waren – die Leute waren bei Weitem nicht mehr so nüchtern wie damals, als die Wunden noch frisch waren.

Griff betrachtete die beiden ungleichen Männer genauer. Drogendealer? Kredithai? Der glatzköpfige Typ trug einen Anzug - nicht billig - und fühlte sich nach Manhattan an: älter, größer, aber sicherlich unterlegen bei jeder Art von Kampf, den der kleine Hombre anfangen könnte. *Scheiße.*

Glatzkopf lächelte, als er ruhig auf den jüngeren Kerl einredete. Der Latino umklammerte sein Bierglas. Offensichtlich war er bereit, Köpfe rollen zu lassen, denn allein sein Blick drohte jedem, der auch nur in der Nähe stand. Er *wollte* für Trunkenheit und Ordnungswidrigkeit in den Knast gehen.

Griff schob sich von der Bar weg und straffte seine Schultern, um sich einen Weg durch die Menge zu bahnen. Eine lockige Blondine schnurrte ihn an. Aus den Augenwinkeln sah er, wie Dante aufhörte, mit den anderen zu singen, und seinen dunklen Kopf in seine Richtung drehte.

„Hey G! Wo brennt's?" lachte Dante.

Griff schüttelte seinen Kopf. Er hatte nur ein paar Sekunden, um den Raum zu durchqueren. Ein paar Bekannte sagten seinen Namen oder stießen gegen seine riesigen Schultern, als er an ihnen vorbeiging. Er nickte ihnen zu, ohne seine Augen von der Prügelei zu nehmen, die dabei war auszubrechen. Er konnte sie jetzt hören, den glatten Akzent des glatzköpfigen Typen, der versuchte, den Jüngeren zu beruhigen... Polnisch? Nein, Russisch.

Vielleicht war Mr. Sauber der Ex von der Frau? Ein Playboy, der versuchte, sie anzumachen? Ein Zuhälter? Aber warum ihn dann mit „Schwuchtel" beschimpfen? Vielleicht hatte er ihren Freund „zufällig mit Absicht" begrapscht? Die Körpersprache passte nicht wirklich, aber wer wusste das schon bei Russen.

Schließlich legte der kleine Puerto-Ricaner los. Glatzkopf realisierte zwar, was auf ihn zukam, hatte jedoch keinen Fluchtweg: um sie herum standen Leute dicht an dicht. Griff bewegte sich schneller, schob Gäste aus dem Weg. Der Latino hob die Flasche in seiner Hand und Griff konnte sehen, wie sein schöner freier Abend innerhalb von zwei Sekunden zum Teufel ging; den 11. September würde er damit verbringen, bis drei Uhr morgens mit den Cops zu reden.

Bevor er mit der Flasche ernsthaft ausholen konnte, hatte Griff das Handgelenk des jungen Mannes in seiner riesigen Pranke und brachte ihn mit einer Drehung auf seine Knie. Die Augen seines Mädchens füllten sich unter ihrem schweren Make-up mit Panik. Die Menge um sie herum zog sich gaffend ein Stück zurück.

„Maricon!" Sein dünner, dunkler Arm wand sich in Griffs festem Griff wie eine Schlange.

Griff drückte hart zu. „Lass sie fallen."

„Alles in Ordnung. Es tut mir leid." Der Russe schüttelte seinen rasierten Kopf und versuchte damit höflich, dem Typ aus der Patsche zu helfen. Was hatte er diesem Arschloch angetan?

„Ich sagte: lass die Flasche fallen!"

Klirr. Griff spürte, wie Flüssigkeit seinen Knöchel traf, und drehte den Arm des kleinen Ricaners zwischen dessen Schulterblätter. Er zwang ihn auf den harten Zement.

„Genug."

Der drahtige Mistkerl wand sich auf dem Boden unter Griffs` Knie und murmelte irgendetwas Anstößiges auf Spanisch.

3

„Jaja, fick dich selbst." Griff versuchte, den Jungs an der Tür oder dem Barkeeper ein Zeichen zu geben, aber die Menge war zu dicht. Herbstwochenenden waren in Sachen Betrunkene die schlimmsten, und diese Nacht war schlicht verrückt.

Der Kerl unter ihm zitterte vor Wut. „Du hast einen beschissenen Rock an! Eine Schwuchtel, die die andere rettet." Er zappelte machtlos und gedemütigt vor seinem Mädchen auf dem Boden. Liebe ist schon hart.

„Das ist ein Kilt, du Hornochse." Griff seufzte und schaute hinunter auf die Bundfalte über seinen dicken Oberschenkeln. Er war eigentlich so weit gewesen, die Sache auf sich beruhen und die beiden Deppen ziehen zu lassen. „Es ist nur dann ein Rock, wenn man Unterwäsche trägt."

„Er hat es nicht so gemeint." Der ältere Mann nickte Griff mit seinem rasierten Kopf zu und lächelte zum Dank. „Nur ein Missverständnis."

„Hört mit dem Scheiß auf. Nicht heute Nacht, okay?" Griff zeigte zuerst auf den Boden und dann auf die verlegene Freundin. „Ihr beide verschwindet jetzt aus dieser Bar."

Sie nickte.

Mit einem Satz sprang der Latino auf die Füße und schob sein Mädchen Richtung Ausgang. Sie stolperte, war aber zu beschämt um anzuhalten. Als ihr Freund sich an ihnen vorbei schob, rempelte er hart gegen die Schulter des Russen, hakte seinen Unterschenkel um dessen Fußgelenk und veranlasste dadurch, dass Mr. „Anzug und Krawatte" auf den Boden knallte. Der Junge wartete nicht ab und zwängte sich weiter durch die Menge zu seiner Freundin. Unterwegs stieß er gegen Leute, verschüttete Drinks und ließ eine Welle von Flüchen und bösen Blicken zurück.

Griff machte sich nicht die Mühe, ihm zu folgen. Er zog den glatzköpfigen Kerl auf die Füße und schüttelte dessen Hand. „Griffin Muir."

„Alek. Sie kannte mich nicht. Es war nicht nur seine Schuld." Er schaute fast entschuldigend drein, seine blauen Augen weit aufgerissen und wässrig.

„Das ist es nie. Vor zehn Jahren habe ich mich auch noch in Bars geprügelt."

„Na, dann danke ich Ihnen, ja? Er hat für mich gearbeitet und wollte es vor ihr geheim halten. Sie –"

„...wollte eine Prügelei sehen. Ja. Ich war mal mit einer wie ihr verheiratet. Er hat einen miesen Geschmack was Frauen angeht. Irgendwann ändert sich das."

DEAN MARTIN war fertig und der Feuerwehrchor hatte einen hübschen Schwarm Groupies in seinem Netz.

Bis Griff es zurück zu seinem Drink schaffte, hatte Dante diesen bereits für sich in Anspruch genommen und begrüßte ihn mit einem falschen Applaus. Schwarze Haare, schwarze Augen und ein Piratenlächeln.

„Mein großer Held," Dante grinste ihn an und leerte das Glas.

4

„Mein großer Schmarotzer. Schmeckt's?" Griff gab ihm einen liebevollen Klaps auf den Hinterkopf und kletterte auf einen der Barhocker.

„Schmeckt nach Steak", Dante leckte über seine Lippen. Leckte noch einmal. Rülpste wie ein Achtjähriger.

„Eklig! IIIIIIIieh!" Offensichtlich hatte die kleine Gruppe heißer Mädels, die bei ihnen stand, ihre Aufmerksamkeit auf Dantes knackigen Hintern und seine lockige schwarze Mähne gelenkt. Nichts Neues. Der Haufen hier war nur ein wenig stylischer gekleidet als die üblichen Verdächtigen. Möglicherweise College-Mädchen, die sich unters gemeine Volk mischten. Möglicherweise aus Manhattan.

Aus irgendeinem Grund ignorierte Dante seine Bewunderer. Er schob eine glänzende Haarsträhne aus seinem Gesicht. „Ich hab Hunger, G. Holen wir uns ein Stück Pizza? Ich muss mit dir über was reden."

„Alles okay bei dir?"

„Jepp. Nein. Keine große Sache. Ich muss dich nur was fragen."

„Sicher. Ich hatte schon den ganzen Spaß, den man an…", Griff schaute sich nach dem Rest der Crew um, um sich zu verabschieden. Er hatte heute Abend eigentlich ohnehin nicht ausgehen wollen. Abendessen mit Dante klang deutlich besser.

Sein bester Freund blinzelte und hörte auf zu sprechen, als sich eine schmale Hand von hinten heranschob und sich in Griffs leuchtendes, kupferrotes Haar wühlte.

„Sind deine Haare überall so rot?" Eine kurvige Inderin hatte sich aus Dantes Fanclub gelöst, um sich gegen Griffs Hüfte zu pressen und sich seine Beine anzusehen. „Schönes Karomuster."

In Cobble Hill einen Kilt zu tragen, bedeutete danach zu fragen. Manchmal bedeutete „danach" eine Prügelei und manchmal einen Blowjob. Traf man auf andere Schotten, bedeutete es ein paar Runden auf Kosten eines Anderen, der sich auch gerade patriotisch fühlte. Traf man auf Italiener, bedeutete es, dass man schnell beschuldigt wurde, das Mädchen von einem anderen zu knallen. Kinder kicherten und ältere Damen versuchten stets, einen heimlichen Blick unter den Kilt zu werfen.

Dantes Mund war angespannt, als er darauf wartete, dass Griff sich losriss. *Über was muss er unbedingt reden?*

Ausnahmsweise einmal wünschte sich Griff, er hätte eine Jeans angezogen. Er versuchte, Dantes Blick zu fangen, und schüttelte den Kopf.

„Na, wenn das mal kein großer Zauberstab ist." Das indische Mädchen lehnte sich vor, um sein bestes Stück zu begrapschen. Sie füllte jeden Zentimeter ihres knappen Kleidchens aus. „So verdammt riesig, hm? Hast du's nötig, Schotte?"

Griff lief knallrot an, spürte wie sich die pinkfarbene Hitze über seine Wangen und seinen Hals legte.

Ihre Hand hatte sich nicht bewegt. „Rotschöpfe haben die rundesten Hintern."

5

Dante zwinkerte. „Man kann keinen Bolzen mit einem kleinen Hämmerchen einschlagen. Griff ist 110 kg geballte Muskelkraft."

Griffs Schwanz regte sich unter dem karierten Stoff, als Dante ihn wie einen Preisbullen anbot. Er versuchte zu schlucken, jedoch war sein Mund staubtrocken.

Himmel.

Griff war nicht besonders gut auf diesem Gebiet und auch nicht interessiert. Er war müde und noch immer angespannt von dem Beinahe-Kampf. Am liebsten wollte er sich einfach seinen Kumpel schnappen und aus dem Staub machen, jedoch war ihm klar, dass das nicht besonders freundlich rüberkommen würde. Es wurde erwartet, dass er bleiben wollte. Es wurde erwartet, dass er sich die Kante geben und ein Mädchen abschleppen würde. Die Frauen sind heute Nacht schließlich extra für die Jungs vom FDNY angerückt. Urgh. Der 11. September war am Schlimmsten.

Such dir einen Feuerwehrmann. Irgendeinen.

Griff lächelte entschuldigend. „Sorry, wir sind gerade auf dem Weg in ʻne Pizzeria."

„Ach was. Vergiss es, G", Dante sah etwas angespannt aus. Er schüttelte seinen Kopf und sein Partyhengst-Lächeln erschien etwas zu schnell, um echt zu sein. „Nee – nee. Lass uns bleiben. Wir bleiben. Ich bin okay."

„Na los, Mann. Ich bin erledigt." Griff schaute zu seinem besten Freund, der nur beharrlich den Kopf schüttelte. Eine verrückte Sekunde lang wollte er seiner kurvigen Bewunderin ein Danke-Aber-Nein-Danke-Lächeln zuwerfen, seinen Arm um Dantes Schulter legen und sich auf den Weg zur Pizzeria machen. Aber inzwischen hatten sich ihre Freundinnen um Dante versammelt und versuchten, sich jeweils vorzudrängeln.

Zehn Sekunden mehr und wir hätten abhauen können.

Das indische Mädchen schaute zwischen den beiden hin und her, noch immer damit beschäftigt, Griffs runden Hintern zu tätscheln. *Patsch patsch.* Als wäre er ein zweibeiniger Bernhardiner.

„Dein Arsch ist so... unglaublich männlich!" Sie grapschte Griffs Schenkel durch den Kilt und schob dabei den Stoff in seine verschwitzte Arschritze. Sie leckte über ihre Unterlippe. Ihre Augenbrauen hoben sich. „Ohmeingott, du hast da ja echt nichts drunter!"

Ein paar Meter entfernt prustete Dante Bier aus der Nase. Die anderen Mädels quietschten, stöhnten auf und begannen, sich mit Servietten abzuwischen.

Griff runzelte die Stirn, als er in Dantes attraktives Gesicht blickte. In einer stillen Geste nickte er seinen Kopf Richtung Tür: *Lass uns verschwinden.*

Inmitten der Mädchen waren Dantes lächelnde Augen dunkel-dunkel-dunkel, als er seinen Kopf schüttelte und zwinkerte. „Nee. Passt schon." Er drehte sich zur Seite, um einer schlanken Blondine etwas ins Ohr zu flüstern, das sie sowohl auflachen als auch erröten ließ.

Scheiße.

Griff drehte sich zurück und versuchte zu verstehen, was die indische Tussi sagte. Irgendetwas über ein Konzert, das sie bei BAM gesehen hatten. Er nickte zustimmend, als würde er ihr zuhören. Über seine Schulter hinweg sah er zu, wie Dante hinter zwei ihrer Freundinnen seine Arme auf der Bar ausbreitete. Immer ganz der Charmeur. Seine linke Hand zeigte einen bösen Schnitt, der sich über alle vier Knöchel erstreckte.

Das braucht einen Verband.

Griff bekam genügend Angebote, auch wenn er nicht wirklich auf der Suche war. Er hatte schon immer breite Schultern und eine breite Brust, starke Arme, Beine wie Baumstämme. Seine breite, gebrochene Nase stellte sich als Segen für sein Babyface heraus. Und so sehr Dante ihn auch damit aufzog, Griffs blasse Haut und das zimtfarbene Haar waren ein Blickfang in Bars, wo die meisten Gäste aus Latinos oder Italienern bestanden. Wenn deine gesamte Nachbarschaft rund ums Jahr einen dunklen Teint hat, war helle Pfirsichhaut eindeutig exotisch. Die Ladies liebten es, ihre Spuren auf seiner hellen Haut zu hinterlassen, und sein dickes, rosiges Rohr setzte seine Chancen auch nicht gerade herab. Der Stab des weißen Magiers, so nannte ihn Dante.

Diese indische Tussi war wild entschlossen und ziemlich atemberaubend, wenn er nur interessiert wäre. „Willst du…?"

Nein, will ich nicht. Aber ich sollte wollen.

Griff warf seiner kurvigen Bewunderin ein mechanisches Lächeln zu. Sie lächelte zurück. Ihre Lippen waren in einem grellen Ziegelrot geschminkt, das wohl sexy wirken sollte. Ihr dickes Haar hatte beinahe den gleichen Schwarzschimmer wie das seines besten Freundes.

Dante beobachtete sie wieder mit seinen glitzernden, schwarzen Augen, biss sich auf die Lippe und nickte ermutigend.

Griffs Schwanz zuckte und er musste ihn gegen seinen Oberschenkel drücken, als sie ihn in Richtung Badezimmer zog.

Denk dran: Das ist es, was du willst.

Wenn du zum FDNY gehörst, war der 11. September einzig gut für einen bedeutungslosen Fick und Freibier. Erst aufgeilen. Dann freundschaftlicher Bar-Sex. Griff Muir hatte nicht den Mut, dagegen anzukämpfen.

DIE ANGESTELLTENTOILETTE war offen - Griff hatte einen Schlüssel -, aber nachdem die beiden die Tür hinter sich geschlossen hatten, ging der ganze Bar-Sex-Plan zum Teufel.

Sie bestieg ihn wie ein Klettergerüst und ihr Mund fühlte sich auch wirklich gut auf ihm an, aber er war nicht wirklich bei der Sache. Ihr langes Haar fühlte sich seidig an – und auf seiner Haut völlig fehl am Platz. Er hatte sich gegen das Waschbecken gelehnt und konnte das Bild von Dantes undeutbarem Blick nicht aus seinem Gedächtnis verbannen.

Um was machte er sich Sorgen?

Vielleicht könnte er das hier so schnell wie möglich hinter sich bringen und dann könnten sie immer noch zu ihrer Pizza abhauen. Griff schob sein Gesicht unter den rabenschwarzen Vorhang ihrer Haare und saugte an ihrem glatten, braunen Hals, während sich ihre Hand auf der Suche nach seinem besten Stück, unter den Kilt schob. Irgendwann hörte er auf, sich zu bewegen.

Vergiss es.

Sie bemerkte seine Zurückhaltung, stoppte ihre Versuche und küsste seinen Hals mit ihrem nach Menthol riechenden Mund. Ihre riesigen exotischen Augen richteten eine unausgesprochene Frage an seine.

Er verzog das Gesicht und schüttelte einmal kurz seinen Kopf. „Sorry, das ist ein harter Tag für mich. Du bist echt wunderschön und so, aber –"

„Du bist beim FDNY", nickte sie voller Sympathie, ein süßes Lächeln auf ihrem braunen Gesicht.

Griff fühlte sich wie ein Trottel, als er nickte.

„Du warst dabei, als die Türme…"

Er schluckte und sah zu Boden.

„Ich versteh's. Ich hab eine Schwäche für Feuerwehrmänner. Wie ein Fetisch." Sie kletterte von seinem Schoß hinunter.

„Tut mir leid… an dieser Schwäche ist nichts auszusetzen." Er wollte nett zu ihr sein, aber auch gleichzeitig verschwinden. Seine Stimme hallte von den schmuddeligen Fliesen und der modrigen Decke.

Sie packte durch den Stoff seines Kilts zu. „Du bist so hart. Bist du sicher, dass du's nicht versuchen willst?"

Griff setzte sich auf den Toilettendeckel und rieb sich nervös über die Finger. „Nein. Ich sollte heimgehen."

„Vielleicht ein anderes Mal. Du bist einfach unheimlich süß. Haare wie glühende Kohlen." Sie strich über eine Seite seines Kopfes und runzelte ein wenig die Stirn. „Ich muss meine Freundinnen finden."

„Nun ja… mein Freund ist möglicherweise mit ihnen beschäftigt. Brauchst du 'ne Mitfahrgelegenheit?"

„Nö. Ich lebe in den Heights. Ich bin verheiratet." Sie öffnete einen kleinen Spiegel, um ihr Make-up zu checken.

„Klar."

Griff begann langsam, an der Ehe als solcher zu zweifeln. Sie machte Frauen zu Schmarotzern und Männer zu Tyrannen. Der Tod seiner Mutter hatte seinen Vater zerstört. Und Gott allein wusste, wie sehr Griff in seiner eigenen Ehe versagt hatte.

Im schwach beleuchteten Badezimmer sah er zu ihr auf. „Woher wusstest du, dass ich bei der Feuerwehr bin?"

Sie kicherte. Ich kann euch Jungs auf hundert Metern Entfernung erkennen. Mit oder ohne euren Gummihosen. Ich werde… nichts sagen". Darüber, dass er's vermasselt hatte, meinte sie. „Hey, vielleicht lüge ich meine Freundinnen an und behaupte, wir hätten's gleich zweimal getan."

„Wie war ich?" Er lachte und errötete so heftig, dass seine Ohren warm wurden.

Sie leckte über ihre Oberlippe und funkelte aus ihren großen Augen. „Unglaublich!"

„Danke." Griff wurde klar, dass er zu einer Geschichte werden würde, die sie erzählte: der rothaarige Riese im Kilt von der 9/11 Party. Warum auch nicht. Eine schmutzige Anekdote schien eine gute Sache zu sein.

Nun gut, das entsprach *weitestgehend* der Wahrheit. Er konnte fast vor seinem geistigen Auge sehen, wie sie die Geschichte bei Kaffee und Salat ihren Freundinnen erzählte. Jedes Mal würde sie ein klein wenig mehr angeben und übertreiben, bis er irgendwann über zwei Meter zwanzig groß sein und ihr Liebesbriefe schicken würde. Er wünschte, er könnte wirklich dieser heiße Typ *sein,* zu dem sie ihn später machen würde, um ihren Badezimmer-Reinfall sexier, cooler und riskanter wirken zu lassen.

Loser.

Sie trug neuen Lippenstift auf und fuhr sich mit der Hand durch ihr glänzendes Haar. „Ich absolviere hier nur meine Pflicht als gute Staatsbürgerin." Mit einem Zwinkern und einem Hüftschwung, um ihren Rock in die richtige Position zu bringen, schlüpfte sie zur Tür hinaus.

Griff stand auf und drehte an den Armaturen. Er spritzte sich Wasser ins Gesicht und starrte in seine trüben, grauen Augen im Spiegel.

Loser. Idiot. Freak.

Die Jungs wären entsetzt, wenn sie mitbekommen hätten wie er eine so heiße Schnitte einfach abgewiesen hatte. Sie wären noch entsetzter, wenn sie wüssten, warum. Unter dem Kilt drückte noch immer eine dicke Erektion gegen seine Bügelfalten, aber die war nicht für sie. Großes Problem. Wenn er so hinausging, würde es jeder mitbekommen. Er drückte seinen geschwollenen Schaft durch den Stoff und zog scharf Luft ein.

Er verschloss die Tür und langte unter den Faltenrock. Er fummelte ein wenig, um an sein pulsierendes Rohr zu kommen, und schloss eine Hand darum

Höchstens zwei Minuten.

Griff setzte sich wieder hin, schloss die Augen und hörte auf, gegen seine wahre Fantasie anzukämpfen.

EIN PAAR Minuten später fühlte sich Griff, als habe er gefrühstückt und geduscht. Nun… vielleicht eher einen Egg McMuffin und ein Spritzerchen Sagrotan. Nichts allzu Kompliziertes.

Als er schließlich die Toilette verließ, hatten seine Eier endlich aufgehört, seine Leiste zu umarmen, und waren wieder nach unten gewandert. Er hatte sich mit seinem Papiertaschentuch abgewischt, konnte aber einen Rest Samen spüren, der auf der Innenseite seines Oberschenkels trocknete.

Das Stone Bone hatte sich in der Zwischenzeit noch weiter gefüllt. Weitere Feuerwehrmänner waren in T-Shirts ihrer Feuerwache gekommen, um diese, weit weg von ihren Ehefrauen, als Tussi-Köder zu benutzen. In einer Bewegung erhob jeder an der Bar sein Glas, als die kleine kubanische Barfrau ein angegrautes Küchentuch über die unebene, verkratze Oberfläche wischte: *Riesenschwanz* und *Shasta liebt Ronnie* und ein Tic-Tac-Toe-Spiel.

„343! 343!" Im hinteren Teil der Bar grölte eine Gruppe Feuerwehrmänner von Brooklyn Ladders and Engines mit erhobenen Bieren einen Toast. Die Zivilisten um sie herum klatschten und erhoben ebenfalls ihre Gläser. Damals, 2001, hatten 343 Mitglieder des New Yorker Feuerdepartments am Ground Zero ihr Leben gelassen. Die Stadt war noch immer dankbar. Es war eine gute Sache. Es fühlte sich richtig an, dass die Stadt sich auch zehn Jahre später noch immer erinnerte, auch nachdem die Stelle zubetoniert wurde und die Twin Towers zu einem kitschigen Souvenir geworden waren, das die Touristen mit nach Hause nehmen konnten.

Griff manövrierte seinen massigen Körper zur Bar. Kopf und Schultern ragten ein Stück über die Menge hinaus, als er der vollbusigen Barfrau zunicke und ihr über den Sound von The Doors zurief, „Anastagio gesehen?"

Die Barkeeperin zuckte mit den Schultern und machte eine Geste in den vollgepackten Raum. Griff kicherte und lächelte zum Dank. Wohin war Dante verschwunden? Griff seufzte, plötzlich ernsthaft hungrig. Dantes Idee mit der Pizza klang immer besser. Sein Magen grummelte seine Zustimmung.

Dann, als ob der Gedanke ihn herbeibeschwören könnte, erschien sein bester Freund – schwarzes, verschwitztes Haar im Nacken gekringelt, raue Hand auf Griffs Schulter.

„Na, da ist ja mein Mann! Big G!" Dante stand gegen die Bar gedrückt und machte Kaugummiblasen, sein Piratenlächeln noch immer auf seinem Gesicht.

„Hey, Zwerg", Griff lehnte sich zu ihm und atmete die scharfe Note von Dantes ganz besonderem Duft ein: süß und ledrig und dumpf wie eine saubere Sport-Umkleide. Griff lächelte; diesen Geruch würde er überall erkennen.

„Hey! Ein Meter achtzig ist völlig normal. Du bist ein Mutant." Dante war dabei, das Etikett von seinem vierten Bier zu pulen, die anderen drei rollten sich vor ihm auf der Bar. Er hatte sich seit ein paar Tagen nicht mehr rasiert und die blauen Stoppeln auf seinem kantigen, römischen Profil ließen ihn wie einen Cartoon-Bösewicht aussehen. Die Muskeln seiner langen Kehle arbeiteten, als er einen weiteren, tiefen Schluck aus seiner Flasche nahm.

„Lass uns hier verschwinden, hm?" Griff nickte mit seinem Kopf Richtung Tür.

Dante klang leicht angetrunken. „Du hast doch 'ne Menge Spaß hier. Und es sieht so aus, als hätten wir alle Gesellschaft bekommen." Er ließ die Augen über die Party schweifen, wo der Rest ihrer Jungs sich mit ihren weiblichen Fans vergnügten.

„Na los, lass uns abhauen. Ich bin am Verhungern. Und du wolltest doch über irgendwas…", Griff suchte in Dantes Augen, versuchte die dort aufflackernde Besorgnis zu entziffern. Er bat selten um etwas.

Dante schnappte mit seinen Fingern, offensichtlich war er noch nicht bereit zu fragen. „Pizza zum Mitnehmen. Warum gehen wir nicht zu mir und du pennst da?" Er bot es ständig an und Griff lehnte immer ab.

Ganz schlechte Idee.

Griff schüttelte entschuldigend seinen Kopf, „Ich muss früh raus. Ich sollte heimgehen."

„Und meine Uhren können keine Zeit anzeigen?" Dante machte sein Dorfdeppen-Gesicht, streckte seine Zunge seitlich heraus und verdrehte die Augen.

„Ich passe in keins deiner Betten. Aber Pizza geht klar. Wenn du willst, können wir unterwegs reden…", Griff stand dicht bei ihm wie ein Penner, der sich um einen brennenden Mülleimer drängteund suchte den Blick seiner tiefschwarzen Augen.

Dante starrte ihn einen kurzen Moment lang an und dann zu Boden, dahin, wo Griffs riesige Waden in seinen Socken und Stiefeln steckten.

Griff spannte sie unfreiwillig an.

„Biste sicher?" Dante wippte auf seinen Füßen und sah ihn von der Seite her an.

„Jepp, D", er hatte sich bereits zur Vordertür gedreht, „über was, zur Hölle, musst du so dringend reden?"

„Nicht hier."

„Okay. Okay", lachte Griff. „Ich würd gern zu Lucali gehen. Falls dir die lange Warteschlange nix ausmacht."

„Ähm. Ich hab keine Kohle dabei." Etwas Dunkles regte sich in Dantes Augen.

Griff zögerte keinen Moment. „Ich nehme für uns beide 'ne Familienpizza. Los."

Ist er wegen Geld so besorgt?

Dante schüttelte seinen Kopf und deutete zur Tür. Er zitterte beinahe. „Die Sache ist die…"

Griff machte einen Schritt zurück und stupste ihn an, „Anastagio, ich kann dir aushelfen. Soll ich dir was bis zum nächsten Gehalt leihen? Mach dir keine Sorgen um den Betrag."

Er konnte es sich leisten. Abgesehen vom Türsteher-Job in dieser Kneipe half Griff beim Rahmenbau eines lokalen Bauunternehmers aus. Jeder der Jungs hatte noch einen Job nebenbei. Das FDNY war berühmt dafür, den bekloppten Idioten, die in brennende Häuser rannten, während alle anderen versuchten herauszukommen, Scheiß-Gehälter zu zahlen.

Dante rempelte freundschaftlich gegen Griffs Schulter und schubste ihn vorsichtig Richtung Ausgang. Das Stone Bone war inzwischen so gestopft voll, dass Bewegung bedeutete, sich an so ziemlich jedem anderen in vollem Körperkontakt

11

vorbei zu zwängen. Dante war praktisch gegen seinen Rücken gepresst, seine Bauchmuskeln gegen Griff' Hintern. Gott sei Dank war er um einiges kleiner, somit konnte nichts, ähm, miteinander in Berührung kommen.

Jemand berührte Griffs Schulter und er drehte sich um.

„Mr. Muir", Alek hob sein Glas zum Abschied. Offensichtlich hatte der aalglatte Russe es auch zurück zu der Gruppe von Feuerwehrleuten geschafft. Allerdings sah er mit seinem Anzug und seinen Gesten, die wie die eines Gebrauchtwagenverkäufers wirkten, als er mit ein paar Rettungskräften aus Queens redete, ein wenig fehl am Platz aus.

Griff nickte ihm zu, blieb aber nicht stehen. Er wollte einfach nur noch raus aus der Menge und dem Krach und herausfinden, was mit Dante nicht stimmte. Heute Abend hierher zu kommen war eine blöde Idee gewesen. Hatten damals nicht 343 Feuerwehrmänner ihr Leben gelassen? Warum wollten die Leute eine Tragödie feiern?

Sie hatten es fast bis zur Tür geschafft, als Griff spürte, dass Dante ihm nicht mehr folgte.

Was denn jetzt noch?

„Scheiße", murmelte Dante. Griff drehte sich um, um über das Meer von quasselnden Köpfen zu sehen.

„Anastagio! Versuchst du abzuhauen?" Eine kecke, an der Bar stehende Blondine, pikste Dante in die Brust, vermutlich der Plan B für diese Nacht: enger Rock, weiche Titten unter ihrem Kleid, großer Hintern, ihr Lippenstift vom Küssen verwischt – vermutlich von ihm.

Dante lachte kurz auf und presste seine Augen fest zusammen, so als würde er versuchen, sich an ihren Namen zu erinnern. „Ähm, nein… das ist mein Kumpel, Griff."

Sie sah nicht einmal hinüber. „Dante, seit zwei Jahren versuch ich, dich rumzukriegen, und endlich sieht's mal gut aus und jetzt willst du mich hängen lassen?"

„Nein, Baby", sagte Dante sanft und beugte sich zu ihr vor.

Ganz plötzlich fühlte sich Griff nicht mehr so gut.

Dante ging zur Ecke der Bar neben ihr und legte eine Hand auf das verkratzte Holz. Er murmelte eine Entschuldigung. „Wir müssen morgen früh raus. Und Griff hat heute noch nichts gegessen. Wir müssen ihm was besorgen."

Selbst in einer übervollen Bar in Brooklyn konnte man Delilahs Augen zwischen ihnen hin und her wandern sehen. Sie war mehr als genervt von dem Typen, der ihr die Tour vermasselte. Sie verzog das Gesicht. „Wohnt ihr Typen zusammen?"

„Nein", Griff kam auch wieder näher an die Bar heran, schon alleine, um aus dem Gedränge der Leute herauszukommen.

„Naja, so gut wie. Er ist wie mein Bruder", Dante schob sich eine Haarsträhne aus dem Gesicht, „und er muss in ein paar Stunden schon wieder raus." Dante strich unter ihrem Rock über ihr Bein. „Wir können hier später weitermachen. Sei nicht so. Ich muss mich erst um ihn kümmern."

„Und was ist mit mir?" Sie wusste, was hier abging.

Griff entdeckte Aleks rasierten Kopf ganz in der Nähe. Er lauschte mit einem schiefen Lächeln dem Mist, den Dante hier verzapfte. Auf der Jukebox beschwerten sich die Rolling Stones gerade über Biester und Bürden, während die Menge, völlig neben der Melodie, mitjaulte und 343 Geister dabei zusahen.

Das Mädel quietschte auf. Dem Ausdruck auf ihrem Gesicht und Dantes Position nach zu urteilen war Griff sich ziemlich sicher, dass dieser gerade ein paar Finger in sie hinein geschoben hatte.

Himmel nochmal. Dante versuchte ständig, Tussis zu irgendwelchem verrückten, halblegalen Scheiß zu überreden, vorzugsweise in aller Öffentlichkeit, vorzugsweise vor Griff, für die volle Peinlichkeit. Griff begann gewöhnlich zu schwitzen, zu stottern und auf den Boden zu starren und Dante ging gewöhnlich exakt einen Schritt zu weit. Das Merkwürdigste daran war allerdings, dass die Frauen Dante anschließend dankten, ihn verfolgten und ihm noch monatelang SMS schickten.

Griff schnaubte und warf seinem besten Freund einen missbilligenden Blick zu. Dante liebte es, ihn verlegen zu machen, lebte scheinbar dafür, ihn rot anlaufen zu sehen. Hölle nochmal, Griffin konnte spüren wie sich die Schamröte unter dem großspurigen Blick seines Freundes über jeden Zentimeter seines Körpers ausbreitete. Vermutlich erröteten sogar seine Beine unter dem Kilt. Fast warf er einen Blick nach unten, um nachzusehen, schaffte es aber, seinen Blick auf der unordentlichen Bar ruhen zu lassen.

Gegen deren feuchtes Holz gelehnt sah der Schnitt über Dantes Knöcheln breit und frisch aus. Vermutlich müsste es genäht und nicht nur verbunden werden.

„D, was hast du mit deiner Hand angestellt?"

„Geht dich nichts an." Dantes Lächeln wurde breiter, aber seine Augen schienen leer und starrten Griff an, als wäre er lieber woanders. Die Muskeln in seinem braunen Unterarm spannten sich unter Griffs Blick an. Das Mädchen stöhnte wegen irgendetwas, das Dantes versteckter Arm gerade tat.

„Nein, ich meinte die .. vergiss es."

Griff rieb sich über seine Bartstoppeln und wünschte sich, er wäre irgendwo anders, wollte ein Stück heiße Pizza, wollte irgendetwas anderes als eine überfüllte Bar in Brooklyn, zehn Jahre *danach*. Plötzlich fühlte es sich realer an, eine FSK 18-Fantasie für eine verheiratete Frau zu sein, als sich hier gerade fühlte. So, als sei er der 344. Geist. Etwas dehnte sich in seinem weiten Brustkorb aus, ließ ihm keine Luft zum Atmen, zerdrückte ihn fast von innen heraus.

„Griffin?" fragte Dante sanft, während er damit aufhörte, was auch immer er getan hatte, und sich einen Schritt von der Brünetten wegbewegte. Seine raue Hand auf seinem wuchtigem Unterarm ließ Griff wieder im Hier und Jetzt landen.

13

Griff zuckte zurück und hob seinen grauen Blick, die lange Strecke, die es dauerte, Dantes zu erreichen. Er war kurz vor einem Zusammenbruch. „Ich muss los."

„Wir müssen los", erklärte Dante dem Mädchen und unterbrach ihren Protest mit einem kurzen Kuss mitten auf den Mund, „außer du willst mit uns kommen, Süße? Zusammen, meine ich. Griff ist auch ein Feuerwehrmann…"

Was zum Henker?

Musik dröhnte und Leute drückten gegeneinander und Griffin stand alleine da, in einer erstickenden Blase von Hintergrundrauschen, betrachtete die Luft um sich herum und zählte bis null. Warum passierte ihm so etwas? Er gab ein grunzendes Geräusch von sich und schaute überall hin, nur nicht in das attraktive, besorgte Gesicht seines Freundes.

Sie sah sich beide Männer an – die Muskeln, ihre Körper – und zählte eins und eins zusammen: ein Bett, zwei Feuerwehrmänner und das Ganze am 11. September.

Griff konnte praktisch sehen, wie sich die Zahnrädchen in ihrem Gehirn drehten, als sie auf ihrer Unterlippe kaute und bei den vielen logistischen Möglichkeiten zu blinzeln begann.

Sie liebte die Vorstellung.

Er nicht. „Ich denke nicht, Dante. Ich muss was essen und dann ins Bett."

„Darüber rede ich doch die ganze Zeit, G. Du und ich, wir zwei haben schon zu lange nicht mehr zusammen gefeiert."

Griff wusste genau, was sein bester Freund im Sinn hatte; er traute nur sich selbst nicht genug, um ja zu sagen. Er wusste, dass Dante nur helfen wollte, aber er schüttelte seinen Kopf. Nein.

Dante zog Griff zu sich herunter, seine Lippen berührten beinahe Griffs Ohr und flüsterte, "Gib mir…"

Griff erschauderte und nickte seine Zustimmung, noch bevor sein bester Freund weitersprechen konnte. Er schwitzte und die Wichse auf seinem Oberschenkel wurde wieder klebrig.

„Kannst du mir 'ne Minute geben? Wir treffen uns dann draußen vor der Tür." Dantes Worte trieften geradezu vor stiller Entschuldigung.

Griff nickte wieder und machte sich auf zur Tür, während er sich durch die aufgewühlte Menge schob.

Dort angekommen öffnete er sie, trat aber nicht hinaus in die kühle Luft. Stattdessen blieb er genau auf der Türschwelle dessen stehen, wo er nicht sein wollte, inmitten der Party.

Er betrachtete keineswegs Dantes glatte, olivbraune Hand, die seine Eroberung des Abends abwehrte, so dass sie entkommen konnten. Er betrachtete nicht Dantes starken Rücken und Beine, die sich ihren Weg durch die Menge zu ihm bahnten wie ein scharfes Messer. Und er betrachtete auch nicht die Art und Weise, wie Dantes kantiges Kinn und tiefschwarzes Haar das Licht einfingen, als dieser den Eingang erreichte, erleichtert lächelte und zwinkerte.

Weitestgehend nicht.

2

Sie waren schon ihr ganzes Leben lang Freunde.

Nee, das war 'ne verdammte Lüge.

Griff *wusste* seit der Junior High, wer Dante war. Aber Paulie war der Grund dafür, dass sie Kumpel geworden waren. Paulie war Dantes älterer Bruder und, genau wie Griff, Linienrichter für das lokale Schul-Footballteam. In der Tat hatten Paulie und Griff bereits das gesamte dritte, und einen Monat des letzten Highschooljahres zusammen gespielt, bevor Dante mehr als nur der nervige, kleine Bruder seines Freundes wurde. Diese Tatsache schien aus heutiger Sicht verrückt.

Aber was schien jetzt *nicht* verrückt?

Paulie Anastagio war eins von sechs Kindern einer verrückten italienischen Familie, die in einem braunen Sandsteinhaus mit zusammengestückelter Einrichtung in Cobble Hill lebten. Mrs. Anastagios´ Großvater hatte es noch vor der großen Depression gekauft. Das Haus saß auf der Grenze zwischen „Drecksloch-Brooklyn" und „Brooklyn-kriegt-seinen-Scheiß-endlich-auf-die-Reihe". Griff lebte mit seinem Dad zwei Blocks weiter, auf der miesen Seite.

Griff und Paulie hatten sich im Baseballcamp im Spätsommer kennen gelernt und hingen während des Junior-Jahres aufgrund des Footballs viel miteinander rum. Nichts Weltbewegendes: ein paar Doubledates, ein paar gemeinsam gerauchte Joints und ein paar besoffene Ausflüge im Auto von irgendjemandes Freundin nach Jersey rüber.

Griffs Vater war der Meinung, dass Football reine Zeitverschwendung war und Schule einzig dazu diente, sich auf Kosten der Stadt einen runterzuholen. Worin lag der Sinn der Schule, wenn man ohnehin wusste, man würde als Polizist oder Feuerwehrmann enden? Bis er Paulie getroffen hatte, war Griff mehr oder weniger der gleichen Meinung gewesen. In der High School hatte er sich, in der letzten Reihe sitzend, viel Mühe gegeben, diesen Sinn zu erfüllen.

Paulie war einer von den Typen, die exakt das waren, was sie zu sein vorgaben: ehrlich, unkompliziert und absolut geradeheraus. Für ihn war das selbstverständlich. Bei einer Körpergröße von 1,75m und einem Gewicht von 100kg war Paulie wie ein Güterzug, egal, ob auf dem Feld oder ausserhalb.

Beim ersten Footballspiel hatte Griff hören können, wie der gesamte Anastagio-Clan seinen Freund anfeuerte. *Go Skyhawks!* Diese große, dunkelhäutige *Famiglia* schrie und klatschte in den Rängen – schwarze Augen und schwarzer Humor. Die Anastagio-Geschwister schubsten sich und machten sich übereinander lustig, bis Mrs. Anastagio einem eins über den Hinterkopf gab.

Als die Skyhawks gewonnen hatten und das Team sich gegenseitig auf die Ausrüstung schlug und die Menge jubelte, war Griff so neidisch auf seinen Freund und dessen Familie, dass er Paulie kaum in die Augen sehen konnte.

Es spielte keine Rolle. Nachdem sie sich geduscht und umgezogen hatten, hatte Paulie ihn einfach am Nacken gepackt und Griff fand sich zusammengequetscht auf dem Rücksitz eines Lincolns, mit Loretta Anastagio über seinen Beinen, wieder – lachend und unterwegs zu Pizza und Cola. Bis der Abend vorbei war, hatte die ganze Familie ihn praktisch gefuttert wie eine laute, glückliche Amöbe... und das war's dann.

Ziemlich bald aß Griff grundsätzlich bei den Anastagios, half Mr. A. bei der Dachrinne, fuhr gemeinsam mit den Brüdern auf Partys oder zum Strand und futterte aus ihrem irren, überladenen Kühlschrank. Endlich konnte er aufhören, sich die imaginäre Familie zu wünschen, nach der er sich immer gesehnt hatte – sie hatten ihn gekidnappt.

Griffs Dad schien es so oder so egal zu sein. Als Brandermittler konnte er zu jeder Zeit zu Untersuchungen gerufen werden und überließ Griff im Wesentlichen sich selbst mit kalten Sandwiches und Limo. Griffs Mom war gestorben, als er neun war, somit mussten die Muir-Männer sehen, wie sie klar kamen.

Die Anastagios schmissen Geburtstagspartys für ihn. In den Ferien vor dem letzten Schuljahr nahmen sie ihn für eine Woche zu ihrem jährlichen Nicht-Angel-Urlaub mit zum Lake George,. Und als Griff sich eines Abends beim Basketball spielen den Arm gebrochen hatte, war es Mrs. Anastagio, die ihn ins Krankenhaus brachte. Er und Paulie passten auf die Jüngeren auf und mussten ihre großen Klappen ertragen. Griff lernte von Mr. Anastagio und nicht von seinem Vater, was es bedeutete, ein Mann zu sein.

Jedes Foto aus seinem Senior-Jahr zeigte Griff mit einem Lächeln – mit einer dicken Matte feuerroten Haares und Schultern wie ein Kühlschrank stand er groß und blass und schüchtern, umringt von seinen halb adoptierten, sizilianischen Geschwistern: ihre dunklen Gesichter und das ausgelassene Lachen... Jedes Foto war wie das Lied aus der Sesamstraße: *Eines dieser Dinge ist nicht wie die anderen.*

Kurz vor dem Schulabschluss hatte Paulie Veronica Nuñez geschwängert. Das glückliche Paar (plus kleinem blinden Passagier) heiratete im Juni und zog im August nach Staten Island. Statt das Feuerwehrmann-Examen zu machen, wie er ursprünglich geplant hatte, hatte Paulie auf dem Bau angefangen.

In einer Art stillem Einverständnis rutschte der nächste Bruder in der Reihe nach, um mit Griff den großen Bruder zu spielem: Dante, der absolut verrückteste Anastagio – und stolz darauf. Ärger auf zwei Beinen, größer, schlanker und eingebildeter als Paulie.

Am Anfang hasste Griff ihn. Nicht hassen-hassen. Aber als sie an einem Abend mit ein paar anderen Jungs, die mit ihnen die Ausbildung machten, in einen Stripclub gingen und Dante unverschämt wurde, haute er ihm eine rein. Dante hatte nicht aufgehört, eine der Tänzerinnen, ein Mädchen, das sie noch aus der

Schule kannten, zu belästigen. Griff holte aus und Dante ging zu Boden. Als er sich mit seinem Piratenlächeln und einer blutigen Lippe wieder auf die Füße gerappelt hatte... schmatzte er nur einen dicken, feuchten, italienischen Kuss auf Griffs Wange. „Ist schon gut, Kumpel. Ist schon gut."

Klick. Sie waren beste Freunde. Als hätte jemand einen Schalter umgelegt.

Sie fanden schnell heraus, dass sie beide einen Abschluss zum Feuerwehrmann machen wollten, was eigentlich beinahe ein vorherbestimmtes Schicksal war. Sie trainierten zusammen, feierten zusammen, gingen zusammen auf Frauenjagd, kotzten zusammen... Brüder.

Sie bestanden ihre Abschlussprüfungen, Griff beim ersten Mal, Dante beim dritten. Ihre Anfängerzeit verbrachten sie Seite an Seite auf Randall Island. Danach wurde Dante in eine heruntergekommene Feuerwache versetzt, die immer kurz davor stand, aus Budgetgründen geschlossen zu werden, und zog nach Queens. Griff hatte mehr Glück, vermutlich wegen seines Vaters, und erwischte eine Stelle bei der Engine 333/ Laddder 181 in Red Hook. Die Jungs nannten sich selbst die „Hot Hookers" und, keine Frage, das waren und taten sie.

Bis Griff heiratete, hingen er und Dante weiterhin an den Wochenenden zusammen rum – tranken, betranken sich und teilten sich sogar ein paar Mädchen. Dante hatte immer drei oder vier oder sogar noch mehr Frauen am Start.

Das war keine Ausnahme bei den Jungs auf der Feuerwache. Jeder wusste, dass junge Feuerwehrmänner ihre Hosen nicht oben behalten konnten. Es kam mit dem Job: Vierundzwanzig Stunden-Schichten, permanente, körperliche Anstrengung, Testosteron, warten auf der Wache, kochen, Gewichte heben und das Waschen des Trucks. Die Mädels waren immer Feuer und Flamme, ihre Dankbarkeit auszudrücken. Und der Dienstplan lieferte genügend Entschuldigungen für einen kurzen Ausflug, *Sorry Schatz, ich hatte heute 'ne Doppelschicht.* Jepp, sicher: Doppel D`s schon eher, mit einem Kumpel auf einem runden Wasserbett in einem Sexhotel in Jersey. *Bin Dienstag wieder daheim, Süße.*

Keiner der Feuerwehrmänner war ein Kind von Traurigkeit, aber Dantes Appetit war legendär – Essen, Ficken, Spaß... jede Reihenfolge, jede Kombination. Zwei Jahre, nachdem er begonnen hatte in dem Job zu arbeiten, hatte er eine Verlobte namens Shelly, eine Freundin namens Maxine und ein paar Sexbekanntschaften - falls es zu einem dringenden sexuellen Notstand kam. Und irgendwie gelang es ihm, sie alle unter einen Hut zu bekommen, ersetzte sie, wenn sie zu langweilig wurden. Manchmal schien es fast so, als hätten die Frauen kein Problem damit, ihn zu teilen, so lang er beim Vögeln nur so tat, als seien sie sein Ein und Alles. Was auch immer Dante mit diesen Mädchen anstellte, sie konnten nicht genug von ihm bekommen.

Es war immer klar, dass Griff eines Tages sein Trauzeuge werden würde, aber Dantes Liebesleben stand nie lang genug still, um jemandem den Ring an den Finger zu stecken. Shelly wurde zu Lauren... dann Bethany... dann Krysta. Verlobte standen Schlange, aber niemals gab es eine Hochzeit.

Auch wenn die Braut seinen „arroganten Arsch" hasste, *war* Dante Griffs Trauzeuge bei seiner Hochzeit mit Leslie Kiernan. Dabei verbrachte der Trauzeuge den Empfang damit, es der ersten Brautjungfer auf dem Parkplatz im Jeep ihres Freundes zu besorgen.

Dante kam mit allem davon. Und aus irgendeinem Grund liebten ihn trotzdem noch alle, auch nachdem Schluss war. Auf seine Art und Weise, lebte er die Fantasien für alle seine Kumpels aus. Feuer und Frauen waren Dantes Leben. Das war es, was er war.

Dann kam der 11. September und die Türme fielen.

„10-60 WURDE für das World Trade Center angefordert, 10-60 für das World Trade Center."

Sobald die Flugzeuge eingeschlagen waren, raste jede Feuerwache des FDNY zu den Twin Towers. Feuerwehrautos strömten nach Lower Manhattan und versuchten, sich durch den Wahnsinn auf den Straßen zu schlängeln. Überall Rauch. Ascheregen. Menschen, die sprangen. Massensterben. Straßen wadentief unter Papierfetzen begraben. Menschen, die betäubt und von Staub bedeckt umherirrten, stolperten, durch den dichten, grauen Blizzard. Schlurfende Armeen von Gehaltssklaven versuchten, nach Hause zu kommen, zu einem Telefon, einfach runter von der Scheißinsel, bevor sie sank.

Um die acht Löschfahrzeuge und fünf Leiterwagen zusammen zu bekommen, die für einen Großeinsatz von Nöten waren, hatte die Zentrale Einheiten aus Brooklyn und Queens angefordert. Da sie nur über den Fluss mussten, war Griffs Löschfahrzeug eines der ersten an der Unglücksstelle gewesen. Selbst nachdem das zweite Flugzeug eingeschlagen war, rissen sich die Mannschaften noch immer ihre Ärsche auf, um Menschen in Sicherheit und die Situation unter Kontrolle zu bringen. Fünfundzwanzig Löschfahrzeuge, sechzehn Leiterwagen, vermutlich sechs komplette Abteilungen. Niemand hatte erwartet, dass die Türme tatsächlich fallen würden; eine Menge ihrer Jungs waren hinein gerannt, um Zivilisten herauszuholen.

Dann – heilige Scheiße – tat World Trade 2 genau das, und dann wurde es schlimmer als alles, was sie jemals zuvor gesehen hatten.

Griff war auf Straßenlevel gewesen und hatte Wasser in die 90 Church Street gepumpt, als er ein *Boom* und ein merkwürdiges Gebrüll hörte. Dann schoss die schwarze Wolke durch die Straßen, auf der Jagd nach ihnen. Er versuchte, der tiefschwarzen Dunkelheit davonzulaufen, während Geröll und Papier um ihn herum tobten, aber sie fing ihn ein und schleuderte ihn durch ein Glasfenster, so dass er blind durch den qualmenden Nebel zu seiner Ausrüstung kriechen musste. Null Sicht an einem sonnigen Morgen.

Der Big Apple hatte seinen Verstand verloren.

Die Führung war ausgelöscht. Hunderte vermisster Menschen. Griff half mit seiner Crew beim Suchen und Bergen in der U-Bahn Station an der Cortland Street, als er Dantes Namen über Funk hörte. Ein Notruf von Seiten des nördlichen Turms, bevor auch dieser fiel.

Ohne weiter nachzudenken rief Griff die Anastagios an oder versuchte es zumindest. Zwei Stunden nach dem Einschlag gab es noch immer kein Mobilfunknetz und die Telefonleitungen waren überlastet von Menschen, die Antworten wollten, und von Menschen, die aus den Trümmern ihre Familien anriefen, um sich von ihnen zu verabschieden. Noch immer keine Zahl über die Toten und Verletzten, aber was hätte das genutzt? Er versuchte, seine Frau anzurufen, aber das Problem war das gleiche. Sie waren hier unten in einer Funkblase.

Dante hätte überall sein können. Offenbar konnte man näher dran noch immer Opfer hören, die gefangen unter dem Geröll um Hilfe bettelten. Die Nachrichtenstationen vermuteten den Dritten Weltkrieg. Niemand wusste bisher irgend etwas. Die Anzahl der Toten hätte bei 20.000 liegen können. Die ganze Stadt versuchte verzweifelt, eine klare Antwort zu bekommen.

Griff setzte einfach nur einen Fuß vor den anderen und versuchte, ein paar Leute zu retten. Wieder und immer wieder ließ er sich an den Augenwasser-Stationen seine mit Ruß verkrusteten Augen säubern, nur um er weiter suchen zu können. Er hatte gehört, dass andere Flugzeuge in Washington abgestürzt seien, aber der Wahrheitsgehalt war schwer auszumachen, denn Fakten gab es nur wenige. Irgendein Monster hatte ein Loch in New York geschlagen, und die Hoffnung lief aus der Stadt und in den Fluss. Und hier war er nun und versuchte, eine einzige, bestimmte Person in der Mitte des Chaos zu finden, und fühlte sich genau so blind und dumm und nutzlos wie alle anderen. Wenn das mal kein Scheißheld war.

Griff bahnte sich seinen Weg so dicht wie möglich am Pit entlang und hielt die Augen offen. World Trade Center 2 brach am frühen Abend zusammen. In der Hoffnung, Dantes Namen von jemandem da unten noch mal zu hören, arbeitete er mit den Crews die ganze Nacht wie ein Zombie, sein Gesicht grau von der Asche. Sie würgten beim Geruch der Acetylen-Fackeln und hatten noch weitaus Schlimmeres zu ertragen. Auf der Suche nach seinem besten Freund konnte er ein paar verlorenen Seelen helfen. Tausende von Menschen suchten nach Angehörigen und Arbeitskollegen, die sich buchstäblich in Luft aufgelöst hatten.

Griff schnitt Menschen aus Autos und trug Leute zu den Rettungswagen. Er rettete einen halbverhungerten Labrador mit einem gebrochenen Bein, der Milch vom Linoleum des Schnellimbisses leckte, in dem er eingeschlossen war. Er fand eine schwangere Rechtsanwaltsgehilfin, die barfuß über den staubigen Zement schlurfte, mit verlorenen Schuhen und verlorenem Blick. Er schickte sie Richtung Brücke, so dass sie nach Hause zu ihren Kindern laufen konnte.

Niemand hatte Dante seit dem Notruf des zweiten Turmes gesehen, aber Griff hörte nicht auf, zu fragen und nach dem einen Namen zu lauschen. Tag und Nacht und Tag. Siebenunddreißig Stunden ohne Schlaf und dann schnitt sich Griff bei dem Versuch, einen Briefkasten von einer Leiche in einem 1.600 $ Anzug zu wuchten, die Hand auf. Er bemerkte nicht einmal, dass er blutete, bis sich einer der Sanitäter vor ihm aufbaute und ihn anschrie.

Schock. Er war im Schockzustand.

Sie packten ihn in einen Rettungswagen und schafften ihn zu einem der Notfall-Rettungszelte, die wie kleine Wunder rund um den Ground Zero erschienen waren. Menschen, die stöhnten und wimmerten und wegen des ganzen Staubes würgten. Er war nicht in der Lage, irgend etwas zu fühlen. Ein Typ in Krankenhauskleidung nähte seine Hand wieder zusammen und schickte ihn nach Hause. Stattdessen machte er sich auf den Weg durch die Hölle, um Dante zu finden.

Es KOSTETE ihn fünf Stunden und den größten Teil seiner Zurechnungfähigkeit.

„Gehören Sie zur Familie?", die Schwester der Armee-Reserve beäugte seine helle Haut und das leuchtende Haar. Ihre Augen überflogen schnell ein Clipboard. Sie blätterte um und machte ein paar Notizen.

Als sie durch die weiten, hallenden Gänge des Bellevue Krankenhauses gingen, schien sich die Menge der schmutzigen Menschen, die sich auf den Liegen wanden, als hätte jemand einen Stein gehoben und schmerzhaftes Licht auf ein paar Maden gerichtet, ins Unendliche zu erstrecken. Ansammlungen schluchzender, hysterischer Familien, die das Gefühl hatten, die Welt würde jeden Moment aufhören zu existieren, versuchten verzweifelt, sich wenigstens zu verabschieden und sich ein letztes Mal sagen zu können, dass sie sich liebten.

„Bruder", Griff wusste, dass er wie ein Irrer aussah. Seine verletzte Hand juckte.

Sie tippte auf ihre Notizen. „Er steckte in einem Treppenaufgang fest, aber er schaffte es, sich und seinen Partner rechtzeitig durch eine Lüftungsöffnung zu schieben. Verrückter Mistkerl, würd ich sagen."

„Sie haben ja keine Ahnung."

Sie bogen um eine Ecke und plötzlich war die Welt wieder in Ordnung.

Dante lag zusammengerollt auf der Seite, sein schwarzes Haar staubig und die obere Hälfte seines Gesichts blau von Prellungen und kleinen Schnitten. Die Sanitäter hatten ihn aus seiner Kleidung geschnitten und das Krankenhaushemd war über seiner rußigen Hüfte zusammengerollt. Dantes Augen und Hände zuckten, als er träumte. Seine geschwungenen Lippen schienen zu rot und zu dunkel, als wären sie auf das Gesicht tätowiert worden. Er hustete im Schlaf und irgendwie war es *Dantes* Stimme, die da hustete, erkennbar sogar vom anderen Ende des Raumes.

Griff hätte sie überall erkannt. Er war so erleichtert, dass er sich fast bepinkelt hätte, verschluckte sich fast an purer Luft, als er zu seinem besten Freund ging.

Biep-biep-biep. Der Pager der Schwester ging los und sie machte sich auf den Weg zurück in das stöhnende Meer von Liegen im großen Gang; sie sah Griff nicht einmal an und er hätte es auch nicht bemerkt, wenn sie es getan hätte.

Plötzlich gaben Griffs starke Beine nach und er ging neben dem schmalen Feldbett auf die Knie.

Danke, Gott. Danke, Gott.

Er hoffte, Dante würde noch ein Geräusch von sich geben, irgendeines. Er lehnte sich über dessen müdes Gesicht, einfach nur, um ihn atmen zu hören, die Musik von Dantes Atem. Als er so nahe bei seinem Freund kniete, wollte er nichts sehnlicher, als sein staubiges Ohr an dessen Brust zu halten, um das wundervolle Pochen zu hören, das bedeutete, dass Dante lebte.

Du Arschloch. Musstest ein verfluchter Held sein –

Griffs Finger tasteten über Dantes Handgelenk und nahmen dessen raue Hände in seine. Plötzlich wusste er, dass New York irgendwann okay sein würde. Sie würden überleben.

Dante bewegte sich ein wenig und drückte Griffs Hand, kaum fühlbar, zurück. Dabei machte er einen dieser zufriedenen Grunzer, so, als hätte jemand in seinem Traum einen Witz gerissen und er wolle gerade anfangen zu lachen.

Selbst Griffs rotes Haar war wie elektrisiert und sein Herz fühlte sich plötzlich zu groß und zu heiß für seine Rippen an, als es gegen seinen Brustkorb schlug.

– Plisch –

Etwas Nasses fiel auf ihre verschränkten Knöchel und ließ Asche und Schmutz verlaufen. Griff realisierte, dass er weinte - weinte - weinte, und es fühlte sich so gut an, die Tränen frei und ungehindert laufen zu lassen, dass er sich nicht mehr daran erinnern konnte, wie man wieder aufhört… Das Gift spülte aus seinem Kopf, so dass es aufhören konnte zu ätzen. Er weinte verzweifelt über das gewaltige Loch, das in ihn gerissen wurde. Er zog gewaltige Atemzüge desinfizierter Luft ein, während sein rechtes Knie, mit dem letzten Rest seiner Anspannung, auf und ab wippte. Er konnte sich nicht dazu bringen aufzustehen.

Er hob seine andere Hand, um Dantes verwüstetes, schmutziges Haar aus dessen Gesicht zu streichen, und hielt inne, denn wer wusste schon, welche Verletzungen ihn dort erwarten würden. Er konnte sich nicht bewegen, seine genähte, blasse Hand schwebte über Dantes dunkler Stirn, über den schwarzen, weichen Wimpern, die sanfte Schatten auf seine Wange zeichneten.

Griff beobachtete, wie sich seine verletzte Hand langsam zurückzog, gerade so, als gehöre sie einem Fremden. Würden sie ihn bleiben lassen? Er war im Schockzustand, richtig? Er hatte das Recht in einem Krankenhaus zu sein. Wenn die Ärzte ihn hier wegschaffen wollten, sollten sie es nur versuchen. Er erstarrte, wie ein wilder Hund, der seine Welpen beschützte.

Dante drückte erneut seine Finger, zaghaft wie in einem Traum.

Die Erleichterung kam mit solch einer Macht, dass sie ihn wieder zu sich kommen ließ.

Mit laufender Nase benutzte er seine freie Hand, um sein Handy hervorzukramen und die Anastagios anzurufen, damit sie weinen und schreien und vor Erleichterung das Telefon herumreichen könnten. Dann erinnerte er sich, dass es noch immer kein Netz gab, dass es nur sie beide waren, hier und jetzt, und dass er niemanden nirgendwo erreichen konnte – und so erzählte er es Gott.

DIE ALPTRÄUME begannen eine Woche später.

Griff war bei weitem nicht der Einzige. Es passierte vielen von ihnen nach dem 11. September. Den Jungs, die entkommen waren. Menschen, die mit ansehen mussten, wie ihre Freunde, ihre Familien neben ihnen am Ground Zero verbrannt waren oder buchstäblich zerrissen wurden. Da der Job im FDNY fast schon vererbt wurde, starben Brüder zusammen, Väter und Schwiegersöhne, Onkel und Cousins.

Das Pit hatte Stücke aus Menschen gerissen. Ganze Wachen waren außer Gefecht gesetzt, gebrochene Herzen überall. Die Hälfte der Crews funktionierte nur mit Antidepressiva und Mitteln gegen Angstzustände. Auf einen Schlag gab es 343 freie Stellen und die Zahl der Kündigungen wuchs täglich. Sie alle hatten in den Abgrund geblickt und konnten nicht anders, als immer wieder hineinzuschauen. Es schien wie ein Schaufensterbummel in die Verdammnis.

Die Realität brachte die Überlebenden des FDNY um ihren Verstand, aber die Vorstellung des glorreichen Feuerwehrmannes hatte das ganze Land im Griff. Sie waren die strahlenden Helden dieser Ereignisse. Hollywood-Größen und Rapper trugen Feuerwehr-Werbeartikel. Die Ehefrauen der Feuerwehrmänner trennten sich von ihnen, aber wen störte das schon, denn plötzlich wollte jede Frau in der Gegend ihre Dankbarkeit mit einem Blowjob ausdrücken. Diese charmanten Wahnsinnigen hatten schließlich die Hölle in einem feuerfesten Regenmantel durchschritten.

Dante erholte sich schnell, keine Narben und wenige handfeste Erinnerungen an diese Woche, geschweige denn dieses einen Tages. Aber etwas Kleines in ihm hatte sich doch verändert. Er war noch immer unberechenbar, aber er hielt sich immer mehr von großen Gruppen fern und dicht an seine Freunde und Familie. Im Laufe des nächsten Jahres bewarb er sich für eine Versetzung auf Griffs Truck in Red Hook. Dichter an daheim, behauptete er. Er kratzte die Anzahlung für ein halb zerfallenes Sandsteinhaus zusammen, eine halbe Meile von seinen Eltern entfernt.

Griffs Frau Leslie hatte nach sieben Monaten genug, aber wer konnte ihr das schon vorwerfen? Sie hatte Griffs Liebe zu seinem Job nie verstehen können. Jetzt war Griff nicht einmal mehr in der Lage, für länger als zehn Minuten zur Ruhe zu kommen. Seit den Angriffen hatten sie nicht mehr miteinander geschlafen. *Die Hochzeitsnacht der Lebenden Toten.* Er stimmte einer einvernehmlichen Scheidung zu und sie zog zurück zu ihren Eltern nach Yonkers.

Griff war nicht in der Lage, irgend etwas zu fühlen, schon gar nicht Traurigkeit. Er versuchte, sie zu vermissen, war allerdings stolz darauf, dass sie versuchte ihr eigenes Leben zu retten. So viele der Jungs machten Scheidungen durch, dass es fast schon erwartet wurde. Er erzählte sich sogar selbst, es sei keine große Sache. Er war wieder Junggeselle. Jepp. Auch wenn er wusste, dass es ein

Fehler war, zog er zurück zu seinem Vater, in sein einsames altes Zimmer im Keller, und begann, im Stone Bone als Türsteher zu arbeiten, um die Miete bezahlen zu können.

Genau wie Dante hatte sich auch Griff verändert, auch wenn er nicht hätte sagen können, inwiefern. Er konnte kaum schlafen, auch nicht mit Tabletten und Bourbon. Und er hatte Panikattacken bezüglich der Sicherheit der Anastagios, besonders Dantes. Regelmäßig fuhr er morgens um drei Uhr an ihren Häusern vorbei, nur um nachzusehen, ob alles in Ordnung war. Manchmal schlief er vor der Tür im Auto und fuhr erst bei Sonnenaufgang nach Hause, nur um immer wieder und wieder sicher zu stellen, dass sie nicht plötzlich verschwanden. Dass sie es nicht planten. Dass sie alle noch immer da waren.

Wenn er die Anastagios besuchte, entschuldigte er sich, um auf die Toilette zu gehen, nur um in Wahrheit Fenster, Schlösser, Sicherungen und Feuermelder zu überprüfen. Es war wie Kekskrümel im Bett, die nagende Angst, dass er ein kleines Detail übersehen und seine adoptierte Familie sterben und ihn, gefangen im Keller des leeren Hauses seines Vaters, zurücklassen könnte.

Griff wusste, dass er nicht mehr alle Tassen im Schrank hatte, aber er war nicht in der Lage, sich selbst glauben zu machen, dass das Einräumen besagter Tassen den Aufwand wert wäre.

Dante sah das anders.

Der hitzköpfige, bekloppte, jähzornige, scheiß-auf-die-Regeln Dante Anastagio wurde der Fels in der Brandung für die Brooklyner Feuerwachen. Vielleicht waren es die Jahre, die Dante als Ein-Mann-Zirkus verbracht hatte, aber nichts warf ihn aus der Bahn: Kotze, Tränen, Halluzinationen... nichts. Er begann, das riesige, runtergekommene Stadthaus in Cobble Hill zu restaurieren, und entschied einfach, typisch Dante, seine Türen für die lebenden Opfer zu öffnen. Er verlieh Geld, das er nicht hatte. Er gab Grillpartys und besorgte Professionelle für jeden, den er kannte und für ein paar Typen, die er nicht kannte, aber niemand war so dankbar wie Griff.

Dante hatte ihn gerettet.

„Hey Goliath! Worüber grübelst du nach?" Dantes Gesicht hatte sich vor seines, in einer Cop Bar in Staten Island, geschoben. Griff hatte seinen Kopf geschüttelt, um ihn klar zu bekommen und sich daran zu erinnern, dass Dante genau hier vor ihm stand und ihm seinen Whiskeyatem ins Gesicht blies und er niemanden zu betrauern hatte. Noch nicht.

„Verflucht nochmal, iss was, du Depp." Das war Dante, wie er ihm eine riesige Portion Parmesanhühnchen, von dem er fünfzehn Pfund für die Wache gemacht hatte, auf den Teller knallte und sich weigerte, sich von der Stelle zu bewegen, bevor Griff angefangen hatte zu essen. Dante, der Witze erzählte und dabei in kreisenden Bewegungen über seinen Rücken patschte, während Griff wie ein Roboter kaute.

„Das bist du, mein Freund. Auch sie will ein Stückchen vom Vanilla Gorilla." Dante, der an Paulies Hochzeitstagsparty dafür sorgte, dass Griff von einer rundlichen Stewardess flachgelegt wurde, wenn alles, was Griff eigentlich wollte war, auf Beerdigungen, Gedenkfeiern und in die Mitternachtsmesse zu gehen, damit er in der Öffentlichkeit weinen und sich dabei nicht wie ein Scheiß-Feigling fühlen musste. Dante würde in der Kirche auftauchen und unter seinem Anzug keine Unterwäsche tragen und Griff auf die kleinen, grünen Triebe hinweisen, die sich langsam aus der Asche seines beschissenen Lebens nach oben schoben.

Es wurde besser. Dante hörte nicht auf, ihn zu zwingen, ein normales Leben zu führen, bis es wieder normal wurde, und er war so dankbar, dass es fast schon an Besessenheit grenzte.

Es hatte sich an Griff herangeschlichen. Er konnte noch immer nicht sagen, wann es geschehen war, nur, wann er es realisiert hatte. Dante war der beste Freund, den er in seinem Leben je hatte. Ja, sie waren zusammen aufgewachsen. Und sicher, sie waren Familie. Aber Dante war sein Mittelpunkt geworden, ein lebenswichtiges Organ, das sein Überleben sicherte. Ganze Tage verstrichen, in denen nichts Wesentlicheres geschah als die gelegentlichen zwei Stunden, in denen Dante ihn sich wie ein menschliches Wesen fühlen ließ. Die Welt war nur eine öde, radioaktive Müllhalde, in der er zwischen Dantes Weggehen und Wiederkommen überleben musste. Auch wenn sie zwei Kerle waren, fühlte sich nur der Gedanke, ihn verlieren zu können, wie eine Amputation mit einer Gabel und ohne Betäubungsmittel an.

Griff hatte Panikattacken. Visionen von Dante in Überfällen, Unfällen oder Krankheiten suchten ihn heim. Er träumte von Rache, Rettungsaktionen und Heilungen, die niemals stattfanden. Er wusste, es war bizarr. Und irgendwie spürte Dante seine Panik, machte aber keine Bemerkungen darüber. Er wusste es einfach nur und stand neben ihm. Und Griff war dankbar, so dankbar wie ein Kind, das man aus einer brennenden Schule zog.

Der Rauch und der Geruch lösten sich auf und der Big Apple kam wieder zu sich. Als ein großes, verfluchtes Dankeschön beschloss der Drecksack von Bürgermeister, ein paar der Wachen zu schließen und ältere Wagen abzuschaffen, um sein mieses Budget unter Kontrolle zu bringen. Doch langsam aber sicher schafften es die Männer des FDNY, wieder auf die Beine zu kommen.

Sogar Griff. Auch wenn er wusste, dass Dante ihn mehr auf die Beine gezogen hatte, während er selbst wie ein Zombie durch die Welt gewankt war. Auch, wenn er all diese fürchterlichen Gefühle für seinen Freund, einen Mann, hatte, die er nicht kontrollieren konnte. In ihrer Welt war es unmöglich, dass zwei Männer zusammen waren.

Zwei Kerle? Miese Idee.

„Zu blöd, dass wir nicht andersrum sind, du und ich", sagte Dante eines Abends im Stone Bone, schmatzte einen harten Kuss auf Griffs Wange und tippte

24

seine Stirn an Griffs. Griff verschluckte sich fast an seinem Guinness Extra Cold. „Denk nur an all das Geld, das wir für Alkohol und Rosen sparen würden."

Anschließend verließ Dante die Bar mit zwei Schwestern, die ihn den größten Teil des Wochenendes gefesselt hielten. Buchstäblich… Seemannsknoten mit ihren Strümpfen. Er hatte keine Ahnung, mit welchen Fesseln er Griff zurückgelassen hatte, dem Wissen, wie schnell er die Freundschaft verkacken könnte, die ihn zusammenhielt; wie er die eine Person, die neben ihm stand, verlieren könnte. Zwei Türme, allein zusammen.

Zu schade.

3

Am Morgen nach der Party wachte Griff, zu Schnarchgeräuschen und sein Gesicht gegen ein haariges Stück Haut gepresst, auf. Es war so früh, dass es draußen noch immer dunkel war. Und so dunkel, dass er in seinem eigenen verfluchten Bett hätte sein sollen. Griff erstarrte.

Heilige Scheiße.

Mit akribischer Vorsicht hob Griff sein verwuscheltes rotes Haupt, um in den Raum zu blinzeln. Dantes.

Oh mein Gott. Wie konnte es so weit kommen, dass sie im gleichen Bett landeten? Er hatte nie bei Dante übernachtet, da er nicht sicher war, ob er sich selbst, spät in der Nacht und nach zu vielen Drinks, noch trauen konnte. Er wusste es besser. Griff erinnerte sich daran, in einem Club getanzt zu haben – nein – ein Streit irgendwo auf einer Party. In Staten Island? Nein, im Stone Bone. Jahrestag der Anschläge. Zehn Jahre. Urgh.

Bitte Gott, bitte lass mich nicht irgendwas Dämliches getan haben.

Er blinzelte ein Auge auf, um sich den Schaden zu betrachten. *Hm.* Er war nackt. Es schien, als würde Dante etwas tragen. Untenrum. Aber um nichts in der Welt würde er das genauer untersuchen. Griff spürte, wie sich seine blasse Haut pink verfärbte.

Griffs Mund fühlte sich sauer und trocken an. Er konnte den Geruch von Alkohol in den Laken riechen. Dantes großer Oberarm war um seinen Hals geschlungen. Feste, schwarze Brustbehaarung, Nippel wie alte Pennies gegen seine gebräunte Haut. Der Waschbrettbauch grummelte kurz, hob und senkte sich, hob und senkte sich. Griff machte sich bereit, sich zu bewegen.

Mann, bin ich ein Schwachkopf. Was zur Hölle haben wir gestern Nacht getan?

Moment… er erinnerte sich daran, das Stone Bone verlassen zu haben, um möglichst weit weg von den 11. September-Idioten zu kommen. Er erinnerte sich, wie Dante seine Brünette und somit auch den Beinahe-Dreier abgewimmelt hatte. *Gott sei Dank.* Sie sind für ein spätes Abendessen ausgegangen… Pizza? Dann kam der Tequila, offensichtlich eine Menge davon. Dann kam er mit, um Dante bei irgendetwas zu helfen? Nein, das war's nicht. Dante hatte Griff nicht helfen lassen, aber sie hatten sich ein Bett geteilt. Aber warum war er nackt? *Himmel.* Sein Mund schmeckte wie der Aschenbecher eines Puffs.

Es war der 11. September gewesen. Unterwegs mit den Jungs. Dann…?

Argh! Sein Kopf fühlte sich an, als würden Maden versuchen, sich durch seine linke Augenhöhle hindurch zu fressen. Tequila war grundsätzlich eine miese

Idee und er betete, dass er sich auch keine Würmer eingefangen hatte. Sie mussten bis etwa drei Uhr morgens getrunken haben. Beim Essen. Dante war verrückt. Was konnte Griff dafür, wenn er sich ansteckte, wenn sie zusammen waren. Es sollte 'ne Impfung geben.

„5:17 Uhr", sagte der Wecker.

„Schwing deinen Arsch hier raus", sagte sein Bauchgefühl.

„Komm zurück ins Bett", sagte Dantes warme Haut.

Haben wir tatsächlich – – –?! Nicht in diesem Leben. Dantes Unterwäsche bedeutete, dass nichts passiert war, richtig? Griff untersuchte Dantes Gesicht nach der kleinsten Veränderung, während er in Zeitlupe dessen Arm anhob.

Lucalis! Sie waren bei Lucalis´ Pizzeria und hatten eine Pizza mit Artischocken, Peperoni und Salami. Allerdings gab es keine Tische mehr, da praktisch jeder unterwegs war, um mit den Geistern zu feiern. Dante war sehr verschlossen, als es darum ging, was ihn beschäftigte, und wehrte alle Fragen in diese Richtung ab, während sie auf ihre Bestellung warteten.

An irgendeinem Punkt mussten sie wohl die dampfend heiße Schachtel zu Dante nach Hause gebracht haben. Erinnern konnte sich Griff daran allerdings nicht. Anscheinend hatten sie gegessen. Anscheinend hatten sie geredet. Etwa über Geld? Er konnte die Erinnerung nicht finden, sein Kopf war voller Hundehaufen und Glassplitter.

Dante muss ein Mädchen im Restaurant getroffen haben; er traf immer ein Mädchen. *Scheiße!* Hatten sie die Brünette doch noch mitgenommen? Was, wenn da noch 'ne Tussi auf Dantes anderer Seite lag, die irgend etwas gesehen hatte; die etwas sagen würde..? Dante mag es vergessen haben, aber keine Chance, dass 'ne Puppe 'nen Homovibe nicht mitbekäme. Keine Chance, dass er sich hätte zurückhalten können, mit ihr zwischen ihnen. Er musste hier verschwinden und zwar pronto.

Griff rollte, Millimeter für Millimeter, weg von Dantes glatter, olivfarbener Haut in Richtung Bettkante. Es war Montag und beide hatten heute Abend um sechs Uhr wieder zum Dienst zu erscheinen. Wenn er sich nur ohne Diskussion hier rausschleichen könnte… wenn er nur seinen Kopf aus seinem Arsch ziehen könnte… wenn er es nur bis zum Badezimmer schaffen würde, bevor sein Kumpel aufwachte, würde alles in Ordnung sein.

Gott sei Dank kann er einen Luftangriff verschlafen.

Dante murmelte etwas und bewegte sich von ihm weg und hin zu der zerwühlten Stelle, die Griff bis vor circa vier Sekunden noch gewärmt hatte. Er nahm ein paar tiefe Atemzüge von Griffs Kissen und atmete dessen Duft ein, während er träumte.

Griff war jetzt wach, wirklich wach. Die andere Seite des Bettes war leer, kein Mädchen. In den frühen Morgenstunden war Dante zu ihm rüber gerutscht, um ihn im Schlaf in seinen Armen zu halten. Dante war schon immer der Typ für Körperkontakt. Sie waren betrunken. Pizza und Kurze. Aber Griff hatte seine Ladung nicht über seinen besten Freund geschossen. Krise abgewehrt.

Langsam, sehr langsam schob er sich von der Matratze und auf seine wackligen Beine; sein Magen rebellierte. „Tequila bringt dich um", sagte Mr. Anastagio immer.

Griff versuchte, nicht auf die Muskeln zu starren, die unter dem verrutschten Laken zum Vorschein kamen, der breite Rücken, der sich hob und senkte. Hob, senkte. Sein Schwanz zuckte.

Motherfucker. An seiner Schwanzspitze bildete sich ein Tropfen und seine Vorhaut verschob sich. Was lief falsch bei ihm?! Er konnte seinen Kilt zusammengeknüllt am Fuß des Nachttischs sehen. Ein Stiefel lugte darunter hervor. Dante hatte ihn buchstäblich ausgezogen und seinen großen Hintern ins Bett geschafft.

Griff schluckte, das Gesicht erneut rot angelaufen und heiß.

Er versuchte, sich auf seine blassen Füße, die rostroten Haaren auf seinen Zehen zu konzentrieren. Seine Füße, Größe 51, schienen ungefähr eine Meile entfernt. Er versuchte, Dantes gigantische Dose Vaseline - die mit den tiefen Fingerspuren darin und die unter dem Bettrahmen hervorlugte - nicht wahrzunehmen. Er schluckte. Er konnte seinen Herzschlag in seinen Ohren spüren, als er versuchte seinen Fluchtweg zu planen. Sein Herz schlug wie ein Schnellfeuergewehr und er hatte eine gewaltige Morgenlatte.

„Zur Hölle, machst du da, G?", ein verschlafenes Grollen hinter ihm.

„Himmel!", Griff zuckte zusammen und erstarrte dann.

Dante hatte sich auf seine Ellenbogen gestützt, sein dunkles Haar ein liebenswürdiges, leicht dämlich aussehendes Chaos auf seinem Kopf. Sein Grinsen war ansteckend, aber Griff konnte ihn nicht ansehen. Dante legte, leicht verwirrt, seinen Kopf schief. „Brauchst du Klamotten, oder was?"

„Pinkeln. Sorry. Wollte dich nicht wecken", Griff ging weiter, sein feuchten Zeremonienmeister weg von Dante zeigend.

„Hast du'n Kater?", Dante leckte über seine Lippen. Griff schaffte es zu nicken, bevor er die Badezimmertür hinter sich schloss und endlich ausatmen konnte.

Zehn Sekunden länger und seine Erektion hätte ihn verraten. Er lehnte sich an das Waschbecken und konzentrierte sich darauf, nicht zu kotzen, während er gleichzeitig den dicken Idioten zwischen seinen Beinen anbettelte, Mitleid mit ihm zu haben. *Ja, sicher.* Er kniff zu, fest. *Au.* Und endlich begann er zu schrumpfen.

Er drehte den Wasserhahn auf, lehnte sich über das Waschbecken und nahm einen großen Schluck, um seinen Mund auszuspülen und den ekligen Geschmack loszuwerden. Er mied den Make-up-Spiegel. Was auch immer ihn daraus anblicken würde, war sicherlich nichts das, was er sehen wollte. Sein Magen knurrte beunruhigend. Er machte sich auf den Weg zur Dusche, doch bevor er auch nur das Wasser aufdrehen konnte, sprang die Tür schon auf.

28

Dante stolperte hinein, Hand in seinen Boxershorts, und blieb vor der Toilette stehen. Er gähnte und kratzte seine haarigen Eier, bevor er sein bestes Stück hervorholte, um zu pinkeln. „Ich hab versucht, dich dazu zu bringen, noch Wasser zu trinken, aber dich hat's einfach umgehaun."

Hör auf, zuzusehen, und zieh deine Hose an, Arschgeige.

Griff grunzte und schlüpfte aus dem Badezimmer, seine Augen auf die Kacheln an der Wand gerichtet. „Ich muss heim. Wir haben beide Schicht heute Abend und ich muss daheim noch einigen Scheiß erledigen." Hinter ihm plätscherte Dantes Strahl jetzt laut ins Wasser. Griff suchte seine zerstreuten Klamotten zusammen.

„G, erinnerst du dich, worüber wir geredet haben?", Dante klang plötzlich nervös. Und unnachgiebig. Er wusch seine Hände im Waschbecken, trocknete sie aber nicht ab.

„Jepp. Sicher. Nicht wirklich", Griffs Blick streifte über den Boden. *Na los. Los.*

„Kann ich dich um einen Gefallen bitten?". Sein bester Freund stand nun in der Badezimmertür, Arme verschränkt, Augen leicht gesenkt.

Griffs zweiter Stiefel war unter dem Stuhl und sein Shirt war nicht zu entdecken.

„Griffin?" Dantes Körper war fast nackt und der perfekte süß- männliche Duft seiner Haut war überall.

„Ja, Mann. Was auch immer du brauchst", Griff bückte sich nach einer Socke und versuchte dabei, seinen Körper wegzudrehen. Er war sich viel zu bewusst, dass man seinen dicken Schwanz deutlicher sehen konnte als man sollte.

„Ich hab ja noch nicht mal gefragt."

Griff hob verwirrt eine Augenbraue: „Und die Antwort ist ja, Anastagio." Wo, zur Hölle, war sein Hemd? Vermutlich noch unten im Wohnzimmer. Letzte Nacht war ziemlich warm gewesen. Daran erinnerte er sich. *Scheiße.* Er hatte unten angefangen, sich auszuziehen. Was hatte er noch gesagt oder getan?

„Es ist nur so…", Dante sah so peinlich berührt aus, wie Griff sich fühlte, allerdings definitiv aus anderen Gründen, „…ich bin zurzeit etwas knapp bei Kasse und ConEd macht mir das Leben schwer. Ich brauch noch 'nen Job."

„Klar, Mann!", Griffs entblößte Nippel waren hart.

„Prima", leider klang Dante nicht, als sei das prima, „du bist nicht sauer, richtig?"

„Nein! Ich hab kein Bares dabei, aber ich kann welches holen." Griff knöpfte seinen Kilt zusammen, seinem besten Freund den Rücken zugewandt. Immerhin war jetzt sein Schwanz versteckt. Er musste sich dringend anziehen und nach Hause verschwinden. Er verschränkte seine Arme, was sich anfühlte, als sei er entweder sauer oder würde komisch dastehen. „Wie viel brauchst du?"

Dante erwiderte darauf nichts, sondern sah ihm einfach nur zu, wie er durch das chaotische Schlafzimmer rauschte.

Griff zog sich seine Socken an. Letztendlich schaute er doch auf und bemerkte die Ringe unter den Augen seines besten Freundes. Die fest verschränkten Arme, den Schorf über dem Schnitt auf seinen Knöcheln. Dante sah aus, als hätte er sich einen fiesen Virus eingefangen.

„Du solltest wieder ins Bett gehen, D." Ihm wurde langsam klar, dass mit Dante wirklich etwas nicht stimmte. „Bist du sicher, dass das alles ist?"

Dante fuhr sich mit der Hand über seine schwarz-blauen Bartstoppeln und wischte über seinen Mund. „Wenn's, ähm, zu viel ist –"

„Hey! Hey! Ernsthaft, Mann. Du kannst haben, was auch immer du brauchst, D." Er stampfte seine Füße in seine Stiefel. „Ich halte am Geldautomat und hol fünfhundert. Passt das?"

Dante sah ihn einen Moment lang mit gerunzelter Stirn an, so als könnte er den verrückten Scheiß hören, den Griff über ihn dachte. Als sei er entsetzt über Griffs harte Nippel und Morgenlatte.

Griff kniete sich hin, um seine Stiefel zuzubinden.

Er wird was sagen. Er musste es gemerkt haben. Ich hab irgendwas gemacht, als ich dicht bei ihm war.

„Passt, ja", Dante lächelte und nickte. Das Lächeln erreichte jedoch nicht seine Augen, und irgendwie stimmte nichts.

Griff blinzelte in seine Richtung. *Was ist hier los?* Er würde ein paar Antworten verlangen, sobald sie beide fertig angezogen waren.

„Danke, G. Bringst du's heute Abend mit auf die Wache?"

Griff nickte und erhob sich, um zu gehen, darauf bedacht, Dante aus dem Weg zu sein. „Tut mir leid, dass ich hier umgekippt bin und auf dein Kissen gesabbert hab. War 'ne beschissene Sache."

„Scharfe Pizza braucht Kurze. Ist praktisch ein Gesetz. Und ich trau mir nur dann, selbst mit dem Tequila, wenn du in der Nähe bist. Du solltest hier sowieso Wechselklamotten haben. Keine Chance, dass du in meine heiße, kleine Unterwäsche passt", Dante machte dabei eine Geste zu Griffs übergroßem… allem.

„Ich bin gern bei mir zuhause."

„Das hier *ist* dein Zuhause, G. Komm schon." Dante schlenderte Richtung Tür, seine Augen düster. „Außerdem haben die Jungs im Bone alle was zum Pimpern gesucht und ich war nicht in der Stimmung."

Griff musste dringend nach unten. „Ich will nicht die ganze verfluchte Zeit im Weg sein."

„Machst du Witze?! Ich bin Italiener. Mir geht es schlecht, wenn das Haus nicht voller hungriger Ärsche ist." Er lachte kurz auf und umarmte Griff. „Sei kein Idiot. Ich hab dich gern hier, Mann."

„Okay", Griff brachte das Wort nur als ein Flüstern heraus. Er erschauderte ein wenig, sich bewusst, dass sich seine Brusthaare gegen Dantes glatten Oberkörper drückten, dass ihre feuchte Haut ein wenig klebte. Weiche Bartstoppel streiften über Griffs Hals. Für einen Moment umarmte er ihn zurück und fasste kurz gegen

Dantes warmen Nacken. Sein Schwanz bewegte sich schon wieder, in völliger Freiheit unter dem karierten Stoff. Seine Fragen würden warten müssen.

„Danke."

Griff machte beinahe fluchtartig einen Schritt zurück und begab sich auf die Suche nach seinem Hemd, bevor er etwas noch Dämlicheres tat, als er ohnehin schon getan hatte.

DANTE KAM nie, um seine Kohle abzuholen. Und obwohl er diese Nacht eigentlich Dienst gehabt hätte, tauchte er nicht auf der Wache auf.

Was, zur Hölle, sollte das nun?

Griff war zunächst nicht wirklich besorgt, konnte sich sogar beinahe einreden, dass er die 500 Dollar anderweitig aufgetrieben haben musste, wenn es da nicht die Kleinigkeit gegeben hätte, dass Dante ihn nicht zurückrief. Zuerst vermutete er, sein Freund habe einfach sein Handy verloren, habe 'ne Lebensmittelvergiftung oder wäre mit irgendeinem Mädchen zusammen. *Nein.* Griffs Bauchgefühl sagte ihm, dass irgendetwas im Gange war, aber sein Kater hielt ihn beschäftigt.

Die Nachtschicht stellte sich ebenfalls als beschissen heraus.

Griff betrat gegen sechs Uhr die Wache und fühlte sich noch immer, als steckte sein Kopf in einem Aquarium voller Piranhas. Der Löschzug war gerade unterwegs, also machte er sich auf den Weg nach oben in den Pausenraum. Die Zutaten für Penne-Tomaten-Auflauf waren überall auf dem großen Tisch und den Oberflächen des Küchenbereichs verteilt. Briggs und Watson waren gerade dabei, sich über einen Topf Tomatensauce hinweg zu streiten, so wütend aufeinander, dass sie sein Winken nicht einmal bemerkten.

Briggs den Rücken zugewandt rührte Watson in der Sauce und schmeckte sie ab. Briggs hielt eine Alu-Auflaufform so fest in den Händen, dass er sie praktisch zerquetschte. Sie hatten gewöhnlich zur gleichen Zeit Schicht und stritten sich ständig über solchen Mist. Ihr Chief meinte, es sei nur ihre eigene Art, mit dem Stress umzugehen.

Nein, Danke. Griffs misshandeltes, dehydriertes Gehirn machte ihm noch immer das Leben schwer.

Statt sich ein Wasser aus dem Kühlschrank zu holen, stapfte er zum Kaffeespender und zapfte sich eine Tasse der dicken, kräftigen Flüssigkeit, während er seinen Magen darauf vorbereitete, dass er bald mit diesem Giftmüll konfrontiert werden würde.

„Das möchtest du sicher nicht tun, Muir." Siluski hatte gerade hinter ihm den Raum betreten und trocknete seine kurz geschorenen, grau-blonden Haare mit einem alten Handtuch. Er warf es anschließend über seine Schulter. Er trug ein Unterhemd und seine Einsatz-Hose. Der älteste Lieutenant ihrer Einheit warf den sich zankenden Köchen einen missbilligenden Blick zu. „Der Kaffee ist von heute Morgen. Mehr Ablagerungen als sonst was."

31

Griff schaute hinunter in seine Tasse, sah die winzigen Bröckchen und kippte sie in die Spüle. Der scharfe Geruch ließ seinen Magen erneut rebellieren. „Danke, Mann"

„Reiner Eigennutz, Kleiner. Wenn wir raus müssen, will ich nicht, dass du auf meine Stiefel kotzt." Damit ließ Siluski ihn dort stehen und trat zwischen Briggs und Watson, um einen extra großen Plastikbecher mit Leitungswasser zu füllen. Er kam zurück und drückte ihn Griff in die Hand. Ein abgegriffenes New York Rangers Logo war um den Becher gepappt. „Trink Wasser. Was anderes hilft eh nicht."

Griff bekam einen ganzen Schluck hinunter. Er sollte eine Auszeichnung dafür bekommen, dass er aufrecht stehend dazu in der Lage war.

„Schwuchtel!"

Dieses verfluchte Wort.

Griff zuckte zusammen und drehte sich um, um nachzusehen, wer das von sich gegeben hatte. Drüben im Küchenbereich war Briggs damit beschäftigt, Dinge in den Kühlschrank zu knallen, um Watson in die nächste Runde zu ködern.

„Donnerstag war klasse. Anastagio erzählt eindeutig die besten Geschichten." Siluski war, genau wie ungefähr fünfzehn weitere Jungs aus benachbarten Wachen, bei Dante gewesen, um sich den Beginn der NFL Saison anzusehen. Zumindest bis zur Halbzeit. Er musste immer früher gehen, da sein Babysitter nicht länger Zeit hatte. Sein ältestes Kind war acht und seine Frau arbeitete unter der Woche als Bedienung, somit waren die guten, alten Zeiten des späten Ausgehens und Katers am nächsten Morgen lange vorüber. „Ein richtiger Klugscheißer, hm?"

Blut schoss ihm in Hals und Gesicht, aber er nickte Siluski zu. Er fragte sich, was der Lieutenant tun würde, wenn er wüsste, dass Griff nur von Dantes Geruch einen Ständer bekommen hatte, während die Truppe sich das Spiel angeschaut hatte. Einen Gewaltigen. Was, wenn Siluski gesehen hätte, wie er heute Morgen mit Dante gekuschelt hatte, oder was in seiner Hose passiert war, als er sich an Dantes bewusstlosem Körper praktisch aufgegeilt hatte. Der ältere Mann würde ihn mit einem Haken auf den Kiefer platt machen und, sobald er auf dem Boden war, auf ihn pissen. Griff spürte, wie seine Wangen immer heißer wurden, und nahm einen weiteren Schluck des abscheulich warmen, metallisch schmeckenden Wassers, um sie dahinter zu verstecken.

„Ich hab deinen Dad heute Morgen an einem Tatort arbeiten sehen. Schien ihm gut zu gehen", Siluski versuchte, nett zu sein.

Übersetzung: dein Dad hat mal rübergenickt.

Als Brandermittler des Bureau of Fire Investigations war Griffs Dad sowas wie ein Feuerwehrmann mit einer Marke. Offiziell hieß es, dass er bei schweren Bränden, Brandstiftung und Versicherungsbetrug ermittelte. Inoffiziell bedeutete es, dass er eine Waffe tragen und Leute verhaften durfte, ohne sich mit den NYPD abgeben zu müssen. Quasi die Lizenz zum harten Kerl. Er war ein sturer, alter Hund, aber er kümmerte sich um seinen Nachwuchs, wenn er nicht drumherum kam. Und als der neunzehn Jahre alte Dante erwischt wurde, wie er an der Uferpromenade von Coney Island Gras geraucht hatte, hatte Griff seinen Dad angerufen, der seinen Freund in fünfundvierzig Minuten rausgehauen hatte. *Abrakadabra.* Selbstverständlich war das der Moment, in dem er angefangen hatte, Dantes Arsch zu hassen und die „andere" Familie seines Sohnes zu ignorieren.

Griff kniff seine Augen fest zusammen. „Warte mal, du warst heute schon draußen?"

Siluski warf den alten Kaffeesatz aus dem Filter und wühlte in den Schränken. „Ich hatte gerade die neun bis sechs-Schicht, aber Anastagio hatte mich gefragt, ob ich seine Tour auch noch übernehmen kann. Wichser." Allerdings lächelte er bei seinen Worten und begann, eine frische Kanne Koffein aufzubrühen. Die Jungs mussten heute Nacht schließlich funktionieren.

Scheiße und extra Scheiße. Griff hatte sich darauf gefreut, mit Dante während ihrer Schicht rumzuhängen. Er nahm einen weiteren fürchterlich schmeckenden Schluck Wasser.

„Dann mach, zum Teufel nochmal, *du* es, du Schwanzlutscher." Am anderen Ende des Raumes starrte Briggs auf die deformierte Aluschale in seiner Hand und warf sie auf den Küchentresen. Watson hatte offensichtlich den Auflauf-Krieg gewonnen und schmeckte seine Sauce ab. Briggs stampfte zurück zur Couch und tat so, als würde er sich eine Doku über Quallen ansehen.

Griffs Gesellschaft war immer so: immer mehr Neulinge in der Truppe, beschissenere Stunden, mehr Scheiße. Es war ein eher ruhiges Haus - Pornos und Besuche in der Schule, deutlich angenehmer, als das Irrenhaus in der Bronx oder die echten Scheißlöcher in den gefährlichen Gegenden. Griff mochte es hier wegen Dante. Meistens konnten sie in der gleichen Schicht arbeiten. Anderenfalls würden sie sich praktisch nie sehen.

Griff bemerkte, dass Siluski mit ihm sprach. Der Lieutenant hatte ihm irgendeine verdammte Frage gestellt, Besorgnis auf seinem gebräunten Gesicht, seine blond-grauen Augenbrauen in Falten gelegt. Weiß der Geier, um was es ging, aber Griff fühlte sich schuldig dafür, dass er ihn ignoriert hatte.

„Gottverdammter Tequila", überspielte Griff. Er versuchte, sein Wasser in der Metallspüle nachzufüllen, was ein langsames Unterfangen war. Seine Hände fühlten sich wie Baseballhandschuhe und seine Finger wie Würstchen an. „Weißt du, warum Dante heute Abend nicht gekommen ist? Krank?"

„Nicht den Hauch einer Idee", ärgerte sich Siluski und löffelte Kaffee aus einer D'Amico's Tüte in einen frischen Filter, „Pussy-Jagd vielleicht."

„Oh." Griff wusste, dass es das nicht war. Sein Magen grummelte eine Warnung, riss sich aber noch zusammen.

„Los, hau dich hin, solange du noch kannst." Der Lieutenant hielt die fleckige Kanne hoch. „Wenn du wieder zu den Lebenden zurückgekehrt bist, gibt's auch frischen Stoff."

Griff fand seinen Weg nach oben zu seinem Feldbett. Hauptsächlich durch Tasten. Das Gebäude war alt und eigentlich nicht für so viele Leute ausgelegt. Selbst nach der World Trade Center Katastrophe und den ganzen großen Politiker-Reden schien die Stadt nie das Budget aufbringen zu können, um ihre Arbeitsbedingungen zu verbessern. Trotzdem war Griff irgendwie froh. Schon ziemlich früh hatte Griff eine Wette gegen einen alten Kollegen gewonnen, der in den Ruhestand gehen wollte, und eine winzige Nische von der Größe eines Einbauschrankes im Schlafsaal dabei gewonnen. Das bedeutete, dass er ein klein wenig Privatsphäre hatte und zumindest teilweise den Teenie-Soap-würdigen Dramen der anderen Jungs entkommen konnte.

Nach seiner Scheidung hatte er hier in der Tat häufiger geschlafen als irgendwo sonst. Davon wusste allerdings nur sein Captain. Das war damals, als Dante sein angegammeltes Sandsteinhaus inklusive Löchern in der Decke, durch die man den Himmel sehen konnte, gekauft hatte. Irgendwann hatte Griff die Wohnung, die er mit Leslie geteilt hatte, aufgegeben und war zurück in den Muir'schen Keller gezogen. Lebendig begraben in seinem Kinderzimmer. Aber wann immer er sich in seine kleine Nische quetschte, reiste er zurück zu den fürchterlichen Monaten, in denen sich alles anfühlte wie Salz in winzigen Wunden und dies hier sein sicheres Versteck war.

Griff zog seine Stiefel aus und stellte sie zu der Jacke, die einsatzbereit auf ihn wartete. Er ließ sich auf das kleine Bett fallen und erkämpfte sich den Weg in einen unruhigen Schlaf.

IN DIESER Nacht hatten sie lediglich zwei Einsätze: ein Küchenfeuer in den Red Hook - Sozialwohnungen und einen Verkehrsunfall auf dem Gowanus Expressway.

Der Wohnungsbrand war schon weitestgehend gelöscht, als die Truppe sich ihren Weg durch verschlafen und entsetzt dreinblickende Familien bahnte und das Stockwerk durchsuchte. Was für ein Scheißort, um aufzuwachsen. Die engen, überfüllten Wohnungen erinnerten ihn daran, wie glücklich er sich schätzen konnte, einen Platz zum Wohnen zu haben, auch wenn es bei seinem Dad war. Während er die verschlafene Menge betrachtete, fühlte sich Griff mit einem Mal schuldig wie viel er hatte. Dantes Fixierung, sein verrücktes Bauprojekt umzusetzen, machte plötzlich mehr Sinn.

Menschen brauchen Freiräume; Familien brauchen Luft; Liebe braucht Licht. So wie Mrs. Anastagio immer zu sagen pflegte: „Du brauchst genügend Platz, um jemanden angemessen lieben zu können."

Der Gowanus Unfall war deutlich schlimmer. Gegen drei Uhr morgens war ein Möbellieferwagen mit siebzig Meilen pro Stunde in einen alten Kleinwagen gerast. Zwei Zweitsemestler waren nach einer Party zurück zum Hofstra Campus gefahren. Sie waren gerade so dem Schicksal entkommen, über die Leitplanke geschleudert zu werden und auf der Straße darunter zu landen.

Beim Aufprall hatte es das kleine Auto gegen die Betonbarriere gedrückt. Die junge Fahrerin wurde schmerzhaft hinter dem Lenkrad eingeklemmt und ihr Freund hatte einen Panikanfall auf dem Beifahrersitz. Der Lastwagenfahrer kam mit ein paar Kratzern davon und begann sofort, auf chinesisch zu schimpfen. Der Lieferwagen hatte sich geöffnet und über alle drei Spuren lagen zersplitterte Holzstühle herum. Als erstes hatten Watson und der Neue die Feuerlöscher auf die sichtbare Unterseite gerichtet, auch wenn es weder sichtbare Flammen noch Rauch gab. Tommy und die übrigen Sanitäter besprachen mit Siluski, wie am besten vorzugehen sei.

Das Mädchen im Fahrzeug war trotz Kopfwunde ruhig, aber ihr Typ war vollkommen hysterisch und schrie.

Dante hätte die Situation in zehn Sekunden mit einem Zwinkern und einem schmutzigen Witz entschärft. Aber er war ja – verdammt nochmal – irgendwo anders.

Konzentrier dich, Griffin.

Ohne seinen besten Freund und seine Qualitäten als Charmebolzen benötigte Griff über eine Stunde auf dem Expressway dafür, die hysterischen Studenten mit der hydraulischen Schere aus dem Wrack zu schneiden.

Die Sanitäter hatten zwar gleich mit ihrer Arbeit begonnen, jedoch verbrachte Tommy zehn Minuten damit, den Freund soweit zu beruhigen, dass sie ihn auf einer Pritsche abtransportieren konnten und der Weg für Griff zu der Freundin frei war. Tommy war ein aufmüpfiger, kleiner Mistkerl, der ein paar Straßen von den Anastagios entfernt aufgewachsen war. Sofort nach der Highschool hatte er angefangen, ehrenamtlich für den Rettungsdienst zu arbeiten. Zuerst hatte er die Ausbildung zum Ersthelfer gemacht, später zum Sanitäter. Ein Adrenalinjunkie, aber unter Druck fantastisch. Er kannte sich in seinem Bereich definitiv aus und kam direkt zur Sache. Griff war dankbar dafür. Während Griff und Siluski das Mädchen rausschnitten, war der Rest der Truppe damit beschäftigt gewesen, Stuhlteile von der Fahrbahn zu klauben, Pylone aufzustellen und den Verkehr umzuleiten. Manchmal was das Saubermachen Teil des Jobs.

Diese Sorte Unfall war immer in mehrfacher Hinsicht mies: Papierkram und Verletzungen und Alpträume. Alle drei Zivilisten waren mit dem Krankenwagen ins Krankenhaus transportiert worden – relativ unverletzt, aber von der ganzen Welt angepisst. Die Polizei war aufgetaucht, um die Aussagen aufzunehmen. Griff, Siluski und die anderen Jungs saßen noch eine Weile rum und quatschten. Dantes jüngerer Bruder Flip war ein Cop und einer der Jungs kannte ihn. Diese Art der familiären Verbindungen ließ stets jeden freundlicher und den Papierkram unkomplizierter werden.

Griff mochte Polizisten. Um ehrlich zu sein, man rettete deutlich mehr Menschen und tat generell mehr „Gutes", wenn man ein Cop war anstatt Feuerwehrmann. Die Heldenstatistik ging eher zu ihren Gunsten: Es gab nur eine begrenzte Anzahl brennender Gebäude und schwerer Verkehrsunfälle, aber in einer beschissenen Welt ploppten Arschlöcher aus dem Boden wie Pilze.

Die Terroranschläge hatten Feuerwehrmänner zum Fick des neuen Jahrtausends gemacht, wobei in Wahrheit eine Menge Dienststunden durch das Rumsitzen mit deinen Kumpels, fettiges Essen und das Tratschen über Pussies, die man ohnehin nicht bekommen würde, ausgefüllt wurden. Besonders die Engine 333/ Ladder 181. Griff sah also zu, dass er freundlich zu den Cops war, und erinnerte sich häufig bewusst an die 72 Beamten, die ihre Leben, mit deutlich weniger Brimborium, in den Twin Towers gelassen hatten.

Am Ort des Unfallgeschehens riss sich die Crew inzwischen den Arsch auf, um vor der Rush Hour fertig zu werden. Die Abschleppwagen kamen an, um die Metallleichen abzutransportieren. Sie schafften es sogar noch vor Sonnenaufgang, zwei Fahrspuren wieder zu öffnen, bevor sie sich auf den Weg zurück zur Wache machten.

Auf dem Rückweg im Truck bemerkte Griff einen schweren Klumpen auf seinem Schoß und realisierte, dass er noch immer diese Zuhälterrolle von fünfhundert Dollar in Zwanzigern mit sich trug. Dantes nicht abgeholtes Geld lag schwitzend auf seinem Bein wie ein weiteres paar Eier.

Warum war er nicht aufgetaucht? Was für einen Ärger hatte er an der Backe?

4

VIER TAGE später wurde Griff klar, dass Dante wirklich und wahrhaftig versuchte, ihn zu meiden. Und er hatte keine Ahnung warum.

In der Tat realisierte er es erst beim Haferbrei-Frühstück in der Küche seines Vaters. Drei Tage nach dem Gowanus Unfall - und Griff starrte auf die Rolle mit den 500 Dollar neben dem Ahornsirup.

Verflucht. Eine halbe Woche war nun vergangen, in der er ein Bündel Geld mit sich herumgeschleppt hatte. Dante war, ohne ein Wort der Erklärung, wie vom Erdboden verschwunden.

Griff fühlte sich wie ein Idiot, weil er so viel Geld mit sich herum trug, aber zurück zur Bank wollte er es auch nicht bringen. Er wusste, dass Dante es brauchte, hatte aber noch immer keine Ahnung, wie er es ihm zukommen lassen sollte. Er fuhr zu Dantes Sandsteinhaus, aber alles war dunkel. Gruselig. Er rief bei den Anastagios an, aber sie waren ebenfalls besorgt, denn auch sie hatten nichts von ihrem Sohn gehört. Dante war in keiner der üblichen Kneipen und ging auch nicht an sein Handy.

Es gab sonst niemanden mehr, den er hätte anrufen können. Griff versuchte, logisch vorzugehen. Vielleicht war Dante auf einem besonders langen Date? Was, wenn er überreagierte? War er nur eifersüchtig oder besitzergreifend? Das Letzte, was er wollte, war, irgendjemand anderen in seine bescheuerten Gefühle mit reinzuziehen. Panik überkam ihn und verankerte ihre langen Wurzeln in seiner Brust.

Elf Stunden später war Griff außer sich vor Sorge und sein Kopf voller grausamer Szenarios: Dante, der krank war und kein Telefon erreichen konnte; Dante, der bewusstlos in einem Graben lag; Dante, der aus dem Land geflohen war; Dante, der von einem eifersüchtigen Ehemann erschossen worden war; Dante, der in einer geborgten Jacke in eine Explosion geraten war und nun nicht identifiziert werden konnte.

Grausam. Zum ersten Mal verstand Griff, wie sich die Ehefrauen fühlen mussten, wenn Feuerwehrmänner sich nicht regelmäßig meldeten. Um zehn Uhr an diesem Morgen war er schließlich so weit, sich durch die anderen Brooklyner Feuerwachen durch zu telefonieren. So ziemlich jeder dachte, Anastagio gesehen zu haben – und dann, *leider-wohl-doch-nicht-sorry.* Nicht seit dem Spiel am Montag. *Hast du's bei ihm zuhause versucht?*

Griff telefonierte weiter und verfolgte Gerüchte zurück. Er benutzte Namen und Dienstgrad seines Vaters, um im Hauptquartier anzurufen und ein Stückchen des Puzzles vom Gesamtkoordinator zu bekommen. Er rief in Bed-Stuy an und bekam einen entscheidenden Hinweis von einem Neuen der Ladder 111, der nicht wusste, dass er nicht darüber reden sollte, wo Dante gewesen war. Ladder 111/ Engine 214 wurde nicht ohne Grund „Die Klapse" genannt. Die Nachbarschaft war am Arsch: Feuer in Drogenlabors und gigantische Mengen an versuchten Brandstiftungen, um die Versicherungen zu bescheißen. Diese Männer liefen tagtäglich durch videospielartige Verwüstungsszenarien.

Der Neue verwies Griff an einen Kommander auf Staten Island, der gerade von einem Casino-Wochenende aus Jersey zurückgekehrt war. Dann war da auch noch der Boss an der Baustelle des neuen Bürogebäudes, das im Hafenviertel hochgezogen wurde. Er versuchte es bei Ferdinandos, nur für den Fall, dass Dante dort mal zum Mittagessen eingekehrt war. Letztendlich rief Griff auf seiner eigenen Wache an und ließ einen der Lieutenants den Dienstplan checken.

Ding – ding - ding.

Vor zwei Nächten war Dante eine halbe Stunde zu spät gekommen, hatte allerdings die Tour für jemand anderen übernommen. Er hatte in der U-Bahn geholfen, ein Baby zur Welt zu bringen, und war bei einem Feuer in einer Pizzeria in der King Street dabei gewesen, bevor er in den Feierabend gegangen war. Oh, und Tommy erinnerte sich daran, sein Auto in der Gegend gesehen zu haben.

Was zur Hölle? Warum hob er nicht ab?

Stück für Stück setzte er Dantes letzte paar Tage zusammen. Soweit Griff es verstand, hatte sein bester Freund die halbe Woche in Atlantic City verbracht und seine sämtlichen Schichten verpasst. Er war spät zurückgekommen und hatte eine ungeplante, lange Schicht übernommen, dann sechs Stunden auf dem Bau drüben an der Columbia Street gearbeitet, um danach, still und heimlich, für ein Arschloch aus der 111 eine Actionfilm - ähnliche Tour zu fahren. Und das in der Zeit, als er eigentlich 24 Stunden hätte frei haben sollen. Und dann, nach ungefähr drei Stunden Schlaf, schleppte er seinen Hintern zu seiner eigenen Wache, um das Elend fortzusetzen.

Er hatte über 48 Stunden durchgearbeitet und lediglich Griff wusste davon.

Scheiß auf seinen Todeswunsch. Ich bring ihn persönlich um.

Unterwegs in seinem Truck umklammerte Griff so fest das Lenkrad, dass seine Knöchel weiß wurden. Die Rolle Scheine brannte gegen sein Bein. Er wusste, dass hier etwas ernsthaft im Arsch war, aber Dante ließ ihn zappeln. Er musste wissen, dass Griff alles tun würde, um ihm zu helfen. Was war so schlimm, dass er nicht darüber reden konnte?

Dante war zu stolz, um um Hilfe zu bitten, aber das hier war verrückt. Sie sollten keinesfalls so viele Einsätze hintereinander haben. Es war, definitiv und ohne jede Frage, selbstmörderisch. Dante brach absolut jede Regulierungsvorschrift. Hatte er ernsthaft erwartet, niemand würde es bemerken?

Damals, nach den Terroranschlägen hatte jeder vier 24-Stunden-Schichten hintereinander gearbeitet. Nach Dienstende hatte man sich einfach einen neuen Einsatz, mit einer anderen Truppe, auf einem anderen Fahrzeug gesucht. Niemand ging einfach nach Hause, und die Familien hatten vollstes Verständnis dafür. Scheiße, die Familien halfen am Ort des Geschehens oder in Krankenhäusern mit. Jeder Mann absolvierte seine Schicht in seiner Wache, machte sich dann auf den Weg nach Manhattan, um eine Schicht rund um das World Trade Center zu übernehmen und danach noch eine, direkt in den Trümmern. Am freien Tag danach ging man auf Beerdigungen. Am vierten Tag startete man dann wieder auf seiner eigenen Wache. Und das Ganze wieder von vorne. Aber das war ein nationaler Notfall.

Diesmal gefährdete Dante sein Leben und das sämtlicher Menschen um ihn herum aus irgendeinem bescheuerten Grund. Griff machte den Fehler, darüber nachzudenken, was seinem besten Freund alles hätte passieren können, und hatte das Gefühl kotzen zu müssen.

Die Jungs nannten es die Geldautomaten-Methode. Wenn du versuchst, irgendwie an Geld zu kommen, um deine Rechnungen zu bezahlen, und, ohne darüber nachzudenken, von einem halblegalen Job zum nächsten springst, um möglichst schnell an Bares zu kommen. Man behandelte die Notfälle wie einen Geldautomat ohne Limit. Man haute eine Pin nach der anderen in die Tasten, bis das Teil irgendwann zurückschlug und man wie ein beschissener Grillteller in einem Sack mit Reißverschluss in der städtischen Leichenhalle lag. Griff lenkte seinen Wagen geistesabwesend um eine Kurve. Ein Taxi hupte ihn an, als er in die Court Street abbog. Er war zu schnell unterwegs, aber er musste ankommen, bevor Dante auf einen Einsatz geschickt wurde.

Warum Atlantic City? Was hatte es mit dem Geld auf sich?

Griff zerbrach sich sein Hirn, als er sich durch den Verkehr Richtung Feuerwache schlängelte. Welche Möglichkeiten gab es? Glücksspiel, Drogen, Nutten, Erpressung. Nichts davon sah Dante ähnlich. Er feierte zwar gerne, aber der Großteil seines Geldes floss dahin, wo es auch hingehörte: Essen, Hypothek, Bier und Kabelfernsehen. Hatte jemand ihn über den Tisch gezogen?

Griffs Herz pumpte eine giftige Mischung aus Besorgnis und Wut durch seine Adern, als er mit seinem Wagen durch die engen Gassen raste und versuchte, nichts Lebendiges umzufahren.

Nachdem er um die letzte Ecke gebogen war, hielt er sich nicht einmal damit auf, nach einem Parkplatz zu suchen. Er riss seinen Wagen herum und stellte sich vor einen Hydranten, wobei er mit seinem Reifen in einem blöden Winkel gegen den Bordstein knallte. Er zog den Schlüssel aus der Zündung und zog die Handbremse. Er kletterte aus dem Wagen und schlug die Tür so schnell zu, dass sie noch seinen Sicherheitsgurt erwischte.

Sollen sie ihm halt einen verdammten Strafzettel geben.

Auf halbem Weg in die Wache merkte er, dass er seinen Schlüssel im Wagen gelassen hatte. Er drehte sich nicht um, wurde nicht einmal langsamer.

IN DER Wache angekommen joggte Griff an der Einsatzkleidung und der Ausrüstung vorbei, auf direktem Weg zur Treppe. Oben im Schlafsaal fand er schließlich den arroganten Hurensohn, als dieser sein gottverdammtes Bett machte.

„Ich weiß. Ich weiß. Ich hab echte Schei-", Dante lief zwischen den schmalen Betten auf ihn zu, seine Hände in einer beschwichtigenden Geste nach oben haltend… schuldbewusste, erschöpfte Kapitulation übers ganze unrasierte Gesicht geschrieben. Seine Klamotten rochen noch nach Rauch von der Schicht in der Klapse. Idiot.

Griff durchquerte den Raum in vier langen Schritten. „Nachdem du 'ne Doppelschicht gearbeitet hast?! Und in der Klapse? Bist du Arschloch verrückt?!" Er holte aus und seine Faust traf krachend auf Dantes Kiefer.

– Krach! –

Dante fiel auf dem Boden zusammen wie ein Stapel Dreckwäsche. Er blieb unten liegen und hob seinen Arm abwehrend. „Himmel."

„Bist du bescheuert? Du hättest draufgehen können, Anastagio", Griff schüttelte seinen Kopf. Er fühlte sich gleichzeitig schuldig und im Recht. „Was für ein Held. Oder magst du nur Dudelsäcke so gerne, dass du eine Beerdigung willst? Hast du darüber nachgedacht? Deine verfluchte Familie? Menschen…", er versuchte, Luft zu holen, „Menschen machen sich Sorgen um dich, du Vollidiot!"

Der Krach hatte ein Publikum auf den Plan gerufen. Drei der jüngeren Jungs schoben sich durch die Tür, nicht sicher, ob sie eingreifen sollten. Dem verrücken roten Riesen wollten sie eigentlich nicht wirklich in die Quere kommen. Sie beäugten seine Schultern und riesigen Fäuste besorgt.

Neben seinem halb gemachten Bett hob Dante eine Hand, um ihnen zu signalisieren, sich rauszuhalten.

Richtige Wahl.

Griff zischte ihn durch zusammengebissene Zähne an. „Für Geld. Geld! Das FDNY ist kein verfluchtes Sparschwein, das du aufschlagen kannst, wenn du Geld brauchst, D."

Ein dürrer Neuling machte einen mutigen Schritt in den Raum. „Bist du okay, Anastagio?" Seine Augen zuckten zu Griff hinüber; seine Hände schoben sich, im Versuch den Frieden zu wahren, nach oben.

Noch immer auf dem Boden spuckte Dante aus und nickte. Er winkte sie zurück. Die Teammitglieder schoben sich murmelnd zurück durch die Tür. Sie waren wieder allein.

Dante blutete aus dem Mund und Griff fühlte sich wie ein Arschloch. Nun, offensichtlich *war* er ein Arschloch.

„Nimmst du Drogen? Glücksspiel? Was, zur Hölle, hast du getan? Ich musste deine Eltern anlügen." Griff senkte seine Stimme mit reiner Willenskraft. Er behielt seine Fäuste neben sich. „Bitte. Was auch immer es ist, ich kann's regeln. Ich kann helfen. Aber du musst es mir erzählen. Na komm schon."

Unten auf dem Boden zuckte Dante mit den Schultern und schüttelte seinen Kopf.

„Tut mir leid." Griff wollte seine Hand anbieten, wusste aber, dass er noch immer zu bedrohlich rüberkam. Da er fürchtete, er könne seinen Freund in eine erleichterte Umarmung ziehen, stand er lieber wie ein Hypnotiseur mit seinen fast schwebenden Händen: *Du wirst müüüüüde.*

40

Griff fühlte sich, als schleppe er Familienscheiß mit auf die Wache. *Verdammt.* Jeder hasste es, wenn die Ehefrauen überraschend „vorbeischauten" und eine Prise Melodramatik versprühten. Es war schon irre genug hier, auch ohne dass der Rest der Welt hier herein kam. Abgesehen davon waren tratschende Feuerwehrmänner schlimmer als eine Horde gelangweilter Rentner auf Kaffeefahrt.

„Ich hab versucht, in den Casinos ein bisschen Geld zu machen. Atlantic City. War ‚ne bescheuerte Idee und ich hab verloren." Dante rieb über seinen Unterkiefer und leckte über seine blutige Lippe. „Ich hab'n Wunder gebraucht und es nicht bekommen."

„Dann frag mich! Was auch immer es ist. Frag mich, Mann. Ich *besorg* dir ein Wunder. Aber du musst mir sagen, was… sag's einfach." Griff versuchte, eine Antwort im erschöpften Gesicht seines Freundes zu finden, bettelte praktisch um eine Erklärung. „Ich hab Panik gekriegt. Wusste nicht, was ich denken sollte." *Oh, wie wahr.*

„Tschuldigung", nickte Dante. Die Ringe unter seinen Augen waren fast lila. „Ich weiß. Bitte… es tut mir leid, Griffin."

Himmel, er sieht aus wie der Tod auf zwei Beinen.

Griffin steckte seine Hände in die Taschen und klimperte mit Kleingeld. „Wir dachten, du wärst verletzt worden. Deine Familie ist kurz vorm Durchdrehen." Zugegeben, das war ‚ne Lüge.

„Deshalb hab ich's keinem erzählt. Ich…", Dante verstummte. Er schob ein Knie unter sich und versuchte aufzustehen. Er blieb unten. „Au."

„Rede mit mir, D." Griff wagte kaum zu atmen, als er darauf wartete, dass Dante die Worte für das fand, was er zu sagen hatte.

„Sie nehmen mir mein Haus. Die Bank."

Dantes Haus war ein baufälliges vierstöckiges Sandsteinhaus im schlechteren Teil von Cobble Hill, direkt an der Grenze zu Red Hook. Er hatte es bei einer Zwangsversteigerung erworben und man sah es dem Haus an. Als er den Vertrag unterschrieben hatte, hatten in manchen Räumen Wände, Böden und sogar Decken gefehlt. Die Treppe ging nicht bis zu den beiden oberen Stockwerken. Der Garten war nicht mehr als ein Geröllhaufen, und der feuchte Keller war noch immer vollgestopft mit Katalogen und Autozeitschriften aus zwei Jahrzehnten. Dante hatte an seinen freien Tagen über drei Jahre an der Renovierung gearbeitet, bevor er auch nur ins Erdgeschoss ziehen konnte. Sämtliche Bekannte hatten ihm bei den einzelnen Vorhaben ausgeholfen: sein Bruder Paulie gab ihm überschüssiges Material, aber die Liste war lang genug, um damit das Wohnzimmer zu tapezieren. Wenn er fertig sein würde, wollte er die oberen Stockwerke als schicke, kleine Wohnungen vermieten, aber das lag noch immer ein paar Jahre in der Zukunft. Dennoch: seit den Anschlägen hatte Dante für dieses Haus gelebt, und Griff hätte alles getan, um ihm dabei zu helfen, es behalten zu können.

Unten auf dem Boden zog sich Dante auf ein Knie und schaute auf wie ein verwahrloster Ritter, der versuchte, einen Heiratsantrag zu machen. „Zweite Mahnung, Mann. Ich schaff es in letzter Zeit nicht mehr zu zahlen."

„Seit wann?" Griff schüttelte seinen Kopf und streckte seine Hand nach ihm aus. Er fühlte sich wie ein Stück Scheiße.

Dante ergriff Griffs Hand und zog sich auf die Füße. Er zuckte zusammen und stand etwas wackelig auf den Beinen, als er seinen Arm ausschüttelte. „Paar Monate. Naja, fünf. Ich weiß, es ist 'ne Bruchbude, aber es ist meine Bruchbude. Ich bin noch nicht dazu bereit, ein Versager zu sein, G. Weißt du, was ich meine?"

Griff wusste es. Er dachte an den modrigen Kellerraum, in dem er im Haus seines Vaters schlief. Er dachte an alle ihre Kollegen, die schon bei Dante gepennt hatten und niemals auch nur einen Cent für Essen, geschweige denn Bier dagelassen hatten, und an all die Ehen, die bereits zerbrochen waren und denen Dante auf seine dumme, außergewöhnliche, großzügige Art geholfen hatte, gerettet zu werden. „Es tut mir leid."

„Das sollte es, verflucht nochmal, auch. Ich bin nicht bescheuert. Nun, vielleicht bin ich's, aber in diesem speziellen Moment bin ich nicht bescheuert, okay? Scheiße! Du bist zu stark, um mir eine zu knallen."

„Ich mach mir Sorgen um dich." Griff sah zu den Reihen von schmalen Betten, den Postern, die die Wand zierten, und dann wieder zurück.

Dante grinste ein wenig. „Ich mach mir auch um mich Sorgen! Ich bin hier der Gutaussehende. Wie wollt ihr Mistkerle an eure schmutzigen Sekunden kommen, wenn ihr dieses Gesicht versaut?" Er rieb über seinen Kiefer und öffnete seinen Mund, um das Ausmaß seiner Schmerzen auszumachen. Die Ringe unter seinen Augen ließen ihn aussehen, als habe er seit einer Woche nicht mehr geschlafen. Vielleicht hatte er das auch nicht. „Ich will nicht, dass diese Arschlöcher mir mein Haus wegnehmen. Ich werde es nicht zulassen."

„Du hast mir 'ne Scheißangst eingejagt."

„Hast du niemals… war dir noch nie etwas so wichtig, dass du bereit warst, dich dafür kaputtzumachen?" Dantes Augen bohrten sich in seine wie ein Vorwurf, auch wenn er nicht wusste, was er ihm vorwerfen konnte.

Hab ich nicht?

Sie standen nun Auge in Auge und Griff konnte es kaum ertragen.

„Du hast ein größeres Herz als jeder sonst, Griff", Dantes raue Hand griff nach ihm und legte sich um seinen Nacken, so dass Griff nicht wegsehen konnte.

Griff versuchte es gar nicht. Er schluckte und verlagerte nervös sein Gewicht. Aber er hielt Dantes suchenden Blick stand, ohne zu blinzeln, und wusste, dass er alles, buchstäblich alles tun würde, um ihm zu helfen. Er wusste, wie es war, sich selbst für etwas Wichtigeres kaputtzumachen. „Und jetzt willst du 'ne Niere verkaufen? 'Ne Bank ausrauben?"

„Nee. Ich hab was anderes gefunden. Ein Typ hat mir sozusagen einen Job angeboten." Ein Lächeln breitete sich über seinen aufgeplatzten Lippen aus und plötzlich war Dante so glücklich wie ein Kind an Weihnachten. „Neulich Abend im Bone. Du hast ihn getroffen: der glatzköpfige Typ im Anzug."

Griff versuchte, sich an das Gesicht des Mannes auf der 9/11 Party zu erinnern. Er erinnerte sich an einen rasierten Kopf, einen Anzug. *Oh, ja, der Streit mit dem Puertoricaner.*

„Der Russe?"

„Jepp, Alek irgendwas. Ich hab seine Karte. Offensichtlich hat er irgend so 'ne Website."

„Ach, wirklich." Griff spürte, wie sich ein unangenehmes Gefühl in ihm breit machte. „Was für 'ne Website?"

„Du weißt schon… schmutzig." Dante zuckte mit seinen Augenbrauen.

Bleib ruhig, Griffin. „Du meinst sowas wie Pornos?"

„Ähm, was sonst?" Dante setzte sich auf ein Bett und starrte Griff an. „Es ist sicher kein Kochkurs."

„Ich denke nicht, dass das so eine gute Idee ist, Anastagio." Griff setzte sich auf das gegenüberliegende Bett. Er zermarterte sich sein Hirn nach einem Argument, das die Hose seines Kumpels oben und seinen Arsch außerhalb des Internet ließ. „Ehrlich gesagt könnte das die mieseste Idee sein, die du in deinem ganzen Leben hattest. Was einiges aussagt, wenn man sich deine schillernde Vergangenheit betrachtet."

„Ha ha. Ich mein, es ist nicht eklig oder so. Keine Tiere oder Pudding oder so'n Zeug. Und es ist deutlich mehr Geld, als wir hier für's Rauchfressen kriegen." Dante nickte mit ruhigem Gesicht über die offensichtliche Vernunft und Logik seiner Idee. „Völlig professionell. Er dreht in 'nem Studio draußen in der Avenue X. Sheepshead Bay.

Der Eisklumpen, der sich in Griffs Magen gebildet hatte, bekam nun auch noch Stacheln. Sein Hals und Gesicht färbten sich zu einem wütenden Rot. „Du, ähm… warte. Ist das sowas wie eine nackte-Kerle-Seite? Alek hat 'ne Website, auf der Kerle ihre besten Stücke ausstellen, und will, dass du mitmachst?

„Nun, als ich das letzte mal nachgesehen habe, hatte ich noch keine Pussy, G", Dante verdrehte die Augen und legte seine Stirn entrüstet in Falten, „Also ja, es sind Typen."

Griff ließ nicht locker. „Bist du mal auf die Seite gegangen? Hast dir das mal angesehen?"

„Mach ich noch. Ich mein, ich hab bei mir noch kein Internet und ich kann nicht wirklich", seine Stimme wurde leiser, als er den Blick zur Tür wandte, „auf der Arbeit auf „Eselsknüppel Für Uns" gehen."

„Das kann nicht dein Ernst sein. Die Seite heißt nicht wirklich so?" Sobald die Worte aus Griffs Mund kamen, wünschte er, nicht gefragt zu haben.

„Nee, es ist Hotrod irgendwas. Nein, warte. Das ist es nicht. Er kramte eine Visitenkarte aus seiner Tasche, „HotHead-dot-com. Hitzkopf. Verstehst du?"

Scheiße.

„Ich versteh's." HotHead. Jetzt war er sicher, dass er den Namen *niemals* vergessen würde, und es würde ihn wahnsinnig machen.

Dante schob die fiese, kleine Karte zurück in seine Tasche. „Er zahlt mir fast einen Riesen dafür, dass ich mich vor der Kamera ausziehe. Dauert zwei Stunden. Keine große Sache."

„Hmhm."

„Und, du weißt schon, mir einen runterholen... schätze ich." Dantes Augen zuckten wieder zur Tür, als ob er erwartete, dass die ganze Truppe, auf der Suche nach Essen, hier hereinplatzen würde. „Nur einen von der Palme wedeln. Für Geld! Es ist ja nicht so, als ob ich das nicht sowieso viermal am Tag machen würde."

Noch was, was ich niemals hätte wissen müssen.

Das hier war so gar nicht, wie Griff sich seinen Tag vorgestellt hatte oder auch nur diese Unterhaltung. Zum einen wünschte er sich, sein Freund hätte auch nur einen Funken Schamgefühl. Die Idee von Dante, der sich einen runterholte, war schon schlimm genug, aber für ein Publikum? Ein männliches Publikum? Ein männliches Publikum von ein paar Millionen Typen? Der Eisklumpen in seinem Magen verwandelte sich in kalten Schweiß.

Heilige Scheiße.

In diesem Moment wurde Griff klar, worüber sich die beiden Männer in der Kneipe gestritten hatten, warum der jüngere ausgeholt hatte, warum Alek so ausweichend gewesen war. *Hast du's jetzt endlich?* Er hatte einen Typen mit einem Sixpack und einem Stapel unbezahlter Rechnungen gefunden. Bingo. Er hatte ein Nackedei-Filmchen mit dem kleinen Latino gedreht und seine Kleine hatte es herausgefunden. *Was für 'ne Scheiße.* Höchstwahrscheinlich. war er zu der 9/11 Party gekommen, um Mitarbeiter anzuwerben: muskelbepackte, uniformierte Typen, die Geld brauchten. In dieser Wirtschaft gab es sie im Überfluss.

Jetzt fühlte sich Griff wie ein komplettes Arschloch: er hatte diese perverse, russische Dreckschleuder gegen irgendeinen armen Typen verteidigt, den dieser vorher ausgenutzt hatte. Er hatte es nicht gewusst - er hatte es nicht gewusst! Er wünschte, er könnte in der Zeit zurückreisen und dem kleinen Puerto-Ricaner helfen, die Seele aus Aleks Leib zu prügeln, bevor er auch anderen verzweifelten Typen sein schmieriges Angebot machen konnte.

Wie meinem besten Freund.

Das Letzte, was er brauchte: Zugang zu einem nackten und erregten Dante, nur durch einen einzigen Mausklick getrennt.

Griff stand auf und setzte sich neben Dante auf das kleine Bett. „Du weißt, dass es kein Geld für nichts ist. Es ist kein verfluchter Spaß oder was auch immer du glaubst, dass es sein wird, oder der Mistkerl würde Leute nicht dafür bezahlen müssen, dass sie es tun."

„Er hat mir fast einen Riesen angeboten. Also, sechshundert plus Boni. Ich hab keine Probleme damit. Wenn ich es ein paarmal mache, komm ich aus den Miesen raus." Dante zählte die Porno-Vorteile an seinen perfekten Fingern ab. „Ich kann meine Rechnungen bezahlen. Ein paar Kröten verdienen. Außerdem wird es super für mein Ego sein."

„Genau das, was du noch brauchst." Griff verdrehte die Augen und schnaubte.
„Weißt du, du könntest mit…"

„Nein", stieß Griff hervor. Seine Nasenflügel bebten, als er versuchte, genügend Luft in seine Lungen zu bekommen.

„Alek hat gefragt, ob du…"

„Scheiße, nein! Und ich kann mir nicht vorstellen, dass du diesem Zuhälter noch zu nahe kommen willst, wenn du mal ordentlich drüber nachgedacht hast. Hast du 'nen Hirnschaden?! Was, wenn deine Eltern das rausfinden? Oder unser Scheiß Arbeitgeber? Die Nachbarschaft? Menschen, die dich lieben. Was, wenn deine Mom sehen würde, wie du Dir einen abschüttelst? Denk nach!"

„Bullshit. Ma weiß nicht mal, wie man online geht. Außerdem gibt's Tausende dieser Wichsvorlagen-Seiten. Es wird wie die Nadel im Heuhaufen sein." Dante schüttelte seinen Kopf und fuhr sich mit der Hand durch sein lockiges Haar. „Wer soll's rausfinden? Ich versteh nicht, warum du so sauer bist."

Griff drehte sich zu Dante und sprach zu ihm, als sei er ein Patient mit einer schweren Kopfverletzung in einer psychiatrischen Abteilung. „Porno ist für immer, Dante. Wenn du irgendwann feststellst, dass du einen riesigen, beschissenen Fehler gemacht hast und es gerne rückgängig machen würdest, kann man dich bereits überall abspritzen sehen. Diese Katze geht nicht mehr in den Sack zurück."

„Und?" Dante kräuselte seine Lippen und gab vor, nicht zu verstehen, worauf Griff hinaus wollte. „Für mich könnte sich ein ganz neuer Dating-Markt erschließen."

„Ja, klar. Mach deine Witze drüber, aber du kannst nicht wirklich wollen, dass deine Kronjuwelen überall herumwedeln und jeder Perverse auf der ganzen Welt drankommt. Nichts ist das wert."

„Oh." Die kleinen Rädchen in Dantes Kopf begannen sich zu drehen. Pornos waren etwas, über das sie alle ihre Witze rissen, und er wollte keine Witzfigur sein. *Denk nach. Denk nach, Arschloch.* Griff überkreuzte im Geiste seine Finger und schickte ein Stoßgebet zum Himmel, während er beobachtete, wie Dante im Geiste die Möglichkeiten durchging. Er versuchte noch schlimmere Szenarien hinaufzubeschwören, um ein wenig Sinn und Verstand in seinen besten Freund zu hämmern, hielt aber aus Angst, ihn auf noch blödere Ideen zu bringen, die Klappe.

Dantes machte ein langes Gesicht. „Ich weiß, was du meinst."

„Sag ab."

„Es ist echt 'ne Menge Geld. Ernsthaft."

„Ich besorg dir das Geld." Griff nagelte ihn mit einem Blick aus seinen kühlen, grauen Augen fest. „Sieh mich an: Ich versprech's dir. Ich schwöre es bei Gott und den Engeln und beim Grab meiner Mutter. Was auch immer nötig ist, Anastagio. Ich werde nicht zulassen, dass du dein Haus verlierst. Ich kümmere mich um dich, koste es, was es wolle, okay?"

Dante lächelte und nickte ein wenig, traurig und dankbar zugleich. „Ich weiß, G. Ich weiß, dass du das tun wirst. Ich hab nur versucht, mich um mich selbst zu kümmern."

5

DANTE REDETE nicht mehr über die Porno-Sache und Griff schaffte es, sich selbst davon zu überzeugen, dass er die Idee wohl verworfen hatte. Er hatte damit angefangen, Geld in Dantes Portemonnaie zu schmuggeln, und war dazu übergegangen, Essen und Bier für beide zu bezahlen.

Der September war beinahe vorüber. Dante erwähnte Geld oder Rechnungen mit keinem Wort und verbrachte lediglich seine gesamte freie Zeit mit Arbeiten bei der Baufirma. Griff ging davon aus, dass er das Hypothekenproblem geklärt hatte. Dante war wohl wieder in den schwarzen Zahlen und Griff hatte ihn davon abgehalten, seine Kronjuwelen an diesen HotHead - Widerling zu verhökern. Sechs ganze Tage lang konnte er in dem Gefühl, Dante geholfen zu haben, ruhig schlafen.

Ein Fischeintopf belehrte ihn eines Besseren.

Eine Woche nach dem Geldstreit hatte Griff eine absolut miese Schicht hinter sich. Er hatte sie an dem Samstag für einen Kollegen übernommen, dessen Zwillinge getauft wurden. Nach ungefähr sechs Stunden waren drei der Wachen zu einem Großbrand in einem Lagerhaus gerufen worden. Verschlimmert wurde das Ganze noch durch den trockenen Sommer und alte Paraffin-Fässer, die jemand im zweiten Stock gelagert hatte.

Als er nach zwei Stunden Feierabend hatte, hatten seine Haut und seine Haare so viel Rauch abbekommen, dass er den Geruch auch nach zweimaligem Duschen nicht losgeworden war. Alles, was er tun wollte, war nach Hause zu gehen und sein Gesicht bis zum nächsten Sonnenaufgang in seinem Bett zu vergraben. Allerdings hatte Dante auf dem Anrufbeantworter eine Nachricht hinterlassen, dass er zum Abendessen Cioppino machte, Griffs Lieblingsessen. Er wusste, dass es einen ganzen Tag dauerte, es vorzubereiten und zu kochen. Dante musste noch vor Sonnenaufgang beim Fischmarkt gewesen sein.

Willst du rüber kommen, G?

Griff hatte das Bedürfnis, ihn umzubringen.

Es war ein so offensichtliches Friedensangebot, dass es nur eins bedeuten konnte: Dante hatte seinen heißen, dämlichen Arsch nach Sheepshead Bay geschwungen, sich vor der Kamera ausgezogen und sich vor diesem schmierigen Pornofuzzi einen runtergeholt. Dantes schwanzlastiger, nicht jugendfreier Rettungsplan war angerollt.

Vielleicht würde es sich niemand anschauen; vielleicht reagierte er über; vielleicht war es völlig egal.

Blödsinn.

Griff lief von der Red Hook Station aus zu Dante und versuchte, sich abzuregen, während die Sonne hinter den Gebäuden in den dahinter liegenden Fluss sank. Er wusste, warum Dante es getan hatte: um zu beweisen, dass er es konnte, um anzugeben, um ihn und alle anderen, die es herausfinden würden, zu schockieren. Dämlicher Mistkerl.

Er konnte sich nicht entscheiden, was schlimmer war: seine Schuldgefühle oder die Versuchung. Er hatte seinen besten Freund nicht davon abhalten können, diesen blödsinnigen Fehler zu begehen, aber der buchstäbliche Mann seiner Träume hatte ein unglaublich heißes Video gedreht, das er sich ohne Probleme so oft anschauen konnte, wie er wollte.

Hilfe.

Griff bog um die Ecke; er realisierte, dass er vergessen hatte, Bier oder Wein mitzubringen, oder ein Fass Gleitmittel. *Ja, klar.* Er stieg die Stufen zur gläsernen Eingangstür hinauf. Dantes Haus war stets hell erleuchtet, wenn er daheim war.

Dante ging in dem Moment, als er die Tür öffnete, bereits auf Konfrontation, ehe Griff auch nur ein Wort herausbringen konnte. *Peng.*

„Ja, ja. Fang gar nicht erst an. Ich hab mir einen von der Palme gewedelt! Als ob es einen Unterschied machen würde!? Außerdem hat mir dieser russische Typ *achthundert* Mäuse gegeben und ich musste nur in diesem teuren Ledersessel sitzen und den Lurch würgen." Als er wieder ins Haus ging, schien Dante so aufgeregt und glücklich wie ein frischgebackener Lottogewinner.

Griff folgte ihm in Richtung der gefliesten Küche. Beim Eintreten konnte er das Cioppino riechen: Die Brühe, den Knoblauch und irgendein anderes eingerührtes Grünzeug. Dante wusste, dass er ins Klo gegriffen hatte; das Cioppino sollte sie beide auf andere Gedanken bringen.

„Das Internet verschwindet nicht einfach." Griff konnte die Bitterkeit in seiner Stimme nicht verbergen.

Dante wusch seine Hände und trocknete sie ein wenig ab. „Keine große Sache. Und er meinte, ich hab's wirklich gut gemacht, hm? Dieser Alek-Typ. Und ich kann mehr drehen. Nächstes Mal bezahlt er mich vielleicht dafür, dass ich 'ne Tussi knalle. Zwei Tussis. Zwanzig Tanten, die mich mit 'nem Pudel kitzeln. Was zur Hölle auch immer. So wie es in meinen Zeitplan passt. Krass, oder?" Dante hob seine Hand für ein High-Five, das niemals stattfand.

Griff erwiderte nichts. Seine grauen Augen waren fest auf Dantes gerichtet.

„Es ist cool, oder? Ich bin stolz auf meinen Körper. Du etwa nicht? Scheiße, wir reißen uns unsere Ärsche auf, um in Form zu bleiben."

Griff öffnete seinen Mund und schloss ihn wieder. Öffnete ihn wieder und schloss ihn dann mit einem Stirnrunzeln.

Dante begann damit, die knallroten Tomaten mit einem alten Messer auf der verschrammten Arbeitsfläche zu schneiden. Dabei versuchte er, den Eindruck zu erwecken, vernünftig und rational zu sein. „Sieh mal, ich hab nur ein wenig Bares gebraucht, um mich über Wasser zu halten, G. Für die Hausrate. Das war's.

Nichts sonst. Ich bin kein Drogensüchtiger. Es ist nicht so, als könnte ich mir was einfangen, wenn ich an mir selbst rumspiele."

Wisch – die gewürfelte Tomate kam in eine Schüssel. Dante leckte seine Finger ab.

„Wenn du dir einen runterholst." Griff atmete tief ein und versuchte, sich *nicht* seinen besten Freund vorzustellen, wie er sich auszog und zur Sache kam.

Dantes Faust zog eine imaginäre Salami durch die Luft. „Jepp. Es ist ja nicht so, dass ich es nicht ohnehin wie nach 'ner Zeituhr tun würde." Er wühlte in einem Schrank und brachte ein Glas zum Vorschein, das irgendeinen aromatischen Zweig beinhaltete.

„Und das ist alles."

Dante kaute auf einem Stückchen Zweig und nickte. Er beruhigte Griff, als ob er der Verrückte sei, als ob *er* das Offensichtliche nicht wahrnahm. „Bin da aufgetaucht. Hab mir die Keule in meiner Brandschutzausrüstung poliert. Zack!"

Schlimm und schlimmer. „Deiner Ausrüstung?!"

Dante hackte einige Zweige, was einen starken Geruch nach Süßholz freisetzte. „Der ganze Aufhänger der Website sind heiße Hetero-Kerle in Uniform. Soldaten, Polizisten, Sanitäter. Was weiß ich… Briefträger." Dantes dunkle Braue kräuselte sich. „Gibt's Leute, die Briefträger vögeln? Nun, hm, wo sollen sonst die Briefträger herkommen?" Die Stückchen des Zweiges landeten in einer Pfanne mit Öl.

Griffs Magen knurrte. Er hatte Probleme damit, den Namen der HotHead Website zu vergessen, zu vergessen, wie einfach es wäre, Dantes schöne Augen über den Bildschirm in seine starren zu lassen, während er es sich selbst besorgte. Selbst durch Dantes Kleidung hindurch konnte Griff sich vorstellen, wie sein Körper aussah. Er versuchte, angewidert zu bleiben, und trat einen Schritt zurück.

„Und wenn man dich erwischt? Du könntest dafür gefeuert werden, dass du die Klamotten in einer 'nicht dem Zweck entsprechenden Situation`, bla, bla…."

„Siehst du! Daran hab ich gedacht. Richtig? Dante knackte mit seinem Nacken und durchschritt den Raum, während ihn eine glückliche Aura umgab. „Ich hab Tape über die Zahlen geklebt. Niemand wird's merken. Naja, manche vielleicht schon, aber falls mich jemand erkennt, ist es ja nicht so, als ob sie zugeben würden, dass sie Mitglieder einer Amateur-Porno-Website sind." In der einen Hand eine Handvoll geschälter Knoblauchzehen blieb Dante vor Griff stehen und verdrehte die Augen bei der Vorstellung.

Griff blinzelte als Antwort zurück. „Wer, glaubst du, schaut sich das an?"

Griff musste fragen; Dante fragte niemanden irgendetwas. Es war, als würde man mit einem Marsmenschen streiten, einem Marsmenschen mit einer Kopfverletzung und einem unglaublich sexy Lächeln.

„Wer sollte es sich nicht ansehen? Scheiße, ich werde es mir das nächste Mal anschauen, wenn ich ein Mädchen da hab. Vögel sie in den Arsch *und* die Augen. Ich bin ein Pornostar." Dante grapschte die Ausbeulung unter seiner Gürtelschnalle so fest, dass Griff den dicken Schaft durch den Stoff hindurch ausmachen konnte.

Griff fuhr sich mit der Hand über die Augen. *Er muss wissen, was er mir antut, wenn er das macht.*

„Kerle gehen auf diese Seiten, D. Denk nach! Es ist mir egal, was sie dir erzählt haben. Es sind keine geilen Hausfrauen, Mann. Männer schälen sich die Gurke, während sie dir zuschauen. Schwule Kerle, die sich in der Zurückgezogenheit ihres eigenen Zuhauses daran aufgeilen, wie du… dein, äh, Ding machst." Griff streckte seine Hände aus, als müsse er eine Kollision abwehren.

„Alle Macht für sie. Was interessiert mich das? Mein 'Ding' ist ein Akt der Ästhetik. Und so heiß zu sein ist eine unglaubliche Verantwortung." Dante spannte einen perfekten Arm an, bis der dunkle Bizeps sich wie eine Grapefruit gegen sein T-Shirt drückte. Er leckte ihn.

Griff war kurz davor, ihm eins auf den Hinterkopf zu geben.

Dante zwinkerte, stolz auf sich selbst.

Griff gab ihm eins auf den Hinterkopf.

„Wer bist du, mein Großvater? Wage ja nicht, über mich zu urteilen. Einige von uns haben keine Komplexe." Dantes Gesichtszüge verhärteten sich, wurden beinahe misstrauisch. Er hob eine Hand, so als bereitete er sich darauf vor, einen Faustschlag abzuwehren. „Sieh mal, Griff, ich hab für mich selbst 'ne Lösung gefunden. Eine, mit der ich leben und mit der ich mein Haus behalten kann." Er richtete seine volle Aufmerksamkeit auf sein Messer und begann, den Knoblauch mit übertriebener Präzision in hauchdünne Scheibchen zu schneiden. Er schaute verwirrt und traurig drein.

„Ich hoffe, deine Familie und das FDNY können auch damit leben, D. Leute werden für so'n Scheiß gefeuert."

Er will, dass ich mich für ihn freue. Wenn ich ihn nicht wollen würde, könnte ich das.

Griff ging in das Wohnzimmer, an das große Panoramafenster, und sah hinab in die dunkle Straße. Das Zimmer war mit ausrangiertem Kram anderer Leute und Flohmarktmöbeln ausgestattet. Er zählte bis zehn und atmete tief ein. Er stank noch immer nach Rauch aus dem Lagerhaus.

Ich benehm mich so verrückt, weil ich ihn angelogen hab, aber das ist nicht seine Schuld.

Ein Stück die Straße hinauf führte ein untersetzter Latino seinen Pitbull Gassi. Eigentlich war es ja der PitbBull, der den Mann Gassi führte, denn er zog fest genug an der Leine, um ihm fast seinen Arm auszukugeln. Ein koreanischer Fahrradkurier fuhr auf der falschen Seite der Straße. Ein missmutiger Teenager brachte den Müll nach draußen, in die Tonnen vor dem Haus. Ein wolkenverhangener Nachthimmel hing über den anderen Sandsteinhäusern, kein Mond und keine Sterne.

Nichts zu machen. Nichts zu machen.

Er hörte, wie Dante vorsichtig das Wohnzimmer betrat.

Griff hatte das plötzliche Bedürfnis, sich umzudrehen und seinem besten Freund alles zu gestehen: seine Lust, seine Panik, seine Sorgen, seine Hoffnungen…

Er konnte spüren, wie Dantes stille Verwirrung ihn von hinten in Wellen traf – *G, was ist schon dabei?*

Erklär das mal, du Genie.

Dante klang zurückhaltend, als er langsam auf Griff zukam. „Er schien nicht mal, du weißt schon, andersrum zu sein. Ich denk, er macht's auch nur für's Geld. Ernsthaft. In diesem Geschäft geht's *nur* ums Geld."

Griff ließ seine Augen auf die Straße gerichtet. Seine Stimme hatte einen harten Ton und seine Arme waren fest vor seiner Brust verschränkt. „Anastagio, er ist schwul. Dafür leg ich meine Hand ins Feuer."

„Und? Was? Hast du Vorurteile oder was?"

„Nein!" Wieder verspürte Griff den hirnrissigen Impuls, alles zu gestehen. Er zwang ihn tief in sich hinein. „Nein. Aber er betreibt garantiert keine Website mit Schwulenpornos und sieht Hetero-Typen dabei zu, wie sie das Deck schrubben, weil er für den Ruhestand spart. Er will dich in deinen knochigen, haarigen Arsch ficken. Während du hier sitzt und dich über ein paar hundert Mäuse freust, wedelt er sich einen von der Palme, mit zehn Millionen anderen Typen, die zuschauen, wie du dasselbe tust."

Wenn ich einen Arsch in der Hose hätte, würde ich es mir auch ansehen.

„Fick dich. Mein Arsch ist nicht haarig." Dante schaffte es, ernsthaft beleidigt drein zu blicken, als er sich auf die zerschlissene Couch setzte, die Richtung Fenster ausgerichtet war.

„Himmel." Griff kratze sich mit seiner Hand hart über den Kopf. Warum konnte er es nicht richtig erklären? Er verließ das Fenster und setzte sich auf den Fußboden. Nicht gegen Dantes Bein, aber dicht dran.

„Wie das mit seinem Arsch ist, weiß ich nicht. Er ist Russe, also vielleicht. Aber ich muss es niemals herausfinden. Und es waren achthundert Mäuse."

Griffs Hirn war kurz vorm Überkochen, als er versuchte, eine Lösung für etwas zu finden, das sein bester Freund nicht einmal als Problem wahrnahm. „Ich versuch nur, auf dich aufzupassen, ok?"

Dante rutschte von der Couch auf den Boden neben ihm und stieß ihre Schultern zusammen. Er roch nach Zitronensaft und Pfeffer. Sein Arm lag warm an Griffs. „Danke. Wirklich, G. Aber mit mir ist alles in Ordnung. Das hier ist in Ordnung. Der Typ hat ein sauberes Geschäft. Vertrau mir."

Aber Griff ließ nicht locker. „Sicher. Aber keine Chance, dass ich dieser hässlichen, kahlköpfigen Dreckschleuder von Zuhälter traue. Du kannst ihm von mir ausrichten, dass er, wenn er Spielchen mir dir treibt, wenn er auch nur einen russischen Finger an dich legt, deinen Kumpel am Hals hat. Und wenn ich mit ihm fertig bin, wird jemand ein Fliegengitter brauchen, um seine Teile wieder herauszufischen." Er konnte die mörderische Wut in sich aufsteigen spüren, wie Hitze von einer Fahrbahn im Sommer aufsteigt.

Lieber Himmel. Er brauchte einen Drink, bevor er völlig ausrastete.

„Okay, Griffin. Okay. Ich versprech's." Dante tätschelte seine Schulter mit vorsichtiger Hand, so als sei er ein wilder Hund, der in voller Panik war und zumindest halbwegs beruhigt werden musste. Er fuhr sich mit einer Hand durch seine tiefschwarzen Locken und stieß einen Seufzer aus.

Griff wusste, dass er verrückt klang. Er klang vollkommen geistesgestört, aber er musste es loswerden und konnte sich selbst nicht davon abhalten. „Du bist mein Bruder, Mann. Wir wissen beide, dass sie schwanzlose Kakerlaken sind, die deine beschissene Situation ausnutzen. Ich könnte verflucht nochmal kotzen. Wenn ich das Geld hätte –"

„Hast du aber nicht. Es ist okay. Mach dir nicht so viele Sorgen. Hey, du bekommst sonst noch 'nen Herzinfarkt. Und dann bekomm *ich* 'nen Herzinfarkt." Dante schob sich auf seine Füße und bot Griff eine Hand an, um ihm aufzuhelfen.

Griff stand auf und drehte ihm den Rücken zu, entschlossen, sich nicht dafür zu entschuldigen, dass er sich Sorgen machte. „Für dein Leben brauchst du einen Airbag. Ich schwör's dir, Anastagio, du hättest zu deiner Geburt direkt einen mitgeliefert bekommen sollen."

Dante lehnte für einen Moment seine Stirn zwischen Griffs Schulterblätter, so zaghaft, dass Griff die Luft wegblieb. „Nee. Jeder weiß, dass ich mit einem Manko geboren wurde. Dich haben sie erst später installiert."

Griff drehte sich um und sah ihn überrascht an. Sein Gesicht wurde warm und er wusste nicht, was er sagen sollte. Es schien keine Rolle zu spielen. Der Moment zog sich unangenehm dahin, beide schienen darauf zu warten, dass der andere etwas sagte oder tat.

Er muss es wissen, richtig? Tu's einfach, Muir.

Dante lächelte.

Griff errötete.

Es klingelte an der Tür.

VON DER Türklingel gefickt.

Griff hatte das Gefühl, vom Erröten zu sterben. Als wäre all das Blut aus seinem Kopf abgeflossen, bis er vor Scham oder einer hyperaktiven Erektion sterben würde.

Dante öffnete die Tür und fand eine von Tränen überströmte Loretta auf den Stufen auf und ab gehen, auf ihrem Arm ihre vier, vielleicht fünf Jahre alte Tochter. Nicole streichelte über die braunen Locken ihrer Mutter und versuchte, sie zu beruhigen.

Immer hereinspaziert.

„Ist alles okay, Süße. Ich bin okay", log Loretta mit rauer Stimme.

Griff fragte sich, was sie so aus der Fassung gebracht haben mochte, um ohne Vorankündigung vor der Tür ihres Bruders aufzutauchen. Hauptsächlich fragte er sich allerdings, ob es ihm, nach dem, was eben beinahe geschehen wäre, möglich war, sich wie eine erwachsene Person zu benehmen.

Was beinahe geschehen wäre?

„Hey." Lorettas Lächeln erreichte ihre whiskeyfarbenen Augen nicht.

Dantes schon. „Hey. Komm rein."

Hatte Loretta draußen vor der Tür irgendetwas hören können? Hatte er etwas … Falsches… gesagt?

Ihre Augen waren verquollen und ihre Hände zitterten. „Ich wollte euch nicht bei eurem gemütlichen Männerabend stören."

Griff verschluckte sich. Die Stelle auf seinem Rücken, auf der eben noch Dantes Gesicht geruht hatte, fühlte sich an, als stünde sie in Flammen. „Ähm."

Dante übernahm, ohne mit der Wimper zu zucken. „Wir haben über Geschäftliches geredet. Ich hab, ähm, ein Projekt, in das ich investiert habe ,und Griff findet, dass es ein dämlicher Schachzug war."

Loretta hörte nicht wirklich zu, als ihr Bruder ihr etwas erzählte, das viel zu dicht an der Wahrheit war. Sie machte sich auf den Weg Richtung Essensgeruch und die Jungs folgten ihr. Nicole wand sich in ihren Armen. Sie war inzwischen zu groß, um weiterhin so durch die Gegend manövriert zu werden.

Loretta und ihr Mann hatten sich vermutlich mal wieder über's Telefon gestritten. Er arbeitete als Zivilist für das Militär, war zur Zeit in Bagdad stationiert und Loretta hasste es, dass er so oft weg war. Allerdings brachte der Job gutes Geld ein und der Auftrag stand kurz vor seinem Ende. Sie planten, sich ein Haus mit genügend Zimmern für ihre wachsende Familie zu kaufen. Wenn er nicht vorher von einer Bombe zu Matsch verarbeitet wurde. Sie hatte sicherlich genügend Gründe, um aufgebracht zu sein.

Im dunklen Flur, der am noch unfertigen Esszimmer vorbeiführte, zappelte sich Nicole schließlich auf den Boden und nahm Dantes Hand. Sie alle folgten Loretta in die von Dampfschwaden vernebelte Küche.

„Esst ihr Idioten Fischköpfe? Ekelhaft!" Der Ausdruck des Grauens auf Lorettas Gesicht hatte theatralische Züge angenommen, als sich ihre Korkenzieherlocken wild um ihr tragisches, maskaraverschmiertes Gesicht kringelten.

Jede Kleinigkeit konnte bei Loretta überzogene, verrückte Reaktionen hervorrufen. Sie benutzte Wutausbrüche wie ein Beruhigungsmittel. Griff fand es irgendwie liebenswert, aber er wusste, dass ihre hysterischen Anwandlungen die Familie in den Wahnsinn trieb. Für ganze zwei Sekunden befürchtete Griff tatsächlich, dass sie ihren Mund öffnen und eine verrückte Arie über Fischköpfe singen könnte, während sie ein Hackebeil durch die Küche ihres Bruders schwang. Er unterdrückte das Lächeln, das sich über sein Gesicht stehlen wollte.

„*Was!?*" Loretta drehte sich mit weit aufgerissenen Augen um, um Griff einen vernichtenden, halb verrückten Blick zuzuwerfen, ganz so, als stünde sie mit einem gehörnten Helm über ihre braune Mähne gestülpt auf der Bühne des Metropolitan Opernhauses, während ein Palast aus Fischköpfen um sie herum niederbrannte.

Griff konnte nicht anders, als laut aufzulachen. „Nichts, nichts. Nein. Wir essen die Köpfe nicht. Dein Bruder macht die Brühe für den Eintopf."

Dante rührte mit einem hölzernen Löffel um und warf eine handvoll schwarze Pfefferkörner dazu. „Cioppino. Oder Cacciucco, je nachdem, welches Dorf. Gemischte Fischsuppe. Nonna hat sie immer gemacht."

Griff nickte ihr mit noch immer glühenden Wangen zu. „Billig und lecker. Es ist eines meiner absoluten Lieblingsessen. Wenn dein Bruder Cioppino macht, lässt er mich grundsätzlich rüberkommen und den Gifttest machen. Ausführlich." Er versuchte zu lächeln, so dass der lahme Witz ankommen und er sich endlich wieder wie ein normaler Mensch fühlen würde.

„Klingt, als wär's saumäßig nervig. Wer kocht so lange?" Schlussendlich stellte Loretta ihre enorme Handtasche auf einem Stuhl ab und beugte sich über den Topf und die Sautépfanne, um einen tiefen Atemzug von dem würzigen Aroma aufzunehmen: Zitrone und Pfeffer.

„Cioppino ist Meeresfrüchte für arme Leute. Fischreste eigentlich. Und Krabben. Olivenöl. Fenchel. Tomate. Knoblauch. Und eine handvoll obergeheimer Kleinkram." Dantes Mund war so schnell wie seine Hände, die die Zutaten zusammenfügten. Und das bedeutete einiges. Die Pfanne begann zu zischen, als er die gewürfelten Zwiebeln zur Mischung gab.

„Du bist so verdammt irritierend." Loretta verschränkte ihre Arme vor der Brust. „Von uns allen bist du der einzige, der kochen kann, und du bist der heißeste - und du bist ein Kerl."

Griff wusste, dass das ihr wunder Punkt war. „Das liegt an der Feuerwache. Dante kocht dauernd und bleibt so in Übung."

Nachdem er sich seine Hände am Geschirrtuch, das über seiner Schulter hing, abgetrocknet hatte, hob Dante Nicole hoch, so dass sie an die Spüle herankam, und wusch ihre Hände mit geübter Leichtigkeit. Er hatte, während er aufwuchs, vielen jüngeren Anastagios dabei geholfen. „Es kostet nicht wirklich Zeit. Das Einkaufen dauert am Längsten. Und es ist mehr als genug da, solange wir Griffin irgendwo einsperren oder im Garten anbinden."

„Hey! So gierig bin ich nun auch nicht." Griff musste lächeln, als Dante ihn aufzog.

Dante zwinkerte und lächelte zurück. „Du bist noch schlimmer, mein Junge." Nachdem er Nicoles Hände abgetrocknet hatte, drückte er sie an sich und küsste sie auf den Kopf, während sie an seinem langen Haar zupfte. „Nope. Keine Haare in der Suppe." Er rührte erneut um und probierte mit dem Holzlöffel, nachdem er Nicole an seinen Kumpel weitergegeben hatte. „Geh und nerv Onkel Griffin."

Griffin fühlte sich unbeholfen mit einer so kleinen Person auf dem Arm und sah auch dementsprechend aus, als er sie etwas von seinem Körper weg hielt, wie eine Tüte mit Glasscherben. Er erinnerte sich nicht daran, dass ihn als Kind jemals jemand auf den Arm genommen hätte. Es kam ihm niemals in den Sinn, dass jemand auch nur wollen könnte, hochgehoben zu werden. Man konnte sie viel zu leicht fallen lassen oder ihnen weh tun. Keiner der anwesenden Anastagios schien sich der Gefahr bewusst zu sein, also sah Griff zu der Kleinen, um herauszufinden, was nun von ihm erwartet wurde.

„Saft?" Die kleine Nicole sah Griff geduldig an, so als wüsste sie, dass sie zu einem riesigen Deppen sprach.

Loretta wühlte, ohne hinzuschauen, in ihrer überfüllten Handtasche, noch immer auf Autopilot; eine Trinkflasche mit Saft erschien. Nicole schnappte sie sich sofort und begann, heftig daran zu nuckeln.

Schepper - schepper. Dante hockte vor dem Kühlschrank und wühlte in einer der Schubladen. Da sein altes dunkelblaues Sweatshirt nach oben gerutscht war, konnte man den unteren Teil seines Rückens sehen. Als er wieder aufstand, hielt er gelbe Zwiebeln und eine weitere Tomate in seinen schwieligen Händen.

Griff versuchte, nicht auf diese schönen Hände zu starren. Oder an völlig fremde Leute zu denken, die Dante im Internet dabei zusahen, wie er sie an sich selbst benutzte. Selbst durch die Essensgerüche hindurch konnte er den Duft von Dantes Haaren und Haut wahrnehmen. Griffin ging auf die gegenüberliegende Seite des Frühstückstresens und setzte Nicole auf einen der hohen Barstühle. Er blieb neben ihr stehen, um sicher zu gehen, dass sie nicht zu Tode stürzte oder Feuer fing. Er war niemals in der Nähe von kleinen Kindern gewesen, nicht einmal, als er selbst ein kleines Kind war, also was wusste er schon? Vielleicht war das hier normal.

Nicole schien wie hypnotisiert von dem Gemüse, das sich unter Dantes blitzschnellem Messer in kleine Streifen verwandelte.

Griff auch, aber aus deutlich peinlicheren Gründen; er hustete und fragte sich, ob seine Familie das hier auch jemals getan hatte, einfach nur in der Küche gekocht, während er als kleiner Junge zugesehen hatte. Er konnte sich nicht daran erinnern, aber es wäre auch schon sehr lange her gewesen, also vielleicht schon. Er hoffte es um seinetwillen inständig. Vielleicht als seine Mutter noch am Leben war. Vielleicht war er ja kein kompletter, von Wölfen aufgezogener Freak.

„Dante, sie wird die Meeresfrüchte nicht essen. Zurzeit isst Nicole nichts anderes als Erdnussbutter und Bananen auf Roggenbrot und Schokopudding." Loretta zog ein eingewickeltes Sandwich und einen Becher Markenpudding aus ihrer Tasche und stellte beides in den Kühlschrank.

„Bullsh– doch, wird sie. Wetten?" Dante reichte Nicole einen rohen Tintenfisch zum Spielen. Sie war begeistert.

„Ui! Plitsch." Nicole zog an der kleinen Kreatur, als wäre sie aus Gummi, völlig fasziniert von den Armen, und stupste gegen die Haut. „Cool."

„Wow! Wie ein kleines Monster. Hm, Nicole? Siehst du die Saugnäpfe?" Dantes Piratenlächeln wurde noch breiter, als er sich zu seiner Schwester umdrehte. „Siehst du? Kinder würden Stiefel essen, wenn du sie neugierig machst. Vertrau mir."

Ein Lächeln stahl sich auf Griffs Gesicht. Dante so zu sehen, ließ sein Herz Purzelbäume schlagen.

Für einen kurzen Moment lang stellte er sich vor, dass sie hier in ihrer *gemeinsamen* Küche wären, dass Loretta sie in ihrem Haus besucht hätte. Er unterdrückte den Drang, sich zu seinem besten Freund hinüberzulehnen und ihn auf die Wange zu küssen.

Loretta schnappte sich den kleinen Tintenfisch, bevor er in Nicoles Mund wandern konnte. „Die Frau, die du mal heiratest, tut mir jetzt schon leid, Dante Anastagio."

„Nun, wenn du *mich* den Stiefel kochen lässt, isst meine Frau ihn auch." Dante entgrätete Schnapperfisch und Kabeljau und briet sie in der Sautépfanne an. In der Küche roch es wie im Meeresfrüchtehimmel.

Loretta begann, sich ein Glas Wein aus der Flasche einzuschenken, die Dante zum Kochen benutzte, aber dieser schüttelte den Kopf.

„Nee. Der ist zu süß, um ihn zu trinken. G, könntest du…?"

Griffs Magen knurrte. „Ich hol 'ne Flasche. Willst du noch Bier für den Kühlschrank?"

Dante nickte ein Danke und begann Loretta zu fragen, was eigentlich los war. Griff verließ sie, als sie begannen, mit gedämpften Stimmen zu reden.

GRIFF TRAMPELTE die unebenen Stufen in den Keller hinunter, wo Dante die Vorratskühltruhe und einen weiteren Kühlschrank, der mit Getränken für seine Partys ausgestattet war, aufgestellt hatte. Hier unten war es immer kühl und ein wenig feucht. Er wusste genau, welchen Chianti Dante wollen würde und zog auch noch ein Zwölferpack Guinness heraus. Doch er hielt inne, bevor er die Treppe wieder hinauf kletterte.

Er schätzte, er sollte noch ein wenig Zeit totschlagen, damit die beiden Geschwister ein wenig Zeit zum Reden hatten. Er stellte Wein und Bier auf den Stufen ab und setzte sich selbst auf eine Truhe, die mit SKI KREMPEL beschriftet war, um bis tausend zu zählen.

Meinte Dante es wirklich ernst damit, die Pornosache nochmal zu machen? Es schien zu verrückt, um wahr zu sein, aber auf der anderen Seite *war* Dante einfach manchmal zu verrückt, um wahr zu sein. Er würde nicht zulassen, dass dieser Alek-Typ ihn anfasste, oder? Dante hätte letztendlich nicht wirklich die Eier, um…

Doch, hatte er. Verdammt. Natürlich hatte er. Dante hatte *haufenweise* Eier.

Griff war ein Feigling, aber Dante kannte weder Angst noch Scham. Hölle nochmal, er hatte seinen Schwanz vor seiner Englischlehrerin ausgepackt, nur um sie schreien zu hören. Scheiß aufs Nachsitzen. Und jeder wusste, dass er in seinem Haus ständig splitterfasernackt herumlief; als Teenager war er auch schon so gewesen. Mr. und Mrs. Anastagio waren kurz vorm Ausrasten gewesen in ihren Bemühungen, ihn dazu zu bringen, Hosen zu tragen, wenn Leute zu Besuch kamen. Die Sache war die, dass Dante wusste, wie verdammt atemberaubend er war – die geschmeidigen Muskeln, die goldene Haut, die Korkenzieherlocken, und diese Augen, die genauso schwarz-schwarz-schwarz glitzerten wie der Ozean bei Nacht.

Griff bekam wieder eine Erektion. *Super.* Er zwickte sich unter der Penisspitze, um sie verschwinden zu lassen.

Eifersüchtig. Geil. Beschämt. Schwach. E: Alles zusammen.

Es musste einen Haken bei dem HotHead - Geschäft geben. Die Website würde nicht Tausende von Dollars zu Dante rüberwachsen lassen, nur damit sich dieser immer wieder auf die gleiche Art und Weise einen runterholte. Was, wenn dieser Alek ihn zu mehr drängte? Was, wenn Dante zustimmte? Dante, der es sich für irgendeinen Russen selbst besorgte, war eine Sache, aber was war mit den ganzen Kerlen, die ihm von überall her zusehen konnten? Mitglieder von HotHead. com, die sich einloggen würden, um ihm perverses Zeug zu schreiben und ihn ermutigten und herausforderten weiterzugehen?

Und Dante würde es tun. Griff zweifelte keine Sekunde daran. Die Herausforderung war zu verlockend, ganz wie ein brennendes Gebäude. Er würde hinein rennen, ohne darüber nachzudenken. Dante würde ja sagen und diesen Internet - Dreckschleudern nachgeben, nur um zu beweisen, dass er den Arsch dazu in der Hose hatte.

Plötzlich war Griff so eifersüchtig, dass er keine Luft mehr bekam, nicht mehr still dasitzen konnte. Er erhob sich und wischte sich die Hände an seiner Cargohose ab. Es war ihm egal, ob er Staubflecken hinterließ. Er hatte das Bedürfnis, etwas zu schlagen, vielleicht etwas Russisches.

Arschloch.

Er war sich nicht sicher, ob er sich selbst oder Alek damit meinte, als er den Wein und das Bier aufhob und zurück nach oben stampfte. Er machte genügend Krach, dass er niemanden überraschen würde und Loretta ausreichend Zeit hatte, mit dem Gekreische aufzuhören.

IN DER Küche war Loretta damit beschäftigt, irgendein Blatt zu hacken und hatte sogar fast aufgehört zu hyperventilieren. Das war ein gutes Zeichen. Vielleicht war sie heute Abend auch nur besonders einsam und gelangweilt, schließlich war sie praktisch zu Hause gefangen, mit einem Mann, der auf der anderen Seite des Planeten sein Bestes gab, um nicht in der Wüste zu sterben. Griff fühlte mit ihr.

Nicole saß auf dem Küchentresen, zerrupfte sorgfältig einen Bund Petersilie und ließ mit ihren kleinen Fingern *das meiste* davon in den Topf rieseln.

– Zack –

Dante zerteilte eine Krabbe in perfekte Stücke, wobei er das weiße Fleisch aus der durchsichtigen Schale zog und es in den vor sich hin köchelnden Topf warf. „Das ist das Cioppino des faulen Mannes. Jetzt, wo alles ein bisschen eingekocht ist, sehen wir zu, dass wir die Schale loswerden, damit sich die kleinen Seemonster nicht verschlucken. Werkzeuge brauchen wir nicht."

– Zack –

Dante zwinkerte Griff zu und nickte. Es war ein Zeichen dafür, dass alles okay war. „Es ist eine Mischung. Und der Fisch muss frisch sein – wirklich frisch. Sozusagen gerade-vom-Boot-runter-und-zappelt-noch-immer-rum-frisch. Das bedeutet: hier aus der Gegend. Ich geh immer hoch zum Fulton Fischmarkt. Sie sind umgezogen, aber ihre Niederlassung in der Bronx ist *deutlich* sauberer als South Street Seaport. An ein paar Ständen kann man sogar Barracudas kaufen. Barracuda! RRRRRRarrrrrrrrrrrr-rrrrrraaaaarrrrrrr!" Er fletschte seine unteren Zähne Richtung Nicole, die anfing zu kichern.

– Zack –

Griff durchfuhr der Gedanke, dass sein bester Freund ein toller Dad sein würde. Wenn er sich jemals erlaubte, erwachsen genug zu werden, um ein Kind zu bekommen. Griff sah zu Loretta hinüber, die gegen die Tür an der Speisekammer lehnte und wusste, dass sie das gleiche dachte, als sie ihren Bruder mit einem schiefen Lächeln auf den Lippen beim Kochen beobachtete.

– Zack –

Dante sah gleichzeitig attraktiv und glücklich aus, wie er in der dunstigen Küche stand und so aussah, als sollte er genau hier leben und für den Rest seines Lebens Cioppino kochen.

Griff musste schlucken und dann kam ihm wieder der Gedanke an die gottverdammte Website. Er zog die Kühlschranktür etwas zu heftig auf und öffnete sich ein Bier, bevor er begann, wütend zu werden. *HotHead-dot-com, verarschen kann ich mich auch selber.* Wo konnte er so schnell ein paar tausend Dollar auftreiben? Vielleicht könnte er einen Vorschuss in der Bar bekommen?

Er ließ sich auf einen der hohen Barstühle fallen, was ihm gleichzeitig einen guten Platz bot, um in der Küche alles mitzubekommen und um die verräterischen Teile seiner Anatomie zu verstecken.

Dante bewegte sich mit effizienter Leichtfüßigkeit durch die Küche und hackte und brüllte und hackte und brüllte, bis er schließlich auch seine Nichte dazu bekam, Grimassen zu schneiden, zurückzubrüllen und ihre winzigen Milchzähne zu zeigen.

„Ba-rra-cu-da!" Dante stieß einen Schrei des Triumphs aus und schob den gehackten Koriander mit seinem Messer in den Topf.

„Rrrrrrrr. Bakuda." Nicole grölte durch ihre Zähne, kletterte auf den zerkratzten Tresen und auf ihre Knie und versuchte, die überaus faszinierenden seltsamen Dinge zu sehen, die ihr Onkel Dante auf der anderen Seite der Küche so trieb.

Loretta nahm ihre Zähne fletschende Tochter auf den Arm und verdrehte die Augen in Richtung ihres Bruders. „Lass gut sein, Dummkopf. Sie bekommt schon genügend schlechte Angewohnheiten von mir." Sie sah zu Griff hinüber in der Hoffnung, von seiner Seite Unterstützung zu bekommen.

Griff schüttelte mitfühlend seinen Kopf. „Sei froh. Wenigstens bringt er ihr nicht bei, wie man flucht oder Tequilas angemessen runter kippt."

Der Baby-Barracuda war allerdings schon geboren. Nicole und Dante grollten sich weiter gegenseitig an, während er hackte und sie mit Knoblauch und kleinen Schlucken der Brühe von einem alten Holzlöffel fütterte.

„Hmmmm-grrrrlecker. Rrrrar." Nicoles kleines Gesicht verzog sich vor Freude über ihren tollen, lustigen Onkel.

„Hab dir gesagt, sie wird den Fisch essen." Dante zeigte mit seinem Löffel auf Loretta. „Graaarrrr." Er drehte sich herum, um die Fischköpfe und Krabbenschalen aus der aromatischen Brühe zu sieben und diese in das Cioppino zu gießen.

„Graurrr", knurrte Nicole zurück und lachte. Dann gab sie noch eine Zugabe für die anderen, langweiligen Erwachsenen, die nicht ihr Onkel waren.

Loretta ignorierte ihren Bruder und die Sticheleien, aber ausnahmsweise sah sie einmal nicht nach Drama aus. „Griffin, du musst zur Zeit selbst kochen?" Aus irgendeinem Grund hatte sie Leslie nie leiden können.

Griff schüttelte den Kopf und verzog das Gesicht. „Nee. Ich mein, ich kann Pfannkuchen und Macaroni machen, aber meistens taue ich einfach was auf. Die Jungs in der Wache sind immer ganz fertig, wenn ich dran bin." Griff merkte, dass er durch ihre Panik durchgedrungen war, und lächelte. „Ich bin der *Held* des Abwaschens."

„Und des Chili." Dante tauchte zwischen ihnen auf und reichte Loretta einen Löffel zum Probieren.

„Stimmt, Chili bekomm ich ganz gut hin. Fleisch. Fertigtüte. Zwiebeln. Natürlich ist das ein Rezept, um ein Gebäude mit fünfzehn Kerlen die ganze Nacht furzen zu lassen. Oh! Tschuldigung." Griff sah zuerst zu Nicole und warf dann ihrer Mom einen entschuldigenden Blick zu, aber niemand schien großartig betroffen zu sein. *Schätze, das ist auch normal.*

Dante rührte den Topf sorgfältig um. Ohne seinen Kopf zu drehen und seine Schwester anzusehen sagte er ruhig: „Wenn du heute Nacht nicht daheim pennen willst… ich hab hier genug Platz. Sogar mit Fußböden und Wänden."

Loretta lachte und schüttelte den Kopf. „Ich bin okay. Ich bin sowieso nur 'ne Nervensäge."

Griff hoffte, er war nicht der Grund. „Du solltest bleiben, Loretta. Ich verschwinde hier nach dem Essen."

„G! Es ist nichtmal sieben. Was ist dein Problem?" Dante sah bei dem Gedanken, dass Griff sich nicht willkommen fühlen könnte, beleidigt aus.

Griff zuckte beim Anblick des Cioppino die Achseln und sein Magen knurrte erneut. „Oder ich bleibe."

„Gut. Gute Sache, dass hier jemand Hunger hat." Dante rührte ein letztes Mal um und nickte. „Suppe ist fertig! Raaaarrrr!"

Nicole lehnte vom Tresen aus zu Griff hinüber und dieser hob sie hoch und setzte sie auf dem Boden ab. Sie wackelte um ihre Beine herum, knurrte Dante an und hielt gelegentlich inne, um sich mit ihren Händen zu unterhalten, als wären sie Puppen.

Kinder. Eigenartig.

Griff öffnete eine Schranktür und holte die großen Suppenteller hervor, die Dante ganz oben aufbewahrte. Sie sahen aus, als seien sie tief genug, dass Nicole darin ertrinken könnte. Er holte für sie eine kleinere Dessertschüssel.

„Danke." Loretta nahm alle vier Schüsseln und nahm Löffel aus der Schublade. Ihre Hände hatten aufgehört zu zittern und sie riss sich zusammen. „Ich übernehme den Tisch."

Dante beugte sich zu Nicole hinunter, um ihr Servietten und den Pfeffer für den Tisch zu reichen, und salutierte anschließend. Sie verdrehte ihre Kleine-Mädchen-Augen, ganz ohne Drama, und machte sich auf den Weg ins Esszimmer, um ihre Mom zu überwachen.

Sobald sie allein in der Küche waren, winkte Dante Griff zu sich heran und murmelte eine Erklärung. „Zoff übers Telefon mit Frank, der in der gottverdammten Wüste hockt und einfach aufgelegt hat. Sie wird's überleben. Ich finde, er hatte recht, und sie weiß es und will jetzt einfach nur ein bisschen sauer sein." Sein Atem traf warm auf Griffs Hals.

Griff nickte, machte einen Schritt zurück und versuchte herauszufinden, ob es etwas gab, dass er tragen konnte. Es war nur noch das Cioppino übrig.

Dante zog die Küchenschürze aus und hing sie an den Haken an der Speisekammertür. Er hielt seine leeren Hände hoch. „Hab nix mehr für dich, Mister." Er legte einen Arm über Griffs breite Schultern und drückte sie. „Lass uns dich füttern gehen."

„WER IST sie?"

Das Abendessen war beendet und Loretta Anastagio verschwendete keine Sekunde. Dante hatte die Kleine für einen Nachtisch mit in die Küche genommen. Ab dem Moment, in dem seine Schwester Griff alleine im Esszimmer hatte, versuchte sie, ihn auszuquetschen wie einen nassen Schwamm.

Griff reagierte nicht: er machte ein ausdrucksloses Gesicht und tat so, als hätte er ihre Frage nicht gehört von der er wusste, dass sie sie stellen würde, da sie ihn so gut kannte. Sie kannte ihn schon sein ganzes Leben lang und hatte sich inzwischen genügend beruhigt, um sein Schweigen zu bemerken.

Die Stille dehnte sich lange genug aus, um unangenehm zu werden. Griff wand sich innerlich und tat so, als würde er den Geräuschen zuhören, die Dante in der Küche machte, in der Hoffnung, sich aus einer ehrlichen Antwort herauswinden zu können. „Wer?"

Loretta klapste ihm lächelnd auf den Hinterkopf. „Was? Seh ich aus wie ein Idiot? Das Mädchen! Du hast eine und kannst nicht aufhören, an sie zu denken."

„Du spinnst."

„Und du bist dämlich, aber siehst gut genug aus, dass wir alle dir verzeihen müssen." Ihre Nägel kitzelten seinen massigen Unterarm. „Ich kenne diesen Ausdruck, Griffin. Die ganze Zeit in der High School hab ich gehofft, dass du mich so ansiehst. Er war immer ein eindeutiges Zeichen dafür, dass du verknallt warst ."

Griff rutschte unruhig auf seinem Stuhl herum, nicht sicher, was er darauf sagen sollte. *Jepp, nur diesmal ist es dein Bruder.* „Ich bin nicht verknallt."

„Niedergeschlagen und voller Hoffnung. Mist." Loretta verdrehte die Augen und griff nach ihrer riesigen Handtasche, nur um diese wie einen Skorpion ins Wohnzimmer zu werfen. „Ich will so dringend 'ne Zigarette, dass mir schon die Lungen weh tun. Aber Dante würde mich umbringen."

„Wegen Nicole?"

„Nee! Wegen den Böden. Wie lange hat er dafür gebraucht? Einen Monat? Brasilianisches Kirschholz."

Griff erinnerte sich daran. Es hatte so lange gedauert, weil sie es Stück für Stück gemacht hatten. Die anderen Jungs aus der Feuerwache waren vorbeigekommen, wann immer sie gerade nicht bei ihren Familien oder Freundinnen waren oder eben mal schnell nach einer Tour, um Dante auszuhelfen.

Griff hatte jeden Tag damit verbracht zu helfen, wo er konnte, und es hätte ihn beinahe in den Wahnsinn getrieben – Dante, der ihm in abgeschnittenen Jeans eine Flasche Limo anbot; Dante, der auf allen Vieren mit einem Hammer die Bretter in die richtige Position klopfte; ein mit Farbe und Kleber verschmierter Dante, der sich im Flur für eine Dusche auszog und seine Hände schützend über seine Familienjuwelen hielt. Am dritten Tag war Griff schließlich so weit, sich im unteren Badezimmer einen runterzuholen, nur um nicht völlig abzudrehen.

„Da!" Loretta und ihre wilde, lockige Mähne waren plötzlich genau vor ihm. „Du tust es schon wieder. Deine Augen bekommen ein ganz schnulziges, silbernes Leuchten, wenn du an sie denkst. Eieiei! Wo es Rauch gibt, da ist auch Feuer."

Griff floh in Richtung des vorderen Zimmers und wünschte sich, es gäbe mehr schmutziges Geschirr für ihn, so dass er in die Küche entkommen konnte. Weg von Lorettas nett gemeintem Verhör. Allerdings schlenderte sie ihm einfach hinterher, einem möglichen Drama auf der Spur. Das war die einzig wahre Art und Weise, Kriminelle zum Reden zu bringen: Servier ihnen eine Portion frisches Cioppino und rede so lange verständnisvoll auf sie ein, bis sie um Gnade winseln.

Er sah zum Fenster hinaus. „Ich sollte mich auf den Heimweg machen. Mein Dad wartet vermutlich schon."

„Blödsinn. Dein Dad? Na komm schon, Griffin, sei ehrlich."

Oh ja.

Griff konnte sich kaum bewegen, auch wenn er wusste, was sie meinte. Er setzte sich, bevor ihm etwas Dummes herausrutschen konnte.

Lorettas Augen bekamen einen zuckersüßen Ausdruck. „Ich möchte mich für dich freuen können. Du bist so einsam, seit Leslie dich verlassen hat. Sogar schon davor."

„Du mochtest Leslie nie."

„Sie mochte dich nie. Also, wer ist dieses Mädchen? Sie mag dich, ja?" Loretta nickte wissend.

Griff stand auf in der Hoffnung, der liebevollen Inquisition entkommen zu können. Loretta folgte ihm auf die Couch im Wohnzimmer, um ihn anzustarren, bis er auspackte.

„Nicht auf diese Weise. Ich glaub nicht, dass es was werden kann. Und wenn es das könnte, wäre es so verrückt, dass es nicht passieren dürfte."

„Verheiratet?" Loretta reichte nach unten, um etwas unter dem Couchtisch aufzuheben. Einen verbogenen Nagel. Sie drehte den Nagel zwischen ihren Fingern, während ihre Augen auf seine gerichtet blieben. „Eine, die erst heiß macht und einen dann hängen lässt?"

„Nein!" Griff spreizte seine starken Finger, als versuchte er die Luft zwischen ihnen zu beruhigen. „Schau, da ist kein Mädchen. Ich versprech's. Ich bin gerade nur einfach glücklich."

„Du siehst nicht glücklich aus. Okay, schon, aber eher glücklich-elend. Wie ein Held in einer Oper, der sich selbst aus Liebe zu einer todkranken Nutte umbringt."

Das Bild brachte ihn zum Lachen, so sehr, dass sie verwirrt drein blickte. Er versuchte nicht einmal zu erklären, was er gedacht hatte, als sie, wie eine Staten Island Walküre, hereingerauscht war. Er lachte einfach, weil es sich gut anfühlte, und dann musste sie auch anfangen, auch wenn sie nicht wusste, was so lustig war.

Familie.

Nachdem sie sich wieder beruhigt hatten, betrachteten Lorettas Augen ihn so durchdringend, dass er Angst bekam, sie könnte die Wahrheit unter seiner Haut sehen. Als sei seine Sehnsucht nach ihrem Bruder als großer Buchstabe auf seine Knochen und Muskeln geschrieben.

„Loretta?" Griff schaute durch das Esszimmer Richtung Küche. Er konnte die Geräusche des laufenden Wasserhahns hören und auch, wie Dante Blödsinn mit der Kleinen redete. Er lächelte Loretta zu, sein Herz fühlte sich heiß in seiner Brust an.

Sie stupste ihn mit dem gebogenen Nagel an. „Wir machen uns Sorgen um dich. Mein Bruder besonders." Sie nickte mit dem Kopf zu Dante, der begonnen hatte, leise zu singen. „Wir wollen, dass du glücklich bist. Wenn du schon nicht für dich selbstsüchtig sein kannst, sei es für uns."

„Ich wünschte, ich könnte." Griff fühlte sich noch elender dafür, dass er ihr Halbwahrheiten erzählte, als wenn er lügen würde. Wenn das überhaupt möglich war. *Urgh.*

Loretta nahm es ihm nicht ab, zumindest nicht ganz. Sie kannte ihn und er wusste es. „Wer auch immer sie ist, sie verdient dich nicht. Wenn ich nicht so ein Arschloch gewesen wäre, hätte ich dich damals in der High School für mich beansprucht."

Griff erstarrte, sich plötzlich dessen bewusst, wie dicht sie beieinander saßen – genau das, was er nicht brauchte. „Bah! Du bist wie meine Schwester."

„Ich bin nicht deine Schwester, Griff."

„Okay…"

„Moment. So war das jetzt nicht gemeint. Aber glaub mir, ich habe keine schwesterlichen Gefühle gehegt, wenn ich dich in diesen Football-Hosen gesehen hab. Uiuiui." Sie strich imaginäre Krümel von seinem Shirt, während sie sich offensichtlich an etwas erinnerte. Loretta war ein paar Jahre jünger als er und ein Wildfang während ihrer Zeit in der High School. „Diese roten Haare. Wir haben dich Gingerbread genannt. Würzig und süß." Sie lachte über den Spitznamen und ihr fünfzehn Jahre jüngeres Selbst.

„Blödsinn." Er fühlte sich wie der arme Depp, der in Zeichentrickfilmen einen Amboss auf den Kopf bekommt. *Ernsthaft?*

„Die Mädchen hatten Fotos von dir. Ernsthaft."

„Ich hatte nicht die geringste Ahnung." Er konnte sich nicht vorstellen, dass damals jemand in ihn verknallt gewesen sein konnte: er war eine wandelnde, ruhige, wuchtige Unsicherheit gewesen. In jedem einzelnen Foto stand er hinten, in der letzten Reihe. So viel größer als alle anderen und mit seinem feuerroten Haar hatte er sich nichts sehnlicher gewünscht, als unsichtbar zu sein.

„Ich wollte nicht, dass du's weißt. Du achtest nicht immer auf die richtigen Dinge, Griffin Muir. Deshalb warst du auch der perfekte Schwarm: du warst ohne guten Grund in der Warteschleife und obendrein auch noch ein optischer Hammer. Trifft noch immer zu, hm?"

„Ich bin nicht in der Warteschleife. Ich bin glücklich, Loretta."

„Pfff! Die Uhren stehen für niemanden still. Und jetzt bin ich glücklich mit einem Telefonanruf verheiratet und esse bei meinem Bruder, weil ich Angst davor habe, jeden Abend allein zu Hause zu sein." Loretta stand auf und fand ihre Handtasche in der Nähe des Panoramafensters. Auf dem Weg zurück suchten Lorettas karamelfarbene Augen in seinen nach der Wahrheit. „Ich mein, vielleicht wartet dein Mädchen nur darauf, dass du den ersten Schritt machst."

Dante und die Kleine lachten in der Küche - ein Geräusch, das zwischen ihnen in der Luft schwebte, hell und fröhlich. Lorettas Silhouette war im Fenster sichtbar. Ein Auto fuhr draußen vorbei; seine Scheinwerfer schwenkten kurz über die Decke, als wolle jemand den gesamten Block scannen.

Griff sah ihr zu, wie sie nach etwas in ihrer Tasche suchte. „Ich denke nicht, Loretta. Ich denke, diese Sache wartet darauf, dass ich über sie hinwegkomme und aufhöre, ein Idiot zu sein."

„Alles, was ich sagen will, ist: verschwende keine Zeit, Griffin." Sie nahm eine Packung Luckys aus der Tasche und zog eine heraus, um sie zwischen ihre Lippen zu schieben. Wie sie da stand, sah sie aus wie eine Darstellerin in einem Film Noir, in ihrem engen Kleid und dem lockigen Haar. Außer, dass das zu lüftende Geheimnis das Seine war. *Wo ist Humphrey Bogart, wenn man ihn braucht?*

Griff nickte und brachte sogar ein Lächeln zustande.

„Hör auf mich." Sie tippte ihn mit zwei Fingern an. „Warte nicht darauf, dass das Schiff in den Hafen einläuft. Schwimm einfach hin."

Sie schlüpfte hinaus in den vorderen Flur, hielt dann aber an den Kleiderhaken inne, um sich noch einmal zu ihm umzudrehen.

Er konnte nur einen Teil ihres Gesichts durch die Schatten bei der Tür sehen, als sie ein Versprechen austauschten.

Sie zeigte auf die noch nicht angezündete Zigarette in ihrem Mund. „Erzähl's niemandem. Erzähl es um Gottes Willen nicht Dante. Versprochen? Dante würde mich umbringen." Damit war sie verschwunden.

Er würde mich umbringen.

„Das gilt auch für mich", flüsterte er ins leere Zimmer.

Griff hörte zu, wie Dante in der Küche Blödsinn redete. Er konnte den Rauch dieses Tages auf seiner Haut riechen und Dantes süßen, männlichen Geruch in den Polstermöbeln. Und durch das riesige Fenster konnte er den hellen, orangefarbenen Punkt der Zigarette sehen, als seine Beinahe-Schwester da draußen inhalierte, als trüge sie einen gehörnten Helm und sei bereit, sich zu Tode zu singen.

6

GEH HINEIN und finde heraus, ob Schwulenbars genauso sind wie alle anderen Bars auf der Welt.

Griff war sich nicht sicher, was er erwartete, als er sich auf den Weg nach Manhattan machte. Er fühlte sich wie ein Idiot. Er wusste nicht einmal, ob er richtig angezogen war. Er hatte schwarze Jeans und ein neues schwarzes Hemd angezogen, in der Hoffnung, dass es ihm helfen würde, sich einfach in die Menge einzufügen. Das Hemd war ein kurzärmliges Poloshirt, das seine Exfrau ihm gekauft hatte. Am Kragen waren seine rostroten Brusthaare gerade eben sichtbar; der Stoff spannte sich eng über seine starken Oberarm- und Bauchmuskeln. Er schätzte, er sah gut genug aus.

Morgen begann der Monat Oktober und heute Nacht war die Nacht, in der Dantes Szene tatsächlich auf der Website erscheinen würde, als „Schrubber der Nacht". Dante hatte die ganze Woche damit angegeben und ihn damit aufgezogen. Er war der einzige Mensch, der davon wusste, und auch gleichzeitig der einzige, der in Versuchung war, es sich anzusehen. Dante wusste davon zwar nichts, aber trotzdem…

Um seines eigenen Friedens willen musste Griff so weit weg wie nur möglich sein von seinem Computer und dem Internet sein, bevor er seinen Verstand verlor und etwas tat, was er nicht rückgängig machen konnte, oder etwas sah, das er nicht vergessen würde. Dieser kleine Ausflug nach Manhattan, fühlte sich nach der besten Lösung für einen gefallenen Katholiken an, um zwei Fliegen mit einer Klappe zu schlagen: *Lebensbedrohliche Versuchung? Renn davon!*

Zeit, um ein paar Antworten zu bekommen. Zeit, sich mit der Realität auseinanderzusetzen. Zu einem Zeitpunkt, an dem er einfach weit, weit weg sein musste von seinem Computer und der Versuchung, einfach mal kurz bei HotHead. com „vorbeizuschauen". Er würde es überleben, sich ein Bier in einer Schwulenbar zu bestellen, um endlich ein Gespür dafür zu bekommen, was sein Schwanz da eigentlich wollte. Außerdem hatten Pubs kein wlan, richtig? Er würde gar nicht danach fragen.

Vielleicht war er einfach schwul. Vielleicht hatte sich seit der Scheidung irgendetwas in ihm verändert. Vielleicht gab es eine Seite in ihm, die nur darauf gewartet hatte, herauskommen zu dürfen. Vielleicht hatte er angefangen, für das andere Team zu spielen, ohne es überhaupt zu bemerken. So etwas passierte, richtig?

Auf dem Weg zur Tür warf Griff noch einen kurzen Blick in den Flurspiegel. *Sollte reichen.* Er hatte auf der *Time Out*-Seite die Liste bezüglich Nachtleben durchstöbert auf der Suche nach einem Schwulenpub oder etwas ähnlichem und war auf eine Kneipe namens *Pipe Room* gestoßen. Ein Pub schien das Sicherste zu sein: Bier und Kerle außerhalb von Brooklyn. Nur dass es in dieser Kneipe ausschließlich Kerle geben würde, und sie würden ihn abchecken und solange er da war, würde von ihm erwartet werden, dass er das gleiche bei ihnen tat.

Uff.

Trotzdem war alles besser, als sich auf dieser gottverdammten Website einzuloggen, um einen Blick auf seinen besten Freund zu werfen – ihre Freundschaft zu betrügen, sich selbst zu betrügen.

Es gab ein paar Schwulenbars in Brooklyn, in der Nähe von seinem Zuhause, aber um nichts in der Welt würde er das riskieren. Es war deutlich sicherer, sich über die Brücke ins East Village zu begeben und ein paar Mäuse mehr für sein Bier zu bezahlen, als zu riskieren, von jemandem, den er kannte, gesehen zu werden. Oder noch schlimmer, wenn sein Dad davon erfahren würde. *Urgh.* Allein der Gedanke verursachte ein flaues Gefühl in Griffs Magen.

Die U-Bahn Station am Carroll war für einen Werktag recht leer und er ließ sich auf einen der Plastiksitze fallen, um in Ruhe in Panik ausbrechen zu können. Er musste herausfinden, ob dieses was-zum-Teufel-auch-immer-das-war-mit-Dante nur eine Phase war, und er war kein verfluchter Feigling. Er rannte in brennende Gebäude, Herrgottnochmal!!

Griff nahm die Linie F von Cobble Hill zur Second Avenue. Heutzutage war das East Village ein ganzes Stück extravaganter und bevölkerter, als er es in Erinnerung hatte. Er verbrachte volle zehn Minuten damit, um den Block zu spazieren, bevor er genügend Mut aufbrachte, die drei Stufen hinauf in die dunkle Bar hinaufzugehen.

Bleib locker, du Freak.

Bis er endlich ankam, war es elf. Beim Erklimmen der Treppe spürte er Panik in sich aufsteigen und seine Hände schwitzten, als er sich durch die Tür duckte. Beim Eintreten wäre er beinahe in einen rundlichen Mann mit einem weißen Bart gelaufen, der gerade auf dem Weg nach draußen war. *Santa Claus auf Kneipentour.* Der ältere Typ hielt kurz inne, dann lächelte er und nickte ihm zu, bevor er seinen Weg nach draußen fortsetzte.

Griff nahm sich einen Moment, um sich zurechtzufinden. Er erwartete beinahe, dass sich alle Köpfe schlagartig zu ihm umdrehen und ihn wie einen ertappten Betrüger anstarren würden, aber sobald er drin war, war es einfach nur… eine Bar. In der Tat unterschied es sich nicht wesentlich vom Stone Bone. Die Fenster waren getönt, die Backsteinwände verschlissen und die Ausstattung gerade so baufällig, dass sie gemütlich wirkte. Von irgendwoher hörte er Greenday spielen, also auch diesbezüglich nichts Ungewöhnliches; er konnte aismachen, dass der Sound aus einer Unglaublich-Aber-Wahr-Jukebox kam. Die Gäste trugen einen Mix aus Jeans und Anzügen und Freizeitkleidung, so als seien einfach alle von der

Arbeit oder von Daheim gekommen, um ihre Kumpel zu treffen. Und diese Typen sollten schwul sein?

Abgesehen von der teureren Nachbarschaft hätte es eine von diesen alten, familienbetriebenen Cop-Bars in Bayridge oder auf Staten Island gewesen sein können. Ein Haufen Typen, die zusammen rumhingen und Pitchers bestellten. Außer, dass es keine Frauen gab, keine einzige. Dennoch: hätte er nicht darauf geachtet, wäre es ihm sicher eine ganze Weile lang nicht aufgefallen. In der Tat konnte er sich *beinahe* vorstellen, dass sämtliche Freundinnen einfach gleichzeitig aufgestanden waren, um zur Toilette zu gehen.

Beinahe.

Es fühlte sich so sehr nach seinem eigenen Revier an, dass er sich fast einreden konnte, dass er in einer ihrer Treffpunkte auf seine Crew wartete. Keine große Sache. Da New York City das Rauchen schon vor einer Weile aus Kneipen verbannt hatte, sah diese hier vielleicht aus wie eine schäbige Spelunke, die Luft war allerdings sauber, die Angestellten professionell und der alte Bartresen sah aus, als sei er seit mindestens fünfzig Jahren in Benutzung. War dieser Ort auch schon vor fünfzig Jahren eine Schwulenkneipe gewesen?

Er fühlte sich noch immer wie ein Eindringling – das war nicht seine Nachbarschaft, das waren nicht seine Leute und das einzige, was er mit ihnen gemein hatte, war die Tatsache, dass er mit jemandem rummachen wollte, der die selbe Anatomie hatte wie er selbst. Machte sie alle das automatisch zu Freunden? War er automatisch ein Clubmitglied? Er fühlte sich wie ein unbeholfener Depp.

Griff wischte sich seine Hände an seiner Jeans ab und machte sich auf den Weg zur Bar. Alles ist einfacher, wenn du ein Bier in deiner Hand hältst, richtig?

In der Mitte des Raums lehnten ein paar gut gebaute Typen in freundschaftlichen Gruppen gegen hohe Tische, machten Witze und lachten. An einer Wand sagte ein großer, auf der Armlehne eines zerschlissenen Sofas sitzender Asiate etwas zu seinem Freund, was sie beide anerkennend nicken ließ, als sie Griff dabei zusahen, wie er sich durch das Labyrinth aus Männern schob.

Er wusste, dass sein massiver Körperbau und die roten Haare stets Aufmerksamkeit auf sich zogen. Und er musste feststellen, dass sein Shirt ihn hier drin beinahe schon overdressed erscheinen und ihn noch mehr herausstechen ließ. *Fantastisch.* Er hätte auch einfach ein T-Shirt und Trainingshosen tragen können, aber anscheinend standen sie darauf. Gott sei Dank hatte er nicht den Kilt genommen!

Griff fühlte sich geschmeichelt. Einige der Typen, die ihn beäugten, sahen *deutlich* besser aus als er selbst… rein objektiv natürlich. Aber einige von ihnen waren einfach normale, durchschnittliche Kerle. Wenn er sich vor Augen hielt, dass die Leute ohnehin ständig versuchten, Feuerwehrmänner abzuchecken, und er es gewohnt war, angesehen zu werden, war das hier auch nicht viel anders. Er würde es hinbekommen. Und wenn er genau darüber nachdachte, hatte er ein paar ansehnliche Typen auf dem Weg hinein bemerkt, also war sein Problem vielleicht doch nicht Dante.

Durch eine Lücke in der Menge nahm der Barkeeper mit Griff Blickkontakt auf, um zu sehen, ob dieser etwas trinken wollte. Griff nickte zustimmend, als er sich seinen Weg durch die Männer bahnte und an der Bar stehen blieb. Erst als er gegen das Holz gepresst stand, bemerkte er, dass der Barkeeper kein Shirt trug und die Figur eines Unterwäschemodels hatte. Über einem gepiercten Nippel klebte ein Sticker mit einem Namensschild auf seiner glatten Haut, auf dem stand „Mein Name ist… Sticky."

Whoa.

„Sticky" hatte die Hände in seine hinteren Taschen gesteckt und schenkte ihm ein freundliches Lächeln. Seine Haut war hell wie Alabaster, seine Haare weißblond und ein aufwendiges, keltisches Tattoo erstreckte sich in leuchtendem Blau-Schwarz über einen ganzen muskulösen Arm. Und das Lächeln war etwas wärmer, als es in Brooklyn gewesen wäre, so als wüsste er, dass er gut aussah, und wollte, dass Griff es auch wusste. Sticky befeuchtete sich seine Lippen; seine Zunge war gepierct.

Griff flirtete nicht zurück. „Ähm. Hi. Ja. Kann ich…? Bier? Ähm, Starkbier, wenn du's da hast. Egal welches." War das das Falsche? Warum sah er Griff so durchdringend an? *Oh. Ja. Er ist einer von ihnen. Uns.* Was auch immer.

„Sicher doch." Sticky zwinkerte und machte sich ans Zapfen, die komplizierten Knoten seines Tattoos tanzten dabei über seinen Unterarm. Griff lehnte sich zurück gegen die Bar und tat so, als sei das alles normal für ihn.

Vier stämmige Typen in Rugby-Shirts und kurzen Hosen kamen herein. Verschwitzt und schmutzig lehnten sie aneinander, als sie sich zu einer wild aussehenden Gruppe von anderen Spielern gesellten, die um einen hohen Tisch mit ein paar Pitchern Bier standen. Als der Kleinste des Teams an ihm vorbeiging, bemerkte er Griffs prüfenden Blick und erwiderte den Blick mit einem unverschämten Grinsen. Mit seinem kurz geschorenen Haar, dem Marines-Tattoo und einem possierlich-hässlichen Gesicht ähnlich dem einer dieser Troll-Puppen checkte dieser kleine Feuerhydrant ihn von Kopf bis Fuß ab, blieb schließlich bei seinem Schwanz hängen und *zwinkerte.*

Oh Gott.

Griff gab vor, husten zu müssen, und drehte sich in Richtung des hinteren Teils der Bar, wo ein Billard-Tisch stand. Eine Gruppe betrunkener College-Studenten spielte gerade eine Runde und machte einen auf Wrestling. Die Universität von New York war hier in der Nähe, also war das hier vermutlich ein Treffpunkt für sie. Schwule Studenten. Sie lehnten etwas mehr aneinander, als sie es im Red Hook getan hätten, aber auch nicht mehr als eine Truppe partylustiger Typen, die am Jersey Shore einen drauf machten. Es wirkte nicht eigenartig; es wirkte süß.

Das Problem war nur, dass keiner der Männer um ihn herum ihn antörnte. Keiner dieser Typen hatte Griffs Schwanz auch nur zucken lassen. *Nicht schwul?*

Vielleicht stand er nur auf Italiener? Er durchsuchte die Menge nach jemandem, der italienisch genug aussah, um seinen Motor in Gang zu setzen. Wenn er sich allerdings erlaubte vorzustellen, wie Dante gerade in diesem Moment zur Sache kam, wurde sein Ständer so hart, dass er damit hätte Nägel einschlagen können. *Aufhören.* Offensichtlich hatte er irgendeine Form von fokussierter erektiler Fehlfunktion.

„Bist du von außerhalb?" Die kratzige Stimme in seinem Ohr ließ ihn zusammenfahren. Er drehte sich um und sah, dass Sticky zurückgekehrt war und sich über die zerkratzte Theke zu ihm hinüber beugte. Der schlanke Barkeeper reichte ihm sein schäumendes, dunkles Bier. Sein tätowierter Arm streifte Griffs wuchtigeren Arm, wobei ihre feinen Haare sanft genug aneinander rieben, um eine Gänsehaut zu verursachen – helles Gold auf Rostrot.

Griff nahm das Glas, allerdings ließ Sticky seinen Arm genau da, wo er war, streifte ihn geradeso, dass er erschauerte. Griff drehte sich, um den Kontakt zu unterbrechen.

„Nee. Brooklyn. Geboren und aufgewachsen." Griff fühlte, wie seine Ohrspitzen heiß wurden, als er mit diesem Prachtexemplar der männlichen Gattung sprach. Er musste wie ein Trottel rüberkommen: falsche Klamotten, falsches Getränk, falscher Hintergrund. Und sein Schwanz reagierte definitiv nicht auf die ganzen attraktiven Typen um ihn herum. Er war jetzt sogar noch verwirrter als vor einer Stunde.

„Ernsthaft? Ich hätte auf einen Jungen vom Land getippt. Irgendwo, wo sie Äpfel anbauen oder Ziegen züchten oder so." Sticky versuchte von der anderen und sicherern Seite des Tresens aus, Griffs Körper abzuchecken, eine langsame Kopf-bis-Fuß-Begutachtung mit gewissen Umwegen. Er lachte, allerdings nicht stichelnd, sondern lediglich sexy und freundlich. „Und du kannst jederzeit mit deinen Cousins ein Nickerchen auf dem Heuboden machen. Sind die so gebaut wie du?"

„Ja. Nein. Ich mein, das klingt ganz nett, aber ich bin Einhundert Prozent Stadtkind." Griff seufzte und nippte an seinem Bier.

Warum machte ihn das hier nicht an? Griff wusste, dass dieses hippe Unterwäschemodel interessiert war, nur sein eigenes Interesse steckte offensichtlich woanders fest. *Zum Beispiel auf der anderen Seite der Brooklyn Bridge.*

In letzter Zeit konnte er nicht einmal neben Dante sitzen, ohne einen Ständer zu bekommen, oder seine Mails checken, ohne dass es ihn in den Fingern juckte, auf diese verfluchte Pornoseite zu gehen.

Hölle nochmal, Sticky war vermutlich ein verfluchtes HotHead Mitglied und würde Dante später für seinen privaten Gebrauch downloaden. Griff versuchte, nicht wütend oder besitzergreifend zu sein, aber die Panik stieg erneut in ihm hoch.

„Du würdest in einer Latzhose verdammt gut aussehen, Kumpel. Diese knalligen Haare und diese Schultern wie ein Panzer und sonst nichts. Vertrau mir.

Ich hab eine." Sticky zwinkerte. Sogar die Wimpern um seine braun-grünen Augen waren platinblond.

„Danke." Griff zwinkerte zurück und nickte, weil es höflich war, aber er wollte den Barkeeper auf keine falsche Fährte locken. Was, wenn er genau das gerade tat? Es fühlte sich eigenartig an, dass andere Männer auf diese Art und Weise mit ihm flirteten. Wenn Dante ihn so sehen könnte, würde er sich vor Lachen in die Hose pinkeln.

Mit einem Hauch von Enttäuschung im Gesicht klopfte Sticky mit seinen Fingerknöcheln auf den Tresen zwischen ihnen, als würde er das Flirten an dieser Stelle abbrechen. „Wenn du wieder Durst bekommst, komm einfach zu mir, Landjunge." Er machte sich daran, die Bestellungen von drei Typen in Anzügen und mit Aktenkoffern aufzunehmen und ihren Sambuca einzugießen.

Griff fühlte sich, als sei er unhöflich gewesen, und zog sich in die Menge zurück, um von einer Ecke aus die anderen Besucher des Pipe Room mit ihren Acht-Dollar-Bieren und den coolen Schuhen beobachten zu können, ohne selbst auf dem Serviertablett zu liegen.

Griff hörte das Klicken der Kugeln, als die Studenten eine neue Runde Pool anstießen. Auf dem Sofa erzählte der große Asiate seinen Freunden gerade eine längere Geschichte, und das Rugbyteam sah dem flirtlustigen Feuerhydranten-Marine dabei zu, wie er ein Geschenk öffnete. Sticky sammelte sein Trinkgeld ein und ließ es in ein großes Glas fallen, während er mit einem schwarzen, stämmigen Türsteher sprach, der für eine Flasche Wasser hereingekommen war, genau wie Griff es an ruhigen Abenden im Stone Bone tat. *Das könnte ich sein.*

Einfach nur Kerle.

Absolut nichts, was ein unangenehmes Gefühl in ihm verursachen würde, aber auch nichts, dass ihn diesen wahnsinnigen Hunger spüren ließ, den Dante in ihm auslöste. Das hier war weder seine Welt noch sein Leben. Er fühlte sich wie ein Spion. Und wieder kam ihm der Gedanke, dass, hätte er nicht gewusst, dass das hier eine Schwulenbar war und dass das hier schwule Männer waren, locker eine Stunde hätte vergehen können, bevor er darauf gekommen wäre.

Depp.

Wie sollte er wissen, ob *er* es war, wenn er nicht einmal sagen konnte, ob *sie* es waren? Griff fühlte sich gleichzeitig unglaublich erleichtert und verwirrt. Er würde sich beruhigen und sein Bier austrinken und sich dann auf den Weg nach Hause machen.

Er wusste noch immer nicht, welche Frage er wirklich stellen sollte, aber er wusste, dass seine Antwort auf der anderen Seite des Flusses auf ihn wartete.

GRIFF TRANK ein weiteres Bier, bevor er verschwand. Er hatte beschlossen, seinem Schwanz eine Chance zu geben, sich zu melden, falls er sich doch noch für jemanden interessieren sollte. Kein Glück. Griff drückte seinen Dank und seine

Entschuldigung Sticky gegenüber mit einem deftigen Trinkgeld aus. Er verzog sich durch die Seitentür, die wiederum zu einer kurzen Gasse mit einem Müllcontainer und ein paar alten Fässern führte.

Er sah die beiden fickenden Männer nicht, bis er praktisch über sie stolperte.

Er war ruhig zur Tür hinaus geschlüpft in der Hoffnung, in der Bar keine Aufmerksamkeit zu erregen. Offensichtlich erregte er hier draußen auch keine Aufmerksamkeit. Er drehte sich zu den Straßenlaternen der East 7 und hörte jemanden aus dem Schatten in der Gasse hinter ihm wie vor Schmerzen aufschreien.

Griff war sofort in Alarmbereitschaft, als er kehrtmachte, um im Dunkeln nachzusehen, was vor sich ging.

Wenn es sich um einen Überfall handelte, musste er sie überraschen. Falls jemand verletzt war, wollte er sie nicht erschrecken.

Sobald er den Container erreicht hatte, sah er sie: Zwei Männer in ihren Dreißigern standen gegen die Backsteinwand gelehnt und trieben es wild im Schein der Notbeleuchtung.

Sie blickten in dieselbe Richtung, weitestgehend angezogen und gut gebaut waren ihre Hosen gerade so weit geöffnet, dass Arsch und Schwanz sich treffen konnten. Ihre muskulösen Hintern wurden vom Saum ihrer Shirts und ihren heruntergelassenen Jeans eingerahmt.

Der von hinten zustoßende Mann sah nach Mittlerem Osten aus und war von dichtem Haar bedeckt; sein harter, flaumbesetzter Arsch spannte sich jedes Mal an, wenn er seinen lautstarken Partner aufspießte.

Der Typ, der gevögelt wurde, war kleiner und wimmerte vor sich hin, aber sein Schwanz war wie eine feuchte Eisenstange unter ihm und er rieb ihn fast schon brutal. Jedes Mal, wenn der Schwanz tief in ihn stieß, bäumte er sich auf und schien kurz davor aufzuschreien – als hätte er Schmerzen, aber seltsame, gute Schmerzen. Das war also das mitleiderregende Geräusch, das Griff gehört hatte.

Griff zögerte, als er sich im Schatten des Containers verbarg und ihnen in stiller Faszination zusah. Er hatte noch nie gesehen, wie zwei Männer fickten, und es fühlte sich ein wenig nach heimlicher Recherche an.

Beide Männer waren stark und gingen keineswegs vorsichtig miteinander um. Es schien so gar nicht wie mit einer Frau zu sein. War das nun heiß oder erschreckend oder beides? Es schien so echt und so schnell und fast schon wütend. Das hier hatte nichts Romantisches, nur zwei Typen, die es trieben.

Griff rutschte näher, nicht wirklich angetörnt von der Brutalität, aber irgendwie angetörnt von der Tatsache, dass er sie beobachtete.

Der kleinere Typ schien kein Problem damit zu haben, dass ihm die Seele aus dem Leib gefickt wurde. Er schnappte nach Luft und sank vollständig auf seine Knie, so dass der haarige Kerl ihm folgen musste, um in seinem Arsch bleiben zu können. Als der kleinere Mann nach unten rutschte, spukte ihn der Mann hinter ihm buchstäblich an, auf die Zunge, die aus seinem geöffneten Mund lugte, und er stöhnte, als sei er dankbar, und leckte über seine Lippen.

Aus irgendeinem Grund fühlte sich Griffs Arsch seltsam an in seiner Hose, in seinen Boxershorts, so als ob er sich vorstellen würde, wie sehr es wehtun würde, so etwas Riesiges in sich aufzunehmen. Er hatte nie über seinen Hintern als sexuell relevantes Körperteil nachgedacht, aber irgendwie fühlte sich die Rauheit dieser Männer echt an.

Neben den zerbeulten Tonnen fickten sie wie zwei Hunde, wütend und wild auf dem harten Beton, und näherten sich dem Finale. Der Typ auf dem Boden hatte Schürfwunden an Knien und Händen. Der Arm, den er benutzte, um sich halbwegs aufrecht zu halten, hatte blaue Flecken. Der dunkelhäutige Mann, der hart in ihn stieß, schlug ihm mit der offenen Hand auf die prallen Arschbacken und stieß einen langen Finger neben seinem harten Schaft hinein und dehnte dabei das Loch weit und brachte seinen Partner zum Schreien.

Der Anblick machte Griff geil, und das war eine ganz neue Information für ihn. Was, wenn das Dante wäre? Er war zwar nicht haarig wie dieser Typ, aber er war dunkel und Griff war blass. Er konnte es sich beinahe vorstellen.

Wenn Dante ihn auf diese Weise wollte, ihn einfach nehmen würde, er würde es glücklich zulassen. Wenn Dante ihn in einer dunklen Gasse zu Boden drücken und ihn wie einen Hund bespringen würde… Wenn sein bester Freund ihn hart ficken würde, während er selbst auf seinen Knien war, sein runder Arsch nach oben gestreckt und weit geöffnet und auf diese Weise gefüllt werden würde, wusste er, er würde seine Ladung in dem Moment abschießen, in dem Dantes Schwanz sich zum ersten Mal tief in ihn bohrte. Allein der Gedanke daran ließ Griff eine Erektion bekommen und seine Eier zucken, aber bevor er schuldbewusst Hand an sich legen konnte, startete auch schon das Finale unter dem Notlicht.

Der haarige Kerl hinten spannte seine Arschbacken an und stieß mit aller Kraft zu. Als er vorschoss, verzog sich sein Gesicht zu einem stummen Schrei, als er seinen Partner hart auf die volle Länger seiner Erektion rammte.

Der kleinere Typ unter ihm packte seinen Schwanz so fest, dass er violett anlief, die Schwanzspitze dick angeschwollen, als er an ihm zog und zerrte, seine Fingerknöchel vom harten Betonboden blutig aufgekratzt.

Ohne jede Warnung drückte ihm sein Partner das Gesicht zu Boden, hielt seine Hüfte dabei fest, um den Arsch oben zu halten, und stieß ein paar Mal brutal zu; der untere Mann grunzte leise und schoss zwei Mal- *zack-zack-* auf den Boden, glitt nach vorne und weg von der glitschigen, mit einem Kondom versehenen Erektion hinter ihm.

Griff hielt halb erregt und halb beschämt den Atem an.

Der Typ auf dem Boden rollte sich auf die andere Seite und sein arabischer Kumpel bot seine Hand an und zog ihn hinauf ins Licht. Offensichtlich war sein Gesicht irgendwann während der wilden Nummer gegen die Backsteine gescheuert und hatte ein pinkfarbenes Dreieck auf seinem Wangenknochen zurückgelassen.

Das war der Moment in dem – *heilige Scheiße* – Griff den Typen erkannte, der da eben geknallt worden war: Tommy. Tommy Dobsky. Tommy, mit dem zerkratzten Gesicht und den blutigen Knien und dem Arm mit den blauen Flecken und dem schmerzhaft – weit gefickten Arsch und einem Lächeln, als wäre es Weihnachtsmorgen.

Tommy war aus seiner Gegend. Tommy war verheiratet und hatte Kinder. Tommy war ein Sanitäter, verflucht nochmal! Sie arbeiteten zusammen. Tommy war ein totaler Frauenheld, mit einem gewissen Ruf unten am Jersey Shore und einer Vorliebe für spanische Tussis. Offensichtlich nicht hier.

Hier wollte Tommy auf seine Knie gezwungen und beinahe vergewaltigt werden, während er auf den Boden sabberte und stöhnte. Hier schloss Tommy seine Gürtelschnalle, wischte seine blutigen Hände an seiner mit Wichse-Flecken beschmierten Hose ab und nickte und lachte leise über etwas, was der arabische Typ zu ihm sagte. Tommy schlich sich nach Manhattan, um das hier zu tun. Griff war hierher geschlichen und hatte es sich angesehen. Was Griff Sorgen machte, war die Tatsache, dass er es mochte zuzusehen, solange er sich Dante in einer der Rollen dabei vorstellte.

Was, wenn sie Griff gesehen hätten? Was, wenn Tommy erzählen würde, dass er in dieser Bar war? Was, wenn Tommy wüsste, was er in der dunklen Gasse gesehen hatte? Er hatte gerade beobachtet, wie Tommy Dobsky auf zerschrammten Knien von einem großen arabischen Gorilla gefickt wurde und jede Minute davon genossen hatte. Tommy hatte gebettelt und die Spucke dieses Kerls gefressen. Tommy würde ihn dafür umbringen, dass er davon wusste.

Sie waren nun wieder angezogen und ihre Stimmen vom hinteren Teil der Gasse waren nur als Murmeln zu hören. Jeden Moment würden sie ihn sehen. Griff dankte Gott dafür, dass er sich für schwarze Kleidung entschieden hatte. Wenn Tommy ihn sehen würde, würde er bis zum Hals in der Scheiße stecken und das nicht einmal dafür, ein Spanner zu sein. Er musste hier, Scheiße nochmal, verschwinden, bevor…

Sie drehten sich in Richtung Müllcontainer!

Griff zog sich zurück in die Schatten an der Mauer und blieb in der Dunkelheit, bis er eine sichere Entfernung zu ihnen hatte. Bevor Tommy auch nur zwei Schritte in seine Richtung machen konnte, verpisste sich Griff aus der Gasse und sprintete die Straße hoch und den halben Weg zur Second Avenue - Haltestelle hin, bevor er innehielt, um vor Erleichterung und Anspannung in einen Mülleimer zu kotzen. *Bäh*. Eklig.

Da es schon beinahe Mitternacht war, dauerte es unten in der U-Bahnstation ewig, bis der Zug der Linie F endlich ankam. *Tommy steht auf Kerle. Und ich schätze, ich könnte vielleicht auf Kerle stehen*. Definitiv zumindest auf einen Kerl. Griff betete, dass er sich zusammenreißen konnte. Er bekam die Geräusche nicht aus seinem Kopf, die Tommy gemacht hatte, während er bestiegen wurde, und auch nicht die Art und Weise, wie er anschließend seinen Fickkumpel angelächelt hatte. Sein Hirn fühlte sich an wie durch den Mixer gejagt.

Er sah so oft auf seine Armbanduhr, dass er sie schließlich abnahm und in seine Tasche steckte. In dem Moment, in dem Dantes Video auf der HotHead Seite online gehen würde, war Griff gerade unter der Erde am East Broadway, wippte mit seinen Fuß und las die angebrachten Werbeplakate, um sich von dem kleinen Zeiger auf seiner Uhr abzulenken. Zumindest wusste er, dass sein Dad zu Hause sein und vor dem Fernseher sitzen würde. Das würde ihn davon abhalten, online zu gehen und etwas völlig Beklopptes zu tun.

Ausnahmsweise brauchte er jetzt die starre und unnahbare Art seines Dads. Ausnahmsweise war Griff auf eine verrückte Art und Weise erleichtert, in das Haus zu kommen, in dem Zucht und Ordnung herrschten und in dem er aufgewachsen war - eine unerbittlich pornofreie Zone und aus genau diesem Grund sicher für Griffs Verfassung.

Der Spätzug bedeutete, dass Griff bei seinem Dad nicht vor beinahe ein Uhr morgens ankommen würde. Er lief durch die dunklen Straßen und nahm bewusst den langen Weg von der Carroll Street - Haltestelle. In einem kleinen koreanischen Laden stoppte er, um Eis und Toilettenpapier zu kaufen, das er nicht brauchte. Mit einem Obdachlosen führte er eine zehn minütige Diskussion über globale Erderwärmung, nur um noch etwas mehr Zeit totzuschlagen. Er ging zu einem Bankautomaten, um nachzusehen, ob sein Gehalt schon eingetroffen war. War es.

Den gesamten Weg durch die Carroll Gardens wurde Griff nicht müde, sich selbst immer wieder zu sagen, wie erschöpft er doch war und wie dringend er sich hinlegen müsse, da er am Wochenende arbeiten würde und dann gerade Vollmond war und dann immer besonders merkwürdiger Scheiß passierte. Genauso musste sich ein Entzug anfühlen, alleine in der Dunkelheit gegen etwas kämpfen, das du verstecken musst. Er kannte Leute, die ihre zerstörerischen Angewohnheiten losgeworden waren. Sie kamen mit einem hohen Preis.

Als er an den verschlafen wirkenden Sandsteinhäusern vorbeiging, machte er mit sich selbst einen Deal: Er würde nicht versprechen, dass er sich das Video niemals ansehen würde - er würde lediglich versuchen, diese Nacht zu überstehen, ohne der Versuchung zu erliegen. Er würde es an einem Stück durch die Dunkelheit schaffen.

Eine Nacht nach der anderen.

Sein Körper interessierte sich dafür nicht. Sein Körper dachte einige äußerst unangebrachte Dinge über Dante und zwang ihn dazu, seine Einkäufe vor seinem Hosenstall zu tragen. Er dachte an die Typen, die Dante seit Mitternacht schon gesehen hatten, und fragte sich, wie viele von da kamen, wo sie lebten. Er wollte sie für etwas bestrafen, das nicht ihre Schuld war. Das Ganze pisste ihn so sehr an, dass er aufhörte, darüber nachzudenken.

Auch wenn er so langsam wie möglich ging, irgendwann kam er zu Hause an. Die Fenster waren dunkel und der Wagen seines Vaters war noch nicht wieder da. *Scheiße*. Er würde ein leeres Haus betreten.

Er dachte darüber nach, in die Wache zu fahren und auf seinem miesen, kleinen Feldbett zu schlafen, nur um von normalem Leben und keinerlei Privatsphäre umgeben zu sein. Er dachte darüber nach, jemanden anzurufen und rüber zu bitten, aber der einzige, der ihm einfiel, war genau die Person, mit der er jetzt nicht zusammensitzen sollte. Hölle nochmal, Dante würde sich vermutlich auf der HotHead Seite einloggen und ihn *zwingen,* sich sein Pornodebut anzusehen. Er zog es schon beinahe in Erwägung, zurück nach Manhattan zu fahren und mit Sticky zu plaudern, nur um ein paar weitere Stunden und Biere totzuschlagen und müde genug zu werden, dass er einfach nur schlafen könnte.

Griffs Schlüssel drehte sich im Schloss mit einem Geräusch der Endgültigkeit.

„Dad?" Gegen jedes Wissen rief Griff in das düstere Haus hinein und betete, dass sein Vater nur irgendwo eingeschlafen war oder dass es Ärger mit seinem Auto gegeben und ihn jemand daheim abgesetzt hatte. Im Wohnzimmer war alles ruhig. Die Küche. Nur das Ticken der Uhr seiner Mutter war aus dem Flur zu hören, als er die Treppe hoch stieg. Nur der Geist einer Glocke, als sich das Uhrwerk drehte und die Glöckchen erschütterte, ohne sie zu schlagen. Tick – tick – tick, als er die Treppe in das dunkle Stockwerk hinaufging. „Hey, ich bin zu Hause."

Keine Antwort. Die Tür zum Zimmer seines Dads stand offen, das spartanische Bett war gemacht. Ein Anzug hing an der Schranktür, wie ein Mensch ohne Kopf oder Hände.

Er stieg wieder hinunter in die dunkle Küche. Ohne das Licht einzuschalten, öffnete er den Kühlschrank, der nur eine Zitrone in Wachspapier, eine Plastikdose mit Dosenpfirsichen und eine Box mit geliefertem griechischem Essen enthielt, an dem er roch und es dann wegwarf. Er dachte darüber nach, sich Toast zu machen, wusste aber von vornherein, dass alles wie Asche schmecken würde. Er schloss den Schrank.

1:08 Uhr morgens.

Wie viele Typen hatten Dante bis jetzt schon im Netz gesehen? Wie viele HotHead Mitglieder haben ihm schon zugesehen, wie er seine Ladung über sich abspritzte, während ich hier wie ein Feigling stehe und versuche, verdorbenes Essen in einem leeren Haus zu futtern?

Griff konnte nicht anders, als ständig über all diese Männer nachzudenken, die Dante ab heute Nacht auf diese Weise kennenlernen würden. Sie würden seine Lust sehen und denken, sie besäßen ein kleines Stückchen von ihm, weil sie Zeuge von etwas Privatem wurden, etwas, das nur ihm allein gehören sollte. Wie viele Leute würden nächste Woche oder nächsten Monat ein Stück von Dante haben? Es schien nur logisch. Wenn Griff nachgab und sich auf der Seite anmeldete, könnte er Dante wenigstens mit ihnen teilen, und das wäre besser, als sie einfach ein Stück von ihm wegnehmen zu lassen.

Nein. Er griff nach oben und zog eine Flasche Scotch vom Regal und füllte sich selbst vier Finger breit in ein angeschlagenes Glas, sprach einen Toast auf nichts aus und kippte es runter. Dann das Ganze noch einmal.

Sein Handy begann an seiner Hüfte zu klingeln. Jemand musste eine Nachricht für ihn hinterlassen haben, während er im Zug war. Er schaute auf den Bildschirm.

Dante.

Griff goss sich einen weiteren ordentlichen Schuss Scotch ein und war nicht in der Lage, sich selbst davon abzuhalten, die Nachricht abzurufen und sie sich über Lautsprecher anzuhören, während er nach unten in sein Zimmer im Kellerapartment ging. Die Nachricht hallte im leeren Haus wider.

„Was' los, G?" Dante schrie von irgendwo her laut in den Hörer, vermutlich aus einer Bar. Gläser stießen zusammen und eine wilde Truppe schrie sich im Hintergrund an. Dante klang ebenfalls fröhlich.

„Hey Mann, ich hab mich gefragt, ob du Samstag rüber kommen willst, um mir nochmal beim Dach zu helfen. Ich frag nicht gern, aber im Dachboden ist schon wieder was undicht. Ich hab Tino versprochen, dass ich einen Auberginenauflauf mach, also bekommst du sogar was Vernünftiges zu essen. He, pass auf…!"

Die Nachricht wurde kurz undeutlich, als Dante angerempelt wurde und das Telefon mit einem Klappern zu Boden fiel. Es raschelte, als er es wieder aufhob. „Ich schwör, ich mach's wieder gut, Griff. Du weißt, ich hab den Scheck von dieser… russischen Sache, und ich will nicht, dass das mit dem Dach schlimmer wird."

Griff schob seine Schlafzimmertür auf und ließ das Telefon auf den Nachttisch fallen, als er die Leselampe einschaltete. Der Scotch machte sich bemerkbar. Gut. Vielleicht könnte er ja dann schlafen. Er schlüpfte aus seinen Schuhen und knöpfte die enge Jeans auf, um sich an seinem Waschbrettbauch zu kratzen. Sein Bett hatte noch immer kein Kopfteil, lediglich einen Sprungrahmen und eine Matratze auf dem Boden. Sein kleiner Fernseher und die Anlage waren noch aus seiner High-School-Zeit. Himmel. Gerade jetzt versuchte er, sich nicht wie ein totaler Loser zu fühlen, und hatte keinen Erfolg damit.

Auf dem Lautsprecher des Handys lachte Dante gerade über etwas, über den Krach der Bar hinweg. Eine weibliche Stimme in der Nähe sagte etwas, allerdings zu leise, um verständlich zu sein. „Ja! Ja. Oh, und Griffin, mein Dad hat dir 'ne Mail wegen des Sonntagsessens geschickt, zu dem du kommen wirst. Zick nicht rum, sag, zum Teufel, gleich zu, sonst lässt meine Mom mir keine Ruhe. Ich muss jetzt g–" Und die Nachricht stoppte.

1:16 Uhr.

Mechanisch holte Griff seinen Laptop vom Schreibtisch und öffnete ihn auf dem Bett. Er zog das schwarze Shirt über den Kopf und warf es Richtung Kleiderschrank, während der Rechner hochfuhr.

Tatsächlich gab es eine E-Mail von Mr. Anastagio. Er öffnete sie und tippte seine Antwort mit zwei Fingern: *Ja, komme am Sonntag zum Essen. Danke, Mr. A.; was soll ich mitbringen?*

Er schloss die Einladung wieder, löschte eine Werbemail für eine Diät, eine Spam für eine Penisvergrößerung und zwei Dienstplanänderungen von seinem Chief. Und dann sah er es.

„BIST DU EIN HITZKOPF?"

Dante hatte den Scheiß-Link zu der Website weitergeleitet. An ihn. Mit Absicht. Haha.

Griff schlug seinen Laptop zu und legte ihn auf den Nachttisch. Sein Herz hämmerte, als er die Lampe ausschaltete und ein paar Bücher auf seinen Computer packte, so als wolle er eine Schlange darin gefangen halten. Seine Hände zitterten.

Ich wünschte ich wünschte ich wünschte ich wünschte...

Er schob sich auf die andere Seite des Bettes, lag im Dunkeln und starrte an die Decke. Er dachte daran, dass Dante das alles für einen Witz hielt. Dante und er waren schon vorher gemeinsam nackt gewesen. Hölle nochmal, sie hatten sogar zusammen Mädchen vernascht, als sie noch dämliche Teenager waren.

Aber Dante wusste nicht, dass sich etwas in ihm verändert hatte. Er würde es wahrscheinlich für brüllend komisch halten.

Griff konzentrierte sich darauf tief einzuatmen, um die bunten Punkte vor seinen Augen in dem dunklen Zimmer zu bekämpfen. Er verstand es, aber Dante nicht. *Das* war das Problem.

Fick dich. Fick dich. Wie kann er es nicht wissen?

Griff hielt siebenunddreißig Minuten durch, bevor er es nicht mehr aushielt.

7

DER ZEIGER war gerade auf zwei Uhr morgens gerückt, als Griff sich aus dem Bett rollte und sich bei ausgeschaltetem Licht wie ein barfüßiger Einbrecher durch sein eigenes Zimmer bewegte. Ohne darüber nachzudenken, verschloss er seine Tür und ließ die Jalousien hinunter, bevor er sich wieder auf seine grüne Bettdecke setzte. Er wusste, dass er alleine im Haus war, aber sein Herz hämmerte wild in seiner Brust, seine Hände zitterten und allein der Gedanke, dass jemand hereinkommen und etwas sehen könnte, brachte ihn beinahe zum Erbrechen.

Der Scotch hatte seinen Mund feucht und seine Gliedmaßen zu einer geleeartigen Masse werden lassen. Er behielt seine schwarze Jeans an, aufgeknöpft, als er sich zurück auf sein Bett legte und seinen Laptop mit plumpen Fingern öffnete. Die E-Mail war noch immer geöffnet: „BIST DU EIN HITZKOPF?"

Schön wär's.

Griff rutschte etwas herum und machte es sich auf dem Bett bequem. Mit zittrigen, verschwitzten Händen klickte er auf den Link, der eine Seite öffnete, die ihn aufforderte, wieder zu verschwinden, falls er noch keine achtzehn sei. Nachdem er diese Hürde genommen hatte, landete er auf einer Seite mit der Grafik einer roten Backsteinwand, die mit dämlichen Begriffen aus der Pornoszene, Versprechungen von geilen und heissen Dingen angaben. Er registrierte sie nicht einmal.

Alles, was er sah, war Dante: tiefschwarze Augen, römische Nase, ein Mund so rot wie schwerer Rotwein. Alles, was er wollte. Sie hatten einen Schnappschuss von ihm online eingestellt, wie er etwas abseits der Kamera anlächelte. Seine nackte Brust war unter den Hosenträgern seiner feuerfesten Hose zu sehen, sein kantiges Gesicht war geneigt, ganz so, als kenne er ein Geheimnis.

„NEU: DIE VOLLE LADUNG MONTE!" versprach die Überschrift. *Monte?! Wer hatte das ausgesucht?* „Der heutige SCHRUBBER DER NACHT!"

Er wird es niemals erfahren.

Verdammt. Er atmete tief ein, hielt für einen Moment den Atem an und klickte auf seinen besten Freund. Daraufhin landete er auf einer weiteren Seite, diesmal einer mit einem mürrisch dreinblickenden Spanier in einer Jacke des New York Police Departments – sprich: *nur* der Jacke über seinem tätowierten Oberkörper. Daneben war ein Anmeldeformular, um Griff für eine Woche, einen Monat oder ein Jahr, zu einem Mitglied werden zu lassen.

Eine Woche schien schon schlimm genug. Griff gab seine echten Kreditkartendaten und einen falschen Namen ein und akzeptierte die Geschäftsbedingungen. Erledigt. Ein animierter Schriftzug informierte ihn darüber, dass die Seite „vor Geilheit nur so trieft". Dante war nun zu seinen Diensten.

So musste sich die ewige Verdammnis anfühlen.

Der Clip begann, sobald sich ein Teil heruntergeladen hatte. Zuerst der ganze Haftungs-Scheiß, dann wurde das orangefarbene HotHead Logo von einem animierten Feuer weggebrannt. Der Bildschirm wurde schwarz und eine Stimme mit slavischem Akzent grollte, „Willkommen bei HotHead-dot-com", bevor das Bild sich auflöste.

Griff erkannte die Stimme als Aleks. Keine Frage, dass es sich um den kahlköpfigen Russen handelte, den er vor ein paar Wochen im Stone Bone gerettet hatte. Langsam wurden die Scheinwerfer heller und gaben den Blick auf eine stylische Sitzgruppe frei.

Dort saß Dante und lächelte von einem breiten Ledersessel vor einer graugrünen Wand. Ein Bild hing über seinem Kopf: eine Mischung von lila und roten Spritzern auf Leinwand. „Möchtegern Kunst", wie Mr. Anastagio das Zeug nannte. Das Zimmer sah pseudo-edel aus, unpersönlich und sehr sauber – wie ein Hotel für Hipster.

Zu Beginn sah Dante zu Boden und rieb seine Hände ungeduldig über das glatte Leder des Sessels. Er trug seine Schutzkleidung, hatte seine Jacke allerdings offen und ein weißes langärmeliges Unterhemd unter den Hosenträgern.

„Bist du soweit?" Aleks Stimme kam von irgendwo hinter der Kamera, als er mit dieser langsam auf Dante zuging.

Dante sah mit seinen tiefen Augen direkt in die Kamera. „Ich explodier gleich, Mann." Er rieb über seinen Bauch und log offenbar nicht. Unter dem schweren Stoff war sein dicker Schaft sichtbar, wie er sich gegen seine Oberschenkelinnenseite drückte. „Kann ich ihn schon anfassen?"

„Ungeduldig." Man konnte ihn nicht sehen, hörte aber Aleks leises Lachen und sogar das schien einen Akzent zu haben. „Ich hab vorher noch ein paar Fragen. Nur ein paar Infos, um dich unseren Mitgliedern vorzustellen. Ich hab das Gefühl, dass du hier beliebt sein wirst."

„Du meinst, deine Mitglieder könnten mein Mitglied mögen, hm?" Dante lehnte sich zurück, neigte seinen Kopf und zwinkerte der Kamera zu. Die Bartstoppeln unterstrichen seine Lachfalten und Kinngrübchen. „Coole Sache, Mann."

Griff bemerkte, dass er in seinem dunklen Schlafzimmer saß und ohne wirklichen Grund wie ein Idiot vor sich hin grinste, als würde er ein Geschenk öffnen. Er hatte Schmetterlinge im Bauch. Er ließ seinen Blick liebevoll über die attraktiven Gesichtszüge seines Freundes wandern und war, sogar unter diesen Umständen, von dessen Großspurigkeit bezaubert.

Es hatte etwas Hypnotisierendes, sich hinter seinem Computer zu verstecken und gleichzeitig seinen Freund ansehen zu können. Er drehte die Lautstärke an seinem Laptop höher, bis er Dantes Atem hören konnte, die Geräusche, die seine Zunge machte, wenn sie über seine Lippen fuhr.

Griff hatte die Brandschutzausrüstung niemals als etwas anderes als praktische Notwendigkeit gesehen, aber irgendwie trug Dante sie anders. Die Reflexionsstreifen unterstrichen seine schlanke Gestalt und die abgetretenen Stiefel sahen schmutzig und sexy statt unbequem aus. Abrakadabra; eine schmuddelige Uniform, verwandelt durch die Magie des Pornos.

„Also, dein Name ist…?" Alek kam für die Antwort mit der Kamera näher.

„Monte. Klaro. Hi."

Dante war wie immer ein miserabler Lügner, aber Griff würde Wetten darauf abschließen, dass das den anderen Perversen, die sich das hier ansahen, am Arsch vorbei gehen würde.

„Lass uns mal die Eckdaten abarbeiten. Alter, Größe, Gewicht?" Alek zoomte näher an Dantes kantiges Gesicht und die breiten Schultern heran.

„Dreißig", sagte Griff zu niemand Speziellem in seinem dunklen Schlafzimmer.

„Vierundzwanzig", sagte Dante von seinem plüschigen Lederthron. „Einen Meter vierundachtzig."

Wohl eher einen Meter achtzig, allerdings fand Griff die Lüge beinahe anrührend. Es ließ ihn sich seltsam wichtig vorkommen, als würde Dante einen Witz machen, den nur er verstand.

„Gewicht?"

„Um die 86 Kilo." Dante war nervös.

„Und mit dem charmanten Akzent bist du offensichtlich New Yorker. Wie oft gehst du ins Fitness-Studio? Oder machst du irgendeinen Sport?"

Dante schüttelte seinen Kopf. „Pff. Scheiße, nein. Ich hab mal Baseball gespielt. Bin aber zu faul. Das hier ist alles natürlich. Gute Gene."

Alek klang beeindruckt. „Wow. Du Glückspilz."

Griff schnaubte und dachte an die vielen, vielen Stunden, die Dante sich im Fitnessbereich der Wache abmühte. Wer glaubte schon, dass man ein Sixpack durch reines Rumsitzen behalten würde? Ihm dämmerte, dass Alek mit ihm die Antworten vorher besprochen haben musste, genau wie den dämlichen Porno-Namen. Das hier war nicht echt; das hier war gefakter Mist für traurige Perverse, die sich in ihren dämmrigen Kellergeschossen einen runterholten. *Wie ich.* Ja, genau.

Dante wippte nervös mit seinem Bein. „Mein Vater ist fast sechzig und hat den gleichen Körperbau."

Nicht mal annähernd, dachte Griff. Mr. Anastagio war etwa einen Meter siebzig groß und hatte die Figur eines Fasses. Nein, Dante kam nach den Brüdern seiner Mutter- groß und schlank, mit Zigeuneraugen.

Alek trat so weit zurück, dass Dante nun vom Kopf bis zu seinen abgenutzten Stiefeln in seinem Sessel zu sehen war. „Nun, wir sind froh, dass du hier bei HotHead vorbeischaust, um ihn mit uns zu teilen. Ich wette, deine Freundin weiß es zu würdigen."

Dante nickte und schluckte den Köder. „Alle meine Freundinnen tun das. Aber ein Kerl hat Bedürfnisse, richtig? Für manche Mädels ist es halt zu viel. Und ich mag's nicht immer nur nett."

Griff versuchte, den Kloß in seinem Hals herunter zu schlucken, und zog seinen Reißverschluss herunter, damit seine Eier auch genügend Luft bekamen. Er wusste, dass Dante für die Kamera eine Show abzog, aber sein Schwanz kannte den Unterschied nicht. Er dachte an den Fick in der Seitenstraße, den er vorher beobachtet hatte, die Rohheit des Ganzen.

Das war der Grund, warum er nachgegeben hatte. Er brauchte eine Nachhilfestunde, was seinen eigenen Körper betraf.

Niemand muss es jemals wissen.

Auf dem Bildschirm spinnte Dante die Sache mit den mehreren Freundinnen weiter, während er sich über seine Unterlippe leckte. Seine rauchigen Augen bohrten sich durch die Linse, durch Alek hindurch und genau in Griff hinein. „Schwer, sich auf eine einzige festzulegen. Ich hab nie eine Frau gefunden, mit der ich was Ernstes wollte."

„Vielleicht ist das, was du brauchst - keine Frau." Aleks Stimme zog ihn, mit einem leichten Akzent und einem kehligen, leisen Lachen, auf.

Dante blinzelte und ließ den Beginn eines Lächelns aufblitzen, sagte jedoch nichts. Er zwinkerte Alek über die Kamera hinweg zu.

Griff schluckte, wusste, dass Dante nur herumalberte, so wie er es mit jedem tat, aus reiner Gewohnheit flirtete. „Vielleicht sollte ich sie das hier sehen lassen, hm? Wie eine Vorschau."

Alek fragte, „Hast du sowas hier schon mal gemacht?"

„Du meinst Pornos? Nee! Ich mein, ich hab mich schon ein paar Mal aufgenommen, wenn ich Mädchen gevögelt hab. Aber nur für mich selbst. Ein bisschen Spaß, weißt du? Aber nichts Professionelles." Dante fuhr sich mit der Hand durch sein Haar und sah nach oben zur Kamera, rotzfrech. „Du bist mein Erster, Mann."

Oh Gott! Griff drehte sich zur Seite, um seine schwarze Jeans herunter zu schieben und sein rot-blonder Flaum wurde vom silbrigen Leuchten des Bildschirms hervorgehoben. Der männliche Geruch, der von seinen Eiern ausging, ließ ihn noch mehr geifern, als er es ohnehin schon tat. Er lehnte sich zurück und sein bestes Stück lag prall und pink gegen sein Bein; er konnte fühlen, wie es sich langsam füllte, wie seine Vorhaut sich ein wenig zurückzog, während es wuchs. Sein Blick lag auf Dante, der auf dem Computermonitor wie ein Festmahl vor ihm ausgebreitet lag.

„Was machst du, um Spaß zu haben?" Alek hielt mit der Kamera auf Dantes dicke Hose und schwenkte langsam den Stoff der Uniformjacke hinauf.

„Du weißt schon. Partys. Pussys. Freunde. Sportfernsehen. In Ärger rein rutschen." Dantes Hand knetete den Hügel, der gegen seinen linken Oberschenkel gepresst lag, aber die Kamera fuhr weiter in die Höhe, vorbei an seinem gefangenen

Schritt, vorbei an der offenen Jacke, über die Hosenträger, die sich über die gesamte Länge seines Oberkörpers spannten. Seine Nippel waren hart unter dem weißen T-Shirt.

Bis das Bild auf seinem Laptop endlich die stoppelige Kehle erreichte, war Griff so ungeduldig wie Dante.

Dante spreizte seine Beine weiter und drehte seine Familienjuwelen in Richtung Kamera, als er sich mit einer Hand durch sein Haar fuhr. „Manchmal werde ich so geil, dass ich drei oder vier Mal am Tag kommen muss. Verstehst du? Sogar wenn ich regelmäßig Schnecken vögel', muss ich mir einen von der Palme wedeln, nur um entspannen zu können, damit ich nicht in meine Shorts spritze, wenn ich im Leiterwagen mitfahre." Die längliche Erhebung unter seiner Feuerschutzhose war nun härter und hob sich weg von seinem Oberschenkel. Er fuhr mit seiner Hand über die gebogene Länge.

„Oh." Alek stöhnte. Obwohl er nicht zu sehen war, veränderte sich seine Atmung und seine Erregung war praktisch greifbar. Er bewegte die Kamera nun langsamer und ließ sie immer wieder ein wenig verweilen, als er Dantes uniformierten Körper auf dem Ledersessel einfing. „Also.. ähm... Monte, du bist also Feuerwehrmann?"

„Du findest sie heiß und verlässt sie feucht. Bester Job der Welt. Ich zieh Leute aus brennenden Gebäuden. Ich trete aus Kämpfen als Sieger hervor. Und ich bekomme Sex in jeder New Yorker Kneipe, wann immer ich will." Er übertrieb den Akzent so sehr, dass es eher nach *Noo Yawk* klang.

„Das macht dich dann wohl zu einem Helden, nicht? Aber was glaubst du, macht dich zu einem HotHead?" Alek ging in die Hocke, näherte sich Dantes gespreizten Beinen und filmte von unten, so dass er sich langsam auf dem Bildschirm abzeichnete.

Plötzlich stand Dante auf und zwang so die Kamera, nach hinten zu kippen, um ihn noch ganz auf das Bild zu bekommen. „Weil ich ein verrückter Hurensohn mit einem abgefahrenen Körper bin." Sein bestes Stück erhob sich genau in der Mitte des Bildschirms, aber von seinem Gesicht war aus dieser Perspektive nur der untere Teil sichtbar. Kinn mit Grübchen und kantiger Kiefer. „Weil ich bei Wahrheit oder Pflicht immer Pflicht nehme." Wie er so über Alek stand, unterstrich er seine Worte, indem er aus seiner schweren Jacke schlüpfte und das langärmelige Unterhemd offenbarte. „Weil ich keinen Spaß habe, sondern Spaß bin. Warum, zum Teufel, sollte ich sonst hier sein?"

– Klatsch –

Die Feuerschutzjacke fiel neben der Kamera zu Boden. Alek rutschte mit der Kamera zurück, um Dante, von seinen dicken Stiefeln bis zu seinen zerzausten Haaren, ganz auf das Bild zu bekommen, als dieser dort über jedem aufragte, der ihn sich ansah. Wie auch immer man es drehte, er war ein Naturtalen, wenn es ums Aufheizen ging.

Griffs Puls donnerte in seinen Ohren und sein Atem kam tief und stoßweise. Er wischte sich über den Mund, während seine grauen Augen an seinem besten Freund klebten.

„Wenn es brennt, bin ich zur Stelle." Dante schob seine Daumen unter die roten Hosenträger und zog sie von seinen Schultern, um sie gegen seine Beine baumeln zu lassen. „Kann ich noch mehr ausziehen?"

Er wartete die Antwort nicht ab. In einer eleganten Bewegung zog er sich sein weißes Shirt über seine olivfarbene Haut und warf es auf den Fußboden zu seiner Jacke. Seine bronzenen Nippel waren winzig und hart, aber er zwickte sie dennoch und lächelte in die Linse. Er fuhr mit einer Hand von einem Nippel über das „T" seiner schwarzen Brustbehaarung und hinunter zu der Stelle, an der es in einen schmalen Pfad überging, der in seinem Hosenbund verschwand. Seine schwielige Hand schob sich weiter und weiter in seine Brandschutzhose, zu seinen Kronjuwelen, und kratzte sich fest genug, dass es auch über die Kamera hörbar war: *kratz-kratz-kratz. Flapp.* In seinem Kellerraum klatschte Griffs harter Schaft auf seinen Bauch und pulsierte im Takt seines Herzschlags. Schau sich das einer an. Griff war nicht einmal aufgefallen, wie hart er geworden war. Er stöhnte. *Prima.*

Alek stimmte ihm offenbar zu. „Das ist prima."

Dante öffnete den Knopf an seiner Hose und zog den Reißverschluss hinunter.

Alek trat wieder einen Schritt zurück. „Kannst du dich erst umdrehen?"

Dante sah einen Augenblick lang verwirrt aus. „Du willst aber nicht, dass ich... oh!" Er drehte sich langsam mit dem Gesicht zum Sessel. „Was soll ich jetzt tun?"

„Spann deine Muskeln an."

Dante spannte seinen Bizeps an, um die zwei Wölbungen sichtbar zu machen, und die harten Muskeln zuckten unter seiner Haut. Auf seiner Schulter war eine leuchtend pinkfarbene Verbrennungsnarbe zu sehen, die seine Haut nur noch exotischer erscheinen ließ. Ein paar Sekunden später entspannte sich Dante wieder, ließ seine Hände auf die Rückseite seiner Brandschutzhose sinken und schob diese gerade so weit herunter, dass man ein wenig von seiner Ritze sehen konnte.

Griff seufzte. Sein Prügel von einem Schwanz hatte auf dem rostroten Haar seines Bauches erste feuchte Spuren hinterlassen. Er tastete nach seinen Eiern und hob sie von seinen starken Oberschenkeln, um sie sanft zu massieren. Ein paar weitere Tropfen Flüssigkeit tropften aus seiner Schwanzspitze. Er rieb mit einem Daumen darüber und schob ihn sich anschließend in den Mund. *Oh ja.* Er rückte den Laptop zurecht, um sich flacher hinlegen zu können.

„Gibt es etwas, das du uns zeigen willst, Monte?" Als Dante die Hose weiter herunterzog und dabei die harte, runde Perfektion seines Hinterteils offenbarte, ließ auch Alek die Kamera langsam sinken, um das Bild schließlich auf Dantes Arschbacken ruhen zu lassen.

Hilfe.

„Verarschst du mich? Ich hab eine Menge zu zeigen." Dante sah zurück über seine Schulter und stieß ein wenig mit seinen Hüften, so als würde er die Luft ficken wollen, und schob dabei Stück für Stück seine Hose weiter nach unten.

Griff bemerkte, dass er die Luft angehalten hatte.

„Wir nehmen alles, was du uns gibst." Die Kamera wackelte ein wenig, als Alek nach unten reichte, um irgendetwas zu tun - offensichtlich so etwas wie seinen Ständer zurechtzurücken.

Alek wich mit der Kamera zurück, als die herabrutschende Hose mehr von Dantes unterer Hälfte offenbarte, bis sie schließlich um seine Stiefel hing und ihn in seiner Bewegungsfreiheit einschränkte. Die Haare auf seinen Beinen reichten nicht ganz bis nach oben – weiche, dunkle Haare bedeckten ihn von der Mitte der Oberschenkel an bis nach unten – aber sein Arsch und der obere Teil seiner Beine waren glatt und definiert, nichts versperrte den Blick auf seine Muskeln. Fast, als trüge er eine Hose, die grundsätzlich nach unten geschoben war.

Griff war das noch nie zuvor aufgefallen. Auf der anderen Seite gestattete er es sich in letzter Zeit nicht mehr, sich in Dantes Nähe aufhalten, wenn dieser seinen blanken Arsch präsentierte. Seit er angefangen hatte, diese Gefühle zu haben. Zu. Scheiß. Riskant. Aber meine Güte, er war Alek dankbar dafür, dass er es nun erfuhr. Er würde nie wieder in der Lage sein, Dante anzusehen, ohne an diese feinen Haare zu denken, die auf halbem Weg nach unten begannen.

„Mach es dir einfach bequem." Alek klang so geil, wie Griff sich fühlte.

Alek musste hinter seiner Kamera irgendein Zeichen gegeben haben, denn Dante drehte sich um, wobei sein Schwanz auf und ab wippte. Dann realisierte er offenbar, dass er sich hier auf dem Präsentierteller befand, und packte hart nach seinem Gerät, wobei die Venen vor seiner geschlossenen Faust hervortraten. Dantes Schaft hatte den gleichen dunklen, pinken Ton wie seine Lippen. Er war lang, leicht gebogen und hing auf eine übermütige Weise leicht nach links, als wolle er, auf verruchte Art und Weise, allen Beteiligten höchste Formen der Lust versprechen.

Griffs bestes Stück glich eher einer langen Dose; das hier war... Perfektion.

Die Kamera glitt hinunter zu Dantes Geschlecht. Alek hockte oder kniete und folgte der feinen Linie von Haaren nach unten, so dass der gesamte Bildschirm von den drahtigen Schamhaaren ausgefüllt war. Die backsteinbraunen Eier hingen lose in dem faltigen Sack und der feste, gebogene Knüppel zwischen ihnen lag fest in Dantes Faust.

Die Kamera rutschte weiter nach unten, bis es klar wurde, dass Alek fast auf seinem Rücken liegen musste, um vom Boden aus hinauf zu filmen. Dantes Füße waren noch immer in dem Haufen aus Hose und Stiefel gefangen, so dass er in die Hocke gehen musste, um seine Eier lose baumeln lassen zu können. Seine Beine waren leicht gespreizt und offenbarten die feste Stelle zwischen seinen Eiern und seinem Anus. Die feste Rundung seiner Arschbacken war gerade eben sichtbar. Dante zog hart an seinen Eiern und dehnte sie an der Haut.

„Du magst es härter, hm?" Alek zoomte von direkt unter Dante nach oben. Er erhob sich vom Boden, bis das ganze Bild davon erfüllt war, wie Dante seinen dicken Sack in seiner Faust drückte.

Dante ließ seine andere Hand über die Innenseite seines Oberschenkels gleiten und dann etwas weiter nach hinten, um mit den feinen Haaren zu spielen, die aus seiner Ritze wuchsen. „Die Eier? Jepp, ich mag's, wenn's ein wenig weh tut. Wenn sie ein bisschen gedrückt werden. Ohh." Er packte mit seiner schwieligen Hand fest zu. Sein harter Schwanz reagierte darauf mit einer Bewegung nach oben.

Zum ersten Mal, seit er zu schauen begonnen hatte, legte Griff seine Hand um seinen eigenen dicken Schwengel. Er zog nicht daran, drückte lediglich langsam und sanft zu. Er wusste, er würde seine Ladung sonst zu schnell verschießen und bereits beginnen, sich selbst zu hassen, bevor er sich den ganzen Film angesehen hatte. *Das hier* war das, was er vor ein paar Stunden in der Bar zu finden gehofft hatte. Nur, dass es hier auf seinem Laptop war und unter dem Dach des Hauses seines besten Freundes wohnte.

Alek zog sich zurück und ließ die Kamera über die gesamte Länge von Dantes erhitztem Körper gleiten. Sein Körper begann zu schwitzen. „Schon seltsam, dass ich mir in meiner Ausrüstung einen von der Palme wedle, hm?" Dante blickte hinunter auf seine Hose, die noch immer in einem Haufen an seinen Stiefeln feststeckte, die starren Reflexionsstreifen verheddert. Er pumpte abwesend seinen Ständer, ganz so, als hätte er völlig vergessen, was er eigentlich tat.

Alek grunzte einen Lacher. „Bestimmt hast du das hier schon mal auf der Wache getan." Er schob sich langsam herum, um eine Seiteneinstellung von Dante und seinem Schwanz zu bekommen. „Immerhin sind Feuerwehrmänner auch nur Männer."

„Nee. Ich mein, ich hab Mädels in dem Zeug hier gerammelt, weil sie drauf stehn. Quickies. Aber wenn ich mir auf der Wache einen runterhole, bin ich auf'm Klo oder allein in der Dusche." Dante antwortete ohne jede Scham und spielte dabei mit seinem beschnittenen Schwengel.

Griff musste seinen nicht beschnittenen Prügel bei dem Gedanken, wie Dante sich auf der Wache die Stange polierte, loslassen. Wie sollte er jemals wieder schlafen können?

„Oh. Ich kann mir gut vorstellen, wie du einen Kollegen beim Wichsen erwischst und beschließt, einfach mitzumachen. Unter der Dusche oder beim gemeinsamen Porno schauen." Alek kam wieder nach vorne vor den Sessel und ging auf Dante zu. „Warum setzt du dich nicht?"

Dante machte einen Schritt zurück und stieß gegen den Sessel. Er pflanzte seinen Arsch auf das schwarze Leder und grinste schuldig. „Ähm. Möglicherweise. Ein oder zweimal. Wir sind halt nur Kerle und alle Kumpel. Wir hatten Stripperinnen auf Junggesellen-Partys und so, und, du weißt schon… sicher. Ich hab ein paar Sachen probiert."

Die Worte verursachten bei Griff eine Gänsehaut und ihm stockte der Atem. War das die Wahrheit oder nur Porno-Scheiße?

„Ich schätze, unsere Mitglieder würden ein Vermögen dafür zahlen, bei euch Mäuschen spielen zu können. Feuerwehrmänner, die sich gegenseitig mit ihren Schläuchen aushelfen."

Griff atmete aus. Porno-Scheiße. Dieser ganze Blödsinn war lediglich „Monte", der mit seinen neuen Fans sprach. Dante hatte keinen Wichskumpel bei der 181. Wunschdenken. Griff unterschied sich nicht sonderlich von all den anderen Typen, die sich gerade bei HotHead wilden Feuerwehr-Gruppensex vorstellten, außer dadurch, dass er lediglich diesen einen Kerl wollte. Sie konnten alle diese Fake-Porno-Feuerwehrmänner haben.

Inzwischen saß Dante nackt im schwarzen Ledersessel und sein dunkelroter Schaft war an der Spitze feucht. Mit den Füßen schob er sich seine schweren Stiefel herunter und kickte seine Hose ebenfalls zur Seite. „Na also! Ich hätte Nudist werden sollen."

Alek kicherte. „Es ist nie zu spät, einen neuen Karrierepfad einzuschlagen."

Dante legte ein Bein über die Armlehne des Sessels und begann nun ernsthaft, sein Fleisch zu bearbeiten. Seine großen Eier hüpften unter dem Schaft auf und ab. Dantes Schwanz war hart genug, dass er glänzte und die Venen sich abzeichneten. „Hast du was Cremiges? Creme oder so?"

„Aber sicher." Alek machte einen Schritt auf ihn zu und schob seine Hand ins Bild, um Dante eine silberne Flasche zu reichen. Sein Daumen öffnete den Verschluss mit einem *klick*. „Soll ich dir was raus drücken?"

Griff grunzte und nickte.

Dante nickte und grunzte. „'Ne ordentliche Ladung, bitte. Mein Schwanz ist beschnitten, also mag ich's ordentlich glitschig. Damit es so richtig flutscht."

In seinem Schlafzimmer leckte Griff seine Hand.

Von oben ließ Aleks Hand einen Schwall durchsichtigen Gleitmittels auf Dantes Latte tröpfeln. Der glitschige Faden verteilte sich, sobald er auf dessen heiße, pflaumenblau glänzende Eichel traf.

„Früher hab ich mir gewünscht, ich wäre nicht beschnitten. Als ich aufgewachsen bin, waren es eine Menge Typen nicht und ich bin mir komisch vorgekommen."

Auf seinem Bett versuchte Griff, sich jemanden ins Gedächtnis zu rufen, von dem Dante wusste, dass er nicht beschnitten war. Jemand anderen als, nun ja, ihn.

Dante war auf meinen Schwanz neidisch?

„Das ist es. Genau so. Ein bisschen mehr. Oh ja." Dantes Hand bearbeitete sein bestes Stück sorgfältig.

Alek drückte einen weiteren durchsichtigen Faden aus der Flasche und trat wieder zurück, zögerte dann aber, als er bemerkte, dass Dante seinen Gedanken noch nicht zu Ende gebracht hatte.

„Wenn du nicht beschnitten bist, kannst du in die Haut gleiten –"

Woher weiß er das?

„-- allerdings bin ich ziemlich weit beschnitten. Ich schätze, daher hab ich diese Biegung." Dante packte seine steinharte Erektion fester und verteilte noch immer das Gleitmittel auf seinem dunkelroten Ständer, während einiges in seine Schamhaare und hinter seine Eier lief. Er sah nach unten, an der Kamera vorbei, in Richtung Aleks Familienjuwelen. „Hey, du hast ja auch 'nen Ständer."

„Sicher", murmelte Alek. Sein Lächeln war hörbar. „Du bist ein attraktiver Typ."

Alek will irgendwas versuchen!

Selbst in seinem abgedunkelten Schlafzimmer, seine Hand mit seinem eigenen Rohr beschäftigt, war Griff klar, wie dicht Alek davor war, eine Grenze zu überschreiten. Er wusste alles über diese Art der verbotenen Lust. Obwohl der Russe nicht zu sehen war, benötigte man keinen Hellseher, um sagen zu können, dass er Dante so sehr anfassen wollte, dass er das Filmen gern zum Teufel geschickt hätte. Jeden Moment würde Alek die Kamera fallen lassen und sich Dantes perfekt gebogenen Schaft tief in seine Kehle rammen, bis sich diese vollen Eier in ihm entleeren würden.

Schlimmer noch, Griff war klar, dass Dante es auch wusste und dass er für den Russen extra noch einen drauflegte, um Aufmerksamkeit buhlte in der Hoffnung, einen Bonus zu bekommen. Es versetzte seiner Geilheit nicht den geringsten Dämpfer und auf eine seltsame, eifersüchtige Weise, fand Griff sich selbst in der Hoffnung wieder, dass Alek es tun würde, denn er war so dicht dran, und es war möglich, und sie beide wollten Dante so verzweifelt.

Dantes Ständer rutschte mit einem knisternden Geräusch durch seine glitschige Faust, als er ihn mit liebevoller Geduld melkte. Eine dicke Vene verlief die Seite entlang und verzweigte sich auf halbem Weg. Die Eichel wurde mit jedem Pumpen dunkler, ihre Furche zeichnete sich deutlich ab. Alle paar Aufwärtsbewegungen polierte er sie mit der hohlen Hand.

Griff versuchte, die Bewegung nachzumachen, und schrie dabei beinahe auf. Für einen Moment zog er schützend seine Vorhaut nach vorne. Seine eigene Eichel war unglaublich empfindlich. Möglicherweise lag es daran, dass er nicht beschnitten war, dass zu viel direkter Kontakt fast schmerzhaft war. Sein ganzes Leben lang, hatte er sich gewünscht, beschnitten zu sein, und hatte dabei niemals an die praktischen Unterschiede gedacht.

Während er Dantes perfekte, beschnittene Erektion betrachtete, wurde ihm klar, wie anders Dante seinen Schaft benutzen konnte, wie grob er sein könnte, wie viel härter und länger er würde ficken können. Vorsichtig begann Griff wieder, sich zu massieren, darauf achtend, seinen Schwanz in seine eigene Haut gleiten zu lassen. Seine Erektion erhob sich vor dem Bildschirm seines Laptops und Dantes Gesicht.

So seltsam.

Auf der anderen Seite von Griffs Ständer riss Dante Witze in Richtung der Kamera. „Vielleicht könnte ich ja mal einen Kumpel mitbringen, weißt du?"

Griffs Hand erstarrte. *Was zum Henker hatte er da gesagt?* Einen Moment lang dachte er, Dante hätte zu seinem Penis gesprochen. Zumindest sah es für ihn so aus. Sein Schwengel zuckte und tropfte seitlich von Dantes überheblichem Grinsen.

Auf dem Laptop legte Dante noch einen drauf. „Ich hab 'nen Kumpel auf der Wache. Scheiße, er ist noch viel heißer als ich." Dantes Hand machte eine hypnotisierende Drehbewegung um den gebogenen Schaft. „Echt jetzt."

Welcher verfluchte Kumpel? Oder war das hier nur noch mehr Porno-Scheiße?

Alek gab ein Geräusch der Anerkennung von sich. „Ein heißer Kumpel? Auch ein Feuerwehrmann?"

Dante spann die Lüge weiter. „Hmhm. Und sein Schwanz ist deutlich größer. Außerdem sind wir irgendwie verwandt. Das wäre richtig irre, hm? Für deine Mitglieder, mein ich? Zwei Hitzköpfe auf einmal."

Griff schluckte. *Spricht er da von mir?*

„Brüder?" Alek sprang sofort auf den Gedanken an und schwenkte die Kamera herum, um eine Seitenaufnahme von Dante zu bekommen, die ihn wie eine dampfende Mahlzeit in Szene setzte.

„Nicht wirklich. Aber irgendwie schon. Wenn der Anreiz stimmt, ist er vielleicht dabei."

Hinter der Kamera griff Alek den Vorschlag sofort auf. „Das wäre fantastisch. Und ich weiß, dass unsere Mitglieder das sehr zu schätzen wüssten. Vielleicht können wir da später noch einmal drüber reden."

Moment. Das hier ist nicht live.

Griff hatte es völlig vergessen. Die Aufnahme wurde noch vor der Cioppino - Nacht aufgenommen, vor über einer Woche. All das hier war schon *vor* der Nacht geschehen, in der Dante ihn gefragt hatte, ob er mitkommen würde.

Er meint uns. Er spricht von meinem dicken, hässlichen Rohr, während er sich einen runterholt.

Griff wusste, dass es niemals geschehen würde, aber einen Moment lang gab er sich der Fantasie hin, mit seinem besten Freund auf diese Art und Weise zusammen zu sein. Ihre Feuerschutzkleidung um ihre Füße, Tonnen von Gleitmittel, wie sie sich seine Vorhaut teilten. Wie er sich Zeit nahm, um Dante zu zeigen, wofür diese Haut wirklich gut war; Dante mit seiner glänzenden Spitze andocken zu lassen, so dass sie sich mit ihren dicken Eicheln anschubsen konnten, bis sie in ihre feuchte Umhüllung spritzten. Griff grunzte, schluckte seinen verfluchten Sabber herunter und versuchte, sich zu beruhigen.

„Sicher." Dante rieb sich weiter mit einer Hand, fest und langsam, und ließ seine andere hinuntergleiten, um einen Moment seine Eier zu drücken, und dann auf den harten haarigen Grat zu drücken, der von ihnen zu seiner Arschritze führte.

Was macht er da unten? Griff begann, so fest an seinem massiven Ständer zu ziehen, dass es brannte und ein wenig Wichse sich auf den kupferfarbenen Haaren auf seinem Bauch verteilte.

Alek zoomte von unten näher an Dantes feuchtes Rohr heran, was die Bewegung seiner Hand und das auf und ab seiner schweren Eier hervorhob.

Dante lehnte sich in dem breiten Sessel zurück, schob sein Becken nach vorne und offenbarte, dass er sich grob über sein Arschloch rieb, während er es sich machte. Er drang nicht ein, aber seine linke Hand massierte den Bereich um seinen Eingang rhythmisch, während seine drei mittleren Finger immer wieder über den kleinen Muskel strichen, ohne jemals ganz in seinem Hintern zu verschwinden. Das Gleitmittel war überall, als er rieb und stupste, rieb und stupste, polierte und an den paar Haaren zog, die seine Furche einrahmten.

„Ohh. Monte." Aleks verwaschener Akzent war nicht mehr als ein Flüstern, als er an Dantes glänzende Ritze heranzoomte. „Wie wäre es mit einem Spielzeug?"

„Nee. Passt schon. Mein Hintern ist nur wirklich empfindlich. Ich liebe es, wenn jemand mich da leckt, weißte? Wenn ich jemanden finden kann, der geil genug ist." Eine Haarsträhne hing über einem von Dantes Augen. Er zwinkerte und kaute konzentriert auf seiner blutroten Lippe. „Uhhhm ahhhh. Oh. Ich glaub´, bald ist es so weit."

„Wann immer du bereit bist." Der Akzent war jetzt schwer vor Verlangen.

„Okay. Ungh. Gib mir -" Inzwischen hatte sich Dantes Schwanz in ein tiefes Rot verfärbt, während seine Finger die runde Spitze polierten, glänzend und dunkel und dick wie eine Pflaume. Sein Ständer sah so lang aus und scheinbar so dicht an seinem Gesicht, dass es beinahe schien, als bräuchte er sich nur hinunterzubeugen und sich selbst zu einem Höhepunkt zu lutschen. Er würde in seinen eigenen Mund spritzen.

Dieses Bild war alles, was er brauchte. Griffs Ständer kannte weder Angst noch Gewissen. Er reichte hinunter, um nach einem Spritzer Gleitmittel aus der Flasche neben dem Bett zu greifen, kniete sich auf das Bett über seinen Laptop und blickte hinab auf den glänzenden Oberkörper seines besten Freundes. Seine Eier waren an seiner Schwanzwurzel zusammengezogen wie eine Faust; seine Hand peitschte über seine Vorhaut und zog sie ungeduldig zurück, die rosige Eichel glänzte.

„Ohh. Unghhhh. Ahhh. Scheiße." Dantes Augen waren zu Schlitzen verengt und sein Atem kam stoßweise. Der Knöchel eines Fingers schob sich für einen Moment in ihn und seine Augen rollten in ihre Höhlen. „Oh Gott!"

Griff begann nun ernsthaft, sein Rohr zu bearbeiten, er wollte, dass sie wenigstens zusammen kamen, wenn sie schon nicht zusammen waren. Es gab nur sie beide, nur sie beide. Alle,s was er sehen konnte, war Dante: Sein Lächeln, seinen Schwanz, seinen wunderschönen Arsch, in diesem Schlafzimmer hier, wohin das alles eigentlich gehören sollte.

„Sssss. Oh, ja." Auf dem Bildschirm hatte Dante beide Füße auf den Sessel gestellt, drückte immer und immer wieder seine Finger gegen seinen Eingang und melkte gleichzeitig die gesamte Länge seines Schafts. Sein Atem zischte in seinen Nasenlöchern, seine Augen fixiert auf die Spitze seiner Erektion, beinahe dicht genug, um zu kosten. Sein Mund war geöffnet und Laute flossen förmlich aus ihm heraus, als er sich zu seinem Höhepunkt kämpfte. „Urgh. Ohhh. Jaaah!"

Griffs Atmung wurde schwer und ein Schweißfilm ließ seine helle Haut im dämmrigen Licht des Laptops glänzen. Der Geruch nach Vorsperma und seiner feuchten Vorhaut schoss in seine Nase. Er liebte es und er wusste, dass er es liebte.

Er dachte an Tommy in der Seitenstraße, wie er mit seinem groben Freund zur Sache gekommen war, und stellte sich stattdessen Dante vor, wie er Griff niederdrückte und in ihn rammte, bis er aufbrüllte.

Oder sich selbst, wie er Dante gegen die Wand der Dusche in der Wache drückte und ihn fickte, während seine langen Beine sich um Griffs Rücken schlangen.

Dante mit ihm im Bett, wie er am Morgen nach dem Montag-Abend-Football aufwachte und seinen Nacken küsste, während er ihm auf italienisch zuflüsterte.

Ein kaum auszuhaltender Knoten formte sich am Beginn von Griffs Wirbelsäule, ein Ball aus Elektrizität, der sich dort sammelte und seine Muskeln zum Zucken brachte.

Seine Augen waren fest auf Dante gerichtet.

Er wird es niemals erfahren.

Dante krümmte sich nach vorne und für einen Moment fuhr er sich mit der Zunge über seine eigene Schwanzspitze und das ließ ihn schließlich über die Klippe fallen. „Ahhhh. Oh, scheiße. Uhhh. Jaaa. Jetzt. Jetzt!"

Mit einem Brüllen bäumte Dante sich auf und rollte sich dann wieder zusammen und sein pflaumendunkler Schaft brach aus seinen Fingern aus. Platsch – Platsch – Platsch. Ein langer, salziger Spritzer traf ihn in seinen offenen, schreienden Mund und glitt über Wangen und Kinn hinab. Ein Schuss traf seine Stirn und lief in sein strubbeliges Haar.

Er stöhnte und wimmerte, als er auf den Wellen seines Orgasmus zurück auf die Erde ritt, während er jedes Tröpfchen Lust und Samen aus sich herausmelkte. Völlig verausgabt und nach Luft schnappend, mit kleinen, glitschigen Pfützen auf seinem Oberkörper, erschauderte sein ganzer Körper und er lächelte und seufzte; seine sanften Augen schlossen sich langsam und er murmelte in erschöpfter Lust: „Ohhhh, G..."

G?! Hatte er gerade G oder shit gesagt?

Dieses leise „G" war es schließlich. Griff stürzte über den Abhang. Er zog ruckartig seine Vorhaut zurück; der scharfe Schmerz löste seinen Höhepunkt aus. Er riss seine Augen auf und zielte mit seinem Ständer hinunter auf die Decke und sah zu, wie seine pinkfarbene Spitze das ausspuckte, was sich ein halber Liter Samen anfühlte, während er auf seinen Knien zuckte und zitterte.

89

Ein Kichern aus dem Laptop ließ seinen Kopf herumfahren, um zu sehen, was im HotHead Studio geschah.

„Bravo! Ancora!" Alek brachte die Kamera dicht an Dantes Haut und ließ sie über seinen feuchten Oberkörper schweifen.

Dantes verschwitzte Brust hob und senkte sich in schneller Folge unter ihrer Verzierung aus Samen. Mehr davon fand sich in den Vertiefungen seiner Bauchmuskeln. „Wichsrinnen", nannte Dante sie.

Griff wusste jetzt auch, warum. Bei dem Gedanken leckte er über seine Lippen. Das gesamte Studio musste nach heißem, moschusartigem Sperma riechen.

Ich schätze, ich bin schwul. Und er darf es niemals erfahren.

Alek klang völlig aus dem Häuschen. „Das war unglaublich!"

„Waslos?" Dante fuhr sich mit einer Hand über seine Bauchmuskeln, seinen Hals, die Seite seines Gesichts – sammelte seinen Saft auf. Den Rest saugte er sich von seiner Unterlippe. „Ich hab mir selbst 'ne verfluchte Perlenkette verpasst."

„Wie lang ist es her, dass du das letzte Mal gekommen bist?"

Dantes Finger spielten in der warmen Pfütze auf seinem Brustbein. Sein Schaft schrumpfte weiter und legte sich gegen seinen Oberschenkel, während er von violett wieder zu rot verblasste. „Um die sechzehn Stunden vielleicht."

„Das ist so wahnsinnig viel."

„Gigantische sizilianische Eier, darum. Ich hab's dir gesagt. Ich kann drei Mädels am Tag knallen und muss mir trotzdem in der Dusche auf der Wache und dann nochmal auf der Toilette in der Bar den Lurch würgen." Dante fing ein zugeworfenes Handtuch auf und begann, sich vorsichtig abzuwischen. Als es über seine schlaffe Schwanzspitze rieb, schüttelte er sich. „Argh! Empfindlich!"

Griff musste lächeln und zog seine eigene Vorhaut in solidarischem Unbehagen nach vorne. *Jetzt weißt du, wie ich mich unter dieser Haut fühle, Arschloch.*

„Ich schätze, unsere Mitglieder werden nicht wissen, wie ihnen geschieht. Hattest du Spaß?" Aleks Stimme klang gepresst, so als würde er sich jeden Moment ins Badezimmer entschuldigen und sich die Stange polieren, während er an Dantes vollgewichstem Handtuch schnüffelte.

„Sicher." Dante warf das Handtuch aus dem Bild.

Griff hatte den irrationalen Wunsch, das Handtuch zu fangen, es einfach aus dem Internet zu nehmen und für sich zu behalten. Würde Alek es behalten oder es irgendeinem glücklichen Hurensohn verkaufen, der zufällig ein HotHead Mitglied war? Das war auch der Moment, in dem ihm klar wurde, wie viel er für ein billiges Stück Frottee zu zahlen bereit wäre.

Auf dem Laptopmonitor stand Dante abrupt auf, um seine verstreuten Klamotten einzusammeln. Sein feuchter Schwengel wippte auf und ab, als er sich bewegte, und er vermied es, in die Kamera zu sehen. Als ob jemand einen Schalter betätigt und das Licht in ihm ausgeschaltet hätte. *Klick.* Jeder, der ihn kannte und ihn so sehen würde, würde wissen, dass er fertig war und sich scheiße fühlte. Es war offensichtlich, dass er sich anziehen und so weit weg wie möglich von Aleks Fragen sein wollte.

Griffs Herz zog sich zusammen. *Es tut mir so leid.*

Alek allerdings nicht. Er schien nicht zu bemerken, dass es vorüber war. Er verfolgte sein neues Model etwas zu dicht durch den Raum. „Glaubst du, wir können dich davon überzeugen zurückzukommen? Vielleicht mit diesem Kumpel?" Alek ließ die Kamera weiterhin über Dantes Beine und den feuchten Rücken und die verschmierten Reste Wichse, die auf seinem Oberkörper trockneten, schweifen; offensichtlich noch nicht willens, ihn gehen zu lassen.

Dante sah scharf in die Kamera. „Vielleicht. Mal sehen." Er suchte auf dem Boden nach seinem Zeug, trat aus dem Bild und zwang Alek damit, ihm zu folgen.

„Willst du vielleicht duschen gehen?"

„Nee." Dante war zielstrebig. Er hob seine Feuerschutzjacke auf und ließ seine Hand über das Stück Klebeband gleiten, das seine Engine und Ladder Nummer verdeckte – sein einziger Schutz.

Deshalb hat er das Cioppino gemacht. Er hat mich gebraucht, um es für ihn okay zu machen.

Griff setzte sich zurück auf seine Fersen und sein Knie kam an die zähflüssige Ladung auf seiner Decke. Er fühlte sich wie ein Arschloch, wie er in der Dunkelheit in einer Pfütze aus kühler werdendem Samen saß, sein bester Freund nackt auf seinem Laptop, um zwei Uhr morgens. *Oh Gott.* Was zur Hölle hatte er getan?

Auf dem Bildschirm folgte Alek Dante, als dieser seine Schutzkleidung zusammensuchte: Hose, Shirt, Stiefel. „Nun, Monte. Ich möchte mich dafür bedanken, dass du mit uns ein wenig Dampf abgelassen hast, hier bei HotHead."

Dante antwortete nicht. Er starrte lediglich in die Kamera, hielt seine Klamotten in einem unbeholfenen Knäuel und wollte offensichtlich nichts sehnlicher, als sich anziehen und, zur Hölle nochmal, von dort verschwinden. Er sah an seinem klebrigen Körper hinunter und kam zu einer Entscheidung, nämlich der, sich hier und jetzt wieder anzuziehen.

Griff wusste, wie oft Dante duschte, wie eigen er damit war. Ein neuer Schwall von Mitleid durchfuhr ihn. So zu gehen bedeutete, dass Dante kurz davor war, sich nicht mehr zusammenreißen zu können, mit Kamera oder ohne.

Alek tat so, als würde er es nicht bemerken, und ging einen Schritt zurück, damit Dantes feuchter, glänzender Körper von Kopf bis Fuß sichtbar war. „Monte? Wink deinen Fans zum Abschied."

Die Anweisung kam, als Dante gerade seine Hose hochzog. Er richtete sich auf und zog sich einen Hosenträger über seine olivfarbene Schulter. Sein Blick war der eines Tieres in der Falle, aber er schaffte es, ein falsches Lächeln aufzusetzen, eine Hand zu heben und zu winken. „Tschüss, Leute."

Tschüss, Kumpel. Ich seh dich dann bei deinen Eltern.

Der Bildschirm wurde schwarz. Das Schlafzimmer im Keller wurde dunkel. Draußen sammelte ein Müllauto den Abfall der Nachbarn ein.

Griff schloss seinen Laptop und verharrte so, wie er war, in der feuchten Stelle kniend, die er selbst gemacht hatte.

8

GRIFF STIEG die Stufen zur Vordertür der Anastagios empor wie ein Verurteilter auf dem Weg zum Strick. Die Luft war kühler geworden und die wenigen Bäume im Block verloren ihre Blätter.

In der Woche, seit Dantes Video auf der HotHead Seite online gegangen war, hatte Griff es sich fünfzehn, vielleicht zwanzig Mal angesehen. Letztendlich hatte er den Kampf gegen sich selbst aufgegeben und sich eine weitere Woche Mitgliedschaft gekauft.

Er versuchte nicht einmal mehr, sich das Video nicht anzuschauen. Inzwischen versuchte er nur noch, nicht mehr darüber nachzudenken, wenn er sich nicht hinter der verschlossenen Tür seines Schlafzimmers befand. Er mied Dante zwar nicht, aber um seiner eigenen Zurechnungsfähigkeit willens versuchte er sicherzustellen, dass sie nicht allzu häufig allein zusammen waren.

Das war das Letzte, was er brauchte...

Griff klingelte. Es polterte irgendwo im Haus, als er die Tür öffnete und eintrat. Als Friedensangebot hatte er eine Flasche süßen Wermutweins mitgebracht. Wegen der Arbeit hatte er die letzten beiden Sonntage nicht kommen können und er wusste, dass man ihm das vorhalten würde.

Für das sonntägliche Abendessen bei den Anastagios brauchte Griff keine extra Einladung. Wenn überhaupt, benötigte er eine Entschuldigung, wenn er einmal nicht kommen konnte. Sie erwarteten ihn einfach um 17 Uhr mit dem Rest ihrer Kinder und waren enttäuscht, wenn er nicht kam.

Mr. Anastagio mochte es, die ganze „Truppe" um sich zu haben, wenn er kochte, und Mrs. Anastagio hatte den Eindruck, nie wirklich zu wissen, was Sache war, wenn der Klatsch nicht aus den Mündern ihrer eigenen Sippe kam. Diese Frau war wie eine Mutter für ihn gewesen, seit er in der High School war. Sie hatte seine Sachen gewaschen, war mit ihm zum Arzt gegangen und hatte mit seinen Lehrern geredet.

Mrs. Anastagio nahm sich die Sonntage frei und überließ ihrem Ehemann und den Kindern das Kochen, während sie selbst im vorderen Wohnzimmer „Audienz hielt". Eine höfliche Umschreibung, denn das, was sie eigentlich tat, war ein Verhör, und selbstverständlich hörte er sie in dem Moment, in dem er sich selbst hereinließ, schon nach ihm rufen.

„Hallo?"

Da die Situation mit Dante so verrückt war, hatte Griff sich zu lange nicht blicken lassen und er wusste es. Und sie wusste es auch, auch wenn sie den Grund dafür nicht kannte.

Im Flur hing Griff seinen Schal und die Jacke an einen Haken. *Erster Halt: Wohnzimmer.* Aus der Küche drangen Stimmen, aber als Erstes würde er sich bei Mrs. A entschuldigen müssen.

Sonntag war der Tag, an dem sie sich für Besucher herausputzten, und heute war keine Ausnahme. Sie saß in ihrem hellgrünen Hosenanzug, der ihre Kurven betonte, am Fenster und wartete auf ihn mit einem sanften Lächeln und ernsten Augenbrauen.

„Ich dachte schon, wir müssten Flip eine Vermisstenanzeige auf seinem Revier aufgeben lassen." Sie zog ihn in eine Umarmung; sie war fast einen halben Meter kleiner als Griff und er musste sich zu ihr hinunterbeugen. Nachdem er sich wieder aufgerichtet hatte, musterte sie ihn und tätschelte seine muskulöse Brust. „Du bist, verdammt nochmal, zu mager, Griffin."

„Mager!" Er verzog das Gesicht.

„Was um alles in der Welt ist los mit dir?"

Na, wenn das mal keine gute Frage war. *Wie sollte er das beantworten?* Griff wand sich unter ihrer liebevollen Schelte und schob ihr den Wein in die Hand – Carpano Antica war ihre Lieblingssorte und keineswegs billig.

Sie grunzte zustimmend, hielt aber ein Lächeln zurück. „Danke. Aber denke ja nicht, dass du dich mit einer Flasche Alkohol freikaufen kannst, Mister." Sie nickte zu dem beigefarbenen Etikett und platzierte die Flasche auf dem Couchtisch.

Aus der Küche drangen gedämpfte Rufe. Es klang, als hätte Mr. A sich selbst oder einen Teil des Abendessens verbrannt. Sie konnten Loretta hören, wie sie versuchte, ihre Geduld zu wahren, während sie versuchte, ihn zu beruhigen, gefolgt von Schritten im Flur.

„Cerelia!" Mrs. A`s Ehemann war auf dem Weg den Flur entlang.

Irgendwo in einem Teil seines erwachsenen Gehirns war er sich bewusst, dass ihr Name Cerelia war, aber er hatte sie niemals anders als Mrs. Anastagio oder Mrs. A genannt.

Mr. Anastagio steckte seinen langsam kahl werdenden Kopf ins Wohnzimmer und wischte sich seine Hände an einem Handtuch ab, das über seiner Schulter lag, ab. Er war ein klein wenig größer als seine Frau und hatte den Körperbau eines pelzigen Fasses. Er hob eine Hand zum flüchtigen Gruß. „Hi, Griffin."

„Mr. A." Griff betete, dass das Essen fertig war, er das Kreuzverhör vermeiden und einfach ein paar Punkte sammeln konnte, indem er den ein oder anderen Nachschlag nahm. Mr. Anastagio hasste übriggebliebenes Essen ebenso sehr, wie Mrs. A es liebte. Abendessen waren jedes Mal ein Tauziehen zwischen dem Anspruch, dass jeder mehr aß, als er konnte, und ihrer Pflicht, riesige Einkaufstüten mit genügend Essen für den Rest der Woche mit nach Hause nehmen zu können.

„Als Hauptgericht gibt es Kalbfleisch. Und Loretta macht zum Nachtisch eine Panna Cotta. Haselnuss!" Er lehnte sich vor wie ein Doppelagent, der Geheimnisse weitergab. „*Welches* nicht fest genug sein wird, wenn du mich fragst."

„Ist es wohl! Himmel, Pop!" Lorettas Stimme bellte aus dem Flur hinter ihrem Vater. Schritte näherten sich dem Wohnzimmer.

Mr. Anastagio flüsterte ihnen zu und strich sich über seinen buschigen Schnurrbart. „Wie Suppe. Ich werde die großen Löffel rauslegen. Und vielleicht ein paar Lätzchen."

„Pop! Schluss jetzt!" Loretta erschien hinter ihm, in einer schmuddeligen Schürze über ihrem sexy Sonntagskleid. „Dein Spargel verkocht gerade."

Mr. A riss die Augen auf, machte auf dem Absatz kehrt und sich auf den Weg durch den Flur, während er, gutgelaunt, auf seine Tochter und den Herd vor sich hin schimpfte.

Für einen Moment glaubte Griff, er würde damit davonkommen, einfach hinter ihm in die Küche zu gehen und dort herumzulungern. Er wollte Mrs. As prüfendem Blick entkommen.

Loretta machte den Plan zunichte, bevor sie ihrem Vater folgte.

„Hi, Griff. Bye, Griff." Loretta zeigte mit einem hölzernen Kochlöffel auf ihn und schaute streng drein. „Du bleibst genau hier, bis wir dich rufen."

Mrs. Anastagio zog ihn zurück zur Sitzgruppe und platzierte ihn neben sich selbst. Sie hob eine Hand zu ihrem schwarzen Haar und schob eine nicht existierende Strähne zurück zu ihrem Platz. Ihre Augen suchten in seinem Gesicht, als könne sie dort die Wahrheit lesen. In ihrem grünen Hosenanzug wirkte sie winzig und entschlossen.

Griff fühlte sich wie ein Orang-Utan neben einem Kanarienvogel. „Kommt Paulie auch?"

„Nee. Der Kleine hat ein Footballspiel und Paulie macht wieder den Trainer." Sie beugte sich nach vorne und nahm sich eine gefüllte Olive aus einer tiefen Schüssel, die auf dem Tisch zu ihren Füßen stand. Sie schob sie sich in den Mund und sah ihn dabei an, als warte sie darauf, dass er ein Geständnis ablegte. „Loretta meinte, dass du einem Mädchen hinterherschmachtest." Ihre braun-grünen Augen suchten in seinen. „Ist sie nett?"

Griff sah ihr beim Kauen zu und musste schlucken.

„Weißt du, du hättest sie mitbringen können. Ich würde sie gerne treffen."

Was sollte er darauf antworten?

Ähhhh. Nein. Ich denke, ich könnte schwul sein, und ich bin vermutlich in ihren heterosexuellen Sohn verliebt, der wiederum schon halb Brooklyn genagelt hat und, oh ja, er dreht jetzt Online-Pornos und will, dass ich ihm beim nächsten World-Wide-Wichsfest Gesellschaft leiste.

Er spürte, wie ihm die Hitze ins Gesicht stieg. Seine Wangen und Ohren kochten vor Scham.

Eine perfekte Vorlage für Mrs. Anastagio, um möglichst vi hineinzulesen. Sie schob eine weitere Olive in den Mund, verengte die Augen zu Schlitzen und sah ihn wissend an. „Was?! Ist sie verheiratet? Schwanger? Was hast du angestellt, Griffin?"

„Ich habe überhaupt nichts getan. Ich schwöre. Und wenn ich's irgendwie verhindern kann, werde ich es auch nicht."

Mrs. Anastagio schüttelte den Kopf und reichte ein weiteres Mal nach der Schüssel. „Das ist zu schade. Nach… allem könnte dir ein wenig Aufregung ganz gut tun." *Plopp.* Eine weitere Olive. Sie kaute mit halb geöffneten Augen und versuchte, mit ihren Zigeuneraugen, die denen Dantes so ähnlich waren, ein Geständnis aus ihm herauszupressen.

In diesem Moment öffnete sich die Vordertür und weitere Anastagios füllten das Haus. Flip und seine Frau Carol riefen ihren Kindern, die noch auf der Straße waren zu, dass sie sich beeilen und vorsichtig sein sollten, wenn sie das Geschirr aus dem Auto holten.

Flip machte kaum an der Tür halt, als sie Tabletts nach hinten ins Esszimmer trugen. „Hey Ma, hi Griff. Ich muss noch…" Dann war seine schlaksige Gestalt auch schon wieder verschwunden, gefolgt von seiner zierlichen Frau und ihren beiden kleinen Bohnenstangen. Aus der Küche klang seine gedämpfte Stimme. „Pop, wir haben Weinblätter mitgebracht."

Flips eigentlicher Name war Filippo, allerdings hatte er auf dem Spielplatz genügend Kinder verdroschen, so dass er sich seinen eigenen Spitznamen aussuchen durfte. Er war ein Jahr jünger als Loretta, hatte direkt nach der Schule geheiratet und bald darauf waren zwei dürre Kinder gefolgt.

„Also… ich, Loretta und ihre Kleine, Flip und Carol und ihre beiden. Außerdem Sie und Mr. A." Griff zählte mit den Fingern mit. „Neun."

„Und die Zwillinge sind für einen Besuch aus der Schule gekommen."

Durch das Fenster konnte Griff Mikey und Mona sehen: einige Jahre jünger als die anderen waren die Zwillinge die Babys der Truppe und beide in Jersey im College. Sie unterhielten sich gerade mit jemandem auf dem Bürgersteig. Griff erhob sich, um einen Blick durch das vordere Fenster zu werfen, wusste allerdings genau, welcher Anblick ihn erwarten würde.

Mrs. Anastagio begann hinter ihm zu sprechen. „Dante auch. Er ist nur spät dran."

„Oh. Zwölf."

Keine Frage, dort stand er: schwarze Haare, schwarze Augen und unter seinen Klamotten ein Körper wie ein römischer Gott. Dante hatte einen Fuß auf die erste Stufe gesetzt. Er griff in die Hosentasche, zog Bargeld heraus und schob es in Monas Tasche, während Mikey seinen Kopf schüttelte.

Griff schloss die Augen und versuchte, seine Fantasien aus seinem Kopf zu verbannen.

Mrs. Anastagio stand ebenfalls auf und machte sich auf den Weg zum Flur, der ins Esszimmer führte. An der Tür machte sie Halt. „Griffin. Hör mir genau zu. Du bist zu viel allein. Du hast die gleiche Angewohnheit wie dein Vater. Aber ich will nicht, dass du dich versteckst, wenn du schlechte Tage hast. Versprochen?"

„Sicher." Griff nickte. An ihrem Gesicht konnte Griff sehen, dass sie ihm nicht glaubte, also nickte er erneut, diesmal entschiedener, und hielt seine Hände in die Höhe wie ein Versicherungsvertreter. „Ja, Ma'am."

„So lautet die Regel. Du hast einen schlechten Tag, also verbring ihn mit jemandem. Dieses Mädchen, uns, den Jungs aus der Wache oder Dante. Mit wem auch immer." Ihre Augen bohrten sich in seine, als sie den Teppich zu ihm überquerte. „Jemandem, dem du auch wichtig bist, Mister. Ich weiß, wie du bist, wenn du allein vor dich hin brütest. Genug! Okay?"

Griff fühlte sich wie ein Stück Dreck, als er sich vom Fenster wegdrehte. *Was würde sie sagen, wenn sie es wüsste?* Von der Straße unten konnte er hören, wie Dante irgendwelche Witze riss. Er erzählte eine Geschichte, mit der er Mikey zum Lachen und Mona dazu brachte, sich weniger seltsam dabei zu fühlen, Geld zu nehmen, das zu geben Dante sich nicht leisten konnte.

„Du bist ein guter Mann, Griffin Muir." Sie tätschelte seinen Unterarm. Ihre winzigen Hände waren stärker, als sie aussahen. „Niemand, der mit einem offenen Herzen liebt, verdient es, dafür bestraft zu werden."

Offenes Herz. Ja, richtig. Griff schloss die Augen, als hätte er Kopfschmerzen.

Eines von Flips Kindern schlurfte zur Vordertür, sobald es klingelte. *Dingdong.* Er öffnete die Tür für seinen Onkel.

„Ich hab Hungaaaaaaaahhhhhhhhrrrrr!" Dantes Stimme schallte durch das Erdgeschoss wie die eines Zeichentricklöwens. Flips Sohn zeigte auf seinen eigenen Bauch und raste kichernd zurück in die Küche. Jagd! Dante salutierte Griff und seiner Mutter durch den Bogen ins Wohnzimmer hindurch und verfolgte seinen Neffen.

Mrs. Anastagio erhob sich und Griff machte es ihr nach. Wie immer fühlte er sich wie ein Riese, der eine Feenprinzessin eskortierte - eine Herzogin in einem Hosenanzug. Er tätschelte ihre Hand und sie drückte kurz seinen Oberarm.

Sie nahm seinen Arm. „Lass uns rübergehen, bevor sie meine Küche niederbrennen."

BEIM ABENDESSEN ging es, wie üblich, zu wie in einem Irrenhaus, aber einem gemütlichen Irrenhaus, einem liebevollen Irrenhaus. Ein klassischer Anastagio-Abend, von den Antipasti bis zum Kaffee danach. Selbst die Haselnuss – Panna Cotta war lecker und fest, trotz Mr. As düsterer Vorhersage.

Griff hatte den Knopf seiner Cordhose geöffnet und eine Hand bequem in den Bund gehakt. Er hatte vergessen, wie sehr er es liebte, hier mit der ganzen Familie zusammen zu sein. Ihr Essen, ihre Wärme und Verrücktheit konnten ihn stets wieder aufbauen, brachte die Glieder an seiner Rüstung so an, dass er ausziehen und Drachen bekämpfen könnte.

Das hier war es, wie ein Abendessen zu sein hatte. Am Ende stellte Dante immer einen Teller zusammen, den er seinem Vater nach Hause mitnehmen konnte, denn dieser vergaß häufig zu essen, und wenn er sich daran erinnerte, zog er sich meist etwas aus dem nächsten Junk Food Automaten; im Geheimen hoffte Griff immer, dass ein kleiner Funke des Zuhauses der Anastagios unter der Alufolie mitreisen und sich so ein wenig Wärme in seinen Vater schleichen würde. Er rechnete nicht ernsthaft damit, den Teller nahm er allerdings trotzdem.

Das Esszimmer war beinahe so breit wie das Haus, die Wände zur Hälfte getäfelt, unter einer noch originalen Blechdecke und lachsfarben gestrichen; die Familie hatte sich hier schon seit über drei Generationen versammelt. Die Anrichte war vor einem Jahrhundert den ganzen Weg von Sizilien hergereist. Die Stühle, die so gar nicht zusammenpassen wollten, und der runde Tisch waren 1960 bei einem Insolvenzverkauf in der Bronx gekauft worden, kurz nachdem Mrs. As Eltern geheiratet hatten. Für jedes Familienmitglied plus Gäste gab es einen Platz. Jede Weihnachten und an jedem Geburtstag verkündete Mr. Anastagio, dass er seiner Frau ein neues und optisch zusammenpassendes Esszimmer kaufen würde, seine Kinder waren allerdings alle in diesem Mischmasch aufgewachsen und redeten es ihm stets wieder aus.

Beim Nachtisch wurde es langsam ruhiger. Jeder Einzelne begann, sich ein Stück von seinem Teller zurückzuziehen; Servietten wurden abgelegt und die Bäuche waren voll. Die Sonne war inzwischen untergegangen und Loretta und Flip würden ihre Kinder bald ins Bett bringen müssen. Mona tippte SMS und Mr. Anastagio unterhielt sich mit Mikey über eine Band, die er am College gehört hatte.

Griff lehnte sich satt und glücklich zurück; er hatte das hier dringender gebraucht, als er sich eingestehen wollte. Er warf seinem besten Freund ein Lächeln zu und sah Unheil, das nur darauf wartete loszubrechen, sah, wie sich die Zahnräder des Übermuts drehten. Dante liebte es, immer dann Unruhe zu stiften, wenn es zu gemütlich wurde… und jetzt hatte er ganz sicher etwas vor.

Dante legte seinen Kopf schief. „Pop, sag Griff, er muss nächste Woche mit mir zur Arbeit kommen.“

Was. Zur. Hölle?

Das Grauen stand Griff ins Gesicht geschrieben, als er Dante anstarrte. Würde er wirklich beim Sonntagsessen über seine neue Pornokarriere sprechen?

Loretta verdrehte die Augen. „Griff braucht keinen weiteren Job. Und ganz sicher muss er nicht für deinen faulen Arsch schuften.“

„Ausdruck!“ Flip war schon immer pingelig gewesen, was solche Sachen betraf, sogar schon als Kind, und jetzt mit eigenen Kindern gab es überhaupt keine Toleranz mehr. Es spielte auch keine Rolle, dass sie nur Erwachsene waren und seine Kinder schon seit zehn Minuten mit ihrer Mutter und Nicole im Wohnzimmer am Spielen waren. Flip und Loretta sind seit dem Tag, an dem er aus dem Krankenhaus kam, nicht miteinander klargekommen.

Auf halbem Weg zu einem Schluck Wein warf Mrs. A ihnen beiden einen warnenden Blick zu. Sonntagsessen waren neutraler Boden.

Mr. Anastagio wandte sich an Griff. „Macht er irgendwelche krummen Dinger?"

Dante forderte sein Glück heraus. „Ach was. Ist nur so 'ne Eintags-Sache, total easy und es gibt gutes Geld, aber dieser Schnösel hier fühlt sich schuldig."

„Schuldig für was? Bezahlt zu werden?" Mona, mitten in ihrer zynischen Phase, Frustration über die Welt im Allgemeinen, hob ihre dunkle Augenbraue über den Rand ihrer Brille.

Griffs Stimme war leise und kontrolliert; sein Gesicht fühlte sich an, als stünde es in Flammen. „Ich fühle mich nicht schuldig. Schluss jetzt! Lass` gut sein."

„Warum wirst du rot? Warum wird er rot?" Flip sah verblüfft aus.

Mrs. Anastagio schaute zwischen den beiden hin und her, ihren Löffel mit Panna Cotta auf halber Höhe verharrend. „Was ist los, Griffin? Dante, nutzt du etwa –?"

„Nur ein wenig Zeug hin und her schieben, draußen bei der Avenue X. Schweres Zeug." Dante warf Griff einen amüsierten Blick zu und leckte sich über die Lippen, als wären sie trocken, was sie nicht waren. Dante machte weiter. „G denkt, ich bin ein Hitzkopf."

Loretta tätschelte den Arm ihres Bruders in gespielter Sorge. „Du *bist* ein Hitzkopf."

„Himmel, Dante." Griff ließ seine Gabel mit einem Scheppern fallen. Er war kurz davor, einen Mord zu begehen.

Sofort gelangweilt zog Mona ihr Handy hervor und stand auf. „Ich geh meine Mitbewohnerin anrufen." Sie war bereits am Telefon und verdrehte die Augen, bevor sie das Zimmer verlassen hatte.

Dante ließ nicht locker. „Echte Schweißarbeit, aber es spielt sich alles auf engstem Raum ab, also brauch ich jemanden, bei dem ich mich darauf verlassen kann, dass er mir nicht die Tour vermasselt. Der Kunde ist ein Russe, der gerne jeden einzelnen Schritt beobachtet, aber es ist leicht verdientes Geld."

„Sowas gibt's nicht." Loretta schielte argwöhnisch zu ihrem Bruder, während sie das Tischtuch mit ihren Händen glättete.

Mrs. A blinzelte in die Luft zwischen Griff und Dante. Sie wusste, dass es hier um etwas Anderes ging, hielt sich aber raus.

Mikey sah aus, als sei ihm eine Laus über die Leber gelaufen. „Vielleicht könnte ich dir aushelfen, Mann. Hm? Ich brauch Geld für die Schule. Ich bin kein Kind –"

Urgh! Griff verschluckte sich und begann zu husten, wobei er knallrot anlief. Er griff nach seinem Wasser, um seinen Hals wieder frei zu bekommen. Flip schlug ihm auf den Rücken und sah verwirrt aus.

Dante reagierte schnell. „Nee, Kleiner. Für die Nummer brauch ich einen Riesen. Und Griff ist der einzige Riese in der Familie. Ich brauch ihn dabei oder es gibt keinen Auftrag. Na los, Pop. Sag ihm, es ist okay."

Mr. Anastagio lehnte sich in seinem Stuhl zurück, Hände über seinem breiten Bauch. „Das müsst ihr beide unter euch ausmachen. Griff ist vernünftiger als du -

wenn er also Einwände hat, gibt es sicher einen guten Grund dafür." Er wandte sich zu Griff und fragte frei heraus: „Du magst diesen Russen nicht?"

Griff konnte hier keine Szene machen, aber er wusste, je länger die Familie über den angeblichen Umzugsjob redete, desto mehr Risiken würde auch Dante eingehen, wenn er darüber sprach. Dante schien mit der Gefahr, erwischt zu werden, geradezu zu flirten. Möglicherweise mochte er operngleiche Hysterie ähnlich gerne wie Loretta, nur dass er lieber ein Zuschauer war.

„Avenue X ist ein weiter Weg, um für ein paar Kröten Kisten zu schleppen." Loretta war entschlossen, sich auf Griffs Seite zu stellen.

„Ist es. Und ich arbeite nicht gerne für Fremde." Griffs kupferfarbene Augenbrauen senkten sich bis zu seiner Nasenwurzel herab.

Mikey schaltete sich wieder ein, „Ich könnte wirklich ein paar Mäuse gebrauchen, Bruder."

„Machen diese Leute irgendwelche krummen Dinger?" Mrs. A faltete ihre Serviette und versuchte, Griffs Gesichtsausdruck zu lesen.

Dante hob verschmitzt eine Augenbraue. „Aber nein, Ma. Ich meine… ich bin nicht sicher, ob die Dinger alle ganz ok sind."

„Entschuldigt uns!" Griff stand so abrupt auf, dass er beinahe seinen Stuhl umwarf. Ihm war es inzwischen egal, ob er eine Szene machte. Er packte Dante am Arm und zog ihn Richtung Hintertür. „Wir sind gleich wieder zurück."

GRIFF LIEß seinen besten Freund nicht los, bis sie zur Hintertür hinaus waren und diese sich sicher hinter ihnen geschlossen hatte. Das Letzte, was er jetzt brauchte, war, dass einer der Anastagios mitbekam, was in ihrem Garten vor sich ging.

Dante hatte nicht einmal den Anstand, verlegen drein zu blicken.

„Verflucht nochmal, Anastagio! Musst du immer so ein arrogantes Arschloch sein!?"

Dante zuckte unbeeindruckt mit den Schultern. „Bin ich nicht. Fick dich. Ich hab 'ne Lösung für 'ne blöde Situation gefunden. Und du hast gesagt, du würdest helfen." Er schien beinahe verwirrt von Griffs Reaktion, als er auf der kleinen Backsteinveranda auf und ab ging, die etwas oberhalb des umzäunten Gartens lag. Überall um sie herum waren die Bäume der Nachbarn über den Zaun hinweg sichtbar.

Wer weiß, wie viele Leute mitbekamen, was für eine Konversation sie hier hatten? Sie mussten woanders darüber reden, vorzugsweise in einem anderen Bundesstaat, bei Nacht, in einem versiegelten, unterirdischen Bunker.

„Vor deiner Familie!" Griffs Hände hätten am liebsten nach etwas geschlagen. Er musste sich selbst immer und immer wieder daran erinnern, wo er hier war, oder er würde Dante eine reinhauen oder ihn über den hinteren Zaun werfen. Das hier war nicht sein Haus, auch wenn er es manchmal vergaß; das hier war nicht seine Familie. Herr im Himmel. „Eine Lösung? Dein kleiner Bruder will, verflucht nochmal, einsteigen."

„Ja. Klar. Als würde das passieren. Er ist ein Kind." Dante verdrehte die Augen. „Ich musste einen Weg finden, dass du darüber redest."

„Das war also dein brillanter Plan? Der Esstisch?" Griff wusste, dass er zu laut und zu dicht an der Familie war. Er nahm ein paar tiefe Atemzüge, um seine Wut und seine Fassungslosigkeit zu unterdrücken.

„Du hättest dich ewig davor gedrückt, wenn ich dich nicht in eine Ecke gedrängt hätte. Ich wollte nur eine Antwort." Dante hielt Griff am Arm fest und zwang ihn so, ihn anzusehen. „Sieh mal, G, du kannst mir helfen, wenn du willst, oder du kannst dich umdrehen und mich selbst damit klarkommen lassen. Du musst überhaupt nichts tun. Ich halte dir keine Waffe an deinen verfluchten Schädel."

„Lass gut sein, okay? Lass, verdammt nochmal, gut sein!" Griff trampelte die Stufen hinunter, die in Mrs. Anastagios kleinen Kräutergarten und den Garten hinterm Haus führten. Dann machte er kehrt, um seinem besten Freund wütende Blicke zuzuwerfen.

„Schhht. Dreh's etwas runter, okay? Loretta hängt vermutlich mit dem Ohr an der beschissenen Tür."

„*Jetzt* willst du es runter drehen?" Griff pflanzte seinen Hintern auf die Stufen, den Rücken zu Dante. „Arschloch." Er hasste sich selbst dafür, Dante helfen zu wollen, und auch dafür, ihn einfach stehen lassen zu wollen. *Was für eine verdrehte Scheiße.*

„Du hast mich die ganze Woche über gemieden."

Griff konnte dazu nicht viel sagen: es war die Wahrheit. Er wusste, dass Dante versucht hatte, ihn zu erreichen.

Dante setzte sich neben ihn und stieß ihn mit der Schulter an. „Es war ein Witz, Mann. Komm schon. Es war ziemlich lustig."

Das brachte Griff dazu, sich zu ihm zu drehen, um ihn böse anzustarren, aber Dante sah nicht im Geringsten schuldbewusst aus. Seine schwarzen Augen funkelten, Mist, *funkelten* als Antwort. Statt sich ihnen zu stellen und dem, welche Gefühle sie in ihm auslösten, beugte sich Griff über seine Knie und schaute hinab auf seine blassen Finger, wo sie sich ineinander verschränkten.

„Hast du dir die Seite angesehen?" Dante meinte es ernst. Als wolle er Rat.

„Was?!" *Ja, jeden verdammten Tag.* „Nein! Scheiße." Die Lüge schmeckte wie Asche auf seiner Zunge, den Schock musste Griff allerdings nicht schauspielern.

„Es ist wirklich gut geworden. Sogar ich finde das. Natürlich bin ich befangen. Ich dachte nur, du hättest vielleicht…"

Griff schüttelte seinen Kopf und sah in den Garten. „Ich muss dich nicht ansehen. Auf diese Weise." Nun ja, zumindest nicht häufiger als drei oder vier Mal am Tag.

„Er hat mir 'nen Haufen Kohle angeboten, wenn ich zurückkomme. Nochmal deutlich mehr, wenn ich einen Freund mitbringe." Dante wandte sich ihm zu. „Sieh

100

mal, du musst das nicht für mich tun. Ich kann da auch allein rüber gehen, aber es ist soviel mehr Geld, wenn du dabei bist. Bares Geld."

Er legte einen Arm über Griffs Schultern und drückte kurz zu, so als würde er lediglich darum bitten, sich einen Hammer borgen zu können. „Dieser Alek - Typ wird uns beiden so viel mehr zahlen, wenn wir als Gesamtpaket kommen. Wenn wir" - er senkte seine Stimme - „ähm, zusammenarbeiten, du weißt schon?"

„Verfluchter Perverser." Griff verzog das Gesicht.

„Eigentlich ist er sogar, den Umständen entsprechend, anständig." Es machte die Sache nur schlimmer, dass Dante ihn verteidigte.

„Wie viel will dieser Schwanzlutscher ausspucken?" Griff konnte nicht glauben, dass er diese Frage auch nur stellte. Er versuchte, den Kloß in seinem Hals herunterzuschlucken. „Sowas wie zwei für den Preis von einem?"

„Eher, wie zwei für den Preis von zehn, G." Dante sah über seine Schulter, um nachzuschauen, ob sie Publikum hatten. Er senkte seine Stimme, bis fast nur noch ein Murmeln vernehmbar war. „Wenn, und nur wenn es wir beide sind. Er meinte, dass wir beide zusammen wirklich was Besonderes wären, weil wir uns, du weißt schon, so nahe stehen."

An diesem Gedanken hatte Griff zu knabbern. *Nahe.* Er fragte sich, welche geistigen Überschläge Dante wohl gemacht haben musste, um sich mit diesem bekloppten Plan anfreunden zu können. Offensichtlich hatte er das und konnte nicht verstehen, warum Griff nicht sofort Feuer und Flamme war. „Ich würde mir komisch vorkommen." *Untertreibung des Jahres.* Sein Hirn fühlte sich wie matschiger Brei an.

Dante schüttelte den Kopf. „Wir sind Kumpel. Wir kennen uns in- und auswendig. In guten wie in schlechten Tagen. Du kennst mich auf jede erdenkliche Weise. Und umgekehrt. Wir waren schon gemeinsam nackt. Wir haben Mädchen im gleichen Zimmer gevögelt. Keine große Sache. Es wird einfach so sein wie das Gruppenwichsen mit den Kumpels, damals in der Junior High."

Was, zur Hölle? Wie konnte hier nur alles so verrückt werden?

„Ich hab mir nie mit Freunden einen runtergeholt."

„Bullshit. Jeder hat das gemacht. Hormone! Ich habe wie ein dämliches Uhrwerk alle neunzig Minuten gewichst."

„Ähm. Nein. Du musst auf der St. Porno gewesen sein, denn ich habe mich im Wesentlichen mit meinem Dad gestritten und Hausaufgaben gemacht." Griffs Gesicht fühlte sich zu groß für die Haut darüber an. Er fuhr sich mit den Händen durch das rote Gestrüpp auf seinem Kopf und konnte fühlen, wie die Haare wie bei einem verrückten Wissenschaftler abstanden: *lebendig, LEBENDIG!*

Die Hintertür der Anastagios ragte hinter ihnen empor, aber die Vorhänge an den Fenstern bewegten sich nicht. Sie mussten alle noch am Tisch oder vorne sein, um sich das Spiel anzusehen.

Dantes Augen leuchteten, als sie in die seinen blickten, ganz so, als habe er in der Kirche einen schmutzigen Witz erzählt. „Na komm schon. Wir alle haben's

101

getan. Sicherlich hast du dir ein paar Mal mit Paulie einen runtergeholt. Er hat um die sechs Mal am Tag in diese Socke gewichst und ihr zwei wart doch ständig zusammen. Dieser ganze Sport-Krempel und so."

„Welche Socke? Warte…", Griff schnappte nach Luft und schob sich eine Hand über die Augen. „Vergiss es. Ich hab's kapiert."

Hatte Dante sich mit seinen Teamkollegen in der Dusche einen runtergeholt? Im Bus? *Noch ein Bild, das ich sowas von nicht brauche.* Griff schluckte. Er konnte sich selbst schlucken hören. Das feuchte Geräusch, das seine Kehle in seinen Ohren verursachte, schallte wie Dolby THX Stereo in seinem Kopf.

„Wir alle haben ihn wegen dieser Socke aufgezogen. Ekliges, verkrustetes Teil. Wir haben sie Darna genannt." Dante zwinkerte ihm vorsichtig zu, als sei Griff eine gefährliche Dogge.

„Okay. Okay. Mehr muss ich nicht wissen. Aber ich schwöre, dass Paulie und ich niemals –"

„Oh." Dantes Gesicht verschloss sich wie ein Tresor.

Plötzlich hatte Griff das Gefühl, sich entschuldigen zu müssen, konnte allerdings nicht ausmachen, für was eigentlich: Für's alleine wichsen? Keine Wichssocke zu haben? Nicht mit den Anastagios zu leben in etwas, das offensichtlich ein heißes, italienisches Wichsfest gewesen war?

Denk über Letzteres nicht zu lange nach.

„Paulies Socke…" Dante zuckte mit einer Schulter, sein Mund schief in seiner Verwirrung. „Hölle, ich hab meins einfach gegessen."

Ich weiß, ich hab dich gesehen.

Flashback zu HotHead: Urplötzlich hatte Griff ein kristallklares Bild von Dante vor Augen, wie er in seinen eigenen Mund spritzt. Er hatte es sich Dutzende Male angesehen. Er kannte jede einzelne Sekunde davon.

Dante führte sich auf, als sei dies hier eine völlig normale Unterhaltung für die Veranda seiner Eltern. „Es zu essen ist deutlich einfacher. Gut für dich."

Mann über Bord! Mann über Bord!

Wenn Griff gerade gestanden hätte, hätten seine Knie vermutlich nachgegeben; er hoffte, dass er kein seltsames Geräusch gemacht hatte, war sich aber keineswegs sicher. In der Tat lief ihm ein Schauder über die gesamte Länge seines Körpers, als sei er ein Pferd, das versuchte, eine Fliege loszuwerden. Sein verräterischer Schwanz rieb gegen seinen Oberschenkel.

Dante ließ alles so selbstverständlich erscheinen. *Gemeinsam wichsen; warum sollte das 'ne große Sache sein?* Aber dieses Angebot hier war nicht einfach nur irgendwas, und sie beide wussten es. Es überschritt alle erdenklichen Grenzen. Es gab einen Grund dafür, dass Alek bereit war, ihnen so viel mehr Geld zu bieten, wenn sie beide in der Szene auftauchten. Und Dante wusste nicht einmal, wie viele Grenzen es wirklich sein würden, denn er fühlte nicht die gleichen verrückten Dinge wie Griff.

Für ein paar Minuten saßen sie schweigend zusammen. Eine herbstliche Brise ließ die Blätter über die Fliesen wehen, die Mr. A neben dem kleinen Garten verlegt hatte, während sie noch in der High School waren. Jeder der Jungs hatte geholfen, inklusive Griff; Mrs. Anastagio war in Freudentränen ausgebrochen, als sie es gesehen hatte.

In diesem Moment fühlte sich Griff älter als seine einunddreißig Jahre. Wie hatte so viel Zeit einfach vergehen können? Bald würde es kalt werden und er würde noch immer im Keller seines Vaters leben. Das Laub tanzte um die Beine des kleinen, eisernen Beistelltisches.

Aber jetzt und hier saßen sie beide gemeinsam in dieser ruhigen Blase – die Familie drinnen, die Nachbarn auf den anderen Seiten des Zauns, Brooklyn hinter ihnen und dieses verrückte, unmögliche Angebot schwebte gigantisch groß in der Luft über ihnen: Dante, der ihn darum bat, seine geheime Fantasie auszuleben. *Weil wir uns so nahe stehen.*

Griff wurde sich dessen bewusst, dass Dante neben ihm ruhig atmete und auf eine Entscheidung seines besten Freundes wartete, die, so oder so, ihre Leben verändern würde. Dante hatte vermutlich ebenso viel Angst wie er selbst, wenn auch aus anderen Gründen.

Griff versuchte, sich vorzustellen, wie es für einen Hetero-Typen sein würde, einen guten Freund zu fragen, etwas absolut und zweifelsohne Schwules zu tun. Er wusste, wie sehr Dante sein Haus liebte. Er wusste, wie schlimm die Dinge stehen mussten, dass Dante sich gezwungen fühlte, um Hilfe zu bitten. Er wusste, was das Fragen ihn gekostet haben mussten. Er wusste, was er selbst geben würde, um diese Form der Intimität zu teilen. Und dann wusste er es einfach; er wusste genau, wie seine Antwort ausfallen musste.

Griff sah noch einmal zu den Fenstern und Wänden, um nach eventuellen Mithörern Ausschau zu halten, bevor er das Schweigen brach. „Hast du irgendeinen Plan?"

„Ich weiß, wie man wichst, G." Dante verdrehte die Augen und machte ein dämliches Gesicht. „Wenn du's nicht weißt, kann ich dir ein paar Hinweise geben."

„Idiot!" Griff schlug ihm gegen den Hinterkopf.

Dante schrie kurz auf und hielt dann lachend die Hände hoch.

„Nein." Griff warf ihm einen bösen Blick zu. „Ich meine, weißt du, wie viel du brauchst, damit die Bank deinen Arsch in Ruhe lässt und du wieder halbwegs im grünen Bereich bist?"

Dante nickte und sah zu den niedrigen Büschen am Zaun. „Vier Riesen ist das Minimum, wenn ich es allerdings schaffen würde, um die neun bis zehn Riesen zur Seite zu legen, hätte ich bis zum neuen Jahr ein wenig Luft zum Atmen. Im Frühling geht's dann ja wieder auf dem Bau weiter."

Griff fühlte, wie sein Widerstand einen Moment lang nachließ. „Und das wird dich aus deinem Loch ziehen?"

Dante sah aus wie ein kleiner Junge, der um ein neues Fahrrad bettelte. „Das hoffe ich."

„Hoffnung ist keine Strategie." Griff spürte, wie seine Stirn sich runzelte.

„Nun. Dann schätze ich…" Dante zuckte mit den Schultern.

Griffs Stirn legte sich noch tiefer in Falten und er schüttelte seinen Kopf, während er versuchte, diesen außer Kontrolle geratenen Zug aufzuhalten. „Was willst du deinem Dad erzählen, wenn er fragt, wo das Geld herkommt?"

Sie wussten beide, dass die Anastagios nach Geld fragen würden, das aus dem Nichts erschien, und ebenso nach Rechnungen, die für ein Haus bezahlt würden, von dem sie alle wussten, dass Dante es sich nicht leisten konnte.

„Oh. Scheiße." Das traf einen Nerv. Die Räder in seinem Kopf begannen sich zu drehen. „Der Job auf dem Bau vielleicht? Ich könnte sagen, du hast einen Auftrag für einen Abriss in Bayridge angenommen. Und die zahlen bar und unter der Hand. Und vielleicht könnte Alek dich für uns beide bezahlen und du leihst es mir dann." Dante sah zurück zur Hintertür seiner Eltern. „Scheiße, hier wissen alle, dass du der Verantwortungsbewusste bist."

Griff suchte in den Augen seines Freundes nach einer Antwort und versuchte, dem Charme und der Verzweiflung zu widerstehen, die in ihren dunklen Tiefen schwammen. „Dante, du musst genau wissen, was du brauchst. Nicht willst, sondern wirklich ernsthaft brauchst."

„Das tue ich." Dante nickte und stupste Griffs Schulter mit seiner an. „Niemand muss es wissen. Er hat sogar gesagt, er könnte dein Gesicht verdecken, wenn du das möchtest. Aber wir bekommen mehr, wenn du es ihn zeigen lässt."

„Was bezahlt er?" Griff flüsterte, während er die Backsteine zwischen seinen alten Turnschuhen anstarrte. Seine Füße wirkten riesig dort unten.

„Zwei Riesen für jeden von uns… vielleicht ein bisschen mehr, wenn wir ein paar Grenzen überschreiten."

Griff schloss seine Augen und versuchte, den Willen aufzubringen, sich selbst zu stoppen. Er dachte an das leere Haus seines Vaters und die Nächte, die er im Web verbrachte und wie ein geiler Bock „Monte" ausspioniert hatte, und daran, dass Dante ihn brauchte, und an all diese verrückten Gefühle. Seine bescheuerte Hoffnung. Er wusste, was er hier tat, wusste, dass es der totale Wahnsinn war, aber die bittere Wahrheit war, dass er sich selbst nicht davon abhalten konnte, ja dazu zu sagen, Dante zu helfen. Und er konnte der Versuchung nicht widerstehen, seinen Freund *so* zu sehen, live und in Farbe. Ihn auf diese Weise kennen zu lernen. Mit ihm zusammen zu sein, nur einmal, auch wenn es unter Vorspiegelung falscher Tatsachen war. Ein vollkommen selbstsüchtiges Opfer, versteckt, wo alle es würden sehen können.

Niemand muss es wissen.

„Griff?" Als er die Augen öffnete, sah Dante ihn noch immer an.

Weil wir uns so nahe stehen.

Die Tür mit dem Fliegengitter quietschte hinter ihnen. Griffs Körper spannte sich an und er drehte sich auf den Stufen.

„Onkel Dante?" Einer von Flips Jungs stand dort und sah in seinem gestreiften Hemd genervt und angespannt aus: eine Miniaturversion seines Dads. Er hielt einen großen Löffel wie ein Zepter. „Grandpa sagt, es gibt noch mehr Nachtisch, wenn ihr beide eure Ärsche wieder rein bewegt." *Knall.* Damit war er auch schon wieder verschwunden.

Dante kicherte, blieb aber auf den Steinstufen sitzen und wartete darauf, dass Griff etwas sagen würde.

Zack. Wie eine umgeleitete U-Bahn fühlte Griff, wie sich sein gesamtes Leben in eine leicht gefährliche Richtung bewegte, ohne jede Ahnung, was das Ziel sein könnte, ausnahmsweise einmal willens, so viel aufs Spiel zu setzen, weil Dante ihn nun auch einmal brauchte. Er erhob sich, strich sich den Schmutz von der Hose und sah hinunter zu Dante, der ihm zulächelte.

So nah.

„Ja, D. Okay."

9

IN DIESER Woche fuhr Dante sie beide in seinem heruntergekommenen Jeep zu den HotHead Studios. Donnerstag, der Dreizehnte schwebte wie ein Unglück, das nur darauf wartete stattzufinden, über ihnen. Ihre Ausrüstung lag in Reisetaschen auf dem Rücksitz. Es war kaum Verkehr und die Gegend sah nach heruntergekommenen Lagerhäusern aus – eine Geisterstadt aus verlassenen Fabriken und Lagerstätten. Die Räumlichkeiten waren in einem alten Industriegebäude, draußen auf der Avenue X. Ja, wirklich. Avenue XXX: *Bow– chicka– bow– mow.*

Auf dem Weg hier raus hatte Dante versucht, Griff dafür zu danken, dass er mitkam, dass er mitmachte, aber Griffs Unbehagen war so greifbar, dass er es schließlich aufgegeben hatte.

Nachdem sie geparkt hatten, traf Alek sie auf der Straße, gekleidet in Jeans und Sweatshirt, und rieb sich mit der Hand über seinen glänzenden Kopf. Mit einer einladenden Armbewegung winkte er sie hinüber zu einer schäbig aussehenden Laderampe.

Dante trottete hinüber und schüttelte seine Hand; Griff machte es ihm nicht nach. Wäre er allein gewesen, hätte er Angst gehabt, jemand könnte ihn überfallen.

Alek machte sich auf den Weg über die Rampe, welche die Wand entlang zu einem alten Aufzug führte. „Mein Assistent hat am Wochenende aufgehört. Er ist ein Student am Hunters. Darum muss ich jetzt hier so einige Aufgaben übernehmen."

Sie betraten einen quietschenden Metallkäfig, der sie fünf Stockwerke nach oben beförderte und den Weg in ein Durcheinander aus Holz und staubigen Pappkisten freigab. Durch die verschmierten Fenster fiel düsteres Licht, das Labyrinth aus Kisten ließ ihren Weg durch sie hindurch jedoch im Schatten liegen. Alek ging voran, Dante nur einen Schritt hinter ihm. Griff blieb ein Stück zurück und dachte darüber nach, wie unausgegoren das alles hier schien. Wessen Kisten waren das hier? Er hatte irgendetwas Professionelleres erwartet. War das hier schon alles? Brachten Pornos nicht Geld? Alek kleidete sich mit Sicherheit nicht wie ein Penner.

Endlich erreichten sie eine schwere Metalltür, die in einen offenen Raum mit mehreren Trockenwänden führte. Er nahm eine Ecke des Gebäudes ein. Das „Studio" der Website war deutlich kleiner und weniger schick, als Griff es sich vorgestellt hatte.

Alek hielt die Tür auf und deutete sie hinein. Er schloss sie hinter sich und betätigte den Schalter, der die Ventilatoren in Gang setzte. Die Wände waren mit Schaumstoff und dicken, ausgeblichenen blauen Vorhängen schall-isoliert. Eine

Seite des Raums war hell erleuchtet und Griff erkannte die moderne Apartment-Umgebung, in der Dante sich einen runtergeholt hatte.

Es war wirklich nicht mehr als ein Filmset. Seltsam, wie echt es auf der Website ausgesehen hatte und wie falsch es wirkte, als er direkt davor stand. Ein glimmerndes „HotHead.com"- Logo baumelte in der Luft über der Sitzgruppe. In kleinerer Schrift war unter dem Logo zu lesen: „Denn echte Männer können sich nicht unter Kontrolle halten".

Ach nee.

Hinter Griff erinnerte Aleks Akzent ihn daran, was sie gleich tun würden. „Sie geben mir einen Moment?"

Dante bewegte sich durch das Zimmer, als würde er hier wohnen. Er bewegte sich schnurstracks zu den Scheinwerfern des Wohnzimmer-Sets.

Alek drückte ihnen beiden Clipboards mit Verträgen in die Hand, die sie noch ausfüllen und unterschreiben mussten. An den Seiten waren kleine gelbe Zettelchen angebracht, die Griff Hilfestellung boten, sich zurechtzufinden. Die Formulierungen waren sehr unpersönlich und durchdacht, garantierten ihre Bezahlung und beschrieben in beschönigenden Worten, was sie HotHead.com dafür liefern mussten.

Das bedeutete 1200 Dollar für jeden von ihnen, für ihre Dienste. Dante musste das schon vorher ausgehandelt haben. Außerdem gab es ein extra von 150 Dollar, wenn sie ihre eigenen Uniformen mitbrachten. Sie stimmten zu, dass ihre Gesichter und Körper auf der Aufnahme zu sehen waren und sie auf alle Rechte an dem Material verzichteten. Dann gab es noch einen Abschnitt über Boni, wenn sie zu bestimmten „erweiterten Aktivitäten" bereit wären, was auch immer das heißen sollte. Oh, hier war es: Sie bekamen mehr Geld, wenn sie mehr als einmal zum Höhepunkt kamen oder sich selbst ein Latexspielzeug einführten, das vom Management bereitgestellt würde, oder sich von dem Russen mit seinen eigenen Händen/Mund/Anus „assistieren" lassen würden.

Ja, danke. Nein, danke.

Griff studierte den Vertrag mit der nötigen Sorgfalt, Dante dagegen hatte einfach seinen Namen eingefügt, wo er sollte, und hatte bereits zur letzten Seite geblättert, wo er schon dabei war, auf der gestrichelten Linie zu unterschreiben. Mitten im falschen Wohnzimmer und mit ungeduldig wippendem Bein. Er wollte einfach nur das Geld haben, sein Haus retten, und dass das hier möglichst schnell vorbei war. Griff seufzte und hörte auf, gegen sein Gewissen anzukämpfen. Dante brauchte ihn; das war genug.

Alek befand sich in einer Seite des Zimmers und hantierte mit einer teuer aussehenden Videokamera herum, die sich auf einem Stativ befand und auf den Wohnzimmerbereich gerichtet war. In der Nähe der Tür summte eine Reihe von Rechnern wie ein Bienenstock. Ein HotHead -Bildschirmschoner lief auf dem Flachbildmonitor unter einer von Polaroids übersäten Pinnwand: im Wesentlichen muskulöse Typen, die nackt posierten. Scheiße. Anscheinend wollten es sich eine Menge Kerle für HotHead besorgen.

Würde gerne tauschen, dachte Griff.

Dante ließ sich in den breiten Ledersessel fallen, den Griff so oft in den letzten Wochen gesehen hatte.

Griff war inzwischen sicher, dass es eine physikalisch sichtbare Spur zwischen seinem Laptop und „Montes" Seite bei HotHead geben musste. Griff kannte jeden Zentimeter dieses falschen Wohnzimmers – die Fließband-Kunst über dem großen schwarzen Sessel, die eierschalfarbenen Wände, sogar der raue, hellbeige Teppich. Hier stehen und es sich in 3D anzusehen verursachte in Griff das Gefühl, als sei er durch seinen Laptop-Bildschirm in die Website hineingelaufen, ganz so, als wäre er ein Videospielcharakter. *Pornoman!* Das einzige unbekannte Möbelstück stand an einer Seitenwand: ein passendes Zweisitzer - Sofa.

Ha. Wenn das mal nicht passte.

Griff entschied sich dafür und versuchte, nicht so viel Platz einzunehmen. Er gab das Lesen auf und unterschrieb ebenfalls auf den gestrichelten Linien. Was zur Hölle machte es für einen Unterschied? Er wusste, was er hier tat, was sie hier taten. Und auf gar keinen Fall würde es irgendwelche erweiterten Aktivitäten geben. Er stellte fest, dass Alek die Kameras so ausrichtete, dass sie direkt auf das kleine Sofa zeigten. Ihm wurde klar, dass Dante eng neben ihm sitzen würde, was wiederum offensichtlich der Grund war, warum es überhaupt ein so kleines Sofa gab. Schulter an Schulter, und ihre Beine würden zusammengepresst sein. Sie würden die Bewegungen des jeweils Anderen spüren, wenn sie sich selbst ihren salzigen Handschlag gaben.

Super.

Dante auf seinem Lederthron, Griff auf der Couch, so warteten sie in unangenehmer Stille darauf, dass Alek mit seinen Kameras fertig wurde und sich wieder auf sie konzentrierte.

„Die Lichter bringen deine Augen um, also versuch lieber, sie in Richtung Kamera zu halten." Dante drehte sich zu ihm um, um ihm diesen hilfreichen Tipp zu geben. Er nickte mit dem Kopf zu den Lampen auf den Stativen.

Griff grunzte, um ihm zu verstehen zu geben, dass er ihn wahrgenommen hatte, und um den Atem auszustoßen, den er angehalten hatte. „Okay."

„Mit dir alles in Ordnung?" Dante lehnte sich verschwörerisch vor, seine Ellbogen auf seinen Knien. Seine Stimme war nicht mehr als ein leises Murmeln, so als wolle er nicht, dass Alek ihn aus drei Metern Entfernung hören konnte, als wolle er mit Griff ein privates Gespräch führen, hier, in diesem falschen Zimmer mit den falschen Möbeln.

Alek war damit beschäftigt zu versuchen, das lange Kabel bei der Tür zu entwirren, sein rasierter Kopf glänzte dabei im Licht der Scheinwerfer. Er schenkte ihnen absolut keine Aufmerksamkeit und blieb in höflicher Distanz, was Griff durchaus zu würdigen wusste.

„Nervös, schätze ich." Griffs Stimme klang dumpf in seinen eigenen Ohren. Er versuchte, seine Schultern zu entspannen. „Ich bin in Ordnung."

Dante zwinkerte. „Ohja, da sagst du was Wahres! Auf geht's, G. Du wirst sogar fantastisch sein."

Griff lachte nicht, auch wenn er wusste, dass es das war, was Dante wollte. Stattdessen drehte er sich Richtung Alek am anderen Ende des Raums. „Brauchen Sie Hilfe damit?"

Alek erhob sich und wischte sich die staubigen Hände an seiner Jeans ab. „Nein. Ist nichts Schlimmes. Tut mir leid, dass ich Sie beide warten lasse. Das Durcheinander macht mich wahnsinnig, ja?" Er schien entschlossen, den Umständen entsprechend respektvoll zu sein, was Griff auf merkwürdige Weise erleichterte. Er wirkte überhaupt nicht wie ein Perverser.

Dante ging quer durch den Raum zu den Reisetaschen, die an der gegenüberliegenden Wand lehnten.

Alek hielt eine Flasche mit miesem Whiskey und zwei Gläser in die Höhe. „Möchte Einer von Ihnen einen Drink? Für die Nerven?" Und wieder sprach er mit übertriebener Höflichkeit zu ihnen, ganz so, als wäre er ihr Kammerdiener und dies ein privater Gentlemans Club.

Ohne auch nur darüber nachzudenken griff Griff nach der Flasche. Er goss sich selbst einen Doppelten ein und dann noch einen, so schnell wie er das Zeug runterstürzen könnte. Und dann noch einen.

„Ho, Kumpel!" Dante hob seine schwarzen Augenbrauen. „So hässlich bin ich nun auch nicht."

Griff gab ihm keine Antwort, sondern kippte stattdessen einen vierten Whiskey runter. Seine Kehle und sein Magen brannten, aber ein angenehmer Schleier legte sich über sein Gehirn, als der Fusel seine Wirkung tat. Er rieb sich über die Brust. „Können wir uns irgendwo umziehen?" Zurückhaltung schien in diesem Moment lächerlich.

Alek nickte mit einem ruhigem und Mut machendem Gesicht. „Ihre schicken Uniformen, klar. Legen Sie los."

Griff wurde klar, dass sie sich wohl hier umziehen würden. Dante war bereits dabei, sich die Schuhe abzustreifen und aus seinen Hosen zu schlüpfen, das Shirt lag schon auf dem Boden. Griff drehte sich zur Wand und zog sich sein eigenes Shirt über den Kopf. Neben ihm hockte Dante vor der Reisetasche und zog den Reißverschluss auf. Hinter ihm pfiff Alek anerkennend.

„Sie sind sehr hell! Wunderschön." Aleks schwerer Akzent wehte vom anderen Ende des Raums herüber. Griff allerdings ließ seine Augen auf die Wand gerichtet und atmete den Geruch von Dantes frisch geduschter Haut ein. Sein Herz hämmerte in seiner muskulösen Brust und zwischen seinen zu pinken Nippeln. Er konnte es beinahe vor sich sehen, wie es heraussprang, wie es ihn von innen heraus in Stücke hämmerte.

Unten auf dem Boden zog Dante ihre Feuerschutzhosen und -jacken heraus und reichte Griff einen gefalteten Stapel. Er hatte ihre Engine- und Ladder Nummern mit Panzertape überklebt. „Mach dich fertig, Neuling."

Griff nickte und drehte sich gerade rechtzeitig zu ihm um, um sein nervöses Grinsen zu sehen. Er fühlte sich merkwürdig in seinen engen Boxershorts in diesem halbleeren Lagerhaus auf der Avenue X. Das Leben war manchmal seltsam. Er bemerkte, dass Dante einen ausgebeulten Jockstrap trug, senkte seine Augen zu seiner gefalteten Ausrüstung und wünschte sich, er hätte nicht geschaut.

Alek positionierte eine Kamera neben dem Sofa und richtete das Objektiv so aus, dass es jeden, der dort sitzen würde, von oben aufnahm. Sein rasierter Kopf glänzte unter den Lichtern, als sei er poliert. Mr. Sauber macht einen Porno.

Dante und Griff schlüpften schweigend und Seite an Seite in ihre wattierten Hosen. Ein Deja Vu durchzuckte Griff, aber vielleicht erinnerte er sich auch nur daran, wie sie sich damals bei der Ausbildung in Randall Hall gemeinsam fertig gemacht hatten, bevor Dante sich versetzen ließ.

Dante zog sich einen Träger über seine gebräunte Schulter und bückte sich, um seine Jacke aufzuheben. „Hey, Alek. Wollen Sie, dass wir Shirts drunter anziehen?"

„Nicht nötig, denke ich. Ich sehe keinen Grund dafür, Mr. Muirs schöne Haut noch mehr zu verdecken, als sie ohnehin schon ist."

„Ja, ich weiß, was Sie meinen." Dante schubste Griff. „Dank ihm hab ich Komplexe. Einhundertundelf Kilo harte Muskelmasse. Sie haben ja keine Ahnung, wie sehr die Mädels darauf abfahren. Pffff."

Griff bemerkte, wie er begann, rot zu werden, und bedeckte sich schnell mit seiner Jacke. So gut es ging hielt er seinen Blick auf dem Weg zum Sofa auf den Boden gerichtet.

Dante schlüpfte in seine eigene Jacke und beugte sich hinüber, um Griff sanft die Schulter zu drücken. „Verfluchte Rothaarige. Griffin ist wie lebendiger, weißer Marmor."

„Zurzeit eher pinkener Marmor." Aleks Lächeln ließ das Kompliment eher neckend wirken. „Und das flammend-rote Haar, das unter den Armen hervorlugt. Außergewöhnlich."

Griff schnaufte auf dem kleinen Sofa und sackte unter Aleks prüfenden Augen zusammen. Sein Herz hämmerte. Was, wenn er keinen Ständer kriegen würde? Was, wenn er zu schnell einen Ständer kriegen würde? Was wäre schlimmer? Sein Kopf tat ihm weh. „Wo haben Sie den Whiskey hingestellt?" Er fand ihn unter dem Beistelltisch, schraubte die Flasche auf, um sich selbst ein weiteres Glas Mut einzuschenken.

„Mach langsam, Mann." Dante stand vor ihm und streckte die Hand nach der Flasche aus.

„Jepp. Ich bin in Ordnung." So lange er seine Augen auf seinen Freund gerichtet ließ, würde Griff sich zusammenreißen können. *Leichteste Sache.* Er konnte fühlen, wie der Alkohol begann, die Grenzen seiner Nervosität aufzuweichen.

„Wir werden Sie Duff nennen." Alek sah Griff an, als würde er ihn um Erlaubnis fragen. Er schien nach anderen Vorschlägen zu fragen.

„Ja. Prima. Sicher." Griff hielt seine Augen nach unten gerichtet. Dante hatte Recht, was die Lampen betraf. Die Luft in diesem Teil des Raums war locker um fünfzehn Grad wärmer. Sie würden sich ihre Eier abschwitzen, noch bevor der Nachmittag vorbei war. Dante würde vom Knöchel bis Ellbogen schwitzend neben ihm sitzen. Er stöhnte.

Dante nickte zustimmend zu seinem Stöhnen, allerdings stimmte er etwas anderem zu. „Niemals schlaff mit Duff." Ich mag's. Besser als Scheiß - Monte. Übel." Er verdrehte die Augen und ließ sich auf das Leder neben Griff fallen. „Klingt wie ein Pudding."

„Nein." Alek schüttelte den Kopf und lächelte sie an. „Es klingt wie ein Hetero-Typ aus der Arbeiterklasse. Aber jemand, der spitz genug ist, um zu… experimentieren. Das ist die Fantasie."

„Wenn Sie meinen." Dante nahm einen Schluck Whiskey und stellte ihn dann auf den Couchtisch neben einen IKEA Katalog, der dort lag, um den Raum weniger unecht aussehen zu lassen. *Denn HotHeads bevorzugen es, Mist aus einer Packung zu bauen. Man muss nur die Werkzeuge dazugeben.* Mehr Bullshit.

Das alles hier war eine Illusion, alles außer dem, was Griff für den Mann neben ihm fühlte. Sein Lachen war ein grimmiges Bellen der Resignation.

Dante lachte ebenfalls, auch wenn er nicht wusste, was so lustig war. Er versuchte, Griff zu helfen, sich zu entspannen; so als würden sie etwas anderes Verrücktes tun. Sich aus dem Haus schleichen oder gemeinsam ein Mädchen auf dem Einsatzwagen vernaschen. Keine große Sache.

Griff rutschte auf der Couch nach hinten, seine kräftigen Oberschenkel wirkten riesig in seiner Ausrüstung, die Reflexionsstreifen leuchteten hell im Deckenlicht. Hier war er nun und saß in seiner Fantasie, neben seiner Fantasie, im Begriff, seine Fantasie auszuleben, und alles, was er wollte, war das Weite zu suchen. Ein Drittel einer Flasche billigen Whiskeys köchelte in seinem Magen und zog seine Bahnen durch seine Venen.

In diesem falschen Zimmer, das er seit Wochen besucht hatte, saß er unter den heißen Scheinwerfern und konnte spüren, wie seine Muskeln sich entspannten, wie sich sein Mund mit Speichel und seine Nase sich mit Dantes männlichem Duft füllten. Er ergriff sein schlaffes Fleisch durch seine Hose.

„Nun, Gentlemen… Ein paar Dinge." Alek zählte die Anweisungen an seinen Fingern ab. Offensichtlich war das etwas, was er häufig wiederholte. „Gleitmittel steht auf dem Boden neben Ihnen. Bedienen Sie sich jederzeit. Feucht ist besser. Berühren Sie mehr als nur Ihren Penis. Hoden, Nippel, Pobacken, Anus. Alles ist in Ordnung, aber nur, wenn Sie sich wohl dabei fühlen. Sogar sich gegenseitig berühren, wenn Sie den Drang dazu verspüren."

Griff erstarrte und fühlte, wie auch Dante neben ihm erstarrte. *Er wird panisch, wenn es darum geht, mich zu berühren. Super.*

„Oder auch nicht." Alek wedelte ihre Anspannung mit seiner Hand weg, als würde er den Vorschlag aus der Luft radieren wollen. „Ich überlasse das Ihnen beiden." Alek war schließlich mit der Einstellung des Objektivs zufrieden und setzte sich auf den Couchtisch, um mit ihnen zu reden. „Schauen Sie in die Kamera. Lächeln Sie. Machen Sie Geräusche. Benutzen Sie Ihre Münder. Unsere Mitglieder mögen es, wenn Sie sich mitteilen. Besonders Dirty Talk. Was auch immer geschieht, es muss aussehen, als hätten Sie Spaß dabei. Das ist die Fantasie."

„Sicher." Griff versuchte, sich vorzustellen, was er sagen könnte. Er versuchte sich vorzustellen, es zu sagen, während Dante neben ihm saß. Sie waren in ihren Ausrüstungen auf voller Länge total aneinandergepresst. Sobald sie ihre Hosen heruntergelassen hatten und anfangen würden zu schwitzen, würden sie am Leder und dem Anderen entlanggleiten. Schluck. Sein Rohr füllte sich - prall in seinen engen Boxershorts.

Alek sah zwischen ihnen beiden hin und her. „Das Wichtigste ist, dass Sie mich wissen lassen, wenn Sie kurz vor der Ejakulation sind. Ja? Das ist der kritische Punkt. Wenn Sie ihre Ladung abfeuern, muss ich das aus mindestens zwei Winkeln auf Band kriegen."

„Der Money-Shot, ja." Dante nickte zum Zeichen, dass er verstanden hatte, und stupste Griff mit dem Ellbogen an. Er wollte die Show endlich starten.

Griff nickte. Dank dem Herrn für harten Alkohol und extreme Verdrängungsmechanismen. Wenn er sich einfach geistig ausklinkte, würden die paar Stunden ohne größere Katastrophen vorbeigehen und Dante würde beinahe drei Riesen für sein Haus haben. Sein bester Freund saß warm an seine Seite gepresst, und sein Herz machte einen Salto.

Ich liebe dich, Dante Inigo Anastagio. Du wirst niemals wissen, wie sehr.

Alek nickte, als hätte er den Gedanken hören können. „Können wir anfangen?"

Und das taten sie.

Bäh.

Griff öffnete ein müdes Auge und versuchte herauszufinden, wie spät es war. Sein ungemachtes Bett, sein chaotisches Kellerzimmer im toten Haus seines Vaters. Das Dämmerlicht sagte ihm nichts, was es wert wäre zu wissen. Aufgrund seines verrückten Dienstplans hatte er lichtundurchlässige Vorhänge.

Irgendetwas Schlimmes war geschehen.

Sein Mund fühlte sich an, als hätte ihn jemand für eine Gruppe räudiger Viecher als Katzenklo vermietet. Sein Kopf hämmerte und seine Zunge war so pelzig wie ein Handtuch. Als er sich in die Senkrechte aufrichtete, drehte sich ihm der Magen um und er stolperte zügig Richtung Klo, in der Hoffnung, es zu schaffen, bevor –

Klick. Griff schaltete das Licht ein und das Gefühl verschwand, sobald er die kühlen Kacheln unter seinen Füßen spürte. Er stützte sich mit den Händen am Waschbecken ab und machte eine Bestandsaufnahme seines Gesichts im Spiegel. Seine Haut wirkte käsig weiß und schmierig unter den rötlichen Stoppeln, seine Augen waren so blutunterlaufen, dass das Grau beinahe jadegrün wirkte. Sein Mund fühlte sich an, als würde er verwesen, und schmeckte nach Metall.

Er drehte das Wasser auf und versuchte, den Geschmack ins Waschbecken zu spucken, während er dem herumwirbelnd ablaufenden Wasser zusah. Mit einem Gurgeln machte sein Magen einen weiteren Hüpfer. Er setzte sich abrupt auf den Toilettendeckel und starrte auf den Boden, bis die Welle der Übelkeit ein weiteres Mal verflogen war. Er durchforstete sein dickes, matschiges Hirn nach einer Erklärung, warum er sich so fühlte.

Irgendetwas Übles hatte ihn dazu gebracht, sich an seinem freien Abend im Stone Bone die Kante zu geben.

Nach und nach realisierte Griff, dass er splitterfasernackt und ihm bitterkalt war. Sein Schwanz und seine Eier hatten sich so hoch wie möglich gezogen, ohne in seinem Becken zu verschwinden. Seine Hände zitterten und ein feiner Film aus kaltem Schweiß bedeckte ihn. Dieser Grad an Übelkeit war ein starkes Indiz, dass viele, viele Kurze beteiligt gewesen waren. Er dachte darüber nach, sich selbst zum Kotzen zu bringen, um all das loszuwerden, was noch in seinem Magen übrig war, brachte es aber nicht über sich.

Heiße Dusche.

Griff wuchtete sich auf seine schmerzenden Gelenke, um die Dusche so heiß, wie er es ertragen konnte, aufzudrehen.

Sein Dad hatte dieses winzige Badezimmer für ihn gebaut, als Griff 9 Jahre alt war. Direkt nachdem seine Mutter gestorben war und er sein kleines Kellerzimmer verlassen wollte, um oben auf der Couch zu schlafen, um näher bei seinem Vater zu sein. Dieses Badezimmer war dazu gedacht, ihn unten in seinem Zimmer zu halten, wo sein Vater ihn haben wollte.

Platz für eine Badewanne gab es nicht und die Toilette war zwischen das winzige Waschbecken und die schmale, vorgefertigte Duschkabine gepresst worden, die ein wenig höher stand, um die Rohre unter dem Abfluss anbringen zu können. Die ganze Sache fühlte sich an wie eine Toilette in einem Wohnmobil und war im Laufe der Jahre immer kleiner geworden.

Jetzt, da er erwachsen war, musste Griff seine Knie beugen, um unter dem lauwarmen Wasser stehen zu können, und wenn er sich umdrehte, stießen seine Ellbogen an alle drei glitschigen Wände und die Tür. An diesem Morgen fühlte er sich, als dusche er in einem aufrecht stehenden Plexiglas-Sarg.

Irgendetwas Schlimmes hatte ihn dazu gebracht, dass er versucht hatte, sich in einer Flasche mit billigem Scotch zu ertränken.

Eine weitere Welle der Übelkeit durchfuhr ihn. Das Badezimmer seiner Kindheit war so klein, dass er von der Dusche aus zu den Waschbeckenarmaturen greifen konnte, um das Wasser zuzudrehen, was er auch tat. Der Strahl, der von oben kam, wurde augenblicklich wärmer.

Zusammengekrümmt versprach Griff sich selbst, dass er noch vor den Feiertagen aus diesem Keller ausziehen würde. Die letzten paar Jahre mit seinem Dad zu leben war zwar fantastisch für seine Ersparnisse, aber schrecklich für den Rest von ihm gewesen. Er wusste, dass sein Dad ihn liebte, aber manchmal war es sehr leicht, das zu vergessen. Griff kam nach der Familie seiner Mutter, was der Sache nicht wirklich geholfen hatte.

Dieses Haus hatte sich schon lange nicht mehr nach einem Zuhause angefühlt und schon gar nicht, seit die Anastagios ihn praktisch adoptiert hatten.

Warum bin ich nochmal hier?

Er schüttelte den Kopf und versuchte nachzuvollziehen, wie es von den fallenden Twin Towers bis zu ihm hier, allein in dieser Dusche, gekommen war.

Irgendetwas hatte ihn tatsächlich dazu gebracht, dass er sich darauf gefreut hatte, in dieses fürchterliche Zimmer in diesem kalten Haus zurückzukehren.

Dann erinnerte sich Griff: Er hatte mit Dante Dinge vor der Kamera getan – Sex-Dinge. Er hatte es geliebt, in der Lage zu sein, Dante zu berühren, ihn auf diese Weise zu lieben, aber der Rest davon hatte sich wie ein Betrug angefühlt. Sie hatten für die Kamera Witze gerissen und die Hetero-Jungs-Können-Auch-Zusammen-Sexy-Sein-Nummer abgezogen. Am Ende hatte er sogar vor wahnsinniger Lust aufgeschrien und seine Ladung über den Oberkörper seines besten Freundes geschossen, dabei über ihm gekniet und es in seine perfekte, perfekte, perfekte Haut gerieben, während Dante sich wand und aufschrie und lachte. Er hatte es geliebt und sich selbst gleichzeitig gehasst. Die Erinnerung fühlte sich an wie eine handvoll Reißnägel in seiner Brust.

Griff kannte viele Leute im FDNY, die einen Arm oder ein Bein verloren hatten. Die meisten von ihnen endeten in einer schäbigen Box in einem Großraumbüro, nachdem ihnen welches Teil auch immer abhanden gekommen war, und erledigten Papierkram, weil sie das, was sie liebten nicht mehr tun konnten.

Diese verstümmelten Leute erzählten immer, dass sie ihr fehlendes Körperteil noch immer spüren konnten, nachdem es weg war, wie ein Phantom, das sie noch immer jucken und schmerzen konnte, auch Jahre nachdem es ihnen entfernt und weggenommen wurde. *Wenn dein Herz bricht, hast du dann ein Phantomherz?*

An der Stelle hinter seinen Rippen erinnerte sich Griff, wie er an seinen besten Freund gepresst dagesessen hatte, das sanfte Kratzen, als ihre Beine aneinander rieben, die Scheinwerfer heiß auf ihrer Haut, ihre Schwänze aufgerichtet, Seite an Seite, und an Dantes Piratenlächeln.

Sie hatten das Geld für die Bank bekommen; das war gut, richtig? Alek war begeistert, weil sie „bereit waren zu experimentieren".

Lebendig! LEBENDIG! Verrückte Wissenschaft für Dummies.

Warum musste er sich so beschissen fühlen? Warum fühlte er sich wie ein Lügner und ein Betrüger und ein Trottel? Gegen besseren Wissens hatte er das getan, was alle wollten. Außer, dass Dante allen anderen nur etwas vorgespielt hatte und er selbst niemandem außer sich selbst.

Griffs Knie gaben nach, sein Magen verkrampfte sich und er fiel nach Luft schnappend nach vorne, in diesem engen, glitschigen Raum. Ohne es auch nur zu bemerken, ließ er seine Hände die dicht beieinander stehenden Wände entlanggleiten, bis er zusammengekauert auf dem billigen Plexiglasboden kniete und in den Ablauf würgte.

Von weit über ihm fiel das Wasser auf seinen breiten Rücken und spülte seine heißen Tränen,mit allem anderen, das sich eben noch in ihm befunden hatte, weg, bis es kalt-kalt-kalt wurde und in den Kanälen unter der Stadt verschwand.

GRIFF SCHAFFTE es bis elf Uhr, sich abzutrocknen, in saubere Klamotten zu schlüpfen und es nach oben in die Küche seines Dads zu schaffen. Er wollte eine Schüssel Haferbrei essen, um etwas in seinen Magen zu bekommen, bevor er heute Abend im Stone Bone arbeiten würde. Es war Freitag und er hatte keinen Dienst in der Wache bis morgen früh; er musste sich in den Griff bekommen, bevor er sich dort blicken ließ und Dante gegenübertrat.

Die Küche war beinahe unerträglich hell. Damals hatte seine Mutter helle Küchen geliebt, weil sie so sauber aussahen. Griffs Dad hatte eine weiße Küche eingebaut und die Wände in einem eisigen Blau gestrichen.

Als Griff noch ein Kind war, war dies ein heimeliger, glücklicher Raum gewesen, der jedoch seit ihrem Tod nicht mehr gründlich gereinigt worden war.

Nach nun zwanzig Jahren waren die Wände noch immer hell und die Schränke noch immer weiß, aber das Zimmer hatte einen schäbigen Charakter bekommen. Schmierige Rauchflecken hoch oben an der Wand, über dem Herd. Die Farbe blätterte von der Decke. Eine Packung Cornflakes und Reste von chinesischem Essen und eine halbe, in Wachspapier gewickelte Zwiebel lagen in einem Kühlschrank, der zu alt zum Kühlen war. Er wurde nicht mehr oft.

Griff blinzelte gegen das Tageslicht, füllte einen Kessel mit Wasser und stellte ihn auf den Herd. Die Luft draußen sah kalt aus. Griff öffnete einen der Hängeschränke, um sich eine der abgenutzten Schüsseln seiner Mutter zu holen, und füllte sie mit zwei Packungen Instant-Haferbrei.

Es fühlte sich wie ein Deja Vu an, wie er hier stand und sich selbst Frühstück machte; er war wieder elf, seine Mutter war gerade gestorben und er machte sich selbst Frühstück, bevor er den Bus zur Schule nahm. Urplötzlich fühlten sich seine Hände ungeheuer groß an, als er sich über den Mund wischte.

Griff blickte hinunter in den Garten und sah den Toten inmitten der verdorrten Pflanzen stehen.

Aber es war kein toter Mann dort unten, lediglich sein Dad. *Dicht genug dran.* Im letzten Monat hatte er beinahe vergessen, dass er nicht allein im Haus war.

Sein Vater musste gerade erst nach Hause gekommen sein oder machte sich gerade fertig, um sich auf den Weg zu einer Untersuchung zu machen, denn er trug seine Arbeitskleidung: blaue Polyester-Hosen und Hemd und Krawatte unter einer Windjacke. Brandstifter hielten sich nicht an reguläre Arbeitszeiten und sein Dad neigte dazu zu arbeiten, wann immer er nicht gerade schlief oder trank, um schlafen zu können.

Griff öffnete die Hintertür, um guten Morgen zu sagen. In der kalten Luft waren seine Beine wackeliger als erwartet, und so lehnte er sich gegen das Geländer der Veranda. Sie hatten sich seit über einer Woche nicht gesehen, nicht einmal im Vorbeigehen.

Sein Dad sprach, ohne sich umzudrehen, und erschreckte ihn. „Ich dachte, du bist auf der Wache.“

Griff zuckte zusammen und ohne einen guten Grund trommelte sein Herz hart gegen seine Brust. Reiß dich zusammen. Sein Dad hatte diese Art, dass er sich fühlte, als stünde er unter konstanter, unsichtbarer Beobachtung. Zwischen dieser Tatsache und dem üblen Kater bewegte er sich langsam, um zu vermeiden, dass er loskotzen würde.

Griffs Dad stand in einem der grauen, trockenen Blumenbeete, knöcheltief in totem Eichenlaub, schaute über seine Schulter und nickte Griff zur Begrüßung zu. Er hielt eine kleine, schwere Tüte mit Tulpenzwiebeln und wiegte sie in den Händen. Die leuchtend orangen Blüten auf dem Etikett waren die einzigen Farbtupfer im gesamten brach liegenden Garten, außer vielleicht dem Haar auf Griffs eigenem Kopf.

Griffs Augen wanderten zu dem kleinen Fleck oranger Blütenblätter. „Du setzt Zwiebeln ein? Sie werden hübsch aussehen, hm?“ Er ging die Stufen hinunter.

„Nun, es sieht hier immer aus wie Kraut und Rüben. Es ist schon beinahe zu spät, um die hier einzupflanzen, aber ich dachte, ein wenig Farbe im Frühling wäre schön.“

„Das wird toll aussehen.“ Er nickte und tätschelte den harten, schmalen Rücken seines Dads durch die Windjacke.

Griff war um die 18 Zentimeter größer und zwanzig Kilo schwerer und der Unterschied überraschte ihn jedes Mal von neuem. Sein robuster Körperbau und die helle Haut kamen von Seiten seiner Mutter. Er fühlte sich leicht schuldig, dass er größer war, denn er wusste, dass das seinen Vater ohne Ende nervte. Als er acht war, war sein Vater ein Riese für ihn.

Es war kalt hier draußen. Er wünschte, er hätte sich ein Sweatshirt mitgenommen, aber es schien, als sei sein alter Herr in einer gesprächigen Stimmung, und diese Momente waren zu selten, um sie zu verschwenden.

„Deine Mutter sagte immer, dass der Frühling schneller kommt, wenn man auf Blumen wartet. Ich kann diese beschissene Kälte nicht mehr ertragen." Mr. Muir schob seine Hände in die Taschen seiner Uniformhose, um mit seinen Schlüsseln zu klimpern. Die Marke an seinem Gürtel blitzte im grauen Licht auf. „Ich sollte mich zur Ruhe setzen und nach Tampa ziehen, bevor ich in einem Rollstuhl lande."

Griff nickte seinen Kopf zustimmend, aber sein Dad schwang nur Reden. Die Untersuchungen für das FDNY waren so ziemlich der einzige Grund, dass sein alter Herr überhaupt aufstand und einen Fuß vor den anderen setzte. All seine Zeit, alle seine Freunde, sein gesamter menschlicher Kontakt beruhten auf der Tatsache, dass er ein Brandermittler war.

Sein Dad öffnete die Tüte mit den Tulpen und rollte sie auf, um hineingreifen zu können. „Nee. Heutzutage wimmelt es in Florida nur so von Haien und Schwuchteln. Widerlich."

Fick dich.

Aber Griff hielt seinen Mund. Er wusste, dass sein Vater eine fanatische Seite hatte. Viele der älteren Generation hatten eine. Wie aus dem Nichts kam ihm Mr. Anastagio in den Sinn, klein und laut und lachend. *Du bist in Ordnung, Kleiner.* Griff beschloss, seinem anderen Vater zu glauben.

Mr. Muir wühlte hinter dem Tulpenetikett herum und zog eine runde Zwiebel hervor. Er hielt sie so vorsichtig wie ein Ei, um sie anzublicken . „Du solltest mit Leslie irgendwo hinfahren, wo es warm ist. Vielleicht eine Kreuzfahrt."

„Dad, wir sind geschieden." Griff sprach sanft, während er auf den kleinen Stufen stand, die zur Hintertür führten. „Leslie und ich haben uns vor fast zehn Jahren getrennt. Sie lebt wieder bei ihren Eltern."

„Richtig. Richtig. Hatte ich vergessen. Nach den Türmen. Du hast Recht." Er ließ die Zwiebel zurück in den Beutel fallen, wischte sich seine Hände ab und sah Griff von der Seite an. Er sah verloren aus, wie er inmitten des Laubes stand. „Ich wusste, dass du das vermasseln würdest. Leslie war eine gute Frau."

Was zur Hölle?! Griff starrte seinen Dad an, wusste, wie verrückt das hier war, wusste, dass dieses Haus ihm die Luft zum Atmen nahm. Schlimmer noch, er realisierte, wie vertraut ihm das Gefühl war.

Bei der Ausbildung waren sie alle in der Räucherei auf Alcatraz gewesen und hatten gelernt, wie man in einem üblen Feuer ohne Sauerstoff nicht erstickt; man lässt sich fallen und robbt wie ein Baby. Völlig egal, wie sehr deine Kehle brennt und sich deine Brust verkrampft, du hast dich unter freien Himmel zu schaffen, bevor du wieder Luft in deine Lungen lässt. Du musst rauskommen, ohne etwas hereinzulassen.

Griff sah zu, wie sein Vater die trockenen Blumenbeete betrachtete, und atmete ruhig ein. *Ich muss weg von hier, bevor ich werde wie er..*

Einen irrationalen Augenblick lang an wollte er ihm von HotHead erzählen, übers Wichsen und Schlimmeres, für Millionen von geilen, knackigen

Homosexuellen, mit seinem besten Freund, den er liebte, *ja, genau so, denn* ich *bin eine Schwuchtel, du verbittertes Stück Scheiße.*

Er wollte den Schock auf dem grauen Gesicht seines Vaters sehen; ihn sich unwohl und klein fühlen lassen, eine lebende, atmende Reaktion aus dieser wütenden Hülle bekommen, die nichts als Asche und Rauch liebte. Schuld war etwas, bei dem sein Vater aufblühte.

Griff versuchte zu schlucken, aber sein Mund war zu trocken. Der Kopfschmerz von seinem Kater stach wie ein Eispickel hinter seinem rechten Auge.

Sein alter Herr trat nach dem toten Laub und versuchte, das harte Blumenbeet davon zu befreien. Er hatte nicht einmal realisiert, was er über die Ehe seines Sohnes gesagt hatte.

Griff war durcheinander genug, dass er den Schmerz registrierte, als er seinem Vater zusah, wie dieser durch einen Garten rauschte, der niemals blühen würde. Als seien die Wut und die Trauer seines Vaters zu stark, um gefangen gehalten zu werden, spürte Griff, wie ihm das fürchterliche Geständnis auf der trockenen Zunge lag.

– Rausch – Raschel – Knister –

Mr. Muir hielt die Tüte mit den Zwiebeln geöffnet und lugte hinein, um darin herumzufischen, als suche er einen Gimmick aus einer Cornflakes-Packung.

Irgendetwas über den Porno zu sagen war das Schlimmste, das Griff tun könnte, und Himmel, wie sehr er das wollte. Hölle nochmal, sein Vater würde jedem die Seele aus dem Leib prügeln, der das Wort „Masturbation" in seinem Haus auch nur in den Mund nahm. Dass sein wertloser Sohn das Unaussprechliche mit diesem Arschloch Dante getan hatte, würde es nur schlimmer machen.

Griff wusste, wie sehr sein alter Herr die Anastagios verabscheute, ihre laute Energie, ihre Wärme und ihr Lachen. Es war eine irrationale Abscheu, die Mr. Muir nicht zugeben konnte, auch wenn er zufrieden gewesen war, seinen Teenager-Sohn in ihre Obhut zu geben. Sie waren einfach alles, was er nicht war.

Griff versuchte, sich die Wut und die Erleichterung vorzustellen, die sein Vater fühlen würde, wenn er endlich in der Lage wäre, sein einziges Kind zu verstoßen und allein in seinem Haus wandeln könnte.

Pffffffffffffffft. In der Küche pfiff der Kessel auf dem Herd. Griff gelang es, seinen Ärger herunterzuschlucken.

„Haferbrei ist fertig." Griff war bereits auf halbem Weg zur Tür. „Du solltest was essen. Kann ich dir 'ne Schüssel machen, Pop?"

Sein Dad schüttelte seinen grauen Kopf. „Nee. Deine Mutter macht mir was, bevor ich gehe."

Griff blinkte und blickte schnell zur Seite. *Ui.* Jede HotHead-Homosexuellen-Beichte verpuffte im Nichts.

Was auch immer sein Dad da in seinem eigenen Kopf trieb war sichtlich schlimmer als alles, was Griff ihm antun konnte. Er zog die Tür auf und schwang seinen Arsch nach drinnen, bevor sein Dad weitermachte oder mehr über seine Mutter oder seine Ehe oder irgendein anderes morbides Thema von sich gab.

Er dachte darüber nach, was Dante sagen würde, wenn er das hier im Garten mitbekommen hätte.

Zeit zu gehen, du Genie.

Er konnte sich beinahe vorstellen, wie Dantes sauberes Profil ihn mit einem comicartigen Ausdruck des Entsetzens vom Fenster aus beobachtete, die Tür aufriss und ihm erklärte, dass er den Scheiß-Haferbrei vergessen und zum nächsten Ausgang rennen sollte.

Griff würde sich noch heute eine Zeitung besorgen und anfangen, sich nach Wohnungen in der Nähe umzusehen. Das, oder mit seinem Kopf gegen die Wand rennen. Überhaupt keine Familie zu haben und wie ein Mönch zu leben wäre immer noch besser als das hier.

Immer schön Abstand halten.

Griff schaltete den Herd aus, ließ das Wasser aber von allein abkühlen. Er machte sich auf den Weg zur Vordertür, um seine Jacke zu holen. Er wünschte, er könnte einfach bei Dante abhängen; nach gestern allerdings erschien das zweifelhaft, sogar gefährlich. Im Stone Bone musste er nicht vor sechs erscheinen. Er entschied sich dafür, für ein frühes Mittagessen ins Fernando's zu gehen. Wenn sie noch nicht geöffnet hatten, würde er auf der Bank davor warten. Auf dem Weg könnte er eine Zeitung kaufen, um schon mal die Anzeigen der Rubrik „Letzte Fluchtmöglichkeiten" durchzusehen.

10

AM MORGEN, als Griff in die Wache kam und sich auf den Weg zur Dusche machte, war Tommy dort und hantierte mit seinen Klamotten. Griff war seltsamerweise froh, dass der Sanitäter seine Hosen anhatte, auch wenn der Hosenstall in einem weiten Y offenstand und den Blick auf seinen pelzigen Bauch freigab. Volle dreißig Zentimeter kleiner als Griff musste er buchstäblich hochblicken, um sich unterhalten zu können.

„Hey, Griff." Tommy nickte ihm zu und stellte seinen Fuß auf die Bank, um seine Laufschuhe zubinden zu können.

„Dobsky." Griff stellte sicher, dass er zurücklächelte und seine Gesichtszüge unter Kontrolle behielt. „Kommst du gerade?"

„Wohl kaum." Tommy lachte und tauschte die Füße.

Griff wurde klar, wie das geklungen haben musste. *Scheiße.* „Zur Arbeit, mein ich."

„Nee, bin fertig für heute." Tommy alberte herum wie immer. Schmutzige Witze waren eine regelmäßige Sache. Er grunzte und wurde mit seinen Schuhen fertig. Seine Füße waren so stummelig und kompakt wie der Rest von ihm. Er hockte sich vor seinen Spind. Am unteren Ende seiner Wirbelsäule lugte eine kleine Stelle sandfarbenen Pelzes über seinen Hosenbund.

Er ist wie ein Bärenjunges. Griff wurde sich bewusst, dass er Tommys Körper beobachtete, und hob schnell seinen Blick. *Verdammt! Reiß dich zusammen, Arschloch!* Er fühlte sich in keinster Weise zu dem untersetzten Sanitäter hingezogen, aber aufgrund dessen, was er gesehen hatte, fühlte er eine Art beschützende Sympathie; sie hatten gegen den gleichen Drachen zu kämpfen.

Wenigstens schien Tommy die Aufmerksamkeit nicht zu bemerken.

Oh Gott.

Was, wenn Tommy sie bemerkt hatte; was, wenn er dachte Griff würde ihn abchecken, du weißt schon, *so.*

Sah Tommy den anderen Kerlen hier auf der Wache hinterher? Hatte er jemals Dante so angeblickt? Griff stellte sich vor, dass es schwer war, das nicht zu tun. All das hier war so gefährlich. *Sag etwas Normales.*

Die Stille dehnte sich aus. Griff hätte nicht sagen können, ob sie unangenehm war oder nicht.

Tommy erhob sich, um das Bowlingshirt über seiner harten, haarigen Brust zuzuknöpfen. Seine Haut war von der Dusche gerötet. Er war wirklich klein, aber mit Sicherheit solide gebaut, mit Armen wie ein Hafenarbeiter. „Langweiliger Morgen.

Eine dicke Tussi hatte einen Herzinfarkt in der U-Bahn und wir waren die meiste Zeit unten in der Carroll Station. Hast du die Woche was Spannendes erlebt?"

Wie sollte man das beantworten. *Ähm, ja, Anastagio und ich haben online für einen Russen in Sheepshead Bay aufeinander abgespritzt. Was ist mit dir? In letzter Zeit in engen Gassen deinen Arsch vergewaltigt bekommen?* Er hatte keine Kontrolle über den komischen Ausdruck auf seinem Gesicht.

Tommy hob seinen Kopf und sah ihn merkwürdig an. „Griff?"

„Ja. Ich war zum Abendessen bei den Anastagios." Griff setzte sich auf die Bank, zog sich seinen Kapuzenpulli über den Kopf und strich sich anschließend sein leuchtendes Haar wieder glatt.

Er bemerkte die heilenden Kratzer auf Tommys muskulösen Unterarmen und die verblassenden Abschürfungen auf seinem ungepflegten Gesicht. Griff schluckte und errötete, Augen starr auf seinen Spind gerichtet.

Wie oft war er mit Schürfwunden und blauen Flecken erschienen, von denen sie annahmen, er habe sie sich bei der Ausübung seines Jobs zugezogen? Wie oft hatte Tommy seine Frau belogen und den Job als Tarnung benutzt?

Eine verrückte Sekunde lang wollte Griff sich ihm anvertrauen. Nicht alles über Dante und den Porno und so, sondern einfach nur Tommy fragen, was er mit diesen verrückten Gefühlen für einen anderen Kerl anfangen sollte. Mit jemandem sprechen, der die gleiche Sache versteckte, der wusste, mit was er hier auf der Wache und in der Nachbarschaft zu leben hatte. Er wollte wissen, wie er sich verstecken und überleben konnte. Tommy würde es verstehen, ihn verstehen, oder?

Tommy ging ein paar Schritte, um einen Blick in den Spiegel über dem Waschbecken zu werfen, und kämmte sein feuchtes, sandfarbenes Haar.

Griff dachte an den groben Sex in der Gasse, dessen Zeuge er vor zwei Wochen geworden war. Er konnte beinahe das ruhige, glückliche Leuchten vor sich sehen, das Tommy danach getragen hatte. Er fragte sich, ob Tommy einen festen Freund hatte, ob dieser Araber ihm etwas bedeutete oder ob er nur ein beliebiger Fick war. Vielleicht wollte Tommy gar keine Gefühle für den Typen haben. Vielleicht kannte er nicht einmal seinen Namen. Er war verheiratet und hatte Kinder. Himmel. Vielleicht würde Tommy ihn kein bisschen verstehen.

„Wir seh`n uns später." Tommy schlug ihm auf die Schulter und schob sich durch die Tür, auf dem Weg nach Hause. Der Handabdruck verweilte für ein paar Sekunden.

Griff grunzte und war froh, seinen Mund gehalten zu haben. Das hätte ein beschissener Alptraum werden können. Wenn Griff etwas gesagt hätte, hätte er es nicht zurücknehmen können. Wenn er sein Herz ausgeschüttet hätte, ließ sich der Inhalt nicht einfach wieder zurückfüllen. Gigantisches Risiko. Könnte er Tommy dazu genug vertrauen? Könnte er irgendwem genug vertrauen? Nun, ja.

Dante.

Tja, vielleicht war das ja die wahre Lösung. Vielleicht, wenn Griff seine Gefühle *für* seinen Freund dabei einfach ausließ. Vielleicht könnte er einfach die

Möglichkeit in den Raum stellen, dass er Kerle mögen könnte, ja: *mögen*-mögen. Aber was, wenn das die Dinge zwischen ihnen änderte? Was, wenn Dante lachte und zwinkerte und ihm anbot, ihm einen Rabatt für eine HotHead Mitgliedschaft zu besorgen? Was, wenn sich Dante danach in seiner Anwesenheit nicht mehr wohl fühlte?

Er fühlte sich wie in einer Falle.

Richtig. Richtig war zu versuchen, über Dante hinwegzukommen. Er musste einen anderen Typen finden und sich an diese Schwulensache gewöhnen und dann weiterziehen. Märchen waren Blödsinn. Happy Ends waren für Versager. Menschen liebten einander nicht für immer.

Vielleicht war alles, was er brauchte, um von seiner Fixierung wegzukommen, ein heißer Muskelmann, den er in einer Seitenstraße vernaschen konnte. Ja. Das war keine Liebe, das war Lust, schlicht und einfach. Es war nicht Dante, der ihn dazu brachte, diese Dinge zu fühlen; Dante war lediglich verführerisch und sie waren so oft zusammen.

Es gab noch andere Italiener auf der Welt. Scheiße, sie wuchsen wild wie Efeu hier in seinem Viertel. Er musste, Hölle nochmal, über diese blödsinnige Schwärmerei hinwegkommen und jemand anderen finden, der Dante ähnlich genug war, damit sein Herz, sein Kopf und sein Schwanz es nicht bemerkten.

Ja klar. Guter Witz.

Griff schob sich seine Jeans vom Körper, legte sie in seinen Spind und zog seine Flip Flops an. Er duschte sich mechanisch und berührte sich unter der Gürtellinie nicht häufiger als unbedingt nötig.

Seit er angefangen hatte, sich den Monte-Clip auf HotHead anzusehen, war sein verräterischer Penis im Bereich der Feuerwache extrem leicht reizbar gewesen – absolut entwürdigend.

Dantes „Porn-formance" hatte die Feuerschutzkleidung für Griff zu einem Fetisch werden lassen: die Stiefel, die Hosenträger, selbst seine eigene feuerfeste Hose. In diesen letzten zwei Wochen hatte er auf den Fahrten zurück zur Wache, schmutzig und verrußt, wie er war, tatsächlich ein Rohr bekommen, einfach nur vom Gewicht der Kleidung gegen seine Haut und der Erinnerung an Dantes schmutzige Worte für die HotHead Mitglieder. Inzwischen kannte er jede Sekunde davon auswendig.

Zwei Kabinen weiter schaltete sich eine Dusche mit einem Zischen ein. Ein weiterer ihrer Jungs war für ihre Tour eingetroffen.

Für alle Fälle spülte sich Griff unter eiskaltem Wasser ab. *Gott, ist das kalt.* Er blieb darunter stehen, bis seine Eier die Größe von Kichererbsen hatten und sein Schwanz nicht mehr als ein gummiartiger Stummel war.

Er griff aus der Kabine heraus nach seinem alten Handtuch. Er rieb es grob über seine mit Gänsehaut übersäte Haut und seinen Kopf und knotete es dann fest um seine Hüften. Als er zu seinem Spind zurückkehrte, zog er frische Boxershorts und ein Thermoshirt hervor. Das kalte Wasser hatte seine Nippel zu harten, blassen

Steinchen werden lassen. Er machte das Handtuch los und rieb es erneut über seine feuerroten Haare und seine Achselhöhlen. Er stellte einen großen Fuß hoch auf die Bank, danach den anderen und beugte sich hinunter, um seine Beine abzutrocknen.

Bumm. Die Tür der Umkleide öffnete sich. Griff zuckte unbeabsichtigt zusammen. Hinter ihm pfiff jemand anerkennend.

„Arsch!" Die bekannte Stimme war rau und amüsiert.

„Ähm, hi." Griff wirbelte herum und hielt sich das Handtuch vor seine Vorderseite.

Dante stand vor ihm und kicherte über seinen Anstand. „Passt schon, G. Wenn ich einen Körper wie du hätte, würde ich mich nie anziehen."

Griff verdrehte die Augen. „Du bleibst auch so kaum angezogen."

Dante setzte sich auf die Bank neben Griffs Unterwäsche. Sein süßer, männlicher Duft füllte den schäbigen Raum. „Gehst du heute in den Fitnessraum? Ich muss bereit sein, falls Alek –"

Griff schüttelte den Kopf und verzog sein Gesicht, um Dante dazu zu bringen die Klappe zu halten. *Nicht hier.* Er nickte mit seinem Kopf in Richtung des gekachelten Durchgangs. Im nächsten Raum ging die Dusche mit einem *Klonk* aus.

Dante nickte. Mit einem Ruck zog sich Griff seine Unterwäsche über seine Familienjuwelen und schlüpfte in seine Jeans, bevor sie ein Publikum bekommen würden.

„Was los, ihr faulen Säcke?" Briggs trat aus der Dusche und trocknete seinen Bierbauch mit einem ausgeblichenen Handtuch ab. „Geht ihr beiden nachher noch trainieren? Meine Frau reißt mir den Arsch auf."

Urgh. Briggs.

Falls Griff jemals den Beweis brauchte, dass er die meisten Männer nicht attraktiv fand... Er rammte seine Füße in die Stiefel.

Dante sah zu Griffin hinüber, um ihm zu verstehen zu geben, dass er für sie beide antworten solle.

Griff warf einen Blick zur Tür; er wollte nicht aus nächster Nähe dabei sein, wenn Dante sich auszog. „Jepp. Nein. Ich muss" – zum Teufel nochmal, von meinem besten Freund wegkommen – „mit meiner Schulter langsam machen. Hab mich verlegen."

„Haha. Eher sowas wie verwichst. Tennisarm." Dante zwinkerte Briggs zu und zog seinen eigenen Spind auf.

Oh Gott. Wenn auch nur einer von beiden die gesamte Geschichte kennen würde...

Briggs schnaufte und trocknete sich extra ausführlich die Eier ab. *Idiot.* Er nahm sich einen Rasierer aus seinem Spind und wedelte damit in ihre Richtung. „Weißt du, Anastagio, du solltest es nächsten Frühling nochmal mit den Baseball Tryouts versuchen. Wir könnten dich echt gebrauchen."

Nach dem 11. September hatte Dante drei Jahre lang für das FDNY Baseballteam gespielt, bis die Renovierungsarbeiten anfingen, all seine Zeit und

Aufmerksamkeit zu beanspruchen. Dante spielte immer zu hundert Prozent, lächelte schüchtern mit seinen großen Hundeaugen und schob sich mit einer Hand sein Haar zurück hinter sein Ohr, was ihn gleichzeitig so liebenswert und sexy wirken ließ, dass die Fans aus voller Kehle brüllten. Er spielte so, wie er alles tat - als hinge sein Leben davon ab, sprang nach Bällen, die er unmöglich fangen konnte, warf wie ein Blitz, schlug Bälle in die Tribünen, so dass er gemütlich über das Spielfeld schlendern konnte. Seine Geschwindigkeit und Beweglichkeit und Anmut waren atemberaubend.

Eigentlich hasste Griff Baseball; alles schien aus Mathe und Herumsitzen zu bestehen. Urgh. Er hatte eher einen Körper für Football und Hockey, wo seine Masse den größten Schaden anrichten konnte. Er hatte keine Lust, ein ganzes Spiel herum zu sitzen und anderen Typen dabei zuzusehen, wie sie herum saßen. Worin lag der Sinn?

Wenn ihm jemand Eis und einen Puck oder Protektoren und einen ovalen Lederball gab, würde er spielen, bis er aus seinen Ohren blutete und seine Wimpern eingefroren waren. Es ergab Sinn, gegen andere Kerle zu rennen, um etwas zu kämpfen, auf ein Ziel zuzusteuern. Nein. Baseball war Dantes Spiel; seine schlanke, harte Gestalt war dafür wie geschaffen; er hatte einen Killer-Wurfarm. „Vom vielen Wichsen", sagte er immer.

Dennoch, so sehr Griff das Spiel auch verabscheute, ließ er doch keine Gelegenheit aus, Dante in dieser Uniform sehen zu können. Mist, selbst die größten Frauenhelden der Einheit zogen Anastagio damit auf, wie knackig sein Arsch in diesen Hosen sei. Mädchen (und ein paar mutige Jungs) standen Schlange, um sich bei ihm zu bedanken und um Fotos zu bitten. Zur Zeit versuchte Dante, wenigstens zu ein paar Spielen im Jahr zu gehen.

Dante schüttelte seinen Kopf. „Nee. Ich weiß nicht. Mit den Renovierungen und so… Ich hab nicht wirklich Zeit, Briggs."

Bevor er fertig mit Reden war, hatte sich Briggs schon ein Handtuch über die Schulter geworfen und sich auf den Weg zurück zu den Waschbecken gemacht, wobei er ein leuchtend grünes irisches Kleeblatt zur Schau stellte, dass er auf eine Arschbacke tätowiert hatte.

Ekelhaft.

Dann schob Dante sein T-Shirt nach oben, um eine frische Ladung Deo über seine Achselhöhlen zu rollen. Seine Bauchmuskeln spannten sich an und der feine Pfad an Haaren, der dort entlang nach unten führte, glänzte.

Griff leckte nicht wirklich über seine Lippen, aber er hätte gerne. „Hey, ähm…" Er suchte in seiner Tasche nach einem Umschlag mit 1400 Dollar in Fünfzigern und legte ihn in Dantes warme, schwielige Hand.

Auf der anderen Seite des Raums pfiff Briggs am Waschbecken.

„Was ist das?" Dante blickte verwirrt auf das Geld.

„Geld von… dieser Sache. Du weißt schon. Ich hab's vorher vergessen und wollte nicht, dass du danach fragen musst." Griff nickte, als sei das selbstverständlich. „Du, ich muss mit dem Chief reden."

Dante schüttelte seinen Kopf und hielt ihm den Umschlag hin. „Das ist deins, G."

Doch bevor Dante es ihm zurückgeben konnte, war Griff schon auf dem Weg zur Tür, zog sich ein Shirt über den Kopf und dachte über einen Platz in diesem Haus nach, an dem er sich für die nächsten zwölf Stunden vor seinem besten Freund verstecken könnte.

DAS JAULEN des Alarms weckte Griff in einer Ecke des Pausenraums auf, wo er sich zusammengekauert hatte, um sich zu verstecken.

„Engine… Ladder…" Die blecherne Stimme schallte durch das Haus. „Engine… Ladder…" Griff konnte das Stampfen der Stiefel durch das Haus hören, als die Jungs sich auf den Weg zu den Fahrzeugen machten und über die späte Stunde beschwerten. Griff schüttelte sich und machte sich auf zur Tür.

Die halbe Nacht hatte er es geschafft, sich jeglicher Zeit alleine mit Dante zu entziehen. Der Pausenraum war das einzige Zimmer, in dem Dante ihn nie alleine erwischen würde. Das permanente Publikum bedeutete, dass Unterhaltungen sich ausschließlich um Pussys oder Sport drehen konnten. Gruppen waren in Ordnung, aber wenn es nur um sie beide ging, hatte Dante diese Art, ihm so nahe zu kommen, dass Griff dachte, er würde wahnsinnig werden. Er wusste, dass Dante es bemerkte, aber es gab nichts, was er tun konnte.

Die Anastagios haben ihre Zuneigung schon immer auch physisch zum Ausdruck gebracht, aber gepaart mit allem anderen kam Griff mit dem körperlichen Kontakt nicht mehr klar. Dante, der ihn tätschelte, ihn schubste und seine Schulter drückte, erzeugte in ihm das Gefühl, als würde er jeden Moment explodieren. Ein paar Wochen länger „Monte" auf dem Laptop sowie gemeinsames Arbeiten und sie würden ihn von den Wänden und der Decke kratzen können.

„Engine… Ladder…"

Unten im Erdgeschoss stiegen die Jungs in den Truck. Dante war schon drin; er zeigte auf den Platz neben seinem. „Na los, Gorilla. Wir haben uns schon Sorgen gemacht, du würdest es einfach verschlafen."

Griff nickte und schloss seine Jacke, als er sich setzte. Er konnte Dante riechen und die Lust machte ihn nervös. „Ja. Hab letzte Nacht mies geschlafen."

Der Rest der Crew quetschte sich in das Löschfahrzeug. Briggs und Watson zickten herum wegen irgendwas Belanglosem. Tarlton machte den Chauffeur. Siluski fuhr auf dem Beifahrersitz und schrie über seine Schulter, als sie mit schallenden Sirenen und Rotlicht auf die Straße fuhren.

Der Truck rumpelte unsanft über die Straßen, bremste und bog abrupt ab, wenn sie um parkende Autos, betrunkene Fahrer und ungeduldige Taxis herumfahren mussten. Tarlton hätte das Fahrzeug blind durch die kleinen Straßen navigieren können.

Sie hielten vor einem großen Warenhaus – es sah nach Elektrogeräten aus. Die hohen Fenster, die Richtung Bürgersteig zeigten, waren zersplittert; Plünderer hatten schon Beute gemacht. *Prima.* Ein paar Aasgeier zogen schon ihre Kreise um die Möglichkeit einer nervenaufreibenden Tragödie.

Als die Männer aus dem Wagen auf den Asphalt stapften, biss der scharfe Gestank in ihren Augen. Selbst hier unten fiel das Atmen schwer. Griffs Lungen brannten.

„Plastik." Siluski schnüffelte, als er den Helm auf seinem Kopf zurechtrückte. „Eine Menge davon brennt. Himmel. Ich würde den Geruch überall erkennen."

„Und richtig scheiß - krebserregend." Watsons Augen waren bereits rot und tränten.

Sie kletterten hinunter auf die Straße und starrten hinauf zu der Säule aus öligem Rauch über ihnen. Der Chief war schon damit beschäftigt, einen Schlachtplan auf den Weg zu schicken. Die Jungs von der Engine waren bereits an einem Hydranten und ihr Azubi hatte damit begonnen, den Schlauch auszurollen. Feuer war in den Fenstern vom dritten Stock aufwärts sichtbar. Die ganze Sache war fürchterlich schnell fürchterlich heiß geworden.

Griff konnte die Stimme seines Vaters beinahe in seinem Kopf hören: „Vermutliche Brandstiftung." Sie mussten hier vorsichtig vorgehen. Alles Mögliche könnte sie erwarten.

Der Rettungswagen fuhr vor und Tommy sprang mit seiner großen Ausrüstung heraus.

„Ich kenne das Gebäude. Slick Willie ist im Erdgeschoss. Ausstellungsraum und Büros. Versand auch." Briggs stöhnte auf. „Elektrowaren - Kette."

„Perfekt. Ich hab sowieso nach einem neuen Großbildfernseher für den Super Bowl gesucht." Dante grinste, als er seine Jacke über seiner muskulösen Brust schloss.

Watson war um das Feuerwehrauto herum gekommen, das Rotlicht flackerte über sein Gesicht.

Die Hitze von den Plexiglasfenstern grillte Griffs Gesicht und die ohnehin schon tränenden Augen. „Was ist mit den oberen Stockwerken?"

Briggs schwang sich seine Feueraxt auf den Rücken. „Ich glaube, die oberen Stockwerke sind als Lagerräume vermietet. Ich bin einmal durch den Boden gekracht. Hab mir mein Schienbein und mein Schlüsselbein gebrochen. Nichts entspricht den Bauvorschriften."

Siluski grunzte: „Fantastisch. Das wird da drin wie auf einem Flohmarkt sein."

„Räumungsverkauf!" Dante lachte. „Vielleicht finde ich ein paar passende Lautsprecher."

„Masken anziehen, Ladies." Siluski machte keine Witze. „Fürchterlich heiß da drin."

„Soll ich mit dem Azubi die Laderampe nehmen?" Briggs zeigte mit dem Finger. Es gab eine Auffahrt an der Seite des Gebäudes entlang, breit genug für einen LKW. Er griff sich das jüngste Mitglied des Teams und drehte sich um, um seine Untersuchung anzufangen, ohne auf eine Antwort zu warten.

Der Chief grunzte und drehte sich zum Rest seiner Männer. „Muir! Du und Siluski nehmt die Haupttreppe in den dritten Stock. Ich hab da ein mieses Gefühl."

Griff und Siluski schnallten sich ihre Äxte, Masken und Helme an.

„Anastagio!" der Chief winkte Dante mit einer Geste zu sich. „Nimm Watson und durchkämmt den vierten und fünften Stock. Der Typ aus der Imbissbude, der angerufen hat, meinte, da oben könnten Obdachlose campen."

Watson joggte zur Tür und zog sie auf; Dante folgte. Das Licht spiegelte sich in ihren Nachnamen, die in reflektierenden Buchstaben auf dem Rücken ihrer Feuerschutzmäntel standen.

„Ich hoffe, niemand hat so spät noch gearbeitet." Siluski schlug Griff auf den Rücken, als sie zum Eingang stapften. Griff sah zu, wie die nachtleuchtenden ANASTAGIO Buchstaben in dem stinkenden Rauch vor ihnen verschwanden.

Vor ihm grinste Dante und ließ seinen Nacken knacken wie ein Boxer. „Na los, lasst die Party beginnen, hm?"

SILUSKI UND Griff waren mit dem Ausstellungsraum schnell fertig. Das Erdgeschoss schien zwar verqualmt, aber nicht in unmittelbarer Gefahr. Schmutziges Wasser tropfte aus den Leitungen über ihnen. Ihre Stiefel platschten durch einbildhalb Zentimeter Wasser, das sich auf dem unebenen Linoleum angesammelt hatte.

„Was ist mit dem Sprinkler-System?" Griff lief von einem Regalgang zum nächsten und suchte mit den Augen die Reihen von Elektrokrempel und Fernsehern ab. „ Keine Zivilisten, kein Feuer."

Siluski erstattete dem Chief übers Funkgerät Bericht. „Im Erd- und Zwischengeschoss Rauch, aber kein Feuer. Machen uns auf in den Dritten."

Griff konnte das Feuer über ihnen hören, aber die Sprinkler waren im größten Teil des Geschäftes tot. „Was ist mit den Sprinklern?"

Sie schoben sich durch die Nottür ins Treppenhaus.

„Erste Suche ergibt kein Feuer im Fünften." Dantes Stimme schallte von drei Stockwerken über ihm, als er ins Funkgerät bellte, dann brummte seine Stimme Watson etwas zu, als sie hinunter in den vierten Stock stampften.

Siluski runzelte die Stirn, als sie emporstiegen. „Vielleicht wollte jemand einen Streich spielen? Scheint wie ein Scherzanruf, mit dem ganzen Wasser."

Oben im Dritten war es heiß und deutlich rauchiger; auch wenn sie es noch nicht gefunden hatten, irgendetwas brannte noch immer. Der gesamte Flur war vollgepackt mit unbenutzten Verpackungen und tausender zusammengefalteter Wellpappe-Kisten in Stapeln. Sie verminderten die Bewegungsfreiheit und sie waren somit absolut nicht sicher. An einem Ende des sauerstofflosen Flurs trafen sie auf eine verschlossene Tür, glühend heiß, wenn man sie berührte.

Griff stieß Siluski an und blickte zu den Deckenplatten über ihnen. „Für was, hatte Briggs gesagt, nutzen sie die oberen Stockwerke?"

„Weiß nicht. Leere Kisten überall, verflucht nochmal. Ich schätze hauptsächlich als Lager. Ich muss das hier aufbrechen." Siluski tat wie angekündigt. Ein Hitzeschwall rollte ihnen entgegen, und dieser fürchterliche schmierige Rauch – gegrilltes Plastik.

Sie betraten einen großen Raum, der mit hohen Regalen und tiefen Tischen und einem dichten Vorhang aus rollender Schwärze gefüllt war. Auf der gegenüberliegenden Seite zeigten die Fenster in Richtung Straße. Das Rotlicht war unter ihnen, gerade eben außer Sicht.

„Ähm, Siluski…" Griff hockte sich hin und deutete zur Decke. Über ihnen waren Rohre gebrochen und die Balken um sie herum wiesen Beulen und heftige Spuren eines Vorschlaghammers auf. Niemals war das hier ein Unfall. Über den demolierten Leitungen wand sich das Feuer die Decke entlang, langsam und golden wie eine Masse aus fließendem Öl.

Siluski hatte das Funkgerät schon hervorgeholt. „Chief, ich hab hier Hitze von drei Seiten. In den Wänden im Dritten. Wir brauchen eine Leitung hier oben, aber flott. Jemand hat die Sprinkler demoliert."

„Verstanden."

Von oben waren laute Rufe zu hören. Ein *pop – pop – pop* , als oben durch die Hitze ein paar Fenster heraus flogen.

„10-45! Ich hab einen", bellte Watson von oben; es klang so, als würde der Depp seine Maske nicht tragen.

Über ihnen war ein leichtes Krachen zu hören. Ein paar Deckenteile fielen in einem Schauer aus Splittern hinunter.

„Was, zur Hölle, ist da oben los?!" Siluskis Stimme war durch seine Maske gedämpft. „Geh runter."

Der donnernde Wasserstrahl gegen die Fenster wurde weniger. Das fauchende Brüllen des Feuers hatte die Lage verändert und die Decke war nun heißer, das Feuer blauer. Füße trampelten über ihnen hinweg und Dante rief weit entfernt Anweisungen.

Etwas Schweres krachte hinter ihnen nieder und schlug durch den Boden hindurch nach unten. Ein riesiges Loch in der Decke zwischen zwei Balken zog Luft, stachelte das Feuer an und leitete den Sauerstoff nach oben weiter. Durch den unbeabsichtigten Schornstein konnten sie laut und deutlich hören, wie Dante im vierten Stock seine Anweisungen schrie.

Auch keine Maske, dieser Scheißidiot.

„Was, zur Hölle, war das?" Die grimmige Verwirrung des Chiefs war greifbar.

Flammen leckten die Wände der westlichen Seite des Flurs im dritten Stockwerk hinunter. Plastikteile knallten und brutzelten um sie herum, liefen zu stinkenden, geschmolzenen Bächen zusammen, die an ihren Schuhen klebten.

Die Stimme des Chiefs kam knackend durch das Funkgerät. „Ihr Jungs kommt da raus! Es ist zu heiß und wir haben einen toten Hydranten. Macht euch vom Acker!"

„Lieutenant?" Griffs Magen kribbelte mit Bestimmtheit. „Hey! Siluski?"

„Verstanden. Schon dabei." Siluski nickte Griff zu und deutete den Weg, den sie gekommen waren, zurück. Sie gingen auf die Knie und beeilten sich, zur Tür zu kommen.

Draußen war der Flur ein einziges Durcheinander aus Papier und Rigips. Die Luft begann zu kochen. Geräusche aus dem nicht erreichbaren Treppenhaus drangen zu ihnen. Glas brach über ihnen und jemand brüllte Dante und Watson an.

Siluski gab Griff mit einer Kopfbewegung ein Zeichen, ein Stück zurückzubleiben.

Durch den verrauchten Flur zu navigieren war, wie durch siedenden Matsch zu schwimmen. Griffs Atem zischte hinter seinem Beatmungsgerät. Selbst mit den Strahlern auf ihrer Brust und den Flammen an der westlichen Wand mühten sie sich blind ab. Siluski versuchte, mit seinem Brecheisen ein wandgroßes Regal aus ihrem Weg zu ziehen; es fiel mit einem lauten Knall und spuckte eine Wolke aus Funken aus. Seine Schubladen leerten Akten auf die brennende Wand. Keine Chance, dass sie auf dem gleichen Weg, auf dem sie gekommen waren, auch wieder herauskommen würden.

„Hintertreppe." Griff gestikulierte und sie machten kehrt und stürmten in Richtung Tür am anderen Ende, zusammengekauert und Kisten und Teile der Rigipswände zur Seite tretend. Griff benutzte seine Masse, um durch den Schutt in Richtung Hinterausgang zu brechen. Und dann nahmen sie die Stufen nach unten, immer drei Stufen gleichzeitig. Die Gefahr verfolgte sie und nahm dabei Geschwindigkeit auf.

DER CHIEF sprach in ruhigem Ton auf Siluski ein. „... irgendein Brandbeschleuniger. Sie haben wohl versucht, Fernseher abzufackeln, um die Versicherung zu kassieren. Ich werde keine guten Männer wegen so einer Scheiße verlieren."

Die Jungs vom Löschfahrzeug konnten ohne genügend Wasser, das sie auf den Großbrand halten konnten, nicht viel ausrichten. Briggs und der Neue standen auf der Rückseite des Leiterwagens. Die Leiter war ausgefahren, ein leerer Schlauch hing schlaff über ihr. Der Gestank von versengtem Plastik hing ihnen allen in der Nase.

Wo, zur Hölle, war Dante?

Siluski spuckte eine schwarze Masse auf den Boden. „Chief, da drin ist niemand zum Rausholen! So eine Hitze und wir sollen rein, um ein paar Pappkartons zu retten? Scheiß drauf. Da ist nichts weiter als überschüssiger Mist und du kannst sicher sein, dass das Zeug versichert ist."

Griff zog sich die Maske vom Gesicht und begann, auf und ab zu gehen. Er fühlte sich wie ein machtloses Tier in der Falle. Schweiß rann über sein Gesicht und seinen Hals, als er nach oben blickte, um die hohen Fenster anzustarren. Dante und Watson schlugen sich noch immer nach unten durch und ließen sich dabei viel zu viel Zeit.

Dann ertönte ein lauter Ruf und Siluski stolperte Richtung Tür. Briggs folgte ihm und der Chief drehte sich um, um nachzusehen, was geschehen war.

Im verrauchten Eingangsbereich des Geschäfts war Watson zu erkennen, der jemanden mit sich schleppte und dessen Gewicht auf seine Hüfte stützte. Sein Rufen klang gedämpft, bis er sich die Sauerstoffmaske vom Gesicht riss. „Kann mir jemand mal 'ne Hand borgen?" Ein angesengter Penner hing an ihm, sein Bart halb vom Gesicht gebrannt.

Erleichtert begann Griff, auf ihn zuzugehen, und wollte jemanden anschreien. Dante war noch immer nicht zu sehen.

Der Chief rief bereits die 10 – 45, bevor Watson es überhaupt bis nach draußen geschafft hatte: Brandverletzung.

Die Sanitäter hatten ihre Ausrüstung bereits zur Hand; Tommy stürmte Richtung Watson, um zu übernehmen.

Der Obdachlose hatte über seine eigene Vorderseite und Teile von Watson gekotzt.

„Ich hab Anastagio verloren!" Watsons Augen waren unter dem Ruß blutunterlaufen. „Hab versucht, dieses *Genie* hier zur Treppe zu schaffen."

Griffs Herz zog sich zusammen. „Was meinst du mit verloren?"

Watson lehnte sich nach vorne und stützte sich am Truck ab. Die Männer scharten sich in einer Gruppe um ihn. „Er war hinter mir. So verdammt heiß da oben. Ich hab die ganze Zeit mit ihm geredet. Dann nichts. Vielleicht hat er noch jemanden gefunden?"

„Ohne seine Maske." Griffs Stimme klang in seinen eigenen Ohren leise.

„Dante, Position?" Siluski sprach in sein Walkie Talkie und bekam keine Antwort. „Watson, vierter Stock?"

„Leiterwagen! Vierter Stock." Der Chief sah zu den qualmenden Fenstern hinauf. „Brennt die Scheiße da oben immer noch?"

Die anderen Jungs um das Fahrzeug waren alle nur wenige Meter von Griff entfernt, doch sie hätten auch auf dem Mars sein können. Das Sirenenlicht tanzte auf ihren rußigen Gesichtern, *rot-blau-rot-blau*. Siluski sah so angepisst aus, dass es nur bedeuten konnte, dass er eine Scheißangst hatte.

„Anastagio!" Siluski brüllte ein weiteres Mal in sein Funkgerät. „Hör auf, dir da oben einen runterzuholen!"

Griff fühlte, wie ihm ein Loch in den Magen gerissen wurde. Irgendetwas hatte ein Stück aus seinem Innersten gebissen und ließ einen ausgefransten, leeren Raum zurück. Vielleicht ein Hai; die ganze Welt war schließlich am Untergehen.

Watson hatte sich inzwischen seiner Maske entledigt, schüttelte seinen Kopf und spuckte. Keine Antwort aus dem Walkie.

Die Zeit verlangsamte sich so sehr, dass Griff seinen Herzschlag als zwei völlig unterschiedliche Geräusche wahr nahm.

– *Lub... dub...* --

Die Crew starrte den Chief an. Die Zeit, die sie auf den nächsten Befehl des Chiefs warteten, schien wie eine Ewigkeit.

– *Lub ...dub...* –

Griff wartete nicht. Er hätte nicht wirklich sagen können, was als Nächstes geschah.

Er dachte nicht einmal nach; er sah nur zu, wie es geschah, denn er war plötzlich wie eine andere Person, die ihm lediglich beobachtete. Plötzlich bewegten sich die Beine unter ihm in unglaublicher Geschwindigkeit. Aber es waren die Beine von jemand anderem. Aus der Entfernung eines Falken sah er zu, wie ein großer, blasser Fremder in Brandschutzausrüstung durch die brennende Tür und zurück zur Hintertreppe sprintete, die er eben erst verlassen hatte.

– *Lub ...dub...* –

Der Atem von jemand anderem rauschte in Ohren, die ihm nicht gehörten. Er fühlte, wie sich die Muskeln seiner gestohlenen Beine anspannten, als sie sich zu seinem besten Freund arbeiteten, der irgendwo da oben gerade erstickte oder schlimmer. Als wäre die Luft keine heiße grau-orange Suppe. Als ob sich kein beißender Qualm vor seiner Maske sammelte.

– *Lub ... dub...* –

Erst als er wieder allein war, zwang sich Griff in seine eigene Haut zurück und hinein in das Feuer. Alles um ihn herum bewegte sich in Zeitlupe. *Denk nach, Idiot.* Sie waren im Vierten gewesen, als Watson den Kerl gefunden hatte. Er kletterte die Stufen hinauf in das Inferno. Asche wirbelte in der Luft um ihn herum.

Oben angekommen machte er sich so klein wie möglich und auf den Weg durch den verrauchten Flur.

Bitte.

„Dante?" Unter dem Wispern des Feuers lauschte er nach Dantes Funkgerät. „Na los, du verfluchter Idiot." Nichts als das Summen des Feuers, das auf die vielen Pappkisten und das Plastik losgelassen wurde, das Ploppen und Fallen der Rigips-Einrichtung, das Brechen von Glas. Metallstreben, die über ihm stöhnten. Dante war nirgendwo zu sehen.

Blanke Panik stieg in Griff auf, lähmte ihn, als er sich auf der Stelle drehte in der verzweifelten Hoffnung nach einem Zeichen, einem Geräusch, einem Hinweis in der grölenden Dunkelheit.

– *Lub... dub...* –

Endlich hörte er am nördlichen Ende ein elektronisches Pfeifen von der anderen Seite der Wand. Er legte seine Hand gegen den heißen Rigips und versuchte, mehr auszumachen.

Siluskis Stimme klang schwach und statisch, aber nah. „Anastagio!"

Griff zögerte keinen Moment. Er nahm seine Axt in die Hände und hackte eine mannsgroße Öffnung zwischen die Streben. Die heiße Luft schlug ihm ins Gesicht und versengte ihm seine Wimpern. Er schlug immer und immer wieder mit aller Macht zu und erkämpfte sich so seinen Weg ins Innere, half mit seinen Schultern nach. *Football in der Hölle.* Die Hitze rollte auf ihn zu und kochte die Luft in seinen Lungen. Auf seiner Jagd nach Dante musste er den 11. September ein weiteres Mal ertragen.

Atemmaske. Es war dämlich, dass er sie nicht trug, aber er würde jetzt keine weitere Zeit mehr verlieren. Dante trug seine ebenfalls nicht, was deutlich schlimmer war. Im Zimmer war ein Tisch umgefallen. Dantes Helm lag auf dem Boden und er hob ihn im Vorbeigehen auf. Er lief auf kaputtem Plastik und verkohlter Pappe. Ein weiteres Mal hörte er auf dem Funkgerät, wie Siluski Dantes Namen rief, und er wuchtete den Tisch aus dem Weg.

Da! Ein Reflexionsstreifen an der Wand fing den Strahl von seiner Brust auf und warf ihn zurück. – STAGIO. Er war noch niemals glücklicher gewesen, den fluoreszierenden Streifen auf dieser Jacke zu sehen.

Dantes Vater hatte ihm einmal erklärt, dass ihr Familienname, Anastagio, „göttlich" oder „Wiedergeburt" bedeutete. In diesem glühend heißen Zimmer, den Blick auf die reflektierenden Buchstaben gerichtet, die schützend über seinem Freund lagen, klangen diese Worte richtig.

Besser als der 11. September; wenigstens sind wir hier zusammen.

Griff ließ den Helm fallen und durchquerte den brennenden Raum.

Ich würde lieber mit ihm sterben. Diesmal wird er nicht alleine sein.

An der Wand lag Dante zusammengesackt gegen einen Stapel zerschlissener Kisten, halb begraben unter Mauerwerk und Teilen der Decke. Ein Pfeiler hatte ihn erwischt und ihn lange genug eingeklemmt, dass seine Lungen sich mit dem erstickenden Rauch füllen konnten. Er hatte eine heftig blutende Kopfwunde, schien allerdings keine Verbrennungen oder ernsthafte Knochenbrüche erlitten zu haben. Seine Nase war mit verschmortem Dämmstoff und Asche verkrustet, doch sein Atem ging gleichmäßig, wenn auch flach. *Lebendig.*

Dante stöhnte und rührte sich; seine Hände ballten sich zu Fäusten. *Gott sei Dank*, die Wirbelsäule war in Ordnung.

„Dante?" Griff kroch unterhalb des Qualms, rollte Dantes Körper herum und zog sich einen Handschuh aus, um ihn zu untersuchen – keine Schnittwunden, starker Puls. Irgendeine Kopfwunde, aber keine Zeit für eine Halskrause oder gar eine Trage. Sie mussten, auf Teufel komm raus, weg aus dieser Hitze, die das Zimmer um sie herum auffraß, bevor sie beide erstickten.

Schnipsel brennenden Papiers schwebten wie wütende Motten auf sie nieder. Griff tastete nach seinem Beatmungsgerät und hielt die süße, metallische Luft für einen Moment über Dantes Mund und Nase. Griff blieb dicht neben ihm am Boden, ihre Gesichter nur wenige Zentimeter voneinander entfernt. Er sah, wie sich Dantes Auge unter dem dünnen Lid bewegte.

Griff hörte, wie am anderen Ende des Raums ein Fenster aufgrund der Hitze explodierte. Seine eigenen Lungen standen in Flammen. Unten auf der Straße Sirenen und schreiende Menschen. Er nahm einen weiteren Atemzug Instant-Sauerstoff und befestigte die Maske über dem blutigen Gesicht seines Freundes. Dante, so dicht vor dem Tod, war ein Deja Vu für ihn; er hatte es schon einmal erlebt.

Zeit zu gehen.

Griffin schüttelte den Kopf. „Halt durch, Kumpel." Wie auf Autopilot lehnte er sich hinunter, senkte eine Schulter und hob Dante hoch, während er sich mit seinen starken Beinen gegen das Gewicht stemmte.

Kein totes Gewicht. Kein totes Gewicht.

Mit einem Aufschrei drückte Griff Dante in einen sicheren Halt und beeilte sich, zielsicher tretend und Dinge aus dem Weg schiebend, zu dem Spalt zu kommen, den er zuvor in die Wand geschlagen hatte.

– Lub... –

Er drehte sich zur Feuerschutztür und versuchte, nicht einzuatmen.

– Dub... –

Seine Brust verkrampfte sich und seine Arme brannten unter Dantes Gewicht.

Bitte – bitte – bitte, Gott. Ich tue alles, was du willst.

Im Treppenhaus wurde alles einfacher: die Gravitation auf seiner Seite war er in der Lage, sich einige Male gegen die Wand zu stützen, während er seinen Weg nach unten auf die Straße stolperte. Das Feuer begann die Wände nach unten zu kriechen.

– Lub... –

Als Griff sich seinen Weg die Treppe hinunter suchte und dabei versuchte, seine wertvolle Last nicht fallen zu lassen, suchte ihn eine Erinnerung heim: Sie beide, wie sie sich in dem Sommer, bevor sie in der Fire Academy auf Randall Island angefangen hatten, mit Jägermeister vollgedröhnt hatten. Sie hatten auf das Haus der Anastagios „aufgepasst". Dante war mit drei Mädels abgestürzt und hatte ein paar Stunden ziemlich abgefahrenen Sex, während Griff auf der Couch eingeschlafen war.

Aus irgendeinem Grund, den er später selbst nicht erklären konnte, hatte Dante das Trio mit Filzstiften auf seinem gesamten, langen Körper herumkritzeln lassen, bevor es ihn ausgeknockt hatte. Als er aufgewacht war, war die Farbe getrocknet und jeder Zentimeter seines Körpers war von blauer und roter Farbe übersät, die nicht ohne heftiges Schrubben wieder abgegangen war.

133

Am Morgen hatte Griff nicht zweimal darüber nachdenken müssen, sondern hatte sich einfach ausgezogen, sich seinen besten Freund geschnappt und war mit ihm unter die Dusche geklettert. Beide hatten gelacht, als er ihn mit einer harten Bürste buchstäblich von Kopf bis Fuß abgeschrubbt hatte, damit sie es pünktlich in die Kirche und zur Taufe eines Cousins schafften. Das war das einzige andere Mal in ihrem Leben, dass er Dante nackt getragen hatte.

– Dub... –

Jetzt könnte ich das nicht mehr tun. Ihn nackt tragen. Auf der anderen Seite würde Dante so etwas heute auch nicht mehr bringen, oder?

Griff konnte den Fuß der Treppe sehen, konnte den ersten Hauch frischer Luft schmecken. Seine Wimpern brannten. Mit dem letzten Rest an Kraft, die er noch aufbringen konnte, drückte er Dante an seine Brust und stürzte zur Tür hinaus.

Dann waren sie auf der Straße, er konnte atmen und so ziemlich jeder schrie ihn an. Er war durch den Rauch beinahe blind und die ganze Welt war kaum mehr als ein stechendes, verschwommenes Etwas. Seine Nase war von Asche verkrustet und seine Augenbrauen waren versengt.

„Runter! Leg ihn hin!" Die Sanitäter lösten seinen Griff und legten Dante auf eine Trage. Tommy lehnte sich über ihn, checkte seinen Puls und gab seinen Kollegen leise Anweisungen. Eine kräftige, schwarze Frau versuchte, seine Atemwege frei zu bekommen, und murmelte vor sich hin.

Dante nahm einen lauten, zischenden Atemzug. Wiedergeburt. Und Griff erkannte die genaue Melodie seines Atems. *Ich danke Dir, Gott.*

Griff versuchte, einen Blick auf ihn zu erhaschen, sank jedoch erschöpft zu Boden und würgte. Der schwarze Speichel rann in langen, giftigen Fäden von seinem Mund auf den Asphalt.

Jetzt weiß ich, nach was verschmorte Fernseher schmecken.

Weit über ihnen platzten weitere Fenster und anscheinend brach ein riesiges Stück Decke von den oberen Stockwerken ein, denn Millionen Funken glühender Asche wirbelten durch die Luft. Die gigantische Welle einer Flamme schoss in den Himmel.

Das hätte er sein können.

„Was, zur Hölle, sollte das, Muir?" Jemand war neben ihm und brüllte ihn von oben an. Briggs. „Dir hat's fast deinen fetten Arsch gegrillt."

Fick dich. Griff spuckte wieder. Er bekam den Geschmack nicht aus seinem Mund, oder das Bild, wie Dante an der Wand zusammengesackt da lag. Was, zur Hölle, hatte Dante da gemacht?

Ähm, seinen Job? Auch er ist ein Feuerwehrmann.

Dante keuchte und hustete, als Tommy einen Schlauch mit Sauerstoff unter seine Nase legte und ihn mit vorsichtigen Händen untersuchte.

Danke, Tommy.

Ein sommersprossiger Sanitäter schob ein Augenlid nach oben und leuchtete mit einer kleinen Lampe in seine Pupillen, während er den anderen etwas zumurmelte. Tommy nickte und sah zu Griff… und nickte. Alles würde gut werden.

Die nächste Runde im Pipe Room geht auf mich.

Briggs war stinksauer. „Die Leiter war schon unterwegs, du Flachwichser. Hättest du nicht drei verfluchte Minuten auf deine Scheißfreundin warten können?"

Ohne darüber nachzudenken war Griff auf seinen Füßen, die Faust geballt und bereit, Briggs Gesicht zu Brei zu schlagen, als Siluski ihn am Arm packte und ihn wie einen Rottweiler zurückzog.

Der Chief trat vor Briggs und hob eine Hand. „Lass gut sein, Briggs! Das ist sein Bruder."

„Wenn du das sagst –" Briggs machte einen weiteren Schritt und Watson platzierte eine Hand auf seiner Brust.

„Hab ich gerade. Deshalb bin ich derjenige, der hier das weiße Hemd trägt, Idiot." Der Chief trat nach vorne. „Deshalb habe ich die Officer-Streifen auf meiner Brust. Beruhig dich."

Griff wusste, dass er zu schnell atmete, und versuchte, nicht ganz so hektisch nach Luft zu schnappen, um nicht Gefahr zu laufen, zu hyperventilieren und umzukippen. Als die Jungs vom Krankenwagen Dante aus seiner Ausrüstung schnitten, konnte Griff die Buchstaben auf Dantes dunkelblauem T-Shirt erkennen: „ BLEIB 200 FUSS ZURÜCK."

Versuch nur, mich dazu zu zwingen.

Siluski legte eine Hand auf seinen Arm und zog ihn zurück auf den Bürgersteig vor dem rauchenden Gebäude. „Beruhig dich, Kleiner. Sie kümmern sich um ihn."

Griff blickte hinunter auf die Hand auf seinem Ärmel und fühlte sich dabei, als gehöre sein gigantischer Arm gar nicht wirklich zu ihm. Die Muskeln krampften und zuckten noch immer. „Ja, Sir."

Griff ließ sich von einer ehrenamtlichen Krankenwagen-Tussi neben den Rettungswagen führen, ließ dort überflüssige erste Hilfe über sich ergehen, um nicht in Versuchung zu geraten, Briggs auf einem öffentlichen Platz zu ermorden und anschließend zu zerstückeln.

Nachdem sie mit den Doktorspielchen fertig waren, bewegte sich Griff automatisch Richtung Truck. Er musste Dantes Eltern anrufen. Über ihnen qualmte das Gebäude unter dem einen funktionierenden Schlauch.

Scheiß Stadt. Scheiß Republikaner. Scheiß Budgetkürzungen.

Der Chief drückte ihm Dantes Helm in die Hand. „Gidwitz hat ihn gefunden."

„Danke." Griff drückte ihn an seine Brust wie ein Neugeborenes.

„Was, zur Hölle, hast du da getrieben?!"

„Das war nicht wirklich ich. Ich meine, ich hab nicht nachgedacht." Griff hustete. Himmel, stank es hier. „Ich hab nicht…" Er fühlte sich machtlos, ohne Grund wütend. Er wollte Briggs den Schädel dafür einschlagen, dass er Dante seine

Freundin genannt hatte, dafür, dass er sich gerade diesen Moment dafür ausgesucht hatte, ein Arschloch zu sein, dafür, dass er versucht hatte, ihn zu beschämen.

„Nein. Du hast deine Sache gut gemacht. Er hätte da oben sterben können." Der Chief nickte. „Ich schreib trotzdem 'ne Abmahnung, aber unter uns? Du hast das Richtige getan."

Griff drückte den Helm an sich und atmete. Blinzeln fühlte sich seltsam an; ihm wurde klar, dass seine Wimpern zu kurzen Stummeln versengt waren.

Der Krankenwagen mit Dante darin fuhr mit Höchstgeschwindigkeit davon und Griff fühlte, wie sein Herz mit ihm fuhr, sich von seiner Brust in einem langen Faden abrollte und abrollte und einfach nicht reißen wollte.

Das Feuer bei Slick Willie gab sich nach etwa drei Stunden geschlagen. Schließlich fuhr die Engine 361 von der anderen Red Hook-Wache vor und Gott sei Dank bekamen sie das Ganze dann in den Griff. Sie zapften einen Hydranten an, der nicht Vandalen zum Opfer gefallen war, und die anderen Männer gingen zurück ins Gebäude. Der Löschwagen durchweichte die Fassade mit Wasser und eine andere Leitung führte ins Innere, um die heftigsten Brände zu bekämpfen.

Nachdem er seinen Arsch aufgerissen bekommen hatte, saß Griff den Rest aus, blieb unten auf der Straße und versuchte, Luft in seine verbrühten Lungen zu ziehen. Sie konnten sich alle verpissen. Absolut nichts hätte er anders gemacht. Die Sanitäter hatten ihm gesagt, dass er wahrscheinlich erstickt wäre, wenn er ein Raucher wäre. Zum millionsten Mal war er froh darüber, dass Dante Tabak in seinem Haus verabscheute.

Nachdem das Inferno verebbt war, gingen die anderen Jungs zurück, um Stockwerk für Stockwerk die suppige Asche, die verschmorten Geräte und die versengten Pappschachteln zu durchsuchen. Nachdem alles freigegeben worden war, waren alle mehr als glücklich, von diesem Scheißdreck wegzukommen.

Am Ende gab es keine „Verkohlten"; niemand war in dem Gebäude gestorben. Die Brandermittler würden am Morgen ihre Runde machen, denn „mehrfache Brandherde" waren praktisch ein Neonsignal für „Versicherungsbetrug". Bösartige Idioten.

Es stellte sich heraus, dass Dante der einzige ernsthafte medizinische Notfall war, und es war seine eigene verdammte Schuld. Tommy war ziemlich sicher, dass er eine Kopfverletzung hatte, aber seine Vitalfunktionen waren in Ordnung und somit hatte Griff keine gute Ausrede, um ihn ins Krankenhaus zu begleiten.

Im Wagen sprach keiner ein Wort. Sie hatten Glück gehabt und Griff war dämlich. Genug dazu. Niemand würde ihm vorwerfen, ein Leben gerettet zu haben, besonders, wenn es um einen der ihren ging.

Griff fuhr mit dem Rücken zur Fahrtrichtung und wurde aufgrund der unebenen Straße hin und her gerüttelt, w#hrend die anderen Gesichter betrachtete.

Sah ihn jemand seltsam an? Hatten sie auf Briggs Bullshit geachtet? Nein. Sie alle wussten, dass er ein Ehren-Anastagio war. Sie ließen ihn in Ruhe in Panik verfallen.

Wo war Dante jetzt?

„Ich werde zu alt für diese Scheiße." Griff versuchte zu schlucken. Seine Hände zitterten. Unter seiner Ausrüstung war er klatschnass. Er war sich noch immer nicht sicher, ob er sich nicht in die Hosen gepinkelt hatte, als er Dante bewusstlos und brennend gefunden hatte.

Siluski schüttelte seinen Kopf und wischte sich über den Mund. „Nee. Mir scheint es so, als wärst du gerade eben alt genug, Kleiner."

Griff schloss seine Augen und versuchte, in dem schaukelnden Fahrzeug zur Ruhe zu kommen und alle anderen zu ignorieren. Rückwärts zu fahren – nicht zu sehen, wohin es ging - machte ihn ein wenig nervös. Seine Augen brannten und er weinte ein wenig vor Erleichterung, aber wer würde das unter dem verkohlten Dreck schon bemerken? Er wollte eine Dusche, einen Drink und sich aufs Ohr hauen. Er wollte sich hinsetzen und über Alles und Nichts mit dem einzigen Menschen reden, der, ohne es auch nur zu versuchen, sein Innerstes nach außen kehren konnte.

Und, einfach so, wusste er eines mit fürchterlicher Gewissheit: Er würde sich nicht für immer verstecken können.

Auch wenn es ihn zerstören würde, nichts machte ihm mehr Angst, als die Chance zu verlieren, dem Mann, den er liebte, die Wahrheit zu sagen.

11

Es DAUERTE eine ganze Woche, bis Griff Tommy wiedersah. Griff stand als Türsteher am Eingang des Stone Bone und Tommy sah diesmal selbst wie ein Patient aus.

Griff war direkt vom Krankenhaus, wo er Dante beim Auschecken geholfen hatte, zur Bar gekommen. Dante hatte wegen einer Gehirnerschütterung und einer Wunde, die genäht werden musste, drei Tage zur Beobachtung bleiben müssen; er war zwar in der ersten Nacht bereits wieder aufgewacht, wegen einer Schwellung im Gehirn hatten sie ihn jedoch dabehalten. Griff hatte ihn regelmäßig besucht, natürlich mit Zeitschriften und Süßkram im Gepäck, allerdings mehr für sein eigenes Seelenheil als Dantes. Da ihm absolut nichts einfiel, das nicht völlig verrückt klang, sagte er gar nichts.

Dante schien sowohl für die Stille als auch für die Gesellschaft dankbar gewesen zu sein. Heute durfte er schließlich nach Hause.

Heute Abend hatte Griff im Bone Dienst bis zwei Uhr nachts, danach würde er sich um seine Wäsche kümmern müssen. Außerdem wollte er im Supermarkt vorbeigehen, um ein paar Sachen für Dantes Kühlschrank zu besorgen. Er hoffte auf einen ruhigen Donnerstag Abend, damit er vielleicht früher Feierabend machen konnte. Dann könnte er am nächsten Morgen rechtzeitig aufstehen, um –

„Muir, ich bin's." Tommy war bereits hackedicht, als er allein an der Tür auftauchte. Griff musste zweimal hinsehen, bevor er ihn erkannte, danach überschlug sich sein Magen beinahe.

Thomas Dobsky Jr. sah fürchterlich aus. Seine blutunterlaufenen Augen blickten ins Leere und seine Kleidung sah aus, als habe er darin geschlafen. Über seinem linken Auge war eine tiefe Platzwunde, deutlich tiefer als nur ein Kratzer. Sie sah klebrig genug aus, dass man auf die Idee kommen konnte, dass sie in einer weiteren Prügelei erneut aufgeplatzt war. Einer der Knöpfe seiner Jeans war geöffnet. Himmel. Hatte er etwa mehr Hinterhof-Sex gehabt und das so nah an seinem Zuhause?

Zerfetztes Bärenjunges.

Griff verdrängte den Gedanken und beugte sich zu dem kleinen Sanitäter hinüber.

„Tommy, du siehst nicht wirklich gut aus."

Tommy lehnte sich gegen den Türgriff, die Hitze, die sein Körper ausstrahlte war für Griff spürbar. Sein Atem war warm und stank nach Whiskey. „'sch muss inner halbn Stunde daheim sein. Saggt mein Frau." Er wedelte betrunken mit einem Finger vor Griff herum und sein Knie stieß an Griff, versehentlich oder auch nicht.

Griff machte einen Schritt zurück. „Solltest du tun. Nimm 'ne Mütze voll Schlaf, bevor deine Schicht losgeht."

„Fick. Disch." Tommy schob sich hinter ihm vorbei, in die Menge Richtung Bar.

Super.

Donnerstags abends war es im Bone eher ruhig. Ein paar jüngere Typen in Anzügen hatten sich auf ein Feierabendbier getroffen, bevor sie sich auf den Weg nach Hause nach Cobble Hill und Carroll Gardens machten. Ein paar andere uniformierte Angestellte der Stadt waren auch schon eingetroffen: drei Cops, die gerade keinen Dienst hatten, und Watson aus ihrer Feuerwache. Tommys Situation war die einzige, die erhöhte Aufmerksamkeit benötigte, aber Griff konnte seinen Posten nicht verlassen, um sich darum zu kümmern. Außerdem musste er heute Abend noch nach Dante sehen.

Die gesamte nächste Stunde versuchte Griff, ein Auge auf Tommy zu haben, welcher keinerlei Anstalten machte, nach Hause zu gehen. Der untersetzte Mistkerl stolperte von Tisch zu Tisch, prostete Fremden zu und mischte sich in Unterhaltungen ein. Zweimal machte der Barkeeper den Eindruck, als wolle er Griff das Zeichen geben, ihn rauszuwerfen, allerdings kam es nie.

Gegen neun durchsuchte Griff mit den Augen den Raum nach dem kleinen Sanitäter, konnte ihn jedoch nicht finden. *Oh verdammt.* Der Zweifel nagte penetrant an ihm. Tommy war doch sicherlich nicht dumm genug...

Griff gab dem Manager ein Zeichen, kurz für ihn zu übernehmen. „Muss mal pinkeln."

Auf dem Weg zum Klo fiel sein Blick auf Tommy, der sich in das kleine Separee im hinteren Teil der Bar gequetscht hatte, an einem Glas mit dunklem Bier nippte und der Person zunickte, die neben ihm saß. Er erkannte den rasierten Kopf und den Anzug.

Es war Alek.

Er erzählte lächelnd eine Geschichte und gestikulierte mit seinen langen Fingern; an Tommys Lächeln war sein Alkoholpegel abzulesen und seine Augen sahen aus, als sei er an mehr interessiert als an einer Unterhaltung.

Himmel, Arsch und Wolkenbruch.

Griff betete, dass keiner von beiden dumm genug sein würde, irgendetwas im Stone Bone anzufangen. Alek würde nichts sagen, oder? Oder war er gerade dabei, Tommy für die HotHead Website anzuwerben? *Oh Gott!*

Schlimmer noch: Was wenn sie sich *tatsächlich* gerade gegenseitig klar machten? Wenn Tommy darauf stand, von fremden Typen in Manhattan brutal gevögelt zu werden, war das eine Sache – aber hier?

Nee. Alek würde nichts tun, was ihn oder Dante in die Scheiße reiten würde. Hölle nochmal, Griff hatte Alek so ziemlich genau da, wo er jetzt stand, auch zum ersten Mal getroffen. Der Russe wusste, wie man etwas cool und diskret durchzog. Und Tommy würde es sich wohl kaum da besorgen lassen, wo man ihn erwischen konnte, richtig?

139

Wenn Griff nicht bestimmte Dinge über die beiden gewusst hätte, hätte er sicher kein zweites Mal hingesehen.

So wie die Sache stand, zählte er bis drei, um sich zu sammeln. Die beiden sahen viel zu entspannt miteinander aus. Er sah sich um, um zu checken, ob es noch jemand bemerkt haben könnte. Hier drinnen waren die beiden vielleicht wirklich nur zwei Kumpel, die bei einem Glas Bier über belanglosen Mist reden wollten. Keine große Sache. *Jepp.*

Er setzte sich in Bewegung und bahnte sich den Weg zu ihnen durch die Menge. Ihm blieben lediglich ein paar Minuten zur Schadensminimierung, bis er wieder zu seiner Tür musste. Er setzte sich auf die Bank ihnen gegenüber.

„Big Griff!" Tommy war deutlich betrunkener und freundlicher. Sein Mund sah entspannt und glücklich aus. Er krähte, „Ey, Mann, setzzzdich!" Als ob Griff genau das nicht gerade eben getan hätte.

„Mr. Muir." Alek lächelte und nickte zum Gruß. „Ich habe Sie gar nicht gesehen, als ich gekommen bin. Thomas und ich unterhalten uns gerade über den Feuerwehrdienst."

„Oh?" Griff starrte Alek an und schüttelte ruckartig seinen Kopf. *Was zum Henker suchst du hier, Schmierlappen?* Er wusste es genau.

„Nur ein bisschen Small Talk." Alek schüttelte seinen Kopf als Antwort auf die unausgesprochene Frage und senkte seinen Blick.

Tommy lehnte sich auf seiner Bank zurück und streckte die Arme weit genug aus, dass einer hinter Alek landete. Nichts Ungewöhnliches, wenn man nicht danach suchte. „'sch hab gerade Mr…"

„Vaklanov." Alek sprach ruhig in seinem kantigen Akzent. „Alek Vaklanov."

Tommy grunzte. „Jepp, genau. 'sch hab ihm vonner Feuerwache erzählt. Bester verfluchter Job der Welt, beschissene Bessahlung. Aber wir sind wie Brüder, richtig?" Der Blick, den er Griff zuwarf, war der eines getretenen Hundes. „Jeder steht hier für jeden ein."

Alek stand auf, wollte allerdings lediglich zur Bar. Unter Griffs Blick verlagerte er unruhig sein Gewicht. „Drinks?"

„Ich arbeite." Griff grollte ihn herausfordernd an. *Reiz mich nicht.*

Alek lehnte sich nach vorne, um etwas zu Tommy zu sagen, der mit feuchten Lippen auf den verschrammten Tisch vor sich starrte. Tommy nickte und wischte sich grob über die Nase. Alek richtete sich auf und machte sich auf den Weg zur Bar.

Sobald er halbwegs aus dem Weg war, klopfte Griff auf den Tisch, um Tommys Aufmerksamkeit zu bekommen. „Hey, Dobsky! Ich dachte, du wirst zu Hause erwartet."

„Ich bin zu Hause." Tommy drehte sich betrunken zur Seite, um Aleks Hintern besser sehen zu können. Er leckte sich über die Lippen und wandte sich wieder Griff zu. „Ich mein, ich bin auf m Weg… yieh- ha." Er kicherte.

Verfluchte Scheiße.

„Hey! Hey!" Griff schnipste mit seinen riesigen Fingern und senkte den Ton zu dem, was Dante seine Barbarenstimme nannte. „Über was auch immer du gerade nachdenkst, lass es verflucht nochmal. Dobsky, hörst du mir zu?" Würde er richtig deutlich werden müssen?

Tommy drehte sich zurück zum Tisch und wühlte nach etwas in seiner Hosentasche. Er zog eine zerknitterte Visitenkarte hervor und hielt sie sich dicht unter die blutunterlaufenen Augen.

Griff musste sich praktisch auf seine Finger setzen, um sie ihm nicht aus der Hand zu reißen. War das Aleks Telefonnummer? Oder die HotHead-Karte? Sowohl das Eine als auch das Andere wäre eine Katastrophe. Er musste Dobsky hier herausbekommen, ohne eine Szene zu machen oder durchsickern zu lassen, dass er wusste, was hier vor sich ging.

Der Sanitäter kaute konzentriert an seinen Lippen und stieß die zerknitterte Karte immer wieder mit seinen stummeligen Fingern an. Seine Augen wanderten zu Alek, der inzwischen an der Bar stand.

„Dobsky, bring mich nicht dazu, deinen Hintern vor die Tür zu setzen. Du bist, verflucht nochmal, am Ende. Geh nach Hause zu deiner Frau, bevor du hier noch umkippst."

Tommy drehte sich zu Griff und runzelte die Stirn. Er wusste noch immer nicht, dass Griff Bescheid wusste, was definitiv ein Vorteil war. Hatte Alek bereits ein Angebot gemacht?

„Hör mir genau zu." Griff beugte sich zu ihm hinüber. „Ich versuche, dir hier einen Gefallen zu tun."

Tommy schnaufte und verschüttete etwas aus seinem Bierglas. Für einen Moment sah es so aus, als würden seinen goldenen Augen zu weinen beginnen; dann verschwand der glasige Blick wieder. Er erhob sich von seiner Bank, um Griff besser in die Augen sehen zu können, und pikste dem größeren Mann in die Brust, um seine betrunkene Wut zu unterstreichen. „Du… kannst… einen… Scheiß… helfen." Er hickste und setzte sich ruckartig zurück auf die Bank.

„Mach locker, du Depp." Griff warf verstohlene Blicke um sich, um sicherzugehen, dass niemand dem untersetzten Betrunkenen und dem rothaarigen Riesen, der sich mit ihm unterhielt, Beachtung schenkte. Er brummte vor sich hin. „Bevor ich dich in eine Kiste packe und dich mit der verfluchten Post nach Hause schicke, lass mich dir ein Taxi rufen."

Tommy lächelte und zwinkerte, die Wut bereits wieder vergessen. Ein weiteres langsames Blinzeln, so als zwinkerte er mit beiden Augen. Er dachte über das Angebot nach und schluckte einen Rülpser hinunter. „Nein danke, Kumpel. Ich bin okay. Du bist riesig, hm?" Sein Blick wanderte über Griffs Brust und seine Schultern.

Perfekt. Die Methode der physischen Einschüchterung flog ihm um die Ohren und ließ den perversen, kleinen Mistkerl geil werden. Er hatte vergessen, dass Schikane Tommy heiß machte.

„Na los, Tommy." Griff dachte darüber nach, ob es weise wäre, um den Tisch zu gehen, ihn auf seine Füße zu ziehen und ihn dann nach draußen in die kalte Luft zu zerren, bewegte sich jedoch nicht. Er blickte zu der Tür, an der er eigentlich stehen sollte. Die Zeit rannte.

Da saßen sie nun an diesem Tisch und versuchten, Worte für sehr unterschiedliche Dinge zu finden, die sie sich sagen wollten.

Bevor Tommy anfangen konnte, irgendwelche Wahrheiten von sich zu geben, hustete Griff und unterbrach so den Moment der Anspannung. „Hey Mann, nichts ist so schlimm."

Wir beide wissen, dass das eine verfluchte Lüge ist.

„Griffin, ich glaube, ich will mich scheiden lassen." Tommys Stimme brach bei seinen Worten. „Leute lassen sich nun mal scheiden."

Oh scheiße. „Wovon redest du?"

„'s ist fürchterlich, Mann." Tommy rieb sich über sein Gesicht. „Ich weiß nich, mit wem ich drüber red'n kann."

Das macht aus uns schon zwei, Arschloch. Griff dachte darüber nach, wie dicht er schon einmal davor war, Tommy alles zu erzählen, und – *Gott sei Dank* – entschieden hatte, die Klappe zu halten.

An der Bar nahm Alek gerade vorsichtig seine Bestellung in die Hände. Griff sah, wie eine Frau mittleren Alters versuchte, mit ihm zu flirten. Mit absolut null Erfolg. *Falsche Adresse.*

Tommy ließ sein Glas auf dem Kondenswasser auf dem Tisch hin und her rutschen. „Griff, du biss wirklich ein guter Kerl, richtig? Bodenständig. Ähm, hassu jemals drüber nachgedacht…?"

Als Griff ihm zusah, wie er sich wand, wurde ihm klar, dass Tommy versuchte, den verrückten Mut eines Betrunkenen aufzubringen, um etwas Fürchterliches zu beichten. Tommy wollte ihm alles erzählen und Griff um einen Rat fragen, den er ihm nicht würde geben können.

„Ich mein, du biss gebaut wie ein Kühlschrank. Ich mein, du und Anastagio seid verflucht nochmal *Männer*. Wie Brüder. Hm. Niemand belästigt euch. Falls ich was bräuchte…" Tommy hatte an seiner Angst zu knabbern, als er versuchte, die Worte herauszubringen, und Griff ließ ihn; er hatte seine eigene, „Weil wir beide, ähm, Kerle sind."

Das Phantombild des rauen Hinterhof-Ficks hing zwischen ihnen in der Luft, schwebte und nahm Gestalt an, als Tommy redete.

Von ihnen beiden wusste nur Griff, dass sie an das gleiche dachten: die aufgeschürfte Haut, die Schwänze hart wie Beton, die haarigen Oberkörper, Bartstoppeln, die aneinander rieben, buchstäblich feuchte Erregung. Die grunzende, angestrengte, schwitzende, stöhnende Hitze zwischen zwei Männern, die das gleiche wollten und keine Angst davor hatten, es sich zu nehmen.

Nicht ich; ich hab eine Scheißangst.

Tommy holte tief Luft. „Wir alle haben Bedürfnisse. Was heißt, dass wir auch echte Schweine sein können." Er hielt ein Lachen zurück.

Griff schloss seine Augen und wartete darauf, dass die Axt fiel. Hier im Stone Bone - und beinahe hoffte er darauf.

Tommy fand schließlich die Worte, sein Blick war intensiv. „Was ich versuche zu sagen ist, hast du dich jemals gefragt, wie es ist …?"

Einen Mann zu küssen.

Deinen Freund zu vögeln.

Schwul zu sein.

Griff biss die Zähne zusammen und hielt den Atem an, als er die Augen öffnete und darauf wartete, dass die Worte ausgesprochen wurden.

Tommy sah auf, völlig fertig, nahm einen tiefen Atemzug, um seine Frage zu ste –

Und dann stand plötzlich Alek wieder vor ihnen und stieß mit seinem Schritt gegen den Tisch. „Und da bin ich wieder, Gentlemen."

Eine Welle von Erleichterung und Schuld spülte über Griff hinweg, als das Phantom „Sex zwischen Männern" verpuffte, bevor Tommy ihm eine Gestalt geben konnte.

Alek stellte eine Tasse Kaffee auf den zerschlissenen Tisch und genau vor Tommys Nase.

„Tom?" Griff stellte die Frage, von der er wusste, dass er keine Antwort auf sie erhalten würde. „Was, Mann? Wie was ist…?"

„Vergiss es." Tommy verstummte, als er seine kurzen Finger um die Tasse schloss.

Alek setzte sich neben den verwirrten Sanitäter und nickte Griff zu – Zeit zu gehen. Sie kamen zu einer stillen Übereinkunft, während Tommy versuchte herauszufinden, wie sein fürchterliches Geständnis zum Teufel gegangen war und warum er eine Tasse Kaffee im Bone schlürfte.

„Ich muss wieder nach vorne." Griff erhob sich aus dem Separee und nickte dem angepisst aussehenden Manager an der Tür zu. „Trink aus, Dobski. Letzte Runde. Geh nach Hause zu deiner Familie." Als er die letzten Worte aussprach, ruhte sein Blick auf Alek.

Alek nickte mit seinem Kopf Richtung Tür. Er verstand Griff genau, sowohl den Befehl als auch die Drohung. „Wenn er den Boden der Tasse sehen kann, setze ich unseren Freund in ein Taxi. Versprochen, Mr. Muir."

Armer Tommy.

Auf dem Weg zurück zu seinem Posten an der Tür wünschte sich Griffin, *er* wüsste, wen er um Rat fragen könnte.

AM NÄCHSTEN Morgen verließ Griff das Haus seines Vaters, ohne etwas gegessen zu haben. Es war ihm ernst damit, noch vor den Weihnachtsfeiertagen ausziehen zu wollen, und der Columbus Day lag bereits hinter ihnen.

143

Loretta Anastagio hatte ein paar Termine vereinbart, um sich mit ihm einige Mietobjekte anzusehen. Er wusste, was er wollte – nichts Ausgefallenes, lediglich eine Wohnung, die er sich mit den Jobs, die er bereits hatte, würde leisten können und die nah genug an seinem täglichen Leben war, so dass er nicht den halben Tag damit zubringen musste zu pendeln.

Er wollte etwas Sauberes in der Nähe seiner beider Familien und nah genug, dass er die Feuerwache mit dem Auto oder der U-Bahn innerhalb von dreißig Minuten erreichen konnte. Sie versuchte ihn dazu zu bringen etwas Spezifischer zu werden, aber mehr war ihm nicht wichtig und die Regeln waren einfach: keine Mitbewohner, egal wie nett; keine Ateliers, egal wie gemütlich; nichts auf Staten Island, egal wie billig.

Einfach, oder? Offensichtlich nicht. Loretta versuchte, selbst über diese Kriterien zu verhandeln, aber er blieb hartnäckig. Griff wusste genau, mit was er tagtäglich zurechtkommen konnte.

Seufzend machte sie beunruhigende Vorhersagen über überhöhte Mieten, dabei hatte Griff sie gerade erst auf eine Wohnung angesetzt. Immobilien in New York waren schon immer ein ähnlich brisantes Thema wie ein radioaktives Haifischbecken. Griff wollte lediglich seine Optionen kennen.

Zögernd stimmte sie zu, sich umzusehen, sobald sie Nicole in der Vorschule abgeliefert hatte. Er würde Loretta dort treffen und sie auch wieder pünktlich zur Mittagszeit dort abliefern, damit sie ihre Tochter wieder einsammeln konnte.

Auf dem Weg zur Schule sah Griff auf sein Handy. Nur eine Nachricht auf dem Anrufbeantworter von Alek, der ihn wissen lassen wollte, dass er Tommy, wie beauftragt, in ein Taxi gesetzt hatte. Auf gut Deutsch: „Ich habe deinen betrunkenen Freund gestern Abend nicht mit meinem großen russischen Penis in den Arsch gefickt."

Griff fragte sich, ob es eine Möglichkeit gab, Tommy genug Angst einzujagen, dass er Alek komplett meiden würde.

Er dachte darüber nach, bei Tommy anzurufen, um sicherzugehen, dass er auch wirklich sicher zu Hause angekommen war, entschied sich jedoch dagegen. Sie waren nicht wirklich Freunde und es klang so, als wäre die Lage im Dobsky Haushalt ohnehin schon angespannt. Das letzte, was Griff wollte, war, eine ohnehin schon unangenehme Situation dadurch zu verschlimmern, dass er seine Nase hineinsteckte.

Kümmer dich um deinen eigenen Scheiß.

Nachdem er sich vor den bunt bemalten Fenstern einen Parkplatz gesucht hatte, sah er sich nach Loretta um, konnte sie jedoch nirgendwo entdecken. Griff sah hinunter auf sein Handy. Hatte er vergessen, nach Textnachrichten zu sehen? Nein. Nichts von Loretta.

„Morgen!" ein warmer Bariton grüßte ihn von der anderen Straßenseite. Dante schlenderte mit einem Becher Kaffee und einer mit Butterflecken übersäten Papiertüte in einer Hand und einem Kindersitz in der anderen in seine Richtung. Ein Minivan wurde langsamer, um ihn die Straße überqueren zu lassen. „Hab dir 'ne Aprikosentasche mitgebracht."

144

Nach seinem Unfall wurde Dante mit einer leichten Gehirnerschütterung entlassen. Es war erst eine Woche her, seit er sich seinen Schädel gespalten hatte und beinahe lebendig verbrannt wäre. Er sah attraktiver aus als je zuvor. Offensichtlich standen ihm Beinahe-Tot-Erfahrungen.

Griff neigte seinen Kopf und sah verwirrt drein. „Ich sollte hier deine Schwester treffen."

„Und ich bin kein Ersatz?" Dante überreichte ihm seinen Kaffee.

„Nein. Ich hab nur..." Griff nahm die Tüte entgegen. Er konnte die Aprikosenfüllung riechen und sein Magen knurrte.

„Frankie hat sie zu ihrem Hochzeitstag überrascht. Er ist gestern Abend aus dem Irak eingeflogen und sie hat mich angerufen, um als eine Kinderauffangstation- und Wohnungszuhälter-Kombination einzuspringen."

Griff nickte sein Dankeschön und blinzelte in die Morgensonne. Zwischen ihnen schien es keine Verlegenheit zu geben. *Ich hab dich vermisst, D.*

Dante grinste zurück, als hätte er Griffs Gedanken gelesen und stimme ihm zu. „Ich wusste, dass du Hunger haben würdest."

„Cool." Griff drehte sich zu seinem Wagen um. „Willst du fahren, während ich esse?"

„Jepp. Ich will, dass du dir die Dreckslöcher mit vollem Magen ansiehst. Dann hast du was zum Hochwürgen."

Griff hatte leider keine Hand frei, um seinem lächelnden Freund einen Klaps zu verpassen, aber es war der Gedanke, der zählte. Außerdem schien es ein wenig arg unfair, jemandem mit einer Gehirnerschütterung eine zu langen. Er nahm stattdessen einen Schluck seines starken Kaffees. „Wie geht's deinem Schädel?"

„So hart wie immer." Griff zuckte zusammen, als Dante sich an seinen Kopf wie an eine Tür klopfte. „Was los?"

Griffs Augen traten bei der gleichgültigen Einstellung seines besten Freundes beinahe hervor. „Ähm. Es ist nicht mal 'ne Woche her? Du bist krank geschrieben. Du erinnerst dich?"

„Ach was. Ich bin bereit für alles, was du vorhast." Er verdrehte die Augen und schlug sich auf die Brust.

„Dante, mal im Ernst. Dich hat's beinahe bei lebendigem Leib gegrillt. Dir hat's den Schädel gespalten."

„Mach dir keine Sorgen, G. Du hast mich schon gerettet. Ich werd schon nicht als Gemüse enden."

Griff stieß den Atem in einer Wolke des Unglaubens aus. „Himmel. Du bist bereits als Scheißgemüse geendet. Als *Keimling*."

„Deinen Keimling hab ich genau hier, Muir." Dante griff sich in den Schritt und kaute an seiner dunkelroten Lippe. „Wir können nicht alle Mammutbäume sein. Und *du* bist vielleicht kein Fan, aber mein Keimling hier wird häufig gepflanzt." Er folgte Griff zu dessen Wagen. „Schlüssel?" Ohne Vorwarnung trat Dante dicht an

Griff heran, schob seine Hand in dessen Hosentasche und wühlte hier, mitten auf der Straße, darin herum.

„Argh!" Griff erstarrte neben der Beifahrertür.

Dante kicherte leise. *Da* ist ja mein roter Kopf."

Griff hielt den Atem an, als Dante mit seiner Hand gegen die Seite seiner leichten Ausbeulung strich. Er versuchte, sich daran zu erinnern, dass sie nur zwei Freunde waren, die hier herumalberten. Er sog zischend Luft ein, „Jepp. Ich könnte… du musst nicht unbedingt Unterwasserschatzsuche in meiner verfluchten Hose spielen."

„Sollte mich vermutlich vor dem Zitteraal in Acht nehmen." Dante schloss seine Finger um den Schlüsselring, zwinkerte und zog seine Faust wieder heraus.

Klimper – Klimper –

Griff nahm einen Schluck Kaffee und sah sich um, um sicherzugehen, dass niemand sie gesehen hatte. Der Bürgersteig um sie herum war leer. Beinahe war es ihm egal.

Hm. Ich schätz,e Pornos sind eine Art Heilmittel gegen Komplexe.

Dante öffnete Griffs Tür, damit er einsteigen konnte, und schloss sie anschließend fest. Er joggte um den Wagen herum und sprang auf den Fahrersitz. „Ich kann's nicht glauben, dass du mich deinen verdammten Truck fahren lässt."

„Ich wollte schon immer einen schmierigen Italiener als Chauffeur." Griff biss ein großes Stück aus seinem Aprikosenplunder und kaute zufrieden.

Dante lachte und zog ein Stück gefaltetes Papier aus seiner hinteren Hosentasche, um ihm Lorettas Liste zu überreichen: sein Fluchtplan. Er war warm von Dantes Körper und dadurch, dass er an Dantes Hintern gepresst gelegen hatte, etwas gebogen. „Wohin zuerst, Mr. Muir?"

Griff kaute einen Moment und ließ die verknitterten Seiten ein wenig abkühlen, bevor er sie auseinander faltete.

Dante saß auf glühenden Kohlen. „Such dir ein Loch aus. Irgendeines."

Griff überflog die Seiten. Loretta hatte sie sinnvoll nach Vierteln geordnet. „Hm. Der erste Stopp sieht nach Sunset Park aus."

Dante nickte, warf einen Blick in den Rückspiegel und ordnete sich in den Stadtverkehr ein.

GRIFFIN WUSSTE nicht, was er erwartet hatte, aber er hatte keine Ahnung, dass New Yorker bereit waren, in so widerlichen Behausungen zu leben. Für einige von ihnen wäre die Straße ein Schritt nach oben gewesen.

Sie alle waren unmöglich, jedes einzelne Apartment, das Loretta herausgesucht hatte – und nicht nur ein wenig, sondern in geradezu biblischen Ausmaßen. Es war wirklich beunruhigend, was Brooklyn einem uniformierten Junggesellen, der auf der Suche nach einer Bude war, zu bieten hatte. Letztendlich verstand Griff, was Loretta versucht hatte, ihm schonend beizubringen.

Okay, das war nicht völlig fair. Einige der Wohnungen waren tatsächlich recht schön, dafür aber preislich völlig unrealistisch. Selbst mit seinem Gehalt vom FDNY, dem Türsteherjob im Stone Bone und den Aufträgen auf dem Bau am Wochenende,hätte Griff sechzig Stunden täglich arbeiten müssen, um die Miete zahlen zu können. Vom Bezahlen des Stroms ganz zu schweigen.

Die Wohnungen, die er sich hätte leisten können - alle drei - waren geradezu mittelalterlich, sowohl optisch als auch bezüglich der Ausstattung .

Option eins war im sechsten Stock, natürlich ohne Aufzug, und hatte tatsächlich Müllberge auf den endlos scheinenden Stufen und Hundehaufen auf den Zwischengeschossen. Auf dem Flur schrie sich ein Paar auf französisch an, zumindest klang es so. Ein Kleinkind wanderte allein und in Windeln und barfuß durch die Gegend. *Nein, danke.*

Eine Wohnung hatte nicht einmal Wände oder eine Toilette. Lediglich ein einsames Rohr ragte aus dem unfertigen Betonboden in der Mitte eines leeren Zimmers. „Zwei Wochenenden und so gut wie neu!" hatte der potentielle Vermieter verkündet. „Sie können sich aussuchen, was sie in welchem Zimmer installier haben wollen, und auch die Ausstattung können Sie ebenfalls selbst aussuchen." Er zeigte auf das ein Meter große Fenster, das sich oben an einer Wand befand. „Und ein toller Ausblick!"

Die dritte Wohnung stellte sich als halblegales Zwei-Zimmer-Apartment heraus. Es war von ein paar gerissenen Cousins ohne Genehmigung über einer Pizzeria gebaut worden. Sie hatten erklärt, dass die Familie nicht wirklich wusste, wem das Haus gehörte, also musste die Miete wöchentlich und in bar bezahlt werden. Als Bonus könne Griff so viel Pizza haben, wie er essen konnte, *außerdem* könnten sie für ihn Wetten in der illegalen Straßenlotterie ihres Vaters platzieren. Oben fand Dante eine Ratte von der Größe eines Opossums tot in einer Ecke des nach Pepperoniwurst stinkenden Schlafzimmers liegen. Die verlegenen Cousins erklärten, dass sie unten im Flur Rattengift ausgelegt hatten und die Viecher darum hier oben waren: „Sozusagen auf Urlaub."

Dante kriegte sich auf dem Weg zurück zum Truck vor Lachen nicht mehr ein und schlug Griff auf den Rücken, um auch ihn zum Lachen zu bewegen.

Sobald sie wieder unterwegs waren, sagte Griff kein einziges Wort mehr. Er faltete lediglich Lorettas Seiten, die noch immer in die Form von Dantes Hintern gerollt waren, auf und wieder zu.

Dante fuhr zurück zur Vorschule, um Nicole einzusammeln.

„Sorry." Griff fühlte sich wie ein Idiot, dass er Dante hier durch die Gegend gezerrt hatte.

„Na komm schon! Für was? Ich wollte helfen."

„Es macht dir nichts aus, hier herumzufahren?"

„Was glaubst du denn? Nein! Ich hasse es, verdammt nochmal, G." Dante drehte sich zu Griff und verzog sein attraktives Gesicht zu seinem Dorfdeppen-Ausdruck: Augen verdreht, Zunge ausgestreckt. „Ich will, dass du bei mir einziehst, Mann."

„Nee. Ich weiß das zu würdigen, aber ich brauche eine eigene Wohnung. Ich bin ein Erwachsener." Griff drehte sich, um aus dem Beifahrerfenster zu sehen. Er wollte die Bitte in Dantes tiefem Blick nicht sehen.

„Denk nach. Ich hab all diese Zimmer."

„Ohne verfluchte Wände oder Türen!" Griff lachte und blickte zu seinem besten Freund hinüber.

„Genau! Wir könnten das Geld zusammenlegen. Die Hälfte der Kosten. Ich könnte die regelmäßige Miete gebrauchen und du könntest ein paar der Rechnungen dadurch abarbeiten, dass du mir beim Renovieren hilfst. Wir wären beide besser dran und du weißt das. Sogar meine Eltern denken das."

„Das haben sie gesagt?"

„Griffin, sie haben es vorgeschlagen." Dante nahm seine Augen von der Straße, um ihn mit einem Blick festzunageln. Er runzelte die Stirn. „Sie wissen, wie viel du arbeitest. Sie wissen, wie es bei deinem Dad ist. Und sie machen sich um uns beide Sorgen."

Griff versuchte, seine Besorgnis in Worte zu fassen, die keine Grenzen überschritten und trotzdem dankbar für das Angebot klangen. „Dante, ich denke nicht, dass ich jemals mit jemandem zusammenwohnen sollte. Ich bin eine Nervensäge. Ich arbeite zu unmöglichen Zeiten. Ich schnarche." *Und ich hole mir jede Nacht einen runter, während ich dir im Netz zusehe.*

Dante kaufte ihm das nicht ab. „Ja, du Trottel, und ich bin ein arroganter Idiot. Ich besitze und *benutze* mehr Drogerieprodukte als eine Tussi. Ich kann einen Luftangriff verschlafen und ich habe den selben beschissenen Dienstplan wie du. Nur für den Fall, dass dir das entgangen ist. Warum bist du so völig gegen mich?" Er legte eine Hand auf Griffs riesiges Bein und tätschelte ihn.

Warum – warum – warum? Das frage ich mich.

Griff trug einen wahren Kampf aus in dem Bestreben, seinen Oberschenkel nicht anzuspannen, nicht zu reagieren. Er blickte hinunter auf die Hand und dann auf die Straße vor ihnen. Er schluckte. „Es liegt nicht an dir. Ich liebe dein Haus, du weißt das. Auch da rumzuhängen. Hölle, ich hab sogar geholfen, aus dem kaputten Haufen etwas zu machen. Es – ich will dich nicht einengen."

„Tust du nicht! Wie solltest du mich einengen?! Ich *frage dich*!" Dantes Frust darüber, hier mit einem Irren völlig logische Ideen durchgehen zu müssen, schlug sich in seiner Stimme nieder.

Griff nahm einen tiefen Atemzug und stieß die Luft wieder aus. „Ich will dir nur nicht noch mehr Druck machen, als du ohnehin schon hast."

Dante drückte Griffs Bein und tätschelte es – *guter Hund* –, bevor er beide Hände zurück ans Lenkrad legte. „Okay, okay. Ich will nur, dass du weißt, dass ich dich dort haben möchte. Ich wünsche mir nur, dass du darüber nachdenkst."

„Ich weiß." Griff nickte. Auf seinem Oberschenkel konnte er noch immer Dantes Handabdruck spüren. „Mache ich. Habe ich schon." *Ich denke täglich dreiundzwanzig Stunden lang darüber nach, was auch der Grund dafür ist, dass es eine beschissene Idee ist.*

Dante fuhr auf einen Parkplatz einen Block von Nicoles Schule entfernt. Er stellte den Motor ab und gab die Schlüssel zurück.

Griff nahm sie entgegen und drehte sich zu Dante. „Tut mir leid, dass ich dir deinen Freitag versaut hab. Du solltest im Bett liegen."

„Er war nicht versaut. Himmel."

Kleine Leute mischten sich mit ihren Müttern vor den pastellfarbenen Buchstaben, die auf das Gebäude gepinselt waren.

Dante zeigte mit dem Finger auf jemanden und begann, aus dem Truck zu steigen. „Da ist sie ja."

Griff überraschte sich selbst, als er sich fragen hörte, „Kann ich mitkommen und Hallo sagen?"

„Sicher! Klar. Sie wird sich freuen." Dante wartete darauf, dass Griff den Wagen abschloss und die Schlüssel einsteckte.

Unter einem Gemälde eines Stapels Kürbisse hielt sich Nicole am Rockzipfel einer jungen Lehrerin fest und zeigte auf die beiden, als sie sich näherten. Die Lehrerin beugte sich herunter, damit sie Nicole verstehen konnte.

Dante sprach leise aus seinem blutroten Mund. „Ich sollte es vielleicht erwähnen, nur damit du's weißt: sie nennt dich Monster."

„Monster?" Griff schüttelte den Kopf, als er die Straße überquerte. „Ich frage mich, woher sie das wohl hat?"

„Keine Ahnung." Dante sah zur Seite und versagte vollständig bei dem Versuch, unschuldig dreinzublicken. „Du bist riesig und griesgrämig und feuerrot."

„Ich werde versuchen, auf keine Zwerge zu treten." Griff lächelte und stieß ihn mit der Schulter hart genug an, dass er stolperte.

„Hey!" Dante stieß ein entrüstetes Lachen aus. „Ich bin verdammt gebrechlich! Ich befinde mich gerade erst auf dem Weg der Besserung."

„Scheinst mir so gut wie neu."

Die zwei Feuerwehrmänner suchten sich ihren Weg durch die Massen von winzigen Schülern, um ihre eigene Kleine zu finden.

Nicole beobachtete ihre Ankunft mit einer Art geduldiger Skepsis, so als warte sie darauf, dass Griff auf ein Gebäude trat. Griff fühlte sich wie Godzilla.

„Na los, Krümel." Dante hob seine Nichte auf den Arm und bedankte sich bei der Lehrerin dafür, dass sie mit ihr gewartet hatte.

Nicole verdrehte ihre kleinen Augen wegen der Ungerechtigkeit, wie ein Kind behandelt zu werden. „Onkel Dante."

„Und Monster", murmelte Griff, nachdem sie sich wieder auf den Weg zum Auto gemacht hatten.

Dante und Nicole lachten, bis auch er einstimmte.

IRGENDWANN GEGEN zwei Uhr nachmittags wurde Griff klar, dass er und Dante gute Eltern abgeben würden – zusammen. Seltsamerweise war es Nicole, die ihre schwierige Situation bemerkte.

Nachdem die beiden Männer Nicole in der Schule abgeholt hatten, waren sie zu Ferdinandos gefahren, einem altmodischen, sizilianischen Restaurant. Nachdem sie eine Ladung Reisbällchen bestellt und verputzt hatten, teilten sich Dante und Nicole ein Mittagessen. Griffs bestelltes Schweinefleisch war so zart, dass es kaum ein Messer benötigte.

Griff bestand darauf, die Rechnung zu übernehmen. Dantes sanfter Blick, den er ihm zuwarf, um sich dafür zu bedanken, ließ in ihm den Wunsch aufkommen, eine Million Mittagessen zu kaufen. Für Fremde.

Auch wenn er wusste, dass es in Wirklichkeit nicht so einfach war, Kinder großzuziehen, genoss Griff die Gelegenheit, mit seinem besten Freund herumzublödeln und für eine kurze Zeit den Dad zu spielen. Keine Sirenen, keine Barschlägereien, keine Renovierungsarbeiten. Nur sie drei, wie sie durch Cobble Hill wanderten und hin und wieder Pausen in Bäckereien einlegten. Und falls ein geheimer Teil von ihm so tat, als wären sie ein männliches Paar, das einen Nachmittag mit ihrer gemeinsamen Tochter verbrachte, versuchte er, nicht zu genau darüber nachzudenken. Dante hatte seiner Schwester versprochen, dass er Nicole um drei daheim abliefern würde.

Nachdem sie Ferdinandos verlassen hatten, stellte Dante sicher, dass Nicole ordentlich in ihren Anziehsachen verpackt war, und wickelte einen alten, gestrickten Schal um seinen eigenen schlanken Hals. Er schob seine Hände in die Taschen und als er Richtung Himmel blinzelte, machte er den Eindruck, als sei ihm etwas peinlich. „Ähm. Ich würde gerne bei der Bank vorbeischauen. Ich hab jetzt, so um die Zeit, einen Termin. Beim Finanzplaner."

Griff war nicht sicher, ob er richtig gehört hatte. „Bei wem? An einem Freitag?" Er war so überrascht, dass er stehen geblieben war.

Dante schien es nicht zu bemerken und steuerte den Bürgersteig an, wobei er etwas über einen sicheren Plan und exakte Zahlen in seinem Kopf erzählte.

Ich werd verrückt. Er hat auf mich gehört.

Nicole ging wieder zurück, legte ihre Hand in Griffs und zog daran; er war so geschockt, dass er andernfalls wahrscheinlich bis Sonnenuntergang dort gestanden hätte.

„Bank", half Nicole mit einem Rollen ihrer Augen aus, die gerade so eben über dem Kragen ihres roten Mantels sichtbar waren. Sie wusste, dass sie hier zu dem großen, dämlichen Monster sprach, also redete sie langsam und sorgfältig. „Er möchte gehen."

Dante bemerkte schließlich, dass er allein unterwegs war, und hielt an, um sich umzusehen. Der Wind blies eine schwarze Strähne über seine klar geschnittenen Gesichtszüge. Sein weißes Lächeln strahlte. Er öffnete seine Hände, als wollte er fragen „Was ist los mit dir?", während Nicole das große Monster zurück zu ihrem Onkel schleifte.

Als sie ihn beinahe eingeholt hatten, war Griff schließlich in der Lage etwas zu sagen. „Du hast mir zugehört."

„Ich höre immer zu, G." Und mit diesen Worten nahm Dante Nicoles andere Hand und die drei machten sich auf den Weg zur Bank – in der Hoffnung, auf ein wundersames Ergebnis.

ES STELLTE sich heraus, dass Dantes Bank in Brooklyn buchstäblich ein Palast war: gekachelte Wände, gewölbte Decken, Marmorboden. Das gesamte Erdgeschoss war eine beeindruckende Nachbildung eines Italiens während der Renaissance.

„Wow", brachte Griff gerade noch heraus. „Ich schätz,e deine Bank ist besser dran als meine."

Dante lachte. „Jepp. Nein. Es ist eine Nachbildung von irgendeinem Haus in Florenz. Italiener, hm? Irgendeine Familie hat es vor etwa hundert Jahren nachbauen lassen." Seine Augen glitten über die Schreibtische auf der Suche nach jemand Bestimmten.

Unten, auf Höhe ihrer Knie, war Nicole sorgsam darauf bedacht, auf ihrem Weg nach drinnen nur auf die cremefarbenen Fließen zu treten. Der Raum hatte den gleichen gedämpften Hall wie eine Kirche.

„Mr. Anastagio?" Eine männliche Stimme schallte von den Wänden und Decken und brachte einige Leute dazu, sich umzudrehen.

Dante und Griff wandten sich um, um einen steif aussehenden Herrn in seinen Vierzigern zu sehen, der an einem niedrigen Schreibtisch auf halbem Weg durch den Raum saß und eine Hand zum Gruß erhoben hatte.

„Das hier sollte schnell vorbei sein." Dante hatte einen kurzen, stummen Austausch mit Griff, um sicherzustellen, dass es für ihn okay war, in Nicoles Händen gelassen zu werden.

Griff nickte. „Ich schätze, sie könnte Spaß haben, das Teil hier für einen späteren Bankraub auszuspionieren."

„Danke." Er hockte sich auf Nicoles Höhe hinunter. „Sei nett zu Monster."

Griff ließ sich von Nicole durch den Raum ziehen, eine cremefarbene Fliese nach der anderen.

Zehn Minuten wurden zu dreißig und Nicole hatte langsam genug von dem beeindruckenden Bau. Als sie verkündete, dass ihre Beine müde wurden, suchten sie sich einen Sitzplatz und pflanzten sich hin. Dante sprach noch immer mit dem Kerl im Anzug.

War etwas nicht in Ordnung? Griff verlagerte unruhig und rastlos sein Gewicht. Er wollte gerne wissen, was so verdammt lange dauerte, aber er würde keineswegs in das Gespräch hereinplatzen.

Griff sah zu Nicole hinüber, die auf der anderen Seite der Bank neben einem halbleeren Tetra Pack mit Orangensaft saß.

Die Kleine schien bester Laune zu sein; sie dachte sich ausführliche Lebensgeschichten über die Leute aus, die in zwei Schlangen anstanden, und teilte ihre Ergebnisse mit Monster. *Seltsam.* Sie durchsuchte mit ihren Augen den Raum nach einer weiteren verfluchten Seele, die dringend einen spannenden Lebenslauf benötigte.

„Tut mir leid, Süße. Ist dir langweilig?"

Nicole legte den Kopf schief und sah verwirrt aus. „Warum ist mir langweilig?"

„All diese Erwachsenen-Sachen. Er dachte nicht, dass es so lange dauern würde."

„Ist dir langweilig?" Nicole sah aus, als sei es ihr ernst. Sie hatte die Arme vor der Brust verschränkt, als sei sie eine Onkologin, die sich Sorgen machte, Griff könne Krebs haben.

„Ähm, nein. Ist es nicht. Ich mache gerne Sachen mit dir und deinem Onkel."

„Ist ihm langweilig?" Sie drehte sich um, um Dante nach Krebs zu untersuchen.

Im Moment saß ihr Onkel gerade ungefähr sieben Meter von ihnen entfernt vor einem glänzenden Schreibtisch. Seine Stirn lag in Falten und er nickte, während der steife Kreditbearbeiter irgendetwas Mitfühlendes von sich gab und ein Blatt Papier hochhielt. Er hatte unbewusst seine Locken so lange mit den Fingern bearbeitet, bis sie zu allen Seiten von seinem Kopf abstanden. Ein klares Anzeichen dafür, dass er versuchte, sich zusammenzureißen, und kläglich scheiterte.

Griff versuchte zu lauschen, aber seltsamerweise machte der hallende Raum genau das unmöglich. Jegliche Konversation wurde von dem reflektierten Gemurmel des Raums geschluckt.

Und wieder hatte Griff die verrückte Fantasie, dass sie beide ein Paar wären und gemeinsam zur Bank gingen. Dass er neben Dante sitzen könnte, ganz so wie ein Ehemann es tun würde, während der Banker ihnen ihre Optionen darlegte. Er könnte Dantes Hand halten, so dass er sich nicht die Haare raufen würde. Er hasste es, zusehen zu müssen, wie Dante da drüben in seinem größten Alptraum allein feststeckte: jemandem ruhig zuhören zu müssen, der ihm sein Haus nehmen konnte.

Bitte, lass ihn das bekommen, was er braucht.

Dann, ganz so, als könnte er ihre Blicke spüren, drehte Dante sich um, sah Griff direkt in die Augen und sein Lächeln ließ sein ganzes Gesicht leuchten. Er zeigte auf seine Uhr und hielt eine Hand hoch. *Fünf Minuten.* Seine schwarzen Augen ruhten auf Griff, als er ihm ein langsames, süßes Zwinkern schenkte – *danke* – und sein Blick richtete sich wieder auf den Kreditsachbearbeiter.

Griff wurde sich wieder bewusst, wo er hier saß, und realisierte, dass dasselbe strahlende Lächeln sich auf sein eigenes Gesicht geschlichen hatte. Und auch, dass die kleine Frau Doktor näher zu ihm gerückt war, um ihrem großen Monster etwas zu erklären.

„Hm-hm. Er langweilt sich nicht." Nicole gab die Diagnose für ihren anderen Patienten ab. „Er vermisst dich nur." Sie tätschelte seine gewaltige Schulter mit ihrer winzigen Hand – *patsch-patsch* –, bevor sie zu ihrer Seite der Bank zurückrutschte.

Frau Doktor wandte sich wieder ihrer Tätigkeit zu, die anderen Erwachsenen unter den achteckigen Oberlichtern interessanter zu machen als sie waren.

Griff schluckte, um einen Kloß im Hals zu beseitigen, und blickte auf den gefliesten Boden. Sie meinte damit nur, dass Dante Spaß daran hatte, mit ihnen herumzualbern. Aus irgendeinem bescheuerten Grund brannten seine Augen und er fühlte sich benommen.

Fang bloß nicht an zu heulen, Arschloch.

Griff atmete tief ein und aus und verschloss die Traurigkeit wieder tief in seinem Inneren, bevor sie würde ausbrechen können. Wie hätte er das erklären sollen? Er warf Nicole einen Blick zu. Vermutlich müsste er das gar nicht; sie würde es für ihn erklären.

Ganz plötzlich und mit unglaublicher Klarheit konnte Griff sich vorstellen, wie ihr Sohn sein würde. Seiner und Dantes. Er würde Dantes Humor und sein Aussehen haben, Griffs Größe und sein Herz, und er hätte vor nichts auf der ganzen, verdammten Welt Angst. Er würde stark und fürsorglich und albern und gütig sein – die Sorte Kind, auf die andere Eltern neidisch wären, ein Junge, der ein Gewinner war und Berge besteigen würde. Griff konnte sich sein kleines, starkes, lächelndes Gesicht genau vorstellen, ganz so, als säße ihr Sohn neben ihm und Nicole unterhielte sich mit ihm statt mit sich selbst. Griff japste beinahe nach Luft bei der süßen Vorstellung einer Familie, die er niemals würde haben können.

Plötzlich sah er Dantes Schuhe. Er blickte auf und sah Dante, der vor ihm stand und ein wenig grau im Gesicht wirkte. Ihr imaginärer Sohn löste sich neben ihm in Rauch auf. „Bei dir alles okay?"

„Tschuldigung, Leute." Dantes Stimme war rau. „Er war mies gelaunt."

Griff stellte Dantes Augen eine stille Frage.

Dante schüttelte seinen Kopf. Es war schlecht gelaufen.

„Du brauchst eine Olive", kündigte Nicole an. Frau Doktor war anscheinend wieder im Dienst. „Mama sagt, Oliven –"

„ – können alles heilen." Dante und Griff sprachen gleichzeitig und begannen zu lachen.

„Jepp, Krümel." Dante nickte ihr zu. „Sie hat das von Nonna gelernt. Ich glaube, du könntest Recht haben."

Sie hatten noch genug Zeit, um bei Sahadi vorbeizuschauen und ein paar Sorten Oliven auszusuchen, bevor sie Nicole zu ihren Eltern zurück brachten; inzwischen brauchten auch sie vermutlich eine Diagnose ihrer Tochter.

Als die drei sich auf den Weg zum Geschäft machten, die Clinton entlang Richtung Atlantic Avenue, neigte Griff seinen Kopf zu Dante und flüsterte ihm zu. „Was auch immer es ist, wir kriegen das geregelt."

„Ich denke nicht, dass du – was noch fehlte, meine ich. Ich denke nicht, dass du kannst."

Griffs Herz zog sich zusammen und die Worte kamen lauter aus seinem Mund, als er beabsichtigt hatte. „Halt die Klappe."

„Das ist unhöflich!" Nicole versuchte offensichtlich herauszufinden, wie sie es beenden konnte, diese beiden Dummköpfe zu babysitten.

„Sorry. Du hast Recht." Dann murmelte Griff Dante zu. „Dante Anastagio, ich werde dir helfen und zwar auch dann, wenn ich dir dazu jeden einzelnen Knochen in deinem Körper brechen muss. Bitte."

Dante sah unangenehm berührt aus und blickte auf die Kleine hinunter. „Es wird damit enden, dass du mich hasst. Oh Gott."

Deutlich wahrscheinlicher, dass du mich hassen wirst. Griff stieß ihn an, was ihn zum Stolpern brachte. „Hör auf damit."

Dante lachte nicht. „Ich bin so ein Idiot."

Was hatte die Bank gesagt?

Nicole hatte angehalten und tat so, als sei sie an einem Schaufenster voller Orchideen interessiert. Wie kam ein Kind darauf, so etwas zu tun? Vermutlich der Einfluss ihrer exzentrischen Mom.

Griff trat ein paar Schritte zur Seite und starrte geradewegs in die besorgten Augen seines besten Freundes. „D, es ist mir egal, was es ist; es ist mir egal, was ich tun muss. Du entscheidest. Okay? Ich versprech's dir. Wir werden den gesamten Betrag besorgen. Rechtzeitig."

Bitte bleib bei mir. Unser Sohn war so nahe, so unglaublich nahe neben mir.

„Okay." Dante sah erschöpft aus. Seine Augen schienen eingesunken, ihr Leuchten erloschen. „Griff, ich ziehe dich in diesen ganzen Mist mit hinein."

Scheiße. Als hätte jemand einen Schalter umgelegt, waren sie plötzlich keine Familie mehr. *Klick!* Sie waren nur noch zwei Vollidioten, die für einen Verwandten, der sie gerade brauchte, das Kind hüteten. Dante war nur noch ein Hitzkopf, der dabei war, sein Haus zu verlieren. Griffs verbotene Gefühle und ihr imaginärer Sohn waren nicht mehr als das: eine Vision.

Ich werde alles tun. Du musst mich nur fragen.

Griff seufzte und sah zu Nicole. Sie betrieb klassisches Kleinkinder-Lauschen, indem sie ihre Augen starr nach vorne gerichtet und ihre Ohren weit geöffnet hatte – ein Staubsauger für Klatsch. Wenn sie nicht vorsichtig waren, würde bald der ganze Anastagio-Clan wissen, dass Dante tief in der Scheiße steckte und Griff irgendwie mit drin hing.

Dante nahm wieder Nicoles Hand. „Na los, Krümel. Lass uns ein paar Oliven für deinen Dad besorgen."

12

ZWEI TAGE später war Griff damit beschäftigt das Löschfahrzeug zu waschen. Er machte Überstunden, damit der Lieutenant ins Krankenhaus fahren und sein neues Baby auf dieser Welt begrüßen konnte.

Es war schon spät und eigentlich brauchte er Schlaf. Aber nachdem er zwei volle Stunden lang versucht hatte, seine Augen geschlossen zu halten, war er heruntergekommen, um dabei zu helfen die Sauerstofftanks neu aufzufüllen, und hatte dann den Azubi losgeschickt, um ein paar Energiedrinks zu besorgen.

Aus Angst davor, dass jemand ihn finden könnte, während er etwas Unaussprechliches gestand, hatte er es nicht geschafft, seine Augen auch nur zu schließen. Es war ihm gelungen, sich seit dem Zusammentreffen in der Bar von Tommy fernzuhalten, und er betete, dass er es schaffen würde, Feierabend zu machen, bevor der kleine Sanitäter zu seiner Schicht auftauchte.

Dante stürzte plötzlich hinter ihm in die Feuerwache und joggte zu den Treppen, die in den Gemeinschaftsraum führten.

„Hey." Griff ließ den Lappen in den Eimer fallen und salutierte scherzhaft.

„Warum arbeitest du noch?" Dante sah aus, als sei er einen ganzen Block lang gerannt, seine Haare vom Wind zerzaust und seine Augen schwarz und leuchtend. „Du bist nicht ans Telefon gegangen."

„Sorry. Wir hatten einen Einsatz. Gasleck." Griff zuckte mit den Schultern und wischte sich die Hände an seinem Sweatshirt ab. „Ich hab ein paar Stunden für Siluski übernommen. Seine Frau hat endlich Wehen bekommen."

Dante nickte und lehnte sich gegen den Truck. „Es geht um die HotHead-Sache. Ich hab darüber nachgedacht wie ich das mit der Bank in den Griff bekommen kann."

Griff schaute sich sofort nach den Haken mit der Ausrüstung in der Nähe der Treppe um. Paranoia liess grüßen.

„Erweiterte Aktivitäten!" Seine kohleschwarzen Augen funkelten in Triumph.

„Dante! Komm schon…" Griff zog ihn um das Fahrzeug herum und checkte die dunkle Straße ab. Leer. Das Letzte, was sie brauchten, war jemand, der hier hereinspazierte und mitbekam, über was sie redeten. Die Jungs waren alle oben und schliefen oder sahen ESPN. „Ich denke nicht, dass das hier der richtige Ort ist –"

Dante schüttelte den Kopf, um den Vorschlag abzuwehren. „Nur keine Panik. Komm her."

Griff ließ sich von Dante vorbei an den Spinden und den Haken mit der Ausrüstung zur Vorderseite des Gebäudes und der Straße führen; sie traten aus den

Lichtern heraus in die Schatten der Einfahrt. Er rauchte nicht, aber dies hier war die inoffizielle Raucherecke der Wache. Zigarettenkippen übersäten den Rinnstein, wo die anderen Jungs sie hingeschnipst hatten. Wenigstens konnte sich hier niemand anschleichen.

Griff hob eine Augenbraue. „Okay. Was?"

„Erweiterte Aktivitäten. Die möglichen zusätzlichen Optionen für die Kamera. Mir ist was klar geworden." Dantes Augen hatten so dunkle Ringe, dass es schien, als habe er mehrere Tage nicht geschlafen.

„Himmel. Dante." Griff rieb sich grob über ein Auge. Er merkte, wie Kopfschmerzen aufzogen. „Vielleicht können wie später darüber reden –"

„Nein. Sieh mal, diese gegenseitige Sache hat extra Geld gebracht." Dante schaffte es, die Gesten für Wichsen und Kommen zu machen, ohne dass er peinlich berührt aussah, was wiederum Griff peinlich berührte. „Und das, was du am Ende gemacht hast, hat unser Honorar nochmal –"

„Ich weiß, Mann. Entschuldigung für –"

„ – nach oben schießen lassen. Scheiß auf Entschuldigung! Deine Ladung auf mich zu feuern hat uns nochmal dreihundert extra gebracht. Wusstest du das?" Dante verdrehte die Augen und versuchte, alle Sorgen mit einer Handbewegung wegzufegen. „Alter, wenn ich jedes Mal bezahlt würde, wenn du auf mich spritzt, würde ich unter deinem Bett campen und dich zwingen, es dir dreimal täglich zu machen."

Oh Gott, hilf mir.

Griffs Augen traten im wahrsten Sinne des Wortes hervor. Er blickte nach rechts und links, um sicherzugehen, dass sie allein waren, und drehte dann den Kopf zur Tür, die nach oben zur Küche und in den Gemeinschaftsraum führte. Alles leer. Er versuchte, nicht über einen Dante nachzudenken, der anbot, seine Wichsvorlage zu sein.

Er muss doch wissen, was er mir damit antut, oder?

„Ist dir klar, dass ich weitere fünfhundert Dollar bekommen hätte, wenn ich für Alek ein wenig deiner Sahne von meinen Fingern geleckt hätte? Ich wusste es zum Teufel nochmal nicht. Fünfhundert Dollar, G, nur dafür, dass ich für eine Sekunde lang deine Ladung probiere!"

Griff verschluckte sich, versuchte es, mit einem Husten zu überdecken, und verschluckte sich wieder. Er fuhr sich mit einer Hand langsam über sein heißes Gesicht und versuchte, den Gedanken wegzuwischen, bevor er ohnmächtig im Rinnstein zusammenklappte.

Dante schlug ihm todernst auf den Rücken. „Du weißt, was ich meine. Alter, wenn du mich das Gleiche hättest tun lassen, hätten wir unser Geld verdoppeln können. Ich hätte die Bank bezahlen können und hätte sogar noch ein bisschen Luft gehabt."

„Ähm. Ja. Und?"

„Aber das ist erst die Spitze", Dante grinste, „des Porno-Eisbergs. Also bin ich das in meinem Kopf nochmal durchgegangen und hab den Vertrag nochmal gelesen. Für uns könnte da ein Haufen extra Geld drin sein, wenn wir es schlau angehen. Also, wenn wir bestimmten erweiterten Aktivitäten zustimmen, bekommen wir diese Boni. Ich denke, das ist die Art und Weise, wie du mit dieser Pornostar-Sache an die wirkliche Kohle kommst: geh einen Schritt weiter!"

Dante hatte begonnen, auf und ab zu gehen. Griff sah ihm einen Moment zu und senkte dann seine Stimme zu einem Tonfall, den man in psychiatrischen Einrichtungen benutzt, um an die Vernunft zu appellieren.

„Ich will kein Stück Gummi in meinen Arsch gerammt bekommen, nur damit du dir einen neuen Küchentresen leisten kannst, Anastagio." Griff fuhr sich in Verzweiflung, Frust und zerstörerischer Lust, die diese Idee in ihm hervorrief, mit der Hand übers Gesicht. „Also jetzt bist du... was? Bereit, mir eine Ladung Wichse aus den Brusthaaren zu lutschen? Na komm schon! Erzähl mir was Besseres."

„Nee-nee-nee. Wir müssen das nur klug angehen. Sieh mal..." Dante zog den zerknitterten HotHead-Vertrag aus seiner Tasche. „Hier gibt's eine ganze Liste von Sachen. Ich meine nur, dass wir drüber reden sollten."

„Das ist wie Prostitution – um den Service feilschen." Griff wusste, dass es wichtig war, ruhig zu bleiben.

„Ich bin wohl kaum 'ne Jungfrau." Dante öffnete die Arme und sah an sich hinunter. „Ich habe deutlich Schlimmeres für deutlich weniger getan, glaub mir."

„Lässt die Idee dich nicht panisch werden, D? Wir beide auf diese Art zusammen?"

„Warum? Es sind nur wir, Mann. Wir machen alles zusammen."

„Nicht alles." Griff hatte ein Auge auf der Tür hinter ihnen. Er hatte einen kleinen fiesen Wicht auf jeder Schulter sitzen, Zwillingsteufel, die Sünden in beide Ohren flüsterten.

Bitte lass jemanden herunterkommen und ihn aufhalten, während ich noch in der Lage bin, nein zu sagen.

Bitte lass niemanden herunterkommen, bis ich ja gesagt habe.

Was war es nun? Ein dunkler, fürchterlicher, hungriger Teil von ihm wollte, dass Dante ihn überzeugte, wollte, dass Dante ihn zwang, so dass es nicht seine Schuld sein würde.

„Na ja, irgendwie schon." Dante hörte auf, hin und her zu gehen, und setzte sich auf die Ladefläche des Löschwagens. „Wir waren schon tausend Mal zusammen nackt, hatten Sex im selben Zimmer, haben uns gegenseitig angekotzt, uns gegenseitig gewaschen und sind zusammen abgestürzt. Hölle nochmal, vor ein paar Wochen hast du sogar den Inhalt deiner Eier auf meine blanke Brust geschossen."

„Na komm schon! Du weißt, dass das ein Versehen war. Ich hab mich entschuldigt –"

Dante explodierte. „Was ist die große Sache daran?! Es ist mir verflucht nochmal egal! Du bist mein Bruder. Du bist mein bester Freund. Du bist der Einzige, den ich habe."

Griffs Herz zog sich zusammen. So ziemlich alles, was er jetzt sagen könnte, würde das Falsche sein. „Ich weiß. Ich weiß."

Was könnte es schon anrichten? Oh ja – alles.

Griffs Beine bewegten sich bereits von selbst in langen Schritten am Truck vorbei und in die Wache. Dantes Schritte hinter ihm her, um mitzuhalten. Griff ging weiter, geradewegs durch die Türen in den schäbigen Umkleideraum. Griff war auf dem Weg zu der Reihe Duschen, und drehte zwei davon voll auf in der Hoffnung, dass sie ihre Unterhaltung übertönen würden. Er ging zurück zu den verbeulten Spinden.

Dante hatte sich auf eine der Bänke gesetzt und über den HotHead Vertrag gebeugt. Anscheinend suchte er nach etwas; er sah Griff nicht in die Augen. „Weitere fünf oder sechs Riesen und ich hätte bei der Bank einen Puffer. Ein verfluchtes Sicherheitsnetz! Und wir müssen nicht für Gruppensex mit einer Truppe Zwerge unterschreiben, um das zu bekommen."

Griff nahm es ihm nicht ab. „Es gibt auch andere Wege für dich –"

„Nicht wirklich. Nicht schnell. Ich sag ja auch nur, dass wir es schlau angehen könnten."

Als er zu Griff hinauf sah, war seine Stimme gleichmäßig und ruhig, als würde er einen verwundeten Hund beruhigen. „HotHead hat sozusagen mehrere Stufen. So wie eine Leiter für die Models, jedes Mal ein bisschen mehr zu tun. Ein Solo-Video von mir haben sie schon, aber ich kann noch andere Dinge tun. Weitergehen." Dante erhob sich und legte vorsichtig eine Hand auf Griffs Rücken. „Wenn es mehr ist als das, womit du klarkommen kannst, kann ich mich auch von jemand anders reiben lassen."

„Wie eine Massage." Der Kloß in Griffs Hals fühlte sich an, als hätte er ein ganzes Ei auf einmal geschluckt.

„Jepp. Oder auch ein Blowjob."

Griff drehte sich um. „Warte. Was ist mit Reiben gemeint?!"

„Praktisch dasselbe: du liegst einfach nur da und tust nichts. Es wird mit dir gemacht." Dante blickte ihn einfach nur weiter an, ruhig wie eine Katze, und zwang ihn mit seinem hoffnungsvollen, halben Lächeln in die Knie. „Macht dich heiß, holt 'ne Ladung aus dir raus, Geld bar auf die Kralle und Ende der Geschichte."

Fragte Dante ihn wirklich danach?

„Sie haben schon jemanden, der es tun könnte? Dir einen reiben, mein ich." Griffs Magen drehte sich um und sein Mund wurde trocken. „Oder ist es Alek?"

Oder Tommy.

„Weiß nicht. Ist es wichtig? Würdest du wollen, dass irgend so ein Widerling mit deinen Eiern spielt? Scheiß drauf."

Griff zuckte und hasste sich dafür. Er versuchte, mit der Idee klarzukommen, dass ein anderer Mann Dante berührte. Sich das auf der Website ansehen zu müssen, weil er sich selbst nicht stoppen konnte. Er fühlte, wie sich eine besitzergreifende Wut in ihm aufbaute, bis er kurz davor war zu knurren. Er biss die Zähne zusammen, um das wilde Geräusch nicht entweichen zu lassen, und saß stattdessen sehr ruhig im Schein des Deckenlichts.

Wie kann er nicht sehen, was er mit mir macht?

„Aber wenn ich mitkomme…"

„Dann wären es nur wir." Dante senkte seine Stimme und lehnte sich näher.

„Andernfalls ist es, wen auch immer er für mich finden kann. Einen anderen Penner wie mich, schätze ich. Ich kann sonst niemanden fragen, Mann. Du bist es. Du bist das Sicherheitsnetz. Nach dir hab ich nur noch Beton, der sich mir mit 9,8 Metern pro Sekunde nähert."

Die Dusche prasselte noch immer im Nebenzimmer und hielt ihre Geheimnisse von möglichen interessierten Ohren fern.

Dante interpretierte sein Schweigen fälschlicherweise als Abscheu. „Sieh mal, du kannst dich einfach zurücklehnen. Ich mach alles. Das intensivere Zeug, du weißt schon. Ich könnte, weißt du…", er sah zu Boden, „dir ein bisschen einen blasen."

Griffs Gehirn sendete nur noch weiß, wie Schnee bei einem Fernseher mit schlechtem Empfang. Es dauerte einen Moment, bis er wieder auf Sendung war.

„Ein bisschen? Bei dir klingt es… hast du bereits zugestimmt?" Griff drehte sich um, um ihn anzusehen.

„Nein!" Dantes gesamter Körper bat ihn förmlich. „Ich wollte es mit dir durchsprechen."

„Ich will nicht darüber reden." Griffs Stimme war wie ein Grollen in seiner Brust.

„Okay, G. Sorry." Er steckte seine Hände in die Taschen und blinzelte in Enttäuschung.

Hilfe.

„Nein. Ich meine, ich werde es tun." Griff schloss seine grauen Augen. Sein Puls trommelte in seinen Ohren. „Schau. Du überlegst dir, welches „erweiterte Zeugs" wir tun sollen, und dann machen wir das." Seine Augen wanderten zur verschlossenen Tür, dankbar dafür, dass seine Crew oben schlief, während er diese bizarre Unterhaltung führte. „Was auch immer du willst, okay?"

„Und, also… küssen ist keine große Sache?" Dantes Augen waren riesig und trocken, so als habe er seit einer Woche nicht mehr geblinzelt.

„Alek spricht nicht von einen Schmatzer auf die Wange, D. Er meint deine Zunge in meinem Mund. Knutschen, während du an meinem Sack spielst und mir Knutschflecke verpasst."

Griff konzentrierte sich auf den fleckigen Beton unter seinen Stiefeln. Der Vertrag lag offen auf der Bank neben ihm. „Sie zahlen extra fürs Knutschen?"

„Jepp. Scheint gar nicht mal so irre zu sein." Dante schob sich sein schwarzes Haar aus der Stirn.

Herr im Himmel, das muss irgendein Test sein. Griff fühlte, wie sein Mund staubtrocken wurde.

„Wir haben schon… ich meine, was juckt es mich, ob du deine Zunge in meinen Mund steckst? Es sind ein paar hundert Mäuse. Es hat keine Bedeutung. Das gleiche für das Spielen mit Nippeln. Ich hab dir auch vorher schon in die Dinger gezwickt. Und Schlimmeres!"

„Jepp, während der Ausbildung, um mich sauer zu machen. Das ist nicht das, um was es hier geht." Obwohl der Beton die Luft kühl hielt, spürte Griff, wie sich bei dem Gedanken daran, seinen besten Freund zu küssen, ein Tropfen Schweiß bildete und seinen Nacken hinunterlief. Sein Mund war trocken wie die Sahara.

Lecke nicht über deine Lippen. Lecke nicht über deine Lippen.

„Alles, was ich meine, ist, dass ich denke, dass wir ein bisschen weitergehen und ein paar grüne Scheinchen mehr abgreifen können." Dante stand wieder auf und lehnte sich mit dem Rücken an einen Spind. „Ich will keinen x-beliebigen Typen, der an mir rummacht, aber wenn du es wärst…". Seine Augen landeten wieder auf Griff.

„Ernsthaft? Denk darüber nach; es ist verdammt seltsam."

„Ach was. Es sind nur wir beide. Es bist *du*. Du könntest niemals seltsam sein." Ernstes Gesicht, ruhige Stimme. Dann direkt zu ihm: „Ich liebe dich, Griffin. Du weißt das."

Was soll das bedeuten? Verwirrung bohrte sich wie ein Stachel in Griffs Kopf, rutschte hinunter, bis er in seiner Brust stecken blieb.

„Warum können wir es nicht einfach versuchen?" Dante reichte ihm eine Hand, um ihm auf die Füße zu helfen.

„Was soll das bedeuten?!" Die Worte purzelten aus Griffs Mund und er wünschte sich, er könnte sie zurück nehmen.

Was, wenn er versucht, mir etwas zu sagen? Auf der anderen Seite, was wenn nicht?

Griff nahm die angebotene Hand und stand auf, direkt hinein in Dantes Distanzzone. Beinahe berührten sie sich. Sie standen so nahe beieinander, dass er die Hitze spüren konnte, die von seinem besten Freund ausging.

Dante trat nicht zurück, schob lediglich sein Kinn hervor, als erwartete er einen Faustschlag. „Ich bin keine Pussy. Warum willst du mir wehtun?" Seine Hände schoben sich in seine hinteren Taschen, seine Augen waren überall, wo sie nicht zu sein brauchten. Sein Gesicht war eine seltsame Mischung aus enormer Sorge und Entschlossenheit, als er ihre Hüften ruckartig zusammenbrachte. „Na los, Griff, zeig mir, was du hast."

Dantes dunkle Finger zuckten über das Herz seines Freundes, Finger auf der Vorderseite von Griffs über der Hose hängendem Hemd. Unter seiner Faust öffnete sich ein Knopf. Ein weiterer Knopf. Ein sanftes Flüstern von Griffs roten Brusthaaren gegen das Unterhemd. Dantes Hände waren warm und zitterten. Ein weiterer Knopf öffnete sich und ein weiterer und ein weiterer. Dante zog die Seiten des Hemdes auseinander und schob das Unterhemd nach oben, um seinen Bauch und dessen harte Muskeln freizulegen.

„Du musst nicht..."

Griffs Arme fühlten sich an, als seien sie aus Pudding; er hätte sie aus Angst, Dantes vorsichtige Erkundung seiner Haut zu unterbrechen, beim besten Willen nicht bewegen können. Dante betrachtete ihn und er fühlte, wie er errötete. Genau hier in dieser Feuerwache, vor den zerbeulten Schränken und einem Penthouse-Kalender von 2007. Sein Gesicht fühlte sich an, als erlitte er gerade einen Sonnenbrand zweiten Grades, in einem Umkleideraum aus Beton um elf Uhr abends.

Dante beugte sich über Griffs hellen Oberkörper und fuhr mit seiner gebräunten Hand über die zimtfarbenen Locken auf seiner Brust, bis seine rosigen Nippel hart wurden. Dante lachte leise.

Griff warf ihm einen Blick zu, seine kupfernen Augenbrauen zu einer stummen Frage zusammengezogen. Im Hintergrund dämpfte das Zischen der Dusche das Echo des Raums.

„So winzig." Dante sah zu ihm hinauf, seine Augen wie Glas aus Vulkangestein. „Nippel. Du bist so riesig und sie sind so klein." Seine Hände hörten dabei nicht auf, sich zu bewegen. „Siehst du? Es ist okay, Griff. Es ist nicht mehr, als ein bisschen rummachen, richtig?"

Griff nickte erneut, seine Zunge zu dick für seinen Mund. Sein Hirn war kaum mehr als Rührei.

„Hey. Hey. Bist du okay?" Dantes Atmung passte zu seiner, langsam und tief.

„Ja. Es ist nur.... Du bist besser beim... Sex als ich."

„Ach was."

Griff fühlte sich, im Vergleich zu Dante, schwerfällig. Dantes Körper war so schlank und so perfekt proportioniert, dass Griff sich wie ein gebleichter Büffel vorkam. Er fühlte, wie sich die Röte von seinem Gesicht bis zu seinem Bauch herunter bewegte.

„Ich mag das." Dantes neckende Stimme war ein wenig rau.

Griff sah verwirrt auf.

„Wenn du so rot wirst. Die Art und Weise, wie es sich auf dir ausbreitet. Es ist, als ob ich sehen könnte, was du fühlst, genau dann, wenn du es fühlst. Alles ist gut. Entspann dich, G."

„Ich fühl mich wie ein Depp."

„Nein. Es ist wie die Schatten der Wolken, die man von Flugzeugen aus sieht. Diese Schattierungen, die sich über deine Haut bewegen. Und du hast vor nichts Angst."

„Von wegen keine Angst. Es fühlt sich an wie langsam elektrisiert zu werden."

„Immerhin kannst du noch Sachen fühlen, G. Bleib bei mir." Draußen hupte ein Auto, aber Dante zuckte nicht einmal zusammen, konzentrierte sich völlig auf Griffs Schultern und Hals. Lehnte sich näher, näher und – *oh Gott* – rieb seine dunklen Stoppeln gegen Griffs Halsbeuge, so dass ihm ein Schauer über den Rücken lief. Dante – *ohmeinGott* – roch an ihm. Etwas Feuchtes an seinem Hals, das Dantes Zunge sein musste, die hervorlugte, um seinen Schweiß zu kosten. Er stieß vor Überraschung scharf die Luft aus und Dante zog sich ein wenig zurück, um zu ihm aufzublicken.

Dann diese Augen, dunkel wie die Versuchung. Griff hob seine Hand und berührte beinahe Dantes Gesicht. Beinahe, aber er hielt im letzten Moment inne, überwältigt von der Hitze und Dantes verletzlichem Gesichtsausdruck. Griff schluckte, schluckte noch einmal. Er konnte fühlen, wie sein Körper sich bereit machte, seine Muskeln angespannt wie Drahtseile. Er hörte sich selbst flüstern, „Bittebittebittebittebitte…"

Dante lehnte sich näher, legte seinen Kopf leicht zurück, lud ihn ein, forderte ihn heraus…

Nimm dir, was du willst.

Griff beugte sich nach vorne, grunzte und schob seine Zunge in den feuchten Hafen, der Dantes Mund war. Und es war nicht sein Herz, das stehen blieb: es war die Zeit.

Ich wusste, dass er sich so anfühlen würde. Ich wusste, dass er so schmecken würde.

Griff schob seine Hände Dantes Rücken hinauf, um so viel von seiner schwarzen Mähne in seine Hände zu bekommen wie möglich, während ihre Zähne zusammenstießen. Langsame, feuchte, hungrige Küsse, die nicht enden wollten.

Ein grunzender Laut entfuhr Dantes Kehle, wie Kapitulation oder Hoffnung, sein Mund glühend unter Griffs. Es wollte kein Ende nehmen und es war so anders als alles, was er je zuvor erlebt hatte.

Die Wirklichkeit übertraf sogar seine verbotenen, schmutzigen Träume. Die Arme, die Dante um ihn geschlungen hatte, waren kräftiger, als er es sich vorgestellt hatte, und auch vorsichtiger. Dantes Lippen waren weicher, seine Hände rauer. Griff hatte dieses Gefühl von zwei haarigen Oberkörpern, zwei rasierten Gesichtern, zwei von harter Arbeit gestählten Körpern, die sich auf der Wache aneinander rieben, nicht erwartet. Und, Gott im Himmel, roch Dante süß und stark: wie Feigen und Leder und etwas Heißem.

So anders als Leslie. Ich hatte keine Ahnung. Ich hatte keine Ahnung. Eine Träne lief aus seinen brennenden Augen.

Bei den Frauen hatte Griff immer Angst, er könnte ihnen wehtun. Sex mit seiner Frau war eine Serie vorsichtigen Eindringens, die in einem behutsamen, glücklichen Schuss endeten. Danach eine schnelle Dusche, weil sie Sauerei nicht mochte. Leslie hatte Jahre mit dem Versuch verbracht, ihn zum Experimentieren zu bringen, einfach loszulassen, mal was Abgefahrenes zu probieren, aber er lebte in der ständigen Panik, ihr womöglich wehzutun, zu weit zu gehen, sie mit seinem Bierdosen-Schwanz zu zerreißen. Er war kein Monster. Sein Verlangen war so groß und sie so winzig.

Nicht Dante. Dante war ein großes, strahlendes Biest. So stark, so stark, dass er selbst jetzt Griffin vom Boden abheben ließ, in ihrem Bemühen, sich noch näher zu sein. Ihre Schwänze krachten in einem zitternden Verlangen zusammen, das ihn wie die Wärme einer Sonne bis nach innen durchdrang.

Jeder Zentimeter Griffs vibrierte und sang wie ein Instrument an einem Verstärker. Seine Kopfhaut kribbelte und seine Hände juckten, wo ihre heiße Haut aneinander drückte. Das sanfte Gleiten ihrer Muskeln gegeneinander war so süß, dass er dachte, er müsse aufschreien. In seiner Hose lag seine Erektion wie Granit an seiner Hüfte.

Dante begann, in seinen Armen heftiger zu zittern. *Ich zerstöre ihn; das ist so falsch.* Aber er konnte nicht aufhören, wollte nicht aufhören und Dante warf sich gegen ihn wie ein wildes Tier. *Kein Wunder, dass die Frauen sich all den Mist von ihm bieten lassen.* So wunderschön. Ihre Körper passten perfekt zusammen, ihre Kraft, ihr Hunger.

Himmel, das hier war nur eine von den möglichen „erweiterten Aktivitäten". Griffs Gehirn bekam einen Kurzschluss.

Dante zog sich gerade so weit zurück, dass er seinen Kopf etwas weiter nach oben neigen konnte, und ließ ihre Münder noch tiefer aufeinander treffen. Seine Zunge leckte an Griffs Zähnen, fegte durch die Tiefen seines Verlangens. Dantes Haar war in ihrer beider Augen, eine glänzende Strähne, die sie davon abhielt, sich gegenseitig klar sehen zu können. Gott sei Dank.

Griff fühlte, wie sich der Speichel in seinem Mund sammelte. Er schluckte. Und schluckte noch einmal und dachte: *Ich sabber, verdammt nochmal. Mein bester Freund bringt mich zum Sabbern. Ich werde in meiner eigenen Spucke ertrinken.*

Irgendwo unterhalb der Gürtellinie machte sich Dante an seiner Jeans zu schaffen, öffnete den Reißverschluss und riss die Hose hinunter bis zu den Knien.

Er hatte „Monte" oft genug auf der HotHead-Seite gesehen, dass er wusste, was ihn erwartete, jedoch hatte er keine Ahnung, was er mit diesem Wissen anfangen sollte, jetzt, da er es unter seinen Fingern hatte. Die seidigen Haare auf Dantes Beinen begannen wirklich auf halber Höhe des Oberschenkels, als trage er eine etwas dunklere Hose, die er nicht ganz hochgezogen hatte. So dicht an ihm sah die halbmondförmige Narbe auf seinem Knie kleiner und empfindlicher aus.

Es ist, als würde er mich absichtlich reizen.

Griff wusste nicht, ob er würde aufhören können, aber er musste es um ihrer beider Willen versuchen. Dante saugte bedächtig an seiner Unterlippe, kaute und leckte an ihr; er kostete ihn ausführlich, als suche er nach etwas Köstlichem unter seiner Haut. In der Enge zwischen ihnen war ihr heißer Atem zu spüren. Sie beide hatten einen dünnen Schweißfilm auf ihrer Haut. Dante hielt seine Augen fest geschlossen, seine Brauen vor Anspannung in Falten gelegt.

Es tut mir so leid. Griffs Schuldgefühle nagten an ihm. *Er denkt an irgendeine Frau. Maria vielleicht, oder Shelly vom nächsten Block.* Er hoffte, dass seine Rasur von heute Morgen noch ihre Dienste tat. Auf keinen Fall hatte Shelly Stoppeln wie er.

Dante hielt seine Augen geschlossen und bediente sich an Griffs Mund mit gieriger Zärtlichkeit.

Mach, dass es nie aufhört.

Griff hob eine Hand zu Dantes harter Brust und befühlte sie unter seinem T-Shirt, knetete die verschwitzte, goldene Haut. Mit rauen Fingern fuhr er über die dunklen Nippel. So winzig unter den wenigen Haaren schaffte es Griff nicht, sich davon abzuhalten, sie sanft zu zwicken.

Dantes steifes Rohr zuckte gegen seine Hüfte. Die Vorderseite seiner engen Boxershorts lag feucht zwischen ihren Oberschenkeln.

Dante zog erneut an seinem Unterhemd, knüllte es in seiner Faust. Sein Mund lag erst auf Griffs Nippel, dann saugte er hart an der daneben liegenden Achselhöhle.

Griff schrie kurz auf und streckte ihm seinen Oberkörper entgegen, dann stöhnte er und spannte seinen großen Arm an, um Dantes Kopf dort zu halten, wo er ihn gerade kostete, an ihm saugte und ihn biss.

Ich bin ein Arschloch. Das hier hat keine Bedeutung. Griff wusste, dass sein Freund keine Ahnung hatte, was sie gerade dabei waren zu tun. Er konnte seinen besten Freund nicht ausnutzen und dann mit seinem Gewissen leben.

Wann haben sich unsere Klamotten geöffnet? Griff merkte, wie Panik in ihm aufkam, als er den Beginn eines nahenden Orgasmus spürte. Keine Chance, dass er kontrollieren könnte, was unterhalb seiner Körpermitte vor sich ging. Irgendwie lag Dantes schwielige Hand stark auf Griffs Rücken, direkt über seinem Hintern, ein Finger fuhr die oberen Konturen von Griffs Ritze nach. Flammen jagten über seine Wirbelsäule, und er hatte Angst, er würde hier und jetzt seine Ladung schießen.

Er würde kommen. Er würde in seinen Boxershorts kommen, nur davon, dass Dante ihn so küsste.

Eine Warnung bahnte sich ihren Weg in Griffs Gehirn. Außerhalb der Garage geschah etwas. Da waren Bewegungen in der Nähe und die Stimme eines Mannes, aber Dante schien es nicht zu bemerken. *Heilige Scheiße.*

„Warte. Warte!" Griff schob ihn zurück, schob sie auseinander, so dass er Luft holen konnte.

Dante erstarrte und zog sofort ruckartig seine Hände zurück.

Griff bedeckte seinen riesigen Ständer schützend mit einer Hand über der ausgebeulten Unterwäsche und setzte sich wieder auf die Bank. Er atmete heftig und schüttelte den Kopf.

Jemand kommt.

Dante ließ sich auf die Bank gegenüber fallen. Seine tiefen, schwarzen Augen blickten auf und trafen auf Griffs festen, grauen Blick. Wolken der Schuld - oder der Abscheu - wanderten über sein schönes Gesicht. Ein Licht ging in ihm aus – *zisch* –, wie eine Fackel, die in Wasser getaucht wurde.

Die Schritte kamen vom Betonboden vor der Tür; dann wurde sie von einem haarigen Arm so hart aufgestoßen, dass sie von der Wand abprallte.

Siluski streckte seinen Kopf herein. „Was ist los, meine Damen?"

Griffs Herz hämmerte hinter seinen Rippen.

Dante ließ einen Arm auf seinen Schoß sinken und drehte sich mit dem Rücken zu Siluski.

„Es ist ein Junge. Zehn Finger, zehn Zehen." Siluski trank schwarzen Kaffee aus einer Thermoskanne. Der Duft füllte den schäbigen Raum und zwang so den Geruch von Moder und billigem Deo zurück. „Tschuldigung, dass ich spät dran bin."

Dante schien dort erstarrt, wo er sich hingesetzt hatte. Seine Hose war auf Höhe seiner Knie und seine pinkfarbenen Lippen geschwollen.

Griff öffnete seinen Mund und versuchte verzweifelt, etwas Normales zu sagen. „Alles klar bei uns. Anastagio ist vorbeigekommen um, ähm…", mir einen tropfenden Ständer zu verpassen und mir mein Hirn durch meine Zunge zu saugen, „zu fragen, ob wir uns was zu essen besorgen wollen."

Dante nickte stumm und kaute auf seiner feuchten Lippe herum. Er schaffte es nicht hochzusehen.

Siluski klapperte in seinem Spind herum. „Dann schwing deinen Arsch hier raus, Kleiner!" Mit einem strahlenden Grinsen verschwand er zurück in die Vorderseite des Hauses, um seine Neuigkeiten zu teilen.

Die Tür fiel leise hinter ihm zu.

Dante hob seine Augen, um Griff anzusehen, und die Panik in ihnen ließ Griff in sich zusammensacken. Griffs Pulsschlag war so laut, dass er ihn hören konnte. Er konnte sehen, wie Dantes Puls gegen seine Kehle hämmerte. Allein, zusammen.

Peng. Peng. Zwei harte Schläge gegen die Tür.

Und wieder fuhren sie vor Schreck beinahe aus ihrer Haut, jeder von ihnen krallte sich an das Stück Bank unter ihm und hielt die Luft an.

Siluskis Stimme kam von der anderen Seite der Tür, bereits dabei, sich zu entfernen. „Der Truck sieht gut aus, Muir. Danke!" Sein Pfeifen verklang gemeinsam mit seinen Schritten.

„Oh mein Gott." Griff wusste nicht, wo er stehen oder hinsehen sollte.

Dante atmete schwer und hielt seine ausgestreckten Fäuste ausgestreckt wie ein Seiltänzer, der versuchte, sich zwischen den weißen Knöcheln auszubalancieren, um nicht zu fallen. Selbst jetzt war er schön, so wie seine Brust sich hob und senkte, und die klaren Konturen seiner Muskeln sich unter seiner honigfarbenen Haut abzeichneten.

Samba-Musik fand ihren Weg von der Boombox in der Küche zu ihnen hinunter; Siluski klapperte herum, während er etwas kochte, und die anderen Jungs würden in ein paar Minuten unten sein.

„Tut mir leid." Dante sah aus, als sei ihm schlecht. „Wirklich dämliche Idee. Hierher zu kommen. Ich hätte nicht gedacht…"

Griff war übel, aber er lächelte ihn sanft an. „Nein. Es ist okay. Ich bin… ich bin…"

Dante wartete, bis er wieder Herr über seine Atmung wurde. Er sah auf seine Unterwäsche hinab und auf seine nackten Beine, als könne er sich nicht erinnern, wohin seine Klamotten verschwunden waren.

Verschüttete Milch.

Der Raum um sie herum wurde plötzlich wieder scharf, als hätte jemand an einer Linse gedreht: Das Graffiti auf den Spinden und die kaputte Uhr und die verschimmelte Decke, die die Stadt nicht erneuern lassen wollte. Rasiermesserscharf. Der verlorene Moment der Hitze dehnte sich zwischen ihnen aus, dünner und dünner, bis er nur noch ein feiner Faden war.

„Alles ist in Ordnung. Sorry." Griff fand, dass seine Stimme irgendwo am Fuße seiner Kehle eingesperrt war, und knöpfte sein Hemd zu. „Ich hab nur kurz den Boden unter den Füßen verloren."

Der Faden, der sie verband, dehnte sich weiter, inzwischen mehr als ein Faden in einem Spinnennetz.

„Hab mich treiben lassen." Dante gab ein falsches Lachen von sich und in seinen Augen fand etwas seinen alten Platz – *klick* – wie eine Zellentür. Sein Grinsen wurde hart. „Ich schätze, ein Kerl kann wirklich alles vögeln."

Mit diesen Worten lösten sich schließlich auch die letzten Reste des Spinnennetzes auf und sie waren nur noch zwei Freunde, die in ihrer Feuerwache Witze rissen. Alleine, zusammen. Zwillingstürme.

„Jepp. Alles." Griff sah zu Boden, Hände in seinen Taschen, so dass sie ihn nicht verraten würden. „War keine große Sache. Du bist ein" – *verdammt unglaublich* – „guter Küsser."

„Jepp. Ähm. Du auch." Dante stieß einen weiteren Lacher aus, sah jedoch völlig neben der Spur aus und war nicht in der Lage, ihm in die Augen zu sehen. „Also, zwischen uns alles okay?"

Scheiße. Scheiße. Aber Griff konnte sich nicht dazu bringen, auch nur einen Moment zu bereuen.

Es hat nichts zu bedeuten.

Ohne aufzustehen bückte sich Dante, um seine Sachen zusammenzusuchen und sich zu bedecken: Sweatshirt, Jeans, Schuhe. „Und die Erweiterte-Wasauchimmer-Bonussache? Bist du dabei?"

„Ja. Ja! Sicher, kein Problem." Griff zeigte zu Boden, wo der Vertrag gelandet war. „Und du hast Recht. Es ist es wert, weißt du. Was für „erweitertes Zeug" auch immer du willst. Ich vertraue dir. Du suchst was aus und ich bin bereit."

166

Er wusste, dass er es bereits zu weit getrieben hatte, aber er konnte seinen Mund nicht davon abhalten, sich zu bewegen. Er fragte sich, wann Dante etwas sagen würde und er gestehen musste.

Dante hob den HotHead Vertrag vom Boden auf und faltete ihn sorgfältig zusammen. Er schob ihn in seine Jacke und streifte sich selbige sofort über, ganz so, als würde er sie als Rüstung für seine eigene Sicherheit benutzen. „Danke, Griff. Ernsthaft. Ich werde es wieder gut machen."

„Keine große Sache. Was immer du möchtest." Griff fühlte sich wie ein Perverser. Er ging zu seinem Spind und griff nach seiner eigenen Lederjacke und nach seinem Schal. „Komm schon. Ich bin am Verhungern."

„Was machen wir?" Dante sah verwirrt aus, wie er dort im Flur stand.

Den letzten Rest Würde wahren. Griff schlug ihm auf den Rücken, in einem kleinen Anflug von Männlichkeit nach dem verrückten Homo-Moment. den sie eben geteilt hatten. „Du lässt mich mit dir rummachen, Anastagio. Das Mindeste, das ich tun kann ist, ist, dir ein Steak und ein paar Blumen zu kaufen."

Dante nickte und zog die Tür zum Umkleideraum auf; irgendetwas Gruseliges schien sich in seinem Gehirn abzuspielen. Vielleicht so etwas wie die Frage, wie viel Kohle sie machen könnten, wenn sie die letzten fünf Minuten vor Aleks Kamera wiederholten. Oder warum Griff in den Armen seines besten Freundes ein so gigantisches, tropfendes Rohr bekommen hatte.

Was beinahe passiert wäre?

Griff folgte ihm, vorbei an den Fahrzeugen, den Haken mit der Ausrüstung und der wartenden Brandschutzkleidung, und fragte sich dasselbe.

AUS DEM Viertel zu verschwinden schien zu diesem Zeitpunkt eine fantastische Idee zu sein.

Als Griff Richtung Manhattan fuhr, war Dante so ruhig, dass es beinahe unheimlich war. Es war absolut untypisch für ihn, nicht ununterbrochen Witze zu reißen, Klatsch von der Wache weiterzutratschen oder verrückte Sex-Anekdoten zum Besten zu geben. Doch als die Court Street an ihnen vorbeiflog, war sein versteinertes Gesicht abgewandt, um sich die erleuchteten Schilder durch sein Fenster zu betrachten.

Griff lenkte mit einer Hand und warf seinem Freund einen Blick zu. „Mit dir alles okay?"

„Sicher." Dante nickte, sah ihn dabei jedoch nicht an. Die Anspannung im Wagen war praktisch greifbar.

Hinter ihnen hupte jemand ungeduldig, um sie wissen zu lassen, dass der Verkehr sich um ein paar Meter nach vorne bewegt hatte. *Arschloch.* Es war weniger als eine Woche her, dass Dante beinahe gestorben war. Vielleicht hatte er Schmerzen. Griff fragte leise, „Hast du Kopfschmerzen?"

„Nee."

Der Verkehr Richtung Brooklyn Bridge schob sich zentimeterweise weiter, während Griff mit seinen dicken Fingern auf das Lenkrad trommelte. Er versuchte herauszufinden, wie er Dante verständlich machen konnte, dass es okay war; sie waren noch immer Freunde und er würde nicht in Panik geraten.

Wieder wanderten seine Augen kurz zu Dante, als er versuchte, schlau aus ihm zu werden. „Er hat nichts gesehen. Siluski, mein ich."

„Ich weiß. Ich war nicht… sorry." Dante schüttelte seinen Kopf und blinzelte, offensichtlich auf der Suche nach Worten.

An einer roten Ampel in der Nähe der Fulton Mall legte Griff seinen Kopf in den Nacken, um die Signallichter an der Brücke sehen zu können. Griff wartete darauf, dass er weiterredete, aber er war wieder verstummt. „Dante?"

Dante drehte sich ihm nicht zu, sondern tat so, als würde er die Schaufenster betrachten, während er nach Worten suchte. „´Erweiterte Aktivitäten´- darum geht es. Ich denke… es ist *nicht* nichts, weißt du? Wenn du… sexy Zeug vor der Kamera machst. Du fühlst dich…"

„Entblößt." Griff nickte.

„Ja!" Dante sah ihn scharf an und drehte sich in seinem Sitz um, so dass er mit dem Rücken gegen die Tür lehnte. „Als Alek mich damals gefragt hatte, dachte ich, diese HotHead-Geschichte wäre nicht mehr, als ihn hochzukriegen und dir einen von der Palme zu wedeln, während deine Freundin dich mit ihrem iPhone aufnimmt. Ich meine, so als hättest du eine Million Freundinnen im Netz. Die eben Kerle sind, schätze ich. Ich bin ein Idiot."

„Kein Widerspruch." Griff verdrehte die Augen und warf ihm ein schiefes Grinsen zu. „Du bist ein Idiot. Und ein Zwerg."

„Haha. Ein ein Meter zweiundachtzig großer Zwerg. Ernsthaft… Ich schätze, ich hab mir nie Gedanken darüber gemacht, dass die Leute in den Pornos Leute sind. Typen. Mädchen." Dantes Augenbrauen waren nach oben gezogen, so dass er beinahe die Stirn runzelte. „Gruselig, hm? Ich meine, ich weiß, dass sie ein Leben und Rechnungen und Allergien und Haustiere und so haben. Aber… ich weiß nicht. Privates Zeug in der Öffentlichkeit zu tun ist seltsamer, als man denkt. Es ist kein Geld für Nichts. Es nimmt dir auch etwas."

Das bemerkst du erst jetzt?

Griff schüttelte seinen Kopf und wechselte die Spur, um auf die Rampe zur Brooklyn Bridge zu fahren. „Das hab *ich* nie gedacht. Darum gibt es so viel Kohle dafür, Anastagio? Die Betreiber bezahlen, weil es verfickte Arbeit ist."

„Das ist es, was ich meine: Ficken und Arbeit. Kompliziert." Dante lehnte sich wieder in seinem Sitz zurück. „Mir ist klar geworden, wie weit ich gehen würde, wenn ich müsste. Ich schätze, ich hab ein bisschen Panik bekommen."

„Auf der Wache? Wegen des Kusses, meinst du."

Dantes Gesicht verzog sich in Verwirrung. „Was? Nein!" Dante lachte. „Nein?"

„Ach was! Griff, du bist ein genialer Küsser. Ich meine, ja, wir haben niemals… Aber nein, das war in Ordnung. Wirklich verdammt in Ordnung. Verdammt." Dante schlug mit seinem Kopf gegen den Sitz und hob seinen Blick.

Oh Mann! Der Mist, den er von sich gibt, ohne es zu merken. Griffs Schwanz spannte sich in seiner Hose an, als er sich daran erinnerte, wie sie sich zusammen angefühlt hatten.

Dante grinste in sich hinein und schüttelte seinen Kopf, als würde er an genau das Gleiche denken. Was sogar irgendwie noch heißer war. Die Lichter der Straßen tanzten rhythmisch über sein stoppeliges Gesicht. Er musste sich dringend rasieren.

Mein Gott, er ist atemberaubend. Und in diesem Moment wusste Griff es. *Ich werde niemals jemand anderen lieben. Ich würde es niemals wollen.*

Griff hustete, sah in seinen Außenspiegel und konzentrierte sich auf den Verkehr. Seinen Ständer musste er versuchen zu ignorieren, um die Rampe, die sie nach Uptown bringen würde, nicht zu verpassen. „Okay… also… nicht der Kuss."

„Nein, nein. Es ist wegen dieser Liste an Aktivitäten. Wie eine Speisekarte mit Preisen, nur dass ich nicht das Restaurant bin; ich bin die Mahlzeit. Ich hab irgendwie *kapiert,* was Pornos bedeuten, wenn du pleite und verzweifelt und durchgeknallt bist. Es ist nichts Böses oder so, aber es fängt an, wie ein Rettungsring zu wirken. Und dann ist es auch keine so große Sache mehr und du triffst diese Entscheidungen."

„Vielleicht solltest du Alek sagen, dass du die Sache abbläst. Wir schulden diesem Kerl nichts."

„Nein! Nach dem nächsten Mal auf jeden Fall. Hölle, ich hab gerade erst herausgefunden wie ich das Maximum an Boni heraushole. Wir werden dreitausendfünfhundert Dollar kassieren. Aber wenn das vorbei ist, brauch ich dich, um mich an diese Unterhaltung zu erinnern. Erinnere mich daran, was ich dir hier gerade sage." Dante lächelte ihn mit der üblichen Zuneigung an. „Du wirst mein übergroßes, rothaariges Gewissen sein."

„Uh, okay…" Griff konnte das schiefe Lächeln auf seinem Gesicht spüren. „Wenn ich mich auf deine Schulter setze, werde ich deinen Zwergenarsch platt machen."

„Ach was, ich bin kräftiger als du denkst." Auf Dantes Gesicht lag dasselbe schiefe Lächeln.

Und zwischen ihnen war wieder alles in Ordnung. Unglaublich.

Griff lenkte den Wagen auf den Franklin D. Roosevelt East River Drive. Sie hatten es nicht weit bis zu ihrer Ausfahrt. „Aber was, wenn du Depp mir nicht zuhören willst? Morgen könntest du eine Leerer-Geldbeutel-Amnesie haben. Wenn du verzweifelt bist, möchtest du dich vielleicht an nichts von heute Nacht erinnern."

Dante schlug sich mit seiner Faust auf den Oberschenkel, direkt neben der Beule unter seinem Reißverschluss. „Dann steck mir deine verdammte Zunge in den Mund, G. Ich garantiere dir, dass du so meine Aufmerksamkeit bekommst."

SIE FANDEN einen Parkplatz auf der East Ninth und spazierten zurück zur First Avenue. Am Restaurant angekommen hielt Griff für Dante die Tür auf und sie betraten die gut besuchte Nudelbar.

„Nudeln in Ordnung? Das hier ist Koreanisch-Japanisch. Momofuku."

„Cool. Klar. Du wirst für mich bestellen müssen. Ich fühl mich hier drin wie ein Guido." Dante blickte hinab auf sein enges T-Shirt und seine gebügelten Jeans.

„Was, weil du jetzt ein *Pornostar* bist?" Griff grinste, hob seine roten Augenbrauen und zeigte mit einer Kopfbewegung zu den Tischen. „Du siehst gut aus. Komm schon."

Eine hübsche Bedienung mit kurzem blonden Haar und einem Nasenring führte sie nach hinten zu den langen Sitzreihen, wo sie sich zwischen andere fröhlich plaudernde Grüppchen setzten. Die Luft duftete nach Frühlingszwiebeln und Schweinefleisch und leicht nach etwas Scharfem.

Als sie sich durch die Leute schoben, um sich auf ihre Plätze zu setzen, gab Dantes Handy einen hellen Ton von sich, um eine SMS anzukündigen.

Griff lächelte und studierte die Speisekarte an der Wand. „Ruft dich jemand für 'n Quickie an?"

„Nein, Arschloch. Meine Schwester."

Griff dachte an die einsame Loretta, die auf Dantes Stufen vor dem Haus herumtanzte und sich ihren gehörnten Helm herbeisehnte, während die kleine Nicole geduldig darauf wartete, dass die Arie ihr Ende fand. „Ruf sie zurück. Vielleicht ist es ja wichtig."

„Ich ruf sie später an. Wir haben ein Date."

„Einen Scheiß haben wir!" Griffs Augen flogen nach oben und seine Stimme überschlug sich. „Wir essen zusammen."

Dante hob seine Augenbrauen und lächelte breit. „Du hast gesagt, wir hätten eins. Teures, asiatisches Essen in Manhattan. Du bist gefahren. Du bezahlst. Nachdem ich auf der Wache angekommen bin, hab ich dir meine Zunge in die Speiseröhre geschoben." Inzwischen hatte Dante angefangen zu lachen. „Entspann dich. Ich ärger dich nur, G."

„Oh." Griff begann erneut, die Speisekarte zu studieren und brummte, „Hornochse."

„Es fühlt sich tatsächlich gut an, sich mal irgendwo hinzusetzen und was zu essen, wo ich nicht jede einzelne Person kenne, die ich sehe." Dante verdrehte den Kopf, um sich die plappernde Menge anzusehen, die sich über ihre exotischen Vorspeisen hermachte. „Wir sind beinahe unsichtbar. Wir könnten hier rumknutschen und niemand würde auch nur komisch gucken."

Was zur Hölle...?

„Mir war nicht klar, dass dieses Restaurant so beliebt ist. Ich hab in der Zeitung darüber gelesen."

„Weil du, im Gegensatz zu einigen anderen von uns, liest." Dante streckte seine Hand aus, als präsentiere er ein Beweisstück. „Nur fürs Protokoll: wenn das hier kein Date ist, lass ich dich auch nicht ran."

„Oh Gott!" Griff sah sich nach links und rechts zu den anderen Gästen um, aber niemand schien sie zu beachten.

„Also halt dich zurück, mein Freund. Ich muss meine Ladung für die Aufzeichnung aufsparen. Und du solltest das Gleiche tun." Dante hob eine Augenbraue und starrte auf den Tisch direkt vor Griff, ganz so, als könne er durch das Holz auf den halbharten Ständer in seiner Hose sehen. Er zeigte mit einem Finger über den Tisch auf Griffs Brust. „Und du kaufst mir lieber eine Runde Wan Tans! Zwei Runden!"

Aus irgendeinem Grund war das das Witzigste, das sie jemals gehört hatten. Als wäre ein Sektkorken herausgezogen worden, explodierten sie vor Lachen, schnaubten Bier aus ihren Nasen und schnappten nach Luft. Sie trafen zwar die anderen Gäste nicht, aber einige warfen ihnen genervte Blicke zu. Griff und Dante achteten nicht groß auf sie. Bei den Preisen sollte Manhattan verdammt nochmal zusehen, wie es mit zwei Feuerwehrmännern klarkam, die sich eine Pause gönnten.

Sie lachten, bis ihre ganze Anspannung verpufft war, bis es nur noch sie beide gab, die sich am Tisch gegenüber saßen.

Als die Kellnerin zurückkehrte und Griff für sie beide bestellte, war Dante der perfekte Gentleman. Fast so, als *wäre* dies ein Date und er wolle sein bestes Benehmen zeigen. Als Griff und die Bedienung fertig waren, das Essen zu planen (Nudeln, Tintenfisch und Wan Tan), erhob Dante sein Bier zu einem Toast, sagte aber nichts von den Dingen, die er sagen könnte. Er brauchte es nicht: sie dachten dasselbe:

Danke, Kumpel... Beinahe ohne Bleibe und raus aus der Irre... Nichts ist zerstört, was sich nicht wieder aufbauen lässt... Alles ist, wie und wo und wann es zu sein hat... Und, oh ja, du bist mein absoluter Lieblingsmensch auf diesem Planeten.

Griff hob sein eigenes Bier, so bereit, über nichts Besonderes zu lachen, wie er es je in seinem Leben sein würde, mit der Person, die immer etwas Besonderes für ihn sein würde.

Klink –

Das Essen war beinahe so gut wie die Gesellschaft.

13

DANTE WIRKTE beinahe hyperaktiv, als sie Alek am Mittwoch trafen. Er schlenderte ins HotHead-Studio wie ein alter Freund und grüßte Alek mit einer kurzen Umarmung und ein paar freundschaftlichen Schlägen auf den Rücken.

Griff folgte ihm dicht auf den Fersen, die Tasche mit der Ausrüstung trug er über einer Schulter. Ein Teil von ihm wünschte sich, dass der Tag bereits vorüber wäre; der andere Teil wünschte sich, dass der Tag niemals enden würde.

Alek war wie immer höflich, entschuldigte sich für die kalten Temperaturen im Studio und bot ihnen Drinks an.

Griff lehnte den Whiskey ab, allerdings nur, weil es erst elf Uhr am Vormittag war und er langsam begann, sich wie ein Säufer zu fühlen. Er entschied sich stattdessen für eine Flasche Wasser. Die kühle Luft war sogar recht angenehm auf seiner heißen Haut. Eigentlich waren die Scheinwerfer über der Wohnzimmerszenerie warm, und er wusste, dass er schwitzen würde, bevor der Tag vorüber war.

Alek war dabei, Möbel zu verschieben und alles, was er brauchen würde, vorzubereiten. Er kam mit den Clipboards zurück, um die beiden Freunde die Verträge für den Tag unterschreiben zu lassen. Er nickte zustimmend. „Und Ihre Testergebnisse?"

Dante schnipste mit den Fingern, wühlte in der Tasche und zog schließlich zwei Atteste hervor.

Griff errötete. Er und Dante waren in die Klinik nach Chelsea gefahren, um Abstriche machen und sich Blut abnehmen zu lassen. Als wären sie ein verlobtes Paar, das sich um eine Heiratserlaubnis bewarb. Sie waren sexuell aktive Männer und sie wollten lediglich sichergehen. Eigentlich war es unnötig; für das FDNY wurden sie ohnehin regelmäßig getestet. Gehörte zum Job.

Wie auch immer, als sie sich wegen den Aufnahmen für heute gemeldet hatten, hatte Alek darauf bestanden – für seine Unterlagen, hatte er gesagt. Diese Papierfetzen besagten, dass sie frei von HIV, Hepatitis, Tripper, SARS und, weiß der Geier was noch waren – quietschsauber und bereit, loszulegen. Alek nickte in Richtung der Formblätter und brachte sie zu seinem Schreibtisch.

Während sie darauf warteten, dass Alek mit dem Papierkram fertig wurde, stieß Dante Griff an. „Mit uns ist also alles in Ordnung. Ich meine, dass du dir quasi keine Sorgen machen musst, falls du was auf deine Haut oder in deinen Mund bekommst." Dante verzog in falschem Ekel das Gesicht, als wolle er einen Witz machen. Was er nicht tat. „Ich will nur nicht, dass du ausrastest."

„Ich raste nicht aus, D. Ich bin ein großer Junge."

„Kein Scheiß." Dante hockte sich neben seine Tasche und zog ihre Ausrüstung hervor. Er murmelte Griff leise zu. „Heute geht es nur um die erweiterten Aktivitäten. Für die Boni. Mach's mir einfach nach."

„Jepp. Alles okay, D. Was auch immer du meinst. Lass uns den Scheiß hinter uns bringen." Griff nahm die gefalteten Hosen an und versuchte, dabei so auszusehen, als wolle er Dante nicht ´erweitert und aktiv´ in seiner Nähe.

„Okay. Cool." Dante zerzauste sein schwarzes Haar, als er sich das T-Shirt über den Kopf zog. Er schüttelte den Kopf und zwinkerte Griff mit einem Auge zu.

Griff zwinkerte zurück. „Du hast einen Plan, richtig? Du weißt, von welchen Dingen du möchtest, dass wir sie zusammen machen."

Dante nickte. „Alles paletti. Ist alles ziemlich harmlos. Ich will nicht, dass du Panik bekommst."

Griff wurde klar, dass Dante dachte, dass seine Ablehnung Ekel war. Das würde helfen. „Keine Panikattacken. Lass es uns nur hinter uns bringen, Mann."

„Ich hab die Sachen rausgesucht, die ordentliche Boni bringen... ohne dass wir, du weißt schon, so richtig schwul miteinander werden."

Gott bewahre!

„Sicher." Griff zog sein eigenes Shirt und die Hosen aus und stand schließlich nur noch in seinen engen Boxershorts da. Inzwischen schien das beinahe natürlich. Unglaublich, wie manche Dinge mit der Zeit anfangen, normal zu wirken... Dieser HotHead-Mist hatte ihn so viel lockerer werden lassen. *Das ist doch auch schon was, schätze ich.* Wenn das Ganze hier vorbei war, würde Griff vielleicht herausfinden können, wie man einen Kerl fand, der einen auch tatsächlich wollte.

Dante schüttelte seine gefütterte Feuerschutzhose aus. „Was auch immer ich mache, tu einfach so, als würdest du es wirklich, wirklich mögen."

„Kein Problem." Es würde sicherlich keines sein.

„Danke, Mann. Ich mach's wieder gut. Ich schwör's dir."

So weit kommt's noch.

Griff rief durch den Raum nach Alek. „Was sollen wir anziehen?"

Alek sah für einen Moment zur Decke. „Hmmm. Ich denke, nur die Hosen. Hosenträger über der nackten Brust. Vielleicht die Stiefel?"

„Helme?" Dante bückte sich und hielt sie wie zwei harte Fingerpuppen in seinen Händen. „Diesmal hab ich dran gedacht, sie mitzubringen."

„Auf jeden Fall!" Alek strahlte zustimmend. „Sie können sie abnehmen, wann immer Sie wollen, aber am Anfang sollten Sie sie definitiv anziehen"

Griff nahm seinen; Dante hatte über alles, was sie identifizieren konnte, Tape geklebt. In seinen Hosen und dem Helm und mit freiem Oberkörper herumzustehen war genau wie –

„Es ist wie bei den Aufnahmen für den Kalender." Dante lachte leise und warf ihm einen Blick zu.

„Woher soll ich das wissen..?" Griff zuckte die Achseln, nicht sicher, wie er die Situation entschärfen sollte.

173

„Naja, außer dem Schwanzlutschen."

Griff verzog das Gesicht und duckte den Kopf. Er konzentrierte sich aufs Ausziehen.

„Hey, Alek, wollen Sie, dass wir, Sie wissen schon, den Busch roden? Dante zog an seinen Schamhaaren. „Die Locken stutzen."

„Öhm, nein. Unsere Mitglieder mögen natürliche Behaarung. Sind Sie beide…?"

„Getrimmt?" Dante lächelte. „Ich bin ein verfluchter Italiener; ich mähe mir meinen Rasen, seit ich dreizehn war. Meine Brüder haben mir gezeigt wie."

Himmel. „Ich nicht." Griffs Augen traten hervor. Er hatte niemals darüber nachgedacht, sich da unten zu trimmen.

Dante warf einen Blick auf seine privaten Teile. „Griff ist von Natur aus ordentlich gestutzt. Schottische Hecke!" Er schnaubte lachend.

Griff nicht.

Sobald sie die Hälfte ihrer Ausrüstung und ihre Helme trugen, winkte Alek sie zum Set; er war schon dabei, Schnappschüsse zu machen und sie von einem Podest aus zu filmen. Letztes Mal hatte er es aus rechtlichen Gründen getan, ihre unterschriebenen Verträge und ihre Ausweise fotografiert. Jetzt sollten sie sich der Kamera zuwenden und ihre Namen, ihr Alter und ihre Erlaubnis, gefilmt zu werden, ins Objektiv sprechen. „Wurde einer von Ihnen beiden in irgendeiner Form genötigt oder gezwungen?"

Griff lachte leise. „Wohl kaum."

Dante übernahm das Reden. „Nope. Wir sind hier, um eine Blowjob-Szene für HotHead aufzunehmen, und wir können es kaum erwarten loszulegen."

Whooo – hooo!

Griff hatte plötzlich das unheimliche Gefühl, ein Spielstein auf einem gigantischen, dämlichen Brettspiel mit Hausbränden, Barschlägereien und Samenergüssen zu sein. Er versuchte, sich zurück an die Schritte zu erinnern, die ihn hierher, in dieses Zimmer, an diesem Tag, bereit, diese Dinge für die Website zu tun, gebracht hatten.

Das Leben ist so eigenartig.

Alek sah den Papierkram durch. „Und Sie haben sich für Fellatio an Mr. Muir bereiterklärt?"

Dante nickte und tippte auf eine Seite seines Vertrages. „Ähm. Ja. Und wir werden noch ein bisschen mehr ausprobieren, wenn das okay ist."

„Das ist fantastisch, Mr. Anastagio. Solange Sie sich beide wohlfühlen."

Griff knackte mit seinem Nacken und versuchte, seine Schultern zu entspannen. In ein paar Stunden würde das hier vorüber sein, Dantes Haus wäre in Sicherheit und das Leben würde wieder seine normalen Bahnen gehen, wenn das überhaupt möglich war.

Im Set des Wohnzimmers war der Couchtisch verschwunden und der Bereich auf dem Teppich frei. Alek schoss mehr Fotos.

„Ich wollte Ihnen Bewegungsfreiraum geben: Sitzplätze, Boden, Wand."
Alek deutete auf zwei Kameras auf hohen Stativen, die nach unten gerichtet waren.
„Diese werden die ganze Zeit laufen und ich werde mit der hier herumlaufen." Er
hielt seine eigene Kompaktkamera hoch.

Alek gestikulierte auf einen Stapel mit Hochglanzmagazinen, Frauen
gespreizt, keck und airbrushed. „Falls Sie Zeitschriften brauchen. Um hart zu
bleiben."

Dante verdrehte die Augen. „Machen Sie Witze? Mein bestes Stück ist
eisenhart, Mann. Wenn es mal oben ist, kommt es so schnell nicht wieder runter."

„Es kann häufig zum Problem werden, wenn heterosexuelle Darsteller
gefragt werden, zusammenzuarbeiten." Alek gab ihnen damit quasi die Erlaubnis,
ihre Erektionen zu verlieren.

Griff entschied in diesem Moment, dass er versuchen würde, seine Erektion
nach Möglichkeit mindestens einmal zu verlieren. *Verdammt wahrscheinlich.* Er
rückte den Helm auf seinem Kopf zurecht.

„Das Wichtigste ist, so entspannt wie möglich zu bleiben. Wir werden
das hier schrittweise machen. Wenn einer von Ihnen eine Pause braucht, lassen
Sie es mich wissen." Alek sah zwischen ihnen hin und her. Griff nickte. „Sie
können zu jeder Zeit mit mir sprechen. Sie können gerne die Position ändern oder
Vorschläge machen. Ich kann das Material an jeder Stelle schneiden, außer wenn
Sie ejakulieren."

Alek kletterte auf eine niedrige Leiter, um einen reflektierenden Scheinwerfer
in die richtige Position zu schieben. Er schoss ein paar Schnappschüsse von dort
oben und machte dann mit der Videoaufzeichnung weiter.

Dante lehnte sich hinüber. „Hey, G. Du musst soviel wie möglich sprechen,
okay? Dirty Talk gibt nochmal was dazu."

„Ähm, ja. Sicher. Was willst du, dass ich…?"

„Was auch immer sich gut anfühlt, sag's mir. Geh in die Vollen. Sag mir, wie
ich ihn lutschen soll. Sprich mit mir."

Griff nickte. „Ich werd's versuchen."

„So schmutzig, wie du willst, Mann. Sei nicht einfühlsam; sei nicht nett. Ich
kann's aushalten. Es ist alles in Ordnung, ja?" Selbst in seinem Helm und seinen
alten Feuerschutzhosen, sah Dante aus wie ein Prinz: perfektes Profil und die
sanften Locken in seinem Haar.

Griff schluckte. „Alles klar."

Dante trat näher, so dass sie sich in ihren Hosen und den Hosenträgern,
beinahe Gesicht an Gesicht gegenüberstanden. „Ich weiß nicht, wie weit ich gehen
kann, aber wenn du mich antreibst, wette ich, ich kann immer weitergehen. Und
das bedeutet mehr Cash. Ich will das, okay? So weit gehen, wie du mich antreiben
kannst."

„Ich fühl mich komisch, das zu tun - dich zu zwingen, Sachen zu machen."
So wie Tommy.

„Ich bitte dich darum." Dante sah aus, als wäre es ihm unangenehm.

Dann trat Alek auf sie zu und ließ sie anfangen. Er hieß sie auf der Seite willkommen und bat sie, sich selbst vorzustellen.

„Wie geht's Leute!" Dante legte für die Kamera einen drauf, als er sich mitten ins Bild lehnte. Er saß breitbeinig auf der Armlehne des Sessels, wo Griff mit überkreuzten Beinen saß. Er drückte grob Griffs Schulter. „Mein Kumpel hier hat ein Problem."

Griff wusste, dass sein Mund nicht mehr als eine feste, zusammengekniffene Linie war, aber er winkte.

Alek kniete sich für eine Seitenansicht des Sessels hin und signalisierte Dante nach unten.

Dante winkte ebenfalls und begann mit der Szene für die Fans. „Ähm, hallo Leute. Also, Duffs Freundin hat ihn schon ewig nicht rangelassen, aber er kann sie nicht einfach mit 'ner anderen Tussi betrügen. So ist er einfach nicht drauf, richtig? Und da wir Kumpel sind…" Dante rutschte von der Lehne hinunter auf den Boden. „Ich dachte, ich könnte vielleicht, ihr wisst schon, aushelfen."

Seine Schultern sahen unter den leuchtend roten Hosenträgern olivfarben aus. Dann kauerte er auch schon zwischen Griffs gespreizten Beinen. Er sah durch seine Wimpern, mit einem Bad-Boy-Glitzern in den Augen nach oben, als er seinen Helm abnahm. Er legte seine Hände behutsam auf Griffs Knie und wartete auf Erlaubnis. „Ist das okay, Mann?"

Griff grunzte seine Zustimmung und realisierte dann, dass Alek wollte, dass er Worte benutzte. „Fantastisch." Er leckte über seine trockenen Lippen.

Dante lehnte sich nach vorne über seinen Oberkörper, dicht genug, dass die Wärme zwischen ihnen tanzte.

Mit halb geschlossenen Augen sah Griff Dante zu, wie er eine Hand hob, um mit ihr über seine rot gelockte Brust zu fahren und dabei die pinkfarbenen Nippel zu streifen, so dass sie hart und spitz wurden. Er konnte Dantes Atem auf seinem Schlüsselbein spüren. Er fühlte sich wie unter Drogen von der Lust, die ihn in eine Spirale zog, als wäre er an den Stuhl gefesselt und Dantes Gefangener. Sein Kanonenrohr bäumte sich in seiner Feuerschutzhose auf. Er bewegte seinen Hintern im Sessel und genoss dabei das süße Verlangen. In seinen Adern floss nicht einmal Whiskey, also konnte er dem auch nicht die Schuld geben.

„Das fühlt sich verdammt verrückt an", murmelte Griff.

Dante sah überrascht zu ihm auf und sein Mund verzog sich zu einem schmutzigen Lächeln. Er nickte und lehnte sich vornüber, um sanft an Griffs Nippel zu saugen.

Alek ging herum auf die Seite und richtete die Kamera auf Dante, nachdem er sie über Griffs ausgeprägte Bauchmuskeln hatte gleiten lassen. Er gab ihnen das Daumen-hoch Zeichen.

Ring! Griff konnte praktisch hören, wie Aleks Daumen wie eine Registrierkasse klingelte. Dirty Talk bedeutete einen größeren Bonus. Jeder würde hier bekommen, was er wollte, wenn Griff nur, verdammt nochmal, der Versuchung nachgeben würde.

Sei mit ihm zusammen. Sei dankbar. Sei mutig.

Also hielt Griff Dantes Kopf in seiner großen Hand und fuhr mit seinen Fingern durch die Locken, um diesen roten Mund zu seiner anderen blassen Seite zu führen. Er dachte an Tommy, wie er in dieser Gasse so grob behandelt wurde, und drückte fester zu, zog an Dantes Haar.

Dante stöhnte als Antwort auf und liebkoste und saugte hungrig an ihm, biss und leckte an beiden empfindlichen Nippeln, bis sie hart und rosig unter den roten Hosenträgern hervorstanden. Griff ließ sich von Dante den Arm heben und ihn in seiner Achselhöhle lecken. Dante schob sein Gesicht geradewegs in die feurigen Haare, vergrub sich dort und leckte hart an der empfindlichen Haut.

Griff überlief ein Schauer. „Anders als bei einem Mädchen, hm?" Dantes Mund ließ ihn lustvoll zusammenzucken wie bei einem elektrischen Schlag.

Dante liebkoste und saugte in seiner Achselhöhle, bis Griff dessen Kopf zur anderen Seite schob und diesen Arm hob, um die andere muskulöse Höhle für die selbe Behandlung anzubieten. Dante stürzte sich hungrig darauf. Dante atmete schwer, als er seine dunklen Augen hob und sein geschwollener Mund war feucht. „So anders. So verdammt stark."

Alek kam dicht heran, zoomte auf Dantes feuchte Zunge, als sie erst die leuchtenden Haare unter Griffs riesigen Armen befeuchtete und dann über den starken Bizeps fuhr.

Griff sah zu, wie sein Freund einen auf hungrig machte. „Du isst es, Mann. Schmeckt's?"

Dante schob sein feuchtes Gesicht zurück in die harte Brust seines Freundes und rieb sich wie eine Katze gegen die drahtigen, roten Haare. Er sprach leise vor sich hin. „Ich hab darüber nachgedacht. Auf der Feuerwache. Unter der Dusche, im Schlafsaal, im verfluchten Feuerwehrauto…"

Mehr Porno-Scheiße. Griff konnte beinahe den unsichtbaren Bonus-Zähler rattern hören: *ring, ring, ring.*

Er stöhnte trotzdem. Es war ihm egal, dass es eine Lüge war, und sein Schwanz kannte keinen Unterschied. Er bekam grob Dantes Hand zu fassen und zog sie zurück zu dem Stück Rohr, das seinen Reißverschluss stark dehnte.

Griffs Stimme war belegt und ungeduldig. „Ich bin genau hier, Mann. Du musst nicht darüber nachdenken." Dann stand er über seinem besten Freund, zwang seinen Kopf nach hinten und sagte Bundesstaaten und ihre Hauptstädte auf, um sich davon abzuhalten, zu schnell zu hart zu werden.

Denk an etwas anderes. Sieh ihm nicht zu. Feuer deine Ladung nicht schon nach sechzig Sekunden.

Dante drückte vorsichtig sein bestes Stück, fuhr seine Konturen durch den wattierten Stoff nach. Seine Augen fixierten die zimtfarbenen Locken, die Griffs

Nabel umrahmten und dann aus der Sicht verschwanden. „Scheiße, Kumpel. Wurst und Kartoffeln."

Alek kniete sich hin, um Dantes Profil aufzunehmen, während dieser dem Monster huldigte.

Ich kann das tun.

Das Blut schoss Griff heiß durch Schultern und Brust, glücklicherweise außerhalb des Bildes, und kochte seinen Kopf mit quälender Schüchternheit. „Na los, mein Freund. Sei nicht schüchtern."

Dante öffnete mit zitternden Fingern einen Knopf.

„Nicht so. Benutz deinen verdammten Mund." Wieder zog er an Dantes Kopf.

Dantes Augen schossen kurz zu seinen. Ein kaum wahrnehmbares Nicken sagte Griff, dass er das hier genau richtig machte.

Guter Junge.

Dante presste sein römisches Profil in den Schritt der Hose und suchte mit der Zunge nach dem Reißverschluss. Er fand ihn, biss darauf und zog mit seinen strahlenden Zähnen daran. Der dicke Schaft sprang hervor und stieß gegen Dantes Wange.

„Guter Junge…" Griff ließ einen Hosenträger herunter, so dass nur noch ein Träger seine Erektion und die Kurve seiner Arschbacken seine Hose oben hielten.

Ein schnurrender Laut unter ihm. Dantes Brust gab ein leises, lustvolles Grollen von sich. Dann, ohne Warnung, schubste Dante ihn hart, so dass er zurück auf den Lederthron fiel, Knie gespreizt, Eier auf dem Leder aufliegend. Sein Helm war ihm durch die Wucht vom Kopf gefallen und drehte sich auf dem Teppich wie eine Schildkröte.

„Hey!"

„Ja, klar." Dante sank auf seine Knie und schnaubte. „Als ob du das nicht aushalten könntest. Als ob ich es nicht könnte."

Griff bewegte seine Hand über seine Erektion. „Du bist scheiß- verrückt."

„Du hast ja keine Ahnung, Mann."

Irgendwo hinter Dante änderte Alek seine Position, aber die Welt drehte sich nur noch um sie beide. Nur sie beide. Griff umklammerte die Lehnen des Sessels.

Dante reichte mit der Hand nach ihm und drückte Griffs Ständer, bis die Adern blau hervorstanden. Er öffnete seinen Mund und legte los, sein dunkler Kopf wippte in Griffs Schoß auf und ab.

Ich wünschte, ich könnte seine Augen sehen.

Eine Minute lang war das einzige Geräusch das Summen der Scheinwerfer und das gedämpfte Saugen, das sich so gut anhörte wie es sich anfühlte. Griffs Augen und Mund öffneten sich für eine Warnung. Dante begann rot anzulaufen, als er versuchte, um den Eindringling herum zu Atem zu kommen.

Griff schob ihn zurück und warf Alek einen Blick zu. „Warte. Warte. Stop! Time out."

Und sofort begann Dante zu husten, zog sich zurück und sah blinzelnd auf. Er ließ sich zurück auf seine Fersen fallen, sabbernd und mit wilden Augen. Er erhob sich und versuchte, die Balance zu finden.

Griff seufzte in Erleichterung. Er war kurz davor gewesen. Zu dicht. Er streifte den anderen Träger ab und kam wieder zu Atem.

Dante durchstreifte das Zimmer. Er sah angewidert und panisch aus.

Ähm, was du nicht sagst?

Dante öffnete die Knöpfe seiner eigenen Feuerschutzhose und zog den Reißverschluss hinunter. Sein eigener Schwanz war halb hart. Er kam in langen Schritten zurück zu Griff und sank zwischen dessen muskulösen Oberschenkeln wieder auf die Knie. Er nickte Alek zu zum Zeichen, dass sie weitermachen würden, und zog Griff seine schweren Stiefel aus. Er schälte die Hose ebenfalls von ihm, so dass Griff nun splitterfasernackt auf seinem schwarzen Sessel saß.

„Weiter geht's." Alek blieb ansonsten ruhig und gab ihnen eine Menge Freiraum, als wären sie gefährdete Arten, die seinen Zoo besuchten.

Griff blinzelte Dante eine stumme Frage zu. *Bist du okay?*

Dante reichte nach Griffs sommersprossigen Händen und zog sie zur Rückseite seines eigenen gelockten Kopfes.

Was tat er hier? Was wollte er?

Zur Antwort schob Dante Griffs Finger *in* sein Haar auf der Rückseite seines Kopfes und zwang sich nach vorne, zwang den rosigen Schwanz in sein Gesicht.

Er will, dass ich seinen Mund ficke. Dass ich ihn zwinge.

Griff errötete und blickte auf seinen Freund hinunter. Sein Neandertaler von einem Schwanz hatte keine Probleme mit dem Vorschlag.

Unten auf dem Boden wartete Dante darauf, dass er die Initiative ergriff, während er an Griffs Fleisch mit feuchter Hingabe lutschte… aber er brauchte Griff, der ihn zwingen sollte, ihn ganz zu nehmen.

Griff drückte Dantes Kopf mit seinen ausgebreiteten Händen und flocht dabei seine großen Finger durch die verbrannte Seide seines gewellten Haares.

Dante nickte leicht und nahm einen tiefen Atemzug, als mache er sich bereit, in eine Explosion zu laufen.

Griff spannte seine massiven Arme an und zog Dantes schönes Gesicht in Richtung seiner feurigen Schambehaarung. Er bohrte sich in glitschige Hitze.

Ein scharfes Luftholen ließ ihn einen Blick hinüber zu Alek werfen, der die Kamera auf seinen Knien hielt, um zu verdecken, was gerade los war. Der Russe hatte einen Ständer in seinen Jeans.

Griff schüttelte seinen Kopf und versuchte, die Anwesenheit des anderen Mannes so zu ignorieren, wie Dante es offensichtlich tat. Er rutschte tiefer.

Dante grunzte seine Zustimmung und die Vibration schoss durch den dicken Schaft, der seinen Mund ausfüllte. Er atmete durch die Nase und schien in Ordnung, bis die breite Spitze an seinen Rachen stieß. Er zuckte vor Überraschung zusammen und zog sich zurück.

„Sorry." Griff wusste, dass das unmöglich war.

„Blödsinn, Mann. Ziemlich groß." Dante dehnte seinen Mund weit genug, dass er hätte schreien können, und streckte seine Zunge heraus, als hätte sie einen Krampf. „Ich hab nur nicht erwartet…"

„Ich wollte dich nicht ersticken, Idiot."

„Mich kriegt man nicht so schnell klein. Schieb ihn einfach runter. Ich hab 'nen großen Mund."

Griff musste darüber lachen. „Ach nee."

Dante lachte ebenfalls. „Du wirst mir schon nicht wehtun. Ich hab geübt."

Er was?!

„Einen Scheiß hast du!"

„Machst du Witze? Ich bin nicht zurückgeblieben. Nach dem letzten Mal wusste ich, was für eine Behandlung mir bevorsteht. Ich bekomm das hin. Zwing mich." Dante warf einen seitlichen Blick auf die Kamera.

Selbstverständlich nickte Alek von der Seitenlinie und hielt wieder, *ring*, einen Daumen nach oben. Er hatte alles auf Band.

Scheiße! Vielleicht würde er es rausschneiden.

Als ob das passieren würde, Hornochse.

Dann schluckte Dante wieder seine gewaltige Länge und Griffs Augen schlossen sich.

Nicht abfeuern. Nicht abfeuern.

Nach ein paar Sekunden wurde Griff klar, dass Alek aufgehört hatte zu filmen und seine eigene Erektion mit der Hand verdeckte, während er ihnen zusah. „Wenn Sie etwas anderes probieren möchten – ich habe genügend Material von der Fellatio."

Aber Dante lehnte sich zurück auf seine Fersen und sein Schwanz wölbte sich aus der Öffnung seines Reißverschlusses. „Scheiß drauf! Wir sind hier noch nicht fertig. Hm, G?" Er sah angepisst aus und seine Augen tränten. Er hustete und räusperte sich. „Ich bin okay. Ich bin nur nicht daran gewöhnt. Ich denke, ich schaff's, dass er so kommt. Keine Hände. Wär doch cool, oder?"

„Sicherlich, aber ich wollte lediglich vorschlagen –"

„Gib mir einen Moment. Das Teil ist ein Monster. Lass mich versuchen…" Dante lehnte sich über die Armlehne des Sessels und schob sich von oben über die Erektion, ein offensichtlich einfacherer Winkel. Er summte triumphierend. Er änderte seine Position, bis er über Arm- und Rückenlehne des Ledersessels lag und sich selbst so über Griffs Oberkörper lehnen konnte, dass er seinen Mund da halten konnte, wo er den meisten Schaden anrichtete.

Griff fühlte, wie etwas an sein Ohr stieß, und realisierte, dass Dantes Hüfte direkt neben seinem Gesicht ruhte. Seine Eier über einem starken Oberschenkel drapiert, die Kurve seines Ständers in der Luft, nur zwanzig Zentimeter von Griffs Lippen entfernt. Dantes Hüften bewegten sich unruhig.

Halb durch. Dantes Schwanz hat die exakte Farbe von halb durchgebratenem Steak. Griffs Gesicht bewegte sich auf Dantes Schwanzspitze zu. Ein paar Zentimeter mehr und er würde in seinem Mund sein. Er wusste, dass Dante spüren konnte, wie sein Atem darüber strich; die glänzende Haut war hypnotisierend. Alles, was er tun musste, war seinen Mund zu öffnen, und er könnte ihn mit seiner Zunge berühren, ihn kosten. Beinahe… Er hob seine Hand und strich sanft darüber.

Dante drehte sich nach oben, um durch seine dichten, kohlschwarzen Wimpern auf seinen Schwanz, der nur wenige Zentimeter von Griffs pinkfarbenen Mund entfernt war, schauen zu können. Er wollte sichergehen, dass Griff sich sicher war.

Griff schüttelte den Kopf und biss sich auf die Lippe, aber er ließ ihn nicht los. „Also… ich fühl mich seltsam, einfach so hier herumzusitzen."

Daumen hoch von Alek: *ring! Ringeling!*

„Du musst nicht", flüsterte Dante ihm zu.

„Es ist keine große Sache. Ich mein, es gibt mehr Knete, richtig?" *Ja, das macht Sinn.* Griff fühlte sich wie ein Drecksack, aber er musste kosten, solange er die Chance dazu hatte.

Dante nickte und grunzte seine Erlaubnis.

Griff ergriff den eisenharten Ständer und ließ seine Zunge die gesamte Länge entlangfahren, um die salzige Spitze zu kosten. Das männliche Aroma explodierte auf seiner Zunge.

Perfekt.

„Ohhhh." Dante krümmte seine Zehen und senkte sein Gesicht wieder über Griffs bestes Stück.

Irgendwo seitlich von ihnen klang es so, als sei Alek aufgestanden und habe damit begonnen, um sie zu kreisen, um Fotos aufzunehmen. Er kroch näher, um die neue Position zu filmen und nichts zu verpassen.

Der Schwanz in Griffs Mund schwoll an, die Adern traten hervor. Es fühlte sich an, als würde er jeden Moment… Dante kam schon?! War es nicht zu früh? Griff fühlte kalte Luft auf seinem eigenen Schaft, als Dante sich aufbäumte und nach Luft schnappte.

„Alek?"

„Ich bin hier. Tu es." Alek hockte sich hin und beugte sich über sie.

Dante rollte sich auf der Armlehne auf seinen Rücken und ließ seinen Kopf hängen, so dass seine schwarzen Haare Richtung Boden fielen. Er stieß ruckartig seine Hüften nach vorne, spannte seine Bauchmuskeln fest an… dann – *platsch-platsch* – schoss seine Ladung über seinen definierten Oberkörper. Das Sperma lief in Richtung seines Halses, bis er sich lächelnd aufsetzte.

Verwirrt suchte Griff Dantes Blick, um herauszufinden, was zur Hölle er jetzt tun sollte. War alles schon vorüber?

Dante zwinkerte ihm zu. „Ich konnte mich nicht bremsen, Mann. Mach dir keine Sorgen; ich bin bereit für mehr. Versprochen."

Er wollte eine zweite Runde. *Arroganter Hurensohn.* Er würde für einen weiteren Bonus ein zweites Mal schießen. Seine Brust hob und senkte sich noch immer von schweren Atemzügen, als Dante seine Finger hinuntergleiten ließ, um sich die Sahne vom Oberkörper zu kratzen und seine Finger sauber zu lecken. Er schien den Geschmack verdammt nochmal zu lieben oder zumindest zog er eine entsprechende Show für die Kamera ab.

Griff konnte sich das tickende Porno-Taxameter praktisch vorstellen. *Ring.* Quizshow der Lust: *Ich nehme Samen essen für weitere zweihundert.*

Aber das war nicht alles.

Dante hatte etwas Schmutzigeres im Sinn. Er sammelte den Rest seiner Wichse und benutzte sie, um Griffs Erektion damit einzureiben. Das Gefühl war unbeschreiblich. Und dann – *Herr im Himmel* – begann Dante damit, seine eigene heiße Sahne von Griffs Schaft zu lutschen.

Er aß es! Er aß es!

Der Anblick und der Geruch trieben Griff in den Wahnsinn. Er wand sich im Sessel, rutschte in seinem eigenen Schweiß das Leder hinunter, Arme um Dantes angespannten Rücken geschlungen, um ihn fest an sich zu drücken. Griff konnte sich nicht davon abhalten, Dantes Gesicht hart zu vögeln, ihn dazu zu zwingen, ihn zu aufnehmen, seinen Pfahl in dessen Gesicht zu rammen.

Und Dante folgte ihm auf dem Weg nach unten, während er über der Armlehne hing, grunzte und an seinem Fleisch leckte, ihn ritt. Als Griff zu Boden rutschte, folgte Dante ihm den ganzen, langen Weg.

Schließlich landete sein Hintern auf dem Teppich, seine Knie weit gespreizt, Dantes rabenschwarze Locken schwebten und kitzelten zwischen ihnen. „Das ist es. Iss jeden verdammten Tropfen, Mann. Mach deine Sauerei wieder weg." Hatte er das laut ausgesprochen?

Dann folgte Griff seiner eigenen Anweisung und säuberte Dantes feuchtes Fleisch.

Dante nickte in Zustimmung und Ermutigung. Er schwang seine Beine von Griffs Brust herunter auf den Boden, so dass sie sich gegenseitig lutschen konnten.

Das einzige Geräusch war das Murmeln und das Schlürfen der Lust, als sie gegenseitig voneinander kosteten. So, als wären sie allein. So, wie Griff es sich gewünscht hatte. So, als wären sie zusammen. So, als wäre das hier echt.

Ring! Alek zeigte einen weiteren Daumen.

Ich nehme das klassische 69 und Samenlecken für 300 Dollar.

Dante zuckte zusammen. „Langsam! Empfindlich…" Er griff nach Griffs Ständer und begann, ihn zu melken. „Fühlt sich an, als wäre er größer geworden."

Griff stöhnte. „Du machst ihn größer, Mann."

Sie sollten das nicht hier tun. Griff sah zu Alek, der hinter der Kamera stand, hinüber.

Der Russe schwitzte und stand mucksmäuschenstill. Offensichtlich lieferten sie hier eine Show ab, die dabei war, außer Kontrolle zu geraten. Wie lange waren sie schon dabei?

Dante öffnete seinen Mund und saugte Griffs roten Knauf hinein, summte, als er an ihm hinunter glitt.

Griffs Hand wanderte wieder an seinen Hinterkopf und packte hart zu. Er stieß in Dantes Rachen hinein und versuchte, sich dabei nicht wie das letzte Schwein zu fühlen.

Er hat mich darum gebeten.

Dann fühlte Griff, wie der harte Kopf seines Schwanzes endgültig in Dantes glitschigen Rachen ploppte; die Muskeln spannten sich um seine Furche. Er begann, von Tausend an rückwärts zu zählen, und betete, dass er nicht spritzen würde, bevor die Sache überhaupt richtig losgegangen war.

Ein Mississippi, zwei Mississippi...

Dante atmete durch die Nase, als er in der Position verharrte. Aufgespießt auf den Schaft seines besten Freundes schob er sein Gesicht in dessen rotes Haar, solange er es aushielt... dann verschluckte er sich und zog sich zurück. „Wow. Tief."

„Sorry."

Aber Dante stopfte ihn nur zurück in seinen Mund, grunzte und leckte an Griff, bis sich dessen Zehen zusammenrollten. Es schien, als sei er vollkommen auf Griffs Lust konzentriert.

„Sein Haar." Alek lugte hinter der Kamera hervor, um Griffin zuzunicken.

„Oh." Griff nahm eine Handvoll von den mitternachtsschwarzen Locken und hielt sie aus dem Sichtfeld, so dass die Mitglieder es nicht verpassen würden, wie Dante seinen glänzenden Schaft leckte und seine festen, pinkfarbenen Eier liebkoste. Er konnte Dantes Ständer sehen, wie er in der Luft zuckte, unberührt und wieder steinhart... so, als sei er nicht angewidert.

Sicher.

Griff drückte sich mit dem Rücken gegen den Ledersessel und entspannte sich ein wenig. Er ließ seine muskulösen Oberschenkel zu den Seiten fallen, als Dante mit einem verruchten Grinsen auf ihn zu kroch. Dantes Kopf senkte sich zu dem roten Busch über seinem Schwengel und er atmete tief ein.

Hat er gerade an mir gerochen?

Und dann tat Dante es wieder, roch mit halb geschlossenen Augen bewusst an ihm... nahm einen tiefen Atemzug seines Geruchs in sich auf, bevor er seine römische Nase unter das schlaffe Pink seiner Eier schob, und einmal darüberleckte. Dante hakte seine Arme unter Griffs wuchtige Oberschenkel und hob sie an, rollte seinen Hintern nach oben.

Hat er wirklich vor...?

Griff konnte nun von Nahem sehen, wie sich sein Ständer anspannte und die Vorhaut von der feuchten Eichel zurück rutschte. Dahinter glitt Dantes dunkler Kopf tiefer zwischen seine Beine und dann fuhr dessen Zunge über den harten Grat hinter seinen Eiern, um anschließend über den engen Kranz seines Loches zu lecken.

Ich danke Euch, Ihr Götter der Erweiterten Aktivitäten!

Die ersten Tropfen bildeten sich auf der Spitze von Griffs Schwanz und liefen an ihm hinunter, als dieser verzweifelt zu pulsieren begann und, gerichtet auf sein eigenes gerötetes Gesicht, zum Takt seines Herzschlags zuckte. Griff kämpfte ein irres Kichern zurück, als ihm ein Bild von Dante und einem lang vergangenen Streit ins Gedächtnis schoss: „Leck mich am Arsch, Mann! Leck. Mich. Am. Arsch."

Ja, bitte.

Und dann, *Heilige Maria, Mutter Gottes*, tat er genau das. Dante presste die volle, feste Länge seiner Zunge in seine Ritze und leckte einmal durch die gesamte Furche.

Dantes Augen waren wie dichter Rauch auf der anderen Seite seines rosigen Prügels. „So weich. Deine Haut schmeckt…" Das Ende des Satzes verfing sich in den verkrampften Muskeln seines Hinterns.

Alek bewegte sich nach links, so dass die Kamera Dantes Zunge, das Loch und Griffs dicken Ständer, der in seinen rot-pelzigen Nabel tropfte, einfangen konnte.

Zu schnell! Zu schnell!

Griff rang um Luft. „Warte!"

Aber Dante hörte nicht zu, wollte nicht zuhören; er zog die festen Arschbacken mit seinen rauen Händen auseinander; presste seine Zunge *in* Griff.

Griffs Augen rollten in seinen Kopf zurück, offensichtlich in dem Bestreben, einen Blick von innen auf diese perfekte, forschende Zunge werfen zu können. Feuer leckte an seinen Gliedmaßen. Sein Mund war vor Überraschung geöffnet und verrückte Laute strömten aus ihm heraus.

„Ich kann nicht… ich kann nicht…" Griffs Beine begannen zu zittern und Blödsinn verließ seinen Mund und sein Schwanz wurde hellrosa und – *oh Gott* – er gab einen bellenden Laut von sich, als seine Lust aus ihm herausbrach, und feuchte Geschosse aus Samen auf und auf und über seinen Oberkörper flogen – *platsch, platsch* –, über seine Brustmuskeln und die Rillen seines Bauches. Sein schneller Atem zischte durch seine Zähne, als er nach Luft schnappte und versuchte, wieder auf die Erde zurück zu kommen.

Alek murmelte etwas auf russisch vor sich hin und lehnte sich zurück, um die Beule unter seiner Hose zurechtzurücken. Ein feuchter Fleck. Er hatte in seine Hosen gespritzt, nur davon, dass er ihnen zugesehen hatte.

„Bist du okay?" Dante sah zwischen seinen Beinen zu ihm auf, seine Stimme gedämpft von Griffs Hintern und Eiern.

„Hm-hm." Griff hatte Angst, irgendetwas zu sagen, das einen Sinneswandel bei jemandem hervorrufen könnte. Er nickte und schenkte ihm ein kleines, nervöses Lächeln.

Dantes Schwanz war steif und auf halbem Weg zur zweiten Ladung. Er musste an sich selbst gerieben haben, während er an Griff geleckt hatte, um den Eindruck erwecken zu können, er liebe es, sein Gesicht in dessen Ritze zu schieben.

„Lass mich noch ein bisschen an dir lutschen. Ich bin so dicht davor."

Was zur Hölle? Welcher Bonus sollte das sein?

Dante drehte sich so um, dass er an Griffs erschlaffendes Fleisch kommen konnte, während er sein eigenes knetete. Er melkte den letzten Tropfen aus Griff heraus und leckte ihn mit einer flachen Bewegung seiner Zunge auf.

Griff schrie auf, seine Eichel extrem empfindlich. „Vorsicht."

Dante nahm sich ein wenig zurück, säuberte ihn vom Samen mit geduldiger, unnachgiebiger Konzentration.

Griff zitterte unter der widerlichen Glückseligkeit des Ganzen, wollte Dante dazu bringen aufzuhören und hatte zugleich panische Angst, dass er aufhören würde. Ein paar Minuten mehr davon und er würde wieder hart werden. Er reichte hinüber und griff mit seiner Hand nach Dantes gebogenem Ständer.

Dante zog seinen Mund zurück. „Danke, Mann. Deine Hand ist so viel besser. Genau so! Ja. Du bringst mich nochmal zum Abspritzen."

Dante griff nach unten und zog an seinem sich zusammenziehenden Sack, aber Griff stieß seine Hand aus dem Weg und legte seine eigene fest darum, zwang die beiden Bälle hervorzutreten. Er konnte sich nicht vorstellen, dass es nicht weh tat. Offensichtlich nicht.

Dante keuchte gegen ihn, rieb sich an seiner Hand, versuchte verzweifelt, einen zweiten Höhepunkt zu erreichen, bettelte um Hilfe.

„Fast... fast... Ich kann es. Argh. Zieh nur an meinen Eiern. Zieh schon. Fester. Bring mich dort hin. Jaaaaahhhh." Dante krümmte sich mit seinen schmalen Hüften nach vorne, Griffs erschlaffte Schwanzspitze stieß gegen seine offenen Lippen. Seine Zunge stahl sich ein weiteres Mal nach draußen, um den Tropfen Saft auf der Spitze zu probieren. Dantes Augen pressten sich zusammen, als er sich anspannte.

Griff streckte sich mit seinem Gesicht über Dantes Bauch aus und ließ seinen Kumpel seine große Pranke vögeln, während er dessen seidige Eier mit der anderen drückte – gerade so an der Schwelle zum Schmerz. Der Kopf von Dantes perfekter Erektion füllte seine Sicht aus. Er drückte die schweren Eier ein letztes Mal, so dass es ganz leicht schmerzen musste. Dante stieß zischend die Luft aus und die Adern zeichneten sich auf seinem Schaft ab. Sehr, sehr langsam zog Griff den glänzenden Knauf über seine stoppelige Wange, Millimeter für Millimeter. Süße Folter für sie beide. Dantes Nüsse spannten sich in Griffs Hand an und Griff ließ sie los, so dass sie sich eng zusammenziehen und alles geben konnten.

Ein Schrei baute sich auf und brach aus Dantes Mund, der noch immer geöffnet um Griffs große pinkfarbene Schwanzspitze lag. Griff setzte sich zurück auf seine Fersen, um sich die Explosion anzusehen.

„Arrrghhhh!" Und dann, mit einem heiseren Brüllen, sprühte Dante heißen Zuckerguss über seinen glatten Oberkörper, während er zuckte und zufrieden grunzte. Als Dante auf dem Boden die Kontrolle verlor, spritzte ein Tropfen Samen auf Griffs Wange und rann an dieser neben seinem Mund hinab. Er hatte nicht den Nerv zu probieren. Sofort in Gedanken bei der Kamera, die sie aufnahm, hielt Griff seinen Mund fest geschlossen.

Einen Bonus, den ich nicht teilen werde. Meins.

Dante schauderte und zitterte und entspannte sich nach und nach. „Verdammte Perfektion." Sein Brustkorb glänzte, hob und senkte sich, als er versuchte, seinen wilden Atem unter Kontrolle zu bringen.

Griff stützte sich auf einen Arm, sich des heißen Tropfens auf seiner Wange und Alek, der sicherging, alles auf Band zu haben und eine Serie von Fotos schoss, bewusst.

Ein silbriger Pfad bewegte sich über Dantes Bauchmuskeln in Richtung Teppich. Griff lehnte sich beinahe nach vorne, um –

Stop.

„Über was lachst du, du verfluchter Trottel?" Dantes Augen lächelten und sein Gesicht war zu einer Art glücklichen Grimasse verzogen. Er reichte nach vorne und drückte Griffs Unterschenkel hart. Griff schrie auf und lachte ebenfalls, bevor er sich von dem Griff dieser schwieligen Hände wegbewegte.

Sie dampften buchstäblich. Ihre Haut war so heiß, dass Dampf von ihren Körpern in die kalte Luft stieg.

„Nun, Gentlemen", murmelte Alek und schwenkte die Kamera über ihre feuchten Körper, die Pfützen aus Samen, die angespannten Muskeln, pink und golden. „Ihr scheint inspiriert worden zu sein."

Griff hatte beinahe vergessen, dass sie ein Publikum hatten. Er zog sich auf die Füße und sah zu, wie Dante mit der Kamera spielte.

Der arrogante Hurensohn lenkte die volle Ladung seines Charmes auf das Objektiv, als er feucht und dampfend aufstand. „Ich war so verdammt geil, Mann. Und sein Mädchen hat ihn nicht rangelassen… ihr wisst ja, wie das ist. Ihr Jungs seid nicht sauer, richtig, wenn es uns ein bisschen mitreißt?"

„Nein. Ganz schön mitgerissen. Mehr als ich dachte, dass es möglich sei. Ja? Es war phänomenal." Alek schwenkte die Kamera zwischen ihnen hin und her, als wären sie durch ein unsichtbares Band miteinander verbunden. Als ob er sehen konnte, was Griff versteckt hielt. „Ich hatte nicht erwartet…"

„Du meinst das Rimming?" Dante zuckte die Achseln. „Ich hab noch nie vorher bei einem Kerl mit der Zunge am Arsch rumgespielt, aber ein Arsch ist ein Arsch, richtig? Ich meine, ich hab vorher schon das Loch von Mädels geleckt. Meins wird häufig geleckt."

Griff sagte gar nichts. Was hätte er auch sagen können? Er war nicht sicher, ob er sich über das Kompliment freuen oder doch eher neidisch auf die Mädchen sein sollte, die besser geschmeckt hatten. *Was zum Teufel passiert gerade?*

186

„Hölle, ich liebe Ärsche." Dante kniff ihn kurz in sein Hinterteil, während Griff wie versteinert dastand. „Abgesehen davon hat sich dieser hier nicht beschwert." Er warf seinem besten Freund ein schmutziges Grinsen zu.

Alek richtete die Kamera auf Griff, der feuchte Fleck auf seinen Jeans dunkel. „Es schien, als hättest Du eine Menge Spaß gehabt."

Griff errötete und schüttelte seinen Kopf. „Niemand hat das jemals mit mir gemacht." *Ich kann nicht glauben, dass ich das gerade zugegeben habe. Ich kann nicht glauben, dass ich das musste.* Die Röte schoss ihm über den Hals ins Gesicht.

Dante sah entgeistert drein. „Wirklich!? Himmel. Du gehst mit den falschen Frauen aus."

Alek machte ein paar Schritte zurück, so dass er sie beide ins Bild bekam. „Nun ja, es scheint, als hättet Ihr beide heute ein wenig Eure Grenzen erweitert. Eure HotHead-Ausbildung wird fortgesetzt."

„Oder auch nicht? Schätze ich mal." Griff konnte nicht glauben, dass sie diese Unterhaltung führten. Und für die Kamera. Seine Ohren brannten förmlich, als er auf dem Boden nach seinen normalen Klamotten zu suchen begann.

„Hat sich gut angefühlt, oder?" Dantes Selbstverständlichkeit ließ keinen Raum für Scham. „Mein Arsch ist auch recht empfindlich." Dann ins Objektiv, „Ich weiß nicht, wie's bei euch Jungs so ist, aber mich macht es richtig wild."

„Schei – ja..." Griffs Beine waren noch immer wackelig; würde er sich hinsetzen, würde er nie wieder aufstehen können.

„Nun, vielleicht möchtet Ihr beide ja wiederkommen und ein wenig mehr experimentieren." Alek drängte sie zu einem sexy Abschluss. Er wollte, dass sie mit der Kamera flirteten und mehr Porno-Quatsch von sich gaben. Wie sehr sie es liebten, dass merkwürdige Typen sich einen runterholten, während sie ihnen zusahen.

Dante schien genau zu wissen, was Alek wollte. Er trat neben Griff, schlang einen klammen Arm um Griffs Taille und winkte dem World Wide Web zu. „Vielleicht werden wir... bis dann, HotHeads!"

Griff winkte ebenfalls, wie ein nackter Roboter, der es nicht schaffte, ein Lächeln zustande zu bringen.

Endlich schaltete Alek die gottverdammte Kamera aus. „Sehr gut gemacht, Gentlemen. Das hat meine wildesten Hoffnungen für Sie beide übertroffen." Er schlenderte zurück zu der Reihe Computer an der Wand und stellte die Kamera auf den Schreibtisch.

„Scheiße! Fuck, fuck, fuck, Mann!" Dante sah genervt aus und gab Griff einen Klaps. „Warten Sie, Alek. Machen Sie die Kamera wieder an! Ich wollte doch noch, dass wir uns küssen. Verdammt. Wir wollten –"

„Sorry." Griff schüttelte seinen Kopf, aber es tat ihm nicht leid. Tatsächlich zog sich sein Herz vor Erleichterung zusammen. Irgendwie schien es zu intim, Alek sehen zu lassen, wie sie zärtlich zueinander waren.

„Nächstes Mal, Gentlemen. Wenn Sie bereit sind, das zu teilen." Alek war keineswegs enttäuscht. „*Das* ist etwas, was ich und ungefähr zehn Millionen andere Männer liebend gerne sehen würden."

Noch immer nackt ging Dante schnurstracks zu Alek und dem Schreibtisch. „Wir haben aber Extra-Zeug gemacht. Dafür gibt's Boni, richtig?"

„In der Tat!"Alek bellte ein zufriedenes Lachen und nickte. Er schob ihre Umschläge zu Dante und zog seine Geldbörse hervor. Ohne zu zögern zählte er fünfzehn zusätzliche 100 Dollarnoten ab. „Und Sie beide verdienen ein Trinkgeld für Ihre Schauspielkunst. Das war… magisch."

Dantes Augen weiteten sich und er nickte Griff zu. Sie hatten beinahe ein Drittel mehr gemacht, als sie erwartet hatten. Dante war aus den roten Zahlen. Er war in Sicherheit.

Griff stieß seinen Atem aus, ohne sich bewusst zu sein, dass er ihn angehalten hatte.

Für dich. Für dich.

„Nun, da es so scheint, als hätten Sie keine Hemmungen, wenn es um Analspiel geht, frage ich mich, ob Sie beide davon überzeugt werden könnten, etwas weiter zu gehen; ich würde einen beträchtlichen Anreiz –"

„Nein!" Griff hatte ihn eigentlich nicht unterbrechen wollen. Die Worte platzten einfach aus ihm heraus.

„Erst mal nicht." Dante nahm der eindeutigen Zurückweisung die Schärfe. „Sie verstehen schon…? Erst mal sehen, wie's läuft."

„Es gibt verschiedene Möglichkeiten. Jeder von ihnen könnte natürlich mit einem anderen Darsteller arbeiten. Oder, wenn Sie es bevorzugen, wieder zusammenzuarbeiten, könnten wir über ein paar Grenzüberschreitungen sprechen."

Dante schüttelte den Kopf. „Ja. Nein. Ich denke, wir haben bereits genug Grenzen überschritten. Griff war wirklich geduldig mit mir, aber ich denke, wir warten erst einmal."

„Na schön." Alek betrachtete sie beide wie Preisbullen bei einer Versteigerung. „Sie beide sind ein außergewöhnlicher Gewinn für die Website. Echte Helden."

„Ach was." Dante blinzelte und zeigte auf Griff. „Er ist ein Held. Ich bin eine Katastrophe."

„Ja, andersherum, D," schniefte Griff beschämt, während er seine Jeans anzog.

Als Alek die Aufnahmen auf der Kamera checkte, sah er nachdenklich aus. „Wie auch immer, Helden brauchen Katastrophen, oder nicht? Und andersherum. Sie sind ebenfalls so etwas wie ein Held, Mr. Anastagio."

„Kaum." Dante machte dicht, genau wie er es auch nach seiner ersten Szene für die Seite getan hatte. Sein Gesicht wurde hart und vorsichtig, als bereue er alles und wüsste, dass er einen Fehler begangen hatte, den er nicht würde rückgängig machen können. Seine Augen suchten besorgt Griffs.

Jeder Mann nagte an seiner eigenen Schuld und seiner eigenen Abscheu.

Das war für Griff das Schlimmste. Dantes Scham danach, wenn er sich wie ein wertloses Stück Fleisch fühlte. Er verlagerte unruhig sein Gewicht.

Dante war bereits dabei, seine Turnschuhe anzuziehen und die Ausrüstung in die Tasche zu packen. Er war bereit aufzubrechen. „Dieser große Mistkerl rettet mich jeden verdammten Tag. Sie haben ja keine Ahnung."

Alek drehte sich in seinem Stuhl um und blickte Griff nachdenklich an. „Und ich kann mir vorstellen, Sie haben einige katastrophale Momente in Ihrem jungen Leben erlebt, Mr. Muir." Er legte seinen rasierten Kopf schräg und musterte Griff, zog an den Nähten seiner Trauer und seiner Loyalität und seines hoffnungslosen Verlangens.

Er weiß es.

Traurigkeit tanzte über Aleks Gesicht und legte sich über seine blauen Augen. „Es ist unmöglich, sein eigener Held zu sein, nicht wahr?"

In diesem Moment realisierte Griff, dass Alek genau wusste, was er zu verstecken versuchte, dass er das Verlangen und den Schmerz gesehen hatte, die wie Blitze zwischen hin- und hergezuckt waren. Er hatte Griffs nacktes Herz gesehen.

„Ähm, ja." Griff wusste, was er versuchte zu sagen, hatte jedoch Null Interesse daran, dass es vor Dante gesagt wurde.

Besagter Mann wartete auf Griff und brannte darauf zu gehen und eine glühend heiße Dusche zu nehmen, um diesen Tag abzuwaschen.

Alek machte weiter. „Sie haben beide Glück, einen Freund zu haben, der willig und bereit ist, zu einer außergewöhnlichen Rettung herbei zu eilen. Und viele Menschen *würden* das hier eine außergewöhnliche Rettung nennen." Alek lachte.

Sie nicht.

Zeit zu gehen.

An der Tür vibrierte Dante vor Nervosität, entschlossen, sich selbst fertigmachen zu wollen. Er lachte, ohne es wirklich zu fühlen. „Nee, ich bin ein Scheiß-Chaos und er die Landkarte."

Alek lächelte sie beide in freundlicher Zuneigung an. „Oder vielleicht sind Sie Rauch und er ist Feuer?"

Dantes leises Lachen erstarb. „Hm. Vielleicht."

Bevor irgendjemand noch etwas anderes sagen konnte, schob Griff seinen Fuß in seinen zweiten Schuh und schlüpfte in sein Shirt.

Als er die Tür erreicht hatte, suchte Dante sich bereits seinen Weg durch das Labyrinth der Kisten zum Aufzug.

Griff zögerte kurz und drehte sich um, um auf Wiedersehen zu sagen, und wusste, dass er Mitgefühl auf Aleks Gesicht finden würde.

Alek winkte zum Abschied und da war es. Er wusste es, und Griff wusste, dass er es wusste. Bedauern lag in der vielsagenden, schmerzenden Luft zwischen ihnen.

Danke, dass Sie mein Geheimnis bewahrt haben.

Alek nickte und schürzte die Lippen. Sie verstanden einander.

Griff salutierte, ohne dabei zu lächeln, und suchte seinen Weg durch das Dämmerlicht zu Dante und dem Geräusch des Aufzugs, der sich seinen Weg nach oben schlcifte, um sie beide nach Hause zu bringen.

14

AN HALLOWEEN hatte Griff den ersten von drei dienstfreien Tagen auf der Wache hinter sich und arbeitete an der Vordertür des Bone. Zu fortgeschrittener Stunde wurden die Leute verrückter und auch jünger. Abgesehen von den Kostümen war auch ein Junggesellenabschied im Gange – prima fürs Geschäft, prima für die Trinkgelder, höllisch laut.

Gegen elf hörte er, wie etwas weiter die Straße hinauf, ein Mädchen anfing zu schreien. Ein paar Typen waren in ein Handgemenge an der nächsten Ecke verwickelt. Zuerst dachte er, die Junggesellenparty wäre aufgebrochen und auf dem Weg nach New York in einen Stripclub. Dann wurde ihm klar, dass diese Männer in einem engen Kreis, nicht ganz fünfzig Meter von ihm entfernt, kämpften und brüllten. Eine Autoalarmanlage ging los, als jemand dagegen krachte. Zerbrechendes Glas.

Die Schreie waren von einem rundlichen Mädchen auf der anderen Straßenseite gekommen, die als Hummel verkleidet war und auf etwas auf dem Boden zu ihren Füßen starrte. Griff konnte nicht sehen, was es war, aber sie war einen Schritt auf die Fahrbahn gelaufen. Ihr Gesicht war eine Maske des Grauens, aber sie lief nicht davon.

Was zur Hölle passierte da?

Griff ging langsam in Richtung des Tumults. Er hatte ein seltsames Gefühl im Magen; das hier war kein Streit darüber, wer die nächste Runde ausgab. Der Rest von ihnen brüllte und trat gegen etwas auf dem Bürgersteig. War das ein Hund? *Kranke Mistkerle.*

Unter dem Licht der Straßenlaternen hatte eines der Arschlöcher aufgehört zuzutreten, seinen Reißverschluss geöffnet und seinen Schwanz hervorgeholt. Griff schloss seine Hände zu Fäusten und begann in ihre Richtung zu joggen. „Hey!"

Die Männer hörten ihn nicht. Ihr Auto stand neben ihnen auf der Straße, der Motor lief noch. Die Türen waren geöffnet. Sie schrien und fluchten in Richtung Asphalt.

Und dann begann der Reißverschluss-Typ auf den Boden zu pinkeln, als wäre er hier in einem verfluchten Klo. Aber er pisste nicht auf den Boden. Der Strahl traf auf Stoff.

Ein Stöhnen. Ein feuchtes Husten.

„Verfluchtes Stück Schwulenscheiße…"

Um Himmels willen. Auf dem Boden lag eine kleine Person, irgendein Teenager, der halb zu Tode getreten worden war und auf den gepinkelt wurde.

„Hey! Flachwichser!" bellte Griff, als er wie ein wütender Riese auf sie zu rannte. Reißverschluss-Typ sah erschrocken auf und hörte auf zu lachen, als ihm Griffs Größe bewusst wurde. Er verstaute seinen Schwanz wieder in seiner Jeans und sagte etwas zum Rest der Genies. Einer von ihnen spuckte auf den Jungen.

Sie strömten zügig in das wartende Fahrzeug und fuhren davon. Ihre Gliedmaßen waren noch halb in den zuschlagenden Türen zu sehen, als sie schon den halben Block hinter sich hatten. Ein letzter Aufschrei und eine Bierflasche, die auf den Körper geworfen wurde, als sie sich verzogen. „Schwuchtel!"

Die Flasche zerschlug auf dem Asphalt. Menschen lugten vorsichtig aus Fenstern und Türen.

„Jemand muss die Cops rufen!" Griff hockte sich neben den verletzten Körper, der sich in der Fetalposition zusammengerollt hatte. Das Opfer war ein Teenager oder ein kleiner Mann. Überall war Pisse und Blut und er hatte Angst, den Körper herum zu rollen. Zumindest bewegte sich der Brustkorb ein wenig; es war noch kein Mord.

Die Stimme der rundlichen Hummel kam von der anderen Straßenseite. „Ich hab 911 gerufen." Ihre Schritte näherten sich. Weitere Menschen kamen hinaus auf die Straße.

Blutsauger.

„Gut." Griff wusste, was er tun musste, um die Atemwege freizuhalten. Das Opfer schien keine regelmäßige Atmung mehr zu haben, wenn doch, bekam er zumindest nicht genügend Luft.

Die Haare des Typen waren von Blut verklebt. Flache Atemzüge pfiffen durch seinen blutigen Mund.

Griff lehnte sich hinunter, um sicherzugehen, dass er das Geräusch auch wirklich gehört hatte. Das schlechte Gefühl in seinem Magen breitete sich aus.

„Ist er... tot?" Die Hummel stand nun neben Griff, ihre stämmigen Beine unruhig, als sie mit einer Mischung aus Faszination und Abscheu kämpfte. „Ich glaube, Sie sollten ihn lieber nicht anfassen, bevor die Sanitäter da sind."

„Ich bin Feuerwehrmann. Er könnte...". Griff wechselte zur Kontrolle der Atemwege auf die andere Seite, damit er nichts würde bewegen müssen, und dann sah er es.

Es war Tommy. Dobsky.

Tommys Gesicht war blutverschmiert, aufgeplatzte Haut, gebrochene Nase. Sein linker Arm stand in einem merkwürdigen Winkel ab. Die Vorderseite seines Shirts war von Blut durchtränkt. Diese Mistkerle hatten ihn windelweich geprügelt. Er könnte sterben. Er hatte Dante gerettet.

„Alles ging so schnell. Überhaupt nicht wie im Fernsehen." Die mollige Bienenfrau sprach zu niemand Bestimmtem.

Schwuchtel!

Griff ignorierte sie und checkte die Vitalfunktionen: der Puls ging viel zu schnell und Atmen fiel ihm schwer. Wahrscheinlich gebrochene Rippen.

192

„Wo bleibt der gottverdammte Krankenwagen?" Griff sah grollend nach oben.

Irgendjemand wusste, dass Tommy schwul war. Hatte jemand irgendetwas gesehen und ausgepackt? Hatte ihn jemand neulich Abend mit Alek gesehen? Hatte der verfluchte *Alek* etwas zu den falschen Leuten gesagt?! *Oh Gott.*

Ein Ansammlung von Kniescheiben sammelte sich um Griff und Tommy am Boden.

„Verschwindet!" Griffs Stimme war lauter als beabsichtigt.

Sirenen.

Schwuchtel!

Mit plötzlicher Klarheit wusste Griff, was geschehen war: Tommy hatte jemandem die Wahrheit gesagt, bei jemand anderem als Griff ausgepackt und man hatte es… schlecht aufgenommen, um es vorsichtig zu formulieren. Er hatte mit dem falschen Typen geflirtet oder dem falschen Cousin gegenüber gestanden oder wurde in der falschen Bar erwischt. Süßes oder Saures, falsch gelaufen. Er hatte den Preis dafür gezahlt. Er zahlte noch immer über den ganzen Bürgersteig.

„Griffin?" Jimmy war von der Bar herüber gelaufen und seine Füße verlangsamten sich, als er die dunkle Pfütze sah, die sich ihren Weg in den Asphalt und Griffs Jeans bahnte. „Gott. Oh Gott! Tot?"

Griff schüttelte den Kopf. „Es ist einer der Jungs von der Wache. Tom Dobsky."

Schwuchtel!

Die Sirenen kamen näher. Tommys Atem rasselte leise in seiner Brust. Ein dickes Rinnsal Blut lief von seiner Nase zu seinem Ohr; es hätte sowohl von einem als auch vom anderen kommen können.

„Ich muss ihn begleiten."

„Ja, ja sicher. Verflucht nochmal. Die Cops sind unterwegs. Krankenwagen."

„Diese junge Dame hier muss eine Aussage machen." Griff drehte sich zur Handy-Hummel. „Okay, dass du bleibst?"

Das pummelige Mädchen nickte und blinzelte ihn an. Ihr Haar war wie ein Heiligenschein aus dunklen Locken. Sie weinte.

Griff sah zu den Schaulustigen. „Der Rest von euch sollte sich, verflucht nochmal, verziehen."

Ein älterer Mann in einem Umhang schoss mit seinem Blackberry ein Foto vom verschmierten Boden. Mehr Gaffer versammelten sich, murmelten, spekulierten. Ein Mädchen mit Hörnern und in High Heels hatte eine französische Bulldogge an der Leine, die versuchte, an der Pfütze zu schnüffeln.

Schwuchtel!

Griffin starrte den Kreis kostümierter Idioten an und biss die Zähne zusammen. „Jimmy, schaff diese Arschlöcher weg von ihm, bevor ich einen von ihnen umbringe."

Jimmy grunzte und scheuchte die Schaulustigen mit seinen tätowierten Armen zurück.

Die Wagen kamen. Er konnte sie ein paar Blocks entfernt hören. Griff senkte sein Gesicht, um mit Tommy zu sprechen. „Halte durch, Kumpel."

Das stämmige Bienenmädchen setzte sich auf den Bordstein, Tränen strömten über ihr Gesicht. „Sie wollten ihn töten. Sie wollten ihn töten."

Tommy lag so ruhig auf dem Asphalt. Er war dabei, hier zu sterben, während Griff zusah. Griff bewachte den Körper wie ein tollwütiger Hund, während er im Blut und in der Pisse kniete und um ein Wunder betete.

Bis die Sirenen sie erreichten, war die Halloween-Menge auf ungefähr vierzig Leute angewachsen und Tommys Atem ging so flach, dass Griff sich Sorgen machte, eine seiner gebrochenen Rippen könnte beide Lungenflügel durchbohrt haben.

Griff nahm kaum wahr, dass hinter ihm die Cops angefangen hatten, mit der pummeligen Zeugin zu sprechen. Rettungsassistenten stürmten heran und übernahmen. „Griff?"

Schwuchtel!

„Er ist nicht… oh, Gott. Es ist einer von uns." Griff nickte dem Sanitäter mit dem Babyface zu. „Das ist Dobsky da unten. Tommy."

„Gott." Das Babyface war bestürzt. *Wenn er nur wüsste.*

„Acht Typen sind auf ihn losgegangen. Vielleicht neun. Ich kann sie identifizieren."

Jimmy kam zu ihnen herüber und schlug Griff auf die Schulter. „Ich muss zurück zur Tür. Die Cops müssen deine Aussage aufnehmen."

Griff nickte.

Nichts davon hätte geschehen dürfen. Wenn ich ihn neulich Nacht hätte reden lassen… Wenn ich selbst mich ihm anvertraut hätte… Wenn einer von uns die verdammte Wahrheit gesagt hätte.

Die Sanitäter rollten Tommy auf ein Brett und hoben ihn auf eine Trage. Jimmy war auf dem Weg zurück zur Bar.

Griff machte sich auf den Weg zum hinteren Teil des Krankenwagens. Als er die Cops und das stämmige Mädchen erreichte, blieb er stehen und umarmte sie.

Sie erwiderte die Umarmung. „Danke." Ihre Stimme klang gedämpft in seinem Shirt. Griff nickte - als könne sie hören, wie sein Kopf sich bewegte - und ließ sie gehen. Einer der Polizisten sagte etwas über eine Aussage, aber er ignorierte ihn.

„Befragen Sie mich im Krankenhaus." Bevor jemand Einwände erheben konnte, kletterte Griff in den Krankenwagen und setzte sich. Sie konnten ja versuchen ihn rauszuwerfen. „Ich fahre mit ihm."

Das ist meine Schuld. Ich wusste, dass er Hilfe brauchte, aber ich war ein Feigling. Die Schuld brannte in Griff wie Säure, ätzend und giftig.

Schwuchtel!

Die Sanitäter warf einen Blick auf Griffs Größe und Wut und gab nach. Der Sanitäter mit dem Babyface sagte: „Los geht's!"

Tommy bewegte sich nicht. Hinter der Sauerstoffmaske war sein Gesicht eine blutige Masse und er stank.

Ich bin ein gottverdammter Feigling. Ich hätte derjenige sein sollen, der angepisst wird.

GRIFF SAß im Wartezimmer, als Dante auftauchte.

Griff lehnte an der Wand neben einem Abfalleimer und wartete darauf, dass man ihm Auskunft gab. Die Knie seiner Jeans waren steif von Tommys Blut und dem Urin von diesem verfluchten Motherfucker. Er hatte das Bedürfnis, gegen eine Wand zu schlagen – nein, gegen diesen pissenden Mistkerl. Griff wollte diesem Bastard an den Hals greifen, sein Arschloch packen und von innen nach außen krempeln.

Dante kam ungefähr fünfundvierzig Minuten nach Tommys Einlieferung an.

„Sie haben's mir im Bone erzählt." Dantes Stimme war ruhig. Er wusste lediglich, dass einer ihrer Leute angegriffen worden war. Er wusste nicht weshalb. Nur Tommy und Griff und die Mistkerle, die es getan hatten, kannten die Wahrheit.

Es hätte Dante sein können. Was, wenn diese Arschlöcher Dante geschnappt hätten und ich nicht da gewesen wäre?

Griff beugte sich über den Mülleimer und übergab sich.

Dante rieb in sanften Kreisen über seinen Rücken. „Es ist okay, G. Du hast alles richtig gemacht. Sie kümmern sich um ihn."

Griff warf Dante einen irren Blick zu.

„Ruhig. Der Kampf ist vorbei." Dante hielt seine Hände wie eine weiße Fahne hoch.

„Diese Wichser hätten ihn getötet." Griffs Stimme klang seltsam in seinen eigenen Ohren, wie eine gigantische Bauchrednerpuppe, durch die jemand anders sprach, als ob jemand die Hand in seinem Arsch hätte und ihn dazu zwang, Dinge zu sagen. „Ich hab's gesehen. Er wäre gestorben. Sie wollten ihn ermorden –"

Dante runzelte die Stirn und verschränkte seine Arme, nicht bereit, es zu hören. „Ist er aber nicht. Lass gut sein. Du hast alles getan, was du konntest, und du hast ihn gerettet. Was ist los?"

Griff schüttelte seinen Kopf, sagte jedoch nichts, konnte nichts sagen. Die HotHead-Szenen lagen wie eine verfluchte Zielscheibe auf ihnen.

Es hätte Dante sein können, der da auf der Straße verblutete, weil ich mich nicht für ihn eingesetzt habe.

Um sie herum wanden sich Leute unruhig unter dem fluoreszierenden Licht auf den Vinylpolstern. Unverständliche Ankündigungen quietschten über die Lautsprecher. Notaufnahmen in New York waren nicht das, was man fröhlich nennen würde.

195

Dante zuckte die Achseln. „Tommy ist doch ständig in irgendwelchen Ärger verwickelt, hm? Diesmal wurde er überrascht." Er versuchte, Griff zu beruhigen. Kerle gerieten ständig in Auseinandersetzungen.

Griff dachte an die Schürfwunden und blauen Flecken aus der Hinterhofnummer. Dante hatte keine Ahnung von Tommy oder dessen anderem, geheimen Leben, und keinesfalls würde er derjenige sein, der die Katze aus dem Sack ließ. „Du verstehst das nicht."

„Er wurde verprügelt, G." Dante versuchte, vernünftig an die Sache heranzugehen.

Aber das entsprach nicht der Wahrheit. Griff und Tommy und dieser Pisser wussten, dass das eine verfluchte Lüge war. Das hier war ein – wie hieß das nochmal – Verbrechen aus Hass. Tommy wurde nicht überfallen oder einfach so verprügelt, er wurde aus Schwulenfeindlichkeit angegriffen. Als ob es jemand so melden würde. *Hmhm. Erzähl mir noch einen.*

„Ich wusste nicht einmal, dass du ihn so gut kanntest." Dantes Stirn lag in verwirrten Falten.

„Hab ich nicht. Tue ich nicht. Sie waren so was von bereit, ihn zu töten." Griffs Atem stockte ihm, als er daran dachte, wie Tommy zusammengerollt auf dem Asphalt lag, umringt von Stiefeln.

„Soweit wir wissen, könnte er die Frau von irgendjemandem geknallt haben."

Ähm. Nein.

Griff fuhr sich mit der Hand durch sein Haar. Er brauchte eine Dusche. „Sie haben ihn mit ihren Stiefeln zu Brei getreten. Zum Spaß. Er war bewusstlos. Alles, was er tun konnte, war sich zusammenzurollen und bluten. Niemand verdient das. Es hätte dich treffen können oder deine Schwester oder was weiß ich –"

„Hey. Hey! Niemand will mich töten. Ich knall keine verheirateten Frauen mehr. Nicht mein Ding. Und sie müssten erst einmal an dir vorbei, hm?" Dante versuchte, ihn zum Lachen zu bringen.

„Verdammt richtig." Griff war kurz davor, ihn zu umarmen, tat es jedoch nicht. Er sah an sich hinunter und realisierte, wie er aussehen musste, wie verrückt er schien. Er dachte an die Szene, die sie gerade erst für HotHead gedreht hatten. Wenn jemand Dante sah, wie er…

Dante ließ eine Hand auf seine große Schulter sinken und drückte zu. „Lässt du mich dich heim fahren?"

„Ich kann fahren."

„Du hast dein Auto nicht hier, Mann. Du bist mit dem Krankenwagen gekommen, erinnerst du dich?" Dante hielt eine extra Jacke hoch.

„Oh." Griffs Hirn schien im Urlaub zu sein. „Richtig. Danke."

Sie gingen Richtung Ausgang.

Dante zog die Schlüssel aus seiner Tasche. „Ich hab auf der Wache angerufen, um dem Chief Bescheid zu geben. Die Jungs werden morgen vorbeikommen."

Griff dachte wieder an die Angreifer und fragte sich, wem sie es erzählen würden. Wer sonst wusste inzwischen, dass Tommy mit Kerlen rummachte? Wie viele mehr würden es morgen wissen? Wie viele Besucher würden mit Playboys und Schokolade im Gepäck vorbeikommen, wenn sie erst einmal wussten, dass Tommy es sich in den Arsch besorgen ließ. Irgendwo hatte irgendwer die Wahrheit gesagt und Tommy steckte tief in der Scheiße. Sie alle drei taten es, nur wusste Dante noch nichts davon. Griff musste nur dafür sorgen, dass es so blieb.

Schwuchtel!

„Griffin?"

Griff realisierte, dass er mit seiner Jacke in der Hand in den automatischen Türen stehen geblieben war. Die Luft draußen war bitterkalt, aber es schien ihm nicht möglich, etwas zu fühlen. Er zog die Jacke an.

Dante nickte und wartete darauf, dass sein bester Freund ihn einholte, stieß ihn dann sanft mit seiner eigenen Schulter an und machte sich auf den Weg zu seinem Parkplatz in einer Seitenstraße.

Griff nickte vor sich hin. Seinen Freund zu lieben war schlimm genug. Ihn zu verlieren würde...

Würde...

Griff fühlte sich, als würde er ersticken, lief aber weiter.

Und wenn es das letzte war, was er tat: er würde dafür sorgen, dass Dante die Wahrheit nicht herausfand.

AM NÄCHSTEN Abend, direkt nach der Arbeit, ging Griff zum HotHead-Studio, bereit, seine Seele zu verkaufen. Er erzählte Dante nichts davon. Er warnte Alek nicht einmal.

Auf dem Weg rief er auf Tommys Station an. Keine Veränderung: er war bewusstlos, aber stabil.

Am Lager in der Avenue X angekommen war Alek von dem Moment an, als er zur Tür herunterkam, um Griff unter dicken, dunklen Wolken zu begrüßen, absolut im Geschäftsmodus. Ein grauer Tag für Allerseelen.

Im Aufzug sprachen sie nicht miteinander und Griff realisierte, dass er die Tasche mit der Ausrüstung diesmal nicht bei sich trug. Er trug den Kilt, den er gewöhnlich für seinen Türsteher-Posten reservierte, und hoffte, dass ihm der nötige Arschtritt so leichter fiel. Er musste einen Weg finden, auf dieses russische Arschloch sauer zu werden.

Oben angekommen öffnete Alek die Aufzugtür und machte sich im Halbdunkel auf den Weg ins Studio. Er sprach mit Griff, ohne sich umzudrehen, als er sich seinen Weg durch die Kisten und Lagerverschläge bahnte. Alek sah hinunter auf seine Beine. „Ich mag Ihren Kilt."

Griff blickte auf die olivfarbenen Karos. Er hatte vergessen, dass er ihn trug. „Es ist ein Arbeitskilt. Ich arbeite nachher noch auf dem Bau."

„Sehr attraktiv. Aber Sie haben Ihre Ausrüstung nicht mitgebracht."

„Nein." Griff sah auf seine leeren Hände hinunter, als er ihm folgte. „Hab ich vergessen. Nein. Das war eine Lüge. Ich hatte nicht geplant, sie mitzubringen."

Alek schloss die Tür auf und betrat das Studio. Die Vorhänge waren alle zurückgezogen und das kühle Tageslicht strömte unangenehm in den Raum. „Ich entschuldige mich für die Kälte. Mein Vermieter ist knauserig, was den Boiler betrifft, da die meisten meiner Nachbarn das Haus als Lagerfläche nutzen. Russen!" Er sah kurz nach den Rechnern und machte sich auf den Weg zu dem falschen Wohnzimmer. „Dann nehme ich an, Sie sind nicht gekommen, um das Solovideo zu drehen, über das wir geredet hatten."

Griff stand mit leeren Händen an der Tür, bereit für den Streit, den er brauchen würde, und versuchte, den Nerv aufzubringen, fies zu werden, obwohl Alek nichts als anständig zu ihm war. Er fühlte sich wie ein eiskalter Vollidiot.

Aleks Augen lächelten ihn an. „Sie sehen aus, als wären Sie kurz davor, eine Szene zu machen." Er lehnte sich auf dem Ledersofa zurück und wartete.

„Ja." Griff kam weit genug herein, dass er auf dem Teppich vor ihm zum Stehen kam. „Irgendwie."

„Welche Art von Szene schwebt Ihnen vor, Mr. Muir?" Selber sitzend schaffte Alek es, wie ein gutaussehender Concierge zu wirken, der mit einem aufgebrachten Kunden in einem Hotel sprach. „Gibt es ein Problem?"

Griff verlagerte sein Gewicht von einem Fuß auf den anderen. Er ging einen Schritt auf das Set zu. „Nun, ich bin hergekommen, um einen auf Arschloch zu machen, aber Sie waren nichts als freundlich zu uns."

„Ich bin froh, dass Sie so denken. Ich mag Sie und Mr. Anastagio sehr." Alek glättete seine Hosen, Kinn hervorgestreckt, für alles bereit. „An dem Abend, als wir uns das erste Mal getroffen haben, haben Sie mich sogar vor einem Angriff bewahrt."

Griff hatte das völlig vergessen. Es fühlte sich an, als sei es hundert Jahre her. Und er fühlte sich seltsam, wie sie hier, mit dem ganzen Raum zwischen sich, redeten, aber er konnte sich nicht dazu bringen, näher zu treten. „Sehen Sie, diese Videos sind ein ernsthaftes Problem. Für Dante und mich, wissen Sie? Die Art von Problem, die uns den Job oder das Leben oder noch mehr kosten könnte."

„Dann kann ich Ihre Aufregung verstehen. Sie sind in einer gefährlichen Branche." Alek lehnte sich auf seinem Platz nach vorne und blickte besorgt drein oder tat zumindest so... was auch immer.

Griff zuckte die Achseln, machtlos und verzweifelt. „Ich dachte... ich bin hergekommen, um Ihnen zu sagen, dass ich Freunde habe, die Cops sind, und dass ich ein Arsch sein könnte und Sie fertig mache. Aber ich will nicht, dass das hier öffentlich wird und unser Leben versaut. Ich will Ihrem Geschäft nicht in die Quere kommen." Er machte einen Schritt nach vorne. Dann noch einen. Er schloss die Distanz zwischen ihnen, bis er mit Alek im HotHead-Set war.

„Ich weiß das zu schätzen, aber Sie haben noch immer ein Problem, ja? Aufgrund des homoerotischen Inhalts, den wir zwischen Ihnen und Ihrem Freund aufgenommen haben." Der Russe trommelte mit seinen langen Fingern auf den Couchtisch, ganz so, als würde er über eine Lösung nachdenken – oder so tun als ob.

Griff kam näher, er war unruhig. „Ja. Sie verstehen das nicht… die Porno-Sache könnte ihn das Leben kosten, und mir ist klar, dass das nicht Ihr Problem ist, und ich weiß nicht, wie ich das Problem in den Griff bekommen soll, und ich will nicht, dass Dante etwas davon erfährt, und ich will kein Arsch Ihnen gegenüber sein."

„Beruhigen Sie sich. Es ist in Ordnung, Mr. Muir."

„Scheiße, aber das ist fürchterlich." Griff ließ sich in den großen Ledersessel fallen und lehnte sich nach vorne, verzweifelt darüber, Alek verständlich machen zu müssen, was er meinte. „Sehen Sie, Sie sind ein guter Kerl, Alek. Eigentlich ist es komisch. Ich dachte, Sie wären ein perverser Drecksack, bevor…"

„…Sie auf diesem Sessel ejakuliert haben." Aleks Lächeln verteilte sich wie Sirup über seinem Gesicht. „Ich bin ein Perverser. Sie wissen das. Auf die ein oder andere Art sind wir alle Perverse, ja?"

„Jepp. Ja." Griff wusste, was er meinte. Alek wusste, dass er es wusste. Ihr Wissen hing in diesem falschen Porno-Zimmer, wo sich so vieles für sie geändert hatte. Unter seinem Kilt hatte er eine Gänsehaut auf den Beinen.

„Wie auch immer, ich bin kein Bösewicht." Der Russe hob eine Augenbraue und übertrieb den slawischen Akzent in seiner Stimme, bis er wie ein Cartoon-Rasputin klang. „Der böse Sowjet, der mit unschuldigem Fleisch handelt."

Griff nickte erneut und versuchte herauszufinden, was Alek versuchte, ihm zu sagen. Es schien wichtig, dass er es verstand. Warum fühlte er sich, als redete er mit einem Freund?

Alek lehnte sich zurück gegen das schwarze Leder und dachte laut nach. „Ich wünsche keinem von Ihnen irgendeinen Schaden. Im Gegenteil, ich würde viel lieber einen Weg finden, Teile der glücklichen Fügung mit Ihnen zu teilen, die Sie meiner schmutzigen Ecke des World Wide Wank beschert haben."

Ohne die Kamera und die Scheinwerfer sah das kleine Wohnzimmer wie eine Ecke in einem Büro aus. Griff kam der seltsame Gedanke, dass sie beide im Wartezimmer eines Zahnarztes sitzen könnten.

Für eine Wurzelbehandlung. Oder Zähne ziehen.

Griff wischte sich über den Mund. Sollte er dem Kerl drohen oder um eine Galgenfrist betteln oder versuchen, sich freizukaufen…? Aber etwas völlig anderes brach aus ihm heraus.

„Ich hab eine scheiß Angst." Griff fühlte sich verlegen, sobald die Worte aus seinem Mund kamen.

„Hat jemand Ihnen oder Mr. Anastagio wegen der Seite gedroht?"

„Nein! Ich meine, noch nicht. Niemand weiß davon und es ist wichtig, dass es so bleibt."

Aleks Stirn legte sich verwirrt in Falten. „Darf ich dann nach dem Grund Ihrer Ängste fragen?"

„Einer der Jungs wurde verletzt. Wirklich übel zusammengeschlagen."

„Ich kann Ihnen nicht folgen. Ist das während eines Feuers passiert?"

„Nein. Sozusagen aus Hass. Schwulenhass. Einer der Jungs von der Wache. Sie haben ihn im Stone Bone getroffen. Dieser Sanitäter, der heimlich, ähm, mit Typen schläft. Sex hat. Himmel. Sie wissen schon." Griff dachte an den brutalen Hinterhoffick. An Tommys zufriedenes Gesicht danach und die Hand des dunklen Mannes, die anschließend auf Tommys Rücken gelegen hatte. Tommy, wie er die Ruhe bewahrte und Dante bei dem Feuer am Leben hielt. Tommy, wie er zusammengerollt auf dem Bürgersteig lag, sterbend.

„Thomas?!" Aleks Gesicht war mit einem Mal ernst. Seine Schultern waren nach vorne gefallen, seine Hände zu Fäusten geballt. Er sah wütend aus, beinahe so wütend, wie Griff sich fühlte.

„Ja, Tommy. Macht mit Männern rum. Anscheinend häufig. Seine Frau hat es herausgefunden und dann haben es ihre Brüder herausgefunden und dann habe ich ihn gefunden, als er verprügelt wurde, und jetzt ist er in dem verfluchten Krankenhaus und pisst in eine Tüte und sein Gesicht wird mit ein paar Tackerklemmen zusammengehalten."

„Aber das ist furchtbar." Alek sah aus, als wolle er jemanden umbringen, seine Gesichtszüge starr. „Er war so eine verlorene Seele."

„Es ist so, dass er weiß, wie man kämpft. Aber nicht gegen alle auf einmal, wissen Sie? Und sicher, er ist fremdgegangen, aber alle diese verfluchten Typen gehen andauernd fremd!" Griff fuhr sich über sein Gesicht und schloss seine überanstrengten Augen und versuchte, sich zusammenzureißen. „Aber nicht mit Typen. Wissen Sie, was ich meine? Nicht mit Typen. Also ist er 'ne dreckige *Schwuchtel*. Und sie hätten ihn beinahe umgebracht. Sie haben auf ihn gepisst. Seine Familie. Seine Familie."

Aleks Mund stand vor Schock offen. Als ihm das klar wurde, verdeckte er ihn mit seiner zitternden Hand .

„Ich hab ihm im Krankenwagen beim Sterben zugesehen. Beinahe Sterben. Ihm lief Blut aus den Ohren."

Hinter seinen Fingern fluchte Alek auf russisch und fluchte dann noch einmal.

Griff schüttelte seinen Kopf und rieb sich ein Auge. „Sie werden damit davonkommen. Er wird sie nicht anzeigen. Über sechzig Stiche. Drei Rippen. Gehirnerschütterung. Ausgekugelte Schulter. Sein Gesicht sah wie eine verfluchte Aubergine aus."

Aleks Gesicht war hart wie Stein. „Sie haben ihm aber geholfen. Sie waren ein Held. Und es wird ihm wieder besser gehen."

„Wird es? Ich fühle mich furchtbar. Weil ich es wusste. Ich hab ihn einmal abends gesehen, unten im Village mit 'nem Typen. Wie er's mit so 'nem großen

Kerl gemacht hat, mein ich. Nicht einmal Dante weiß davon." Griff wischte über seine Nase und schloss seine Hand zur Faust. „Aber ich habe niemals was gesagt. Vielleicht wäre er vorsichtiger gewesen, wenn ich es getan hätte."

„Vielleicht aber auch nicht." Alek legte zwar keine tröstende Hand auf ihn, aber Griff war klar, dass er versuchte sanft zu sein. „Vielleicht wollte Thomas erwischt werden. Vielleicht wollte er, dass seine arme Frau es herausfand, und hatte nur nicht die richtigen Worte für sie. Vielleicht war das seine Art, sich selbst zu bestrafen. Masochismus. Menschen foltern sich selbst schlimmer, als es jemand anders je könnte. Ja?"

Griff nickte.

Alek nickte. Er hatte nicht vergessen, was er gesehen hatte.

Plötzlich redeten sie nicht über Tommy. Sirenen gingen in Griffs Kopf los, aber er rutschte einfach die Stange hinunter, nicht in der Lage, sich selbst zu stoppen...

Griffs Stimme war leise und er sprach zum Boden, nicht in der Lage aufzusehen. „Das Lügen ist fürchterlich. Das Verstecken."

„Das ist es." Alek zuckte mit einer Schulter und runzelte die Stirn, als er das Studio um sie herum betrachtete. „Aber alltäglich. Sehen Sie sich HotHead an. Viele unserer Mitglieder sind nicht-geoutete schwule Männer in bitteren Beziehungen. 'Neugierig' ist es, was diese Männer sich selbst nennen. Die Fantasie ist ihre Art zu überleben. Dieser Ort ist ein Traum für sie." Er sah sich in dem Wohnzimmer-Set mit den drei Wänden um. „Die Welt besteht aus einsamen Menschen."

Griff zog eine Grimasse. „Wie kannst du 'neugierig' sein, wenn du es weißt? Ich kann nicht verstehen, wie Leute das durchziehen können. Ich weiß, dass sie es tun, aber ich kann mir nicht vorstellen, es ein ganzes verdammtes Leben lang zu tun. Es ist wie bei lebendigem Leib zu verbrennen. Menschen anzulügen, die du liebst. Kein Wunder, dass Menschen zu Trinkern werden und sich verstecken und sich verprügeln müssen. Wahrheit. Es ist einfacher, von innen tot zu sein."

„Es gibt so viele bessere Wege, sich zu töten." Das Licht von draußen ließ Aleks ernstes Gesicht silbrig erscheinen, ließ ihn älter aussehen, seine Augen blasser. „Sie trinken."

„Ich trinke zu viel. Ich weiß. Ich weiß das. Wie mein Dad." Griff betrachtete seine vernarbten Knöchel. „Ich tue es nur, wenn ich versuche, nicht..."

„...Ihren Freund zu lieben?" Aleks Stimme war sanft, sein Akzent ein weiches, verständnisvolles Murmeln.

Das Zimmer hatte für Griff plötzlich jede Bewegung verloren, als ob sogar der Staub aufgehört hätte, in den Strahlen des kalten Sonnenlichts zu tanzen, und der Wind einfach aufgehört hätte zu wehen. Sein Herzschlag machte eine Pause. Das Blut floss nicht weiter durch seine Adern. Die Welt hielt ihren Atem an, hielt ihren Atem an...

Bis er aufblickte, seine grauen Augen erschrocken und feucht und erleichtert, als das Wort seinem Mund entfloh. „Ja."

Sein Herz begann wieder zu schlagen.

„Mr. Muir, Ihren Dante zu lieben ist keine schlechte Sache. Keine Frage, dass er Sie auch liebt... auch wenn ich nicht weiß, ob er Sie auf die Weise lieben kann, wie Sie es sich wünschen. Oder auch ich mir für Sie wünschen würde. Das weiß nur er. Verstehen Sie mich? Das Leben ist nur selten romantisch." Alek wischte mit seinen Händen über seine Hose. „Aber wenn Sie ihm gegenüber nicht ehrlich sein werden, müssen Sie wenigstens sich selbst gegenüber ehrlich sein."

Griff nickte, schüttelte dann aber seinen Kopf. *Was nun, Idiot?* „Ich schütte mich nur hin und wieder zu, um nichts fühlen zu müssen. Ich bin lieber betäubt, als dass ich andauernd alles fühlen muss. Mich nach ihm sehne." Er spielte unruhig mit den Falten seines Kilts und würgte an seiner Feigheit.

„Eine gefährliche Angewohnheit für jemanden, der sich ohnehin so oft in Gefahr befindet. Was sagen sie auf Arzneimitteln: ʼBedienen Sie keine schweren Maschinenʼ. Das *Leben* ist eine schwere Maschine." Alek blickte auf seiner Hose. Er wollte den Blick nicht heben, als wüsste er, dass er für einen Fremden zu weit ging, sich aber nicht davon abhalten konnte. „Vertrauen Sie darauf: Zu trinken, bis Sie von dieser Welt gehen, vergeudet nur Momente Ihres Lebens. All diese Zeit ist verloren. Und Zeit und Liebe sind unglaublich wertvoll. Ja? Verschwenden Sie sie nicht."

„Ich weiß. Ichweißichweißichweißichweiß..." Griff nickte. Er fühlte die heißen Tränen auf seinen Wangen, bevor er realisierte, dass er weinte.

Plitsch –

Eine Träne tropfte auf seine Hand. „Sie haben Tommy nicht gesehen, wie er zerschlagen auf dem verfluchten Boden lag. Menschen, die ihn *liebten* haben das getan. Familie. Die Wahrheit hat das getan und keine verfluchte Romanze. Ich muss etwas tun. Was auch immer es ist, das ich tun muss. Und ich muss mich um diese verfluchten Videos kümmern oder jemand wird Dante verletzen und ich würde ausgehen wie eine verfluchte Kerze. Verlöschen. Wenn unsere Familie das Dante oder mir antun würde, würde ich... ich weiß nicht, ich weiß nicht ob..."

Seine Stimme versagte. Da saß er nun, inmitten eines Pornostudios, und schluchzte leise, während dieser seltsame, freundliche Russe ihm in unbehaglicher Besorgnis zusah.

Wie war er nur bis zu diesem Punkt gekommen? Griff versuchte und versagte dabei, all die Schritte nachzuvollziehen, die ihn hier auf diese falsche Couch gebracht hatten, wo er echte Tränen weinte, mit einem freundlichen Perversen an seiner Seite, der ihn aus der Scheiße ziehen wollte.

Ground Zero.

Alek sagte eine ganze Weile lang nichts, tätschelte lediglich seinen rothaarigen Unterarm mit dem geduldigen Pessimismus einer Krankenschwester für Verbrennungsopfer. Sein gleichmäßiger Atem half Griff tatsächlich, sich zu beruhigen. Nach einigen Minuten nickte Alek mit seinem kahlen Kopf sich selbst zu und streckte sich, um eine Aktenmappe auf dem Couchtisch zu öffnen. „Mr. Muir... darf ich Ihnen ein Angebot machen?"

Er zog einen großen Umschlag heraus.

„Wollen Sie mich verdammt nochmal verarschen?! Haben Sie nicht zugehört?!" Griff starrte zuerst auf die Papiere, dann auf Alek. „Himmel und Hölle nochmal. Ich hab meine verfluchte Ausrüstung nicht dabei! Ich will keine weitere falsche Porno-Online-Scheiße, die uns umbringen wird. Nein, danke." Er nahm einen tiefen Atemzug. „Nichts für ungut."

„Nein. Das war nicht, was ich Ihnen vorschlagen wollte. Einen Moment." Alek lehnte sich nach vorne und stützte die Ellbogen auf seine Knie. „Sie haben mir einmal geholfen, bevor Sie mich überhaupt kannten. Nun würde ich Ihnen gerne helfen."

„Ja. Sicher. Aber zuerst muss ich einen Weg finden, dass wir beide sicher sind. Ich muss Dante helfen, das zu schützen, was ihm wichtig ist, und uns dann irgendwohin bringen, wo wir beide ehrlich zueinander sein können, selbst wenn es nur eine einzige Minute lang sein wird."

Alek betrachtete ihn, die Räder drehten sich in seinem Kopf, als würde er eine Mathematik - Aufgabe lösen wollen. „Ich denke, wir sollten die außergewöhnliche Aufnahme von 'Monte' und 'Duff' von der Website entfernen. Sie online zu stellen war ein Fehler, der unangenehme Folgen für Sie oder mich haben könnte."

Griff nickte perplex.

„Wie auch immer, der Inhalt war bei den Mitgliedern sehr beliebt. Sie sind die Lieblinge der Fans. Es ist diese unglaubliche Hitze zwischen Ihnen, wissen Sie. Nicht nur was sie tun, das Gefühl. Der Rest von uns fühlt sich davon angezogen, wie armselige Motten. Ich habe einen enormen Zuwachs an Registrierungen durch Ihre Masturbations-Clips erhalten und ich bin nun mal ein Geschäftsmann." Alek legte seine Fingerspitzen zusammen, stieß damit gegen seine Nase und sah geradewegs in Griffs Augen. „Also mache ich ein Geschäft mit ihnen, wenn sie bereit sind."

„Ja!" Griff war so schnell auf den Beinen, dass Alek zurückzuckte. „Ich könnte sie bezahlen. Ich kaufe sie zurück. Bar! Ich kann mir was leihen..."

Er würde seinen Truck verkaufen. Er würde eine Bank ausrauben. Er würde seinen Stolz herunterschlucken und seinen Dad fragen.

„Nein. Ich denke nicht, dass Sie das Geld aufbringen könnten, das die Aufnahme wert sind, wie sich herausstellte. Besonders die außergewöhnliche Fellatio-Szene, die noch von niemand anderem als mir selbst angeschaut wurde." Aleks leere Hände öffneten sich, als wolle er etwas anbieten. „Und auch von niemandem sonst angeschaut werden muss."

Alles. Ja.

Griff nickte, schüttelte dann seinen Kopf und fühlte sich wie ein Idiot. Er zupfte an einer der Falten seines Kilts.

„Aber die früheren Szenen haben ihren Zweck erfüllt und der Hunger der Mitglieder nach frischen Lieferungen ist ungebremst. Sie verkörpern inzwischen etwas für sie. Eine Fantasie. Durch das Entfernen der Szenen könnte ich natürlich eine Art homoerotischen Skandal im FDNY suggerieren, was dem Ansehen der Seite nur gut tun würde. Das könnte beinahe eine Strategie sein." Aleks blaue Augen wanderten über die Decke und er fuhr sich mit einer Hand über den rasierten Kopf. „Als Gegenleistung hätte ich gerne etwas von Ihnen."

Er richtete seine Augen auf Griff und lächelte.

„Griff erstarrte, seine Brust kalt, sein Gesicht pink und glühend vor Verlegenheit. „Ich glaube nicht, dass ich könnte. Mit Ihnen. Ich weiß, Sie mögen… mögen mich. Was auch immer. Ich meine, wenn Sie es wissen wollen… Sie sind attraktiv und so, aber ich denke nicht, dass Sex…"

Alek lachte und schüttelte den Kopf. „Nein, nein! Sie missverstehen mich. Ich mag Sie sehr, Mr. Muir. Aber so schön Sie auch sind, denke ich doch, Sie sind in etwas sehr Seltenes und Wertvolles mit Ihrem italienischen Freund hineingeraten, das den Schutz vor Perversen verdient. Selbst von mir. Nein, ich möchte Sie als Model für ein paar Fotos."

„Aber ich dachte –"

„Nichts Explizites. Nichts, das Ihre Identität offenbaren würde. Ich möchte, dass Sie der HotHead - Mann werden. Mein Coverboy sozusagen. Mein Markenzeichen. Ich würde Ihr Gesicht nicht zeigen. Sie müssten sich nicht einmal als Feuerwehrmann präsentieren. Wenn Sie es bevorzugen, finden wir für Sie eine andere Uniform."

„Aber Sie möchten Nacktfotos machen. Von mir. Wenn ich nackt bin." Griff wusste, dass ihm etwas entging. Seine Augen wanderten über den knubbeligen, grauen Teppich, während er versuchte, die Teile zusammenzusetzen. Er wischte über seine feuchten Wimpern.

„Nun, ja. Offensichtlich. Mit ein paar Uniform-Elementen natürlich. Und im Austausch für diese Fotos werde ich zustimmen, alle Inhalte, die mit Monte oder Duff in Verbindung stehen, zu entfernen: Videos, Fotos, Lebensläufe. Die Website hat sich in den letzten Monaten immer größerer Beliebtheit erfreut, nicht zuletzt dank Ihnen und Mr. Anastagio. Aber ich möchte sie in eine etwas gehobenere Klasse umgestalten, und für den neuen Auftritt möchte ich jemanden", Alek betrachtete Griffs Körper unverblümt, „der außergewöhnlich ist."

Griff wischte die Idee fort. „Inwiefern wird mein nacktes Ich auf Ihrer ganzen Website mein Problem lösen?"

„Wir werden Ihr Gesicht oder andere Markierungen, die zu einer Identifizierung beitragen könnten wie Tattoos, nicht zeigen. Aber selbstverständlich haben Sie keine Tattoos auf Ihrer makellosen Haut. Klug." Alek grinste und nickte, flirtete ein wenig auf eine freundliche Art, die seinen Akzent aus irgendeinem Grund stärker werden ließ.

„Blödsinn." Griff schüttelte bereits entschieden den Kopf. „Ich bin nicht so heiß. Ich bin nicht so muskulös. Und ich bin nicht so gut bestückt. Ich hab ein paar von den Monstern gesehen, die Sie auf der Seite haben." Er lief rot an, aber er blieb bei der Wahrheit. Was interessierte es ihn inzwischen, wenn Alek wusste, dass er die Seite unter falschem Namen besucht hatte?

„Darüber kann man streiten." Aleks blaue Augen verengten sich und glitzerten ein wenig. „Und die Mitglieder sind fasziniert von der Chemie zwischen Ihnen und ihrem Freund. Aber das ist nicht der Grund."

„Was sonst… weil ich rote Haare habe?"

„Weil Sie *authentisch* sind, Mr. Muir. Einhundert Prozent echt. Sie sehen nicht aus wie ein Stripper oder Stricher oder Krimineller. Sie sind nicht hübsch oder herausgeputzt oder übertrieben. Sie sehen so aus wie das, was Sie sind: ein gutaussehender amerikanischer Held, der nichts über seine eigene Anziehungskraft weiß. Und Sie *sind* äußerst anziehend. Das ist zumindest der Hauptgrund."

Alek legte seinen Kopf schief und betrachtete Griffs Arme und seinen Schritt näher. „Außerdem liebe ich Ihren außergewöhnlichen Hautton, er ist ihnen angemessen. Ich kann mir keinen heißeren HotHead vorstellen."

Ein Zwinkern und Alek lachte leise, ganz so, als würden sie nicht gerade über ihre gegenseitige Zukunft feilschen.

Drüben an der Tür gab ein Computer ein Geräusch von sich und startete neu, als wolle er sich in ihre Unterhaltung einklinken. Griff und Alek drehten sich zu dem Geräusch, aber anscheinend hatte er nichts weiter zu sagen. An der Reihe von Monitoren flog das schwelende HotHead-Logo über die dunklen Bildschirme. Das Licht draußen wurde schwächer.

Wann war es so spät geworden?

Alek lehnte seinen kahlen Kopf zurück und sah Griff an, während er auf seine Antwort wartete.

Griff runzelte die Stirn und blickte so grimmig drein, dass er wusste, dass er wie sein Vater aussah, wenn er den Bad Cop gab. „Also… was? Sie machen ein paar Nacktfotos von mir und die Pornoclips verschwinden?"

„Hmhm. Allerdings nicht ich. Ich habe eine Fotografin, die über einen Zeitraum von drei Tagen mit Ihnen arbeiten würde. Beth. Sie ist sehr höflich, sehr talentiert und sehr professionell." Er verschränkte seine Hände hinter dem Kopf und lehnte sich entspannt zurück, träumte von seinem größeren, besseren HotHead.

„Eine Frau? Oh Mann."

„Eine liebenswürdige Person. Beth macht hauptsächlich Auftragsarbeiten für Zeitschriften und Modefotografie. Aber nebenbei macht sie auch Muskelprotz-Kalender und hat wirklich ein Auge für kunstvolle Aktaufnahmen. Ohne jeden Zweifel wird sie in Ohnmacht fallen, wenn sie Sie in all Ihrer Pracht vor sich sieht. Ihr wird verständlich gemacht werden, dass Ihr Gesicht, Name und jegliche Merkmale, die Sie identifizieren könnten, niemals mit HotHead.com oder den Fotos selbst in Zusammenhang gebracht werden sollen."

„Dante bringt mich um, wenn er denkt, das hier geschehe aus Mitleid." Griff dachte wieder und wieder über den Vorschlag nach. „Schlimmer, er wird stinksauer sein, dass Sie nicht ihn gefragt haben. Er ist unglaublich eitel und er ist derjenige, der das verdammte Geld braucht."

„Dann sollten Sie es zuerst mit ihm besprechen. Zusätzlich zu... anderen Dingen. Ja? Reden Sie mit ihm." Alek faltete Seiten mit einem Haufen kleingedruckten, rechtlichen Krempels unter einem HotHead Briefkopf auf und wartete auf Griff. Seine braunen Brauen schoben sich über sanften Augen zusammen, als wären sie alte Freunde, die sich unterhielten. Er verstand Griff - und andersherum, also waren sie es auf ihre Art vielleicht auch.

Verrückt.

Griff wusste nicht, wo er anfangen sollte. Sein Mund versuchte, Worte zu formen, aber nichts kam heraus. War das hier wirklich?

„Und glauben Sie nicht, dass ich Sie hier leicht vom Haken lasse. Ein Dreitages-Shooting kann ziemlich anstrengend sein. Sie werden sich jeden Cent meiner Kosten für die Löschung der Videos verdienen."

„Warum?" Griff schaffte es schließlich, einen intelligenten Gedanken zu formulieren. Er rieb seine Hände über seine Oberschenkel und stand schließlich auf, um wie ein eingesperrter Bär seine Kreise ziehen zu können. *Nichts ist so einfach.*

„Wieder, Mr. Muir, stellen Sie die richtige Frage." Alek schien zufrieden, als sei es ein Test gewesen. Er beobachtete, wie Griff den Teppich auf und ab lief, und genau wie er es an dem Tag getan hatte, als sie sich das erste Mal getroffen hatten, zählte er die Gründe an seinen Fingern ab. „Weil Sie möglicherweise in der Lage sind, eine verrückte Fantasie über Männer in Uniformen für mich zu erfüllen. Weil ich gesehen habe, welch seltene Sache zwischen Ihnen und Ihrem Dante brennt. Weil ich einst etwas Ähnliches gefühlt habe und es habe sterben lassen. Weil Menschen nicht dafür bestraft werden sollten, zu lieben und zu hoffen und ein offenes Herz zu haben."

Griff fühlte, wie er lächelte, und nickte, vor Dankbarkeit wie vor den Kopf geschlagen. *Danke, danke, danke.* Er wischte sich grob über die Wange. In diesem Zimmer, wo sich alles zwischen ihnen geändert hatte, konnte er beinahe fühlen, wie sich Dantes Bein gegen seines drückte, als säßen sie gemeinsam auf dem Sofa.

„Was ist so lustig?" Alek schien überrascht von seiner Reaktion, jedoch zufrieden.

Dann lachte Griff tatsächlich, sein Gesicht warm, seine Erleichterung so groß, dass sie sich wie Whiskey in seinen Adern anfühlte. „Offenes Herz. Jemand anders hat vor einiger Zeit etwas Ähnliches zu mir gesagt. Eine Lady, die mich schon sehr lange kennt. Hm."

„Nun... wir beide haben Recht." Alek hielt ihm eine Hand hin und wartete auf eine Antwort.

Plötzlich hoffte Griff, dass Tommy in seinem Krankenhauszimmer okay war. Dass jemand vorbeigeschaut hatte. Er würde ihn am nächsten Morgen vor seiner Schicht besuchen. Er fragte sich, ob Dante gehen würde. Er fragte sich, ob sie dazu mutig genug sein würden.

Er holte tief Luft und dachte über das Angebot nach. Was war das Richtige?

Draußen hatte das Tageslicht des Novembertages sich zu einem pudrigen Blau abgekühlt. Im Studio war es beinahe dunkel, abgesehen von einem warmen Kreis, der von einer falschen Stehlampe neben dem falschen Sofa, auf dem falschen Teppich, im falschen Wohnzimmer, geworfen wurde. Eine kleine Insel inmitten des kalten, blauen Novemberhimmels. Das falsche Zimmer, die falsche Kunst, die falsche Pornowelt, und Alek, der ihm die Tür nach draußen offen hielt, ihm und Dante... in die wartende Welt.

Griff seufzte, die Augen geschlossen und glücklich. Er konnte spüren, wie Aleks Augen mit einer Ruhe, die er nicht verdiente, auf ihm ruhten. Für den Bruchteil einer Sekunde fühlte sich die kleine, flackernde Fantasie des Sets beinahe gemütlich an. Ein Platz, um sich zu verstecken, und ein Platz für all die neugierigen Menschen auf der Welt, die sonst nirgendwo einen Platz zum Erkunden oder zum Träumen hatten. Oder um Antworten zu finden.

„Okay." Griff schüttelte Aleks Hand mit festem Griff, wie ein Versprechen. „Ich werde mit ihm reden."

GRIFF FUHR vom HotHead Studio zum baufälligen Haus seines besten Freundes, bereit, auszupacken, bereit, die Karten auf den Tisch zu legen. Er musste nicht einmal proben, was er sagen wollte. Er wusste es bereits.

Ich liebe dich; ja, auf diese Weise.

Sein Herz hämmerte gegen seine Rippen wie ein Schimpanse gegen seinen Käfig.

Als er ankam, war der letzte Rest an Sonne verschwunden. Die Vordertür war weit geöffnet, so dass die Winterluft hineinströmen konnte, und Musik drang hinaus in die von Laternen erleuchtete Straße: The Carpenters.

Mr. Anastagio musste da sein. Er liebte diese rührseligen Fahrstuhlmusik-Sänger der Siebziger. Er liebte sie so sehr, dass man, nachdem man ihm ungefähr fünfzehn Minuten beim Mitsummen und *Mitfühlen* zugehört hatte, nicht anders konnte, als sie auch zu lieben.

Es war vermutlich besser, wenn Griff wieder ging und erst dann wiederkam, wenn er in Ruhe mit Dante über Alek und das Angebot reden konnte... oh ja, und über seine Gefühle. Es würde kompliziert genug werden, auch ohne dass Mr. A mit hineingezogen wurde. Er würde einfach hallo sagen und dann ein bisschen früher zur Wache aufbrechen.

Griff trat in den Flur, zog seine Jacke aus und hing sie an einen Haken.

„Hallo?"

Keine Antwort. Nicht überraschend. Bei Karen Carpenter, die „Top of the World" bei dieser Lautstärke trällerte, könnte hier unten eine Bombe hochgehen, bevor die Anastagio-Männer etwas merkten.

Innen waren alle Fenster geöffnet und das Haus war eiskalt. Als Griff das Wohnzimmer betrat, konnte er Dantes kratzigen Bariton hören, der gemeinsam mit dem rauen, unmelodischen Bass seines Vaters sang. Er lächelte über die Geräuschkulisse. Waren sie im Garten?

Dantes Stimme klang, als käme sie aus der Küche oder dem Esszimmer, aber von oben.

Tapete! Griff erinnerte sich nun.

Vater und Sohn tapezierten Dantes Schlafzimmer mit Tapetenrollen, die Mrs. A oben auf dem Familiendachboden gefunden hatte – ein Muster aus bronzefarbenen diagonalen Streifen, das teuer und sexy aussah. Sie hatte ein Bündel mit antiken Rollen zum Sonntagsdinner hervorgeholt und Dante hatte sie sofort für sich beansprucht. Flip war stinksauer gewesen, aber er hatte sein Haus lediglich gemietet und somit die Argumente nicht auf seiner Seite.

Sie alle wussten, wie viel Dante in diese verrückte Bruchbude gesteckt hatte. Abgesehen davon hatte Dante damit gewartet und gewartet, das Schlafzimmer zu streichen, hatte alle Reparaturen zuerst vorgenommen, bis lediglich noch die Wände übrig waren. Mrs. Anastagios bronzefarbene Streifen würden der letzte Teil des ersten vollständigen Zimmers in Dantes Haus werden.

Dass seine Mutter die Tapete gefunden hatte, die seine Großeltern gekauft und aus Italien mitgebracht hatten, war ein glücklicher Zufall. Sein Vater hatte angeboten, vorbeizukommen und zu helfen, was ebenfalls perfekt war.

Griff trat lächelnd in das dunkle Esszimmer. Ihr Singen kam aus einem Loch in der Decke, das in etwa die Größe einer Tür hatte. Es war zu weit entfernt vom Schlafzimmer in dem sie arbeiteten. Er stand unter dem unfertigen Büro, das zum Garten hinauszeigte. Alle Türen waren geöffnet, um den Kleister schneller trocknen zu lassen.

Oben war die CD inzwischen zu Ende und Griff öffnete seinen Mund, um ihnen ein Hallo zuzurufen. Er holte Luft um sprechen –

Und in der kurzen Stille, in der Dante durch das Stockwerk lief, hörte Griff etwas, das ihn seinen Mund wieder schließen ließ. Es hallte zurück zu dem schwarzen Loch über seinem Kopf.

„Hast du Griffin damit konfrontiert?" Mr. A´s Stimme klang aufgebracht. „Ihn gefragt?"

Das Lächeln verwandelte sich in Eis und schmolz auf Griffs Gesicht. Er ging einen Schritt näher und warf einen Blick nach oben in das Loch. Die Stimmen schallten von den Wänden der nackten Rigipswände in Dantes Zimmer. Griff fühlte sich wie ein Geist, als er unten im Schatten kauerte.

„Nein, Pop." Dante klang wie ein verängstigter Teenager. „Wie, um alles in der Welt, sollte ich so etwas fragen?"

Griff versuchte, näher zu den Stimmen an der Vorderseite des Hauses, aber zugleich weiter weg von dem Loch über seinem Kopf zu kommen. Er ging zurück zum Esszimmerloch, und sie unterhielten sich noch immer.

„… deine Mutter wird es hart treffen. Sie liebt Griffin wie ihren eigenen Sohn. Bist du bereit, ihn dieser Art von Mist auszusetzen?"

Was, zur Hölle, war geschehen?

Dante klang aufgeregt. „Ich muss es verdammt nochmal trotzdem wissen."

„Griff ist verwundbar. Offenes Herz. Offene Augen. Etwas zu sagen könnte –"

„Ich weiß! Ich weiß es, verdammt nochmal, Pop." Dante klang, als sei er den Tränen nah.

Scheiße! Scheißescheißescheiße. Griff fühlte, wie sein Leben um ihn herum zu brennen und zu zerfallen begann, das Geröll zwang die Luft aus seinen Lungen.

„Du könntest es einfach auf sich beruhen lassen. Ist es so wichtig? Ich meine, wenn er sagt, dass du Recht hast, würdest du dann etwas tun, dass du sonst nicht tätest?"

„Ich war so dumm. Ich meine, ich bin so dumm gewesen. Er hat versucht mir zu helfen, weil –"

weil ich dich liebe ich dich liebe ich dich liebe –

„- ich ihn dazu gebracht habe. Es lag nicht an ihm. Ich bin es."

Griff fühlte, wie das Flüstern seinen Mund verließ. „Nein." Er musste hinaufgehen und das hier stoppen. Wenn es hier Schuld gab, würde er sie auf sich nehmen.

Mr. As Stimme war beinahe nicht zu hören. „Junge, ihr beide seid es."

Griff durchsuchte hysterisch sein Gedächtnis und versuchte herauszufinden, was geschehen sein könnte. Die einzige Sache, die ihm einfiel war…

Die gottverdammte Website!

Es war zu spät. Sie wurden erwischt. Jeder wusste davon. Alles war verloren. Die Lösung, die Alek bot, war inzwischen wertlos. Sie würden ihre Jobs verlieren. Sie würden in einem schmutzigen Rinnstein zu Tode getreten werden und ihre Freunde würden auf sie pissen.

Aller Atem entwich aus Griffs Körper, als habe jemand einen Holzklotz auf seine Rippen fallen lassen. Im Dunkeln unter dem Loch rutschte er an der Wand hinunter.

„Vielleicht solltet ihr eine Pause machen. Vielleicht sollte er eine Zeit lang weg von dir sein."

Griff umschloss seine Knie. Er war so glücklich gewesen, als er zur Tür hereingekommen war, und nun sprachen sie über ihn, als sei er ein Sexualverbrecher. *Ähm, was du nicht sagst?* Er wusste nicht, was schlimmer war – seine andere Familie, die versuchte herauszufinden, wie sie mit ihm umgehen sollte, oder die Tatsache, dass er schuldig an allem und noch mehr war. Er musste hier verschwinden.

Mr. A. sagte lange Zeit gar nichts. Griff konnte sich beinahe vorstellen, wie er eine nicht angezündete Zigarre zu Brei kaute und in seinem Unterhemd schwitzte, während er die milchige Pampe auf die Wand strich. Aber er hatte keine Idee, wie sein Gesichtsausdruck war.

Als Dantes Pop wieder sprach, klang er nach Resignation und noch etwas Anderem. Lief er auf und ab? War er angepisst? Beschämt? „Dante, du wirst den gleichen Fehler wieder machen. Dein ganzes Leben, hm? Das tun wir alle. Alles, was jeder von uns tut, ist ein langer Fehler. Was du tun musst, ist, nach deiner Lösung suchen."

Dante verdaute das erst einmal, bevor er wieder zu sprechen begann. „Und was ist, wenn ich falsch liege?"

Du liegst nicht falsch.

„Dann wirst du es wissen. Er wird es wissen. Und ehrlich zu sein ist der *einzige* Weg, um etwas zu beginnen oder zu beenden, Junge." Mr. Anastagios Stimme wurde leiser, als er zurück in Richtung Vorderseite des Hauses ging.

Ein kratzendes Geräusch ertönte von der Decke über dem vorderen Wohnzimmer, als die Anastagios etwas Schweres in Dantes Schlafzimmer verschoben.

Griff schwang sich auf die Füße und hinaus zur geöffneten Vordertür. Hoffentlich hatten sie ihn nicht gesehen, aber selbst wenn, würde es nichts ändern.

15

MONTAGABEND FOOTBALL. So wie immer, nur, dass es nicht wie immer war.

Beinahe eine Woche war vergangen, seit er Dante und dessen Dad belauscht hatte, als sie über ihn redeten, als sei er ein Aussätziger.

Griff hatte irgendwelchen Mist vorgeschoben und jeden gemieden. Die Vogel-Strauss-Taktik. Er hatte eine verrückte Doppelschicht auf der Wache geschoben und dann einen Abend im Bone gearbeitet, der damit endete, dass jemand durch ein Plexiglas-Fenster geflogen war. Ölbrände und Studentenverbindungen hatten ihn in mieser Laune gehalten. Dann, um sich von Dante fernhalten zu können, war er zwei Tage krank zu Hause geblieben. Niemand hatte etwas über die Website gesagt und es gab keine Möglichkeit herauszufinden, wer ausgepackt hatte.

Tommy ging es besser. Seine Frau hatte ihn, noch bevor er aufgewacht war, hinausgeworfen und die Scheidung eingereicht. Im Viertel wusste man nun, was er war, und die Leute taten, als sei er tot. Aber er hatte sich erholt; er konnte nun sprechen und ein wenig laufen. Griff besuchte ihn fast jeden Abend und saß an seinem Bett. Nur, damit er nicht allein sein würde. Und weil das Krankenhaus ein sicherer Platz war, um sich zu verstecken. Niemand konnte ihn hier finden.

Dante ließ sich ebenfalls nicht blicken, mied Griff vermutlich aus dem selben Grund, auch wenn er es nicht wusste. Er war mit seiner Gehirnerschütterung noch immer krank geschrieben. Aufgrund der freien Zeit und des Bündels Bargeld aus der letzten HotHead-Aufnahme konnte er Boden im dritten Stock seines Irrenhauses verlegen.

Griff wusste, dass sie reden mussten, aber keiner war scharf auf eine Konfrontation. Wie beendet man eine Freundschaft, die dein ganzes Leben lang angedauert hatte? Er hatte nachgegeben und angefangen nach Wohnungen in Staten Island zu suchen, und ebenfalls begonnen, sich nach einem Wechsel der Wache zu erkundigen. Er musste bereit sein. Heute Abend mit den Jungs würde ein letzter Happen davon sein, wie die Dinge normalerweise gewesen waren.

Ja, richtig.

Ab dem Moment, als Griff durch Dantes Tür trat, waren sie sich ihrer gegenseitigen Anwesenheit mehr als bewusst. Er hatte nicht gewusst, wie er sich verhalten sollte oder wie sein bester Freund reagieren würde. Offensichtlich würden sie auf Eierschalen laufen, bis jemand den Anfang machte. Keiner von ihnen war scharf darauf, das heiße Eisen anzufassen.

Das Haus sah aus wie immer: Motorrad-Teile im Flur, im unteren Klo die Tür aus den Angeln, der riesige „SportsCenter"- Bereich, in dem die Jungs sich seit dem 11. September Spiele anschauten. Aber Dante war völlig anders ab der Sekunde, in der er Griff die Tür öffnete.

In der Tat begann schon mit dem Klopfen die Eigenartigkeit. Normalerweise war Dantes Tür offen und ein paar ihrer Jungs rauchten auf den Stufen und jemand benutzte die Toilette, während man den Flur durchquerte. Griff war es gewohnt, Lachen zu hören und dass an den Fernseher gerichtete Rufe ertönten, Dean Martin aus dem CD-Player in der Küche schallte und Dante einen schmutzigen Witz erzählte, während er Salsa in eine Schüssel laufen ließ.

Nicht heute Abend. Heute war es, wie bei Regen zu einem Galgen zu schreiten.

Die Tür war geschlossen. Das Haus war ruhig. Die Fenster waren dunkel. Zum ersten Mal in seinem Leben klopfte Griff an die Tür von Dantes Sandsteinhaus. Es fühlte sich seltsam an, als sei seine Hand aus Holz. *Pock-pock-pock* mit einem Türklopfer, den er niemals bemerkt hatte, weil er sich nicht daran erinnern konnte, die Tür am Abend eines Spiels jemals so gesehen zu haben. *Vielleicht ist nicht Montag? Ich muss da was verwechselt –*

Aber Dante öffnete die Tür und war wie immer gekleidet: Hockey-Shirt und Jogginghose und große, nackte Füße. Das war normal. Er grinste und das war ebenfalls normal. „Hey."

„Hey." Griff hielt das Bier hoch, das er immer mitbrachte, und Dante nickte und kaute an einem Stück Brot, bevor er sich wieder auf den Weg ins Haus machte. *So weit so gut.* Außer dass er heute Nacht die Hitze spüren konnte, die von Dante ausging. Selbst seine Füße waren attraktiv. Mistkerl. Auf dem Weg durch den Flur konnte Griff sich vorstellen, wie sich Dantes Muskeln unter den alten Klamotten bewegten, und den leichten, männlichen Duft riechen, der unter dem Hauch Tomatensoße und Mehl lag.

„Ich hab Penne im Ofen. Ist gleich fertig."

Sobald Griff drinnen war, wurde ihm klar, dass der Rest der Jungs nicht anwesend war. *Was zum Teufel?* Die ESPN-Sprecher plapperten ruhig aus dem Flachbildfernseher im Wohnzimmer – die einzigen anderen Stimmen in dem riesigen Haus.

„Ich wollte dich anrufen. Ernie hat heute seinen Junggesellenabschied und ich hab's vergessen."

Dante wischte sich die Hände an seinen Hosen ab, schnappte sich eines der Sixpacks und drehte sich zurück zur Küche und dem Duft von sonnengetrockneten Tomaten.

„Nur wir beide." Dante war stehen geblieben und sah Griff geradewegs in die Augen, so plötzlich, dass Griff ebenfalls anhielt.

Daran hatte Griff zu knabbern.

„Ist das okay?" Dante fragte ihn, als dachte er, Griff könnte zum Ausgang fliehen.

Griff merkte, dass er nervös war. *Was du nicht sagst.* Natürlich war er das.

212

„Ja, D. Ist prima. Irgendwie schön, nach den letzten paar Wochen einen ruhigen Abend zu haben."

Er wird mich konfrontieren. Er hat mich allein erwischt.

In der Küche angekommen warf Dante ihm ein Bier zu und nickte zustimmend mit dem Kopf, als hätten sie über etwas verhandelt und wären schließlich zu einer Übereinkunft gekommen.

Griff hatte das Gefühl, dass sie beide darauf warteten, dass etwas geschehen würde. „Geht's deinem Kopf besser?"

„Klar doch. So schlimm wie eh und je." Dante klopfte sich leicht gegen den Schädel und grinste.

Griffin sah sich auf dem unordentlichen Küchentresen hilflos um und öffnete seine starken Hände, um etwas, irgendetwas, ins andere Zimmer zu tragen. „Kann ich helfen?"

Dante schüttelte den Kopf und winkte ihn ins Wohnzimmer. „Ach was. Iss einfach, was ich dir serviere, und widersprich mir nicht. Pack dich auf die Couch. Essen ist in fünf Minuten fertig."

Seine dunklen Augenbrauen kräuselten sich und er lächelte Griff traurig zu. Dieser verschwand so schnell es ging, bevor etwas gesagt werden konnte. Er steuerte Dantes große, alte, drei Meter lange und über einen Meter tiefe Couch an und pflanzte sich darauf. Er streifte sich die Schuhe ab und rieb sich mit den Händen über das Gesicht, während er versuchte, Dantes Pläne für den Abend abzuschätzen.

Er wollte am liebsten die 911 anrufen, nur, damit die Notfalltruppe bereit war.

„GRIFF, WILLST du noch was?" Dante stand in der Tür und hielt die halbleere Pfanne mit den Penne und einen tiefen Löffel in der Hand. Griff hatte sich auf dem Sofa breitgemacht. Er schüttelte den Kopf und klopfte sich auf den Bauch, eine harte Masse Pasta und Ricotta unter seinen Bauchmuskeln.

„Ich würde kotzen. Das war lecker."

„Wie steht's?" Dante rief über seine Schulter, als er das Tablett in die Küche brachte.

Keine verfluchte Ahnung, so steht's. Schwanz eins, Hirn null. Griff blinzelte auf die Zahlen, bis Dantes Stimme aus der Küche zu hören war.

„Willst du noch ein Guinness?"

Ja. Nein. Vielleicht.

Dante sollte wegen seinem Kopf ohnehin nicht trinken, auch wenn ein Teil von Griff ihn abfüllen und über ihn herfallen wollte, bis er sich ihm vollständig auslieferte. *Hör auf.* Er schob seine halbharte Erektion in Richtung seiner Hüfte, damit sie nicht ganz so offensichtlich war.

Wenn er darüber nachdachte, an Dantes Schwanz, der in den Jogginghosen und den weiten Boxershorts herum schwang, erschien es eine gute, wenn nicht gar die bessere Idee zu sein, klar und nüchtern zu sein.

Wenn Dante sich zurücklehnte, konnte Griff sein bestes Stück sehen, wie es eine Beule unter der dünnen Baumwolle verursachte und seine riesigen Eier sich gegen den Oberschenkel drückten. Er wusste, wie sie aussahen und rochen und sich anfühlten.

Wie er hier seinen besten Freund beäugte, fühlte er sich wie einer der schlimmsten Perversen, aber nach allem, was sie getan hatten, war es nur natürlich, dass er… aufmerksam sein würde, richtig? Er war kein Freak, aber er konnte nicht anders, als immer wieder an die Dinge vom Tag vor der Kamera zu denken. Obwohl er wusste, was Dante zu seinem Vater gesagt hatte. Dachte Dante dasselbe?

Auf was warten wir?

„Hab dich nicht gehört, aber ich bin von einem 'ja' ausgegangen." Dante stieg über seine ausgebreiteten Beine, stellte eine Flasche vor ihn auf den Tisch und wartete darauf, dass er nach ihr griff. Griff lachte, gab nach und stieß seine Flasche gegen Dantes. Dante starrte ihn unverwandt an, allerdings nicht sein Gesicht; in der Tat hatte er in der letzten halben Stunde so selten wie möglich in Griffs Gesicht geschaut.

Zuerst dachte Griff, er wäre vielleicht paranoid, aber Dante sah weiterhin auf seine Hände, als er ein Bier öffnete, als er trank, als er Brot schnitt, als er die Nudeln mit der Gabel aufspießte.

Nachdem sie gegessen hatten, war er davon ausgegangen, dass Dante nicht weiter auf ihn achten würde, aber seine gesamte Aufmerksamkeit hatte Griffs großen Pranken gegolten. Dante schien sich dessen nicht einmal bewusst zu sein, aber er schien wie hypnotisiert von Griffs narbigen Händen, den breiten Knöcheln, den hellroten Haaren an seinem Handgelenk.

Speicher das einfach mal so ab. Um zu sehen, ob er Recht hatte, streckte sich Griff nach der Fernbedienung aus, und Dante, unglaublich aber wahr, errötete und schaute woanders hin und tat so, als würde er sich an den Eiern kratzen.

Er hat einen Ständer in seiner Jogginghose. Von meinen Händen? Griff musste woanders hinsehen. Er versteckte sich hinter seinen Nudeln. Mrs. Anastagio hatte es wirklich geschafft, ihrem mittleren Sohn das Kochen beizubringen.

Seltsamerweise war Griff heute Abend, aus welchem Grund auch immer, auf Dantes Hüfte und Kreuz fokussiert – nicht auf seinen Schritt oder Hintern, sondern diese lange Linie aus Muskeln, die sich von seinen Rippen bis in seine Hose erstreckte. Sie war ihm vorher nie sonderlich aufgefallen, aber heute zog diese schlanke Taille seine Augen auf sich. Dante, wie er sich umdrehte, um sich nach etwas hinter der Couch auszustrecken, und wie sein Shirt dabei nach oben rutschte. Dante, wie er vor dem Kühlschrank kniete, um die Penne herauszuholen und in den Ofen zu schieben. Dante, wie er sich nach vorne lehnte, um sein Bier vom Tisch zu nehmen. Dante, wie er sich streckt, bevor er aufsteht, um pinkeln zu gehen, und dabei diese dünne, drahtige, perfekte Linie Haar zeigt, die direkt…

Was, zur Hölle, tue ich hier?

Dante schien nichts zu bemerken. Griff hatte keine andere Wahl als immer wieder zu schlucken, denn bei dem Anblick lief ihm das Wasser im Mund zusammen. Dem Gedanken daran, seine Hände auf Dantes Hüften zu legen, die Hose herunter zu schieben. Dem Gedanken, zwischen diesen nackten Füßen auf die Knie zu gehen und zu betteln, und mehr.

Den ganzen Abend lang taten sie so, als gebe es nichts Seltsames zwischen ihnen, als ob sie sich nicht gegenseitig berührt hatten, als ob sie lediglich zwei Feuerwehrmänner waren, die sich für aufgewärmtes Essen und schmutzige Witze und das Spiel trafen. Na sicher. Erinnerungen an diesen Nachmittag vor den Kameras schwebte in der Luft zwischen ihnen, manchmal so klar, dass Griff die genaue Erinnerung identifizieren konnte, die sie versuchten, nicht zu teilen. Selbst in Dantes Haus tauchten die Stunden bei HotHead um sie herum auf.

Dante war stocksteif. Was auch immer Mr. Anastagio zu ihm gesagt hatte, es würde nicht einfach verschwinden.

Auf der Couch zu sitzen und so zu tun, als würden sie sich das Spiel ansehen, war wie ein lautes Echo von ihnen, als sie, haariger Oberschenkel an haarigem Oberschenkel, gleichzeitig ihre Ständer poliert hatten. Oder Dante, wie er Witze machte, als er herüber reichte, um etwas von seiner Schmiere zu mopsen. Dante, ihm zugewandt, um eine Frage zu stellen, und Griff, der ihn von der Seite aus zusah, wie er mit einem Zwinkern an seiner rosigen Vorhaut zog. Vielleicht erinnerten sie sich beide daran, wie Dante auf dem Teppich auf seine Knie glitt und zu Griff hinaufblickte, als frage er um Erlaubnis. *Bitte, Sir, darf ich an Ihrem Schwanz lutschen?* Inzwischen hallte alles zwischen ihnen und zog den Porno ins Rampenlicht.

Sie hatten vergessen, wie man sich normal verhielt. Jede Bewegung fühlte sich wie das letzte Mal an, dass sie gemeinsam in einem Raum sein würden. Griff fühlte sich, als müsse er sich gleichzeitig übergeben und einen runterholen.

Griff hatte schon vor heute Nacht Blicke auf Dante riskiert, aber seit sie diese letzte, verrückte Blowjob-Szene gedreht hatten, wusste er genau, was er sich ansah und was versteckt lag. Sie wussten es beide. Er konnte Dantes Haut riechen. Er konnte diese Geräusche hören. Er kannte seine Reaktionen….so ganz anders….

Zum ersten Mal in seinem Leben verstand er, warum die Bibel Sex „kennen" oder „wissen" nannte. Alles war anders. Jetzt *kannte* er Dante. Er hatte Dante erkannt. Und, Wunder über Wunder, Dante hatte ihn zurück erkannt. Sie konnten nicht vergessen, sie wussten nur nicht, wie sie mit dem Kennen umgehen sollten. Noch nicht.

Irgendwie war es schlimmer, auf *dieser* Couch zu sitzen, denn die Nächte, die er hier geschlafen oder gelacht oder Dante gegen den Hinterkopf geschlagen oder eine peinliche Date-Geschichte erzählt hatte, waren unzählbar. Es fühlte sich an, wie in der Kirche einen Ständer zu bekommen, definitiv schmutzig – aber geil-schmutzig, nicht dusch-schmutzig. Er schob seinen zügellosen Ständer zurecht und zog sein Shirt nach unten, um ihn zu bedecken.

Manchmal während des Spiels fühlte es sich beinahe so an, als flirtete Dante mit ihm, aber er schien panisch, so dass Griff realisierte, dass Dante versuchte, auf die Konfrontation hinzuarbeiten, die sein Dad vorgeschlagen hatte.

Bis zur Halbzeit hatten sie es, dank einer Serie unsichtbarer, schrittweiser Bewegungen geschafft, Bein an Bein auf der Couch zu sitzen. Griff sah niemanden auf dem Fernseher. Er nuckelte an seinem Bier und versuchte, sich zusammenzureißen, damit Dante sagen konnte, wozu er sich zu überwinden versuchte..

Dante schaltete den Ton aus, als die Halbzeit-Idioten kamen. „Hör mal. Ähm. Ich möchte über etwas reden."

Und los geht's.

Griff zuckte die Achseln und hielt seine Augen nach vorne gerichtet in dem Versuch, unbekümmert zu wirken. „Ist das mit den Rechnungen jetzt geregelt?"

„Das hab ich nicht gemeint. Ich muss dich was fragen." Dante kratzte sich fest über den Kopf und seine Haare standen in einem verrückten, lockigen Halbmond ab.

Griff widerstand der Versuchung, die Hand auszustrecken und sie glatt zu streichen. Noch vor einem Monat hätte er es getan. Das hier stank. „Es hatte nichts zu bedeuten. Ich hab auch vorher schon einen geblasen bekommen, D. Mit uns ist alles okay."

„Nicht der Porno." Dante versuchte, die Unterhaltung mit seinem Vater in den Fokus zu schieben.

„Dante, du bist wie mein Bruder. Deshalb haben wir's getan. Problem gelöst." Griff machte weiter. „Nichts hat sich verändert. Ich bin nicht anders als vorher."

„Ich weiß nicht. Komm schon, Griff. Ich hab's dir gemacht. Ich hab deinen Schwanz gelutscht. Das war verdammt abgefahren. Ich bin ein bisschen geschockt. Du nicht?"

„Stopp. Ich will nicht drüber nachdenken."

„Ich aber." Dante zupfte am Etikett seiner Bierflasche; sein Gesicht war in so tiefe Falten gelegt, dass man meinen könnte, er versuche etwas aus dem Chinesischen zu übersetzen. Er legte seinen Kopf zurück und nahm einen Schluck, traf dann für eine Sekunde Griffs Augen. „Darüber nachdenken. Ich habe die ganze Woche darüber nachgedacht, meine ich. Du nicht?"

„Nein! Ich mein: ja, aber wir müssen nicht darüber nachdenken. Ich bin okay." Griff fühlte, wie die Röte sein Gesicht und seine Ohren heiß werden ließ.

„Du schienst kein Problem damit zu haben, deine Ladung zu schießen." Dante blickte finster und schien beleidigt.

Griff drehte sich, um sich auf die Lehne des Sofas stützen zu können und ein wenig Raum zwischen ihnen zu schaffen. „Was soll das?"

Wie hat sein Dad es herausgefunden?

„Wir sind beste Kumpel. Die besten. Du hasst mich nicht." Dantes Sorge stand in seinen Augen und in seinen Händen und in seinen angespannten Muskeln.

„Nein! Nein. Das könnte ich nicht, D. Wenn du okay bist, bin ich okay. Ich wollte nur nicht, dass du in all das... verwickelt wirst." Griff versuchte, sich so auszurichten, dass er Dantes Augen sehen konnte. „Ich meine, du bist mehr als nur dein Aussehen. Ein definierter Körper. Wenn wir aus der Abteilung fliegen, hast du Möglichkeiten. Ich meine, wenn die Leute herausgefunden haben, dass wir –"

„Werden sie nicht. Haben sie nicht. Hör mal..."

Warte. Was?

Griff hatte das Gefühl, mit einer Cartoon-Schaufel eine über den Kopf bekommen zu haben. *Doinggg!* „Ich dachte, jemand hätte uns gesehen. Online."

„Ach was. Nein! Das ist nicht das, was ich meine, Idiot. Siehst du mich bitte an?"

„Ich hab gehört, wie du mit deinem Dad geredet hast."

Dante verzog das Gesicht und versuchte, sich zu erinnern, was er...

„Als ihr tapeziert habt. Ihr habt über mich geredet."

„Oh."

„Und vor allem anderen muss ich dir sagen..." Griffs Stimme stockte in seiner Kehle und er sah nach unten.

Dantes dunkle Hand lag auf seinem Bein und drückte ihn weit oben, in der Nähe seiner Eier und der offensichtlichen Beule, die nach außen drückte. Es fühlte sich so gut an, dass ihm ein Stöhnen entwich, bevor er versuchte, die Hand wegzuschieben.

Griff schob sich so weit in die Couch wie möglich.

„Hab keine Angst." In einer flüssigen Bewegung schwang sich Dante auf seine Knie und über Griff, so dass er nun praktisch auf dessen Schoß saß.

„Was, zur Hölle, tust du da?" Die Schmetterlinge in Griffs Bauch waren inzwischen zu Pterodactylen-Sauriern geworden, aber er konnte Dante nicht wegschieben. Er hatte Angst, nach oben zu fassen, denn er fürchtete, er würde seinen besten Freund nach unten zu sich ziehen, um ihn zu kosten.

„Ich denke immer wieder daran, G. Es ist komisch. Ich habe versucht, nicht daran zu denken, seit wir hier sind. Aber ich sehe dich jetzt irgendwie anders. Oder ich sehe dich, Punkt, wie ich es vorher nicht getan habe. Ich fühle dich dort. Ich habe diese Gefühle gehabt und niemals gedacht, du würdest... ich habe noch niemals so etwas getan oder auch nur gedacht, dass es möglich ist, aber jetzt tue ich es. Tue es gerade. Die ganze Zeit daran denken." Dante zupfte an einem Brandloch auf der Armlehne der Couch. „Nicht, dass ich andersrum bin, aber es hat sich irgendwie besser angefühlt als alles andere."

„Das ist eine schlechte Idee."

„Ich habe keine schlechten Ideen." Dante schüttelte den Kopf und tätschelte Griff fest durch sein Shirt.

Alles ist ein Scheißwitz. „Ich möchte mit dir über was Reales reden. Wichtiges. Ich muss erklären –"

217

Dante drückte seinen perfekten, harten Hintern durch ihre Trainingshosen, direkt auf Griffs harte Kanone.

Griff schnappte nach Luft, eingeklemmt unter dem festen Körper seines besten Freundes. „Wir haben das hier schon getan."

„Das war Blödsinn für die Website. Das hier sind nur wir beide. Ich will wissen, wie es ist, wenn es echt ist." Dantes Lippen streiften, sanft wie eine Feder, über seinen Hals.

Griff hatte eine Gänsehaut und er schauderte. War das hier ein Test? Irgendein verrückter Hetero-Midleidsfick? Wusste Dante vielleicht, was sein Schwuchtelfreund fühlte, und war bereit, mit ihm rumzumachen, weil er auf eine verdrehte Weise glaubte, sich bedanken zu müssen?

„Tu das nicht. Ich hab gehört, wie ihr über mich geredet habt!"

„Und du bist so fürchterlich ab –" Dante zwickte seine Nippel durch sein Shirt. Elektrizität blitzte zwischen ihnen und seinem Schwanz auf.

„Abstoßend."

„– abgestoßen von mir?!" Dante schüttelte seinen Kopf und starrte zurück. „Warte, was?"

„Ich bin abstoßend."

„Du bist nicht abstoßend, Griffin. Aber –"

„Du hast ja keine Ahnung."

„Also *bist* du abgestoßen. Du hast gehört, was ich meinem Dad erzählt habe."

Griff schnappte sich Dantes Hände, bevor diese noch mehr Schaden an seiner Selbstbeherrschung anrichten konnten. *Letzte Chance.* Er schob sie hinter Dantes Rücken und hielt sie dort in einer starken Faust. Seine Stimme grollte in seiner Brust – böser Barbaren-Cop. „Hör auf mit dem Mist. Du willst mich nicht."

Dante stieß ihm seinen Oberkörper entgegen, Handgelenke gefangen, als seien sie wirklich gefesselt, seine runden Pobacken gegen Griffs Schoß. „Was will ich dann, hm? Sag du es mir."

Ich weiß es nicht! „Jemand anderen. Etwas anderes." Griff versuchte, die Beule nicht zu spüren, die in der Ritze zwischen diesen Backen ruhte.

Dantes Stimme war rau und seine Augen leuchteten – riesig. „Du erinnerst dich an den Abend, an dem ich zur Wache gekommen bin und dich geküsst habe? Ich schon."

„Du hast dir den Kopf angeschlagen und kannst nicht gerade denken." Griff versuchte aufzustehen, aber Dante drückte mit seinen Oberschenkeln fest zu.

„Ich denke definitiv gerade andersherum, Mann." Dante lachte und ließ seine Hände hinter sich, Brust herausgestreckt.

Blinzel. Griff schluckte.

Dante lehnte sich näher, flüsterte beinahe so, als könne er nichts gestehen, während er seinem besten Freund in die Augen sah. Er schob die Worte geradewegs in Griffs Ohr. „Nachdem ich dich geküsst habe und du mich zurückgeküsst hast und wir unser Nudel-Date hatten, bin ich nach Hause gefahren, hab mir zweimal einen runtergeholt und es gegessen. Ich habe davon geträumt. Ich hab mir wegen des verfluchten Kusses häufiger einen runtergeholt, als ich zählen kann. Ich hab mich wund geschrubbt, während ich darüber nachgedacht hab,e wie du schmeckst und dich anfühlst und klingst und riechst. Und –"

Griff schob Dante grob von sich. „Hör auf! Hör auf, Porno-Scheiße zu labern."

„Himmel, bist du stur!" Dante stolperte auf die Füße und starrte, Hände auf die schmalen Hüften gestützt, auf Griff hinunter. „Ich war noch nie mit 'nem Kerl zusammen. Nicht richtig. verdammt! Ich *wollte* auch nie."

„Ich auch nicht." Griff atmete schneller, als er angenommen hatte. Er hatte eine offensichtliche Erektion, tat aber nichts, um sie zu verdecken.

„Bist du nicht einmal neugierig?" Dante benutzte Aleks Wort. Tommys Wort. Ein Wort, das Familien zerstörte und Menschen in Krankenhäuser brachte, wo sie dann in eine Tüte pinkelten.

Auf dem Fernseher posierte und quatschte eine Gruppe Spieler im Ruhestand, unter Toupets und in übergroßen Anzügen, über Belangloses. Dante trat vor und starrte hinunter auf Griff, der ausgebreitet auf der großen Couch lag, Klamotten halb ausgezogen, sein riesiger Ständer die Hose ausbeulend.

„Einen Abend. Ein Experiment. Wir haben schon Sachen zusammen gemacht. Wenn es zu gruselig wird, ist es eine einmalige Sache. Kein Schaden, kein Schuldiger. Du und ich, nur um es herauszufinden. Ich fordere dich verflucht nochmal heraus, Griffin."

„Ich weiß es bereits. Ich muss es nicht herausfinden."

„So hässlich bin ich nun auch nicht, Arschloch." Dante trat spielerisch nach Griff.

Griff wehrte den Tritt ab, zog seine Beine auf die Couch und schob sich nach hinten, um zu entkommen. Ein eigenartiger Fall von Deja Vu ließ ihn erstarren. Website? Ausbildung? Pausenraum auf der Wache? An was erinnerte er sich?

Dante fuhr sich mit der Hand durch sein Haar, schob die tiefschwarzen Locken aus dem Weg. „Nur als Experiment. Du vertraust mir. Und ich vertraue dir. Danach können wir über alles reden, worüber du reden willst. Aber Griff, im Moment kann ich nicht reden." Er presste seine Lippen auf Griffs.

Oh!

Griff zitterte und sein Herz versuchte, seinen Weg aus seinen Ohren zu pochen. Er nickte, ohne den Kuss zu unterbrechen.

Aber Dante unterbrach ihn und ließ alles so normal klingen. „Hab keine Angst. Leg dich auf den Bauch, damit ich dir den Rücken massieren kann."

Oh-oh.

Griff verschluckte sich beinahe und begann in dem Versuch, nicht zu hyperventilieren, durch den Mund zu atmen. Er fühlte, wie sein Verstand sich Richtung Keller bewegte. Er ließ Dante seine Beine auf die tiefen Polster heben und sich von ihm auf den Bauch befördern. Und die Trainingshose ausziehen. Es gab so viele Dinge, die er sagen müsste, aber alles schien so belanglos, mit Dante so nah und warm und unerklärlicherweise geil.

Dante kletterte wieder auf ihn und setzte sich auf Griffs runden Hintern, um dessen Schultern zu kneten. „Ich will es nur versuchen. Alles ist gut. Keine große Sache. Vielleicht zuerst eine Massage? Zwei Kumpel. Das wäre doch okay, richtig?"

Was fragte er doch gleich?

„Und dann will ich", Dante beugte sich nach vorne, presste seine Brust gegen Griffs muskulösen Rücken, Lippen gegen sein Ohr, „dass du dich mir gegenüber, verdammt nochmal, nicht mehr zurückhältst."

IN DEN fünfzehn Jahren, in denen er ihn schon liebte, hatte Griff niemals diesen Dante getroffen: langsam und aufmerksam und geduldig.

Wo bist du plötzlich hergekommen?

Dante rutschte nach vorne, so dass er direkt auf dem Übergang zu Griffs Kreuz saß. Er rieb seine Hände, um sie anzuwärmen, und presste dann sein Gewicht zwischen Griffs Schulterblätter.

Griff stöhnte.

„Zu fest?"

„Nuh.. mh-mh." Griffs Cro-Magnon-artiges Grunzen brachte sie beide zum Lachen. „Uhm. Gut."

Griff presste sein rotes Gesicht in die Sofapolster. Warum hatte sich noch nie eine Massage so angefühlt? Er war nie hart geworden, wenn die Coaches ihn nach dem Training massiert hatten, und das war zu einer Zeit, als er schon einen Ständer bekommen hatte, wenn er sich die Schlüssel aus der Tasche zog. Irgendwie lag es an der Rauheit von Dantes Händen. Das kleine, zufriedene Geräusch, das er von sich gab, als er die Anspannung aus Griffs Schultern strich.

Er kannte diese ruhige, zärtliche Person gar nicht. Vielleicht war das der Dante, wie er im Schlafzimmer war, privat. Hinter verschlossenen Türen verwandelte sich die Großspurigkeit – *puff* – in eine Art verspieltes, jungenhaftes Verlangen zu gefallen.

Das ist der Grund, warum er immer mit Allem durchkommt, sogar bei mir.

Griff seufzte.

Dantes Gewicht verlagerte sich, als er sich über den Rand der Couch lehnte und nach etwas suchte. „Hab's!"

Griff drehte sich gerade rechtzeitig, um ihn mit einer Flasche zu sehen. Dante lächelte schüchtern.

Er sieht aus, als hätte er... Angst?

Griff versuchte, nicht weiter darüber nachzudenken, als er den Deckel der Flasche aufploppen hörte, dann das Glitschen, als Dante seine Hände einrieb und *ohhhh*, Dantes Hände schoben sich tief in seinen Rücken. Dann war er nicht mehr in der Lage, überhaupt einen Gedanken zu formen. Dante hatte an den Schultern begonnen und den Stress bis hinunter zum Ansatz seiner Pobacken aus ihm herausgeknetet. Dante rutschte ein wenig zurück, um eine bessere Position zu kommen, und benutzte dann seine Fäuste, um die hellen Rundungen zu kneten.

Griff fühlte, wie ein Tropfen Schweiß von Dante auf seine Pobacken fiel und von dort in seine Ritze lief.

Offensichtlich hatte Dante es gesehen, denn er lehnte sich dicht heran, sein Atem kühl auf Griffs Haut. Tiefer. Tiefer. Dante schob sich nach hinten, um sein Gesicht näher zu bringen, und dann lag sein Mund auch schon gegen Griffs Hintern, saugte an dem Tropfen Schweiß und biss in den Muskel. Raue Hände spreizten die Backen. Seine Zunge schob sich zwischen sie und hinunter, stieß gegen den kleinen pinkfarbenen Kranz aus Muskeln, der tief unten verborgen lag.

Ein stilles, überraschtes Aufstöhnen entfuhr Griff. *Das ist es!* Wieder dieses Gefühl, und er wollte es.

Diesmal wusste Dante auch genau, was er tun musste, und er ließ nicht für eine Sekunde von Griff ab. Dante saugte und kaute an seinem errötenden Loch, Bartstoppeln rieben gegen Griffs Arschbacken. Backe zu Backe zu Backe zu Backe. Griff lachte leise und zog scharf Luft ein, als sich die Zunge ganz in ihn schob und sich sein kleiner Muskel um sie schloss.

Ja, bitte.

Dante machte da hinten irre Geräusche, schnaubte und stöhnte, als er versuchte, sein Gesicht weiter in die tiefe Furche zu schieben. *Das ist es, was du bekommst, wenn du auf der Feuerwache zu viel trainierst.*

Leise lachend erhob sich Dante und glitt mit seiner Brust Griffs Rücken entlang, bis er in seiner ganzen Länge über ihm lag, das Herz zwischen den Schulterblättern schlagend, sein Ständer zwischen seine Pobacken gequetscht. Er trug ein Kondom.

Wo sind seine Shorts gelandet?

Dante war seine Klamotten losgeworden – heimtückischer Mistkerl.

Seine ungezügelte Erektion glitt Griffs Hintern entlang, streifte den dort versteckten Muskelknoten. Ein Tropfen Schweiß fiel von Dantes Gesicht auf Griffs Schulter und diese roten Lippen an seinem Ohr ließen ihn schlimme Dinge wollen.

„Gut, nicht wahr? Dein Hintern ist so hart. Oh Gott, Mann. Er fühlt sich unglaublich unter mir an." Und wieder diese süße Schüchternheit, die schmutzige Dinge sagte, und Dantes beharrlicher Schwanz, der über seine Öffnung strich und gelegentlich pausierte, um sanft dagegen zu stoßen.

Griff fühlte, wie sich ihre Haut durch die Reibung erhitzte und sich sein Hintern ein wenig entspannte, als er in die Fügsamkeit gerieben-gerieben-gerieben wurde. Er hatte keine Angst. Das war nicht seine Idee. Ohne darüber nachzudenken, wölbte er seinen Rücken ein klein wenig und beim nächsten Stups konnte er spüren, wie sich Dantes Schwanzspitze ein klein wenig in ihn schob. Ein Zischen von Dante in seinem Ohr. Griff hätte beinahe auf der Stelle seine Ladung abgeschossen.

„Warte."

Dante wartete, sein gebogener Ständer nur leicht gegen den kleinen Muskelring gepresst.

Griff war wie gelähmt; er fühlte, wie sich die heiße Länge gegen seine Furche drückte, und er konnte den seltsam leeren Raum in sich spüren, wo sie zu sein hatte.

Jetzt.

Dante berührte mit seinem Mund sein Ohr, biss ins Ohrläppchen, leckte über den Biss. „Ich trag 'nen Gummi."

„Ich weiß... das ist es nicht, was ich –" Griff hatte keine Ahnung, wie er nach dem fragen sollte, was er wollte. Alles war so ruhig.

„Nur wir beide. Hier und jetzt." Dante atmete tief ein, Griff dagegen hielt seinen Atem an.

„Gott, ich weiß." Einen verrückten Moment lang hörte Griff den bekannten Oldie in seinem Ohr: Should I stay or should I go? Er konnte den tiefen Atem seines Freundes spüren, als dieser dagegen ankämpfte, zuzustoßen.

Griff traf die Entscheidung, denn für ihn war es im Grunde bereits entschieden. Er bäumte sich auf und schob sich auf Dante zurück und der Kopf ploppte in ihn. Dante schnappte mit ihm nach Luft.

Au. Wow.

Das hatte er nicht erwartet. Griffs Schaft schwoll unter ihm an, bis es schmerzte.

Mit unendlicher, nervenraubender Geduld zwang Dante seinen perfekten, dicken, pinkfarbenen Schwanz geradewegs in Griff hinein, bis die Lust ihn Sterne sehen ließ und er gezwungen war, durch seinen Mund zu atmen, um nicht ohnmächtig zu werden. Griff stöhnte tief in seinem Bauch auf und fühlte ein antwortendes Grollen auf seinem breiten Rücken.

„Ach. Du. Scheiße." Dante schob sich nach oben, Hände auf den breiten Schultern unter ihm, und schob seine schmalen Hüften tief, tief hinein. Griff konnte hören, wie er die Zähne zusammenbiss und sein italienischer Schwanz brannte, als wolle er ihn von innen heraus schmelzen. „Griff. Dein Arsch."

Dante pumpte gleichmäßig und langsam, ließ seine Hände von Griffs Schultern seine Arme entlanggleiten, bis seine Brust fest an ihn gepresst lag, ihre Finger ineinander verschlungen waren und er sich in die feuchte Hitze bohrte. „Du – du – oh!"

Die leichte Kurve in Dantes Schwanz bewirkte etwas Seltsames in Griff. Der Kopf glitt gegen diese kleine, hungrige Stelle, die ihn sich schütteln und seine Augen in seinen Kopf zurückrollen ließ.

Dante drückte seine Arme fest genug, um blaue Flecken zu hinterlassen, und küsste seine Schulter mit offenem Mund.

„Argh! Mach das nochmal."

„Yes, Sir."

Griff lachte leise über seine Schulter und Dante musste ebenfalls lachen. Es fühlte sich einfach so verrückt und so richtig an. Griffs Augen fielen zu, als er Dantes Länge drückte und sich wieder zurückschob.

„Ja! Ja-ja. Himmel... Du machst mich verrückt. Argh. Fick dich auf meinem – Gott!"

Und genau das tat Griff. Er konnte sich nicht bremsen. Diese perfekte Kurve nagelte ihn in seinem geheimsten Innersten, bohrte sich in etwas, das seinen Schwanz tropfen ließ. Jeder Stoß brachte glitschige Fäden aus Griff heraus und in Richtung Höhepunkt.

Zu schnell.

So tief, dass sein Innerstes nicht loslassen wollte. Jeder Stoß traf diese hungrige Stelle in ihm, fütterte eine Flamme, schob ihn in Richtung Abgrund, bis er kurz davor war...

„Dante, halt still. Beweg dich nicht. Beweg dich nicht!" Griff war erstarrt, versuchte, jeden einzelnen Muskel in seinem Körper anzuspannen, um ausharren zu können. Er würde zu schnell kommen. Sie hatten gerade erst angefangen und es war beim besten Willen nicht lang genug, um ihn zu befriedigen. Auf dem Teppich unter ihm glitzerte ein Streifen in Folien gewickelter Kondome wie der heilige Gral.

Dante tat wie geheißen, rang um Luft und ließ seine Stirn zwischen Griffs Schulterblättern ruhen. Seine Lippen streiften die Haut und er küsste sie. „Hab ich dir weh getan, Mann?"

„Nein, ich wäre beinahe – eine Sekunde..." Griff reichte nach hinten und packte Dantes Hüften hart. Seine Beine waren steif und zitterten zwischen Dantes. Sein Arsch packte Dantes gebogenen Ständer, hielt ihn in sich und gegen diese *Stelle*. Schweiß floss zwischen ihnen, als sie versuchten, zu Atem zu kommen. Brustkörbe hoben und senkten sich gemeinsam. „Ich versuche –"

Dann fühlte Griff ein leichtes Streicheln: Dantes Zunge schlich sich unkontrolliert heraus, um an seiner Wirbelsäule zu lecken, nur ein sanftes Kitzeln.

Mehr brauchte es nicht.

Griff schoss nach oben und nahm Dante mit einem Brüllen mit sich. Dantes gebogener Stachel rutschte aus ihm heraus, doch bevor er dessen Abwesenheit völlig realisieren konnte, hatte er den Italiener schon auf seinen Rücken gedreht.

Erschreckt schaffte es Dante, sich für einen Teil des Weges festzuhalten, dann fiel er gegen die Armlehne der gegenüberliegenden Seite. Seine glänzende Erektion bog sich zu der Linie festen Haares, die sich von seinem Nabel aus erstreckte.

„Warte, warte auf mich." Griff drehte sich, griff nach seinen Beinen und zog ihn über die Couch, um sie um seinen Rücken zu legen.

Griff beugte sich nach vorne, um einen x-beliebigen Teil von Dantes verwirrtem Gesicht zu küssen, leckte über seine Kehle und seine Hände tasteten herum, um sich ein Kondom über seinen eigenen Schaft zu streifen.

Einen Moment lang duellierten sich ihre Schwänze, als er sich nach unten beugte, um ihre Gesichter wieder zusammenzubringen, nur um dann für mehr

Bewegungsfreiheit ein Polster aus dem Weg zu schieben. Er stieß irgendetwas auf dem Couchtisch um, aber es war ihm scheißegal, was es war.

Er schob seine Finger in Dantes Mund und Dante leckte an ihnen.

Die Lust packte Griff, hielt sich an seiner Kehle fest, bis er nicht mehr atmen konnte, wenn ihre Münder nicht offen gegeneinander lagen.

Es gab nur Dante, unter ihm, zu ihm aufschauend, sich zu ihm schiebend wie zu einer Flamme. Dante versuchte, sich auf der Couch hochzuschieben, aber das schweißfeuchte, ölige Leder war zu glitschig.

Griff saugte Dantes Speichel von seinen Fingern und langte nach unten, um an Dantes winziger Öffnung herumzufingern, sie fest zu massieren, genauso wie er es Dante vor einer Ewigkeit hatte tun sehen.

Ich weiß, was du magst. Du hast es mir gezeigt.

Dantes Augen glänzten, als er seine Hüften nach oben schob und seine Knie gespreizt hielt, so dass Griff näher kriechen und erst einen, dann einen zweiten feuchten Finger hineinbohren und in die kleine Öffnung gleiten lassen konnte.

Die breite Krone seiner Erektion stieß gegen Dantes Sack, dann darunter. „Kämpf nicht dagegen an. Er wird hineingehen. Ich will es so", Griff grollte ihn an.

„Gut."

„Ich werd mich nicht kontrollieren können."

„Gut so." Dante schüttelte seinen Kopf. *Wieder diese Schüchternheit.* „Gott… bitte halt dich nicht zurück."

Dante hob eine Hand, um Griffs Gesicht zu berühren. Griff nickte und küsste die Handfläche grob.

Griff suchte nach dem Gleitgel, aber er wollte den Blick nicht von seinem Mann abwenden, und schließlich nahm Dante es in seine eigenen Hände, öffnete den Deckel und drückte eine Handvoll zwischen sie, beschmierte seine glitschige Furche mit seinen eigenen Fingern. Er wimmerte, als er einen langen Finger zu Griffs beiden hineinschob, und gemeinsam öffneten sie ihn, während sie sich in die Augen sahen und ihre Lippen sich streiften.

Griff hielt es keine Sekunde länger aus; er ließ seine Finger hinausgleiten und nahm Dantes gleich mit.

„Letzte Chance." Griff platzierte den prallen, glänzenden Kopf direkt an Dantes perfektem, engem Eingang. *Klopf, klopf.*

Dante nickte.

Griff stieß ein wenig nach vorne, atmete kaum, aber er hielt inne, als Dantes Augen groß wurden und einen geschockten Eindruck machten.

„Argh! Okay… okay…" Dante nickte wieder. „Geht schon! Mach nur langsam. Okay? Himmel, bist du groß, Griffin!"

Griff nahm sich Zeit, presste lediglich unnachgiebig nach vorne, während Dantes Loch sich Millimeter für Millimeter für Griffs dicken, dunklen Knauf öffnete.

Ganz plötzlich entspannte sich der Muskel und er rutschte hinein. Sie schrien beide kurz auf. Dante keuchte durch seine Zähne, als liefe er einen Marathon. Er schluckte und leckte über seine Lippen.

Griff verharrte besorgt und begann, sich zurückzuziehen.

„Nein. Ich will es. Es ist so –" Dantes Augen waren wild und seine Stimme gedämpft. Sein Arsch spannte sich um Griffs Schwanzspitze an. Sein Puls zuckte in seiner Kehle. „Oh Gott, und ich wusste nicht einmal, dass ich das will." Er keuchte, und sein Arsch rutschte einen weiteren Zentimeter über Griffs Erektion, umklammerte sie wie in einer Faust. Dante zitterte.

„Empfindlich?" Griffs Mund war geöffnet über Dantes Schulter und er biss in den salzigen Muskel.

Dante erschauderte und nickte und schnappte nach Luft. „Wahnsinn – Wahnsinn. Ah! Mhmm." Dante bewegte sein Hüften in kleinen Kreisen, versuchte, Griffs Erektion tiefer in sich aufzunehmen.

Griff war wie benommen; Funken explodierten am Rande seines Sichtfeldes. „Ist es zu viel? Ich kann –"

„Nein. Schieb ihn rein."

Plötzlich rammte Dante sich selbst auf den prallen Eindringling: er schlang einfach seine Beine um Griffs Rücken und zog ihn den Rest des Weges mit aller Macht zu sich, schockte sie beide damit. Sein dunkler Kopf fiel zurück, spannte seine starke Kehle und sein Atem kam in kurzen Stößen.

„Scheiiiii-ßßßßeee." Dante keuchte und leckte über seine Lippen. Seine Augen waren zu fiebrigen Schlitzen verengt. Sein Mund ein überrasches O. „Hat mir den Atem weggehauen! Du bist so verdammt –"

Griff küsste sanft Dantes Schlüsselbein, dann zog er sich ein wenig zurück, nur ein klein wenig, und schob sich wieder hinein, schob unnachgiebig, bis er hineinsank. „Das ist es. Lass es zu. Gib mir deinen Arsch."

Dante grunzte und sein Schaft zuckte unfreiwillig zwischen ihnen. Er hob seinen Kopf, so dass sie sich ansehen konnten.

„Jemand mag das." Griff lächelte ihm zu und strich die feuchten, schwarzen Locken aus dem attraktiven Gesicht.

Dante nickte, lächelte. Seine Augen tränten und er versuchte verzweifelt, normal zu atmen.

So dicht, nur ein paar Zentimeter voneinander entfernt, Gesicht an Gesicht, bemerkte Griff zum ersten Mal, dass Dantes Augen zwar samtig-schwarz waren, jedoch einen leicht grünen Stich hatten, wie Skarabäen ... ein jadeähnliches Schimmern, nur aus Kussdistanz sichtbar.

Ich hatte keine Ahnung.

Dante schloss die Augen und ließ seinen Kopf erschöpft zurücksinken, seine Lippen dunkelrot gegen sein strahlendes Lächeln.

Griff bewegte sich quälend langsam. Seine Arme zitterten vor Anstrengung, sich zurückzuhalten. „Fühlst du das?"

So sehr liebe ich dich.

„Es ist, als…" Dantes Worte waren undeutlich, klangen fast verträumt. „Es ist, als bekäme man von innen einen runtergeholt, denn du bist so, *ohh*-mein-Gott, riesig… wow." Dantes Zunge stahl sich nach draußen und über seine geschwollenen Lippen, eine unwiderstehliche Versuchung.

Griff beugte sich nach unten, um einen Kuss zu stehlen. Er blickte geradewegs in diese dunklen Skarabäen-Augen, ließ ihre Münder übereinander streifen. Gegen seinen Nabel konnte er Dantes Erektion ein unaufhörliches Rinnsal tropfen spüren, das sich inzwischen fast wie ein Spinnennetz zwischen ihnen spann. *Spermanetz.* Griff lächelte und Dante lächelte, ohne zu wissen warum, zurück.

Sag ihm: Ich liebe dich.

Griff hob seine starken Finger, um sie in Dantes Mund zu schieben, dieser biss sanft zu, saugte an ihnen. Griff hämmerte nun in einem anderen Winkel und…

Etwas glitzerte und spritzte gegen seinen Bauch.

„Heilige Scheiße!" Dantes Ständer besprühte die Luft zwischen ihnen plötzlich mit kochender Hitze. „Ich komme nicht. Ich komme da gerade nicht. Oh Gott, beweg dich nicht."

„Was machst – ?" Griff schüttelte verwirrt den Kopf.

„Weiß nicht. Du hast was getroffen und dann ist es einfach… warte kurz. Voll! Es passiert immer noch. OhmeinGott, das ist Wahnsinn. Mach langsam, oder du bringst mich dazu, es nochmal zu machen."

Griff lachte und spannte seinen Ständer in seinem Lover an. „Und warum wäre das noch mal gleich schlimm?"

„Ich kann nicht – ich hatte keine Kontrolle –" Dante drehte seinen Kopf zur Seite und warf sich einen Arm über sein Gesicht. „So verdammt peinlich. Verfluchter Teenager. Scheiße. Ich kann nicht glauben, dass ich mich nicht zurückhalten konnte – sorry."

„Hey. Hey! Versteck dich nicht vor mir." Griff zog den Arm zur Seite und strich verschwitztes Haar aus seinem Gesicht, lehnte sich für einen Kuss hinunter, grollte, „Ich bin verdammt nochmal noch nicht mit dir fertig."

Dante stöhnte und zog Griffs Hüften mit seinen Beinen näher, bis dieser wilde Kolben tief in ihm ruhte, ihn unglaublich weit dehnte. „Da ist so viel von dir, Mann. Ich versuch´, ein Gefühl dafür zu bekommen."

Goldene Hände glitten über Griffs feuchte Haut, suchten nach Halt. Sie waren zu glitschig. Dante schlang schließlich seine Arme um Griffs Rippen und drückte ihn in einer Art reibender Umarmung. Zwischen seinen Backen melkte der enge Muskelknoten die volle dicke Länge von Griffs Erektion; Dantes gesamter Körper drückte sie zusammen. Dantes schwarz-grüne Augen fanden seine. „Gut?"

„Urhgn. Uh-ja. So. Wie geht's…?" Griff stöhnte und japste seine Zustimmung. „Mach so – so weiter."

Dantes gebräunte Beine drückten gegen seinen Rücken, die weichen, dunklen Haare verklebt von ihrem gemischten Schweiß, und glitten über den oberen Teil seines Pos. Der Kreis aus Dantes sehnigen Armen, der ihre Oberkörper zusammendrückte, und Griff, der wieder und wieder über seine Kehle leckte.

Dantes Schwanz war in dem Käfig, den sie bildeten, gefangen, glitt zwischen ihren Bauchmuskeln hin und her und tropfte Honig. Dantes Mund gegen seinen plapperte Blödsinn auf italienisch. Jeder Stoß von Griffs Hüften presste die Luft aus ihm und er schob seine eigenen nach oben, um jeden der Stöße zu begegnen.

„Fester… fester." Dantes Stimme war heiser und wild. Er war so angespannt, als klettere er eine Steilklippe empor, ziehe sich selbst in Richtung von etwas, das unmöglich war zu erreichen. Als versuche er zu entfliehen, aber wolle Griff mit sich nehmen, wohin auch immer er ging.

„Fühlst du das? Fühlst du, wo ich bin? Ich fick dich, Dante."

Dante grunzte jedes Mal, wenn Griff auf Grund stieß, die Luft zischte aus ihm heraus, sein Arsch versuchte, den Umfang zu akzeptieren, seine Augen tränten vor Anstrengung. So gedehnt. Zum ersten Mal in seinem Leben war Griff nicht besorgt wegen seines dicken Prügels, sondern stolz. Sein Fleisch bewirkte etwas bei Dante, was auch so sein sollte.

Mit einer Hand reichte Griff hinunter, dahin, wo sie verbunden waren, und fuhr mit dem Finger über das perfekt gedehnte Loch, fuhr exakt die Erhöhung nach, in die sein Schwanz gepresst war, der Dante so vollkommen dehnte.

Gott, lass mich ihn nicht mehr verletzen, als er es von mir braucht.

Dantes Arsch steckte so fest auf Griff, dass die Haut seines Schwanzes sich nicht gegen das Kondom bewegen konnte; seine plumpe Erektion glitt in seiner Vorhaut und hielt die Reibung davon ab, die empfindliche Öffnung wund zu reiben. Sie waren so eng miteinander verbunden, dass er kaum hätte sagen können, wo er aufhörte und Dante anfing. Ein Biest.

Griff stöhnte und bedeckte Dantes losen Mund mit seinem eigenen, schob seine Zunge hinein, um die Sterne aus seinen Augen und das Feuer aus seinem Geist zu stehlen.

„Dante, mach die Augen auf. Ich bin genau hier. Sieh her."

Dante machte ein grunzendes Geräusch, rückte etwas näher.

Griff hob seinen Kopf einen Zentimeter und sprach in seinen Mund. „Wir sollten niemals weiter voneinander entfernt sein als jetzt."

Dante keuchte und nickte. Seine Augen waren feucht, als er Griff ansah, und eine Träne rollte aus einem Augenwinkel, hinein in den Schweiß auf dem wunderschönen, römischen Gesicht. Dantes heißer Arsch knetete und melkte wilde Lust aus Griff.

Ihre Hüften krachten zusammen, Griff schrie auf ob der Hitze. Er fühlte sich, als sei seine Haut geschrumpft und sein Geist dabei auszubrechen. Griff leckte den salzigen Pfad fort und küsste beide Augen, schwarze Wimpern gegen seine Lippen.

Sag ihm: Ich liebe dich.

Seine Finger wanderten über Dante, markierten seine Haut mit Handabdrücken, prägte sie sich ein. „Das hier gehört mir. Nur mir. Niemand sonst darf es haben. Nicht einmal du. Es gehört mir. Du gehörst mir."

Dante wimmerte und nickte, bettelte stumm.

„Deine Spucke gehört mir. Deine Haut. Die Art, wie du riechst." Griffin hörte nicht auf, Dante wie ein Irrer zu vögeln, rammte in ihn in wilder Selbstvergessenheit. Er fühlte, wie sich Dantes Nippel gegen seine feuchte, haarige Brust rieben.

Das ist es, was ich brauche. Das ist es, was ich bin.

Dante reichte nach oben, schob seine Hände in Griffs dickes, rotes Haar, sein langer Körper zitterte und stöhnte unter den Einschlägen. Dante schluchzte und küsste ihn so hart, dass eine ihrer Lippen blutete, der kupferne Geschmack in ihrer beider Münder.

Griff rieb sein stoppeliges Gesicht gegen Dantes ebenfalls stoppeligen Kiefer, saugte und biss wie ein Tiger. „Diese Geräusche gehören mir. Dein Saft. Du darfst ihn niemand anderem geben."

„Bitte, Griffin. Bitte!" Dantes Augen brannten, die Pupillen verengt vor verzweifelter Lust. Sein Mund hing offen und er bettelte mit seinem gesamten Körper.

„Sag es. Sieh in meine Augen und sag es. Wem gehört es? Nie wieder, Dante. Verstehst du mich? Hör mir zu." Griff konnte einen Funken am Beginn seiner Wirbelsäule spüren, als sein Schwanz in Dante hämmerte.

Griff lehnte sich zurück, stützte sich mit einer Handfläche in der Mitte von Dantes Brust ab, über dessen donnerndem Herzen, so dass er alles sehen konnte, während er fühlte, wie Dantes Muskeln von den Stößen erzitterten und wie sich sein schwarzes Haar in den Polstern verfing, die ganze Football-Couch quietschte, als er versuchte, sie eins werden zu lassen, eins, eins…

Was, wenn es nur dieses eine Mal gibt?

„Da passiert was. Ich kann nicht aufhören –" Dante riss seine Augen auf und spreizte seine Arme, als wäre er aus einem Flugzeug geworfen worden, als käme ihm der Boden näher. Er berührte seine Härte nicht. „Argh! Was machst du mit mir? Was, zur Hölle, machst du mit mir?"

Ich liebe dich, sag es ihm…

Griffin fühlte, wie seine Eier sich zusammenzogen, ein harter Knoten an der Wurzel seines Schwanzes, sich bereit machten für die Ladung, die er in Dante schießen würde. „Ich lasse nicht zu, dass du dich weiter selbst verletzt. Ich lasse nicht zu, dass du einsam oder verletzt bist oder Angst hast. Urgh. Mhhhm. Jeder Teil von dir gehört mir, D. Schön oder nicht so schön."

Sie glitten und klatschten gegeneinander. Die Couch war von Schweiß durchtränkt. Griff stellte ein Bein auf, um mehr Halt zu bekommen, damit er ein wenig näher kommen konnte, ein bisschen tiefer eindringen konnte. Dantes Venen-überzogene Erektion zuckte unberührt zwischen ihnen, dunkel vor Dringlichkeit.

„...in mir. Etwas..." Dante schnappte hörbar nach Luft, sein Mund ein überraschtes O und seine Augen blind. „Oh mein Gott, Griffin. Innen. Ich kann nicht aufhören – oh Himmel! Ich berühre nicht mal – es fühlt sich – ich bin nicht –"

Griff rammte in die angespannte seidene Hitze und verharrte, so tief, dass er sicher war, seine Härte müsse Dantes Herz berühren. Er fühlte den glitschigen Muskel um seine Länge krampfen, melkte ihn und zog ihn dieses winzige Bisschen näher. Seine Arme gaben nach und er rammte mit seinem gesamten Gewicht in Dante.

Dadurch schrie Dante auf – warf seinen Kopf zurück, gierig und stöhnend und bettelnd, als heiße Spiralen seines Safts zwischen sie platschten, bis hin zu seinem Mund. Seine Hände gruben sich in Griffs angespannten Rücken. Der Geruch war überall: Salz, Mann und der Samen. Alles Dante. Der walnussartige Geschmack füllte ihre Münder, so dass sie es in ihren gegenseitigen Küssen schmecken konnten. Ihre Oberkörper rutschten darin, rieben heiß gegeneinander, als Dante nach Luft schnappte und sich von seinen Gefühlen tragen ließ, so weit er konnte, bis in den sternenklaren Himmel.

Griff kämpfte gegen seinen Orgasmus an mit Allem, was er hatte. Noch immer tief in Dante und bewegungslos, er blieb stocksteif, versuchte, das Unausweichliche zu vermeiden. Unglaubliche Lust, als Dantes Körper um ihn krampfte, aber er wusstes: er würde kommen. Selbst wenn er nicht zustieß, würde er in Dantes zuckendem Arsch kommen. *Himmel und Hölle*, er besprang seinen besten Freund und er hatte es gewollt und sie waren beide völlig nüchtern und hellwach. Er konnte den elektrischen Ball am Beginn seiner Wirbelsäule spüren und seine Hüften bewegten sich unkontrolliert näher, einen Zentimeter tiefer.

In diesem Moment öffneten sich Dantes Skarabäen-Augen – *dunkelgrünes Glas, und ich wusste es nicht einmal* –, um geradewegs in seine grauen zu blicken, in *ihn*, und das war es.

Griff zog seine volle Länge zurück und hämmerte seinen Schläger von einem Schwanz ein letztes Mal in diesen engen, süßen Ring, brüllte auf und nagelte Dante ins Sofa und brachte sich beinahe um den Verstand in dem Versuch, tief genug hinein zu kommen – einfach alles, was er hatte, in Dante zu leeren-leeren-leeren, dorthin, wohin es gehörte. Irgendwo weit weg fühlte es sich so an, als würde Dante noch einmal kommen, diesmal gefüllt von Griff.

Das Zimmer war plötzlich ruhig. Dante schnappte nach Luft und wimmerte, sah ihn nicht an, versteckte seine Augen. Schweiß und Samen flossen heiß zwischen ihnen.

Griff fühlte, wie das Zimmer um ihn herum wieder sichtbar wurde, wie sich sein Fokus auf Dante langsam klärte; die ganze Welt phosphoreszierte plötzlich. Nie zuvor war Sex *so* gewesen. Das fühlte sich zu gut an, um normal zu sein. *Wie soll ich mich ihm gegenüber jemals wieder normal verhalten können?* Sein eigener Atem kam in gewaltigen Stößen, als er versuchte, sein hinter den Rippen hämmerndes Herz zu beruhigen.

Soviel zum Experimentieren. Soviel zur Neugier.

Ein Hund bellte irgendwo auf der Straße.

Griff zitterte und realisierte, dass er es schlimmer vermasselt hatte, als sie es sich jemals hatten vorstellen können. Nichts konnte das, was geschehen war, ungeschehen machen. Nichts, was sie sagten, würde es wieder löschen. Nichts in seinem Leben, außer dem hier, würde ihn je wieder glücklich machen, und Dante versuchte, seinem Blick auszuweichen. *Oh Scheiße. Warum sieht er nicht auf?* Sein Haut wurde eiskalt; sein Magen zog sich zusammen. Und Dante sah ihn nicht an, versuchte sogar zu vermeiden, ihn ansehen zu müssen.

Dantes Gesicht war in die verschwitzten Sofakissen gedrückt, sein Haar wirr, seine Augen kaum geöffnet.

Ich habe ihn verletzt.

Griff spürte Panik aufsteigen. Hatte er ihn gezwungen? War ein Spass außer Kontrolle geraten?

Es tut mir so leid. Es tut mir so leid, D.

Griffin fühlte seine Erektion erschlaffen und herausgleiten, das Kondom gefüllt. Er hielt es unbeholfen fest.

Dante zuckte zusammen, zog seine Beine nach oben, so dass er auf der Seite lag, und Griffs Herz verwandelte sich in seiner Brust in einen Sack voller Eis.

Griff kroch zu der Stelle, wo Dante gelegen hatte, erinnerte sich an sie beide zusammen. Er konnte nicht denken, wusste nicht, wo auf der Couch er liegen sollte. Sollte er gehen? Sollte er sich entschuldigen? *Idiot.* Wie konnte er es nur so vollständig vermasseln?

Er erwartete das Flüstern nicht, als es kam.

Dante rollte nicht einmal herum, als er fragte: „Sauer auf mich?"

Griff wusste nicht, was er sagen sollte, halb verrückt vor Panik.

Ich bin sauer auf dich? Warum sollte ich sauer auf dich sein?

Er konnte die Worte mit nichts in Zusammenhang bringen, das er fühlte. Er wusste nicht, was er sagen sollte, also blieb er vorsichtig. Er leckte mit seiner trockenen Zunge über seine trockenen Lippen und sprach hölzern.

„Es tut mir so leid, Dante."

Dantes Rücken wurde starr; sein Atem stockte. Er drehte sich noch immer nicht um. „Oh."

Ein Spalt erschien in dem Eisblock in Griffs Brust und Hoffnung strömte aus ihm heraus.

Griff wusste nicht, wohin er sehen sollte, aber er wusste, dass er einen sicheren Abstand zwischen ihnen wahren musste. Er wollte es nicht schlimmer machen. Er rutschte und lehnte sich zurück, zog seine Knie nach oben, seine Eier landeten auf der klammen Polsterung. „Ich wollte dich nur so sehr und fühle all diesen verrückten Scheiß für dich und ich wollte dich nicht dazu bringen, etwas zu tun, was du nicht... es tut mir mehr leid als alles andere, D. Ich würde lieber sterben. Ich würde dich nie verletzen wollen. Ich würde jeden umbringen, der dich verletzt. Mit diesen Händen. Du weißt das. Bitte, sieh mich an."

Dante rollte auf seinen Rücken, seine Augen schauten noch immer suchend an die Decke.

Ich hab es nicht so gemeint. Bitte. Bitte, sag es nicht, was auch immer es ist.

Griff hielt den Atem an, wartete darauf, wusste, dass die Axt hinabfallen und er beginnen würde zu sterben, sobald er aus dieser verfluchten Tür trat, und Dante würde nur grinsen und Witze reißen und versuchen zu vergessen, was sie zusammen in diesem Zimmer getan hatten.

Dann wanderten Dantes Skarabäen-Augen zu seinen.

Die winzigste Bewegung unter diesen rabenschwarzen Wimpern, und der Winkel dieses pinkfarbenen Mundes formte sich zu einem verruchten Grinsen und fing Griffs großes, dummes und weit offenes Herz ein und spulte es sich windend aus seiner Brust in die strahlende Luft, und dann tat es Griff nicht mehr leid, kein bisschen leid, als er sich selbst mit seiner vollen Länge über den Mann, den er liebte, legte und ihn streichelte und ihm dankte und Versprechen machte, von denen er wusste, dass er sie halten würde.

16

SONNENAUFGANG.

In jedem nur erdenklichen Wortsinn. Alles fühlte sich vollkommen neu an.

Griff drehte seinen Kopf nicht, um auf die Uhr zu sehen. Das Einzige, was er sehen konnte, war der dunkelrote Kissenbezug, der nach Dantes ledrigem, männlichen Duft roch. Er rückte näher, um sein Gesicht dichter an Dantes Nacken zu bringen, und atmete tief ein. *Uhmm.* Sein Schwanz zuckte und begann anzuschwellen.

Dante murmelte etwas und rutschte gegen seine Vorderseite, seine perfekten, festen Pobacken gegen Griffs Schoß gedrückt. Als wäre Griff ein auf der Seite liegender, robuster Stuhl. Griff rührte sich nicht, wollte nicht gehen, hatte Angst, ihn zu wecken, wünschte sich, er wäre mutig genug, um ihm über seinen starken Nacken zu lecken. *Nur ein paar Minuten länger, dann werde ich gehen und wir können so tun, als ob das nichts bedeutet hat. Wenn es das ist, was du möchtest.*

Ist es das, was du möchtest?

Draußen war der Himmel noch immer in Silber und Pink getaucht; selbst Herr Sonne hatte seinen leuchtenden Hintern noch nicht aus dem Bett bekommen. Ein paar Häuser weiter zog einer von Dantes Nachbarn eine Mülltonne zum Bordstein. Brooklyn hielt den Atem an, so wie immer, bevor der Tag losgelassen wurde und die Regie übernahm. Zwei Männer, zwei Freunde, aneinandergeschmiegt im Bett. Die nächsten Minuten würden alles entscheiden.

Griff betete ein wenig und fühlte sich dabei wie ein Heuchler. *Bitte sag nichts Schlimmes. Bitte tu nicht so, als sei nichts geschehen. Bitte, lass mich ein Lächeln bekommen, bevor du etwas sagst.*

Dante rollte seinen Kopf auf dem Kissen herum und als er sah, wie blank Griffs Nerven lagen, breitete sich sein Piratenlächeln über seinem Gesicht aus, ein Sonnenaufgang mitten im Zimmer. Er blinzelte langsam. „Hi."

„Hey." Griff stieß den Atem aus, den er angehalten hatte. Er fühlte sich beschämt darüber, dass er sich Sorgen gemacht hatte.

„Gut geschlafen?" Dante blinzelte zur Digitaluhr und reckte den Hals.

„Gott, ja." Griffs Stimme klang kratzig und trocken in seinen eigenen Ohren. Er räusperte sich. „Wie ein Stein."

„Gut." Dante richtete sich auf, streckte sich und ließ sich, in zufriedener Faulheit, wieder in das burgunder-rote Nest aus Kissen fallen. Er stöhnte glücklich auf und warf einen Arm über Griff, grub sein Gesicht praktisch in Griffs Armbeuge. „Du riechst so sauber."

Guten Morgen!

Griff gab ein leises, zufriedenes Geräusch von sich und drückte Dante an sich. „Ich dachte, du würdest meinen dicken Hintern aus dem Bett treten, weil ich dich korrumpiert habe."

„Wohl kaum." Dante küsste seine Rippen und schob sein Gesicht so, dass er ihn sehen konnte, ohne seine Seite zu verlassen. „Du bist der nette Junge. Ich habe dich korrumpiert und ich will auch die volle Anerkennung dafür, Mr. Muir.

„Ja. Nein. Sorry. Ich erinnere mich definitiv daran, aufgebrochen zu sein, um dich zu verführen und dich für jeden anderen zu ruinieren. Und daran, mehr Erfolg damit gehabt zu haben, als ich mir in meinen wildesten Träumen hätte vorstellen könnten." Griff fuhr mit einer Hand Dantes Rücken hoch und vergrub sie in den kohlschwarzen Locken auf seinem Kopf. „Offensichtlich hat es geklappt, denn es fühlt sich an," – er blickte hinunter auf Dantes Ständer, der an sein Bein stupste – „als seist du durch und durch und unwiderruflich korrumpiert."

„Ich mach dir ein Angebot." Dante rollte auf Griff, stützte seine Hände zu beiden Seiten seines Kopfes ab und presste ihre Geschlechter gegeneinander. Er schauderte und öffnete seine Augen weit. „Ich werde dich weiterhin korrumpieren, wenn du es deinerseits auch tust." Sein dichtes Haar fiel um ihre Gesichter. Er lehnte sich nach unten und strich ihre Lippen sanft gegeneinander, hin und her, hin und her.

Griff liebte, wie Dante so über ihm aufragte, in der Lage, seine volle Größe zu spüren, wie *genau* sie zusammenpassten. „Wie kann dein Atem morgens nicht schlecht riechen, Anastagio??"

„Weil ich perfekt bin." Ein Kuss auf ein Auge, dann auf das andere. Griff lächelte beim Kitzeln von Dantes Lippen auf seinen kurzen Wimpern. „Nein, Arschloch, ich bin aufgestanden, um aufs Klo zu gehen, und hab mir die Zähne geputzt."

„Beschiss!" rief Griff und drehte Dante auf seinen Rücken, brachte ihn zum Lachen und dazu, als Zeichen seines Protestes zu schreien.

„Hey, du hast wie ein Stein geschlafen, aber ich hab steinhart geschlafen." Dante schob seine Hüften unter Griffs dicken Schaft und öffnete seine Beine, damit die feste, rosige Spitze bei ihm an bekannter Stelle anklopfen konnte. Seine Zunge schlich sich hervor, um seine vollen Lippen zu befeuchten. Er packte die Rückseite von Griffs Beinen, direkt unter der Kurve einer prallen Backe.

Griff stöhnte und schob seine Hüften nach vorne, gerade genug, um Dante ein Lächeln zu entlocken.

War das hier so, wie es künftig sein würde?

„Also wollte ich dahin zurückkehren, wo ich sein sollte." Dante wand sich ein wenig unter Griff, genoss sein Gewicht.

„Gute Idee."

„Noch niemals in meinem Leben wollte ich hinterher wieder ins Bett zurückkommen, G." Dante berührte Griffs Kiefer, kupferfarbene Stoppeln rieben unter seinen Fingern. „Warum warst du nicht schon immer hier? In meinem Bett, meine ich. Ich kann mich, verflucht nochmal, nicht daran erinnern, warum ich so lange gebraucht habe, meinen Weg zu dir zu finden."

„Hier sind wir aber nun. Ich werde mich nicht beschweren." Griff drehte sein Gesicht in Dantes Hand, küsste die Handfläche.

„Nee." Dante rutschte unter ihm ein wenig nach oben, so dass sie wieder zusammenpassten, und fuhr mit dem Finger die rot-goldenen Haare des Arms, der über seiner Brust lag, nach. „Ich auch nicht. Oh Mann."

Lub-dub. Lub-dub. So zusammengepresst, wie sie dalagen, schlugen ihre Herzen im selben Rhythmus.

Griff lächelte auf seinen schönen, verrückten und zärtlichen Mann hinunter. „So seltsam."

Dante verzog sein Gesicht und seufzte. „Ja. Schätze schon. Seltsam-unglaublich allerdings."

Griff nickte. Er blinzelte zum Vorhang am Fenster und nickte wieder. Es fühlte sich *tatsächlich* so an, als gehöre er hierher. Eine Nacht, und er konnte sich nicht mehr vorstellen, getrennt zu schlafen. Er rollte neben Dante, wandte sich ihm zu. „Bin ich nicht zu schwer?"

„Himmel, nein. Ich liebe es. Ich liebe es, wie stark du bist. Wie solide. Ich dachte… Ich hätte niemals –" Dantes Hand streichelte abwesend sein Bein. „Ich hab irgendwie schon eine Weile darüber nachgedacht. Das hier, meine ich. Du wärst überrascht…"

Griff legte seine Hand auf Dantes und nickte. „Ja. Ich auch. Vermutlich schon länger als –"

„Das denke ich nicht. Ich hätte nur niemals gedacht, wir könnten jemals… du weißt schon?"

„Ich auch nicht. Aber nach der HotHead-Sache…"

„Genau. Letzte Nacht war… Ich weiß nicht. Die heißeste, süßeste, verrückteste Sache. Mein Eier tun tatsächlich weh vom ganzen Kommen. Drei? Vier? Wie sieht's bei dir aus?" Dante ließ seine Hand nach oben gleiten, um Griffs Eier sanft zu drücken.

Boink. Instant-Ständer, der gegen seinen roten Busch klopfte. Griff schluckte peinlich berührt. „Sorry."

„Warum? Gott, ich liebe das. Himmel, Mann. Sieh es dir an." Dantes Hand schloss sich besitzergreifend um seine pinke Erektion. „Du bist so verdammt empfindsam. Wie ein großes Pferd."

Griff lächelte zurück, lief zur Abwechslung einmal *nicht* rot an und war ohne besonderen Grund unglaublich zufrieden mit sich selbst.

„Und ich liebe es, wenn du so lächelst. Nur für mich. Mein wunderschönes Pferd." Dante lachte leise und beugte sich herüber, um einen Kuss in der Nähe von Griffs Ohr zu platzieren. Er drehte sich über den Rand des Bettes, um eine Flasche Wasser vom Nachttisch zu holen. Die Muskeln auf seinem Rücken bewegten und spannten sich vor Griffs Augen. Dante nahm einen Schluck.

„Komm wieder her." Griff leckte über seine Lippen und seufzte zufrieden - zum ersten Mal seit, nun ja... jemals zuvor.

Danke, danke für jeden Zentimeter von ihm. Für jede Minute.

Dante sah peinlich berührt aus. „Danke Gott für Alek und diese dämliche Website. Ich dachte, der einzige Weg es herauszufinden, ist, es einfach zu tun. Also musste ich einen Weg finden, den ersten Schritt zu machen, ohne dass du mir die Zähne einschlägst."

„Und das Geld." Griff fuhr mit einem starken Knöchel über den roten Mund seines Lovers.

„Deshalb hab ich nicht gefragt. Ich habe Hilfe gebraucht, G. Ich wollte..." Dante schluckte. „Ich wollte dich berühren, Mann. Wie hätte ich das tun sollen?"

„D, verarsch mich nicht."

„Tue ich nicht. Ich wollte nie, dass es ein Fehler oder ein Witz wird. Und ich hab die Knete wirklich gebraucht. Aber ich wollte das hier. Alles von dir." Dante lachte leise und drehte sein Gesicht ins Kissen. „Vanilla Gorilla. Mein schöner Trottel."

„Wirst du gerade tatsächlich rot, Anastagio?" Griffs rosiger Schwanz füllte Dantes Hand so vollständig aus, dass seine Finger sich nicht trafen. Er war nicht unbedingt lang, aber ziemlich dick. Er *war* wie ein Reißzahn.

Dante schluckte schwer und seine Wangen liefen rot an.

„Ohmeingott, du wirst rot. Das muss wohl das erste Mal sein." Griff strahlte nun. „Ich liebe es." Er küsste eine gebräunte Schulter.

Dante stützte sich gegen Griff. „Ich hab mir selbst die Finger reingeschoben, während ich an deinen dicken Knüppel gedacht habe."

„Hast du?" Griff liebkoste ihn hinter seinem Ohr, presste seine Lippen unter die feuchten Locken. „Ernsthaft?"

„Das kitzelt. Ja. Ich meine, mein Arsch war schon immer, ich weiß nicht... empfindlich. Selbst mit... davor, weißt du? Ich mag, wenn man damit spielt." Dante sah bei dem Geständnis beinahe schüchtern aus. „Aber dieses verfluchte Ding. *Madonna.* Ein Ferkel hast du da zwischen deinen Beinen. Mit einer feuchten Nase. Monatelang hab ich daran gedacht, wie dieses Ding in mich hämmert. Es war wie ein Jucken, an das ich nicht ran kam. Gott, aber du! Hm." Dante rollte seine Hüften.

„Dein Jucken sei mir Befehl, Anastagio. Warum grinst du?" Griff stützte sich auf seine Ellbogen.

Dantes gebräunte Faust war um seinen geschwollenen Schaft gelegt. „Er ist so pink."

„Ja?" Griff lächelte ihn verwirrt an.

„Es ist wie eine Tarnung. Wie Schlangen oder Wespen oder so. Du hast dieses gigantisch riesige Monster in deiner Hose versteckt und es hat diesen sanften, mattrosa Farbton, vor dem sich niemand jemals fürchten würde. Es lockt dich an und hypnotisiert dich. Und, Herr im Himmel, du hast ein Teil wie ein

235

Ochse, G. Das ist ein Kompliment. Ich fühl mich, als würde ich eine Erdnuss mit mir rumschleppen.

„Blödsinn. Was, du findest meinen Schwanz gruselig?"

„Nein. Ja. Du bist so verdammt stark und deine Lippen sind genauso. Und dein Loch. Diese perfekte süße Farbe und... keine Ahnung. Ich werde jetzt die Klappe halten."

„Komm schon."

„Ich meine, es ist unerwartet. Und es ist heiß, weil es wie diese witzigen Überraschungen ist. Ich hab niemals darüber nachgedacht, aber es hat hier gewartet. Geburtstag und Weihnachten, jedes Mal wenn du die Hose runterlässt. Ein Geschenk, das ist alles. Für mich, und es ist das erste Mal überhaupt, schätze ich, dass das alles ist, was ich will. Und deshalb grinse ich."

Griff zog ihn nach oben und drückte ihn gegen seine Seite, das Kinn auf Dantes Kopf. Dante melkte weiterhin seinen großen Schwengel.

„Wenn du nicht aufhörst, bekommst du wieder ein Feuerwerk. Über uns beide und bis zu deinen Augenbrauen."

„Und?"

„Mach dich nicht über mich lustig, Anastagio."

„Wer macht sich lustig?" Dante leckte sich über seine Lippen.

Griff ließ einen Blick durch das Zimmer wandern, liebte das saubere Bettzeug und die großen Fotos an der Wand. Mrs. Anastagios bronzene Streifen ließen den Raum wie das Zimmer eines Prinzen aussehen – vollkommen Dante. Er konnte es kaum erwarten, hier wieder aufzuwachen.

Wie soll das funktionieren?

Dante blickte nach oben, sein Gesicht zu einer Frage verzogen.

Griff nickte und küsste die Seite seines Gesichts. „Ich hab nur daran gedacht, wie normal sich das hier anfühlt. Ich habe keine Ahnung, warum es sich nicht gruselig anfühlt, aber es gibt keinen Platz, an dem ich lieber sein würde als hier in deinem Bett, um meine Eier zu kratzen. Es ist verrückt, wie verrückt es *nicht* ist."

„Ja." Dante fuhr sich mit den Fingern über den Kiefer und klopfte sich auf die Brust wie an eine Tür. Die Räder in seinem Kopf begannen zu arbeiten. „Was machen wir als Nächstes? Ich meine..."

„Ich weiß, was du meinst."

„Ich habe so lange versucht, dich hierher zu bekommen, und jetzt, wo ich dich hier habe, weiß ich nicht, wie es weitergehen soll."

Griff drehte seinen Kopf auf dem Kissen. „Sind wir also..."

„Schwul? Weiß nicht."

„Ich schätze, die meisten Leute, die wir kennen, würden einen Blick auf uns werfen und es ziemlich heftig schwul finden."

„Nun, ich werde sicher nicht in einer Badehose in einer verfluchten Parade mitlaufen." Er fuhr mit einer Hand Griffs kühlen Rücken hinab bis zu seinen glänzenden

Pobacken. Aber wenn du das tun willst, werde ich todsicher zuschauen kommen. Aus der ersten Reihe. Ich meine, ich könnte Frauen knallen, ich will nur nicht."

„Was uns schwul macht, Dante."

„Nein. Ja. Ich weiß nicht." Dante fuhr sich genervt seine Hand durch die Locken. „Es macht uns *zusammen* und alle anderen können sich verpissen."

„Alle sind eine Menge Leute, D." Griff versuchte, in seinem Gesicht zu lesen.

Dantes Augen ruhten auf dem Bettzeug und er strich es glatt, während er versuchte, die richtigen Worte zu finden. Keine Antwort.

Draußen auf der Straße fiel eine Autotür ins Schloss. Brooklyn begann, um sie herum aufzuwachen. Die Lichter in den Fenstern fielen wie Trapeze auf den Boden, jede Sekunde goldener. Die bronzene Tapete der Anastagios funkelte.

„Nun…" Griffin fühlte sich bloßgestellt und wünschte sich, er würde Hosen tragen. Er war dankbar, dass die Decke über seinen Knien ihn ein wenig bedeckte. „Soll es ein Geheimnis sein?"

„Willst du das?"

Nun, scheiße. „Weiß nicht." Griffs Stimme war rau. „Ich will nicht nur irgendjemand sein, den du im Bett hast."

Dante starrte nach oben, seine Augen… verletzt? Verwirrt? Er schüttelte seinen Kopf einmal scharf. „Du bist *nicht* irgendjemand, G. Du weißt das. Komm schon. Ich will niemanden sonst. Du etwa? Denn das würde ich nicht ertragen."

„Sieh mal, ich weiß, dass du ihn nicht in deiner Hose behalten kannst, aber mach's mir nicht zu schwer, okay? Mich trifft man leicht." Griff wusste, dass er armselig klang, aber er musste es jetzt sagen, bevor noch mehr geschah. „Ich meine, ich will nicht zusehen, wenn du Mädchen in Bars aufreißt."

„Nein!" Dante versuchte, beleidigt auszusehen.

„Es ist nicht wirklich außerhalb des Bereichs des –"

„Das hier –" Dante zeigte auf ihn, auf die zerknäulten roten Laken und den erwachenden Tag draußen. „Das war nicht nur ein bisschen Spaß für mich. Ich bin bereits eifersüchtig wie die Hölle, wenn Leute dich auf eine bestimmte Art ansehen. Nach dem hier will ich dich mit Sicherheit nicht mit jemandem teilen müssen." Sein besitzergreifender Ton war erschreckend ernst.

„Dito."

„Nein. Ich meine es. Du denkst, nachdem… wenn ich weiß, dass wir…" Dante vergrub seine Hand in dem schwarzen Knäuel auf seinem Kopf. „Ich will dich. Ich will diesen ganzen Scheiß nicht. Ich denke dauernd daran. Mist, ich hab versucht, es nicht zu tun. Nein, Griff. Ich weiß, was ich will."

„Warum?!"

Dante schlug ihm gegen den Kopf und sah ihn finster an. „Weil ich dich liebe!"

Da hing es nun, zwischen ihnen in der Luft. Griffs Augen weiteten sich. Die Worte waren zwar wütend ausgesprochen worden, aber Dante hatte sie ernst gemeint.

Er konnte seinen perfekten Mund nicht öffnen und die Worte wieder herunter schlucken. Seine Gesichtszüge wurden sanfter und er blickte Griff direkt an, ließ keine Zweifel aufkommen. „Verliebt, meine ich. In dich. Schon so lange."

Griff lächelte und konnte sich nicht bremsen, auch wenn er hinunter auf seinen Schoß blicken musste, um zu flüstern: „Ich dich auch. Ich liebe dich auch. So sehr, dass ich dachte, ich würde daran sterben."

Dante lächelte und stahl einen Kuss. „Nun, Gott sei Dank."

Ein paar Sekunden lang wusste keiner von beiden, was er mit den beängstigenden, wundervollen Möglichkeiten anfangen sollte, die um sie herum summten. Sie saßen Seite an Seite gegen das Kopfende des Bettes gelehnt, warme Haut zwischen ihnen.

„Griffin."

„Was?" Griff versuchte herauszufinden, warum er noch immer so nervös war. Er hatte gedacht, er hätte alles gesagt, aber die Schmetterlinge in seinem Bauch waren zu Raubkatzen geworden.

Dante rieb mit seinen haarigen Beinen angenehm gegen Griffs. „Hör mal, hm? Die Hälfte der Zeit flirte ich mit den Mädels, um sie von dir fern zu halten. Macht mich, verflucht nochmal, verrückt."

Griff versuchte, das zu verarbeiten. „Von mir fern?"

Dante rollte die Augen und stöhnte. „Du passt nicht auf, Mann. Die Tussis werfen sich dir an den Hals und manchmal nimmst du sogar eine, und das bringt mich dann beinahe um."

„Da spricht ja der Richtige!" Griff machte ein finsteres Gesicht und machte Anstalten, aus dem Bett zu kommen. „Die Mädchen hängen 24/7 an dir. Das ist Blödsinn."

Dante hielt ihn mit einer Hand auf dem Bein auf. „Nicht wie du denkst. Ich war schon sehr lange nicht mehr mit einer zusammen, Griff. Nicht wirklich. Du hast es nur nicht bemerkt."

Griff verdrehte die Augen und schnaufte. „Ich hab's bemerkt! Die Hälfte von Brooklyn hat es bemerkt, verdammt nochmal."

„Ich hab 'nen Ruf, aber das bin nicht ich, G. Ernsthaft. Schon seit einer sehr langen Zeit nicht mehr." Dantes Arme waren nun in Abwehrhaltung vor seiner Brust verschränkt. Er sah unheimlich jung aus. „Das hier war echt. Ich will dich für mich. Ich habe sechs Monate gebraucht, um genügend Mut aufzubringen. Wenn du nicht…"

Griff war auf der Hut, als er weiterredete. „Ich habe Leslie nie betrogen, aber du betrügst… jeden, Dante."

Dantes Augen brannten sich in ihn. „Ich hab weitergemacht, weil mir diese Leute nicht wichtig waren. Du bist anders. Ich hab dich nie betrogen."

„Anastagio, wir sind nicht verheiratet. Ich erwarte nicht, dass du dich über Nacht änderst; ich will nur, dass du dem hier, *uns*, eine Chance gibst."

„Nein!" Dante sah ihn an, wirklich an, und der Horror stand ihm in die Augen geschrieben. „Ich würde es nicht tun! Verdammt!"

„Doch, du würdest. Sieh mal, ich bin ein Kerl. Ich versteh's, okay? Ich sage nur, dass du loslegen und mich betrügen kannst, aber scheiß nicht auch noch auf mich, so wie du auf die ganzen Mädchen geschissen hast, die du in diesem Bett gevögelt hast." Griff nahm einen tiefen Atemzug und kratzte über seine kurzgeschorenen Haare.

„Das heißt also, du willst die Erlaubnis zum Fremdgehen?!" Dante setzte sich ihm im Schneidersitz gegenüber, so dass sie sich ansehen mussten.

„Nein!" Himmel, war das hier schwierig. „Das würde ich nicht. Niemals."

„An der Stelle liegst du völlig daneben. Hey. Hey, sieh mich an. Griffin. Hey!" Dante nagelte ihn mit seinen Skarabäen-Augen fest. „Ich habe niemals in meinem ganzen Leben jemanden in diesem Bett gehabt. Ich konnte nicht."

Nun ja, jetzt. Griff blickte auf seine geballte Faust, lockerte bewusst die Finger. Er hob seinen Blick wieder.

Dantes schwarz-grüne Augen versuchten, seine zu lesen. „Also schätze ich, mein neues, erwachsenes Ich muss herausfinden, was du willst."

Griff legte seine Hand offen zwischen sie auf das Bett.

Wird schon schiefgehen!

Dante nickte, wartete auf das, was auch immer als Nächstes kommen würde.

„Ich will,", Griff stupste mit seinem Bein gegen das seines Lovers , „mit dir zusammen sein, Dante Inigo Anastagio. Dass wir zusammen sind, schätze ich. Oh Gott."

Dantes Lächeln erhellte das ganze Zimmer. „Oh. Okay."

„Okay?"

„Wie zusammen - zusammen? Nur wir." Dante verschränkte ihre schwieligen Finger, pink und golden, und drückte kurz zu. „Und ich werde niemals so tun, als ob das hier –"

„Die Jungs werden durchdrehen." Griff versuchte, sich die Gesichter ihrer Freunde vorzustellen. *Was, zur Hölle, tun wir hier?*

Dante hielt ein trockenes Lachen zurück. „Ernsthaft. Keine Eile an dieser Front. Aber meine Familie muss…" Er rollte auf die Seite und stützte seinen Kopf auf seine Hand.

Griff legte sich zurück, ein kalter Ball aus Nervosität formte sich in seinem Bauch. Er versuchte, das Laken zwischen ihnen zu glätten.

„Griff, ich hab es meinem Dad erzählt." Dantes Stimme war leise. „Was ich fühle, meine ich."

„Du hast was?!"

„An dem Tag, an dem wir tapeziert haben. Ich hab ihm erzählt, dass –"

„Ich hab euch gehört, aber ich dachte…" Griff runzelte die Stirn. „Vergiss es. Offensichtlich war ich ein Idiot. Was hat er gesagt?"

„Dass ich dich nicht verletzen soll. Er hat gesagt, ich soll ehrlich sein. Und er hat mich gewarnt, nicht zu große Hoffnungen zu haben für den Fall, dass… Es war ihm völlig egal, dass wir zwei Kerle sind. Nein, er war froh. Sie lieben dich. Du bist ein viel besserer Sohn, als ich es bin. Und es ist ja nicht so, dass sie nicht genügend Enkel hätten. Ich schätze, meine Ma wusste es bereits."

„Was?!" Griffs Gesicht war erstarrt, blass und versteinert, als er zur Decke blickte.

„Sie hat ein paar Sachen gesagt, wenn ich drüben war. Ich meine, ich hab ihr nie gesagt, was ich für dich empfinde, aber ich denke, sie ist auch so darauf gekommen. Sie hat uns zusammen gesehen. Sie ist meine Mutter."

„Hast du es sonst jemandem erzählt?" Griff dachte an Tommy, zusammengeflickt und elend. „Was weiß ich, auf der Wache vielleicht…? Himmel."

„Vertrau mir wenigstens etwas."

„Ich werde dir alles geben, was du willst."

„Nun, ich will nicht, dass du dich zu Tode trinkst. Oder 24/7 arbeitest." Dante runzelte beinahe die Stirn, aber seine Hand lag zärtlich auf Griffs Bein. „Ich mache mir Sorgen, dass du dir selbst wehtust."

„Ich hab nur getrunken, um mich selbst von etwas völlig Verrücktem abzuhalten. Wie dem hier."

„Oder mich durch den Betonboden zu vögeln? Ja. Von jetzt an werde ich dir das Leben zur Hölle machen, wenn du es nicht regelmäßig tust. Ich bin viel schlimmer als eine Ehefrau, denn ich kenne alle deine Tricks."

„Gleichfalls, Anastagio. Du und deine Dreifach-Schichten und kein Schlaf. Du hättest dich damit umbringen können, du verfluchter Idiot." Griff gab Dante eins auf den Hintern.

„Au!" Dante schrie auf und zog die Decke über sich, aber ihre Beine waren noch immer zusammengedrückt, warm durch die weiche Baumwolle.

Also, wenn du dich langsam umgebracht hast, um mich hierher zu bekommen, jetzt bin ich da. Genug von dem heldenhaften Selbstmord-Quatsch, okay?"

Dante blickte genervt drein und rückte näher. „Sir, ja, Sir. Weitere Befehle?"

„Keine weiteren Porno-Drehs. Wenn du was brauchst, kommst du zu mir, und ich werde es besorgen." Griff wusste, dass er wie sein Vater klang. *Gruselig.*

„Ich bin keine Tussi. Du musst nicht für mich bezahlen."

„Stop! MannMannMann. Das meine ich auch nicht. Ich will nicht, dass du –"

„Okay. Passt." Dante hatte den Gedanken bereits verworfen. „Aber Alek hat noch Videos, die er auf den Weg bringen muss. Ich meine das eine von dir und mir, den, ähm, Blowjob."

„Nein." Griff hielt seinen Blick fest. „ Ich habe schon mit ihm geredet. Ich hab mich drum gekümmert."

„Wann?"

„Lange Geschichte… ich hab mit Alek einen Deal gemacht."

„Zur Hölle? Griffin –"

„Später." Griffin schob Dantes Gesicht sanft zu einer Seite und nahm einen tiefen Atemzug seines süßen männlichen Geruchs an seinem Nacken.

„Willst du Frühstück, Fleischklops?" Dante biss in Griffs Brust.

„Später." Griff erwischte sich dabei, wie er ohne Grund lächelte. Es war eine ernste Unterhaltung, aber sie fühlte sich nach Versprechen an. Es fühlte sich an, als würden sie sich einen Weg durch den Mist suchen.

„Cool." Dantes Augen wanderten die Decke entlang. „Also könnten wir vielleicht, ich weiß nicht, Zeit zusammen verbringen, Essen gehen."

„Wie ein Date…" Griff lief bei dem Gedanken an die einfache Freude von Knien, die sich unter dem Tisch berührten, oder Dante, der ihn mit einer Hand auf dem Rücken durch eine Menge führte, rot an. *Zusammen.* „Ein zweites Date."

Dante blies sich das Haar aus der Stirn und blickte genervt drein. „Ich will dich gar nicht aus dem Haus lassen. Ich schätze, das sollte ich so schnell wie möglich hinter mir lassen."

Griff biss ihm in die Schulter. „Komm schon. Ich habe schon immer dir gehört, D."

Ihre Köpfe lagen auf dem selben Kissen. Schwarzes und rotes Haar. *Wo es Rauch gibt…*

Dante rollte seinen Kopf, um ihm in die Augen sehen zu können, und schmolz dahin. Griff lächelte und Dante drückte ihm einen Kuss unter seinen Unterkiefer, als er gegen seine Haut flüsterte. „Gott, du machst mich so verdammt glücklich, dass ich bald platze."

Griff wand sich ein wenig. „Sieh mal, es ist nicht so, als ob wir ins Ballett gehen oder so, aber ich würde gerne richtig mit dir ausgehen. Auch wenn es nur Hockey und 'ne Pizza ist."

„Aber wo ist der Unterschied zu dem, was wir sowieso tun? Abgesehen *davon*, meine ich…" Dante packte Griffs halb - harten Schwanz.

„Weil wir die Wahrheit sagen werden. Weil ich was dazu sagen darf. Und du was dazu sagen darfst. Weil es einen Unterschied macht und wir es einen Unterschied machen lassen, zusammen. Deal?" Griff nickte, als hätten sie ihre Hände darauf geschüttelt. Irgendwie hatten sie das. Vielleicht würde es gar nicht so schwer werden.

Dante runzelte die Stirn. „Und ich will nicht, dass du verwirrt bist. Von jetzt an werde ich dir sagen, was ich denke, damit du gar nicht erst versuchen musst zu rätseln, was ich denken *könnte.*" Dante wackelte mit seinen Zehen unter dem roten Bettzeug. „Abgemacht?"

„Abgemacht." Griff bewegte seinen Kopf einmal auf und ab. Konnte es wirklich so einfach sein? *Wünsch dir was.* Griff wartete noch immer auf etwas, dass das, was gerade geschah, ruinieren würde.

„Denn außer du denkst 'Dante liebt es, wenn ich das tue', und 'Dante holt sich einen runter, wenn er daran denkt, dass ich es gerade tue', liegst du verdammt falsch."

Griff lachte. „Okay... Ich meine, yes, Sir."

„Hast du," Dante saß auf „mich gerade Sir genannt?" Ein fieses Grinsen breitete sich über seinem Gesicht aus, bis er strahlte.

Griff stotterte los, wollte protestieren und gab schließlich auf. „Ich schätze, das hab ich."

Dantes Erektion zuckte zwischen ihnen. „Wegen dir kriege ich irgendwann einen Herzinfarkt."

„Du bist ein perverser Mistkerl, Anastagio."

„Du – " Kuss „hast – " Kuss „ja – " Kuss „keine – " Kuss „– Ahnung". Dante gab ihm eins auf seinen Hintern, fest genug, um einen Handabdruck auf der hellen Haut zu hinterlassen. Bevor Griff nach ihm greifen konnte, war er schon lachend im Bad verschwunden, die Tür hinter sich schließend.

Griff drehte sich auf die Seite und sah aus dem Fenster, seinem Fenster, ihrem Fenster.

Dann war Dante wieder da, kroch zurück zu ihm - auf ihr Bett.

IRGENDWANN MACHTEN sie sich auf den Weg nach unten und Dante machte Frühstück, eine Küchenschürze über seiner nackten Haut, um seine Vorderseite zu schützen. Griff endete gegen seine Rückseite gepresst, für beinahe die gesamte Zeit, die es dauerte, sechs Eier und Speck zu braten. Sein Herz fühlte sich so leicht, als sei es mit Helium gefüllt.

Das hier jeden Tag.

Dante platzierte die Eier auf einem Teller und Griff schnappte sich zwei Gabeln. Sie steuerten die große Couch im Wohnzimmer an und setzten sich im Schneidersitz darauf, um sich das Frühstück zu teilen.

Nach dem Essen ließ Griff sich zurückfallen, schluckte einen kleinen zufriedenen Rülpser wieder hinunter und lächelte. „Sonntags-Nickerchen? Hey. Was ist los?"

„Danke, G. Ich weiß, dass das alles dämlich gewesen ist, und du bist so geduldig, selbst wenn es das ist."

„Was?"

Dante versuchte, etwas herauszubringen. „Ich weiß nicht, wie ich es erklären soll..."

„Ich bin dein bester Freund, du Trottel. Gib mir 'ne Chance."

Dante kam herüber, setzte sich neben Griff, zog die Knie an seine Brust und versuchte, sich zu sammeln.

Griff nickte bereits, bevor er auch nur angefangen hatte, sagte aber nichts.

„Ich wollte etwas aufbauen. Ich bin es leid, einfach nur die Dinge am Runterfallen zu hindern und mich abzuhetzen, um die Raten bezahlen zu können. Ich will etwas schaffen, das mir gehört." Dante sah ihn an. „Das uns gehört."

„Das klingt verdächtig nach reifem Denken, Anastagio."

Dante hielt seine Gabel gedankenversunken hoch. „Weißt du, wenn ich einen Mitbewohner hätte, der mir mit der Hypothek helfen könnte, müsste ich mir nicht den Arsch für jede Rechnung und jede kleine Reparatur aufreißen."

„Einen Mitbewohner, hm?" Griff wandte sich ihm zu und verschränkte die Arme über seiner breiten Brust. Das Leder fühlte sich kühl unter seinem Hintern an und seine Eier drückten sich gegen die Polster.

„Ja. Und wenn derjenige bereit wäre, im Haus ein wenig auszuhelfen, würde ich die Miete auch vernünftig halten." Dante stellte den Teller und ihre Gabeln auf den Couchtisch.

„Extra-Hände und Extra-Einkommen." Griff rutschte ein wenig hinunter, so dass ihre Beine sich berührten.

„Es dürfte nicht einfach ein beliebiger Fremder sein. Ich müsste ihm mit Allem vertrauen können."

„Die Leute wären entsetzt, wenn jemand anders deinen Ruf zerstören würde. Sie würden eine ganze Menge verrücktes Zeug glauben, wenn du jemanden so nah an dich ran lassen würdest. Die Leute könnten einen falschen Eindruck bekommen."

„Vielleicht. Sie könnten aber auch den richtigen Eindruck bekommen und das wäre auch okay. Es würde unser Haus sein... wenn ich den richtigen Jemand finden könnte." Dante hatte einen selbstzufriedenen Ausdruck auf dem Gesicht, als er sich umdrehte, um wie eine Dschungelkatze über Griff zu klettern. *Mistkerl.*

Die Couch quietschte unter ihnen.

„Wirst du inserieren?"

„Ich schätze, das muss ich. Craigslist. Ich will Anzeigen. Vollständige Auskünfte natürlich, denn ich will nicht irgendwann später Ärger haben."

„Bilder?"

Dante grinste. „Vom Haus oder mir?"

„Nein." Griff schlug ihm auf den Hintern.

„Hey! Nun, ich dachte Fotos wären Overkill. Besser jemanden aus der Gegend zu bekommen, der das Viertel schon kennt, das Haus schon kennt."

Dante schlang die Hände um Griffs Taille und rieb ihre Schwänze so leicht und delikat zusammen, dass Griff der Atem wegblieb.

„Ja?" Griff versuchte, aufzuhören zu lächeln, und scheiterte. „Guter Plan." Er hob seine Knie ein wenig an, so dass Dante von ihnen umschlossen wurde.

Dante tippte in Gedanken versunken gegen seine Brust. „Ja, ich meine, ich brauche jemanden, der sich der Küche sowas von fernhält, aber weiß, wie man abwäscht."

„Außerdem müsste derjenige in der Lage sein, mit einem verrückten Dienstplan klarzukommen. Schichten eines Feuerwehrmanns."

243

Dante kratzte sich über den Kopf und fuhr sich mit den Fingern durch das schwarze Durcheinander seiner Locken, bis sie in Strähnen abstanden. „Müsste mit schwerem Werkzeug umgehen können, um bei den Renovierungsarbeiten helfen zu können."

„Nun…" Griff zählte die Kriterien an seinen Fingern ab. „Jemand, der Football liebt. Und Hockey."

„Jemand, der nicht ausflippt, wenn ich im Bett laut werde. Denn ich werde im Bett laut."

Griff schnaubte. „Hm-hm. Ist mir aufgefallen. Und in der Küche."

„Ich meine, es ist ein Alptraum, mit mir zu leben." Dante zuckte die Achseln in falscher Bescheidenheit.

„Schei- ja!" Griff lachte. „Ein Chaot. Ein Großmaul. Ein Womanizer."

„Nicht mehr. Nun, kein Womanizer mehr. Ich denke, wir sind auf der sicheren Seite, wenn wir diesen Punkt streichen."

„Ein Zwerg."

„Verpiss dich!"

Griff tätschelte ihn beruhigend mit der Hand. „Also müsste dieser Jemand groß genug sein, um an die Dinge zu kommen, an die du nicht dran kommst."

Dante grapschte nach Griffs Eiern und drückte zu. „Ich kann ein Hitzkopf sein, wenn ich nicht aufpasse."

Griff biss ihm zärtlich ins Ohr und lockerte seine Finger. „Ich auch. Aber das habe ich hinter mir. Du hast es hinter dir."

„Auf jeden Fall. Und keine verfluchten Haustiere." Er pikste Griff nachdrücklich auf die Brust.

Griff schnaubte. „Ich hab dich; das ist mehr als genug."

„Hey!"

Griff zog Dante zu sich, so dass sie der Länge nach aneinandergepresst da lagen. „Nun, Mr. Anastagio, ich denke, Sie haben da ein Problem."

Dantes Mund war dicht genug an seinem, dass sich ihre Lippen berührten, als er antwortete. „Das habe ich."

„Ist Ihnen klar, wie klein Ihr Fundus an möglichen Kandidaten ist?" Griff drückte einen sanften Kuss auf seinen Mundwinkel.

„Das ist es."

Griffs graue Augen verzogen sich zu einem Lächeln. „Ich denke, möglicherweise gibt es nur einen qualifizierten Bewerber. Möchten Sie wirklich dieses Risiko auf sich nehmen?"

„Das tue ich." Dann legte Dante seinen Kopf zurück und leckte an Griffs Lippen, um Zugang gewährt zu bekommen, kostete von seinem Mund und zog sich schließlich zurück, hielt ihre Köpfe aber dicht zusammen.

„Okay, D." Griff schlang einen Arm unter seine Schultern und zog ihn herüber, um Dante dicht an seine Brust drücken zu können. „Aber wir werden es zusammen aufbauen. Deal?"

„Ich bin nicht dämlich." Dante wehrte sich gegen ihn, machte sich bereit zu streiten. „Ich bin kein Invalide."

„Was du nicht sagst. Danke. Ja. Aber lass mich hier mit dir zusammensein, hm? Als einen Gefallen."

Griff fuhr seine großen Finger durch Dantes rußige Locken. „Vielleicht könnten wir es von jetzt an gemeinsam aufbauen, ja?"

Dante beruhigte sich neben ihm; er spielte mit Griffs Brustbehaarung. Seine Stimme war kaum mehr als ein Murmeln. „Okay, G, du und ich."

Griff drückte seinen Mann für einen Moment fest an sich und presste seine Lippen auf dessen Kopf. Seine Augen schlossen sich von selbst und falls eine glückliche Träne ihren Weg nach draußen fand, bemerkte es keiner von ihnen.

17

ACHT TAGE später bedeutete Griffs HotHead Fotoshooting beinahe das Ende ihrer Beziehung.

Zweihundert Stunden des gemeinsamen Aufwachens, der kleinen Reparaturen, des Umzugs von Griffs Sachen und dem Bezahlen der Schulden und des Vögelns wie die Karnickel. Dann musste Griff seinen Teil der Vereinbarung mit Alek einhalten.

Dante drehte durch.

Wenn er vorher schon eifersüchtig gewesen war, war er nun komplett irrational. Es spielte keine Rolle, dass sie auf einer Website zu sehen gewesen waren und Pornos gedreht hatten. Es spielte keine Rolle, dass das hier Sicherheit für sie bedeutete. Es spielte keine Rolle, dass niemand auch nur wissen würde, dass das Griff auf den Fotos war. Jetzt, da sie ein Paar waren, konnte Dante die Vorstellung nicht ertragen, dass Griff für drei Tage in einem Studio stehen würde, während irgendeine „Hure" an ihm herumfingerte und Fotos von seinem besten Stück machte.

Dante war sogar zu Alek gegangen und hatte versucht, seinen Platz einzunehmen. Er hatte gebettelt und sogar gedroht, aber Alek war unnachgiebig gewesen: er wollte Griff für die Bilder. Ende. Was die Situation natürlich nur noch verschlimmerte. Positiv hervorzuheben war die Tatsache, dass Dante wenigstens nicht physisch auf Alek losgegangen war, allerdings nur, weil Griff sich schnell entschuldigt und ihn rechtzeitig in den Truck geschafft hatte.

Schlussendlich hatte Griff zugestimmt, dass er ihn begleiten konnte, und Dante war entschlossen, die nächsten drei Tage für alle Beteiligten inklusive Griff,die Hölle auf Erden werden zu lassen.

Auf der Fahrt nach oben stand Dante am anderen Ende des Aufzugs und kochte. Seine Feindseligkeit strahlte aus ihm wie Hitze in der Wüste, bis Griff sicher war, er würde das Licht brechen und Fata Morganas aus seiner Wut um sie herum auftauchen lassen.

Gott rette uns vor besitzergreifenden Italienern.

Sie hatten die U-Bahn bis Broadway-Lafayette genommen und waren bis zu einem alten, heruntergekommenen, ausgebauten Loft auf der Bowery gelaufen, das sich direkt neben einem Obdachlosenasyl und einer Methadonklinik befand. Die alte, zerschrammte Tür öffnete sich in einen schmutzigen Flur. Dieses Gebäude war offensichtlich einmal eine Fabrik gewesen. Der Aufzug war vorne offen und mit einem Metallgitter versehen, das ihnen erlaubte, auf den blanken Beton des Schafts zu blicken, als sie langsam, in angespannter Stille, zu der Wohnung der Fotografin empor fuhren.

Während der Lift ein Grafitti zwischen dem vierten und fünften Stockwerk passierte, murmelte Dante schließlich: „Was für ein Drecksloch."

„Komm schon. Sie braucht den Platz. Alek hat gesagt, sie sei wirklich talentiert und entspannt." Griff warf einen Blick auf Dantes angespannte Schultern; warum verhielt er sich noch immer so verrückt? Das hier musste der langsamste Aufzug des Universums sein.

Dante lächelte, aber es erreichte seine kalten Augen nicht. „Alek will dich so sehr, er würde sich die Kehle aufschlitzen, nur um deine Hände auf seinen Körper zu bekommen.

„Beruhige dich, Tiger." Griff presste die Lippen zusammen.

Ding! Sie traten heraus und schauten erst rechts, dann links in einen mit Parkett ausgelegten Flur, der unter ihren Schritten quietschte. Von einem Ende schallte leise Musik und sie gingen beide instinktiv in diese Richtung.

Dante ging ein wenig vorweg, um im Zweifel direkt loslegen zu können. „Ich werde nicht zulassen, dass irgendeine kleine Schlampe über dich zu sabbern anfängt und dich betatscht."

„D, du kannst nicht beides haben."

„Ja, wenn ich mit jemandem flirte, gebe ich den Ton an. Aber wie kann ich sicher sein, dass das, was sie mit dir tut –" Dante wurde klar, dass er mit der Luft redete und alleine weitergelaufen war. „Wohin gehst du?"

Griff hatte kehrt gemacht und ging in langen Schritten über den quietschenden Boden zum Aufzug zurück. „Nach Hause. Wir müssen das hier zusammen durchziehen. Ich hab mein ganzes Leben damit verbracht, dir nahe zu kommen. Ich werde das hier nicht wegen einer Frau zerstören, die wir noch niemals zuvor getroffen haben und die nur ein paar Fotos schießen will. Alek ist großzügig zu uns. Das hier ist großzügig, du Idiot." Griff drückte auf den Knopf.

Dante holte ihn ein und hob eine Hand, um ihn anzufassen, ließ es aber. „Komm schon, G. Tut mir leid. Ich weiß... sieh mal, wenn die Sache anders herum wäre –"

„Dann würde ich sehen, wie ich damit klarkomme. Mensch, warte, das *habe* ich bereits!" Griff explodierte in dem leeren Flur und gab einen Scheiß darauf, wer ihn hören würde. „Ich räume hier die Reste von deinem Saustall auf. Denkst du, ich habe dich nicht auf der Seite gesehen; wie du mit Alek geflirtet hast? Hundert Mal? Tausend Mal? Denkst du wirklich, dass ich nicht jedes Wort kenne, dass du von dir gegeben hast, dass ich mir nicht jedes Mal ins Knie schießen wollte, wenn du ihm zugezwinkert oder über deinen verdammten Mund geleckt hast, als wolltest du ihn dir einen blasen lassen? Als wäre es nicht wie eine Axt in meinem Schädel gewesen?"

Dantes Gesicht war versteinert. Seine Augen waren schwarz wie die Nacht, jede Spur von grün tief verborgen. „Wa – ich – „

„Weißt du was? Fick dich. Fick dich zweimal. Allein bei der Vorstellung, da reinzugehen und mich für eine Fremde auszuziehen, will ich kotzen. Aber ich tue es." Griff lehnte sich gegen die Wand und beugte sich vornüber, Hände auf seinen Knien, Blick zu Boden gerichtet. Schließlich murmelte er, „Ich tue das für uns. Für dich! Es ist schlimm genug, ohne dass du auch noch in der Wunde bohrst." Aus dem Augenwinkel konnte er sehen, wie nahe Dante stand, aber keiner von ihnen rührte sich.

Dante gab ein leises Geräusch von sich, das Griff sich umdrehen ließ. Er weinte, verflucht nochmal, stand dort wie ein gebrochener Soldat. Dantes Gesicht war ein Abbild der Qual, eine tragische Maske, von Schmerz gezeichnet.

Als Griff sich aufrichtete, um ihn ansehen zu können, schienen sie beide klein in dem gewaltigen Flur.

Dante nickte in Richtung Boden. „Ich kann dich nicht verlieren, Mann."

„Dann rede mit mir. Rede einfach mit mir und wir kriegen das hin." Griffs ausgestreckte Hand sah zu groß aus, als würde er ein Loch in die Wand des Flurs schlagen, wenn er nicht vorsichtig war.

Dante stand zitternd vor ihm, ab und zu tropfte eine seiner Verzweiflungstränen auf den Boden. Er wagte nicht, nach Griffs heller Hand zu greifen.

„Komm schon, D. Genug von dem Scheiß. Du weißt es besser." Griff richtete sich auf und zog Dante an seine Brust. Es war ihm egal, wer die schwulen Feuerwehrmänner sehen würde. „Sei tapfer für mich und ich bin es auch." Er küsste Dante auf seinen lockigen Kopf.

Dante nickte und ließ sich einen Moment im Arm halten. „Mistkerl."

„Arschloch." Griff zog sich so weit zurück, dass sie sich ansehen konnten. „Jetzt entscheide dich. Wirst du hier in diesem verfluchten Flur bleiben und wie Loretta einen auf Oper machen oder wirst du mit mir reinkommen und unser Leben auf die Reihe bekommen, so dass wir es auch tatsächlich so führen können? Du hast die Wahl."

Schließlich beruhigte sich Dante und wischte sich über die Nase. Er hob seine Augen zu Griffs, als suche er etwas in ihnen. Der Mistkerl brachte ein kleines Lächeln zustande. „Hast du mir wirklich so oft auf die Seite zugesehen?" *Zwinker. Zwinker.* Alles unschuldige Eitelkeit.

Griff stöhnte und klapste ihm gegen den Kopf, aber als sie die Tür der Fotografin erreichten, standen sie nebeneinander.

„Mietpreisbindung." Beth öffnete die Tür, bevor sie klingeln konnten. „Ich bin nicht einmal ansatzweise so erfolgreich, wie diese Wohnung es aussehen lässt. Ich habe Glück gehabt, als ich mich von meiner letzten Freundin getrennt habe. Ihr seid pünktlich."

Sie schien darüber überrascht zu sein. Sie war vielleicht einen Meter fünfundvierzig groß, definitiv unter einem Meter fünfzig, und maximal 45 Kilo schwer. Ihr Haar hatte einen glänzenden Goldton und war auf ihrem Hinterkopf zu einem Knoten zusammengefasst. Sie trug eine Latzhose über einem langärmeligen

T-Shirt und Turnschuhe, die bis über die Knöchel gingen. Ihr Studio nahm das gesamte obere Stockwerk ein, die Fenster gaben den Blick über die Bowery frei.

„Du bist Griffin?"

„Oder Griff. Hi." Griff verlagerte sein Gewicht in der Tür und fühlte sich tollpatschig und dumm.

Sie streckte ihm ihre Hand entgegen und Griff schüttelte sie. Sie ließ ihren Blick hinüber zu Dante wandern und blinzelte. „Dein Freund?"

Hm. Sie hatten es nicht wirklich diskutiert; Griff war nicht sicher, was er darauf sagen sollte.

Dante schon. „Jepp. Ist das ein Problem?" Geradeheraus. Er verengte die Augen und schlenderte gemächlich ins Zimmer, trug den italienischen Hengst etwas zu dick auf.

Sie sah ihn nicht einmal an. „Nicht, solange du mir nicht im Weg stehst. Warst du derjenige, der den Zicken-Ausraster im Treppenhaus abgezogen hat?"

Oh-Oh.

„Wir haben uns unterhalten."

„Klang nach einem Wutanfall. Ich bin's gewohnt. Ich arbeite mit einer Menge Models und habe schon eine Menge heiß-kalte und hysterische Anfälle gesehen."

Griff fing ihren Blick ein und schüttelte den Kopf, um sie wissen zu lassen, dass es okay war. Sie war nicht seiner Meinung.

Beth drehte sich zurück, um Dante zurechtzuweisen. „Als wärst du ein tollwütiger Dalmatiner und er ein Hydrant? Macho-Territorium-Quatsch. Nichts Neues für mich, Tonto. Warum pinkelst du nicht auf ihn, wenn's dir danach besser geht?" Beth rollte ihre Augen, als sie Objektive in Reihen auf die Arbeitsfläche legte. „Und fürs Protokoll: ich versuch nicht, mir deinen Mann zu angeln, du Genie. Er hat die falschen Teile. Hallo?" Sie zeigte auf sich selbst und verdrehte die Augen. „Superlesbe?"

Griff versuchte, die beiden Zeitbomben zu entschärfen. „Ähm, ich bin auch noch da."

Dante ignorierte ihn und schob sein Kinn hervor. „Ich will nur sichergehen, dass ihn niemand belästigt oder irgendetwas –"

„Ja, ja. Uga-uga. Setz dich." Beth kannte seine Sorte und hatte vor nichts Angst. „Fass bloß nichts an."

Die östliche Wand bestand ausschließlich aus Fenstern und die westliche Wand hatte eine riesige Rolle mit weißem Papier an der Decke hängen, die bis auf den Boden ging. Beleuchtet wurde das Ganze von riesigen Stehlampen, die zur Zeit ausgeschaltet waren. Wenn man sie einschaltete, würden sie blendend hell sein.

„Griffin?" Beth lächelte ihn direkt mit ihren blauen Augen an und betatschte ihn mit ihren knubbeligen, kleinen Händen. Ihr Ärger war verpufft. Es war, als spräche man mit einer mächtigen Fee. „Hast du jemals zuvor gemodelt?"

„Nein, Ma'am." Er musste tatsächlich nach unten blicken, um sie überhaupt sehen zu können. Selbst in diesem riesigen Raum fühlte er sich wie ein Zyklop.

„Himmel nochmal. Ich bin nicht deine Großmutter. Ich bin erst sechsunddreißig. Ich meine, Alek sagte, du hättest –"

Dante schnaubte aus der Küche. „Seine Ladung für Russland geschossen." *Prima. Danke, D.*

Beth blinzelte nicht einmal, wartete lediglich auf Griffs Antwort.

„Hm-hm. Aber nichts für Fotos und," Griff gestikulierte zu dem ausgerollten weißen Papier, „all dem hier."

„Wir fangen langsam an. Wenn du Pausen brauchst, sag mir Bescheid. Wenn es unangenehm wird, sag was."

„Was, wenn ich es unangenehm finde…, Ma'am?" Dante schlenderte aus der Küche heran, während er einen Muffin mit offenem Mund kaute.

Beth blinzelte nicht. „Dann weiß ich, dass ich meinen verdammten Job richtig mache, Guido." Sie pflückte ihm den Muffin aus der Hand, nahm einen Bissen und gab ihn wieder zurück. „Auf geht's."

Sie gab ihnen eine kurze Führung durch die Räumlichkeiten und Ausstattung: Toilette, Kühlschrank, wesentliche Geräte. Es war ein riesiges Apartment und das Licht, das durch die Fenster strömte, war hell genug, um eine Migräne verursachen zu können.

„Himmel! Du verdienst ernsthaft Kohle mit dieser Foto-Sache, hm?" Dante nahm ein riesiges Objektiv vom Tisch mit den Kameras und machte absichtlich einen auf Arschloch.

„Dante!" Griff zischte ihn an und warf ihm einen wütenden Blick zu. *Halt dich zurück.*

Aber Beth nahm es nur wieder aus seiner Hand und legte es an seinen Platz. „Wenn du talentiert und gierig bist – ich bin's, also ja." Sie wollte sich auf den Weg zurück zur Küche machen, hielt dann aber inne und lächelte. Ihre Stimme war so sanft wie ein Schlaflied. „Und wenn du mein Zeug nochmal anfasst, trete ich dir deine Innereien aus dem Leib und trage dich als Abendkleid."

Dante nickte. Griff lächelte. *Gerissene Lady.*

Sie betrachtete Griff aus ein paar Metern Entfernung, beäugte seine Größe und Maße wie eine Löwin, die es auf ein Gnu abgesehen hatte. „Wir haben drei Tage. Das hier ist ein Gefallen für Alek." Sie blickte auf den Scheinwerfer über ihnen und hielt ein kleines, schwarzes Rechteck vor sein Gesicht. „Lichtmesser. Alles klar."

Dante umrundete sie wie ein verwirrter Mond, aber abgesehen von Fragen, die er stellte, behinderte er sie nicht. „Was für einen Gefallen? Ich meine, warum hilfst du HotHead?"

„Alek findet manchmal Models für mich. Er hat –" sie begutachtete Griff und war zufrieden. „ein ziemlich gutes Auge."

„Da können wir nur zustimmen." Dante legte eine Hand auf den breiten Rücken seines Freundes.

„Alek kann sich mein ganzes Team nicht leisten, also bin ich für das hier eine Ein-Personen-Crew. Ich hab Snacks zum Essen da, also müssen wir hier den ganzen Tag nicht raus."

Griff war erleichtert. „Es bleibt also bei uns Dreien?"

Beth lächelte. „Sowieso besser. Ich mag es nicht, ein gigantisches Team hier zu haben, wenn ich mit jemandem arbeite, der noch nie –"

„...splitterfasernackt vor deiner Pussy-Kamera gestanden hat?", beendete Dante mit einem engelsgleichen Lächeln.

„Verfluchte Scheiße nochmal, D." Griff drehte sich zu Beth, um sich zu entschuldigen, doch sie redete zuerst.

„Hm, ja. Danke, Schwanzhirn." Beth sah Griff an, wartete auf Erlaubnis und trat dann näher, um ihn aus einem sechzig Zentimeter Abstand zu begutachten. „Das Gesicht wird in den Bildern nicht zu sehen sein, also brauchen wir auch nicht diese Sorte Make-up. Möglicherweise muss ich Schamhaare oder die unter den Armen kürzen. Deine Haut ist sehr hell; vielleicht ein bisschen was mit Schatten, aber nicht viel. Vielleicht ein bisschen Öl?"

Letzteres sagte sie zu einem unsichtbaren Assistenten, bevor ihr klar wurde, dass es keinen gab. Sie schloss ihre Augen und verzog höflich das Gesicht. „Sorry. Schlechte Angewohnheit. Du siehst ziemlich definiert aus."

„Ich trainiere auf der Wache. Hin und wieder gehe ich joggen." Griff fühlte sich seltsam, als er an seinem Körper hinab blickte, als sei er ein Anzug, der ihm gehörte.

„Ich bekomme nicht viele Typen mit einem Körper wie deinem zu Gesicht, die sich nicht grillen lassen. Schwul oder Hetero: Bodybuilder neigen dazu, sich regelmäßig zu toasten. Und sie haben 'ne Menge Tattoos."

Dante fuhr mit einer Hand besitzergreifend über Griffs Schultern und Nacken, die Schwielen genauso rau, wie sie sein mussten.

Griff lehnte sich an die Hände wie eine riesige Katze. Es fühlte sich gut an, vor einem wohlgesinnten Betrachter gestreichelt zu werden.

„Du bist wie dafür geschaffen, ein Körper-Model zu sein. Ernsthaft. Du könntest abkassieren." Beth brachte Griff zu einem Vorhang, hinter dem er sich ausziehen konnte, und reichte ihm einen dicken, royalblauen Morgenmantel, den er zwischendurch tragen konnte. „Damit du nicht frierst."

Sie überließ ihn seiner Aufgabe, sich auszuziehen, was er auch tat, während er sich kalt und eigenartig in diesem Ausstellungsraum fühlte, der Fenster und des hellen, weißen Papiers bewusst. Als er in dem Morgenmantel zurückkam, ging sie um ihn herum, als wäre er ein Bulle auf einer Auktion. Der Mantel reichte gerade eben bis zu seinen Knien, und die Ärmel bis zur Mitte seiner Arme. Sie musste lächeln. „Du bist ein Großer, hm? Was wiegst du, um die 110 Kilo? 115?"

Griff nickte. „Sorry."

Sie kaute auf ihrer Lippe und zog an einem Ohr, während sie über einige Möglichkeiten nachdachte. „Muss dir nicht leid tun. Das ist 'ne gute Sache. Ich denke, ich weiß, was Alek will. Komm mal eben rüber."

Griff folgte ihr zurück über den Parkettboden zur Küche und Dantes irritiertem, düsterem Blick.

Beth ignorierte Dante einfach und ging um ihn herum, um nach einer Flasche Olivenöl zu greifen. Sie ließ etwas in ihre Hände laufen und rieb sie dann zusammen, als wolle sie sie waschen. Sie ging auf Griff zu. „Ziehst du das Teil kurz aus?"

„Was machst du da?" Dante trat schützend vor Griff, als habe er vor, die kleine Lesbe zu Boden zu bringen.

„Ich werde deinen Freund schon nicht belästigen. Halt dich zurück, du Genie!" Sie zeigte ihm ihre glitschigen Handflächen. „Die Muskeln kommen mit dem Öl besser raus. Lässt das Licht brechen. Und er ist so hell, dass wir alle Kontraste brauchen, die wir kriegen können."

„Scheiß drauf. Ich mach das." Dante schnappte sich die Olivenölflasche und rieb sich genervt die Hände damit ein. Er trat dicht an Griff heran und flüsterte fast: „Ist das okay?"

„Sicher." Griff nickte. „Ich werde daran nicht zerbrechen, Dante. Das ist für uns. Es sind nur Bilder."

Dante verzog das Gesicht und flüsterte: „Ich weiß, tut mir leid, G. Ich hasse diesen Scheiß."

Beth lachte und machte Platz, während sie sich ihre Hände an dem Handtuch über ihrer Schulter abwischte. „So ist es ohnehin besser. Er wird dich gründlicher machen lassen als mich. Sei sicher, dass du alle Ritzen und Rillen findest. Vielleicht wird es euch beide beruhigen."

Dante legte seine warmen Hände auf Griffs Schlüsselbein und strich einen Schimmer Olivenöl über seine Schultern, an ihnen vorbei auf den oberen Teil seines Rückens, über seine schweren Arme, hinunter bis zu seinen Händen.

Griffs Schwanz bemerkte es sofort, sprang aus seinem feuerroten Gebüsch und stupste gegen Dante. „Sorry."

Dante warf Beth einen besitzergreifenden Blick zu. Er murmelte etwas vor sich hin, als er arbeitete.

Beth wedelte von ihrem Stativ aus seine Schüchternheit weg. „Keine Entschuldigungen für mich, Rotschopf. Ich brauch dich mit einem Ständer und du musst ihn auch behalten. Die Crew besteht nur aus mir, erinnerst du dich? Wenn der Idiot hier glücklich ist, dich einzureiben und aufzugeilen, wird es uns allen den Tag vereinfachen."

Sie blickte zwischen ihnen hin und her, schätzte etwas ab.

„Ich versteh's allerdings... Ihr Jungs seht außergewöhnlich zusammen aus." Es war ein ehrliches Kompliment.

Dante lächelte, bevor er sich selbst davon abhalten konnte, und grunzte ein Danke. Wann immer es nötig war, nahm er sich mehr aus der Flasche und polierte geduldig Griffs gesamten Körper wie eine Statue, huldigte ihn mit Öl, sein Gesicht ruhig und stolz und besitzergreifend.

Dante arbeitete seinen Weg um ihn herum, kniete sich hin, um besser an seine untere Hälfte zu kommen, so dass sein Atem die zimtfarbenen Haare an Griffs Oberschenkeln kitzelte.

Wieder murmelte er vor sich hin und Griff konnte gerade eben die Worte ausmachen, „Mir – mir – mir, du gehörst zu mir." Dante lehnte sich nach vorne und streifte mit seinen Lippen die Rückseite von Dantes Knie.

Griff lächelte und seufzte. Nach getaner Arbeit glänzte seine Haut unter den warmen Scheinwerfern und seine Erektion war heißes Eisen.

„Sei nicht schüchtern!" Beth war von dem Ergebnis begeistert; sie stand auf, Hüfte herausgestreckt, die schwere Digitalkamera gegen ihre Schulter gedrückt. „Du bist ein *Hingucker*, hm? Ich sehe, was Alek meinte. Meine Güte."

Dante stand auf und kochte förmlich, als sie ihm ein Handtuch zuwarf, damit er seine Hände abwischen konnte. Er konnte seine Augen nicht von Griff abwenden und murmelte leise: „Ich hasse es, wenn andere Leute dich ansehen."

Griff flüsterte geradewegs zurück: „Es ist okay, D. Das hier ist für uns. Niemand außer uns wird es jemals erfahren."

Dante nickte, Augen zu Boden gerichtet, als er zurück ins Halbdunkel trat, hinter die Scheinwerfer und die Kamera.

Beth hielt den Lichtmesser unter sein Gesicht und blinzelte zu einer der Lampen zu seiner Rechten. Sie kletterte eine Trittleiter empor und brachte ein dünnes Stück Stoff an, das den grellen Schein brach und den Strahl in ein diffuses Glühen verwandelte.

Griff konnte fühlen, wie Eifersucht und Aufregung und italienisches Schuldgefühl in Wellen von seinem Mann kamen. Seinem Mann. „Hey. Hey, Anastagio. Sieh mich an."

Dante tat, wie ihm geheißen wurde, drehte sich am Rande des Lichts zu ihm um, sein Gesicht zurückhaltend und grimmig.

„Zu wem gehöre ich?"

Dante nickte einmal, lächelte ein wenig. Das war besser.

DANTE UND Beth fielen über die nächsten drei Tage in eine Art widerwillige und sich gegenseitig aufziehende Routine.

Sie war der Meinung, er sei ein eifersüchtiges, arrogantes Arschloch, und er war der Meinung, sie sei ein herrischer Kletteraffe.

Insgeheim war Griff der Meinung, sie hatten beide Recht. Und er durfte herausfinden, dass der Job eines Models weit weniger glamourös und deutlich anstrengender war, als er erwartet hatte.

Seine Muskeln und seinen Schwanz anzuspannen und eine Position für bis zu einer Stunde zu halten, ließ ihn sich wie ein feuchtes, ausgewrungenes Tuch fühlen. Er bekam Muskelkrämpfe in der Kälte.

Ein Feuerwehrmann zu sein war weniger schmerzhaft und wesentlich interessanter. Hölle! Selbst wenn er als Türsteher arbeitete, konnte er sich mit Leuten unterhalten und normal atmen und Hosen tragen.

Dennoch: drei Tage, um aus der HotHead-Sache herauszukommen, war nichts. Und dann würde ihnen die Welt gehören.

Die ersten zwei Tage verbrachten sie mit dem, was Beth eine „Kräutermischung" nannte, denn die Bilder waren wie eine sexy Garnierung, die Alek nach Belieben über die Seiten streuen konnte.

Sie hatte eine Liste mit Körperteilen und attackierte jedes mit grimmiger Entschlossenheit, hakte sie ab, als sie ihren Weg über jeden einzelnen Zentimeter seiner Haut nahm. Nach der dritten Stunde war er zu erschöpft, um noch Schüchternheit aufzubringen, wenn Beth über ihn kletterte, als sei er ein Klettergerüst. Sie bewunderte ihn, allerdings so, als sei er ein Felsen oder ein Baum.

Für zwei volle Neun-Stunden-Tage schoss Beth Fotos von Griffs Nippeln, Rücken, Füßen, Oberarmen, Pobacken, Unterschenkeln.

– Klick – Flick – Ka- klick – Click –

Sein Schwanz schlaff und sein Schwanz steinhart und die Locken auf seinen harten Bauchmuskeln, Schultern, Trizeps, Bizeps.

– Klick – Klick – Ka- flick –

Sie schoss größere Aufnahmen von seinen gebeugten Beinen, seine großen Arme fest angespannt, seinem unteren Rücken, seine Poritze, seinen Eier und der schrumpeligen Vorhaut gegen seine Oberschenkel.

– Klick – Klick – Flick- klick – Klick –

Sie schoss sogar Bilder von seinen Achselhöhlen und hatte Dante eine Zahnbürste gegeben, um die leuchtenden Locken dort zu bürsten, bis Griff so verflucht kitzlig war, dass er dachte, er müsse sich zu einem Ball zusammenrollen.

– Klick – Fa- click –

Hals, Zehen, haarige Brust, gespreizte Pobacken, Hüften, Kehle, Hände gespreizt und zu Fäusten geballt.

– Flickklickklackklick –

Für Griff war es wie bei einem Metzger, der ein Stück Rind zerteilte.

Muuuh.

Beth machte die ganze Zeit Witze und ließ ihn sich beinahe wohl fühlen. Sie war unglaublich.

Dante murrte die ganze Zeit vor sich hin und konnte nicht davon überzeugt werden zu gehen. Seine freien Tage waren vorbei, aber er hatte sich auf der Wache krank gemeldet und Beth herausgefordert. „Ich bin sein, was weiß ich... Hausdiener, Sklave, was auch immer. Gib mir etwas zu tun."

Zu seinem Wort stehend protokollierte Dante pflichtbewusst ihren Fortschritt auf Beths Metzgerliste, holte Kaffee und Sandwiches und Kopfschmerztabletten, ölte Griff ein und massierte seine Schultern in den Pausen wie ein Waterboy. Er befreite Griff von Fusseln und Staub wie ein Schimpanse.

Wenn Beth übertrieb, nervte er sie so lange, bis sie Griff eine Verschnaufpause gab. Ab dem zweiten Tag zeigte sie Dante die Bilder auf ihrer Digitalkamera und sie redeten darüber. Er hatte offensichtlich ein Auge für die Kunst und wollte nach dem ersten Tag selbst Bilder schießen. Plötzlich waren sie Kumpel und trotzdem stritten sie die gesamte Zeit gut gelaunt.

Auch wenn er es nicht zugeben würde, war Griff dankbar, sowohl für Dantes Hilfe als auch für seine wilde, beschützende Eifersucht. Sie waren tatsächlich ein perfektes Team: Rauch und Feuer. Und hin und wieder erwischte er Dante dabei, wie er ihn so intensiv ansah, mit seinen skarabäenschwarzen, hungrigen Augen, dass er, unglaublich, aber wahr, unter den sengenden Scheinwerfern erschauderte.

Als die Stunden verstrichen, begann Dante, ihn anders anzusehen. Vielleicht zeigte ihm Beth etwas, das er zu sehen nicht gewohnt war.

Am zweiten Tag kasperte Griff sogar nackt herum. Er zog seinen Morgenmantel noch immer häufig an, aber das lag an der Kälte. Seine Schüchternheit war wie Asche von ihm abgefallen.

Am zweiten Nachmittag hielt Beth inne, als sie Nahaufnahmen vom unteren Teil seines Rückens machte, und murmelte, „Nicht eine Sommersprosse."

Griff versuchte, sich nicht zu bewegen, als er fragte, „Bitte?"

„Ich suche immer wieder nach einer Sommersprosse oder einem Muttermal. Ich kann nicht ein einziges finden." Beth betrachtete seine Haut wie eine Archäologin aus ungefähr zwei Zentimeter Abstand.

Dante tippte sie an, um sie daran zu erinnern, dass Griff ein Mensch war. „Hey…"

Sie lächelte entschuldigend und knackte mit ihrem Nacken, bevor sie sich wieder seinem Rücken zuwendete. „Deine Haut ist unglaublich. Ich kann nicht glauben, dass du nie bei diesem miesen FDNY Kalender mitgemacht hast."

„Nee. Nicht mein Ding." Griff war zu schüchtern und zu hell gewesen, um sich darauf einzulassen.

„Ich war ein paar Mal im Kalender." Dante hielt Griff eine Flasche Wasser hin.

„Natürlich warst du das, Guido." Sie verdrehte die Augen. „Gebräunt und schmierig. Gegeltes Haar, wette ich. Das war damals, als du noch Mädchen in Hinterzimmern von Bars vernascht hast, richtig?"

Dante öffnete seinen Mund, um eine entrüstete Antwort zu geben, aber Beth hob eine Hand. Griff lachte leise vor sich hin. *Erwischt.*

„Ja, ja. Du bist ein Hingucker… das Blöde ist nur, anders als dein Freund weißt du es." Sie pikste mit einem Finger nach Dante, der es *geradeso* eben schaffte, beleidigt dreinzublicken. „Hölle, ich würde jeden von euch beiden bezahlen, wieder herzukommen und zu modeln. Jederzeit."

Dante hatte die Hände in die Hüften gestemmt und sah beleidigt aus, dass das Angebot so lange hatte auf sich warten lassen. „Das würdest du dir ja *so* wünschen. Du bist kein Wohltätigkeitsverein und ich bin zu teuer für dich."

„Nervensägen sind immer teuer. Gehört dazu. Du machst mir keine Angst." Sie lehnte sich von ihrer Leiter aus über Griff, um, so wie er es einschätzte, aus einem Winkel zu knipsen, in dem sie seine Brustmuskeln und sein Schlüsselbein und seinen Oberkörper erwischen konnte. „Lehn dich ein bisschen zurück, so dass ich die Umrisse sehen kann. Halten. Halt es. Dante, Nippel."

Dantes Hand schlang sich um ihn herum, zwickte ihn und die rosige Knospe stellte sich auf. Griff war übers Rotwerden hinweg. Eindeutig.

– *Klickksklick* –

„Prima. Spann den Oberkörper für mich an, Griffin. Na los. Drückdrückdrück. Ein kleines bisschen nach rechts. Die Rippen ein bisschen zurück. Halten! Kleinen Moment. Hab's."

– *Fa- click* –

Jeden Abend hatte Griff sich wund und ausgelaugt gefühlt, so als habe er ein hartes Football-Training hinter sich. Jeden Abend schaffte er es gerade eben zu Dantes Tür hinein, bevor er, Dantes harter Körper schützend von hinten um ihn geschlungen, lächelnd einschlief.

Jeden Morgen fütterte Dante ihn und rieb ihn wie einen Vollblüter, weckte ihn mit einem Frühstück und einem herrlich schmuddeligen Blowjob. „Nur um die Spannung rauszunehmen." Griff beschwerte sich nicht und es hielt ihn davon ab, sich selbst zu sehr vor Beth zu demütigen, wenn Dantes geölte Hände über ihn strichen.

Am dritten Tag begannen die drei bei Sonnenaufgang; mit der Kräutermischung waren sie bereits durch. Dies würden die Ausstellungsstücke werden, die Money Shots.

An diesem letzten Tag begann Beth, ihn wie eine Puppe zu drapieren, und Dante begann, ernsthaft zu arbeiten. Und genau wie Alek es versprochen hatte, blieb sie seinem Gesicht fern und war *leidenschaftlich* professionell.

Für den Anfang machte Beth Bilder von der Seite, Hüfte abwärts. „Kannst du seine Eier von hinten dehnen?" Sie sprach zu Dante.

Dante griff zu und dehnte.

Griff schrie auf. Seine Oberschenkel schmerzten bereits, als er sich hinhockte, eine Hand auf dem Holzboden aufgestützt, sein schwerer Schwanz und besagte Eier lagen beinahe in seiner Armbeuge. Der andere Arm war aus dem Weg, hinter seinem Rücken. Er fühlte sich wie menschliches Origami.

„Verdammt, Beth." Dantes entrüsteter Seufzer streifte die Härchen auf seinem hinteren Oberschenkelmuskel. „Um acht Uhr morgens?" Im Moment befand Dante sich zwischen seinen Beinen und der Wand eingeklemmt, um aus dem Bild zu bleiben.

Beth blickte Dante an und hielt die Kamera auf ihrer Hüfte. „Kastrier ihn nicht, du Genie. Ich brauche nur das rechte Bein und den Arm und die Packung zwischen den Beinen. Ich will nur, dass seine Eier tiefer hängen, so dass sie in der Armbeuge liegen. Sie sitzen irgendwie zu hoch und zu fest.

„Tschuldigung." Griff realisierte, dass er sich gerade dafür entschuldigt hatte, wie seine Eier hingen, und fühlte sich wie ein Idiot.

Dantes Hände waren nun sanft, als er an dem eingeölten Sack zog, ohne zu zwicken oder abzurutschen.

Das ist doch mal Teamwork!

Hinter ihm biss Dante ihn, mit einem Lächeln, sanft in den Hintern und Griffs Knauf schwoll an.

Beth gluckste vor Freude. „Perfekt." *Klick – ka – klickklick.* „Bleib so, Griffin. Gleich hast du's. Bizeps! Anspannen – anspannen. Noch einer und noch einer und noch... hab's. Fantastisch." *Fa – klickklick.* „Das ist mein schöner Junge."

„Ähm. Das ist *mein* schöner Junge." Dante streckte seinen Kopf hervor, um sie spielerisch anzuknurren.

„Dann solltest du besser anfangen, ihn dir zu verdienen, Schleimbolzen." Als sie ihre Kreise um sie zog, pikste sie Dante in die Schulter. Er sagte nichts zurück, sondern starrte finster und nachdenklich zu Boden.

Und so ging es weiter. Beth verbrachte den letzten Tag wie eine glückliche Spinne, auf Leitern, auf dem Boden unter ihm, um Stative gewickelt. Es war, als hätte sie zwei Tage lang alles über die Zutaten gelernt und wäre nun in der Lage, mit seinem ganzen, riesigen, cremefarbenen Körper zu kochen.

Was auch immer sie vor die Linse bekommen wollte, Dantes Augen wurden größer und ernster, je weiter der Tag fortschritt, und seine Hände begannen nach einer eigenen Kamera zu verlangen. Beth zog ihn ununterbrochen auf, aber er schien die gut gelaunten Beleidigungen zu mögen und provozierte, soviel er konnte. Und die besitzergreifenden Blicke, die er gen Griff richtete, waren Auslöser für eine Menge aufsteigender Röte, die sich über Griffs ganzen Körper ausbreitete und die Beth mit Begeisterung dokumentierte. Er fühlte sich um sie herum keineswegs mehr peinlich berührt, aber seine Erregung war stark und er wusste, dass Dante sie auch fühlte.

Gegen zwei schaute Alek vorbei, um ihnen bei der Arbeit zuzusehen und einen Blick auf die Ergebnisse zu werfen. Er ging allerdings wieder, als er feststellte, dass sie einen gemeinsamen Rhythmus gefunden hatten.

Er und Beth nickten gemeinsam, als sie sich die Beweisfotos ansahen. „Außergewöhnlich!", war alles, was der Russe sagte.

Und selbst Griff konnte erkennen, dass es etwas Besonderes war. Ihm tat alles weh und ihm war tierisch kalt, aber als Beth ihm zeigte, was sie geschaffen hatten, war er geschockt von der Kraft und der Schönheit, die von seinem eigenen Körper ausging. *Nicht schlecht für einen Arbeiter-Tölpel.* Er fragte sich, ob es das war, was Dante in ihm sah, ob das der Grund dafür war, dass Dante so erregt aussah, als er seine Skarabäen-Augen über die Resultate wandern ließ. Er hoffte es.

Gegen Ende des letzten Tages gab Dante auf. Beth hatte sich ein bestimmtes Bild in den Kopf gesetzt. Inzwischen wusste Griff, was sie dachte und fühlte. Wie sich ihre Aufmerksamkeit auf einen bestimmten Teil seiner Anatomie fixierte, wenn sie es einfangen wollte, selbst wenn es seine Muskeln zum Klingeln brachte.

Zur Zeit juckte sein angespannter unterer Rücken praktisch unter ihren eindringlichen Blicken. Er ahnte, dass diese Aufnahme schräg von oben nach unten verlaufen würde, sein Gesicht gerade eben aus dem Bild; er würde von den Kniescheiben bis zur Kante seines rostroten, stoppeligen Kinns zu sehen sein.

Dante stand etwas hinter ihr, offensichtlich wie hypnotisiert. Er strich sich unbewusst mit einer gebräunten Hand über seine Lippen, während er Griff zusah. Seine Augen verengten sich, als er versuchte zu sehen, was Beth sah.

Sieh ihn an, wie er mich ansieht.

Griff lächelte in sich hinein.

Sie kniete sich hin und fotografierte nach oben zu Griffs Pobacken und spähte gerade eben zwischen seine mächtigen Oberschenkel auf die dicken Eier, die unter seinem unbeschnittenen Schwanz baumelten. Sein Rücken war oben angespannt und leicht seitlich gedreht, gerade so weit, dass ein rosiger Nippel auf der Schwellung seines ihr zugewandten Brustmuskels zu sehen war. Eine von Griffs Händen hielt eine große Pobacke leicht geöffnet, um die hellen zimtfarbenen Haare und eine Andeutung des pinkfarbenen Lochs sichtbar zu machen. Durch das Greifen des geölten Muskels rutschte das erste Glied seines Zeigefingers ein klein wenig in ihn hinein.

Hey!

„Stop, genau da. Wage es nicht, dich zu bewegen. Lass es!" Beth fuhr ihn an und rückte nach vorne. „Beinahe… eine Sekunde…"

Griff erstarrte. Dante war ebenfalls erstarrt. Der Knöchel war gerade eben in ihm, ein sexy Unfall.

Wie ein aufgeregtes Pinseläffchen ging Beth noch ein wenig tiefer, rutschte mit ihren Beinen zurück und glitt auf ihre Schultern, so dass sie die volle Länge von ihm, Schenkel bis Schulter, erwischte. „Okay. Ein klein wenig mehr Drehung. Brust hoch. Beinahe. Halte das! Das ist es, Mann. Yeah! Die rechte Arschbacke fest anspannen. Schönschönschön. Sieh dich nur an…drück es, Griffin. Anspannen. Anspannen! Und –" *Klick-ca-faklick* –

Dante atmete irgendwo jenseits der Scheinwerfer scharf ein, ganz so, als sei er gestochen worden.

„Perfecto!" *Ka-KLICK.* „Wir haben's. Alles klar. Lass locker."

„Bist du sicher?" Aber er hatte sich bereits aus der Position gelöst. Ihm tat, vom langen Halten der Position, alles weh. Draußen wurde es dunkel und er wartete darauf, fertig zu werden. Scheiße. Kein Wunder, dass Models immer so mürrisch drein blickten.

Er sah zu Dante hinüber, der hypnotisiert und blind zu sein schien, ganz so, als seien seine Bindehäute von den hellen Scheinwerfern geblendet worden. Sein

Mund stand offen. Seine Arme waren fest verschränkt, umarmten sich selbst, um den Nerv für etwas aufzubringen.

Griff ging auf ihn zu und schüttelte verwirrt den Kopf. „Was ist los?"

Dante sprach mit leiser Stimme direkt zu Beth. „Die ist für mich. Alek kann diese Aufnahme nicht haben."

„Sagst du." Beth stand bereits auf einer Leiter, um einen Filter vor einem Scheinwerfer zu wechseln. „Das war verfluchte Kunst! Ich denke, das würde ein gigantisches Logo für irgendwas werden."

Dante ging zu ihr herüber, bis zu ihren Knien, und blickte zu ihr hoch. Sein roter Mund war nur eine zusammengepresste Linie. „Ich meine es ernst. Dieses Bild gehört mir." Er pikste einen wütenden Finger in ihre Richtung, aber sie zuckte auf ihrer Leiter nicht einmal zusammen.

Sie schlug seine Hand zur Seite und schob ihren kleinen, scharfen Kiefer wie ein Boxer hervor. *Böse, kleine Fee.* „Ich weiß. Ich dachte mir schon, du würdest es mögen."

Dante knurrte. Buchstäblich. Er *knurrte* sie an, als sei er ein Dobermann.

Griff rollte seine müden, schmerzenden Schultern, während er ihnen verwirrt zusah. Danach blickte er auf seine nackten Muskeln hinab. „Dante, was willst du mit so einem Bild von mir anfangen?"

„Es behalten." Dante wandte sich ihm zu, um ihn todernst anzusehen. Seine schwarzen Brauen waren auf eine Art und Weise wütend und besitzergreifend zusammengezogen, die etwas Sanftes in Griff ansprach und ihn zum Lächeln brachte. „Lach mich nicht aus."

Griff schüttelte seinen Kopf und erhob kapitulierend seine Hände. „Ich lache nicht. Ich frage nur."

Von ihrem Aussichtspunkt aus betrachtete Beth den schmollenden Italiener mit zur Seite gelegtem Kopf und einem frechen Lächeln. Sie hatte etwas vor, spielte mit ihm. Die Verhandlung war wie ein stummes Ping-Pong-Spiel zwischen ihnen.

Dante drehte sich ihr zu, seine Arme vor der Brust verschränkt, sein Gesicht eine harte Maske.

„Ich sag dir was…" Beth ließ ihre Worte ihn umschlingen wie eine Boa Constrictor und drückte zu. „Ich habe demnächst einen Auftrag für einen Nackte-Kerle-Kalender: *Ein Traum in Schaum.* Wenn du dein armseliges Gerippe hierher schwingst und einen Nachmittag lang posierst, splitterfasernackt in einer Badewanne, haben wir einen Deal. Mach zwei Nachmittage daraus und ich bezahle dich sogar."

„Hey!" Griff richtete sich auf, hielt sich nicht einmal mit dem dämlichen Bademantel auf. Er war sich nicht sicher, wer hier wen gelinkt hatte.

„Kein Haargel!" Sie wedelte mit einem Finger vor ihm herum.

Dante zwinkerte und hielt ihr seine Hand hin. „Deal."

Sie schüttelten die Hände. Griff machte sich auf den Weg, um das Öl abzuwaschen und sich im Badezimmer anzuziehen. Dante und Beth quasselten glücklich über Blenden und Filter. Beth musste bis zum neuen Jahr eine Reihe

Grußkarten fertigstellen und wollte wissen, ob sie sich gerne ein paar extra Kröten mit Modeln verdienen wollten.

Griff erhaschte einen Blick auf sein eigenes, glückliches Gesicht im Spiegel. Er zog sein Unterhemd herunter. *Es fühlt sich so gut an, angezogen zu sein.*

„Baby, wir bestellen beim Thailänder." Dante schob seinen Kopf zur Tür herein.

Lächelnd drückte Griff ihm einen Kuss auf die Wange, der etwas länger dauerte, als nötig gewesen wäre. „Ich mag's, wenn du mich so nennst."

„Ist das okay?"

„Himmel, ja! Thailändisch klingt prima. Ich bin am Verhungern." Griff zeigte mit seinem Kopf Richtung Beth und dem Rest des Studios. „Aber… bist du einverstanden mit…?"

„Machst du Witze? Sie ist ein Genie! Diese letzte Aufnahme?" Dante lehnte sich vor und biss sanft in seinen Hals. „Die verrückte Lesbe hat einen Weg gefunden, dass ich mich noch mehr in dich verliebe. Und ich dachte, das –" Dante küsste seinen lächelnden Mundwinkel. „ – wäre unmöglich."

„Stop." Aber Griff lächelte und ließ ihre Gesichter einen Moment lang aneinander ruhen, lehnte sich gegen seinen Mann. „Gleichfalls."

Beths Stimme unterbrach sie. „Guido, wenn du ihn in meinem Badezimmer vögelst, werde ich dir dein Ding abschneiden und es einer Dildofabrik spenden!"

Dante lächelte lediglich und ließ Griff sich fertig anziehen. Er murrte ihr zu, als er ging: „Ja, ja."

Die Tür schloss sich nicht ganz. Als Griff sich sein leuchtend rotes Haar abtrocknete und sich seinen Mund mit Wasser ausspülte, öffnete die Tür sich einen Spalt und gab den Blick ins Loft frei.

Auf der anderen Seite des Zimmers, sah Dante durch die Kamera aus dem südlichen Fenster. Beth lächelte ihn geduldig an.

Die beiden lachten über etwas. Glückliche Piraten, die ihre Säbel kreuzten. Hinter ihnen erstreckte sich der weite, blaue Himmel endlos. Eine Skyline, die das World Trade Center vermissen ließ, aber sonst nicht viel.

Griff fühlte sich, als könne er alles-alles-alles sehen.

Lub- dub, sagte sein Herz in seinem Ohr.

In diesem Moment, so sicher wie ein umgedrehtes Deja Vu, wusste Griff, dass sie zurückkommen würden, er und Dante. Es würde damit enden, dass sie für die irre Beth modelten und das Geld verdienten, das ihr Haus zu einem Zuhause werden ließ. *Humpty- Dumpty, wieder vereint.* Ihre Familien würden damit klarkommen. Lorettas Mann würde sicher nach Hause kommen. Alek würde seine neue Website bekommen. Selbst Tommy würde sich erholen und leben und neue Hoffnung schöpfen. Und Griff wusste, dass Dante an seiner Seite stehen würde.

Lub- dub… lub- dub… –

Mit einem letzten Blick in den Spiegel wischte Griff seine Hände an seiner Hose ab und trat zur Tür hinaus, in eine Zukunft, die er sich beinahe vorstellen konnte.

18

SCHWULENBAR RUNDE zwei hatte mit einer unangenehmen Note begonnen und die gesamte U-Bahnfahrt über hatte es ununterbrochenes Nörgeln und Schmollen eines gewissen, eifersüchtigen Italieners gegeben.

„Du musstest den verdammten *Kilt* anziehen." Dante hatte seine Hände tief in die Taschen seines Pilotenmantels geschoben. Er sah an einem kalten Freitagabend im East Village aus wie ein sündender Seemann. Dante starrte jeden wütend an, der auch nur einen Blick auf Griff warf – männlich, weiblich, es spielte keine Rolle.

Griff stieß ihn mit seiner Schulter an. „Ich dachte, du magst meinen Kilt."

„Machst du Witze? Ich liebe ihn. Ich *träume* von diesem Kilt. Meine Güte!" Dante starrte auf seine muskulösen Beine. „Aber das tun alle anderen auch und ich teile nicht. Himmel. Dieser Typ hat dich auch gerade abgecheckt. „Ich werde ihn umbri…" Dante drehte sich um, um denjenigen herauszufordern, der es gewagt hatte, Griff anzusehen. Es war so, als sei man mit einem verrückten Bodyguard unterwegs.

Griff drehte sich um, aber sein angeblicher Bewunderer war schon weitergegangen – oder hatte sich vor Angst verkrümelt. Er zog an Dante, um ihn zurück in Richtung Pipe Room zu lenken. „Wir helfen Tommy. Ihm geht's beschissen und wir werden ihm helfen. Wir kaufen ihm ein paar Bier. Unterhalten uns wie normale Leute. Zu Hause können wir es dann wie die Hunde treiben und zu kannst mir zeigen, *wie* sehr ich zu dir gehöre."

„Stimmt." Dantes pechschwarze Brauen waren eine gerade Linie über einem finsteren Blick.

„D, ich bin mit dir hier. Und ich gehe auch wieder mit dir."

Sie waren einen halben Block vom Pipe Room entfernt, als Dante ihm mit dem Ellbogen in die Rippen stieß. „Kopf hoch."

Griff blickte auf und sah Tommy, der auf der anderen Straßenseite auf den Stufen eines Reihenhauses saß. Er war gegen die Kälte dick eingepackt und sah nicht besonders gut aus.

Sie überquerten die leere Straße in seine Richtung. Würde schon schiefgehen.

Dante fuhr sich mit der Hand durchs Haar, als sie sich dem kleineren Mann näherten. „Hey, Kumpel."

„Hey, Leute." Tommy schaute auf und dann wieder zurück auf den Asphalt. Er hatte seine Strickmütze tief ins Gesicht gezogen und seinen Kragen hochgestellt. Einige seiner Fäden waren gezogen und die blauen Flecken auf seinem Gesicht waren weitestgehend verblasst. Seine Nase war noch immer ein wenig schief und ein dunkelroter Ring war noch immer daneben sichtbar. Die sturen Überreste eines blauen Auges.

„Was' los, Dobsky." Griff trat näher und trampelte dabei mit seinen Füßen auf, als wäre es kälter, als es tatsächlich war. „Ich dachte, wir genehmigen uns ein Bier."

Dante sah Griff fragend an und setzte sich dann neben den kleinen Sanitäter. „Ja, Tommy. Ich hab Durst und das Bier geht auf mich."

„Ja, nein. Schlechte Idee." Tommys Stimme war noch immer dumpf von der korrigierten Nase. „Ich bin hier draußen nicht so gut drauf."

Griff verlagerte sein Gewicht. Vielleicht war das hier eine dumme Idee gewesen. Er hatte gedacht, es würde helfen: drei Freunde, die gemeinsam ein Bier tranken. Tommy, der lernte, dass schwul zu sein einen nicht zwingend auf die Intensivstation brachte. „Hast du Schmerzen, Kleiner?"

„Nee. Aber die einzige Art, jemanden da drinnen zu treffen, ist, wenn du gut aussiehst und, ähm, ich *tue das nicht*." Tommy sah so aus, als wäre er dabei, hier auf den Stufen vor irgendjemandes Haus die Fassung zu verlieren.

Mist.

„Die Jungs da drin werden kein Problem damit haben, hm? Sie werden freundlich sein. Hölle, sie *sind* freundlich." *Schwierige Sache.* Griff hatte Dante von seinem früheren Besuch erzählt, aber die Eifersucht köchelte bereits vor sich hin.

Dante mochte den Gedanken nicht sonderlich und schüttelte seinen Kopf in Griffs Richtung. „Keiner von uns versucht, jemanden aufzureißen, hm? Wir genehmigen uns lediglich ein Bier in sicherer Umgebung."

Tommy schüttelte den Kopf. „Ich kann da, verflucht nochmal, nicht reingehen. Scheiße, sieh mich an."

„Du wurdest zusammengeschlagen. Du siehst noch immer heiß aus." Er warf Griff über Tommys Kopf hinweg einen Blick zu, als wolle er sagen: hilf mir hier weiter…!

„Ich bin ein Monster. Ein verdammter Feigling." Und dann weinte er. „Meine verfluchten Kinder…"

Autsch. Griff war nicht klar gewesen, dass der Sanitäter so zerbrechlich war. „Es ist okay. Hey! Wir können zurück nach Brooklyn fahren."

„Vergiss es. Hey! Hey." Dante schnipste mit seinen Fingern vor Tommys Augen. „Überspring die Mitleidsnummer, hm? Spar dir den Scheiß für Oprah. Werd damit verflucht nochmal fertig."

Tommy klang leer, als er sprach. „Als würde es sie interessieren. Keiner dieser Ficks kannte auch nur meinen Namen. Ich war nur leicht zu haben."

Griff verlagerte sein Gewicht in Richtung Straße. „Dante, mach locker. Er ist –"

„ – ein großer Junge und er kann seine Medizin nehmen." Dante erhob sich und zeigte auf ihn, wie er auf den Stufen saß. „Sieh mal, Dobsky. Wenn du hier draußen im Dunkeln sitzen und dir einen runterholen willst, während du anderen Typen dabei zusiehst, wie sie dein Leben leben, dann tu das, verdammt nochmal. Du bist nicht tot!"

„Lass gut sein…" Griff wusste, was Dante zu tun versuchte, aber der Sanitäter sah aus, als wäre er nur eine Haaresbreite vom Selbstmord entfernt. „Lass uns einfach –"

„Fick dich, Anastagio." Tommy sah nicht auf. „Für dich ist es einfach."

„Ja? Ist es das? Fick dich zweimal! Ich mach den Scheiß nicht mehr. Ich bin das Risiko eingegangen. Ich bin nicht neugierig. Ich bin ein gottverdammter Held, weil ich einer sein will. Du rennst entweder aus brennenden Gebäuden raus oder du rennst rein." Dante stand auf, drehte sich um und ging davon. Er rief über seine Schulter, „Idiot! Du hast die Wahl."

„Tommy –" Griff streckte die Hand aus, um ihm die Schulter zu tätscheln, allerdings kam es nicht so weit.

„Verpiss dich, okay?" Tommy saß auf den Stufen, zusammengesunken wie ein weggeworfener Teddybär, mit zusammengenähtem Gesicht und wütenden Knopfaugen.

Griff zögerte, betrachtete einen Moment lang Tommys Elend und folgte dann seinem Freund in den Pub.

DANTE WAR am Ende der Treppe angekommen, als Griff ihn einholte. Sie traten ein und es war genau so, wie er es in Erinnerung hatte. Selbst Sticky erinnerte sich irgendwie an ihn und rief durch den Raum, „Farmjunge!"

„Zur Hölle?" Dante murmelte neben ihm und warf dem Barkeeper böse Blicke zu. Er sah durch den Raum und betrachtete die anderen Männer, ganz so, wie Griff es das erste Mal getan hatte. Alles war nun anders.

Griff nahm Dantes Hand, drückte sie und ignorierte dabei Dantes überraschten Blick. Er nickte Dante zu. *Hier drin sind wir sicher.*

Sie machten sich, möglichst unauffällig, auf den Weg durch die Menge zur Bar. Dante sah nervös aus, als warte er darauf, dass sich jemand an Griff heranmachte, während er die Augen der anderen Gäste, die das Frischfleisch begutachteten, auf sich spürte. Sie schafften es zum Barkeeper, der sich gerade die Hände an dem Handtuch über seiner Schulter abtrocknete.

„Ooochh, du hast einen Kilt! Du machst mich *fertig*, Mann."

Dantes Augen sahen aus wie schwarzer Stein, als er Stickys wohlgeformtes Eightpack, den kompliziert tätowierten Arm, die tief sitzende Jeans und das weißblonde Haar musterte.

Griff fühlte, wie er erstarrte, und sagte, „Das ist mein Freund." Er legte einen muskulösen Arm um Dante und zog ihn nach vorne. „Dante, das ist… Sticky."

„Stuart. Aber ich höre auch auf Sticky, wenn du willst." Sticky zwinkerte Griff zu und streckte seine Hand zum Gruß aus. Griff schüttelte sie. Dante nicht. „Hast du mir ein paar Äpfel mitgebracht, Junge?"

„Nur ihn." Griff drückte Dantes angespannten Nacken. „Zwei Guinness?"

Sticky nickte und ließ seine Augen zwischen ihnen hin und her wandern.

„Wer ist er?" Dantes Köcheln erreichte langsam den Siedepunkt. „Ich glaub nicht, dass ich das hier kann. Der Kleine hat dich mit den Augen gevögelt."

„So verdammt eifersüchtig! Als ob ich jemand anderen als dich sehen würde." Griff verdrehte die Augen und nahm einen tiefen Atemzug aus Dantes

Haar, füllte seine Lungen mit dem Duft. „Nur ein paar Minuten, komm schon. Für den Fall, dass Tommy seine Meinung…"

Ein älterer Kerl spazierte vorbei und checkte Griff ab, die Augen auf Griffs starke Waden unter dem Schottenstoff gerichtet. Seine Augen schnellten zu Griffs Gesicht, dieser schüttelte den Kopf. Der ältere Mann zuckte die Achseln und nickte.

„Verfluchter Kilt. Ich wusste es. Deine Beine." Dante schloss die Augen und holte Luft, um damit eine Strähne aus seinem Gesicht zu pusten. Er war praktisch ein Cartoon-Bösewicht, boshaft vor Rachegelüsten.

„Blödmann, sie sehen dich an, nicht mich."

Dante änderte seine Position, versuchte Griffs Körper von den anderen Gästen abzuschirmen, indem er seinen eigenen als Schild benutzte. „Das liegt daran, dass ich *mit* dir hier bin. Ich bin Konkurrenz. Sie werden mich mit Giftpfeilen außer Gefecht setzen. Sie warten darauf, dass ich zur Toilette verschwinde, damit sie dir auf den Kopf schlagen können, um dich in ihre Schwulenhöhlen zu ziehen."

Griff fühlte sich seltsam, weil er ausnahmsweise einmal der Erfahrenere war. „Es ist nur eine Bar. Es sind nur Typen. Du wirst sehen, was ich meine. Ich versprech's. Wie müssen nur auf ein paar Bier bleiben."

Dante kochte vor ihm hilflos vor sich hin.

Griff stieß sanft mit seinem Schottenrock gegen Dantes Jeans. „Ich werde dieses Teil künftig überall tragen, wenn du dich darüber so aufregst." Er küsste eine Seite von Dantes überraschtem Gesicht.

Offensichtlich verursachten sie tatsächlich ein wenig Aufsehen, aber auch das war wie im Bone. Stammgäste bemerkten immer, wenn ein neuer Fisch ins Glas geworfen wurde. Sie wollten lediglich wissen, wie die Geschichte lautete, damit sie tratschen konnten.

Hundert Augen wanderten über Dantes Rockstar-Haar und Griffs Kilt und ihre abgetretenen Schuhe und versuchten, die Teile zusammenzusetzen. Ihre Gedanken waren beinahe hörbar: *Auf keinen Fall sind die beiden aus Manhattan. Sind sie zufällig hier gelandet? Werden sie Ärger machen?* Und Teufel nochmal, einige mussten sie von der Website erkannt haben.

Griff traf eine Entscheidung, drehte sich um und sprach zum gesamten Raum. „Ich gehöre zu ihm! Hört Ihr alle zu? Vollständig zu ihm. Und anders herum, ja?"

Jemand am anderen Ende der Bar lachte. Einige Studenten gaben Dante ein enttäuschtes Daumen-Hoch-Zeichen und wendeten sich wieder ihren eigenen Unterhaltungen zu. Ein paar Leute prosteten ihnen zu.

„Froh, die brennende Frage beantwortet zu haben, hm?" Sticky lachte leise und stellte zwei Bier vor ihnen ab. „Natürlich wäre ein Tattoo einfacher…"

Dante grinste und öffnete den Mund, um etwas zu sagen.

Aber Griff warf ihm einen Blick zu. „Denk nicht mal daran. Ich brauche keinen Stempel, der mich an etwas erinnert, was wir beide ohnehin wissen." Er drückte Dantes Hand und schob ihm ein Glas hin.

Sticky sah hinunter auf ihre Biere. „Braucht ihr Jungs einen Deckel?"

Eine leise Stimme sprach hinter ihnen. „Kann ich eins von denen haben?"

Tommy stand dort und sah fix und fertig aus. Er hatte sich aus seinem Mantel und der Mütze geschält. Seine Augen waren verquollen, aber es sah aus, als habe er sein Gesicht gewaschen und sich beruhigt. „Sorry, Jungs."

Sticky blinzelte ihn an. „Sicher! Sicher, Kumpel. Einen Moment."

Um ihn herum blickten die anderen Männer in der Bar auf seine Verletzungen, den Spuren auf Tommys Gesicht und den Armen. Sie sahen ihn nicht mit Abscheu, sondern mitfühlend und respektvoll an. Sie wussten, was sie hier sahen, wussten, wie „Schwulenhass" aussah. Tommy versuchte nicht, auf den Aufruhr zu achten, den seine Verletzungen verursachte.

Dante umarmte ihn kurz und küsste ihn auf die Seite seines Kopfes, klassisches Anastagio-Verhalten, und murmelte ihm zu: „Gott sei Dank."

Sticky kam mit dem Bier zurück. „Mit dir alles klar, mein Freund?"

Tommy nickte und Griff nickte ihm zu. *Verflucht mutig, das ist es, was er ist.*

Ein untersetzter Typ mit einem attraktiven Bulldoggengesicht trat zur Bar und ließ zwei Zwanziger fallen. „Ich übernehme das hier und auch das Nächste."

„Nee. Ist aufs Haus." Sticky presste seine dünnen Lippen zusammen und schüttelte seinen platinblonden Kopf.

Die beiden Männer führten eine schnelle, stille Diskussion, während Dante, Griff und Tommy zusahen. Griff erkannte ihn als den kleinen Rugby-Spieler von neulich Abend… der Geburtstags-Marine.

„Ähm, nein. Ich denke, ich übernehme sein Bier. Wenn das okay für ihn ist." Der Marine bestand darauf. Er wandte sich Tommy zu, beide beinahe gleich groß. „Wenn das okay für dich ist, hm?" Er lächelte schüchtern.

Tommy nickte und lächelte. „Danke. Ähm…?"

„Walsh." Er bot Tommy seine Hand an. „Mein Name ist Walsh."

„Tommy. Das hier sind meine Freunde."

„Hey." Er nickte den anderen geistesabwesend zu, aber seine Augen verweilten auf dem kleinen Sanitäter. „Ich bin mit ein paar Leuten hier, aber ich wollte…"

Sie warteten auf eine Erklärung, die er nicht gab. Seine Augen weiteten sich plötzlich und sein Gesicht lief rot an.

„… dir nur ein Bier ausgeben, schätze ich." Walsh runzelte die Stirn, senkte seinen Kopf und hielt inne. Er nickte ihnen allen zu und verließ sie, um wieder zu seiner Gruppe zurückzugehen.

„Was, zur Hölle, war das?" Dante flüsterte direkt in Griffs Ohr.

Griff schüttelte seinen Kopf. „Ein guter Kerl, der nett ist."

Nach einem Moment meldete Sticky sich zu Wort. „Sein Freund ist tot. Getötet. Ein paar Kids mit Baseballschlägern." Er sah Walsh zu, wie er seinen Weg zurück zu seinem Tisch machte. „Sie waren acht Jahre zusammen."

„Oh Gott." Tommy sah ihm ebenfalls nach.

Dante hob sein Bier und presste einen Moment lang seine Lippen zusammen, während er Walsh und seine Freunde ansah. „Mutig gestorben. Genauso gelebt."

Klink. Sie prosteten sich zu.

Tommy bemerkte einen muskulösen Afro-Amerikaner an der Jukebox und erhob sein Glas. Sie prosteten sich durch die Bar zu. Dann sah Griff, wie andere Männer dem Sanitäter zunickten, ihm ein stilles Hallo zukommen ließen und ihre Gläser erhoben. Tommy hatte Freunde, auch wenn er es nicht wusste, auch wenn keiner von ihnen seinen Namen kannte.

Sticky klopfte mit seinen Fingerknöcheln auf die Bar und sah Dante und Griff an. „Lasst die Geldbeutel stecken. Die nächsten gehen auf mich. Schön, dich gesund und munter zu sehen, Kumpel." Er reichte Tommy die Hand.

„Tommy." Der Sanitäter bot dem Barkeeper eine vernarbte Hand an.

„Stuart oder Sticky." Er zwinkerte. „Schön, dich endlich kennenzulernen, Mann." Er wischte über den Tresen und machte sich wieder an die Arbeit.

Griff sah seinen Freund an. „Warum grinst du?"

„Sie sind keine Idioten." Dante gestikulierte mit einer Hand in den Raum und leckte mit seiner perfekten Zunge Schaum von seiner Oberlippe. Er hakte seinen Arm um Tommys Hals. „Außerdem, seit dieser Hornochse sie einmal abgelenkt hatte, haben sie endlich aufgehört, darüber nachzugrübeln, wie sie unter deinen Kilt kommen könnten. Win-Win-Situation." Mit seiner anderen Hand, griff er nach einer von Griffs Arschbacken und drückte zu.

Griff seufzte, war aber nicht wirklich genervt. An den besitzergreifenden Dante könnte er sich prima gewöhnen. Er spannte seinen harten Muskel unter Dantes Hand an und wünschte sich, zu Hause in ihrem Bett zu sein.

Tommy sah peinlich berührt aus. „Jungs, ihr seid irgendwie… uh."

„Sorry."

„Sexy. Das ist schon alles." Der Sanitäter hielt seinen Mantel vor sich. „Tschuldigung. Es ist schon eine Weile her, dass…"

„Nun, gewöhne dich dran. Von jetzt an wirst du mit uns rumhängen." Dante zuckte die Achseln.

Griff nickte und küsste die Seite von Dantes Kopf.

Dante nippte an seinem Bier, als ihm ein anderer Gedanke kam. „Denn du kannst mich niemals 'Zwerg' nennen, solange wir mit Frodo hier abhängen."

„Hey!" Tommy prustete Bier aus seiner Nase und knuffte ihn.

Aber er lachte und Dante lachte und dann gab Griff nach und lachte ebenfalls.

THANKSGIVING-DINNER MIT seinen Schwiegereltern. *Oh Gott.*

Griff wusste, dass es geschehen würde, und er wusste, dass niemand sterben würde. Aber er schwitzte bereits bei dem Gedanken daran und die Pterodactylen waren ein weiteres Mal dabei, seinen Magen durcheinander zu bringen. *Reiß dich zusammen, du Trottel.*

Als sie am Abend zuvor in ihr Bett gestiegen waren, hatte Dante verkündet, er müsse bei Sonnenaufgang bereits auf dem Weg zum Fulton Fish Market sein, um die Zutaten für das Cioppino zu besorgen: vier Uhr morgens oder etwas ähnlich Grauenhaftes. Sie hatten auch einen kleinen Truthahn gekauft, aber da niemand wirklich Truthahn mochte außer auf Sandwiches, war der Fischeintopf das eigentliche Essen.

Dante wollte der Gastgeber für diesen Feiertag sein, da er das Haus gekauft hatte und, nachdem sie nun zwei Wochen mehr oder weniger zusammen lebten und wie die Irren arbeiteten, war das Esszimmer jetzt fertig und möbliert. Lediglich seine Eltern kamen rüber. Die anderen Geschwister hatten sich entschuldigt.

Es schien wichtig, dass sie zusammen einkaufen gingen: das war, was man als Familie tat. Somit war Griff, als Dante sich zu ihm gebeugt hatte, um ihn auf die cremefarbene Hüfte zu küssen und ihm zu sagen, er solle im Bett bleiben, aus dem Bett geklettert und neben seinem verschlafenen Italiener unter die Dusche gestiegen.

„Morgen", er küsste Dantes glückliches, überraschtes Gesicht.

„Mmm." Dante hatte genickt und seine Arme um Griffs Schultern gelegt, um sich festzuhalten.

Das Duschen dauerte deutlich länger und hatte mehr Dienste geleistet als ursprünglich geplant.

Im Flur hatten sie ihre dicken Wintermäntel angezogen. „Du musst wirklich nicht." Dante sah ihn mit seinen sanften Skarabäenaugen an und gab ihm das Okay, sich nochmal eine Runde hinzulegen. „Ich bin in ein paar Stunden wieder da."

Griff ließ sich von seinem Vorhaben nicht abbringen und schob ihn zur Tür hinaus und in Griffs Truck hinein. „Fair ist fair."

Die Fahrt dauerte beinahe fünfundvierzig Minuten und das vor Sonnenaufgang an Thanksgiving. Wieder hatte Griff das sonderbare Gefühl, dass es wichtig war, dass sie das hier gemeinsam taten.

Sobald sie die Bronx erreicht und geparkt hatten, waren sie durch die eisige Luft zu den Buden und Tischen gegangen, die die Fänge des Tages anboten: Reihen über Reihen an glänzendem Fisch – silber und rot und blau – und Muscheln in Fässern. Hunderte von Menschen feilschten und plapperten, als wäre es kein Feiertag und nicht praktisch mitten in der Nacht.

Griff konnte beim Einkaufen nicht wirklich helfen, aber er konnte tragen; er stand einfach in der Nähe und sah Dante zu, wie er mit den Verkäufern Witze riss und feilschte und flirtete, als wäre er der Gastgeber einer Gameshow. Aber aus irgendeinem Grund liebte Dante es, ihn den Leuten als seinen „Mann" vorzustellen und zuzusehen, wie die Mädchen das Stottern anfingen und die Typen Griff in Augenschein nahmen. An jeder Bude bezahlten sie gemeinsam und auch das fühlte sich richtig an. *Er gehört mir; ich gehöre ihm.*

Thanksgiving.

Griff schlang gegen die Kälte seine Arme um sich selbst, aber er wurde nicht rot und es war ihm auch nicht unangenehm, dass Augen auf ihn gerichtet waren und ihn ansahen, als er einfach dort stand und zu Dante *gehörte*. Seit dem Fotoshooting mit Beth hatte er angefangen zu bemerken, wie Leute ihn aus dem Augenwinkel ansahen. So wie er beobachtet hatte, dass sie Dante ansahen. Aus irgendeinem Grund fühlte er sich ruhiger, so, als würde seine eigene Haut ihm besser passen.

Stand nach Stand setzte Dante das Cioppino zusammen, sein Lieblingsessen. Griff konnte die Liebe und Sorgfalt sehen, die in die Auswahl der Zutaten floss. Das mochte das Wichtigste gewesen sein, den Teil, von dem Dante wollte, dass er ihn sah: die liebevolle, fürsorgliche Aufmerksamkeit. Kein Wunder, dass es sein Lieblingsessen war – all diese Zuneigung und Geduld in einem Topf.

An ihrem letzten Stand sagte die alte chinesische Frau, die ihnen gigantische blaue Krabben verkauft hatte, „So stattliche, junge Männer."

Dante zwinkerte und dankte ihr, dann bückte er sich, um wie ein Märchenprinz ihre Hand zu küssen. „Fröhliches Thanksgiving."

Griff dachte darüber nach, dass das auch ein Teil davon sein könnte: Dante wollte, dass sie zusammen gesehen wurden, irgendwo, wo es sicher war. *Das ist ebenfalls wichtig für ihn.*

Sie verließen den Markt und stellten sicher, dass sie alle Zutaten hatten, als sie mit der Schachtel und den Tüten zurück zum Wagen gingen.

Dante lachte leise. „Das alte Mädchen hat dir was Fischiges angeboten."

„Wohl kaum!" Griff verzog das Gesicht und stichelte ein wenig zurück, „Weißt du, Anastagio? Wenn *ich* so für rohen Fisch geflirtet hätte, hättest du die arme Frau verprügelt."

„Halt die Klappe." Dante gab einen grunzenden Laut von sich, zuckte dann aber schuldbewusst mit den Achseln und lächelte vor sich hin. Er öffnete den Kofferraum des Trucks, um ihre Einkäufe einzuladen, und ging dann um den Wagen herum, um auf der Beifahrerseite einzusteigen.

Griff kletterte ebenfalls hinein und startete. „'s ist komisch. Aus irgendeinem Grund stört es mich nicht mehr. Weil sie dich niemals haben können, richtig? Wie krank ist das?" Er legte seine Hand auf Dantes Oberschenkel und drückte sanft zu. „Ich liebe dich."

Dante begann, schon wieder eine Erektion zu bekommen. *Mistkerl.* Er schob seine Hüften ein wenig vor.

„Uh-uh. Keine Samenergüsse in meinem Truck heute. Sie haben Arbeit zu erledigen, Sir." Griff lächelte hinüber und Dante verschränkte seine Arme und brummte vor sich hin. Er schloss seine Augen und tat so, als würde er aus Protest schlafen, aber neben Griffs Knöcheln rieb sich sein Schwanz ein wenig an ihm, nahm sich gerade eben genug Reibung, um sich den ganzen Weg nach Hause hart zu halten.

Das Fahrerei dauerte im Endeffekt länger als die Einkäufe; Griff störte das kein bisschen. Sie kamen zu Hause an, als die Sonne endgültig aufgestanden war. Es fühlte sich wie ein ganzer zusätzlicher Tag an.

Dante verbrachte den gesamten Morgen mit Vorbereitungen und Kochen.

Griff fuhr zu seinem Vater, um eine weitere Ladung Klamotten und ein paar andere Dinge, die er vermisste, einzuladen: einen Stapel Krimis, die er lesen wollte, den Rest seiner Unterwäsche, seinen Hockeyschläger. Es erschreckte ihn, wie wenig er in diesem Haus hatte, das er mit sich nehmen wollte. Ein paar Tage nach dem Fotoshooting hatte er endlich seinen Dad gesehen und ihm mitgeteilt, dass er ausziehe; sein Vater hatte lediglich genickt, als hätte er das schon seit zehn Jahren erwartet. „Wird auch Zeit, Griffin. Vielleicht wirst du jetzt eine neue Frau finden."

Ähm. Nicht direkt.

Die Zeit für diesen Kampf würde kommen, aber Griff hatte genügend Mist, mit dem er vorher klarkommen musste. Beispielsweise ein Thanksgiving-Dinner zu überleben.

Irgendwann in der näheren Zukunft würden er und Dante mit dem Chief auf ihrer Wache sprechen müssen. Es war absolut nicht sicher für sie, in der selben Schicht oder auch nur in der selben Wache zu arbeiten. Etwas musste sich an dieser Front ändern und sie hatten bereits die Entscheidung getroffen, dass sie tun würden, was auch immer nötig war.

Sicher *würde* sein Vater es dann herausfinden, also mussten sie bereit sein. Vor diesen Gesprächen grauste es ihm, aber sie waren Teil des Preises, den er sehr gerne bereit war zu zahlen.

Das ganze FDNY war ein Hornissennest, in das sie vorsichtig gemeinsam stechen würden müssen. Worst Case Szenario: Er würde enterbt werden und in den Vorruhestand gehen müssen - und die Abteilung, sein Dad und jeder andere, der aufmuckte, könnte sich selbst ins Knie ficken gehen. Mit einer Axt.

Aber zuerst kam das Abendessen mit seiner wahren Familie, den Menschen, die ihn aufgezogen hatten. Auf seltsame Weise waren sie die Einzigen, die ihnen beiden wirklich wichtig waren.

Als Griff zum Haus, zu ihrem Haus zurückkehrte, öffnete er die Tür und rief, „Wieder da!" Er verlagerte das Gewicht der Kisten in seinen Armen und schob den Riemen der Tragtasche höher auf seine Schulter.

Es kam keine Antwort. Dante hörte wahrscheinlich Musik oder holte etwas aus dem Keller.

„Babe?" Er polterte nach oben in ihr Schlafzimmer und lehnte die Reisetasche und die Kisten gegen die bronzefarbene, tapezierte Wand; bevor er sich wieder aufrichten konnte, hörte er Mrs. As Stimme hinter sich.

„Das Bronze sieht perfekt an der Wand aus." Sie stand in der Dunkelheit des kleinen Wohnzimmers, das zum Garten hin ausgerichtet war. Sie winkte mit ihrer kleinen Hand zu den Wänden. Sie trug eines ihrer Kostüme, diesmal in dunkelgelb. Ihr kurviger Schatten zeichnete sich gegen das hintere Fenster ab. Ihr Haar war hochgesteckt.

„Wunderschön. Und die Diagonalen passen ebenfalls. Wie eine Überraschung? Eine kleine unerwartete Wendung. Sonderbar."

Sonderbar?

Griff war sich nicht sicher, ob sie noch immer über die Tapete redete, und ihren Gesichtsausdruck konnte er nicht erkennen. Er spürte, wie sie das kleine, spitze Samenkorn der Wahrheit befühlte, als sie sprach, es sanft erkundete. Er machte einen Schritt auf sie zu. „Hey, Mrs. A."

Sie drehte sich um, um die neuen Wände in den inzwischen ansehnlichen Zimmern zu betrachten. Als Griff sie erreichte, konnte er sehen, dass sie lächelte, als sie die bronzenen Streifen um sich herum begutachtete. Sie drehte sich zurück zum Fenster und sah hinunter auf etwas im Garten. „Sobald ich sie in der Truhe gefunden hatte, wusste ich, dass *diese* Tapete in *dieses* Zimmer gehörte. Ich habe nicht…"

Griff stellte sich neben sie ans Fenster und betrachtete ihr feines Profil, ihr schwarzes Haar, das sie sich jede zweite Woche färben ließ, denn die Eitelkeit und Schönheit ihres Sohnes war nicht aus dem Nichts aufgetaucht. Er hielt den Atem an.

„Ich wusste nicht, dass es auch für dich sein würde, Griffin. Und ich fühle mich, als hätte ich es wissen müssen." Sie hatte einen entschuldigenden und peinlich berührten Gesichtsausdruck. Sie fühlte sich unwohl und sah ihm nicht in die Augen. *Sie weiß es.*

Griff stieß seinen Atem aus und nahm einen weiteren Zug. Er verspürte das Bedürfnis zu lügen, zu erklären, sich zu entschuldigen, zu fliehen. Stattdessen hielt er seinen Mund und ließ die Saat der Wahrheit zwischen ihnen ruhen, ein unbeugsamer Keimling, der sich zum Licht kämpfte.

Ich liebe ihn.

Er nickte ob ihrer Unruhe, ließ sie wissen, dass es okay war, dass alles okay sein würde. *Bitte zwing mich nicht, es zu sagen.* Seine grauen Augen ruhten auf dem Fenster, versuchten sie still dazu zu bringen, aufzusehen.

Sie schien noch nicht widersprechen zu wollen, aber ihr Blick verharrte auf irgendetwas dort unten. Sie stand so dicht am Fenster, dass ihr Atem das Glas beschlagen ließ.

„Und Gott weiß, hier gibt es mehr als genügend Zimmer, um jemanden angemessen zu lieben, selbst wenn sie nicht alle Böden oder Decken haben." Sie warf einen Blick auf das Loch, das ins Esszimmer führte, das Loch, das Griff die Vater-Sohn-Unterhaltung hatte belauschen lassen, die beinahe alles zerstört hätte. „Es wird ein wunderschönes Haus werden. Das ist es jetzt schon, würde ich sagen."

Griff nickte. „Alle Jungs von der Wache haben irgendwie geholfen."

„Du mehr als alle anderen, schätze ich. Das tust du immer." Sie nickte ihm zu, während sie noch immer den Garten betrachtete. „Ich denke, ich bin älter, als mir bewusst war. Aber ich verstehe. Ja?"

Griff sah ebenfalls hinunter und fuhr sich mit einer Hand durch sein rotes Haar. Ein Lächeln stahl sich über sein Gesicht.

Unter ihnen im Garten sprach ein ernst dreinblickender Dante über etwas mit seinem Vater. Mr. Anastagio gestikulierte zu den Backsteinmauern, die den Garten umrandeten. Dante nickte und sagte etwas, das beide Männer zum Lächeln brachte.

„Es wird sehr schwer werden." Mrs. Anastagios Stimme war rau, beinahe belegt. Schließlich sah sie ihn an und nahm seine große Hand in ihre zarte und drückte sie sanft. „Die Welt hat sich verändert, aber die Menschen sind gleich geblieben, hm?"

Griff nickte lediglich und sah sie an, fühlte sich dabei wie ein dämlicher Riese in einem Märchen. *Bitte. Bitte zwing mich nicht dazu es zu sagen.*

Das Lächeln auf ihrem Gesicht war dem Dantes so ähnlich. Tränen bissen in seinen Augen, dann in ihren, während all diese unglaublichen Gefühle zwischen ihnen schwebten, während die Wahrheit ihre Wurzeln ausfuhr und zu wachsen begann, bis sich das stille Zimmer mit Unmengen von Blüten füllte.

Ich liebe ihn.

„Darum müsst ihr beide euch bedingungslos lieben. Bedingungslos ." Sie schürzte ihre Lippen und zeigte mit dem Kopf auf ihren attraktiven Sohn und seinen Vater. Ihre sanften Augen suchten seine aus den Augenwinkeln, um ein Geheimnis zu verraten. „Anastagio-Männer werden einen niemals aufgeben. Loyal wie wilde Hunde sind sie. Das kann manchmal Fluch und manchmal Segen sein. Du musst nur dein offenes Herz behalten."

Griff nickte. Beinahe verstand er. Er versuchte es, aber sein Kopf fühlte sich dumpf und durcheinander an.

„Danke, dass du es meinem Sohn geschenkt hast, Griffin." Sie hob eine Hand und wischte über sein Gesicht. Sie drückte es sanft, schüttelte ihren Kopf und streckte sich, um seine Wange zu küssen. „Ich bin so stolz auf euch. Euch beide." Sie blickte wieder in den Garten hinunter. „*Wir* sind es."

Alles ist möglich. Alles ist möglich.

Griffs Ohren klingelten und sein Gesicht war heiß von Tränen und die Worte sprudelten aus ihm heraus, leuchteten in der Luft…

„Ich liebe ihn. So sehr."

„Ich weiß." Sie klang ruhig und glücklich. Sie stellte sicher, dass er ihre Antwort hörte. „Und er liebt dich."

In exakt diesem Moment sah Dante vom Garten hinauf und lächelte Griff zu. Er winkte, sein attraktives Gesicht so sanft und stark, dass Griffs Herz zur Größe des Zimmers anschwoll, des ganzen Hauses, so riesig, dass es gerade eben die gigantisch wachsende Wahrheit aufnehmen konnte. Unter ihnen sah Mr. Anastagio ebenfalls auf und winkte und nickte zum Gruß.

Griff hob ebenfalls eine Hand zum Gruß, dann drehte er sich um, um dieser Frau, die ihn vor all den Jahren gerettet hatte, ein Versprechen zu geben, „Ich werde alles tun. Alles."

Sie dachte darüber mit gerunzelter Stirn nach, sagte jedoch nichts.

Griff wartete, um herauszufinden, ob sie Einwände gegen seinen Plan hatte. „Und das ist okay?"

„Wenn es das nicht wäre, wäre ich verrückter als mein Sohn." Sie lachte und wischte sich vorsichtig über die Augen, damit ihre Maskara nicht verwischte.

Griff verspürte in sich den Wunsch, ihr zu sagen, dass alles okay sein würde, dass niemand verletzt werden und sie sicher und glücklich sein würden – aber die Art und Weise, wie sie mit ihm durch ihr Schlafzimmer schritt, die Tapete ihres Vaters und die Möbel, die ihr Sohn vor dem Sperrmüll gerettet hatte, bewunderte, ließ sie zuversichtlicher erscheinen, als Griff sich selbst fühlte.

Die Wahrheit wuchs weiter zwischen ihnen, stark und üppig, füllte Zimmer und Haus mit Versprechen.

Griff verhielt sich ruhig und erklärte ihr die Arbeiten, die sie vorgenommen hatten, während sie seinen Arm tätschelte. Er zeigte ihr die Böden, den Putz, die neuen Zierleisten, die Blechdecke, die sie sauber geschrubbt hatten. Und wieder war er dankbar für das verrückte Fotoshootin:; er fühlte sich nicht seltsam oder verlegen, als er neben dem Bett, ihrem Bett, stand. Und das tat sie auch nicht. Schließlich knurrte sein verräterischer Magen.

„Hungrig? Ich auch. Und Gott weiß, Dante kann dich angemessen füttern." Mrs. Anastagio hakte sich bei ihm unter. Sie zog ihn zurück zur Treppe. „Lass uns sehen, ob er Hilfe möchte."

ALS SIE am Esszimmer vorbeigingen, sagte Griff: „Einen Moment. Ich denke, ich helfe beim Tischdecken", und zeigte mit seinem Kopf in Richtung des Geklappers von Besteck und Tellern. Er machte kehrt und trat ein.

„Griffin." Mr. A war genau hinter ihm und hielt einen Stapel Schüsseln. Hinter ihm waren auf dem massiven Tisch bereits glänzendes Edelstahlbesteck und nicht zusammenpassende Teller bereitgestellt.

„Ich dachte, ich könnte vielleicht helfen."

„Danke." Der ältere Mann reichte ihm die Hälfte der Gedecke und nickte lächelnd. Gemeinsam arbeiteten sie zügig, stellten eine Schüssel an jeden Platz. Mr. Anastagio hasste normalerweise Stille, aber er erzählte keine Witze, tratschte nicht, beschwerte sich nicht einmal über seine Nachbarn. Nichts.

Er will mich umbringen.

Griff kaute auf seiner Lippe und versuchte, ein unverfängliches Thema zu finden. Er wusste, dass sie offen darüber würden sprechen müssen. Wohl oder übel, dieser Mann hatte ihn aufgezogen, und er wollte ihn nicht enttäuschen.

Schließlich waren sie mit dem Tisch fertig, und standen an der Seite, um ihn zu betrachten. Ein Moment verstrich, in dem keiner der Männer wusste, was er zum anderen sagen sollte. *Zum ersten Mal.*

Letztendlich streckte Dantes Vater die Hand aus und sah ihm direkt in die Augen, ganz so, als hätte Griff ihn aufgesucht, um um Dantes Hand zu bitten. Oder anders herum.

Ich verspreche es.

Mit einem Lächeln schüttelte Griff sie fest und wurde in eine harte Umarmung gezogen. Erleichterung durchfloss ihn, machte ihn völlig wuschig.

Mr. A gestikulierte mit einer Hand in Richtung Küche. „Möchte mein Sohn das Cioppino hier oder am Herd servieren?"

„Ich werd's herausfinden." Griff drückte seine Schulter und stapfte zurück in den Flur, dem köstlichen Geruch folgend.

„Dante! Dein Vater möchte wissen –" Als er die Küche betrat, sah Griff, wie Mrs. Anastagio begonnen hatte, das mitgebrachte Essen auszupacken, und – *heilige Scheiße* – Loretta, die die Arbeitsfläche abwischte. Das Lächeln gefror auf seinem Gesicht. Was tat sie hier?

„Ich", sie krähte triumphierend, „*wusste* es! Ich-wusste-es-ich-wusste-es." Sie warf ihm das Küchentuch zu und ließ ihre Hände auf ihre Hüften sinken, freute sich hämisch, ohne dass es ihr peinlich war.

„Halt dich zurück." Mrs. Anastagio funkelte ihre theatralische Tochter an, während sie den Kühlschrank ausräumte.

Griffs erster Instinkt war, es zu leugnen. „Von was…?"

Wir sind nur Freunde. Ich werde sein Mitbewohner werden. Ein paar Single-Typen. Schürzenjäger. Junggesellenbude.

Er biss sich auf die Lippe, um sich vom Lügen abzuhalten: nur Wahrheit in diesem Haus.

„Ich hab's aus meinem Bruder herausbekommen. Zick nicht rum. Ich werde schon nichts sagen." Loretta verdrehte die Augen, nur eine Haaresbreite davon entfernt, eine selbstgerechte Arie über den gloriosen Segen des Tratschs zu schmettern. „Alberner Depp. Ich wusste, dass du jemandem hinterher schwärmst. Und zumindest *ich* denke, es ist verdammt fantastisch." Sie langte mit ihrer Hand zu ihm hinüber und strich ihm nicht existierenden Staub von den Schultern.

Griffs Mund öffnete sich, aber nichts kam heraus. Dann schon: „Tust du das?"

Sie schüttelte ihren Kopf, lächelte und umarmte ihn. „Nun, wenn ich dich schon nicht haben kann, tut es zumindest einer von uns."

„Also wirklich!" Mrs. Anastagio öffnete den Ofen, um ein mit Folie bedecktes Blech herauszuziehen. „Meine eigene Tochter, und sie hat nichts mitgebracht." Mrs. Anastagio schürzte genervt ihre Lippen. Sie war beleidigt. „Nicht einmal Brot!"

„Ma! Es ist ohnehin schon zu viel da. Es ist ihnen egal. Es *ist* dir egal, Griff, oder?" Loretta schob Geschirr auf der Arbeitsfläche zusammen, um Platz zu schaffen.

Dann – *bumm-bumm-bumm* – stürmten kleine Beine von der Halle in ihre Richtung.

„Monster!" Mit der unbeirrbaren Loyalität eines Kindes hatte Nicole entschieden, dass sie sich darüber freute, Griff zu sehen. Sie flog gegen seine Knie.

Er hob sie hoch und küsste sie. „Hey, Krümel!"

„Können wir essen?" Nicole tätschelte sein rotes Haar mit einer kleinen Hand. *Patschpatsch.* „Weich."

Loretta stöhnte und strich Locken aus dem Gesicht ihrer Tochter. „In Dantes Haus isst sie! *Urgs..* Und dazu ein heißer Freund. Ich hasse ihn."

„Loretta…" Mrs. Anastagio hob ihre Augen zur Zimmerdecke, betete vor sich hin und schüttelte ihren Kopf.

Schritte näherten sich vom Garten, dann die Stufen hinauf. Die Hintertür öffnete sich und Dantes Augen waren mit Entschuldigungen gefüllt, als er zwischen seiner Schwester und Griff hin und her sah.

Griff schüttelte seinen Kopf und lächelte. *Alles klar, D.*

Loretta schnaubte. „"Pff! Bitte! Es ist ja nicht so, dass ich nicht ohnehin die größte Fruchtfliege der Welt bin."

Dante lächelte ebenfalls erleichtert und trat einen Schritt näher, um ihm zuzuflüstern. „Bist du sicher? Sie hat gerade angefangen –"

Loretta wedelte mit einer Hand in seine Richtung. „Ich fühle mich dämlich, dass ich es nicht früher bemerkt und dich ermutigt habe –"

Griff überraschte jeden damit, dass er laut loslachte - tiefe, herzhafte Lacher, die die Anspannung auflösten. „Ich wünschte, du hättest."

Alle Anspannung verpuffte aus Dante. Mrs. Anastagio lächelte ein wenig. Griff reichte Nicole hinüber zu ihrer von sich selbst so überzeugten Mutter.

„Es hätte uns eine Menge Dummheiten erspart." Dante stieß seine Schwester im Scherz an.

„Oder auch nicht." Mrs. A wusch ihre Hände in der Spüle, nachdem sie sich ihre Ärmel nach oben gezogen hatte. „Manchmal muss die Dummheit vorangehen." Sie sah sie beide an, als sie sich an einem Küchenhandtuch abtrocknete.

Das laute Plärren des Fernsehers war plötzlich aus dem vorderen Teil des Hauses zu hören. Die Menge brüllte hinter einem Sprecher, der die Spielstände verkündete. Football und ein voller Magen klangen gerade wie der Himmel auf Erden.

Dante stand neben ihm am Küchentresen und fragte mit leiser Stimme: „Mit dir alles in Ordnung?" Dante warf einen Blick auf seine Mom.

Griff nickte.

Mrs. A verkündete: „Am Verhungern, das ist er. Willst du, dass er ohnmächtig wird? Er bekommt eine Unterzuckerung und das ist nicht gerade gesund." Sie drehte ihren Kopf und rief: „Agosto, ist der Tisch gedeckt? Du sitzt besser nicht gerade vor diesem Fernseher!"

Von seinem Platz vor dem Fernseher aus gab Mr. A ein zustimmendes Geräusch von sich.

Seine Frau schüttelte den Kopf, aber sie lächelte.

Am Herd sah Dante nach dem Cioppino und atmete den Dampf ein. „Hey, warum sehen wir uns beim Essen nicht einfach das Spiel an…? Witz!"

Loretta warf ihre Hände in die Luft. „Was ist es nur mit Männern und Thanksgiving. Wenn ihr schon schwul seid, könntet ihr nicht wenigstens Musicals oder die Oper mögen? Himmel."

Sie hat das Wort ausgesprochen. Nichts ist in die Luft geflogen. Die Decke ist nicht eingestürzt. Die Welt drehte sich noch immer.

Griff lachte leise und schüttelte seinen Kopf. „Ähm. Nein. Sorry. Ich mag es nur, wenn du singst und herumhüpfst."

Loretta gab ihm einen Klaps, dann noch einen. Sie lachten beide. Es klingelte an der Tür.

Mrs. Anastagio drehte sich bei dem Geräusch um. „Kommt noch jemand?"

„Ein Freund. Er hat nicht... ähm... er weiß nicht, dass offen ist." Dante schlurfte in den Flur.

Griff beendete den Gedanken und machte sich selbst auch auf den Weg zur Vordertür. „Er braucht einen Platz, wo er den Feiertag verbringen kann. Er weiß Bescheid über, ähm, du weißt schon, *uns*. Und er hat... ein paar Familienprobleme."

„Nun, gut. Ich habe sowieso einen extra Platz gedeckt. Es bedeutet Glück, einen Fremden als Gast zum Dinner zu haben", verkündete Mr. Anastagio, als er aus dem Esszimmer trat, als sei dies eine bekannte Tatsache. Vielleicht war es das. Er küsste seine Frau, als sie aus der Küche kam, um den Neuankömmling zu begrüßen.

Dante öffnete strahlend die Tür. Griff lächelte ihn von der Seitenlinie aus an – *ein volles Haus bedeutet einen glücklichen Italiener.*

Tommy trat ein und zog den Reißverschluss seines Parkas auf. Beinahe einen Monat später traten noch immer die verblassenden Prellungen und blauen Flecken durch die Kälte hervor. Die Nähte über seinem Auge sahen unangenehm und schwarz gegen seine graue Haut aus.

Griff betete, dass das hier für sie alle okay sein würde. „Hey, Kumpel."

„Hey." Als der Sanitäter die unbekannten Gesichter erblickte, verblasste das Lächeln auf seinem Gesicht ein wenig.

Dante begann damit, die Familie vorzustellen, aber Nicole trat sofort hervor und stellte sich selbst vor. „Hi."

„Na, hallo." Er nickte ihr zu und sah den Rest der Familie an, während er abseits stand. „Mir war nicht klar, dass das hier –"

„Ist es nicht." Mrs. Anastagio trat zu ihm und nahm seine Hand, um sie zu schütteln. „Wir sind Dantes Eltern. Und das hier ist meine Enkelin Nicole. Wir wollten beim ersten *gemeinsamen* Thanksgiving der Jungs dabei sein."

Klonk. Wie ein Felsblock, der in die richtige Position rutschte, gaben Mrs. Anastagios Worte Tommy die Erlaubnis, sich zu entspannen, und schafften dem Freund ihres Sohnes einen Platz in ihrer Welt.

Dantes Gesicht strahlte und er trat zu Griff, um dessen Hand zu nehmen. Er drückte kurz liebevoll zu. „Jepp, und dann ist Loretta hier aufgeschlagen, denn sie ist zu nervtötend, als dass sie bei zivilisierten Menschen eingeladen werden würde."

Die Erleichterung auf Tommys Gesicht war unbezahlbar. Griff sah praktisch die Zahnräder, die sich in seinem Kopf drehten, als er die Szene, die sich ihm bot, verarbeitete: die beiden Männer, die sich an den Händen hielten, die lächelnde

Familie, der Duft aus der Küche, das große, warme, unfertige Haus, das ihnen Sicherheit und Zusammenhalt gab.

Tommy schälte sich aus seinem Mantel, wickelte sich den Schal vom Hals und hing alles auf den Haken, genauso, wie er es schon hunderte Male an den Football-Abende getan hatte. Er war bei Freunden.

Mr. A streckte die Arme seitlich aus und scheuchte seine ganze Familie in Richtung Esszimmer. „Lasst uns reingehen. Ich friere mir hier draußen meinen knochigen Hintern ab und das Essen wird sich nicht von selbst aufessen."

Mrs. Anastagio nahm Tommys Arm und sie führten die anderen in Esszimmer. Der Tisch knarzte unter dem Gewicht des Essens. Das Cioppino wartete auf dem Sideboard darauf, dass sie sich darüber hermachten. Griff kämpfte gegen den Drang an, das zu tun. Sie füllten ihre Teller und einer nach dem anderen fand seinen Platz am Tisch. Dante saß am Kopf des Tisches und Griff traf die bewusste Entscheidung, am gegenüber liegenden Ende zu sitzen. *Unser Haus, unsere Familie.*

Irgendwo auf der Straße hupte ein Auto und jemand fuhr vorbei, der Dean Martin bei offenen Autofenstern hörte.

„,…some-body looooves you…'"

Draußen lachten Kinder – vermutlich Mrs. Alonzos Neffen, die in irgendjemandes Garten spielten, während die Erwachsenen sich das Spiel anschauten, über das Mr. A versuchte, nicht nachzudenken.

„,…so find yourself somebody…'"

Dante zwinkerte Griff zum anderen Ende des Tisches zu. Sobald die ganze Familie etwas zu Essen und Platz genommen hatte, sah er seine Schwester an.

Loretta verschränkte ihre Hände und senkte ihren Kopf. „Für das, was wir nun empfangen werden, möge der Herr uns Gegenmittel bereitstellen." Sie duckte ihren Kopf, bevor ihr Bruder ihr eine langen konnte.

Mrs. A kicherte, hatte aber den Anstand zu versuchen, es hinter einem Husten mit vorgehaltener Serviette zu verstecken.

„Was ist Gegenmittel?" Nicole fragte Griff. „Monster?"

Griff flüsterte, „Das ist Medizin, Krümel."

Vom anderen Ende des Tisches flüsterte Dante ebenfalls: „Weil deine Mutter ein Kopfschmerz *ist.*"

Loretta schlug mit ihrer Serviette nach ihm und dann konnten ihre Eltern ihr leises Lachen nicht mehr zurückhalten.

Griff lächelte über die gesamte Länge des Tisches zu Dante hinüber.

Dante lächelte zurück und zwinkerte über das Festmahl und ihre Familie hinweg. *Ich liebe dich auch.*

Tommy lehnte sich zu Loretta hinüber, um zu fragen: „Warum nennt sie ihn Monster?"

Griff schüttelte den Kopf. „Lange Geschichte."

Loretta nickte. „Lange, gruselige Geschichte. Zumindest ist er jetzt Teil der Familie."

„Loretta! Das war er auch vorher schon." Ihr Vater sah, über den Löffel in seiner Brühe hinweg, beleidigt drein.

Griff lächelte ihr zu. „Ich weiß, was sie meint."

„Das tue ich auch." Dante nickte und formte mit den Lippen ein *Danke*.

Tommy erhob sich und löffelte mit dem geduldigen Humor eines erfahrenen Elternteils Cioppino in Nicoles Schüssel.

Loretta war nicht so still. „Unter *einer* Bedingung."

Mrs. Anastagio drehte sich zu ihr, um zu widersprechen, und Griff hob seine Augenbrauen in Protest.

„Ich werde dabei sein, wenn ihr Jungs Flip erzählt, dass ihr ein echtes schwules Paar seid." Sie drückte den Arm des Sanitäters. „Tommy kann die Herz-Lungen-Wiederbelebung übernehmen."

„Okay…?" Tommy lief rot an und nickte, als er sich wieder setzte.

Sie salutierte ihrem Bruder mit einer Gabel. „Das wird für mich der Tag des ver –", sie warf ihrer Tochter einen Blick zu, „…ganzen Jahrzehnts! Flip aus!" Sie schob sich den Bissen Pasta triumphierend in den Mund. Ihr kauendes Gesicht war eine so selbstzufriedene Karikatur, dass sie alle lachten.

Mr. A nahm sich einen Haufen knuspriger, gebutterter, grüner Bohnen. Sie wackelten auf seiner Gabel, als er den Blick schweifen ließ. „Ihr Kinder seid verrückt."

„Aber" – Augen auf Dantes Piratenlächeln gerichtet, sprach Griff aus, was sie beide dachten – „sehr, sehr dankbar."

Über Brooklyn, über Manhattan, sogar über dem Ground Zero verdunkelte sich der Himmel und die Sonne schimmerte golden. Rauch und Feuer. Als würde sich die ganze verrückte Stadt zehn Jahre, nachdem die Welt aufgehört hatte zu existieren, mit ihren dankbaren Überlebenden zu Tisch setzen. Als sei New York ebenfalls dankbar.

SPÄTER, NACHDEM das Dinner vorüber und das Spiel gewonnen war, kehrte ihre kleine Familie in ihre eigenen Zuhause zurück, um einen Verdauungsschlaf zu halten.

Ihre Familie hatte bereits die Küche aufgeräumt und die Reste im Kühlschrank verstaut. Dante und Griff saßen eine Weile gemeinsam auf der Couch und dösten vor sich hin - Dante mit dem Rücken zu Griff und in dessen Armen. Sie beide schliefen ein, zu glücklich, um sich zu bewegen.

Als es draußen vollständig dunkel geworden war, wachte Griff auf und stieß seinen Freund –

Freund! Wie in fester Freund!

– sanft an. „Babe?"

Dantes Gesicht lag gegen Griffs Brust, seine blauschwarzen Bartstoppeln begannen sich zu zeigen. Er sah wie ein freundlicher Bilderbuch-Bandit aus. Der

277

sanfte, glückliche Schwung seiner Lippen ließ es aussehen, als täte er nur so, als ob er schliefe, aber seine Atmung war tief und regelmäßig. Er schmiegte sich einen Millimeter enger an, aber schlief weiter.

„Baby." Griff berührte seinen Kiefer.

Dante lehnte seinen Kopf in die Liebkosung, öffnete jedoch nicht seine Augen. Sein Lächeln breitete sich aus und er stöhnte. „Hmmm. Ich hatte einen tollen Traum."

„Hattest du, hm?"

„Ja." Dante leckte sich über die Lippen und seine Stirn zog sich ein wenig zusammen, als versuche er, sich an etwas, das hinter seinen Augenlidern lag, zu erinnern.

„Lass uns ins Bett gehen."

„'kay. Gut." Dante schob sein Gesicht zurück in Griffs Brust und begann, wieder einzudösen.

Griff lachte leise und ließ eine Hand Dantes Oberkörper hinuntergleiten, folgte dieser drahtigen Spur in seine Hose. Er drückte den entspannten Schaft, der sich dort verbarg.

Dante drückte sich in die Berührung und schob sich gegen die Hand. Sein Schwanz begann aufzuwachen, aber seine Augen blieben geschlossen. „Das war auch Teil des Traums."

„War es?" Griff rieb ihn in eine Erektion und küsste ihn auf sein verwuscheltes Haar.

„Uhhhmmm." Dante zog seine Hüften zurück, um der großen Hand zu entkommen. Er rollte sich vollständig herum, um zwischen Griffs Beinen zu liegen, und schob sich nach oben, so dass sich ihre Gesichter gegenüber waren. Seine Lider waren noch immer geschlossen, als versuche er, etwas in ihnen zu lesen.

„Was ist noch passiert?" Griff hob seinen Kopf ein wenig, um Dante sanft in die Unterlippe zu beißen, bis dieser erschauderte und ihn küsste. Griff strich das Haar aus dem Gesicht seines attraktiven Lovers. „In dem Traum. Du hast gesagt…"

Dante schüttelte leicht seinen Kopf, als würde er versuchen, etwas abzuschütteln. „Weiß nicht… ich kann mich… nicht genau erinnern. Komisch."

Griff küsste ein Auge.

Dante ließ ihn, seine Wimpern weich gegen Griffs Lippen. Dann hob er die Augenbrauen. „Oh ja. Ich hab beinahe mein Leben versaut. Ich war in meinen besten Freund verliebt. Übergeschnappt, geil, unmöglich."

Griff küsste das andere. Wimpern, Lippen.

„Nur um herauszufinden, dass er es auch war. Genauso wie ich. Und er hat mich gerettet, jeden Zentimeter von mir. Als hätte er mich aus einem brennenden Gebäude gezogen."

„Und du bist dir sicher, dass du dich richtig erinnerst?" Griff rieb ihre Bartstoppeln zusammen, langsam und kratzig. Er leckte über Dantes Kehle und biss sanft hinein.

„Oh! Und er war einverstanden bei mir einzuziehen. Und hat mir ein sexy Foto geschenkt, nur für mich. Und wir haben an diesem verrückten Haus herumgebaut, das uns gehört."

„Und eine Familie?" Griffs Stimme war rau, als er Dantes Duft einatmete, seine Lungen füllte und zufrieden seufzte. „Ich mag diesen Traum."

Dante grinste, inzwischen vollständig wach. Er tat so, als versuche er sich weiter mit zusammengekniffenen Augen zu erinnern. „Daaas stimmt. Dann war unsere Familie hier und wir haben zusammen gegessen." Er öffnete seine schwarzgrünen Augen und lächelte die wenigen Zentimeter entlang, die ihre Nasen voneinander trennten.

Griff packte seine runden Pobacken und rieb ihre Hüften aneinander; er knabberte an Dantes Ohrläppchen und grollte direkt hinein: „Hm-hm. Ich denke nicht, dass es ein Traum war, Mister."

„Gott sei Dank! Dann müssen wir auch nicht aufstehen." Er schob sein Gesicht zurück in Griffs Brust und drückte dessen Rippen fest, kuschelte sich enger an.

Beide lachten leise, gemeinsam auf der Couch, wo sie das erste Mal…

Ohne Vorwarnung gab Griff ein Knurren von sich, bäumte sich auf, seine grauen Augen schossen Blitze.

„Hey!" Dante rutschte protestierend von ihm herunter. „Wo brennt's?"

„Genau hier." Griff beugte seine Knie und langte mit den Armen unter Dante.

Dante wand sich. „Himmel! Ähm… Mr. Muir? Werden Sie mich nach oben schleifen, um mich anzugreifen?"

„Ich fürchte ja, Mr. Anastagio." Er hob Dante hoch und legte ihn sich über die Schulter – Feuerwehrgriff -, um sich auf den Weg zur Treppe zu machen.

„Mach schon! Lass mich runter. Na los, G! Ich bin wach. Ich kann laufen!"

„Ich möchte nicht, dass du während deines Traums aufwachst." Griff lachte und schlug spielerisch auf die harten Pobacken neben seinem Gesicht, nahm die Stufen schnell und vorsichtig.

„Ein echter, verfluchter Romantiker! Hilfe!" Er biss in Griffs Pobacken und schrie vor Lachen. Die Treppe knarzte unter ihrem gemeinsamen Gewicht.

Dann waren sie oben im bronzenen Zimmer. Die Stadt draußen war ruhig; der Mond hing wie ein Zuckerkeks über den Straßen von Brooklyn.

„Sir, ich bin eine ausgebildete Rettungskraft." Griff bückte sich, um Dante von seiner Schulter und auf das riesige Bett zu rollen.

Dante ließ sich zurückfallen und blies sich das Haar aus seinem grinsenden Gesicht. Er begann, sich gegen die Kissen aufzurichten.

„Sie schienen keine Reaktionen zu zeigen und hatten Schwierigkeiten zu stehen." Griff rang ihn wieder hinunter.

„Ich möchte Ihre Vitalfunktionen testen…" Er zog Dantes Hose grob herunter und hob sein Shirt an, leckte von dessen Hüfte bis zu seinem Bauch, zu seinen Nippeln, zu seiner Kehle, zu seinem Mund. Er hielt Dante mit seinem

Körpergewicht in Schach, Lächeln zu Lächeln. „Da ich möglicherweise eine Wiederbelebung vornehmen muss."

Griff hielt ihre Münder dicht zusammen, als er sich die Schuhe von den Füßen kickte und in Rekordzeit aus seinen Feiertagsklamotten schälte, damit ihre Haut so dicht zusammen war, wie sie sein konnte.

Oh!

Im dem Moment, in dem sie aneinanderglitten, stöhnten sie beide in die Hitze zwischen ihnen; das Verlangen, das in ihrem Inneren nagte, das perfekte Puzzleteil für den jeweils anderen, als sie spielerisch gegeneinander ankämpften. „Sie müssen aufhören, sich zu wehren, Mr. Anastagio."

Aber Dante wand sich weiter und lachte und bäumte sich unter ihm auf, ohne Erfolg. Es war himmlisch.

Griff küsste ihn einmal, leckte über seine Zähne und versuchte, ernst dreinzublicken. „Sie könnten sich in einem Schockzustand befinden."

Und dann, einfach so, lag Dante ganz still, seine Augen weit geöffnet, warm und dunkel wie Skarabäen.

„Ich sollte es sein..." Er hob eine Hand, um Griffs breite Brust entlangzufahren, seine weichen Lippen, sein feuriges Haar. Dann nahm er eine Handvoll, um ihn hinunterzuziehen, ihre Münder nur einen Zentimeter voneinander entfernt. „Das sollte ich sein. Nicht wahr, Griff? Aber das bin ich nicht."

Griff rollte langsam auf seinen Rücken, nahm Dante mit sich, damit dieser auf ihm lag. Sein schwarzes Haar fiel um ihre Gesichter, schloss beinahe die bronzenen Wände aus, so dass es nur sie beide zusammen gab, die die gleiche Luft atmeten, ihre Lippen aneinander streiften... streiften... streiften.

„Nun", flüsterte Griff. „Vielleicht kann ich dich schocken..."

DAMON SUEDE wuchs, out 'n proud, im tiefsten Winkel des konservativen Teils Amerikas auf und ergriff die Flucht, sobald es für ihn legal war. Gelebt hat er schon in verschiedenen Teilen der Welt und hat seine Brötchen als Model, Kurier, Promoter, Programmierer, Bildhauer, Sänger, Stripper, Buchhalter, Barkeeper, Techie, Lehrer und Regisseur verdient ..., aber das Schreiben war schon immer sein täglich Brot gewesen.

Doch nicht nur als Autor im Bereich des M/M-Genres ist tätig. Seit drei Jahrzehnten ist Damon ein Vollzeit-Schriftsteller für Druck, Bühne und Leinwand. Er hat durchaus einige Auszeichnungen gewonnen, ist jedoch für viele andere Dinge in seinem Leben wirklich dankbar: seine außergewöhnlichen Freunde, seine durchgeknallte Familie, seinen wunderschönen Ehemann, seine loyalen Fans und seine alberne, strenge, verführerische Muse, die nicht müde wird, ihm Jahr für Jahr in sein Ohr zu flüstern.

Damon würde gerne von euch hören. Kontaktieren könnt ihr ihn unter:

http://www.DamonSuede.com,
http://www.goodreads.com/damonsuede
http://www.facebook.com/damon.suede

Von DAMON SUEDE

Feuer im Hintern
Hitzkopf

Veröffentlicht von DREAMSPINNER PRESS
www.dreamspinner-de.com

Angebrannt: Die Liebe wartet nicht.
Patch Hastle ist erfolgreicher DJ und Model, der als Jugendlicher aus Texas abgehauen ist. Er hat wenig Grund, zurückzublicken. Dann verunglücken seine Eltern tödlich und Patch muss notgedrungen zurück in seine alte Heimat. Sobald die Farm der Familie verkauft ist, will er sich wieder aus dem Staub machen. Leider wurde ausgerechnet der böse Geist seiner Jugend zum Testamentsvollstrecker berufen – der gut aussehende beste Freund seines Vaters, der ihm das Leben an der High School zur Hölle gemacht hat.

Tucker Biggs zieht es nirgendwo hin. Zwanzig Jahre nach seiner Zeit als Rodeo-Cowboy hat er als Verwalter auf der Hastle-Farm Wurzeln geschlagen. Dass der ungebärdige Sohn seines Freundes ihn früher nicht leiden konnte, war ihm klar. Aber als ihm plötzlich ein attraktiver junger Erwachsener gegenübersteht, eine Versuchung auf zwei langen Beinen in Skinny-Jeans, hat Tucker alle Veranlassung, sich ein paar neue Tricks einfallen zu lassen.

Patch und Tucker kommen schon bald zur Sache, aber etwas Ernstes kann das ja nicht werden. Das Ende scheint vorprogrammiert: Die Farm wird verkauft, ihre Wege werden sich wieder trennen und jeder reitet in seinen eigenen Sonnenuntergang. Aber den rastlosen Großstadtmenschen und seinen verwurzelten Kerl vom Land verbindet dann doch mehr als gedacht. Wenn sich nicht alles wieder in Luft auflösen soll, müssen die beiden sich darüber klarwerden, was ihnen wirklich wichtig ist – bevor ihnen die Zeit davonläuft.

www.dreamspinner-de.com